T0244815

CLÁSICOS

La Divina Comedia

Dante Alighieri

GRANTRAVESÍA

CLÁSICOS

La Divina Comedia

Dante Alighieri

Prólogo de Jorge Luis Borges

GRANTRAVESÍA

LA DIVINA COMEDIA

Título original: *Divina Commedia*

Autor: Dante Alighieri

**Concepto gráfico de la colección, dirección de arte
y diseño de portada:**
Carles Murillo

Ilustración de portada:
Armando Fonseca

D.R. © 2024, por la presente edición,
Editorial Océano de México, S.A. de C.V.
Guillermo Barroso 17-5, Col. Industrial Las Armas
Tlalnepantla de Baz, 54080, Estado de México
www.oceano.mx
www.grantravesia.com

Primera edición: 2024

ISBN: 978-607-557-905-4
Depósito legal: B 6199-2024

Todos los derechos reservados. Quedan rigurosamente prohibidas,
sin la autorización escrita del editor, bajo las sanciones establecidas
en las leyes, la reproducción parcial o total de esta obra por cualquier
medio o procedimiento, comprendidos la reprografía y el tratamiento
informático, y la distribución de ejemplares de ella mediante alquiler
o préstamo público. ¿Necesitas reproducir una parte de esta obra?
Solicita el permiso en info@cempro.org.mx

HECHO EN MÉXICO / *MADE IN MEXICO*
IMPRESO EN ESPAÑA / *PRINTED IN SPAIN*

9005797010324

PRÓLOGO

Imaginemos, en una biblioteca oriental, una lámina pintada hace muchos siglos. Acaso es árabe y nos dicen que en ella están figuradas todas las fábulas de las *Mil y una noches*; acaso es china y sabemos que ilustra una novela con centenares o millares de personajes. En el tumulto de sus formas, alguna —un árbol que semeja un cono invertido, unas mezquitas de color bermejo sobre un muro de hierro— nos llama la atención y de ésa pasamos a otras. Declina el día, se fatiga la luz y a medida que nos internamos en el grabado, comprendemos que no hay cosa en la tierra que no esté ahí. Lo que fue, lo que es y lo que será, la historia del pasado y la del futuro, las cosas que he tenido y las que tendré, todo ello nos espera en algún lugar de ese laberinto tranquilo... He fantaseado una obra mágica, una lámina que también fuera un microcosmo; el poema de Dante es esa lámina de ámbito universal. Creo, sin embargo, que si pudiéramos leerlo con inocencia (pero esa felicidad nos está vedada), lo universal no sería lo primero que notaríamos y mucho menos lo sublime o grandioso. Mucho antes notaríamos, creo, otros caracteres menos abrumadores y harto más deleitables; en primer término, quizá, el que destacan los dantistas ingleses: la variada y afortunada invención de rasgos precisos. A Dante no le basta decir que, abrazados un hombre y una serpiente, el hombre se transforma en serpiente y la serpiente en hombre; compara esa mutua metamorfosis con el fuego que devora un papel, precedido por una franja rojiza, en la que muere el blanco y que todavía no es negra (*Inferno*, XXV, 64). No le basta decir que, en la oscuridad del séptimo círculo, los condenados entrecierran los ojos para mirarlo; los compara con hombres que se miran bajo una luna incierta o con el viejo sastre que enhebra la aguja (*Inferno*, XV, 19). No le basta decir que en el fondo del universo el agua se ha helado; añade que parece vidrio, no agua (*Inferno*, XXXII, 24)... En tales comparaciones pensó Macaulay cuando declaró, contra Cary, que la "vaga sublimidad" y las "magníficas generalidades" de Milton lo movían menos que los pormenores dantescos. Ruskin, después *(Modern painters*, IV, XIV), condenó las brumas de Milton y aprobó la severa topografía con que Dante levantó su plano infernal. A todos es notorio que los poetas proceden por hipérboles; para Petrarca, o para Góngora, todo cabello de mujer es oro y toda agua es cristal; ese mecánico y grosero alfabeto de símbolos desvirtúa el rigor de las palabras y parece fundado en la indiferencia o en la observación imperfecta. Dante se prohíbe ese error; en su libro no hay palabra injustificada.

La precisión que acabo de indicar no es un artificio retórico; es afirmación de la probidad, de la plenitud, con que cada incidente del poema ha sido imaginado. Lo mismo cabe declarar de los rasgos de índole psicológica, tan admirables y a la vez tan modestos. De tales rasgos está como entretejido el poema; citaré algunos. Las almas destinadas al infierno lloran y blasfeman de Dios; al entrar en la barca de Carón, su temor se cambia en deseo y en intolerable ansiedad (*Inferno*, III, 124). De labios de Virgilio oye Dante que aquél no entrará nunca en el cielo; inmediatamente le dice maestro y señor, ya para demostrar que esa confesión no aminora su afecto, ya porque, al saberlo perdido, lo quiere más (*Inferno*, IV, 39). En el negro huracán del segundo círculo, Dante quiere conocer la raíz del amor de Paolo y Francesca; ésta refiere que los dos se querían y lo ignoraban "soli eravamo e senza alcun sospetto", y que su amor les fue revelado por una lectura casual (*Inferno*, V, 124). Virgilio impugna a los soberbios que pretendieron con la mera razón abarcar la infinita divinidad; de pronto inclina la cabeza y se calla,

8

porque uno de esos desdichados es él (*Purgatorio*, III, 34). En el áspero flanco del purgatorio, la sombra del mantuano Sordello inquiere de la sombra de Virgilio cuál es su tierra; Virgilio dice Mantua; Sordello, entonces, lo interrumpe y lo abraza (*Purgatorio*, VI, 58). La novelística de nuestro tiempo sigue con ostentosa prolijidad los procesos mentales; Dante los deja vislumbrar en una intención o en un gesto.

La ficha de la composición.— Beatrice Portinari, segunda esposa de Simone de' Bardi, murió en 1290; años después, Dante gozó de una visión cuyos pormenores no reveló, pero que lo determinó a decir de ella "lo que de mujer alguna se ha dicho". Es fama que esa irrecuperable visión (que menciona el capítulo XLII de la *Vita Nuova*) fue el germen de la vasta *Comedìa*. Dante, según algunas conjeturas, empezó a redactarla en 1306 o 1307; según otros, en 1314, ya muerto Enrique VII de Alemania. E. G. Parodi y Michele Barbi defienden la primera fecha; Karl Vossler, la última, que ahora encuentra escaso favor. El debate no es frívolo; su fin es indagar si el poeta inició el trabajo en la madurez, ya fatigadas las pasiones y también la pasión de la esperanza, o en el fragor de su tumultuoso destino casi en la *selva oscura*. Es la discusión entre el hombre "que no ve en la *Divina Commedia* sino la confesada renuncia de Dante a la lucha por la consecución de sus ideales políticos, el repliegue de Dante sobre sí mismo, su testamento espiritual, el último consuelo que le quedó tras la muerte de Enrique VII y el que la juzga un instrumento de aquella lucha y la más eficiente y poderosa forma de acción de que disponía el desterrado para afirmar sus ideales, antes que se elevara el astro de Enrique, durante su fugaz aparición y después de la caída" (Ferretti: *I due tempi della composizione della* Divina Commedia, 1935). Los antiguos tendían a adelantar la enigmática fecha: el Anónimo habla de 1299; Pietro di Dante y Jacopo della Lana, de 1300; Boccaccio, primer biógrafo de Dante, dice que a éste le fue dado recuperar en 1306 los siete cantos iniciales de la *Comedìa*, extraviados en 1302, cuando le saquearon la casa, y que el hallazgo providencial de ese manuscrito lo movió a continuar su labor. No por inverosímil sino por ser un novelista quien la refiere, no ha sido creída la historia (*I due tempi*..., 10); el primer verso del octavo canto de *El Infierno* ("Io dico, seguitando, ch'assai prima") parece consentirla o justificarla. Boccaccio, previsiblemente, alega ese verso; previsiblemente, sus contradictores lo acusan de haber fabricado la historia para explicar el verso. Por lo demás, el agudo comentario de Guido Vitali nota ciertas negligencias del canto, que corresponden a la hipótesis de un trabajo retomado con languidez.

El título.— El término *Divina Comedia* es tan conocido que no se advierte que también es oscuro. Su justificación está en una epístola de incierta y debatida autenticidad, pero que corresponde fielmente a los hábitos mentales del siglo. Si no la escribió Dante, la escribió alguien que pensó como Dante. En el décimo párrafo de esa epístola, dirigida al "magnífico y victorioso señor Cangrande della Scala", se lee que el título o epígrafe de la obra es *Incipit Comedia Dantis Alagherii, Florentini natione non moribus* ("Aquí empieza la comedia de Dante Alighieri, florentino de patria, no de costumbres") y que la comedia difiere de la tragedia por el lenguaje suelto y común y por el desenlace feliz. La etimología confirma esa distinción: comedia se deriva de *kome*, y quiere decir canto villano; tragedia de *trages*, y quiere decir canto cabrío, "por lo fétido y horrible del desenlace". La obra observa esa ley: el principio (*El Infierno*) es horrible y fétido, el fin (*El Paraíso*) es próspero, deseable y ameno. En cuanto a su lenguaje, es el vulgar, en el que conversan las mujeres... De tales consideraciones basta, quizá, retener una sola: el sentido amplísimo que las retóricas medievales dieron a las voces *tragedia* y *comedia*, ahora limitadas al teatro. Así Virgilio (*Inferno*, XX, 112) dice con referencia a la *Eneida*:

Euripilo ebbe nome, e così 'l canta
l'alta mia Tragedia in alcun loco.

Dante, pues, dio a su libro la definición de *comedia*, y con esa palabra la nombró en dos lugares de *El Infierno*, a fines del canto XVI (donde juró que un hecho era verdadero por los versos de su *Comedìa*, como aquel pastor que, según refiere De Quincey, juró "por la grandeza de los padecimientos humanos, por la inmortalidad de las creaciones humanas, por la *Ilíada*, por la *Odisea*") y en el principio del XXI. También lo llamó *poema sacro* (*Paradiso*, XXV, 1); Grabher justifica el epíteto "por la materia, el concepto y el fin". Desde el púlpito de la iglesia de San Esteban, Boccaccio, que recibió de la Señoría de Florencia el encargo de comentar el poema, le dio la calificación de divino; ésta, a partir de cierta impresión veneciana del siglo XVI, fue incorporada al título. Además del propósito laudatorio, incluyó un sentido preciso, sin duda afín al de la palabra *divinity*, que, en inglés vale por teología, así como *divine* por teólogo. Croce, con escándalo de muchos, dijo que el poema de Dante era una novela teológica; la frase es una traducción literal de *Divina Comedia*.

La topografía de la Comedìa.— La astronomía ptolomaica y la teología cristiana describen el universo de Dante. La Tierra es una esfera inmóvil; en el centro del hemisferio boreal (que es el permitido a los hombres) está la montaña de Sion; a noventa grados de la montaña, al oriente, un río muere, el Ganges; a noventa grados de la montaña, al poniente, un río nace, el Ebro. El hemisferio austral es de agua, no tierra, y ha sido vedado a los hombres; en el centro hay una montaña antípoda de Sion, la montaña del purgatorio. Los dos ríos y las dos montañas equidistantes inscriben en la esfera una cruz. Bajo la montaña de Sion, pero harto más ancho, se abre hasta el centro de la Tierra un cono invertido, el infierno, dividido en círculos decrecientes, que son como las gradas de un anfiteatro. Los círculos son nueve y es ruinosa y atroz su topografía; los cinco primeros forman el alto infierno, los cuatro últimos, el infierno inferior, que es una ciudad con mezquitas rojas, cercada de murallas de hierro. Adentro hay sepulturas, pozos, despeñaderos, pantanos y arenales; en el ápice del cono está Lucifer, "el gusano que horada el mundo". Una grieta que abrieron en la roca las aguas del Leteo comunica el fondo del infierno con la base del purgatorio. Esta montaña es una isla y tiene una puerta; en su ladera se escalonan terrazas que significan los pecados mortales; el jardín del Edén florece en la cumbre. Giran en torno de la Tierra nueve esferas concéntricas; las siete primeras son los cielos planetarios (cielos de la Luna, de Mercurio, de Venus, del Sol, de Marte, de Júpiter, de Saturno); la octava, el cielo de las estrellas fijas; la novena, el cielo cristalino, llamado también Primer Móvil. A éste lo rodea el empíreo donde la Rosa de los Justos se abre, inconmensurable, alrededor de un punto, que es Dios. Previsiblemente, los coros de la Rosa son nueve... Tal es, a grandes rasgos, la configuración general del mundo dantesco, supeditado, como habrá observado el lector, a los prestigios del 1, del 3 y del círculo. El Demiurgo, o Artífice, del *Timeo*, libro mencionado por Dante (*Convivio*, III, 5; *Paradiso*, IV, 49), juzgó que el movimiento más perfecto era la rotación, y el cuerpo más perfecto, la esfera; ese dogma, que el Demiurgo de Platón compartió con Jenófanes y Parménides, dicta la geografía de los tres mundos recorridos por Dante.

La cronología.— La cronología de la *Comedìa* no ha levantado menos discusiones que la topografía. Para casi todos los glosadores el año de la visión es el último del siglo XIII, el año 1300. F. Angelitti, en cambio, dispuso de argumentos astronómicos que le permitieron optar por el primero del siglo XIV, el 1301. Aceptada, como es hábito general, la primera fecha, cabe aún discutir el día y el mes. Hay quien mantiene que la acción empieza el 25 de marzo, pero los más apoyan el 8 de abril. Se ha comprobado que las referencias del texto son de naturaleza ideal, y a veces alegórica, y en el calendario no había ninguno que satisfaga *todas* las condiciones.

La duración del viaje sobrenatural también ha merecido polémicas. En las ediciones del siglo XIX, el poeta invierte diez días, en las del siglo XX, una semana. La máxima velocidad, que yo sepa, ha sido lograda por Zingarelli, que destina un día al infierno, cuatro al purgatorio, y uno al paraíso, donde el tiempo se vuelve eternidad. Quien anhele mayores precisiones sobre el itinerario dantesco puede interrogar la edición de Tommaso Casini, donde está escrito, por ejemplo, que el encuentro con el Minotauro ocurrió a las 3 a.m. del nueve, y el sueño de la sirena, el alba del doce... Dada la simetría de la *Comedìa*, parece militar a favor de un viaje de diez días el régimen decimal del infierno (un vestíbulo y nueve círculos), del purgatorio (dos vestíbulos, siete círculos y el Edén en la cumbre) y del paraíso (siete cielos planetarios, el cielo de las estrellas fijas, el cielo cristalino y el cielo empíreo).

El problema, aunque baladí, testimonia la incomparable verosimilitud del relato de Dante. Sabemos que éste imaginó con tal probidad su viaje al ultramundo que no pudo no imaginar, entre tantas cosas, el tiempo que invirtió.

El sentido simbólico.— Los nueve cielos giratorios y el hemisferio austral hecho de agua, con una montaña en el centro, notoriamente corresponden a una cosmología anticuada; hay quienes sienten que el epíteto es parejamente aplicable a la economía sobrenatural del poema. Los nueve círculos del infierno (razonan) son no menos caducos e indefendibles que los nueve cielos de Ptolomeo, y el purgatorio es tan irreal como la montaña en que Dante lo ubica. A esa objeción cabe oponer diversas consideraciones; la primera es que Dante no se propuso establecer la verdadera o verosímil topografía del otro mundo. Así lo ha declarado él mismo; en la famosa epístola a Cangrande, redactada en latín, escribió que el sujeto de su *Comedìa* es, literalmente, el estado de las almas después de la muerte y, alegóricamente, el hombre en cuanto, por sus méritos o deméritos, se hace acreedor a los castigos o a las recompensas divinas. Iacopo di Dante, hijo del poeta, desarrolló esa idea. En el prólogo de su comentario leemos que la *Comedìa* quiere mostrar bajo colores alegóricos los tres modos de ser de la humanidad y que en la primera parte el autor considera el vicio, llamándolo *El Infierno*; en la segunda, el pasaje del vicio a la virtud, llamándolo *El Purgatorio*; en la tercera, la condición de los hombres perfectos, llamándola *El Paraíso*, "para mostrar la altura de sus virtudes y su felicidad, ambas necesarias al hombre para discernir el sumo bien". Así lo entendieron otros comentadores antiguos, por ejemplo, Iacopo della Lana, que explica: "Por considerar el poeta que la vida humana puede ser de tres condiciones, que son la vida de los viciosos, la vida de los penitentes y la vida de los buenos, dividió su libro en tres partes, que son el Infierno, el Purgatorio y el Paraíso". Otro testimonio fehaciente es el de Francesco da Buti, que anotó la *Comedia* a fines del siglo XIV. Hace suyas las palabras de la epístola: "El sujeto de este poema es literalmente el estado de las almas ya separadas de sus cuerpos y moralmente los premios o las penas que el hombre alcanza por su libre albedrío."

Harto más grave que la acusación de anticuado es la acusación de crueldad. Nietzsche, en el *Crepúsculo de los ídolos* (1888), ha amonedado esa opinión en el atolondrado epigrama que define a Dante como "la hiena que versifica en las sepulturas". La definición, como se ve, es menos ingeniosa que enfática; debe su fama, su excesiva fama, a la circunstancia de formular con desconsideración y violencia un juicio común. Indagar la razón de ese juicio es la mejor manera de refutarlo.

Dante ha concebido un infierno; ese infierno es indestructible; Dante ha condenado al rigor eterno de ese establecimiento penal a Ugolino y a Ulises, a Brunetto Latini y a Francesca: tales hechos no justifican una imputación de crueldad, pero bastan, acaso, para explicarla. El problema es complejo; entiendo que su estudio puede ser útil.

En su raíz hay una paradoja aparente. Nos escandaliza que el hombre que ha escuchado con lágrimas y piedad la historia de Francesca sea, increíblemente, el hombre que ha planeado el infierno donde ella cumplirá un Castigo infinito. Dante se nos presenta como viajero de los tres reinos de la muerte, pero a todos nos consta que es mucho más, que es también el juez y el verdugo. Apiadados, nos ponemos de parte de los réprobos contra el Dios que los juzga y contra Dante que sostiene a ese Dios. Olvidamos que la obra es una ficción, que las vívidas personas que nos conmueven y a veces nos indignan —los réprobos, los penitentes, los bienaventurados, los ministros de la cólera o de la gracia, "Dante" protagonista del poema y el mismo Dios— son proyecciones de la mente de Dante, figuras de su sueño.

En diversos lugares de la *Comedìa*, notablemente a fines del canto XIII de *El Paraíso* y en el canto XX, Dante ha escrito que la predestinación divina es inescrutable y que ni siquiera los santos, que ven a Dios, conocen a todos los elegidos ("non conosciamo ancora tutti gli eletti"); basta esa repetida afirmación para que entendamos que los personajes de la obra son prototipos de determinados vicios o virtudes, aunque tengan nombres reales y narren hechos que registra la historia.

Una razón de tipo ético ha inducido al poeta a condenar a aquellos caracteres —Francesca, Paolo Malatesta, Brunetto Latini, Ulises— que parecen más dignos de indulgencia y hasta de justificación y de amor. Esa razón es el propósito moral de la obra. Dante quiere mostrar, verbigracia, que la infracción del séptimo mandamiento es culpa que conduce al infierno; su probidad le hace abundar en circunstancias atenuantes de toda índole, en circunstancias de inocencia, de pasión, de aturdimiento, de hado irresistible, para que comprendamos que, aun así, aun en el caso de Francesca y Paolo, el pecado es mortal. Nuestro siglo, maleado por las vastas simplificaciones de la propaganda patriótica o comercial (a los *films* de Eisenstein, digamos, donde los justos tienen cara de justos y los malvados no presentan un rasgo que no sea detestable o ridículo), no se habitúa fácilmente a esa complejidad.

Otra razón, de tipo técnico, explica la dureza y la crueldad de que Dante ha sido acusado. La noción panteísta de un Dios que también es el universo, de un Dios que es cada una de sus criaturas y el destino de esas criaturas, es quizá una herejía y un error si la aplicamos a la realidad, pero es indiscutible en su aplicación al poeta y a su obra. El poeta es cada uno de los hombres de su mundo ficticio, es cada soplo y cada pormenor. Una de sus tareas, no la más fácil, es ocultar o disimular esa omnipresencia. El problema era singularmente arduo en el caso de Dante, obligado por el carácter de su poema a adjudicar la gloria o la perdición, sin que pudieran advertir los lectores que la Justicia que emitía los fallos era, en último término, él mismo. Para conseguir ese fin, se incluyó como personaje de la *Comedia*, e hizo que sus reacciones no coincidieran, o sólo coincidieran alguna vez —en el caso de Filipo Argenti, o en el de Judas— con las decisiones divinas. Definió a Dios, en *El Infierno*, por su justicia ("Giustizia mosse il mio alto fattore"), y guardó para sí los atributos de la comprensión y de la piedad. Perdió a Francesca y se condolió de Francesca. Benedetto Croce declara: "Dante, como teólogo, como creyente, como hombre ético, condena a los pecadores; pero sentimentalmente no condena y no absuelve" (*La poesia di Dante*, 78).

El problema de Ulises.— Reconsideremos ahora, a la luz de otros pasajes de la *Comedia*, el enigmático relato que Dante pone en boca de Ulises (*Inferno*, XXVI, 90-142). En el ruinoso fondo de aquel círculo que, en la economía infernal, sirve para castigo de los falsarios, Ulises y Diomedes arden sin fin, en una misma llama bicorne. Instado por Virgilio a referir de qué modo halló muerte, Ulises narra que después de separarse de Circe, que lo retuvo más de un año en Gaeta, ni la dulzura del hijo ni la piedad que le inspiraba Laertes ni el amor de Penélope vencieron en su pecho el ardor de conocer el mundo y los defectos y virtudes humanas. Con la última nave y con los pocos fieles que aún le quedaban, se lanzó al mar abierto; ya viejos, arribaron a la garganta donde Hércules fijó sus columnas. En ese término que un dios marcó a la ambición o al arrojo, instó a sus camaradas a conocer, ya que tan poco les restaba de vida, el *mundo sin gente*, los no usados mares antípodas. Les recordó su origen, les recordó que no habían nacido para vivir como los brutos sino para buscar la virtud y el conocimiento. Navegaron al ocaso y después al sur y vieron todas las estrellas que abarca el hemisferio austral. Cinco meses hendieron el océano y un día divisaron una montaña parda en el horizonte. Les pareció más alta que ninguna otra y se regocijaron sus ánimos. Esa alegría no tardó en trocarse en dolor, porque se levantó una tormenta que hizo girar tres veces la nave y a la cuarta la hundió, como plugo a Otro, y se cerró sobre ellos el mar.

Tal es el relato de Ulises. Muchos comentadores —desde el Anónimo Florentino a Raffaele Andreoli— lo estiman una digresión del autor. Juzgan que Ulises y Diomedes, falsarios, padecen en el foso de los falsarios ("e dentro de la lor fiamma si geme l'agguato del caval") y que el viaje de aquél no es otra cosa que un adorno episódico. Tommaseo, en cambio, cita un pasaje de la *Civitas Dei*, y pudo citar otro de Clemente de Alejandría, que niega que los hombres podrán llegar a la parte inferior de la tierra; Casini y Pietrobono, después, tachan de sacrílego el viaje. En efecto, la montaña entrevista por el griego antes que lo sepultara el abismo es la santa montaña del purgatorio, prohibida a los mortales (*Purgatorio*, I, 130). Acertadamente observa Hugo Friedrich: "El viaje acaba en una catástrofe, que no es mero destino de hombre de mar sino la palabra de Dios." (*Odysseus in der Hölle*, Berlín, 1942).

Ulises, al narrar su aventura, la califica de insensata ("folle"); en el canto XXVII del *Paradiso* hay una referencia al "varco folle d'Ulisse", a la insensata o temeraria travesía de Ulises.

El adjetivo es el aplicado por Dante, en la selva oscura, a la tremenda invitación de Virgilio ("Temo che la venuta non sia folle"); su repetición es deliberada. Cuando Dante pisa la playa que Ulises, antes de morir, entrevió, dice que nadie ha navegado esas aguas y ha podido volver; luego refiere que Virgilio lo ciñó con un junco, "com' altrui piacque": son las mismas palabras que dijo Ulises, al declarar su trágico fin. Cado Steiner escribe: "¿No habrá pensado Dante en Ulises, que naufragó a la vista de esa playa? Claro que sí. Pero Ulises quiso alcanzarla, fiado en sus propias fuerzas, desafiando los límites decretados a lo que puede el hombre. Dante, nuevo Ulises, la pisará como un vencedor, ceñido de humildad, y no le guiará la soberbia sino la razón iluminada por la gracia." Itera esa opinión August Ruegg (*Jenseitsvorstellungen vor Dante*, II, 114): "Dante es un aventurero que, como Ulises, pisa no pisados caminos, recorre mundos que no ha divisado hombre alguno y pretende las metas más difíciles y remotas. Pero ahí acaba el parangón. Ulises acomete a su cuenta y riesgo aventuras prohibidas. Dante se deja conducir por fuerzas más altas."

Justifican la distinción anterior dos famosos lugares de la *Comedia*. Uno, aquel en que Dante se juzga indigno de visitar los tres ultramundos ("Io non Enea, io non Paolo sono") y Virgilio declara la misión que le ha encomendado Beatriz; otro, aquel en que Cacciaguida (*Paradiso*, XVII, 100-142) aconseja la publicación del poema. A la luz de esos testimonios, resulta inepto equiparar la peregrinación de Dante, que lleva a la visión beatífica y al mejor libro que han escrito los hombres, con la sacrílega aventura de Ulises, que desemboca en el infierno. Esta acción parece el reverso de aquélla.

Tal argumento, sin embargo, importa un error. La acción de Ulises es indudablemente el viaje de Ulises, porque Ulises no es otra cosa que el sujeto de quien se predica esa acción, pero la acción o empresa de Dante no es el viaje de Dante sino la ejecución de su libro. El hecho es obvio, pero se propende a olvidarlo, porque la *Comedìa* está redactada en primera persona y el hombre que murió ha sido oscurecido por el protagonista inmortal... Dante era teólogo; muchas veces la escritura de la *Comedìa* le habrá parecido no menos ardua, quizá no menos arriesgada y fatal, que el último viaje de Ulises. Había osado figurar los arcanos que la pluma del Espíritu Santo apenas indica; ese propósito bien podía entrañar una culpa. Había osado equiparar a Beatriz Portinari con la Virgen y con Jesús.[1] Había osado anticipar los dictámenes del inescrutable Juicio Final, que los bienaventurados ignoran (*Paradiso*, XX, 134); había juzgado y condenado las almas de papas simoníacos y había salvado la del averroísta Liger, que enseñó el Eterno Retorno.[2] ¡Qué penas laboriosas para la gloria, que es una cosa efímera!

*Non è il mondan rumore altro che un fiato
di vento, ch' or vien quinci ed or vien quindi,
e muta nome perchè muta lato.*
(*Purgatorio*, XI, 100-102)

Verosímiles rastros de esa discordia perduran en el texto. Cado Steiner ha reconocido una de ellas en aquel diálogo en que Virgilio vence los temores de Dante y lo induce a emprender su inaudito viaje. Escribe Steiner: "El debate que, por una ficción, ocurre con Virgilio, de veras ocurrió en la mente de Dante,

1. Cf. Giovanni Papini: *Dante vivo*, III, 34.
2. Cf. Maurice de Wulf: *Historie de la philosophie médiévale*, 271; Miguel Asín Palacios: *Huellas del Islam*, 17.

cuando éste no había aún decidido la composición del poema. Le corresponde aquel otro debate del canto XVII del *Paradiso*, que mira a su publicación. Compuesta la obra, ¿podría publicarla y desafiar la ira de sus enemigos? En los dos casos triunfó la conciencia de su valor y del alto fin que se había propuesto (*Comedìa*, 15)." Dante, pues, habría simbolizado en tales pasajes un conflicto mental; yo sugiero que también lo simbolizó, acusó sin quererlo y sin sospecharlo, en la trágica fábula de Ulises y que a esa carga emocional ésta debe su tremenda virtud. Dante fue Ulises y en el fondo del alma pudo temer el castigo de Ulises.

Una observación última. Devotas del mar y de Dante, las dos literaturas de idioma inglés han recibido algún influjo del Ulises dantesco. Eliot (y antes Andrew Lang y antes Longfellow) han insinuado que de ese arquetipo glorioso procede el admirable *Ulysses* de Tennyson. No se ha indicado aún, que yo sepa, una afinidad más profunda: la del Ulises infernal con otro capitán desdichado: Ahab, de *Moby Dick*. Éste, como aquél, labra su propia perdición a fuerza de vigilias y de coraje; el argumento general es el mismo, el remate es idéntico, las últimas palabras son casi iguales.

El problema de Ugolino.— No he leído (nadie ha leído) todos los comentarios dantescos, pero sospecho que han falseado el problema del famoso verso 75 del canto penúltimo del *Inferno*, aquel en que Ugolino de Pisa, tras de narrar la muerte de sus hijos en la Prisión del Hambre, dice que el hambre pudo más que el dolor ("Poscia, piú che il dolor poté il digiuno"). Mejor dicho, han creado un problema ilusorio basado en una confusión entre el arte y la realidad. De este reproche debo excluir a los comentadores antiguos, para quienes el verso no es problemático, pues todos interpretan que el dolor no pudo matar a Ugolino, pero sí el hambre. También lo entiende así Geoffrey Chaucer, en el tosco resumen del episodio que intercaló en el ciclo de Canterbury.

Reconsideremos la escena. En el fondo glacial del noveno círculo, Ugolino roe infinitamente la nuca de Ruggieri degli Ubaldini y se limpia la boca sanguinaria con el pelo del réprobo. Alza la boca, no la cara, de la feroz comida y cuenta que Ruggieri lo traicionó y lo encarceló con sus hijos. Por la angosta ventana de la celda vio crecer y decrecer muchas lunas, hasta la noche en que soñó que Ruggieri, con hambrientos maitines, daba caza en el flanco de una montaña a un lobo y sus lobeznos. Al alba oye los golpes del martillo que tapia la entrada de la torre. Pasan un día y una noche, en silencio; Ugolino, movido por el dolor, se muerde las manos; los hijos creen que lo hace por hambre y le ofrecen su carne, que él engendró. Entre el quinto y el sexto día los ve, uno a uno, morir. Después, se queda ciego y habla con sus muertos y llora y los palpa en la sombra; después "el hambre pudo más que el dolor".

He declarado el sentido que dieron a este paso los primeros comentadores. Así, Rambaldi de Imola en el siglo XIV: "Viene a decir que el hambre rindió a quien tanto dolor no pudo vencer y matar." Profesan esta opinión, entre los modernos, Francesco Torraca, Guido Vitali y Tommaso Casini; el primero ve estupor y remordimiento en las palabras de Ugolino; el último agrega: "intérpretes modernos han fantaseado que Ugolino acabó por alimentarse de la carne de sus hijos, conjetura contraria a la naturaleza y a la verdad histórica", y considera inútil la controversia. Benedetto Croce piensa como él y opina que, de las dos interpretaciones, la más congruente y verosímil es la tradicional. Bianchi muy razonablemente glosa: "otros entienden que

Ugolino comió la carne de sus hijos, interpretación improbable pero que no es lícito descartar". Luigi Pietrobono (sobre cuyo parecer volveré) dice que el verso es deliberadamente misterioso.

Antes de participar a mi vez en la *inutile controversia*, quiero detenerme un instante en el ofrecimiento unánime de los hijos. Éstos ruegan al padre que retome esas carnes que él ha engendrado.

> ...*tu ne vestisti*
> *queste misere carni, e tu le spoglia!*

Sospecho que este discurso debe causar una creciente incomodidad en quienes lo admiran. De Sanctis (*Storia della Letteratura italiana*, IX) pondera la imprevista conjunción de imágenes heterogéneas; D'Ovidio admite que "esta gallarda y conceptuosa expresión de un ímpetu filial casi desarma toda crítica". Yo tengo para mí que se trata de una de las muy pocas falsedades que incluye la *Comedia*. La juzgo menos digna de esa obra que de la pluma de Malvezzi o de la veneración de Gracián. Dante, me digo, no pudo no sentir su falsía, agravada, sin duda, por la circunstancia casi coral de que los cuatro niños a un tiempo brindan el convite famélico. Alguien insinuará que enfrentamos una mentira de Ugolino fraguada para justificar (para sugerir) el crimen ulterior.

El problema histórico de si Ugolino della Gherardesca ejerció, en los primeros días de febrero de 1289, el canibalismo, es, evidentemente, insoluble. El problema estético o literario es de muy otra índole. Cabe enunciarlo así: ¿quiso Dante que pensáramos que Ugolino (el Ugolino de su *Infierno*, no el de la historia) comió la carne de sus hijos? Yo arriesgaría la respuesta: Dante no ha querido que lo pensemos, pero sí que lo sospechemos. La incertidumbre es parte de su designio. Ugolino roe el cráneo del arzobispo; Ugolino sueña con perros de colmillos agudos que rasgan los flancos del lobo ("... e con l'acu te scane Mi parea lor veder fender li fianchi"); Ugolino movido por el dolor se muerde las manos; Ugolino oye que los hijos le ofrecen inverosímilmente su carne; Ugolino, pronunciado el ambiguo verso, torna a roer el cráneo del arzobispo: tales actos sugieren o simbolizan el hecho atroz. Cumplen una doble función: los creemos parte del relato y son profecías.

Robert Louis Stevenson (*Ethical Studies*, pág. 110) observa que los personajes de un libro son sartas de palabras; a eso, por blasfematorio que nos parezca, se reducen Aquiles y Peer Gynt, Robinson Crusoe y el barón de Charlus. A eso, también, los poderosos que rigieron la tierra; una serie de palabras es Alejandro y otra es Atila... De Ugolino cabe decir que es un organismo verbal, que consta de unos treinta tercetos. ¿Debemos incluir en ese organismo la noción de antropofagia? Repito que debemos sospecharla, con incertidumbre y temor. Negar o afirmar el monstruoso delito de Ugolino es menos tremendo que vislumbrarlo.

El dictamen *Un libro es las palabras que lo componen* corre el albur de parecer un axioma insípido. Sin embargo, todos propendemos a creer que hay una forma separable del fondo y que diez minutos de diálogo con Henry James nos revelarían el "verdadero" argumento de *Otra vuelta de tuerca*. Pienso que tal no es la verdad; pienso que Dante no supo mucho más de Ugolino que lo que sus tercetos refieren. Schopenhauer declaró que el primer volumen de su obra capital consta de un solo pensamiento y que no halló modo más breve de trasmitirlo; Dante, a la inversa, nos diría que cuanto imaginó de Ugolino está en los debatidos tercetos.

En el tiempo real, en la historia, cada vez que un hombre se enfrenta con diversas alternativas opta por una y elimina y pierde las otras; no así por el ambiguo tiempo del arte, que se parece al de la esperanza y al del olvido. Hamlet en ese tiempo es cuerdo y es loco. En la tiniebla de su Torre del Hambre, Ugolino devora y no devora los amados cadáveres y esa ondulante imprecisión, esa incertidumbre, es la extraña materia de que está hecho. Así, con dos posibles agonías lo soñó Dante y así lo soñarán las generaciones.

Ha escrito Luigi Pietrobono (*Inferno*, pág. 417): "el discutido verso no afirma la culpa de Ugolino pero la deja adivinar sin menoscabo del arte o del rigor histórico. Basta que la juzguemos *posible*".

El encuentro con Beatriz.— Superados los círculos del infierno y las arduas terrazas del purgatorio, Dante, en el paraíso terrenal, ve por fin a Beatriz; Ozanam conjetura que la escena (ciertamente una de las más asombrosas que la literatura ha alcanzado) es el núcleo primitivo de la *Comedia*. Mi propósito es referirla, resumir lo que dicen los escoliastas y presentar alguna observación, quizá nueva, de índole psicológica.

La mañana del trece del mes de abril del año 1300, en el día penúltimo de su viaje, Dante, cumplidos sus trabajos, entra en el paraíso terrenal, que florece en la cumbre del purgatorio. Ha visto el fuego temporal y el eterno, ha atravesado un muro de fuego, su albedrío es libre y es recto, Virgilio lo ha mitrado y coronado sobre sí mismo ("per ch'io te sovra te corono e mitrio"). Por los senderos del antiguo jardín llega a un río más puro que ningún otro, aunque los árboles no dejan que lo ilumine ni la luna ni el sol. Corre por el aire una música y en la otra margen se adelanta una procesión misteriosa. Veinticuatro ancianos vestidos de ropas blancas y cuatro animales con seis alas alrededor, tachonadas de ojos abiertos, preceden un carro triunfal, tirado por un grifo; a la derecha bailan tres mujeres, de las que una es tan roja que apenas la veríamos en el fuego; a la izquierda, cuatro, de púrpura, de las que una tiene tres ojos. El carro se detiene y una mujer velada aparece; su traje es del color de una llama viva. No por la vista sino por el estupor de su espíritu y por el temor de su sangre, Dante comprende que es Beatriz. En el umbral de la Gloria siente el amor que tantas veces lo había traspasado en Florencia. Busca el amparo de Virgilio, como un niño azorado, pero Virgilio ya no está junto a él.

> *Ma Virgilio n'avia lasciati scemi*
> *di sé, Virgilio dolcissimo padre,*
> *Virgilio a cui per mia salute die'mi.*

Beatriz lo llama por su nombre, imperiosa. Le dice que no debe llorar la desaparición de Virgilio sino sus propias culpas. Con ironía le pregunta cómo ha condescendido en pisar un sitio donde el hombre es feliz. El aire se ha poblado de ángeles; Beatriz les enumera, implacable, los extravíos de Dante. Dice que en vano ella lo buscaba en los sueños pues él tan abajo cayó que no hubo otra manera de salvación que mostrarle los réprobos. Dante baja los ojos, abochornado, y balbucea y llora. Los seres fabulosos escuchan; Beatriz lo obliga a confesarse públicamente... Tal es, en mala prosa española, la lastimosa escena del primer encuentro con Beatriz en el paraíso. Curiosamente observa Theophil Spoerri (*Einführung in die Göttliche Komödie*, Zürich, 1946): "Sin duda el mismo Dante había previsto de otro modo ese encuentro. Nada indica en las páginas anteriores que ahí lo esperaba la mayor humillación de su vida."

Figura por figura descifran los comentadores la escena. Los veinticuatro ancianos preliminares (*Apocalipsis*, 4:4) son los veinticuatro libros del Viejo Testamento, según el *Prologus Galeatus* de San Jerónimo. Los animales con seis alas son los evangelistas (Tommasseo) o los Evangelios (Lombardi). Las seis alas son las seis leyes (Pietro di Dante) o la difusión de la doctrina en las seis direcciones del espacio (Francesco da Buti). El carro es la Iglesia universal; las dos ruedas son los dos Testamentos (Buti) o la vida activa y la contemplativa (Benvenuto da Imola) o Santo Domingo y San Francisco (*Paradiso*, XII, 106-111) o la Justicia y la Piedad (Luigi Pietrobono). El grifo —león y águila— es Cristo, por la unión hipostática del Verbo con la naturaleza humana; Didron mantiene que es el Papa, "que, como pontífice o águila, se eleva hasta el trono de Dios a recibir sus órdenes y como león o rey anda por la tierra con fortaleza y vigor". Las mujeres que danzan a la derecha son las virtudes teologales; las que danzan a la izquierda, las cardinales. La mujer dotada de tres ojos es la Prudencia, que ve lo pasado, lo presente y lo porvenir. Surge Beatriz y desaparece Virgilio porque Virgilio es la razón y Beatriz la fe. También, según Vitali, porque a la cultura clásica sucedió la cultura cristiana.

Las interpretaciones que he enumerado son, sin duda, atendibles. Lógicamente (no poéticamente) justifican con bastante rigor los rasgos inciertos. Carlo Steiner, después de apoyar algunas, escribe: "Una mujer con tres ojos es un monstruo, pero el Poeta, aquí, no se somete al freno del arte, porque le importa mucho más exprimir las moralidades que le son caras. Prueba inequívoca de que en el alma de ese artista grandísimo el arte no ocupaba el primer lugar sino el amor del Bien." Con menos efusión, Vitali corrobora ese juicio: "El afán de alegorizar lleva a Dante a invenciones de dudosa belleza."

Dos hechos me parecen indiscutibles. Dante quería que la procesión fuera bella ("Non che Roma di carro così bello Rallegrasse Affricano"); la procesión es de una complicada fealdad. Un grifo atado a una carroza, animales con alas tachonadas de ojos abiertos, una mujer verde, otra carmesí, otra en cuya cara hay tres ojos, un hombre que camina dormido parecen menos propios de la Gloria que de los vanos círculos infernales. No aminora su horror el hecho de que alguna de esas figuras proceda de los libros proféticos ("ma leggi Ezechiel che li dipigne") y otras de la Revelación de San Juan. Mi censura no es un anacronismo: las otras escenas paradisíacas excluyen lo monstruoso.[3]

Todos los comentadores han destacado la severidad de Beatriz; algunos, la fealdad de ciertos emblemas; ambas anomalías, para mí, derivan de un origen común. Se trata, claro está, de una conjetura, en pocas palabras la indicaré.

Enamorarse es crear una religión cuyo dios es falible. Que Dante profesó por Beatriz una adoración idolátrica es una verdad que no cabe contradecir; que ella una vez se burló de él y otra lo desairó son hechos que registra la *Vita nuova*. Hay quien mantiene que esos hechos son imágenes de otros; ello, a ser así, reforzaría aún más nuestra certidumbre de un amor desdichado y supersticioso. Dante, muerta Beatriz, perdida para siempre Beatriz, jugó con la ficción de encontrarla, para mitigar su tristeza; yo tengo para mí que edificó la triple arquitectura de su poema para intercalar ese encuentro. Le ocurrió entonces lo que suele ocurrir en los sueños. En la adversidad

3. Ya escrito lo anterior, leo en las glosas de Francesco Torraca que en algún bestiario italiano el grifo es símbolo del demonio ("Per lo Grifone entendo lo nemico"). No sé si es lícito agregar que en el Códice de Exeter la pantera, animal de voz melodiosa y de suave aliento, es símbolo del Redentor.

soñamos una ventura y la íntima conciencia de la imposibilidad de lo que soñamos basta para corromper nuestro sueño, manchándolo de tristes estorbos. Tal fue el caso de Dante. Negado para siempre por Beatriz, soñó con Beatriz, pero la soñó severísima, pero la soñó inaccesible, pero la soñó en un carro tirado por un león que era un pájaro y que era todo pájaro o todo león cuando los ojos de Beatriz la espejaban (*Purgatorio*, XXXI, 121). Tales hechos pueden prefigurar una pesadilla; ésta se fija y se dilata en el otro canto. Beatriz desaparece; un águila, una zorra y un dragón atacan el carro; las ruedas y el timón se cubren de plumas; el carro, entonces, echa siete cabezas ("Trasformato così il dificio santo Mise fuor teste"); un gigante y una ramera usurpan el lugar de Beatriz.[4]

Infinitamente existió Beatriz para Dante; Dante, muy poco, tal vez nada, para Beatriz; todos nosotros propendemos, por piedad, por veneración, a olvidar esa lastimosa discordia, inolvidable para Dante. Leo y releo los azares de su ilusorio encuentro y pienso en dos amantes que el Alighieri soñó en el huracán del Segundo Círculo y que son emblemas oscuros, aunque él no lo entendiera o no lo quisiera, de esa dicha que no logró. Pienso en Francesca y en Paolo, unidos para siempre en su infierno. *Questi, che mai da me non fia diviso...* Con espantoso amor, con ansiedad, con admiración, con envidia, habrá forjado Dante ese verso.

4. Se objetará que tales fealdades son el reverso de la precedente "hermosura". Desde luego, pero son significativas... Alegóricamente, la agresión del águila representa las primeras persecuciones; la zorra, la herejía; el dragón, Satanás o Mahoma o el Anticristo; las cabezas, los pecados capitales (Benvenuto da Imola) o los sacramentos (Buti); el gigante, Felipe IV; la ramera, la Iglesia.

Cómo leer la Comedìa.— En el prólogo del *Quijote* se lee que "dos onzas de la lengua toscana" bastan para entender los *Dialoghi d'amore* de León Hebreo. No sé cuanto valen dos onzas, pero es notorio que se trata de un mínimo y pienso que toda persona cuyo idioma es el español posee, virtualmente, ese mínimo. El que sabe español sabe los rudimentos del italiano y puede acometer, sin recelo, el texto original de Dante. Eludir esa empresa (que sólo al principio es una tarea) es una imperdonable frivolidad.

El mejor punto de partida es algún episodio famoso: el de Francesca o el de Ulises, digamos (cantos V y XXVI de *El Infierno*). Primero se leerá esta versión; luego, en voz alta y lentamente, el original con el castellano a la vista para obviar las fatigas del diccionario. El trabajo es leve, la recompensa que se logra, vastísima. El conocimiento directo de la *Comedìa*, el contacto inmediato, es la más inagotable felicidad que puede ministrar la literatura.

Abundan las buenas ediciones italianas. No suelen diferir por el texto, que en todas es, con variaciones de escritura o de puntuación, el fijado por Giuseppe Vandelli para la *Società Dantesca*, sino por las intenciones del comentario. Tres, por asenso general, tienen crédito de clásicas: la de Scartazzini-Vandelli, la de Casini-Barbi y la de Francesco Torraca. Sus notas, como las de Dino Provenzal y las de Cado Steiner, son de carácter enciclopédico; de carácter estético y psicológico, las de Pietrobono, las de Grabher, las de Momigliano, sensible historiador de la literatura de su país, y las de Guido Vitali. Que yo sepa, la independencia y agudeza de este último han sido preferidas con injusticia. De los comentarios publicados en el decurso del siglo XIX, el más memorable es, acaso, el del romántico Niccolo Tommasseo, reeditado en 1944 por

Umberto Cosmo; siguen siendo útiles también los de Fraticelli y Andreoli.

Los pequeños volúmenes de la edición de Enrico Bianchi, publicada en Florencia, traen los tercetos de la *Comedìa* en las páginas pares y, en las impares, una "versión literal", en prosa italiana.

Bárbaramente se repite que los comentadores se interponen entre el lector y el libro, dislate que no merece refutación.

JORGE LUIS BORGES

DIVINA COMEDIA

DIVINA COMMEDIA

EL INFIERNO

Canto primero

Perdido una noche el Poeta en una enmarañada y obscura selva va por fin a salir de ella por una colina que ve iluminada con el resplandor del sol, cuando se le presentan delante, interceptándole el paso, tres animales feroces. Atemorizase su ánimo, mas de pronto se le aparece la sombra de Virgilio, que le infunde aliento y promete sacarle de allí, haciéndole atravesar el reino de los muertos, primero el Infierno, después el Purgatorio; hasta que finalmente Beatriz le conduce al Paraíso. Echa andar la sombra, y síguela Dante.

Hallábame a la mitad del camino de nuestra vida,[1] cuando me vi en medio de una oscura selva,[2] fuera de todo camino recto. ¡Ah! ¡Cuán penoso es referir lo horrible e intransitable de aquella cerrada selva, y recordar el pavor que puso en mi pensamiento! No es de seguro mucho más penoso el recuerdo de la muerte. Mas para hablar del consuelo que allí encontré,[3] diré las demás cosas que me acaecieron.

No sé fijamente cómo entré en aquel sitio: tan trastornado

1. A la edad de treinta y cinco años, considerada la mitad de la vida (*Conv.*, IV, XXIII, 9). Cf. *Los días de nuestra vida son setenta años* (Salmo XC, 10). Este primer verso está imitado de Isaías (XXXVIII, 10): *Yo dije: En el medio de mis días iré a las puertas del sepulcro.*

2. Alude al desorden moral y político de Italia y especialmente de Florencia. Algunos consideran que la selva representa el estado de vicio y la ignorancia del hombre; otros, la miseria de Dante, privado, durante el exilio, de las cosas más queridas.

3. Virgilio.

me tenía el sueño[4] cuando abandoné la senda que me guiaba.[5] Mas viéndome después al pie de una colina,[6] en el punto donde terminaba el valle[7] que tanta angustia había infundido en mi corazón, miré a lo alto, y vi su cima dorada ya por los rayos del planeta[8] que conduce al hombre seguro por todas partes.

Calmóse algún tanto entonces el temor que con tales sobresaltos había alterado aquella noche[9] el lago de mi corazón;[10] y como aquel que saliendo anhelante fuera del piélago, al llegar a la playa, se vuelve hacia las ondas peligrosas, y las contempla, así mi espíritu, azorado aún, retrocedió para ver aquel lugar de donde no salió jamás alma viviente.[11]

Reposado que hubo el cuerpo de su fatiga, comencé a subir por la colina solitaria, de modo que el pie que afianzaba más, era el más bajo; y no bien estaba al principio de la pendiente, salió una pantera veloz y en extremo suelta, toda ella cubierta de manchada piel,[12] que, sin apartárseme de la vista, de tal manera me embarazaba el paso, que muchas veces me volví para retroceder.

Estaba próximo a rayar el día, y el sol iba ascendiendo con las mismas estrellas que le acompañaban cuando el Amor divino puso por vez primera en movimiento todos aquellos hermosos

4. El sueño es siempre imagen de ofuscamiento intelectual.
5. La senda de la virtud y la verdad.
6. Por oposición a la selva, es aquí símbolo de la vida virtuosa y feliz.
7. En este valle, cuyo término es la colina, se encuentra la selva.
8. En el sistema ptolomeico el Sol es un planeta
9. La del jueves al viernes de la Semana Santa.
10. Llama así a la cavidad cardíaca llena de sangre.
11. La vida pecaminosa conduce a la muerte espiritual y eterna; el hombre sólo se salva alejándose de la misma.
12. La pantera representa la incontinencia, que se castiga desde el segundo hasta el quinto círculo.

astros; de suerte que me hacían confiar en que no recibiría daño alguno de la fiera de piel pintada lo temprano de la hora y lo dulce de la estación.[13]

Mas no fue así, pues vino a darme nuevo espanto el aspecto de un león[14] que de improviso se me presentó, figurándoseme que venía contra mí, erguida la cabeza y rabioso de hambre; como que hasta el aire pareció que se estremecía de verle.

Y en seguida una loba,[15] que, a pesar de su demacración, mostraba estar henchida de deseos insaciables, y haber sido causa de que tantos vivan miserablemente.

Ésta me infundió tal perturbación con el terror que de sus ojos fulminaba, que perdí toda esperanza de ganar la cima. Y a semejanza del que consigue algo con mucho afán, y andando el tiempo viene a perderlo, y llora, y no discurre en su pensamiento cosa que no sea triste, tal me aconteció con la desasosegada fiera, que, saliéndome al encuentro, fue poco a poco empujándome hacia el sitio donde el sol ya no resplandece.[16]

Pero mientras me precipitaba así hacia abajo, ofrecióse ante mi vista una imagen, que por el silencio que guardaba parecía muda. Al verla en medio de aquel desierto, —¡compadécete de mí, grité, quienquiera que seas, sombra u hombre verdadero!

Y me respondió: —No soy hombre, pero lo he sido; mis padres fueron lombardos, y tuvieron por patria a Mantua. Nací en tiempo de Julio, aunque un poco tarde, y viví en Roma bajo el

13. La primavera.

14. El símbolo de la violencia, la que se encuentra penada en el séptimo círculo.

15. Encarna la codicia, la cual es castigada en los círculos octavo y noveno. Las interpretaciones sobre la simbología de estos tres animales —la pantera, el león y la loba— varían según los comentaristas.

16. Literalmente, *donde el sol calla* ("dove 'l Sol tace")

imperio del buen Augusto, y cuando los mentirosos y falsos dioses. Poeta fue, y cantor de aquel piadoso hijo de Anquises,[17] que vino de Troya luego que la soberbia Ilión[18] fue hecha cenizas. Y tú ¿por qué vuelves a donde has sentido tanta tribulación? ¿Por qué no subes al delicioso monte que es principio y mansión de todo contentamiento?

—¡Oh! ¿Conque tú eres Virgilio, eres la fuente que tan copioso raudal derrama de elocuencia?, repliqué confuso. Gloria y lumbrera de los demás poetas: válgame el largo estudio y el grande afán con que he buscado siempre tus libros. Tú eres mi maestro, mi autor predilecto; tú el único de quien adquirí el hermoso estilo que ha labrado mi reputación. Mira la fiera que me hacía retroceder; líbrame de ella, ilustre sabio, porque están temblando mis venas, y mi pulso late acelerado.

—A ti te conviene emprender otro rumbo, contestó, viendo las lágrimas que vertía, si quieres salir de este lugar salvaje; porque esa fiera que ha ocasionado tus gritos, a nadie deja pasar por su camino, y al que lo intenta se lo estorba de manera que le mata. Es de condición tan malvada y ruin, que nunca ve satisfechos sus ambiciosos deseos, y después de comer tiene más hambre que antes. Muchos son los animales con que se une; y serán más todavía, hasta que venga el Lebrel[19] que la haga morir de rabia; el cual no se sustentará de tierra ni metal,[20] sino de sabiduría, de amor y de virtud; y su nación

17. Eneas, hijo de Anquises, es el protagonista del poema virgiliano.

18. Nombre griego de Troya.

19. Personaje indeterminado que vendría para redención de Italia y del mundo.

20. Es decir, no ambicionará riquezas ni poder, sino sabiduría, amor y virtud.

estará entre Feltre y Montefeltro.[21] Será la salvación de aquella humilde Italia por quien murieron de sus heridas la virgen Camila, y Euríalo, Turno y Niso.[22] Él mismo la perseguirá por todas las ciudades hasta que la hunda de nuevo en el Infierno, de donde al principio la sacó la Envidia.[23] Atento, pues, yo a tu bien, discurro y juzgo que debes seguirme; yo seré tu guía, y te sacaré de aquí, haciéndote pasar por un lugar eterno donde oirás desesperado griterío, y verás[24] las almas que de antiguo están padeciendo, con qué ansia pide cada cual la segunda muerte;[25] y los que están contentos en medio del fuego,[26] porque esperan ir, cuando les sea concedido, con los bienaventurados. Y si tú quisieres subir hasta ellos, un alma[27] habrá más digna que yo para acompañarte: al separarme de ti te dejaré con ella, pues el Emperador que reina en aquellas alturas, por ser yo extraño a su ley, no consiente que me introduzca en sus dominios.[28] En todas partes manda, pero allí impera. Allí tiene

21. V. 105: ... *e sua nazion sarà tra Feltro e Feltro*. Si se entiende *feltro* por paño rústico, indica la humilde condición de dicho *lebrel*.
El traductor ha preferido "entre Feltre y Montefeltro". Feltre es una ciudad de la Marca Trevisana y Montefeltro, de Romaña. Quienes se inclinan por esta versión suponen el nacimiento del Lebrel en esta región y con ello debe pensarse en el Can Grande della Scala, señor de Verona.
22. Camila, hija de Metabo, rey de los volscos, pereció combatiendo contra los troyanos de Eneas. Euríalo y Neso, jóvenes troyanos caídos en los combates contra los volscos. Turno, hijo de Dauno, rey de los rútulos, muerto por Eneas. De estos cuatro personajes habla Virgilio en la *Eneida*.
23. La envidia del demonio, enemigo del género humano.
24. En el Infierno.
25. Es decir, la del alma.
26. Se encuentra en el Purgatorio.
27. Beatriz.
28. Literalmente, *en su ciudad* ("in sua città").

su corte, allí su excelso trono:[29] ¡dichoso aquél a quien elige para su reino!

Y yo repuse: —Poeta, ruégote por ese Dios a quien no llegaste a conocer, que me libres de este quebranto y amargo trance, y me conduzcas a donde has dicho, de suerte que vea yo la puerta de San Pedro, y a los que me has pintado tan miserables.

Movió entonces su planta, y comencé a seguirle.

29. Literalmente, *el alto asiento* ("l'alto seggio").

Canto segundo

En este segundo canto, después de la invocación que suelen poner los poetas al principio de las epopeyas, refiere Dante que contando con sus fuerzas empezó a dudar de si sería capaz de emprender el terrible viaje que Virgilio le había propuesto; pero que nuevamente alentado por sus reflexiones se determinó a seguirle sin más incertidumbre.

Expiraba ya el día,[1] y el aire de la noche convidaba a descansar de sus fatigas a los seres animados que viven en la tierra: yo únicamente me disponía a padecer la angustia que iban a ocasionarme, tanto el camino, como el lastimoso espectáculo que reproducirá mi memoria con toda fidelidad.

¡Oh Musas, oh ingenio sublime, ayudadme ahora! ¡Oh mente mía, que imprimiste en ti cuanto presencié!, aquí se manifestará tu excelencia.

Y empecé a decir: —Poeta, que eres mi guía: mira si mi virtud es bastante fuerte, antes de conducirme a tan alta empresa.

"Dices[2] que el padre de Sylvio,[3] todavía mortal, se trasladó al mundo eterno, y se trasladó corporalmente. Pero que el que libra de todo mal le concediese esta gracia pensando en el grande afecto, en las gentes y en la nación que habían de resultar de él, no debe parecer injusto a ningún hombre de entendimiento,

---

1. El canto anterior se considera el prólogo del libro; éste lo es de la cantiga primera.
2. En el canto VI de la *Eneida*.
3. Eneas.

dado que fue elegido en el Empíreo para fundador de la excelsa Roma y de su imperio; imperio y ciudad que, si hemos de decir lo cierto, fueron destinados a ser el santo lugar donde tiene su sede el sucesor del insigne Pedro. A consecuencia de este viaje, que merece tus alabanzas, oyó cosas que fueron el origen de su victoria y de la dignidad pontificia. Allí se dirigió después el Vaso de elección[4] para recibir la inspiración de aquella fe que es el principio del camino de la salvación. Mas yo, ¿por qué he de ir también? ¿Quién me otorga esta gracia? No soy ni Eneas ni Pablo; no me creo, ni nadie me creerá digno de ella; y si me abandono a esta confianza, temo que mi viaje sea una insensatez. Tú eres sabio, y comprendes mis razones mejor que yo."

Y como aquel que desiste de lo que anhela, y por un nuevo pensamiento renuncia a su propósito, de modo que enteramente se aparta de su primitiva idea, así quise yo hacer en aquel lóbrego sitio, porque, considerándolo bien, abandoné el intento que tan repentinamente formé al principio.

—Si no he entendido mal tus palabras, replicó la sombra del magnánimo Virgilio, tu ánimo está sobrecogido de temor, el cual muchas veces se apodera del hombre en términos de apartarle de nobles empresas. Cual si fuese una bestia que se asombra al ver un fantasma. Para que deseches esta aprensión, te diré por qué causa he venido, y lo que oí al compadecerme de tu infortunio. Estaba yo entre los que se hallan en el Limbo,[5] cuando me llamó una joven bienaventurada y bella, de tal manera, que le rogué me diese sus órdenes. Resplandecían sus ojos más que el

---

4. San Pablo, *Act. Ap.*, IX, 15.

5. Las almas del Limbo están privadas de la visión de Dios, pero no sufren castigos: v. 52. *Io era tra color che son sospesi.*

sol,[6] y con dulce y afectuoso acento, con voz angelical empezó a decirme en su lengua: "¡Oh sensible alma mantuana, cuya fama dura todavía en el mundo, y durará mientras subsista éste! Mi amigo, que no lo es de la Fortuna,[7] se encuentra en la desierta playa, y tan atribulado en su camino, que de miedo ha retrocedido ya; y tenlo que ha de haberse extraviado hasta el punto de que haya yo acudido tarde en su ayuda, según lo que de él he oído decir en el cielo. Ve, pues, y préstale auxilio con la elocuencia de tus palabras y con todo lo que sea menester para que se salve, de manera que reciba yo este consuelo. Soy Beatriz,[8] y te ruego que marches presto; vengo de una región a donde deseo volver: amor es el que ha movido mis pasos y obligádome a hablar así. Cuando esté en presencia de mi Señor, le haré de ti frecuentes alabanzas."

Calló entonces, y yo añadí: —¡Oh virtuosa beldad, la única por quien la especie humana excede a todo lo que abraza el cielo que tiene sus círculos más estrechos![9] Me agrada tanto tu mandato, que aun cuando estuviera ya obedeciéndote, me parecería tarde. No tienes necesidad de manifestarme más tu deseo. Pero dime: ¿por qué causa no hallas reparo en bajar a este humilde centro, desde la sublime región a donde anhelas volver?

6. ...*che la Stella*; dice el original. Puede entenderse el Sol, como en la traducción; Venus, la estrella por antonomasia, o bien, estrella en general, porque en el Medioevo se escribía estrella con valor colectivo.

7. Alude a las dificultades e inconvenientes que sufrió el Poeta en su vida.

8. Beatriz, joven florentina hija de Folco Portinari, amada por Dante, que le cantó en la *Vita Nuova*. En la *Divina Comedia*, es más bien personaje alegórico y aquí significa la ciencia revelada.

9. El cielo de la Luna es en el sistema de Ptolomeo, por ser el más cercano a la Tierra, el de menores círculos.

"Pues que tanto quieres saber, me respondió, te diré brevemente por qué no temo bajar a estos lugares. Débese temer aquello que puede redundar en perjuicio de otro, no lo demás que no infunde temor alguno. Dios, por su gracia, me ha hecho tal, que ni me alcanza vuestra miseria, ni me daña el fuego de este incendio. Hay en el cielo una hermosa joven que se compadece[10] del peligro a que yo te mando, y consigue desarmar la rigurosa justicia de Dios."[11] Ésta se dirigió a Lucía[12] con sus ruegos diciéndole: "Tu fiel[13] amigo necesita ahora de ti, y yo te le recomiendo." Lucía, enemiga de todo corazón cruel, se levantó, y vino a donde yo estaba sentada en compañía de la antigua Raquel,[14] para decirme: "Beatriz, verdadera alabanza de Dios, ¿por qué no socorres al hombre que te amó tanto, y que se distinguió por ti de la multitud vulgar? ¿No oyes su angustioso llanto? ¿No ves la muerte que le amenaza en la selva, a la cual no sobrepuja el mar?[15] No ha habido jamás en el mundo persona tan pronta a procurar su bien y evitar su daño, como lo estuve yo al escuchar tales palabras. Aquí he descendido desde mi glorioso asiento, fiada en tu persuasiva elocuencia, que te honra a ti, no menos que a los que la oyen."

10. La Virgen María.

11. Impedía a los hombres pisar el Paraíso terrestre abandonado por Dios a las potencias del mal (las tres fieras). Al interceder la Virgen María consigue revocar ese juicio.

12. Históricamente, Santa Lucía, mártir siracusana; alegóricamente, la gracia Iluminante.

13. Dante fue particularmente devoto de Santa Lucía, pues sufrió de la vista.

14. Segunda hija de Labán y esposa de Jacob. Es símbolo de la vida contemplativa.

15. El texto dice *fiumana*, que es un río o torrente que se desborda, para representar la selva.

"Terminado que hubo de decir esto, volvió arrasados en lágrimas sus brillantes ojos, con lo que me obligó a partir más pronto; y obediente a su voluntad, aquí me tienes, habiéndote librado de aquella fiera que intentaba cerrarte el breve camino del hermoso monte. ¿Qué haces, pues? ¿Por qué, por qué permaneces inmóvil? ¿Por qué das lugar a tanta timidez en tu corazón? ¿Por qué tu falta de valor y de confianza, cuando esas tres bienaventuradas cuidan de ti en la corte celestial, y mis palabras te ofrecen tan gran dicha?"

Como las florecillas que, mustias y cerradas por la escarcha de la noche se enderezan abiertas sobre sus tallos luego que reciben el calor del sol, así me recobré yo de mi abatimiento; y tal valor adquirió mi corazón, que como quien nada temía ya, empecé a decir:

—¡Cuán piadosa es aquella que me socorrió, y cuán benévolo tú, que obedeciste al punto a las palabras de verdad que te dijo! Con tus consejos has encendido de tal manera mi corazón en el deseo de seguir tus pasos, que vuelvo a querer realizar mí primer intento. Marchemos; que un mismo anhelo nos anima a entrambos. Tú serás mi guía, mi señor y mi maestro.

Y diciendo esto, y empezando él a moverse, entré por el camino sombrío e impracticable.

Canto tercero

Llega el Poeta a la puerta del Infierno, y lee una pavorosa inscripción que sobre ella había. Entra, precedido de su buen Maestro, y ve en el vestíbulo el castigo de los negligentes, que jamás vivieron para cosa del mundo. Acércase al Aqueronte, donde está el barquero infernal pasando las almas de los condenados; y deslumbrado allí por un rayo de vivísima luz, cae en profundo sueño.

POR MÍ[1] SE LLEGA A LA CIUDAD DEL LLANTO;

POR MÍ A LOS REINOS DE LA ETERNA PENA,[2]

Y A LOS QUE SUFREN INMORTAL QUEBRANTO.

DICTÓ MI AUTOR SU FALLO JUSTICIERO,

Y ME CREÓ CON SU PODER DIVINO,

SU SUPREMO SABER Y AMOR PRIMERO.[3]

Y COMO NO HAY EN MÍ FIN NI MUDANZA,

NADA FUE ANTES QUE YO, SINO LO ETERNO...

RENUNCIAD PARA SIEMPRE A LA ESPERANZA.

Estas palabras vi escritas con letras negras sobre una puerta, y exclamé: —Maestro, me espanta lo que dice ahí. —Y él, como quien sabía la causa de mi terror, respondió: —Aquí conviene no abrigar temor alguno; conviene que no desmaye el corazón.

1. Habla la puerta.
2. Para distinguirla de la temporal del Purgatorio.
3. La Santísima Trinidad representada en sus atributos: el poder del Padre, la sabiduría del Hijo y el amor del Espíritu Santo.

Hemos llegado al sitio que te había dicho, donde verás las almas acongojadas de los que han perdido el don de la inteligencia.[4] Y después, asiéndome de la mano, con alegre semblante, que reanimó mi espíritu, me introdujo en aquella mansión recóndita.

En medio de las tinieblas que allí reinaban, se oían ayes, lamentos y profundos aullidos, que desde luego me enternecieron. La diversidad de hablas y horribles imprecaciones, los gemidos de dolor, los gritos de rabia y voces desaforadas y roncas, a las que se unía el ruido de las manos,[5] producían un estrépito, que es el que resuena siempre en aquella mansión perpetuamente agitada, como la arena revuelta a impulso de un torbellino.

Yo, que me compadecía, sin saber qué fuese aquello,[6] dije: —Maestro, ¿qué es lo que oigo?, ¿qué gente es esa que tan poseída parece de dolor? —De esa miserable manera, me respondió, se quejan las tristes almas de los que vivieron sin merecer alabanza ni vituperio.[7] Confundidas están con el ominoso escuadrón de los ángeles que no se rebelaron contra Dios ni le fueron fieles, sino que permanecieron indecisos. Arrojáronlos del cielo para que no manchasen su esplendor, y no fueron admitidos en el profundo Infierno porque no pudieran gloriarse los culpables de tener la misma pena que ellas.[8]

4. La visión de Dios.

5. Manos batidas por desesperación o por librarse de los moscones y de las avispas que los atormentan.

6. V. 31: *Edio ch' avea d'error la testa cinta*. Otras ediciones dicen "oiror". Cf. *Eneida*, 11, 559 (*Entonces el horror me ciñó*).

7. Dante los desprecia y no les hace ni siquiera merecedores de castigo. Estamos aún en el Vestíbulo, o ante-infierno.

8. El poeta cree, siguiendo leyendas medievales, que en la rebelión de Lucifer hubo ángeles indiferentes, que no tomaron partido y deben permanecer en suspenso entre la vida y la muerte.

Y yo repuse: —Maestro, ¿qué aflicción es la suya, que los obliga a lamentarse tanto? —Y él me contestó: —Te lo diré brevemente. Éstos no tienen ni aun la esperanza de morir: su oscura vida es tan abyecta, que cualquiera otra suerte miran con envidia.[9] El mundo no quiere que se conserve memoria alguna de ellos. La Misericordia y la Justicia le dan al olvido.[10] No hablemos más de esos cuitados. Míralos, y pasa adelante.

Volví en efecto a mirar, y vi una bandera ondeando, la cual corría con tanta velocidad, que me pareció incapaz de todo reposo; y tras ella tal multitud de gente, que nunca hubiera yo creído ser tan grande el número de los que la muerte arrebatara. Reconocido que hube a alguno de los que allí iban, miré, y vi la sombra de aquel que por poquedad de ánimo hizo la gran renuncia.[11] Comprendí al punto, y estaba en lo cierto, que aquella turba era la de los imbéciles que se habían hecho despreciables para Dios y para sus enemigos. Estos menguados, que jamás gozaron de la vida,[12] iban desnudos, y se sentían aguijoneados por las moscas y avispas que allí había. De sus picaduras les saltaba al rostro la sangre, que, mezclada con sus lágrimas, era recogida a sus pies por repugnantes gusanos. Y como dirigiese mi vista más allá, descubrí otras almas a la orilla de un gran río; por lo que exclamé: —Maestro, permíteme que sepa quiénes son

9. Envidia de los demás condenados.

10. No han tenido perdón de la misericordia de Dios, ni castigo de la justicia.

11. El papa Celestino V, a los pocos meses de ser elevado al trono pontificio, renunció por considerarse incapaz de sobrellevar tan pesada carga. Le sucedió Bonifacio VIII, enemigo de Florencia y de Dante, quien no podía menos de reprobar que la modestia de uno fuese la causa de la elevación del otro.

12. No vivieron como hombres. Despreciaron todos los estímulos.

aquéllos, y qué motivo los obliga a parecer tan solícitos de pasar el río, según alcanzo a ver entre tan escasa claridad. —Eso, me contestó, te manifestaré cuando ataje nuestros pasos la triste orilla del Aqueronte.[13]

Bajando entonces los ojos, avergonzado, y temiendo que mis preguntas le fuesen enojosas, me abstuve de hablar hasta que llegamos al río. Pero de pronto vimos venir hacia nosotros en una barquilla un viejo de pelo blanco, que gritaba: "¡Ay de vosotras, almas perversas! No esperéis jamás ver el cielo. Vengo para trasladaros a la otra orilla, a las tinieblas eternas de fuego y hielo. Y tú, ánima viva, que estás ahí, aléjate de entre esas, que están muertas." Y como viese que no me movía, añadió: "Por otro camino, por medio de otra barca llegarás a la playa, no por aquí. Para llevarte es menester barco más ligero."[14]

Y Virgilio le dijo: —Carón,[15] no te irrites: así lo quieren allí donde pueden lo que quieren; y no preguntes más.

Con esto dejaron de moverse las velludas mejillas del barquero de la lívida laguna,[16] que alrededor de los ojos tenía unos círculos de fuego. Mas todas aquellas almas que estaban fatigadas y desnudas, cambiaron de color y empezaron a rechinar los dientes, así que oyeron tan terribles palabras. Blasfemaban de Dios y de sus padres, de la especie humana, del sitio, el tiempo y el principio de su estirpe y de su nacimiento. Después, llorando a voz en grito, se retiraron todas juntas hacia la maldita orilla

13. El primero de los ríos infernales.

14. Las ajustadas y casi inextricables palabras del original (*Vuolsi così colà dove si puote / ciò che si vuole e più non dimandare*) tienen, como observa Aldous Huxley, en *Texts and pretexts*, algo de fórmula mágica.

15. Carón o Caronte, el barquero infernal, hijo de Erebo y de la Noche.

16. Al llamar laguna al Aqueronte se da idea de la amplitud de ésta. Lívida por la coloración de sus aguas oscuras y fangosas.

que está esperando a todo aquel que no teme a Dios. El demonio Carón, con los ojos como brasas, haciéndoles una señal, iba recogiéndolas a todas y azotando con su remo a las que se rezagaban. Y a la manera que las hojas de otoño van cayendo una tras otra hasta que las ramas dejan en la tierra todos sus despojos, así la perversa prole de Adán se lanzaba sucesivamente desde la orilla, acudiendo a la seña, como los pájaros al reclamo. De esta suerte iban pasando por las negras aguas; y antes de que arribasen a la orilla opuesta, agolpábase para embarcar nueva muchedumbre.

—Hijo mío, prosiguió entonces el afable Maestro,[17] todos los que mueren bajo la indignación de Dios, concurren aquí de todos los países, y se dan priesa a cruzar el río; porque la Divina justicia, de tal modo los estimula, que su temor se trueca en anhelo. Por aquí no pasa jamás alma de justo, y si Carón se irrita contra ti, ya puedes saber lo que sus palabras significan.

Esto diciendo, tembló tan fuertemente la sombría llanura, que todavía se me inunda en sudor la frente al recordar mi espanto. De aquella tierra de lágrimas se alzó un viento que despidió un rojizo relámpago; y trastornados por él todos mis sentidos, caí como un hombre aletargado de sueño.

17. Contesta Virgilio, según lo prometió, la última pregunta de Dante.

Canto cuarto

Despertado el Poeta por un trueno y siguiendo el camino con su Guía, baja al Limbo, que es el primer círculo del Infierno, donde encuentra las almas de aquellos que, sin embargo, de haber vivido racional y virtuosamente, por no haber sido regenerados en el bautismo, se ven excluidos del Paraíso. De aquí pasa al segundo círculo.

A huyentó el profundo sueño[1] que embargaba mi mente, un fuerte trueno, con lo que desperté sobresaltado como hombre que vuelve por fuerza en sí; y levantándome de pie, y moviendo tranquilamente la vista en torno, miré con atención para reconocer el sitio en que me hallaba.

No pude dudar que estaba a la orilla del doloroso valle del abismo,[2] donde resuena el rumor de lamentos sempiternos. Tan lóbrego, profundo y nebuloso era, que por más que intenté penetrar en el fondo con la vista, no conseguí distinguir objeto alguno.

—Descendamos ahora allá abajo, al mundo de las tinieblas,[3] empezó a decirme el Poeta, cuyo semblante estaba desencajado: yo iré delante, tú seguirás mis pasos.

Pero advirtiendo su palidez, le dije: —Y ¿cómo he de ir, cuando tú mismo, que sueles infundirme aliento, estás atemorizado?

1. Literalmente, *el alto sueño* ("l'alto sonno"). Es latinismo.
2. Había traspuesto el Aqueronte durante el sueño.
3. *Or discendiam quaggiù nel cieco mondo*, dice el texto, pues están privados de la luz de Dios.

—La angustia, me respondió, de los que yacen en ese abismo es la que pinta en mi rostro una compasión que tú has atribuido a temor. Sigamos marchando, que el camino es largo, y hemos de darnos prisa. Y se introdujo, y me hizo entrar a mí en el primer círculo que rodeaba la infernal mansión.

Allí, según lo que podía yo percibir, no eran lamentos lo que se oía, sino suspiros, que conmovían aquellas eternas bóvedas, y que exhalaban en su pena, no en su tormento, una multitud no menos varia que innumerable de niños, de mujeres y de varones.

Y el buen Maestro me dijo: —¿No me preguntas qué espíritus son esos que estás viendo? Pues quiero que sepas, antes de ir más adelante, que no son pecadores, pero que los méritos que puedan tener no les bastan, porque no recibieron el bautismo, que es la puerta de la Fe[4] que tú profesas. Y si existieron antes del Cristianismo, no adoraron a Dios como es debido; y yo mismo me cuento entre ellos. Por esta falta, no por ningún otro crimen, estamos condenados, y nuestra única pena es vivir con un deseo,[5] sin esperanza de conseguirlo.

Profunda amargura sentí en mi corazón al oír esto, porque conocía que en aquel Limbo estaban como suspensas multitud de almas que valían mucho.

—Dime, Maestro y señor mío,[6] dime, continué yo con el designio de que me confirmase en la fe que triunfa de todo error: ¿no sale de aquí ninguno, sea por sus propios méritos, sea por los de otro, para gozar de la bienaventuranza?

4. La puerta por donde se entra a la fe católica, pues el bautismo es el voto inicial.

5. Alcanzar la visión de Dios.

6. "Ahora que Dante lo sabe perdido lo quiere más", anota Luigi Pietribous.

Y él, que conoció la intención de mi pregunta: —Era yo nuevo,[7] me respondió, en este lugar, cuando vi que bajaba a él un Poderoso,[8] coronado con el signo de la victoria. Sacó de aquí el alma del primer padre,[9] la de Abel,[10] su hijo, las de Noé[11] y de Moisés,[12] legislador y obediente a Dios, del patriarca Abraham,[13] del rey David,[14] de Israel,[15] con su padre,[16] con sus hijos y con Raquel, por cuyo amor tanto hizo,[17] y otros muchos a quienes trocó en bienaventurados. Porque has de saber que antes de todos éstos, ningún humano se había salvado.

No dejábamos de andar mientras él hablaba, sino que seguíamos pasando por la selva; por la selva, digo, de espíritus innumerables. Y no estaba aún muy distante el punto en que nos hallábamos de aquel por donde habíamos entrado, cuando descubrí un resplandor que se sobreponía al hemisferio de las tinieblas.[18] Nos veíamos todavía un poco apartados de él, mas no tanto que no llegase yo a distinguir la ilustre gente que habitaba en aquel lugar.

7. Virgilio murió el año 19 a. C.; Cristo descendió al Limbo el año 33, es decir, cuando hacía 52 años que el poeta se encontraba allí. Bien podía considerarse nuevo en aquel entonces pensando en los años transcurridos hasta el viaje de Dante.

8. Cristo, cuyo nombre no se pronuncia en el Infierno, descendió al Limbo luego de redimir al género humano.

9. Adán.

10. Segundo hijo de Adán.

11. Patriarca que salvó a su familia del diluvio.

12. Legislador del pueblo hebreo.

13. Padre de pueblos: de él derivan hebreos y sarracenos.

14. Autor de los *Salmos* y rey de Israel.

15. Jacob, llamado Israel por su victoria contra el Ángel.

16. Isaac.

17. Jacob sirvió durante catorce años para tener a Raquel por mujer.

18. Una luz ilumina en forma de hemisferio una parte del Limbo.

—¡Oh tú, que honras todas las ciencias y artes! ¿Quiénes son estos tan dignos de preferencia, que están así separados de los demás?

—La alta nombradía, me contestó, de que gozan allá donde tú vives, les granjea este favor del cielo, que los distingue tanto.

Y al propio tiempo oí una voz que exclamaba: —¡Honrad al eminentísimo poeta,[19] cuya sombra se había ausentado, y regresa ya!

Y luego que enmudeció aquel acento, vi acercarse a nosotros, cuatro grandes sombras que no aparentaban ni aflicción ni júbilo.

—Mira a ése, empezó a decirme el buen Maestro, que con espada en mano viene delante de los otros tres, cual si fuese un príncipe: ése es el soberano poeta Homero;[20] síguele el satírico Horacio; el tercero es Ovidio, y el último Lucano. Y pues cada uno de ellos participa conmigo del nombre que la voz unánime ha pronunciado, en la honra que me dispensan, proceden bien.

De esta manera vi reunida la insigne escuela del príncipe[21] del sublime canto,[22] que se eleva como un águila sobre todos los demás.

Discurrido que hubieron entre sí algún tiempo, se volvieron a mí en ademán de saludar, y mi Maestro se sonrió con satisfacción. Y mayor honra me hicieron todavía, pues me asociaron a ellos, de suerte que fui el sexto entre los cinco sabios.

Seguimos, pues, andando hacia la luz,[23] y hablando de cosas que es bueno callar, como era bueno hablar de ellas allí donde

19. Virgilio.

20. Dante no conoció a Homero sino de nombre, pues sus poemas aún no habían sido traducidos y aquél desconocía el griego.

21. Homero.

22. El canto épico.

23. Hacia el resplandor antes nombrado.

yo me hallaba. Y así llegamos al pie de un noble castillo,[24] siete veces cercado de altas murallas[25] y defendido en torno por un gracioso arroyuelo, el cual pasamos cual si fuese tierra firme, entrando con aquellos sabios por siete puertas, y encontrándonos en un prado de fresca hierba. Veíanse allí algunos personajes de tranquila y grave mirada, con rostros de grande autoridad, que hablaban poco y con voz suave. Apartámonos por lo mismo a un lado, a un sitio abierto, iluminado y alto, en términos de que podía verse a todos cuantos en aquel lugar moraban. Allí se me mostraron desde luego, sobre el verde esmalte, espíritus ilustres que me complazco en traer a mi memoria. Vi a Electra[26] con muchos de sus descendientes, entre los que conocí a Héctor[27] y Eneas,[28] y a César,[29] armado con sus ojos de gavilán. Vi a Camila y Pentesilea[30] en la parte opuesta, y al rey Latino,[31] que estaba sentado con su hija Lavinia. Vi a Bruto,[32] el que expulsó a Tarquino; a Lucrecia, Julia, Marcia y Cornelia,[33] y

24. El noble castillo simboliza, según algunos, la sabiduría, y para otros, la fama inmortal que adquieren los poetas con sus obras.

25. Tal vez las murallas son las siete artes liberales (gramática, oratoria, dialéctica, aritmética, geometría, música, astronomía).

26. Madre de Dárdano, progenitor de los troyanos.

27. Hijo del rey de Troya, Príamo, y defensor de la ciudad.

28. Predestinado a llevar a Italia los penates troyanos, héroe de la *Eneida*.

29. Cayo Julio César, considerado el fundador del Imperio (100-24 a. C.).

30. Camila, heroína que se opuso a la llegada de los romanos a Italia y en cuya empresa murió. Pentesilea, reina de las Amazonas, muerta por Aquiles.

31. Rey del Lacio y padre de Lavinia la esposa itálica de Eneas.

32. Derribó a Tarquino el Soberbio, él último de los reyes, y fundó la república.

33. Lucrecia, esposa de Tarquino Colatino, que, ultrajada por Sexto Tarquino, se dio la muerte invitando al marido a recogerla.

solo y apartado de todos, a Saladino.[34] Levantando un poco más la vista, descubrí al maestro de los que son sabios,[35] sentado entre la familia de los filósofos, a quien todos admiran y todos rinden homenaje; más cerca de él que ninguno de los otros, a Sócrates y a Platón. Después a Demócrito, que supone el mundo obra del acaso, y a Diógenes, Anaxágoras, Thales, Empédocles, Heráclito y Zenón. Vi asimismo al excelente observador de las cualidades, quiero decir, a Dioscórides,[36] y a Orfeo, Tulio,[37] Lino y Séneca, el moralista; a Euclides, el geómetra, Ptolomeo, Hipócrates, Avicena, Galeno y Averroes, que hizo el gran comentario.[38] No puedo mencionar a todos por completo, porque de tal manera me apremia la magnitud del asunto, que muchas veces las palabras vienen escasas a los sucesos.

La compañía de seis se reduce a dos: condúceme mi sabio Maestro por otro camino, saliendo de aquella tranquila atmósfera a otra temblorosa; y entro en un lugar donde no se divisa ninguna luz.

Julia, hija de César y mujer de Pompeyo.

Marcia, mujer de Catón de Útica. Cornelia, hija de Escipión el Africano y madre de los Gracos.

34. Sultán de Egipto y de Siria (1157-1193). Célebre por sus virtudes caballerescas.

35. Aristóteles.

36. Célebre médico griego del siglo i, autor de un tratado en cinco libros sobre las cualidades y virtudes de las yerbas y plantas.

37. Marco Tulio Cicerón.

38. Averroes, filósofo árabe del siglo xii, gran comentarista de Aristóteles.

Canto quinto

Al entrar Dante en el segundo círculo encuentra a Minos, juez de los condenados, que le advierte con cuánta precaución debe internarse en aquel lugar. Ve que los que allí sufren tormento son los lujuriosos, cuya pena consiste en hallarse eternamente expuestos a horribles huracanes en medio del espacio borrascoso y lóbrego. Entre los que allí padecen, acierta a conocer a Francisca de Rímini, que le refiere la lamentable historia de sus amores y desventuras.

Así bajé desde el primer círculo al segundo, que contiene menor ámbito y dolores tanto mayores, cuanto que se truecan en alaridos. Allí tiene su tribunal el horrible Minos,[1] qué rechinando los dientes, examina mientras entran a los culpables, y juzga y destina a cada uno según las vueltas que da su cola.

Digo que cuando se le presenta el alma de un pecador, le hace confesar todas sus culpas, y como tan conocedor de ellas, ve qué lugar del Infierno le corresponde, y enrosca su cola tantas veces cuantas indica el número del círculo a que la destina.[2] En su presencia están siempre multitud de almas, que unas tras otras van acudiendo al juicio; declaran, oyen su sentencia y caen precipitadas en el abismo.

"¡Oh tú, que vienes a esta dolorosa mansión!", gritó Minos al verme, suspendiendo el afán de su terrible ministerio.

---

1. Antiquísimo y legendario rey de Creta. Ya había encontrado puesto como juez en el infierno pagano.
2. Enrosca su cola tantas veces como círculos debe descender el condenado.

"Advierte cómo entras, mira de quién te fías, y no te engañe lo anchuroso de la entrada."

A mi Director le dijo: —¿Por qué gritas tú también?[3] No te opongas a una empresa que han resuelto los hados: así lo han querido allí donde pueden cuanto quieren; y excusa preguntar más.

Entonces comenzaron a hacérseme perceptibles las dolientes voces; entonces llegué a un punto donde hirieron grandes lamentos mis oídos. Encontréme en un sitio privado de toda luz,[4] que mugía como el mar en tiempo de tempestad, cuando se ve combatido de opuestos vientos. El infernal torbellino, que no se aplaca jamás, arrebata en su furor los espíritus, los atormenta revolviéndolos y golpeándolos; y cuando llegan al borde del precipicio, se oyen el rechinar de los dientes, los ayes, los lamentos, y las blasfemias que lanzan contra el poder divino. Comprendí que los condenados a aquel tormento eran los pecadores carnales, que someten la razón al apetito; y como en las estaciones frías y en largas y espesas bandadas vienen empujados por sus alas los estorninos, así impele el huracán a aquellos espíritus perversos, llevándolos de aquí allá y de arriba abajo, sin que pueda aliviarlos la esperanza, no ya de algún reposo, mas ni de que su pena se aminore. Y a la manera que pasan las grullas entonando sus gritos y formando entre sí larga hilera por los aires, del mismo modo vi que llegaban las almas exhalando sus ayes, a impulsos del violento torbellino.

Por lo cual dije: Maestro, ¿qué sombras son ésas tan atormentadas por el aire tenebroso?

3. Como antes lo había hecho Caronte.
4. *I' venni in loco d'ogni luce moto*, dice el v. 28 del original. Análogo a este otro: *mudo de toda luz en el sol que sella*, en el primer canto.

Y él entonces me respondió: —La primera de esas por quienes preguntas fue emperatriz de muchas gentes, y tan desenfrenada en el vicio de la lujuria, que promulgó el placer como lícito entre sus leyes, para librarse de la infamia en que había caído. Es Semíramis, de quien se lee que dio de mamar a Nino[5] y llegó a ser esposa suya, reinando en la tierra que el Soldán[6] rige. La otra es aquella que se mató de enamorada,[7] violando la fe jurada a las cenizas de Siqueo. Después viene la lujuriosa Cleopatra. —Y vi a Elena, por quien tan calamitosos tiempos sobrevinieron; y al grande Aquiles, que al fin murió víctima del Amor.[8] Vi a Paris,[9] a Tristán;[10] y me mostró, señalándolas con el dedo, otras mil almas que perdieron sus vidas por causa del mismo Amor.

Al oír a mi sabio Director los nombres de tantas antiguas damas y caballeros, sentí gran lástima, y casi perdí el sentido.

Pero le dije: —Poeta, de buena gana hablaría a esos dos que van volando, y parecen tan ligeros con el ímpetu del viento.

Y me respondió: —Aguarda a que estén más cerca de nosotros: ruégaselo entonces por el Amor que los conduce; y vendrán al punto.

---

5. *Che sugger dette a Nino*, como prefiere el traductor, es una variante que aparece en muy pocos códices. La mayoría de los textos dicen: *che succedette a Nino e fu sua sposa*; Semíramis, mujer disoluta, fue reina legendaria de los asirios.

6. Sultán.

7. Dido, reina de Cartago, enamorada de Eneas.

8. Se enamoró de Polisena, hermana de Paris. El original dice: *che per amore alfine combatteo* ("que con el amor luchó al fin").

9. Hijo de Príamo y de Hécuba. Raptó a Helena, esposa de Menelao, lo que motivó la guerra de Troya.

10. Caballero de la Tabla Redonda. Se enamoró de Isolda, mujer de su tío Marco de Cornovaglia.

Luego que el viento los trajo hacia donde estábamos, les dirigí así la voz: —¡Oh, almas apenadas; venid a hablar con nosotros, si no os lo veda nadie!

Y como palomas que incitadas por su apetito vuelan al dulce nido, tendidas las fuertes alas y empujadas en el aire por el amor, así salieron del grupo en que estaba Dido, cruzando la maléfica atmósfera hasta nosotros, que tan eficaces fueron mis afectuosas palabras.

"¡Oh, cuerpo animado, tan gracioso como benigno, que vienes a visitar en este negro[11] recinto a los que hemos teñido con nuestra sangre el mundo! Si nos fuese propicio el Rey del universo, le pediríamos por tu descanso, ya que te compadeces de nuestro perverso crimen.[12] Oiremos y os hablaremos de cuanto os plazca oír y hablar, mientras el viento esté sosegado, como lo está ahora. Yace la tierra en que vi la luz[13] sobre el golfo donde el Po desemboca en el mar para descansar de su largo curso, con los ríos que le acompañan. Amor, que se entra de pronto en los corazones sensibles, infundió en éste[14] el de la belleza que me fue arrebatada, arrebatada de un modo que todavía me está dañando.[15] Amor, que no exime de amar a ninguno que es amado, tan íntimamente me unió al afecto de éste, que, como ves, no me ha abandonado aún. Amor nos

11. *Perso*, no es precisamente negro. Dante lo define como un color mixto de púrpura y de negro y en cuya mezcla predomina el negro (*Convivio*, IV, 20).

12. Las dos almas que excitan la curiosidad de Dante eran Francisca, hija de Guido de Polenta, y Pablo Malatesta, su cuñado.

El hermano de ésta y marido de Francisca, Lancioto o Giancoto, príncipe deforme, sorprendió a ambos y les dio muerte.

13. Rávena.

14. En Pablo.

15. Al recibir una muerte violenta, no tuvo tiempo de salvarse.

condujo a una misma muerte;[16] y Caín aguarda al que nos quitó la vida."[17]

Estas palabras nos dijeron; y al oír a aquellas almas laceradas, incliné el rostro, y permanecí largo tiempo de esta suerte, hasta que el Poeta me dijo: —¿En qué piensas?

Y le respondí exclamando: —¡Ay de mí! ¡Qué de dulces ensueños, qué de afectos los conducirían a su tan doloroso trance!

Y volviéndome después a ellos para hablarles, dije: —Francisca, tus tormentos me arrancan lágrimas de tristeza y de compasión. Mas dime: cuando tan dulcemente suspirabais, ¿con qué indicios, de qué modo os concedió el Amor que os persuadierais de vuestros deseos todavía ocultos?

Y ella me respondió: "No hay dolor más grande que el recordar los tiempos felices en la desgracia; y bien sabe esto tu Maestro. Pero si tanto deseas saber el primer origen de nuestro amor, haré como el que al propio tiempo llora y habla. Leíamos un día por entretenimiento en la historia de Lanzarote,[18] cómo le aprisionó el Amor. Estábamos solos y sin recelo alguno.[19] Más de una vez sucedió en aquella lectura que nuestros ojos se buscasen con afán, y que se inmutara el color de nuestros semblantes; pero un solo punto dio en tierra con nuestro recato. Al leer cómo el gentilísimo amante apagó con ardiente beso una sonrisa incitante, él, que jamás se separará de mí, trémulo de

16. Murieron juntos.

17. Caín o Caína, primera zona del noveno círculo del Infierno, donde se castiga a los traidores y asesinos de los parientes.

18. Leían el romance de Lancelote del Lago, en prosa francesa, y justamente en la página donde se narraba cómo este héroe de la Tabla Redonda se enamoró de Ginebra, esposa del rey Arturo.

19. Ni sabían que estaban enamorados.

pasión, me imprimió otro en la boca.[20] Galeoto fue para nosotros el libro, como era quien lo escribió.[21] Aquel día ya no leímos más."

Mientras el espíritu de ella decía esto, el otro se lamentaba de tal manera, que de lástima estuve a punto de fallecer; y caí desplomado, como cae un cuerpo muerto.

20. Literalmente: *Cuando leímos que la deseada sonrisa fue besada por tal amante, éste, que nunca será separado de mí, la boca me besó todo trémulo.*

21. Galeoto (Galehault), el amigo del paladín, ruega a la reina Ginebra que bese al caballero Lancelote, quien se encuentra intimidado en su presencia. La reina lo besa. El mismo papel de medianero desempeñó para los amantes el libro y su autor.

Canto sexto

*Vuelto en sí el Poeta, hállase en el tercer círculo, donde son casti-
gados los glotones, cuya pena consiste en verse expuestos a una
recia lluvia mezclada de granizo, y aturdidos por los horribles
aullidos del Cerbero, el cual además hace presa en ellos con los
dientes y las uñas. Entre los condenados a aquel tormento, encuentra a su conciudadano Ciacco, con el cual discurre algún
tiempo sobre las cosas de Florencia.*

A l recobrarse mis sentidos del enajenamiento que les causó el lastimero caso de los dos cuñados, y que produjo en
mí tanta aflicción, vime rodeado de nuevos tormentos y nuevos
atormentados, por dondequiera que dirigía mis movimientos,
mis pasos y mis miradas. Estoy ya en el tercer círculo, el de la
eterna, implacable, fría y pesada lluvia, que cae siempre igual
y del mismo modo. Cruza el tenebroso espacio un turbión de
grueso granizo, mezclado con agua negruzca y nieve, y hiede la
tierra que lo recibe. Cerbero,[1] cruel y monstruosa fiera, ladra
con tres bocas, a manera de perro, contra los que están sumergidos en aquel pantano. Tiene los ojos encendidos, la barba
grasienta y negra de sangre, el vientre ancho, las patas arma-
das de uñas, con las que desgarra, desuella y despedaza a los
espíritus. La lluvia les hace aullar a éstos como perros; con un
costado procuran defender el otro, y los miserables se revuel-
can sobre sí mismos.

---

1. Can infernal con tres cabezas y cola de serpiente.

Al vernos el gran dragón[2] Cerbero, abrió las bocas, y nos mostró los colmillos; no tenía miembro que no se le estremeciera. Mi Guía entonces extendió las manos, cogió tierra, y llenándose los puños, se la arrojó dentro de las famélicas gargantas. Y como el perro que aullando manifiesta su ansia, y se aquieta así que prueba la comida, porque sólo se impacienta y desvive por devorarla; así cerró sus inmundas mandíbulas el demonio Cerbero, que con sus ladridos aturde a las almas de tal manera, que preferirían ser sordas.

Íbamos pasando por encima de las sombras, que derribaba la fuerza de la lluvia, y poniendo las plantas sobre sus vanos cuerpos,[3] que parecían personas. Yacían todos ellos por tierra, a excepción de uno, que se levantó para sentarse al vernos pasar por delante de él.

"¡Oh tú, me dijo, que has descendido a este Infierno, reconóceme, si puedes! Antes que yo muriese, naciste tú."

Y yo le contesté: —La angustia que te aqueja basta quizás a borrarte de mi memoria, pues no parece que jamás te haya yo visto. Pero dime quién eres, y cómo estás sumido en este doloroso recinto y en pena de tal especie, que si otras hay mayores, ninguna es tan desagradable.

Y entonces añadió él: "Tu ciudad, tan dominada hoy por la envidia, que toda medida ha llenado ya, me tuvo por su habitante cuando vivía en el mundo. Vosotros los florentinos me llamabais Ciacco.[4] Por el perjudicial pecado de la gula, estoy expuesto

2. Literalmente, gusano (*vermo*). Hacia el fin del último canto del *Infierno*, también se llama gusano a Lucifer. En las antiguas literaturas germánicas, gusano vale por dragón.

3. Literalmente, *sobre su vanidad* ("sopra lor vanità").

4. Considerado como apelativo significa puerco, y se explicaría por el Círculo donde se halla. Pero es más posible que se trate de un nombre

a la lluvia, como ves; y no está aquí sola mi triste alma, sino que todas éstas sufren la misma pena por la misma culpa." Y no habló más palabra.

Yo le respondí: —Ciacco, tu pena me conmueve tanto, que no puedo contener mis lágrimas. Pero dime, si es que lo sabes, en qué vendrán a parar los moradores de aquella ciudad[5] dividida en bandos; si hay algún justo entre ellos; y dime también por qué causa se ve tan estrechada por la discordia.

Y me dijo: "Después de largas contiendas se derramará sangre, y el partido salvaje[6] expulsará al otro,[7] haciendo en él mucho estrago. En seguida conviene que él mismo[8] caiga a la tercera revolución del Sol,[9] y que el otro[10] se sobreponga, ayudado por la fuerza de aquel[11] que a la sazón recorre una y otra playa.[12] Por largo tiempo los suyos[13] erguirán la frente, oprimiendo con grave peso a los otros, bien que éstos se lamenten y

---

propio, un conciudadano del Dante, muy gentil y decidor, quien habiéndose dado a la glotonería, hízose famoso por este vicio.

5. Florencia.

6. Partido salvaje se llama al Blanco, pues sus corifeos, la familia de los Cherchi, procedía de los bosques de Val di Sieve.

7. Al Negro o de los Donati.

8. Al Blanco, al que pertenecía Dante.

9. A la vuelta de tres años. En abril de 1302 los Blancos y con ellos Dante fueron expulsados de la ciudad. Con esto se cumplió la profecía anunciada en la *Divina Comedia* en la primavera del 1300.

10. El de los Negros. Los Cherchi y los Donati encabezan las dos facciones en que se dividían los antiguos güelfos, y se disputaban la supremacía de la ciudad.

11. Se refiere posiblemente al papa Bonifacio VIII.

12. Para expresar los ambiguos procedimientos de los que se valía el papa Bonifacio VIII.

13. Los Negros.

se irriten de su mengua. Dos justos hay allí,[14] pero no son escuchados. La soberbia, la envidia y la avaricia son las tres brasas que queman los corazones."[15]

Con esto puso fin a sus acentos lastimeros; y yo le dije: —Aún deseo que me instruyas y me concedas algunas palabras más. ¿Dónde están, dime, Farinata y Tegghiaio,[16] que tan dignamente vivieron, y Jacobo Rusticucci, Arrigo,[17] Mosca y los demás que emplearon su ingenio en hacer bien? Haz de modo que los conozca, porque anhelo vivamente saber si gozan de las dulzuras del Cielo, o si viven atosigados en el Infierno.

Y me replicó. "Ésos están entre las almas más réprobas. Otras culpas los han abismado en sitio más profundo. Si bajas hasta allí, lograrás verlos. Mas cuando estés en tu dulce mundo, ruégote que hagas memoria de mí para con los otros. Y no te digo ni te respondo más."

Torció entonces a un lado los ojos, que tenía derechos; miróme un poco; después inclinó la cabeza y fue a confundirse con los otros desalumbrados.

Y mi Guía me dijo: —No la levantará ya hasta que se oiga la trompeta del ángel.[18] Cuando venga el poder que les es contrario,[19] cada cual hallará su triste sepulcro, recobrará su carne y figura, y oirá la sentencia que ha de resonar por toda una eternidad.

14. Dante y Guido Cavalcanti.

15. De los florentinos, se sobreentiende.

16. Nobles florentinos de quienes se hablará después, como de Rusticucci y de Mosca.

17. Arrigo Fisanti posiblemente tomó parte en el asesinato de Buondelmonte, en 1215, pero no vuelve a mencionarse.

18. El día del Juicio Final.

19. El de Dios.

Así atravesamos con lentos pasos aquella inmunda mezcla de las almas y de la lluvia, discurriendo algún tanto sobre la vida futura.

Por lo cual dije: —Maestro, ¿crecerán estos tormentos después de la gran sentencia postrera, se reducirán a menos, o serán igualmente intensos?

Y él me respondió: —Acuérdate de tu ciencia,[20] la cual enseña que cuanto más perfecta es una cosa, tanto más siente el bien, como asimismo el dolor. Y aun cuando esta maldita gente jamás consiga verdadera perfección, esperan ser entonces más perfectos que son ahora.[21]

Fuimos girando en torno de aquel círculo, hablando de cosas que no repito, hasta dar en el punto donde se empieza a descender; y allí encontramos a Plutón,[22] grande enemigo de los hombres.

20. La doctrina aristotélica tomista, seguida por Dante.
21. Tendrán mayor castigo, pues sufrirán en cuerpo y alma.
22. Dios pagano de la riqueza. Hijo de Jasón y de Ceres, transformado por Dante en demonio.

Canto séptimo

Al entrar en el cuarto círculo, encuentran los Poetas al dios de las riquezas, Plutón, que trata de amedrentarlos con extrañas voces; pero Virgilio aplaca a aquel demonio, y baja con su protegido a ver el castigo de los pródigos y de los avaros, que van cargados con enormes pesos, arrojándoselos furiosamente unos a otros. Discurre Virgilio acerca de la Fortuna; después de lo cual pasan al quinto círculo; donde está la laguna Estigia, y en ella se ven sumidos los iracundos y los displicentes.

*P*ape Satan, pape Satan aleppe!,[1] empezó con ronca voz a gritar Plutón; y el gentil Vate, que en todo fue docto, dijo para alentarme: —No cedas a tu temor; que por mucho poder que ése tenga, no te ha de impedir que bajes a esa profundidad—. Y volviéndose después al de rostro hinchado de ira, le increpó así: —¡Calla, maldito lobo!;[2] consúmete dentro de ti con tu propia rabia. No sin causa nos dirigimos nosotros al profundo

1. Este extraño verso consta de uno de los apelativos del demonio, Satán, que aquí indica a Lucifer mismo; de una exclamación, *pape*, derivada del griego y que expresa maravilla; y de la palabra *aleppe*, que por concorde juicio de los intérpretes corresponde al hebreo *aleph*, la primera letra del alfabeto, que se usaba en sentido figurado para indicar la divinidad como aquella que es principio de todas las cosas; acaso querría, pues, decir: ¡Oh Satanás, oh Satanás, dios, rey! Plutón expresa con estas palabras su doloroso estupor ante la vista de Dante y pretende con ello asustarlo (Stience). Benvenuto Cellini aseguró que este verso estaba en francés y que debió decir: *Paix, paix, Satan, paix, Satan, allez paix.*

2. Lobo es Plutón, en cuanto la avaricia, de la cual es símbolo, resulta insaciable.

abismo; que así lo permiten allí arriba, donde Miguel tomó venganza de la legión soberbia.[3]

Como las velas infladas por el viento caen revueltas al quebrarse el mástil, así cayó por tierra aquel monstruo cruel.

De esta suerte bajamos al cuarto foso, avanzando por aquel abismo de dolores, que encierra todas las maldades del universo. ¡Ah, justicia de Dios!, ¿quién acumula allí tantas nuevas fatigas y penas como se ofrecieron a mi vista? Y ¿por qué nuestras culpas nos envilecen tanto?

Así como la oleada que salta sobre Caribdis se rompe contra la que viene a chocar con ella,[4] chocan allí unos con otros los condenados. En aquel lugar vi más gente que en otro alguno; y los de una y otra parte rodaban enormes pesos con grandes alaridos y con todo el empuje de sus pechos. Golpeábanse al encontrarse, y revolviéndose en el mismo punto, retrocedían, y se gritaban: "¿Por qué coges eso?[5] y ¿por qué lo arrojas?"[6]

De esta suerte recorrían por dondequiera el tenebroso círculo hasta el lado opuesto, dirigiéndose sin cesar aquellas insultantes palabras; y al ir a tropezar con sus adversarios, cada cual desandaba después su medio círculo hacia el otro extremo, y yo, que tenía casi oprimido el corazón, dije: —Maestro mío, manifiéstame qué gente es ésta, y si eran clérigos todos esos tonsurados que veo a nuestra izquierda.

Y él me respondió: —Todos fueron de tan aviesa índole en su primera vida, que nada gastaron con moderación; y harto claro lo publican sus voces, cuando acuden a los dos extremos del

3. Al vencer a Lucifer y los ángeles rebeldes.
4. Las opuestas corrientes que se chocan en el estrecho de Messina, entre Sicilia y Caribdis. Tema familiar a la poesía antigua y moderna.
5. Gritan los pródigos a los avaros.
6. Los avaros a los pródigos.

círculo donde los dividen tan contrarias culpas. Esos que llevan desnudas de pelo las cabezas, fueron clérigos, papas y cardenales, a quienes la avaricia avasalló con toda su fuerza.

Y yo repuse: —Maestro, pues entre gente tal, debería yo reconocer a algunos infestados de esos vicios.

Y me dijo: —En vano lo crees así, porque la misma falta de conocimiento que manchó su vida, los vuelve ahora desconocidos. Eternamente vivirán en esa doble pugna: los unos resucitarán del sepulcro con los puños cerrados, y los otros rapados los cabellos.[7] Por dar y retener tan mal, se ven privados de la mansión hermosa,[8] y puestos en esta lucha, que no hallo palabras para ponderar cuál sea. Tú puedes ver ahora, hijo mío, la efímera vanidad de los bienes que se atribuyen a la Fortuna, y por los que tanto se desvive la raza humana; pues todo el oro que hay debajo de la luna, ni todo el que ha habido, no bastaría a saciar a una siquiera de estas inquietas almas.

—Maestro, añadí yo, ¿no me dirás qué Fortuna es esa de que me hablas, que así tiene todos los bienes del mundo entre sus manos?

A lo que replicó: —¡Oh insanas criaturas! ¡Cuánto os alucina vuestra ignorancia! Pues bien: voy a alimentarte con mi doctrina. Aquel cuyo saber es superior a todo, creó los cielos y quien los dirigiese, de modo que cada parte brilla para cada parte,[9] distribuyendo igualmente la luz. De la misma manera puso a las grandezas mundanas una directora que todo lo

7. Dante atribuye al cuerpo el signo exterior de su pecado. Los puños cerrados simbolizan, pues, la avaricia, y la falta de cabellos, el haber perdido todo.

8. El Paraíso.

9. Cada parte del cielo ilumina a todas las otras y es por el conjunto de éstas iluminada.

administrase, haciendo a su debido tiempo pasar los fútiles bienes de una nación a otra y de una a otra estirpe, por más que intente impedirlo la previsión humana. Por esto unos imperan y caen otros, según el juicio de aquella que permanece oculta, como la serpiente bajo la hierba. No puede vuestra ciencia contrarrestar su poder, que dispone, falla y prosigue su curso, como el suyo los demás dioses. Sus disposiciones no admiten tregua; la necesidad la obliga a obrar con prontitud, y así acaecen tan frecuentes vicisitudes. Ésta es la misma de quien tanto blasfeman aun aquellos que deberían loarla, y que injustamente la maldicen y vituperan; mas es dichosa, y no les da oídos; e imperturbable como las otras criaturas primitivas,[10] hace girar su esfera y se complace en su bienaventuranza. Pero bajemos a presenciar penas mayores; que ya declinan las estrellas que salieron cuando emprendí yo la marcha, y nos está vedado el detenernos mucho.

Cruzamos, pues, el círculo hasta la otra orilla, donde hay una fuente que salta y cae en un arroyo que procede de ella. Era el agua mucho más obscura que azulada, y siguiendo aquella negruzca corriente, bajamos por un camino diverso de los que hasta entonces habíamos recorrido. Al descender el triste arroyo al pie de la maléfica y cenicienta playa, forma una laguna que se llama Estigia;[11] y yo, que estaba muy atento a contemplarlo todo, vi encenagadas en aquel pantano varias almas enteramente desnudas y con airados rostros. Dábanse entre sí golpes, no sólo con las manos, sino con la cabeza, con el pecho, con los pies, y se desgarraban con los dientes a pedazos.

10. Los ángeles.

11. Laguna de aguas oscuras e hirvientes. Con este mismo nombre, que significa tristeza, se encuentra en el infierno pagano (*Eneida*, VI, 323).

Y el buen Maestro me habló así: —Hijo mío, ahora ves las almas de los dominados por la ira; y quiero también que tengas por sabido que debajo del agua hay gente que suspira, y la hace bullir en la superficie, como puedes observarlo por tus ojos a cualquiera parte que los dirijas. Sumergidos en el fango, exclaman: "Tristes vivimos en medio del dulce ambiente que se regocija con el sol,[12] llevando dentro de nosotros un espíritu melancólico; y tristes vivimos también ahora en el negro cieno."

Estos lamentos medio proferían en sus gargantas, porque no podían pronunciar una palabra entera. Y así rodeamos el gran arco de la hedionda hoya, entre la orilla seca y el pantano, con los ojos vueltos a los sumidos en el fango, llegando por fin al pie de un torreón.

12. En la tierra.

Canto octavo

Mientras discurren los dos Poetas alrededor de la laguna Estigia, Flegias, que ve la acostumbrada señal, acude presuroso con su barca para conducirlos a la ciudad de Dite. Al paso encuentran a Felipe Argenti. Llegan a las puertas de la ciudad, pero los demonios se oponen desesperadamente a la entrada de Dante. Esfuérzase Virgilio en apaciguarlos, y nada consigue, antes bien, obstinados en su empeño, les cierran las puertas. En medio del sentimiento que aquella contrariedad le ocasiona, Virgilio asegura a su alumno que vencerá aquella resistencia, y que no está lejos de allí quien vendrá a auxiliarlos.

Y prosiguiendo, digo, que mucho antes de que estuviésemos al pie de la elevada torre, percibieron nuestros ojos en lo más alto de ella dos lucecillas,[1] y otra que a lo lejos correspondía a la señal, pero tan distante, que apenas alcanzaba la vista a descubrirla. Volviéndome, pues, al raudal de toda ciencia, le pregunté: —¿Qué quiere decir esa llama? ¿Por qué responde aquella otra? Y ¿quiénes son los que la encienden? —A lo que él replicó: —Por encima de las aguas cenagosas puedes ver ya lo que esperan, si no te lo impide el vapor de ese pantano.

Jamás cuerda alguna lanzó de sí saeta que cruzase el aire con tanta velocidad como una pequeña barca que al mismo tiempo vi venir por el agua hacia nosotros. Manejábala un solo remero, y empezó a gritar: "¡Conque al fin viene, alma proterva!"

---

1. A la llegada de los dos poetas.

"¡Flegias! ¡Flegias![2] En vano gritas esta vez, le dijo mi señor: no nos tendrás más tiempo que el que tardemos en pasar esta laguna cenagosa." Y como aquel que juzga habérsele hecho un grande engaño y al convencerse de ello se enfurece, tal le sucedió a Flegias con su ira reconcentrada.

Entró mi Guía en la barca, y me hizo a mí entrar tras él; pero hasta que estuve yo en ella, no pareció cargada. Así que la ocupamos ambos, se ahondó en el agua la vieja quilla más de lo que hasta entonces acostumbraba. Y mientras íbamos surcando las muertas aguas,[3] púsose ante mí uno cubierto de fango,[4] y me preguntó: "¿Quién eres tú, que así vienes antes de tiempo?" A lo que le respondí: —Si vengo, no es para permanecer. Pero, y tú ¿quién eres, que tan asqueroso te presentas? —"Ya me ves, replicó, uno que está llorando.[5] —Pues llorando y gimiendo, le dije, quedarás ahí, espíritu maldito; que bien te conozco, a pesar de ese cieno que te cubre.

Extendió entonces ambas manos hacia la barca, por lo que mi prudente Maestro le rechazó, diciendo: —¡Vete de aquí con los demás perros! —Y ciñéndome en seguida el cuello con los brazos, y besándome el rostro, dijo: —¡Alma, que así te indignas,

2. Personaje mitológico. Hijo de Marte y Crise. Airado contra Apolo, que había seducido a su hija Coronis, incendió el templo de este dios en Delfos. Apolo, en venganza, lo mató a flechazos. Aparece ya en el Infierno virgiliano (*Eneida*, VI, 618).

Dante lo coloca en el círculo de los iracundos como barquero de la laguna Estigia.

3. V. 31: *Mentre noi correvam la morte gora*. Gora es el canal o acequia de los molinos

4. Filippo Argenti degli Adimasi. Florentino contemporáneo del poeta. Era hombre rico, soberbio y violento.

5. Es uno de los versos más patéticos del poema: *Rispose: Vedi che son un che piango*.

bendita la madre que te llevó en su seno! Ése fue en el mundo un hombre soberbio, sin ninguna buena cualidad que dé honra a su memoria; de suerte que aun aquí está su sombra poseída de furor. Y ¡cuántos se tienen en la tierra por grandes reyes, que caerán como puercos en este lodazal, no dejando de sí más que un horrible desprecio!

Y yo añadí: —Maestro, mucho desearía verle sumergido en ese fango, antes de que salgamos de la laguna.

A lo cual repuso: —No llegarás a descubrir la orilla, cuando quedes satisfecho; pues será bien que goces de ese deseo.

Y a poco de esto vi hacer tal mofa de él a aquellas almas encenagadas, que todavía alabo por ello a Dios y le doy gracias. Todas gritaban: "¡A él!, ¡a Felipe Argenti!" Y el colérico espíritu del florentino se volvía contra sí propio, despedazándose con los dientes. Allí le dejamos, y no quiero hablar más de él.

Pero al propio tiempo me hirió en los oídos un son lastimero; por lo que miré de hito en hito hacia adelante, abriendo mucho los ojos; y el buen Maestro me dijo: —Ya, hijo mío, se acerca la ciudad que llaman Dite,[6] poblada de grandes criminales y de inmensa muchedumbre.

Y le respondí yo: —Maestro, seguramente que allá dentro del valle[7] veo sus mezquitas[8] rojas como si hubiesen salido del fuego.

Y él añadió: —El fuego eterno que por dentro las abrasa, las hace parecer rojas, como ves en ese bajo Infierno.[9]

---

6. Uno de los nombres de Lucifer, aquí aplicado a la ciudad ante cuyas murallas se encuentran.

7. Este valle es el sexto círculo. Está al nivel del quinto, pero separado de éste por los muros de la ciudad.

8. Las llama así por las torres, parecidas a los alminares de los turcos.

9. Dante divide el Infierno en alto y bajo. Aquél comprende los cinco primeros círculos, y el bajo de la ciudad de Dite a la residencia de Lucifer.

Entramos por fin en los profundos fosos que circundan aquella desconsolada tierra: los muros me parecían de hierro; y después de dar una gran vuelta, llegamos a un sitio en que el barquero[10] nos gritó fuertemente: "Salid; aquí está la puerta." Sobre ella vi más de mil almas caídas del cielo como lluvia,[11] que llenas de rabia, decían: "¿Quién es este que sin haber muerto va por el reino de la muerte?" Y mi sabio Maestro les dio a entender por señas que quería hablarles en secreto.

Reprimieron un poco entonces su indignación, y dijeron: "Ven tú solo, y que se vaya ese que ha tenido la audacia de entrar en este reino. Vuélvase solo por donde tan insensatamente ha caminado; inténtelo, si sabe; y tú que por tan oscuras sendas le has guiado, permanecerás aquí."

Piensa, lector, si no desmayaría yo al oír palabras tan malditas; no creí volver más a la tierra.

—¡Oh mi amado Guía, que más de siete veces[12] me has puesto en seguridad, y librádome de los grandes peligros que contra mí se suscitaban! No me abandones, le dije, en tal tribulación; y si se me veda ir más adelante, vuelvan al punto nuestros pasos por las mismas huellas.

Y el que me había conducido allí, me dijo: —No temas, pues nadie puede estorbarnos el paso: Dios nos lo ha concedido;[13] pero aguárdame aquí, y reanima y sustenta el abatido espíritu con buenas esperanzas, porque no te dejaré en este mundo infernal.

10. Elegías.
11. Son las de los ángeles rebeldes.
12. Según Scartazzini y Steiner se podrían indicar nueve momentos de peligro. Posiblemente desease imitar la Biblia, que a menudo con el número siete denota un número indeterminado.
13. ... *da tal n' è dato!*, dice el original.

Alejóse, pues, y abandonóme allí el tierno padre, y yo me quedé dudoso, batallando mi imaginación entre el sí y el no.[14] No pude oír lo que les dijo, mas no estuvo largo tiempo con ellos, pues se entraron todos a porfía dentro de la ciudad. Dieron con las puertas en el rostro nuestros enemigos a mi Señor, que se quedó fuera, viniéndose hacia mí con lentos pasos; y con los ojos inclinados al suelo y las mejillas privadas de toda animación, decía suspirando: —¿Quién me ha vedado entrar en la mansión de los dolores? —Y después a mí: —No temas tú, aunque me veas irritado, que yo saldré airoso de este empeño, por más que los de dentro se esfuercen en resistirme. Ni es nueva en ellos esta insolencia; que ya la demostraron en otra puerta menos secreta,[15] la cual permanece todavía sin cerrarse. Sobre ella has visto la negra inscripción.[16] Pero ya, de la parte de acá de la misma puerta, baja la colina, pasando sin guía alguna por los círculos, alguien con cuyo auxilio ha de abrírsenos la ciudad.

14. Entre el temor y la esperanza.

15. La puerta del Infierno, bajo la cual los demonios se opusieron a Cristo, quien la rompió al bajar al Limbo para sacar las almas de los Santos Padres y aún no ha vuelto a cerrarse.

16. *Infierno*, III, 1 y sigs.

Canto nono

Entre la duda y el terror, que hace todavía mayores una frase truncada de Virgilio, le pregunta Dante si había pasado alguna otra vez por aquel camino y mientras le contesta afirmativamente, añadiéndole cómo y cuándo, se ve sorprendido por la súbita aparición de las Furias en lo alto de la torre. Presérvale Virgilio de sus artes maléficas y al propio tiempo llega un mensajero del Cielo, que les abre las puertas de la ciudad enemiga, donde penetran y ven el suplicio de los herejes, metidos dentro de sepulcros ardiendo.

La palidez con que el temor había cubierto mi semblante al ver que mi Guía volvía pies atrás, hizo desaparecer más presto el color del suyo. Quedóse suspenso como un hombre que está escuchando, porque su vista no podía penetrar a larga distancia, a causa del negro ambiente y de la densa niebla.

—Pero nosotros debemos vencer la resistencia, empezó a decir: y si no... uno ha ofrecido hacerlo.[1] ¡Oh!, ¡cuánto tarda en llegar!

Yo entonces advertí bien cómo había encubierto su comenzado discurso con lo otro que después dijo, que fueron palabras diferentes de las primeras;[2] y, sin embargo, su lenguaje me inspiró miedo, porque daba yo a las palabras truncadas significación quizá peor que la que tenían.

1. Un mensajero del cielo.
2. Veló el sentido dubitativo de la frase apenas comenzada con las palabras siguientes. La reticencia había alarmado a Dante.

—¿Desciende tal vez a este fondo del triste abismo alguien del primer círculo, que sólo tiene por pena la pérdida de la esperanza?[3]

Esta pregunta hice, y él me respondió: —Rara vez acontece que ninguno de nosotros camine por donde voy yo ahora. Verdad es que en otra ocasión vine aquí abajo por un conjuro de aquella cruel Ericton,[4] que hacía volver las almas a sus cuerpos. Poco tiempo había pasado desde que la mía abandonó mi carne, cuando me obligó a entrar dentro de esos muros para sacar un espíritu del círculo de Judas.[5] Es este lugar el más bajo, el más oscuro y el más distante del cielo que lo envuelve todo.[6] Sé muy bien el camino, y así considérate seguro. Esa laguna, que tan gran fetidez exhala, ciñe en torno la dolorosa ciudad donde no nos será ya dado penetrar sin ira.

Otras cosas dijo, de que no hago memoria, porque los ojos llevaron toda mi atención hacia la alta torre, cuya cima estaba ardiendo, y donde a un mismo tiempo se alzaron de pronto tres Furias[7] infernales, teñidas de sangre y mostrando miembros

3. El primer círculo es el Limbo, donde reside Virgilio. El propósito de Dante es saber si su Maestro conoce el camino, aunque formula la pregunta en forma general.

4. Esta cruel y poderosa maga de Tesalia, según cuenta Lucano en su *Farsalia* (VII, 508 y sigs.) tenía el poder de conjurar los espíritus y unirlos a sus cuerpos cuando la muerte era reciente.

Para explicar Dante cómo Virgilio puede conocer el camino, supone que, conjurado por Ericton, debió descender hasta el círculo de Judas, el último del Infierno.

5. La cuarta y la última de las zonas en que se divide el lago Cocito y donde se halla el mismo Lucifer.

6. El "primer móvil" comprende y mueve los otros cielos y es principio de todo movimiento.

7. Son las Euménides o Erinnias. Hijas del Aqueronte y de la Noche, se las considera doncellas de Proserpina, la consorte del dios infernal Plutón.

y ademanes de mujeres. Iban cubiertas de verdosas hidras,[8] y llevaban por cabellos pequeñas serpientes y cerastas,[9] que se entrelazaban sobre sus horribles sienes.

Él, que conoció bien a las servidoras de la reina del dolor eterno:[10] —Mira, me dijo, las feroces Erinnas.[11] Esa que está a la izquierda, es Megera;[12] la que ves llorando a la derecha, Aleto; Tesifone la de en medio —y quedó callado.

Con las uñas cada cual de ellas se desgarraba el pecho; golpeábanse con las manos, y gritaban tan alto, que de temor me acogí al Poeta.

"Venga Medusa,[13] y la convertiremos en piedra", gritaban todas mirando abajo.[14] "Mal nos vengamos del asalto de Teseo."[15]

—Vuélvete atrás y ten los ojos cerrados; porque si se muestra la Gorgona[16] y tú la ves, vana será la esperanza de tornar al mundo.

Esto dijo el Maestro, y él mismo me hizo dar la vuelta; y no fiándose de mis manos, me cerró también los ojos con las suyas.

Vosotros, los que tenéis sano el entendimiento, mirad la doctrina que se esconde bajo el velo de esos extraños versos.

8. Serpientes acuáticas venenosas.

9. Especie de serpientes con uno o dos cuernos en la cabeza.

10. Proserpina.

11. Uno de los nombres griegos de estas divinidades.

12. Megera, según la etimología, la enemiga; Aleto, la inquieta; Tesífone, la castigadora de los homicidas.

13. Una de las tres Gorgonas, hija de Forco, deidad marina.

Medusa tenía el poder de transformar en piedra a quien la mirase. Fue muerta por Perseo, con ayuda de Pallas.

14. Donde estaba el Poeta.

15. Se lamenta de no haberlo hecho petrificar por Medusa. Teseo descendió al Infierno acompañado por Piritos para raptar a Proserpina y quedó prisionero hasta la llegada de Hércules, su libertador.

16. La cabeza de Medusa.

Mas ya venía por encima de las turbadas olas el estrépito de un espantoso sonido, que hacía retemblar ambas orillas. No de otro modo sucede cuando un viento impelido por los contrarios calores embiste a la selva, y sin freno alguno desgaja las ramas, las derriba y lanza a lo lejos, y soberbio y entre nubes de polvo, adelanta más, y hace huir a las fieras y a los pastores.

Descubrióme entonces los ojos, diciendo: —Dirige ahora la fuerza de tus miradas sobre esa eterna espuma, hacia donde el vapor es más espeso. —Y como las ranas que delante de la enemiga culebra se dispersan todas por el agua, hasta que van apiñándose en el cieno; de la propia suerte vi huir más de mil almas condenadas ante uno que pasaba a pie enjuto la Estigia. Apartaba el aire espeso con el rostro, moviendo de vez en cuando la siniestra mano hacia adelante, y sólo parecía fatigado de aquel impedimento. Comprendí bien que era un mensajero del cielo, y me volví hacia mi Maestro; mas éste me hizo señas de que estuviese quedo y me inclinase ante él. ¡Ah! ¡Cuán desdeñoso me parecía! Llegó a la puerta, y la abrió con una varita, sin experimentar estorbo alguno.

"¡Oh proscritos del cielo, raza menospreciada!", empezó a gritar, puesto ya en el umbral horrible: "¿Cómo cabe en vosotros semejante audacia? ¿Por qué hacéis resistencia a aquella voluntad que jamás deja de cumplir sus fines, y que tantas veces ha acrecentado vuestros dolores? ¿Qué os aprovecha rebelaros contra los hados? Vuestro Cerbero, si mal no recordáis, tiene aún pelados de sus resultas hocico y cuello."[17]

Volvióse en seguida por el camino cenagoso, y no nos habló palabra, sino que mostró ademán de hombre a quien apremia

17. Cuando Cerbero intentó oponerse al descenso al Infierno, de Hércules, éste lo ató con una cadena y lo arrastró hasta fuera de la puerta.

e incita otro cuidado que el de los que tiene delante. Nosotros, en tanto, nos encaminamos a la ciudad, confiados ya en aquellas palabras santas. Entramos dentro sin oposición alguna; y yo, que deseaba ver la suerte de los encerrados en semejante fortaleza, así que estuve dentro, dirigí en torno la vista, y descubrí por todos lados una gran llanura, llena de dolores y tormentos crueles. Como en Arlés,[18] donde el Ródano forma un lago, y como en Pola,[19] cerca del Cuarnaro,[20] que cierra la Italia y limita sus confines, hacen desigual el terreno de los sepulcros, así lo hacían también aquí por todas partes, sólo que de una manera más terrible; porque de entre las tumbas salían llamas, las cuales las encendían hasta el punto de que no hay arte alguno que se valga de hierro tan abrasado. Estaban levantadas las losas que las cubrían, y salían de ellas lamentos tan doloridos, que indicaban bien ser de personas infelices y atormentadas.

Y dije: —Maestro, ¿qué gentes son esas, que metidas dentro de esas arcas, se hacen sentir por medio de ayes tan lastimeros?

—Ésos, me contestó, son los heresiarcas y sus secuaces de todas sectas. Las tumbas están más llenas de lo que te figuras; cada cual yace allí sepultado con los suyos; y los sepulcros están más o menos encendidos.[21]

Y tomando después a la derecha, pasamos entre los martirios y los altos muros.

18. Ciudad de Provenza, a la izquierda del Ródando. Las tumbas de Arlés son de la época romana.

19. Puerto meridional de Istria.

20. Golfo del mar Adriático entre la Istria y la costa dálmata. Las tumbas abiertas de Dite recuerdan a Dante estos lugares, donde se encontraban antiguas sepulturas romanas que hacían desigual el terreno.

21. Según la gravedad de la herejía.

Canto décimo

Caminando los Poetas por entre las tumbas y las murallas, y mientras Dante indica respetuosamente a Virgilio su deseo de ver a los que allí están sepultados y de hablar a alguno de ellos, oye una voz que le llama. Es Farinato degli Uberti. Estando hablando con él, le interrumpe Cavalcante Cavalcanti para preguntarle por su hijo Guido; y después de responderle, continúa la conversación comenzada con Farinata, que vagamente le presagia su destierro, y le informa de algunas otras cosas.

Iba, pues, mi Maestro por una estrecha calle, entre el muro de la ciudad y los sepulcros, y yo siguiendo sus pasos.

—¡Oh excelsa virtud,[1] empecé a decir, que me conduces según te place por estos impíos círculos! Háblame, y satisface mis deseos. ¿Podría verse la gente que yace en esos sepulcros? Todas sus losas están ya levantadas, y nadie hace aquí de vigilante.

Y me respondió: —Todos quedarán cerrados, cuando desde Josafat[2] vuelvan aquí las almas con los cuerpos que allá arriba dejaron. En esta parte tienen su cementerio, juntamente con Epicuro,[3] todos sus secuaces, que juzgan muerta el alma con el cuerpo. Por esto quedarás en breve ahí dentro satisfecho

1. Se dirige a Virgilio, quien representa la razón y la sabiduría.
2. Valle cerca de Jerusalén desde donde, según los libros santos, Dios pronunciará el juicio universal.
3. Filósofo griego nacido en Atenas (341-270). Su doctrina fue a veces mal interpretada. Dante le conoció sólo a través de Cicerón y sostenía que el había considerado la voluntad como el sumo bien y proclamado el alma mortal. Este fue el motivo por el cual le condena.

respecto a la pregunta que me haces, y aun al deseo que me encubres.

—Yo, mi buen Maestro, respondí, no reservo de ti mi corazón sino con el fin de hablar poco, y porque tú antes de ahora me has inducido a esto.

"Toscano, que pasas vivo por la ciudad del fuego, hablando con tal respeto: pléguete permanecer en este sitio. Tu lenguaje manifiestamente revela que eres hijo de aquella noble patria a la cual fui yo quizá funesto en demasía."

Estas palabras salieron repentinamente de uno de los sepulcros; por lo que, temeroso yo, me acerqué a mi Guía un poco más.

El cual me dijo: —Vuélvete: ¿qué haces? Mira a Farinata,[4] que se ha levantado: lo verás desde la cintura a la cabeza.

Había yo fijado ya mi vista en la suya, y él erguía su pecho y su frente, como si tuviese en gran menosprecio al Infierno. Y con sus animosas y prontas manos me empujó mi Guía hacia él por entre las sepulturas, diciendo: —Sean claras tus palabras.

Así que estuve al pie de su sepulcro, miróme un poco, y luego con cierto desdén, me preguntó: "¿Quiénes fueron tus antepasados?" Yo, que estaba deseoso de obedecer,[5] no se lo oculté, antes bien se lo manifesté todo; por lo que arqueó un tanto las cejas,[6] y después dijo: "Terribles contrarios fueron para mí, para mis mayores y para mi partido, tanto, que dos veces[7] los desterré."

—Si fueron expulsados, repuse yo, volvieron una y otra vez[8]

4. Farinata degli Uberti, nacido a comienzos del siglo, era el jefe político y militar del partido gibelino de Florencia. Murió en abril de 1264.

5. ¿De obedecer la anterior advertencia de Virgilio?

6. En gesto de recordar.

7. La primera vez en 1248, cuando el emperador Federico II ayudó a los gibelinos, y la segunda en 1260, después de la batalla de Montaperti.

8. Los güelfos regresaron una vez en enero de 1251, después de la

de donde estaban;[9] pero los vuestros no aprendieron bien el mismo arte.[10]

Levantóse entonces a mi vista, y junto a la otra, una sombra[11] descubierta hasta la barba: creo que estaba puesta de rodillas. Miróme alrededor, como con intención de ver si algún otro iba conmigo: y siendo enteramente vana su sospecha, me dijo llorando: "Si vas por esta ciega cárcel por ser tu ingenio tan sublime, ¿dónde está mi hijo?, ¿por qué no viene contigo?"

Yo le respondí: —No vengo por mí mismo: aquel que aguarda allí es quien aquí me trae; el mismo a quien vuestro Guido[12] quizá tuvo en menosprecio.[13]

Sus palabras y el género de su suplicio me habían revelado ya su nombre, y por esto fue mi respuesta tan terminante.

Incorporándose de pronto, gritó: "¿*Tuvo*, dijiste? ¿Conque ya no vive? ¿Conque la dulce luz no alumbra ya sus ojos?" Y cuando advirtió que me tomaba tiempo para responderle, cayó de nuevo boca arriba, y no volvió a aparecer más.

Pero la otra sombra magnánima por quien expresamente me había quedado,[14] no varió de aspecto, ni movió el cuello, ni encorvó el pecho.

---

muerte de Federico II, y la segunda, luego de la muerte de Manfredo en la batalla de Benevento.

9. De los lugares donde se habían refugiado.

10. El arte de regresar a la patria.

11. Cavalcante Cavalcanti, güelfo, padre del poeta Guido Cavalcanti, gran amigo de Dante.

12. Guido Cavalcanti nació en Florencia hacia 1250 y murió allí en agosto de 1300.

13. El Poeta explica la ausencia de su contemporáneo por el poco aprecio en que éste tuvo a Virgilio.

14. Retoma la conversación con Farinata.

"Y si ellos, dijo continuando el comenzado discurso, han aprendido mal el arte,[15] cosa es que me atormenta más que este sepulcro. Pero no habrá vuelto a encenderse cincuenta veces[16] el rostro de la diosa que aquí reina,[17] cuando sabrás lo fatal que es este arte. Y tú dime (así vivas largos años en el dulce mundo), ¿por qué es tan cruel aquel pueblo con los míos en todas sus leyes?"

Y le respondí: —El estrago y la gran matanza que hizo se enrojeciera de sangre el Arbia,[18] hace también repetir la misma oración en nuestro templo.

Y sacudiendo su cabeza y suspirando: "No estuve yo solo allí, añadió, ni ciertamente me hubiera movido con los otros sin bastante causa; pero cuando todos propusieron arrasar a Florencia, únicamente yo la defendí a rostro descubierto."[19]

—¡Ah! ¡Que por fin gocen de paz vuestros descendientes! le dije yo; pero resolved la duda en que se ve envuelta mi imaginación; pues si no entiendo mal, parece que vosotros veis con anticipación lo que el tiempo trae consigo, y que en cuanto al presente, no os sucede del mismo modo.

"Nosotros, repuso, vemos como el que tiene mala vista, las cosas que están lejanas; que tanta luz nos concede aún el Todopoderoso: cuando se acercan o existen ya, vana es toda nuestra inteligencia; y si otro no nos lo refiere, nada sabemos de

15. El arte de regresar a Florencia.
16. No pasarán cincuenta plenilunios (cuatro años y dos meses).
17. Proserpina (Luna), mujer de Plutón, rey del Infierno.
18. A orillas de este riacho se desarrolló la batalla de Montaperti en septiembre de 1260 entre los desterrados gibelinos capitaneados por Farinata y los güelfos de Florencia.
19. Cuando los exaltados gibelinos quisieron destruir Florencia, sólo Farinata se opuso.

vuestros sucesos humanos. De lo que puedes inferir que fenecerá todo nuestro conocimiento en el instante en que se cierre la puerta del porvenir."[20]

Entonces, como arrepentido de mi culpa, añadí: —Decid, pues, al que ha desaparecido que su hijo está aún entre los vivos; y que si poco ha enmudecí cuando debía responderle, sepa que lo hice porque estaba pensando en el error que me habéis desvanecido.

Y ya me llamaba mi Maestro; por lo que con más instancia rogué al espíritu que me dijese quién estaba con él.

Y replicó: "Más de mil yacen aquí conmigo: aquí dentro están el segundo Federico;[21] y el Cardenal;[22] y callo todos los otros."

Dicho esto, se escondió: y yo encaminé mis pasos hacia el antiguo Poeta, reflexionando en aquellas palabras, que me parecieron siniestras. Él echó a andar, y conforme iba marchando, me dijo: —¿Por qué estás tan caviloso? —Y satisfice a su pregunta. —Conserva en tu mente lo que has oído contra ti, me advirtió el Sabio; y ahora escúchame. —Y señaló con el dedo al Cielo. —Cuando estés ante el grato resplandor de aquellos cuyos hermosos ojos todo lo ven, sabrás[23] el transcurso de tu vida.

Después de lo cual, volvió hacia la siniestra mano. Dejamos las murallas, y nos dirigimos al centro por un camino que conduce a un valle, el cual hacía llegar su hedor hasta nosotros.

20. En el instante del Juicio Final.
21. Emperador Federico II de Suabia y rey de Sicilia (1194-1250). De la casa de los Hohenstaufen, príncipe docto, en cuya corte se fundó la primera escuela poética en lengua vulgar.
22. Octaviano degli Ubaldini, murió en 1272. Pertenecía a familia gibelina y aunque era cardenal, apoyó a los gibelinos excomulgados.
23. Por Beatriz.

Canto undécimo

Llegan los Poetas al extremo del ribazo que domina sobre el séptimo círculo; pero al sentir la fetidez que exhala el profundo abismo, se retiran detrás de un sepulcro donde yace el papa Anastasio. Precisados a diferir un tanto la marcha, para acostumbrarse a tan insufrible olor, y con el fin de ganar algún tiempo, refiere Virgilio a Dante cuál es la condición de los tres círculos que les falta recorrer.

El primero, o lo que es lo mismo, el séptimo, es el de los violentos; y porque la violencia puede hacerse contra el prójimo, contra sí mismo y contra Dios, la naturaleza y el arte, está dividido en tres partes, cada una de las cuales contiene una especie de violentos.

El segundo círculo, u octavo, es el de los fraudulentos, que veremos dividido en diez secundarios; y el tercero, noveno, el de los traidores, que se divide en cuatro departamentos concéntricos. Pregunta Dante a su Maestro por qué no reciben su castigo en la ciudad de Dite los que se han dejado arrastrar de la incontinencia, y cómo la usura es ofensiva a Dios. Responde Virgilio con gran claridad al discípulo, y entretanto llegan al descanso del ribazo.

Llegamos a la extremidad de una escarpada eminencia, formada por grandes piedras rotas y puestas en círculo, que era el lugar reservado a tormentos aún más crueles. Allí, para preservarnos del horrible exceso de fetidez que exhalaba el profundo abismo, nos retiramos detrás de las losas de un gran sepulcro, donde vi una inscripción que decía: "GUARDO

AL Papa Anastasio[1] A QUIEN APARTÓ Fotin[2] DEL CAMINO RECTO."

—Conviene que descendamos lentamente, de modo que vaya acostumbrándose el olfato a este hedor nauseabundo; que después, ya no nos hará impresión.

Así me habló el Maestro; y yo: —Idea, le dije, algún recurso para que no pase el tiempo inútilmente. —Y me contestó: —Ya ves que en eso estoy pensando. Hijo mío, prosiguió diciendo: en medio de estas rocas hay tres círculos que van reduciéndose por grados, como los que dejas atrás, y todos están llenos de espíritus malditos; mas para que después te baste sólo el verlos, oye cómo y por qué han venido a parar aquí. Toda maldad que excita el odio del Cielo tiene por fin la injuria, y este fin, bien por la fuerza, bien por el fraude, siempre perjudica a otros. Mas porque el fraude es especialmente propio del hombre,[3] desagrada más a Dios; y por esta razón los fraudulentos están debajo y experimentan mayor dolor. Los violentos llenan todo el círculo primero; mas como puede hacerse violencia a tres personas, está dispuesto y repartido en tres recintos. Puede hacerse violencia a Dios, a sí mismo y al prójimo, y esto en los cuerpos o en las cosas, como te mostraré con claras razones. Dáñase al prójimo con la muerte y con heridas dolorosas, y a sus bienes con la ruina, el incendio y exacciones inmoderadas; y así los homicidas, los que hieren impíamente, los devastadores y los ladrones,

1. Dante sigue erróneamente la creencia de considerar herético a Anastasio II, papa desde el 496 al 498, por su vinculación con Fotino.

2. Diácono de Tesalónica, secuaz de la herejía de Acacio, según la cual Cristo era de naturaleza humana. Según Fotino, por su vida ejemplar llegó a participar de la divinidad. Fotino vivió a fines del siglo v.

3. Para cometer fraude es necesario valerse de la inteligencia, don propio del hombre.

todos por su orden se ven atormentados en el primer recinto. Puede el hombre volver su violenta mano contra sí o contra sus bienes; y por lo mismo es justo que en el segundo recinto, aunque sin provecho alguno, muestren su arrepentimiento cuantos se privan a sí propios de vuestro mundo, los que consumen en el juego y malversan sus caudales y los que lloran allí donde debieran estar regocijados. Puede hacerse violencia a Dios negándole con el corazón y blasfemando de él, y despreciando a la naturaleza y sus bondades. Por esto el recinto menor marca con su fuego a Sodoma y a Cahors,[4] y a los que menospreciando a Dios, le maldicen en su corazón. Puede el hombre emplear el fraude, de que toda conciencia se siente herida, no sólo con el confiado, sino con el que no abriga confianza alguna. Este segundo caso parece que solamente rompe el vínculo de amor que establece la naturaleza; por lo que en el segundo recinto están revueltos con la hipocresía, la lisonja, los sortilegios, la falsía, el latrocinio y la simonía, los rufianes, los barateros y todos los de este jaez. En el otro caso se olvida el amor que establece la naturaleza y el que se le une después,[5] del cual procede más especial confianza. Por consiguiente, en el círculo más pequeño, donde estriba el centro del Universo y sobre el que tiene su asiento Lucifer,[6] todo el que ha obrado con traición está consumiéndose eternamente.

4. Indica con los nombres de las ciudades los vicios allí castigados. Sodoma, ciudad destruida por Dios, según el *Génesis*, por el pecado contra natura cometido por sus habitantes.

Cahors, ciudad de Francia considerada en la Edad Media como nido de usureros.

5. El que establecen los vínculos sociales.

6. V. 65: *... de l'universi in su che Dite siede.* El nombre de Dite lo emplea a veces Dante para designar a Lucifer.

Y yo dije: —Maestro, con sobrada claridad procedes en tus razonamientos, sobrado bien distingues estos abismos y la muchedumbre que habita en ellos; pero dime: ¿por qué aquellos de la laguna cenagosa,[7] y los otros a quienes arrebata el viento,[8] y los que se ven azotados por la lluvia,[9] y los que se maltratan con tan duros improperios,[10] por qué no son castigados en la ciudad del fuego, si han incurrido en la cólera divina? Y si no han incurrido, ¿por qué son atormentados de esa manera?

Y él me replicó diciendo: —Y ¿por qué tu ingenio delira tanto, contra lo que suele? ¿O es que tu mente piensa en otra cosa? ¿No recuerdas las palabras con que tu Ética[11] trata de las tres disposiciones que el Cielo reprueba, la incontinencia, la malicia y la insensata bestialidad? Y ¿cómo la incontinencia ofende menos a Dios e imprime menos afrenta? Si consideras bien esta sentencia, y traes a la memoria quiénes son los que fuera de este lugar están sufriendo castigo, comprenderás por qué se ven separados de estos inicuos, y por qué la divina justicia, aunque menos rigurosa, los atormenta.

—¡Oh Sol, que aclaras la turbación de toda vista! De tal manera me complaces con tus explicaciones, que me agrada el dudar tanto como el saber. Vuelve otra vez, le dije, un poco atrás, adonde decías que la usura ofende a la divina bondad, y descíframe este enigma.

7. Los negligentes e iracundos.
8. Los lujuriosos.
9. Los glotones.
10. Los pródigos y los avaros.
11. La aristotélica.
   Según Aristóteles, los vicios del alma se dividen en incontinencia, malicia y bestialidad. Dante coloca a la incontinencia fuera de la ciudad de Dite o sea en el Infierno superior. Los otros se castigan en el bajo Infierno.

—La Filosofía, me dijo, enseña, y no en una sola parte, a quien la estudia, cómo la naturaleza procede de la inteligencia divina y de sus leyes; y si bien atiendes a tu Física,[12] encontrarás, a pocas páginas que recorras, que el arte humano sigue a aquélla en cuanto le es dable, como el discípulo al maestro, de suerte que viene a ser casi nieto de Dios.[13] De una y otro, si tienes en la memoria el principio del Génesis, conviene que la gente se utilice para la vida y para adelantar en su camino. Y porque el usurero sigue otro muy contrario, desprecia a la naturaleza en sí, y al arte, su compañero, y cifra en otras cosas sus esperanzas. Mas ahora sígueme, que me place andar, pues los Peces[14] brillan ya en el horizonte, y todo el Carro[15] se inclina sobre el Coro, y esta pendiente tiene lejos de aquí su término.

12. La *Física* de Aristóteles, en cuyo principio se lee que el arte imita la naturaleza, dictamen que Oscar Wilde invirtió.

13. Si la naturaleza procede de Dios, puede llamársela hija de Dios y si el arte sigue a la naturaleza podrá decírsele nieto de Dios.

14. La constelación zodiacal de Piscis.

15. Cuando la constelación Piscis se halla sobre el horizonte, el Carro u Osa Mayor se encuentra en la dirección del viento Coro. Mediante estos signos Dante indica la proximidad de la aurora. Es el 9 de abril de 1300 y segundo día de su viaje.

Canto duodécimo

Calmada la furia bestial del Minotauro, que guarda el séptimo círculo, mansión de los violentos, y vencida la dificultad que ofrecía la ruinosa pendiente, llegan los Poetas al valle; en cuya primera circunferencia ven un río de sangre hirviente, dentro del cual reciben su castigo los violentos que han atentado contra la vida o los intereses de sus semejantes. Discurre alrededor de aquel lago un tropel de centauros que observan a los condenados, sobre los cuales cae una lluvia de saetas apenas intentan salir de la sangre más de lo que les es permitido. Manifiestan estos centauros alguna oposición a los Poetas al ver que se van acercando; pero Virgilio los tranquiliza, y hasta consigue que un Centauro los pase en sus ancas a la otra orilla. Entre tanto les refiere la condición de aquel lugar y el nombre de muchos tiranos que gimen en él.

E ra el lugar por donde íbamos a bajar de la eminencia, fragoso, y tal, a causa del que estaba todavía allí, que no había vista que lo mirase sin aversión. Parecíase a aquellas ruinas que se desplomaron sobre la orilla del Adige, de la parte de acá de Trento, o por efecto de un terremoto, o porque les faltó su base, que desde la cima del monte de donde cayeron hasta la llanura, dejaron la roca tan socavada, que no quedaba senda alguna para los que se hallaban en la parte alta. Ésta era la bajada del precipicio; y al borde de la quebrada cavernosa estaba tendido el que fue oprobio de Creta,[1] engendrado en la vaca

1. Alusión al Minotauro, medio hombre y medio toro. Nacido de los amores de Pasifae, mujer de Minos, fabuloso rey de Creta, y un toro, al

artificial: el cual, cuando nos vio, se mordió a sí propio, como aquel que se consume interiormente de rabia.

Y dirigiéndose a él, le gritó un Sabio: —¿Crees acaso que está aquí el caudillo de Atenas,[2] que te dio muerte allá en el mundo? Apártate, bestia, que no viene éste[3] aleccionado por tu hermana,[4] sino con el fin de ver vuestros tormentos.

Y como el toro que rompe sus ligaduras en el momento de haber ya recibido el golpe mortal, y no acierta a andar, sino que salta a uno y otro lado, del mismo modo vi que hacía el Minotauro; y mi previsor Maestro me gritó: —Corre a la quebrada; que mientras está furioso, es conveniente que bajes.

Emprendimos, pues, el descenso por la escabrosidad de aquellas piedras, que por primera vez se movían bajo mis pies al sentir el peso desconocido.[5]

Iba yo pensativo, y me dijo él: —Vas, según creo, pensando en este despeñadero, guardado por la furia bestial que he frustrado ahora. Pues quiero que sepas que la otra vez que bajé al profundo infierno,[6] no se había desplomado aún esta roca; de modo que,

---

cual para gozarle, aquélla debió encerrarse en una vaca de madera. En las medallas y esculturas, el Minotauro es un hombre con cabeza de toro; Dante lo imagina como un toro con cabeza de hombre.

2. Teseo, para liberar a Atenas del tributo anual de siete jóvenes y siete niñas, que debía entregar para alimentar al Minotauro, pasó a Creta y con la complicidad de Ariadna, hija de Pasifae y Minos y, por lo tanto, hermana del Minotauro, consiguió matar al monstruo.

3. Dante.

4. Ariadna, enamorada de Teseo, le enseñó el modo de matar al Minotauro y luego salir del laberinto del cual éste era custodio. Teseo abandonó luego a la doncella, que fue encontrada y amada por Baco.

5. Por tratarse de persona viva. Lo mismo había acontecido al subir a la barca de Caronte.

6. Alude a un anterior viaje de Virgilio. Véase el canto IX.

si no me engaño, poco antes de la venida de Aquel[7] que arrebató a Dite[8] la multitud de almas del círculo superior, tembló en todas partes el profundo y hediondo valle de tal manera, que imaginé si el Universo sentiría aquel amor por el cual hay quien cree que el mundo se ha convertido en caos varias veces; y en aquel momento experimentó esta antigua roca, tanto aquí como en otras partes, semejante estrago. Pero fija los ojos en el valle, porque nos aproximamos al río de sangre[9] en que hierven todos aquellos que han procedido violentamente contra otros.

¡Oh ciego apetito, oh ira insensata, que así nos precipita en esta breve vida, y así nos abisma después tan miserablemente en la eterna! Vi un ancho foso en forma de arco,[10] como el que abraza todo el llano, según había dicho mi Guía; y entre él y el pie de la eminencia corrían en fila varios centauros[11] armados de saetas, como solían en el mundo salir de caza. Al vernos descender, se pararon todos, y tres[12] se adelantaron de la fila, con los arcos y flechas que habían de antemano prevenido. Y uno de ellos gritó de lejos: "¿A qué lugar de tormento venís vosotros, los que bajáis al llano? Decid de dónde sois, pues si no, disparo el arco."

Y mi Maestro dijo: —La respuesta se la daremos a Quirón[13] cuando estemos cerca. Perjudiciales te fueron tus deseos, siempre tan impetuosos.

7. Jesucristo.

8. A Dite o a Lucifer.

9. Flegetonte, río de sangre hirviente. En él se encuentran sumergidos, bajo la vigilancia de los centauros, los violentos contra el prójimo.

10. Primer giro del séptimo círculo.

11. Eran hijos de Ixión y de una nube. Adquirieron fama por el combate sostenido con los Lapitas. Simbolizan la vida feroz y la violencia.

12. Quirón, Neso y Folos.

13. Hijo de Saturno y de Filira. Fue el más famoso de todos los centauros. Maestro de Hércules y de Aquiles.

Acercóseme después, y añadió: —Ése es Neso,[14] el que murió por la bella Deyanira, y tomó por sí mismo la venganza de su muerte. El que está en medio, mirándose al pecho, es el gran Quirón, que crio a Aquiles. El otro es Folo,[15] que siempre estuvo lleno de ira. Van a millares alrededor del foso lanzando flechas a toda alma que sobresale de la sangre más de lo que permite su culpa.

Nos aproximamos a aquellos veloces monstruos. Quirón cogió una saeta, y con el cuento[16] retiró la barba hacia atrás hasta las quijadas; y desembarazado que hubo la enorme boca, dijo a sus compañeros: "¿Habéis advertido que el que viene detrás[17] mueve lo que toca? Pues los pies de los muertos no suelen hacerlo así."

Y mi buen Guía, que ya le llegaba al pecho, donde se unen las dos naturalezas,[18] respondió: —Sí, que es vivo, y a mí solo me toca mostrarle el sombrío valle: la necesidad, que no afición alguna, le trae aquí. Alguien[19] dejó de cantar *alleluya*, para encomendarme este nuevo oficio. No es un salteador, ni yo un alma

14. Cediendo a la pasión, intentó raptar a Deyanira, mujer de Hércules, el cual lo hirió de muerte con una flecha envenenada. Antes de morir persuade a Deyanira que pusiese a Hércules una túnica bañada con su sangre haciéndole creer que contenía un filtro amoroso, y conservaría así por siempre el amor de su esposo.

Al vestir la prenda Hércules enloqueció y murió. De tal manera, Neso, muerto por Hércules, tomó venganza por sí mismo.

15. Famoso, pues en las bodas de Piritoo e Hipodamia pretendió violar a las mujeres de los Lapitas. En Neso está representada la codicia violenta, y en Folo, el violento furor.

16. El texto dice *cocca*, que es la hendedura o muesca de las saetas. El traductor la ha sustituido por el regatón o la contera de la lanza.

17. Dante.

18. La mitad hombre y la mitad caballo.

19. Beatriz.

perversa; mas por aquella virtud que dirige mis pasos a través de camino tan escabroso, danos uno de los tuyos, a quien podamos seguir de cerca, que nos indique dónde habrá un vado, y que lleve a este sobre la grupa, pues no es espíritu que vuele por los aires.

Volvióse Quirón al lado derecho, y dijo a Neso: "Torna y guíalos, y si dais con otros de los nuestros, que les abran paso."

Pusímonos en camino con nuestro fiel acompañante, a lo largo de la orilla de aquel rojo hervidero, y los anegados en él daban terribles gritos. Vi algunos sumergidos hasta las cejas, y el gran centauro[20] dijo: "Ésos son tiranos, que se cebaron en la sangre y la rapiña. Aquí se expían las maldades inexorables: aquí está Alejandro,[21] y el cruel Dionisio,[22] que tantos años de dolor hizo pasar a Sicilia; y aquella frente que sobresale con el pelo tan negro es de Azzolino;[23] y el otro, rubio, Obizzo de Este,[24] que verdaderamente fue muerto allá en el mundo por su mal hijo."[25]

En esto me volví al Poeta, que me dijo: —Oye primero a éste; después a mí.[26]

20. Neso.

21. Posiblemente Dante se refiere a Alejandro de Macedonia.
Según otros comentaristas se trataría de Alejandro de Fere, que hacía sepultar vivos a los hombres o los vestía con pieles de fieras y los arrojaba a los perros.

22. Señor de Siracusa y de toda la Sicilia no sujeta a los cartagineses. Reinó desde el 406 hasta el 367 a. C. Fue considerado como el prototipo del tirano inhumano y cruel, aun cuando también Dionisio el Joven fuese muy cruel.

23. Azzolino o Ezzelino III, de Romano (1194-1259). Señor de Treviso, Verona, Vicenza y Padua. La leyenda lo hacía hijo de Satanás y de crueldad neroniana.

24. Obizzo de Esti, señor de Ferrara desde 1264 hasta 1293, año en que fue estrangulado por sus hijos.

25. Azzo VIII, tenido por hijastro de Obizzo y matador de éste.

26. Primero a Neso, después a mí.

Poco más allá fijó el centauro su vista en unos que parecían no sacar la cabeza de aquel hervidero más que hasta el cuello; y nos mostró una sombra que estaba sola a un lado, diciendo: "Ése traspasó en la misma casa de Dios el corazón que se ve todavía honrado sobre el Támesis."[27]

Vi después otros que tenían fuera del río la cabeza, y además todo el pecho; y de estos reconocí a muchos. Y así iba bajando más y más la sangre hasta que ya sólo cubría los pies; y aquí fue donde pasamos el foso.

"De la misma manera que ves tú por esta parte ir siempre disminuyendo el hirviente lago, dijo el centauro, quiero que creas que por la otra va bajando más y más su fondo hasta que se junta con aquella en que está decretado que gima la tiranía. Aquí atormenta la divina justicia a aquel Atila que fue su azote en la tierra;[28] y a Pirro[29] y Sexto;[30] y arranca eternamente las lágrimas que a cada hervorada brotan a Renier de Corneto[31] y Renier Pazzo,[32] los cuales movieron en los caminos tan asoladora guerra."

Volvióse en seguida, y repasó el vado.

27. Guido de Monfort. Mientras se celebraba la misa en una iglesia de Viterbo asesinó a Arrigo, primo de Eduardo, en el momento de la elevación, para vengar la muerte de su padre, ordenada por Eduardo I, rey de Inglaterra. El cadáver fue transportado a Inglaterra y el corazón puesto en una urna de oro cerca de la tumba de Eduardo el Confesor en Westminster.

28. El famoso rey de los hunos que fue llamado (y se hizo llamar) "el azote de Dios".

29. Rey del Epiro (319-292 a. C.). Guerreó contra los romanos y los griegos.

30. El hijo menor de Pompeyo.

31. Renier da Corneto, ladrón famoso en la época de Dante.

32. Renier, florentino de la noble familia de los Pazzi; terror de los caminos. Asaltó una comitiva de eclesiásticos. Fue excomulgado por Clemente IV y por su sucesor Gregorio X.

Canto decimotercero

Pasa el Poeta al segundo recinto, donde se castiga a los violentos contra sí mismos y a los que dilapidaron sus propios bienes. Vense los primeros transformados en nudosos troncos, en los cuales anidan las arpías; los segundos son perseguidos por rabiosas perras, que sucesivamente los maltratan. Encuentra a Pedro de las Viñas, que le refiere por qué causa se dio la muerte, y las leyes de la divina justicia respecto a los suicidas. Ve después a Lano de Serena, y a Jacobo de San Andrés, paduano; y finalmente sabe de un florentino, que se ahorcó en su propia vivienda, el origen de los males de su patria.

No había aún Neso llegado a la otra orilla, cuando nos entramos por un bosque,[1] que no tenía señal de camino alguno. No se veían allí hojas verdes, sino de color oscuro, ni ramas lisas, sino nudosas y retorcidas, ni frutos de ninguna especie, sino espinas y beleño. No habitan malezas más ásperas ni espesas las fieras salvajes que aborrecen los lugares cultivados entre Cecina y Corneto.[2] Allí hacen su nido las monstruosas arpías,[3] que expulsaron de las Estrófadas[4] a los troyanos, con triste presagio de futuros males. Tienen anchas alas, con cuellos

1. La dolorosa selva donde habitan las arpías. Virgilio le advierte que forma el segundo giro del círculo de los violentos.
2. Cecina al norte y Corneto al sur señalan los confines de la marina toscana.
3. Monstruos mitológicos, hijos de Tanmante y de Electra, con rostros de mujer y cuerpos de aves.
4. Islas del mar Jónico. Ver Virgilio, *Eneida*, III, 209 y sigs.

y rostros humanos, pies de corvas uñas y plumas en el vientre, prorrumpen en lamentos sobre aquellos extraños árboles.

Y el buen Maestro: —Antes de que penetres más adentro, empezó a decirme, has de saber que estás en el segundo recinto,[5] y que en él estarás hasta que te encuentres en el arenal horrible. Mira, pues, con atención, y verás cosas que haría increíbles mi relato.

Sentía yo resonar ayes por todas partes, y no veía persona alguna que hiciese tales exclamaciones; por lo que me detuve lleno de espanto. Creo que él creyó que yo creía[6] que todas aquellas voces salían de las gargantas de gentes que se ocultaban de nosotros; y por lo mismo me dijo el Maestro: —Si rompes la menor rama de uno de esos árboles, te desengañarás completamente de lo que estás pensando.

Alargué entonces un poco la mano, cogí una ramita de un árbol grande, y me gritó su tronco: "¿Por qué me rompes?" Y después, tiñéndose de sangre, empezó a gritar de nuevo: "¿Por qué me desgarras? ¿No tienes sentimiento alguno de piedad? Hombres fuimos, y ahora nos hemos convertido en troncos. Más compasiva debería ser tu mano, aun cuando hubiésemos sido almas de reptiles."

Como de un tizón verde cuando está ardiendo por uno de sus extremos, y por el otro gime y rechina con el aire que tiene dentro; así salían a la vez de aquel tronco palabras y sangre: por lo que dejé caer la rama, y quedé como un hombre amedrentado.

—Alma lastimada, repuso mi Sabio, si él hubiera podido creer antes lo que ha visto solamente en mis versos, no hubiera

---

5. El de los suicidas.
6. Es una figura cara a los escritores medievales.

extendido la mano contra ti; pero lo increíble de la cosa me hizo inducirle a que hiciese lo que a mí mismo me causa pesadumbre. Dile, sin embargo, quien fuiste tú, para que por vía de alguna reparación restaure tu fama en el mundo, adonde le es permitido volver.

Y el tronco: "Tanto me lisonjeas con tus dulces palabras, que no puedo callar; y no os sea molesto que me entretenga un poco en lo que os diga. Yo soy aquel[7] que poseyó las dos llaves del corazón de Federico,[8] y que las manejé, abriéndolo y cerrándolo tan suavemente que aparté de su confianza a casi todos los hombres. Condújeme con fidelidad en mi glorioso oficio, tanto, que perdí en él salud y vida. La cortesana[9] que jamás apartó del palacio del César sus malignos ojos, muerte común y vicio de las cortes, encendió contra mí todos los ánimos, los cuales en tal extremo encendieron también el de Augusto,[10] que mis gustosos honores se convirtieron en tristes exequias. Por satisfacer mi ánimo su indignación, y creyendo que con la muerte evitaría su menosprecio, me hizo injusto contra mí mismo, que tan justo era. Por las nuevas raíces[11] de este tronco os juro que jamás quebranté la fe a mi señor, dignísimo de ser honrado. Y si alguno de

7. Pier della Vigna, capuano, nacido al final del siglo XII de humildes progenitores. Estudió en Bolonia. Adquirió fama; llegó a ser canciller del emperador Federico II y fue durante largo tiempo su confidente, gozando de gran autoridad. Acusado injustamente de traición, fue encarcelado por orden del emperador y cegado. Esto le produjo gran desesperación, por lo cual él mismo puso fin a su vida en 1249.

Célebre por su oratoria y sus incomparables epístolas latinas.

8. Ver canto X.

9. La envidia.

10. Federico II.

11. Por su nueva existencia. Muestra estar atacado de un amor tardío y casi cómico, que no tuvo en la tierra para su cuerpo.

vosotros vuelve al mundo, que realce mi memoria, postrada aún por el golpe que le asestó la envidia."

Un poco aguardó el Poeta, y después me dijo: —Dado que se calla, no pierdas tiempo: habla y pregúntale, si quieres saber más.

Y le contesté: —Pregúntale tú lo que creas que ha de satisfacerme; porque yo no puedo, según la compasión que me aflige.

Y así, empezó a decirle: —Para que generosamente hagan los hombres lo que tus ruegos manifiestan, espíritu aprisionado, agrádete todavía decirnos cómo se encierra el alma en esos leños; y decláranos, a serte posible, si hay alguna que se desprenda de tales lazos.

Respiró entonces con fuerza el tronco, y su aliento se convirtió después en estas voces: "Brevemente os daré respuesta. Cuando sale un alma feroz del cuerpo de que ella misma se separa, la envía Minos al séptimo círculo; cae dentro de esta selva, y no tiene lugar ninguno designado, sino aquel que le depara la fortuna. En el germina como un grano de escanda, y crece como retoño y como planta silvestre. Las arpías después, alimentándose de sus hojas, introducen en ellas el dolor, y por allí mismo dan salida a sus lamentos. Como las demás,[12] iremos a recoger nuestros despojos;[13] mas no por eso logrará ninguna recobrarlos, pues no es justo tener aquello de que uno se ha privado. Aquí los trasladaremos, y quedarán colgados nuestros cuerpos por esta lúgubre selva, cada uno del árbol en que está atormentada su alma."

Atentos estábamos todavía al tronco, creyendo que quería decir alguna otra cosa, cuando nos sorprendió un rumor

12. Las demás almas.
13. En la resurrección.

parecido al que se siente cuando vienen el jabalí y los que van a cazarle en su puesto, y se oye el estrépito de los animales y del ramaje. Eran dos que por el lado izquierdo, desnudos y despedazados, huían tan atropelladamente, que iban quebrando todos los arbustos del bosque.

"¡Acude ahora, ¡oh muerte!, acude", gritaba el que corría delante; y el otro a quien le parecía tardar demasiado: "Lano,[14] no fueron tan ágiles tus piernas en las zambras del Toppo", y porque sin duda le faltaba el aliento, se acogió a un césped, formando consigo una parte de él.

Estaba la selva llena de perras negras, hambrientas y que se lanzaban tras ellos como lebreles que se sueltan de la cadena. Asiéronse de los dientes en el que se había escondido, y le hicieron trizas, llevándose después sus dolientes miembros. Cogióme entonces mi Guía de la mano, y me llevó al césped, que se lamentaba en vano por sus sangrientas heridas.

"¡Oh Jacobo de San Andrés![15] decía, ¿qué te ha aprovechado buscar un reparo en mí?, ¿qué culpa tengo yo de tu inicua vida?"

Cuando el Maestro estuvo delante de él, dijo: —¿Quién fuiste tú, que por tantas bocas exhalas, mezcladas con sangre, tus doloridas voces?

Y él replicó: "¡Oh almas que habéis venido a ver el lamentable estrago que de este modo me ha separado de mis hojas! Recogedlas al pie del triste césped. Yo fui de la ciudad que cambió su primer patrón por el Bautista;[16] y por esta razón él la

14. Lano de Siena. Encontró la muerte en la batalla del Toppo de 1287, en la cual los sieneses fueron derrotados por los aretinos.

15. Paduano. Hecho matar por Ezzelino IV en 1239. Parece que disipó sus bienes de varias y viciosas maneras.

16. Según una antigua tradición, el primer patrono de Florencia fue Marte, a quien se sustituyó luego por San Juan Bautista. Quién fuera este

entristecerá siempre con sus guerras;[17] y a no ser porque en el puente del Arno queda aún algún simulacro suyo,[18] los ciudadanos que la restablecieron sobre las cenizas que dejó Atila, hubieran inútilmente trabajado.[19] Yo levanté para mí una horca en mi propia casa."

florentino no se ha podido determinar. Según unos, se trataría de Latto degli Angli, para otros de Rocco dei Mozzi.

17. El primer patrono, es decir, Marte, dios de la guerra.

18. Su estatua a la entrada del Ponte Vecchio, sobre el Arno.

19. Atila no destruyó Florencia, pero así lo quiere la leyenda seguida por Dante.

Canto decimocuarto

El tercer recinto del séptimo círculo, donde ahora penetran los Poetas, es un llano de hirviente arena, sobre el cual están lloviendo de continuo copos de fuego. Sufren aquí tormento los que procedieron violentamente contra Dios, contra la naturaleza y contra el arte. Entre los primeros se distingue a Capáneo. Siguen caminando, y encuentran un riachuelo de sangre, cuyo misterioso origen, así como el de otros ríos infernales, describe Virgilio.

Conmovido al oír esto por el amor de mi tierra natal, reuní las hojas esparcidas, y se las devolví al que no podía ya proseguir de ronco. De aquí pasamos al término que separa el segundo recinto del tercero, donde se ve la terrible fuerza de la justicia divina. Para poner bien de manifiesto las cosas nuevas, digo que llegamos a una llanura, cuyo suelo está privado de toda planta. Sírvele en torno de orla la dolorosa selva, como a ésta servía de tal el sangriento foso; y fijamos los pies en el mismo borde. Era el suelo de arena menuda y seca, y en su aspecto no diferente de aquella que fue hollada por las plantas de Catón.[1]

¡Oh venganza de Dios! ¡Cuánto debe temerte todo el que lea esto que pasó ante mis ojos! Vi gran muchedumbre de almas desnudas, que todas lloraban amarguísimamente, y cada cual parecía sometida a diversa pena. Yacían unos en tierra boca arriba, otros sentados y enteramente encogidos, y otros estaban andando sin parar. Los que daban vueltas eran en mayor

1. Catón de Útica condujo los restos del ejército de Pompeyo por el desierto de Libia.

número, y menos los que permanecían expuestos al tormento;[2] pero éstos tenían lengua más expedita para lamentarse.

Caían lentamente sobre la arena gruesos copos de fuego, como los de nieve en los Alpes cuando no los arrebata el viento. Y al modo que vio Alejandro,[3] en las abrasadas regiones de la India, caer sobre su ejército llamas que bajaban encendidas hasta la tierra, por lo que mandó que sus huestes golpeasen el suelo con los pies, dado que el vapor se extinguía mejor mientras estaba solo; así se precipitaba la extensa llama con que se encendía la arena, como la yesca bajo el eslabón, para que los tormentos se redoblasen. Ni aflojaba un punto el afán de las miserables manos, que por uno y otro lado apartaban de sí el no interrumpido fuego.

Y empecé a decir: —Maestro, tú, que has vencido todas las dificultades, menos las que opusieron los inflexibles demonios que nos salieron al encuentro al ingresar por la puerta;[4] ¿quién es esa alma grande, que no parece cuidarse de este incendio, y yace tan indiferente y fiera, como si la lluvia no la lastimase?

Él mismo entonces, presumiendo que hablaba de él a mi Guía, gritó: "Cual fui vivo, tal soy muerto. Aunque Júpiter fatigue a

2. Se distinguen, pues, tres categorías de pecadores: los violentos contra Dios, tendidos boca arriba; los violentos contra natura, caminan y caminan sin cesar con un andar igual y continuo; los usureros, sentados.

3. El hecho histórico y la observación meteorológica los narra, en una carta, Alejandro a su maestro Aristóteles. Pero Dante no debió conocer el texto verdadero. Se cuenta allí que durante la expedición a la India cayó una vez nieve en tanta cantidad que para derretirla debió hacerla pisar por los soldados. Y a la nevada siguió una lluvia de fuego contra la cual ordenó a cada uno vestirse su armadura. Dante funde los dos hechos. Es una confusión que ya se encuentra en San Alberto Magno.

4. Por la puerta de Dite.

su herrero,[5] de quien recibió airado el agudo rayo con que me traspasó en mi postrero día; aunque fatigue uno tras otro a los demás[6] en la negra fragua del Etna,[7] gritando: "¡Buen Vulcano, ayúdame, ayúdame!", como lo hizo en la batalla de Flegra,[8] y me asaetee con todo su poder, no ha de lograr el gusto de que ceda yo a su venganza."

Al oír esto mi Guía le habló con tal vehemencia, que nunca le he oído expresarse con tanta fuerza: —¡Oh Capáneo![9] En no amansar tu soberbia, recibes mayor castigo: ningún suplicio sería pena tan proporcionada a tus furores como esa rabia.

Después se volvió hacia mí con semblante más afable, diciendo: —Ése fue uno de los siete reyes que sitiaron a Tebas; tuvo, y parece que tiene a Dios en menosprecio, y que se cuida poco de dirigirle preces; mas, como le he dicho, sus iras dan la merecida recompensa a su corazón. Ven ahora detrás de mí, y procura no poner los pies en la abrasada arena, sino tenerlos siempre dentro del bosque.

Llegamos silenciosos a un sitio donde se lanza fuera de la selva un pequeño riachuelo, cuyo color rojo me atemoriza aún; y como se desprende del Bulicame[10] el arroyo que aprovechan para sí las pecadoras,[11] del mismo modo se deslizaba aquél por la arena abajo. Su fondo, sus dos orillas en pendiente, y hasta la

5. Vulcano.

6. Los demás son cíclopes.

7. El texto emplea el nombre medieval del Etna: Mongibello, donde estarían las fraguas de Vulcano.

8. Batalla de los Gigantes, hijos de la Tierra, contra Júpiter, en Tesalia.

9. Es uno de los siete reyes que sitiaron a Tebas.

10. Laguito termal próximo a Viterbo y que se conoce con este nombre.

11. Parte de las aguas eran desviadas y aprovechadas por las meretrices.

margen de cada lado estaban petrificados, de lo que colegí que por aquel sitio podía pasarse.

—Entre tantas cosas como te he mostrado desde que entramos por la puerta, cuyo ingreso no se veda a nadie, ninguna se ha ofrecido a tus ojos tan notable como este río, que apaga cuantas llamas caen sobre él.

Éstas fueron las palabras de mi Guía, por lo que le rogué me hiciese conocer aquello de que me había anticipado el deseo.

—Extiéndese en medio del mar un país asolado, dijo entonces, que se llama Creta, bajo cuyo rey[12] un tiempo fue el mundo casto. En él hay un monte llamado Ida, que antiguamente era delicioso por sus aguas y frondosidad, y ahora se ve desierto, como cosa inútil por su vejez. Eligióle Rea[13] en aquellos tiempos por segura cuna de su hijo; y para mejor ocultarle, cuando lloraba, hacía que prorrumpiesen allí en espantosos gritos. Dentro del monte se halla representado de pie un viejo colosal,[14] que tiene la espalda vuelta hacia Damieta, y los ojos a Roma, como si fuese su espejo. Su cabeza está hecha de oro fino, sus brazos y pecho de pura plata; es de cobre hasta las ingles, y de allí abajo todo de escogido hierro, salvo que tiene el pie derecho de tierra cocida, y se apoya en él más que en el otro. Cada una de aquellas partes, menos el oro, está abierta por medio de una hendedura que destila lágrimas, las cuales acumulándose, horadan aquella gruta. Despéñase su corriente por este

12. Saturno.
13. Rea, mujer de Saturno y madre de Júpiter, Neptuno y Plutón.
    Cuando nació Júpiter lo ocultó de su padre, para que éste no lo devorase como a otros hijos y lo confió a unos pastores del monte Ida.
14. Representa las distintas edades del hombre y la decadencia de la humanidad.

valle; forma el Aqueronte, la Estigia, el Flegetonte;[15] desciende después por este estrecho cauce hasta el sitio en que no es posible bajar más; forma el Cocito;[16] y tú verás qué lago es éste; pues aquí no es cosa de referirlo.

Y yo repuse: —Si así procede de nuestro mundo el presente riachuelo, ¿cómo es que sólo se ve en la extremidad de esta selva? Y me contestó: —Sabes que este lugar es redondo; y aunque hayas caminado mucho, bajando siempre al fondo por la mano izquierda, no has dado todavía la vuelta a todo el círculo; de suerte que aunque aparezca alguna cosa nueva, no debe mostrarse tu semblante maravillado.

Y yo añadí: —Maestro, ¿dónde se hallan el Flegetonte y el Leteo,[17] que callas acerca del uno, y el otro dices que se forma de esas lágrimas?

—Dasme ciertamente gusto en todas tus preguntas, respondió; mas el hervor del agua rojiza debería satisfacer a una de las que haces. Verás el Leteo, mas fuera de este recinto, en el lugar adonde van las almas a purificarse, cuando queda perdonada la culpa que han expiado.

Y después dijo: —Ya es tiempo de alejarse de la selva; haz por venir detrás de mí: las márgenes, que no están incendiadas, abren camino; y todo el vapor que hay sobre ellas se desvanece.

15. Son los ríos infernales. En el primero, Caronte embarca las almas; en la Estigia se castiga a los displicentes e iracundos, y el Flegetonte, cuyas aguas son rojas y de fuego.

16. Es el fondo del Infierno.

17. Es el río del olvido.

Canto decimoquinto

Siguiendo el Poeta su marcha por la arenosa llanura, encuentra un tropel de violentos contra la naturaleza. Uno de aquellos miserables, Bruneto Latini, al reconocer a su antiguo discípulo, se le acerca, y le ruega que continúe andando a su lado de modo que puedan conversar un rato juntos. El diálogo es interesantísimo, y a consecuencia de él sabe Dante la futura ingratitud de sus conciudadanos, los males que le esperan, y finalmente los nombres de varias personas condenadas por el pecado nefando.

Vamos siguiendo ahora una de las márgenes de piedra: el vapor del arroyuelo extiende por encima su niebla, de modo que preserva del fuego el agua y los dos ribazos.

Como el dique que entre Guzzante (Cadsant) y Brujas[1] levantan los flamencos, temiendo a las olas que contra ellos se desbordan, para que retroceda el mar; y los paduanos a lo largo del Brenta,[2] para defender sus poblaciones y castillos, antes que el Chiarentana[3] sienta el calor; de un modo semejante estaban construidos aquéllos, cualquiera que fuese su autor, bien que no los hiciera ni tan altos ni tan gruesos. Habíamonos alejado ya tanto de la selva, que no hubiera yo visto dónde se hallaba ésta, aunque hubiera vuelto atrás, cuando encontramos buen número de almas que venían a lo largo del ribazo, y cada cual

1. V. 4: *Quale i Fiamminghi tra Guzzante e Bruggia.* Wissante, villa de Flandes al sudoeste de Calais, y Brujas, ciudad de Flandes oriental.

2. Río cercano a Trento. Dante lo cita para reforzar la comparación.

3. Antes del deshielo. Con este nombre se refiere posiblemente a las nieves de Carintia que nutren el Brenta.

nos miraba como solemos por la noche mirarnos unos a otros a la luz de la luna nueva, y fijaban los ojos en nosotros, como el sastre viejo en el ojo de la aguja para enhebrarla.

Contemplado así por aquella gente, fui reconocido por uno, que me asió del extremo de la túnica,[4] gritando: "¡Qué maravilla!" Al extender hacia mí los brazos, miré su abrasado semblante con atención, de modo que, aun desfigurado como estaba, no impidió a mi memoria reconocerle; e inclinando mi rostro sobre el suyo, respondí: —¿Estáis vos aquí, micer Bruneto?

Y él: "No lleves a mal, hijo mío, que Bruneto Latini[5] retroceda contigo un poco, y deje que siga andando esa comitiva."

Yo le dije: —Así os lo ruego cuan encarecidamente puedo; y si queréis que me siente con vos, lo haré, con tal que ése lo consienta, pues voy con él.

"Hijo, me replicó, cualquiera de nosotros que se detenga un solo momento, gime después cien años sin poder procurarse alivio alguno contra el fuego que le abrasa. Sigue, pues, andando: yo te llevaré al lado, y luego me reuniré con esa turba que va doliéndose de sus eternos tormentos."

No me atrevía yo a bajar de mi camino para ir a par de él, sino con la cabeza inclinada, como quien manifiesta gran respeto.

---

4. Dante marchaba por la parte superior y el condenado por la arena.

5. Notable florentino. Nació entre los años de 1210 y 1230 y murió en su ciudad en 1294. Notario de gran prestigio, tuvo destacada actuación en su patria sufriendo todas las vicisitudes de su partido, el de los güelfos, por lo cual se vio obligado a emigrar. Residió en Francia, donde publicó una obra en francés, el *Livre du Trésor*, vasta enciclopedia del saber medieval. En italiano publicó el *Tesoretto*, en versos septenarios, que es una pequeña enciclopedia de sabiduría didáctica antigua y medieval. Dante lo trata con gran afecto y respeto a pesar de haberlo colocado en este círculo. No fue maestro de Dante en el sentido técnico de esta palabra, pero sí su autorizado consejero en los estudios.

Y empezó a decirme: "¿Qué fortuna o destino te trae a estos abismos, antes de tu día postrero? Y ¿quién es ese que te muestra el camino?"

—Allá en el mundo de la serena vida, le repliqué, me perdí en un valle antes de que llegase mi edad a colmo.[6] Ayer mañana me volví atrás.[7] Aparecióseme éste mientras regresaba yo al mismo valle, y me lleva a mi morada[8] pasando por estos sitios.

Él añadió: "Si obedeces a tu estrella, no dejarás de arribar a glorioso puerto, dado que pronosticase yo bien cuando gozaba de la hermosa vida.[9] Y si no hubiera muerto tan presto, al ver cuán benigno era contigo el cielo, te hubiera dado aliento para la empresa. Mas el ingrato y maligno pueblo, que descendió antiguamente de Fiésole,[10] y participa aún de lo agreste de sus montes y de la dureza de su roca, se hará enemigo tuyo a causa de tus bellos hechos;[11] y razón es, porque entre los ásperos serbales no es propio que sazonen los dulces higos. Antigua es en el mundo la fama que los llama ciegos; gente avara, envidiosa y soberbia: procura no contaminarte con sus costumbres. Resérvate tu fortuna el grande honor de que uno y otro partido[12] te deseen por suyo; mas no se les logrará el anhelo. Hagan las bestias de Fiésole forraje de sus propios cuerpos,[13] y no toquen a la

6. Antes de los treinta y cinco años.

7. Se refiere al momento en que retrocede ante las tres fieras y se aparece Virgilio.

8. Me reconduce al recto camino.

9. De la vida terrena.

10. Según antiguas tradiciones, Florencia se consideraba descendiente del pueblo fiesolano.

11. Dante honraba a Florencia como ciudadano y como poeta y recibía en pago el exilio.

12. Los Negros y los Blancos.

13. Destruíanse entre sí los florentinos.

planta,[14] si alguna brota entre su inmundicia, en quien renazca la gloriosa semilla de los romanos, que subsistieron allí al fabricar aquella madriguera de iniquidad."

—Si se hubiesen cumplido todos mis ruegos, le respondí, no os veríais privado aún de la humana naturaleza; que indeleble está en mi mente, y harto me contrista verla ahora, vuestra amada, afable y paternal imagen, cuando continuamente me enseñabais en el mundo cómo se inmortaliza el hombre; y de la gratitud que por ello siento, justo es que dé testimonio mi lengua mientras viva. Impreso llevo lo que habéis referido sobre mi suerte, y lo guardo para que con otro texto[15] me lo explique una[16] que sabrá hacerlo, si llego hasta ella. Únicamente quiero que estéis persuadido de que, con tal que no se oponga mi conciencia, dispuesto estoy a cuanto de mí exija la fortuna. Ni es nuevo semejante pronóstico a mis oídos; y así mueva su rueda la fortuna como le plazca, y suceda lo que quisiere.

Volvió atrás mi Maestro entonces, hacia el lado derecho, y mirándome, exclamó: —Bien comprende quien así retiene.

Mas no por esto dejé de seguir hablando con micer Bruneto, ni de preguntarle quiénes de sus compañeros eran los más conocidos y eminentes.

Y me respondió: "De algunos será bien que sepas; de otros es preferible callar, porque sería breve el tiempo para tan largo relato. Sabrás, en suma, que todos fueron clérigos o letrados insignes y de gran fama, manchados en el mundo con un mismo pecado. Allí va Prisciano[17] entre aquella afligida turba, y

14. El Poeta se gloria de descender de aquellos romanos que colonizaron Florencia y permanecieron allí entre los fiesolanos.

15. Las palabras de Farinata.

16. Beatriz.

17. Prisciano de Cesárea. Vivió en la primera mitad del siglo IV d. C.

Francisco de Accorso;[18] y si no te repugna suciedad tanta, puedes ver al que trasladado por el Siervo de los Siervos desde el Arno al Bacchiglione, dejó allí sus mal acondicionados miembros.[19] Más diría; pero no puedo ni seguir ni hablar contigo más tiempo, porque veo salir nuevo vapor de la arena, y es señal de que viene gente con la cual no puedo mezclarme. Te dejo recomendado mi *Tesoro*,[20] en el cual vivo todavía y ninguna otra cosa pido."

Volvióse después, y parecía a aquellos que corren por el campo de Verona disputándose el palio verde,[21] sólo que se parecía al vencedor, no al que pierde el premio.

Autor de una célebre gramática sumamente difundida durante el medioevo.

18. Francesco d'Accorso, hijo del célebre jurista florentino Accursio, enseñó derecho en Bolonia. Se trasladó a Inglaterra en 1273 y profesó en la Universidad de Oxford. Regresó en 1280 a Bolonia donde murió en 1294.

19. Andrea dei Mozzi, canónigo florentino, nombrado obispo de Florencia sobre el Arno en 1286 y trasladado a Vicenza, sobre el Bacchiglione, en 1295, donde murió en agosto de 1296.

20. El libro de Brunetto Latini ya citado, escrito en francés y tenido en gran estima por su autor.

21. Todos los años el primer domingo de Cuaresma los jóvenes disputaban una carrera. El ganador se adjudicaba un paño verde y el perdedor recibía un gallo. Tommaseo, Steiner y Guido Vitali ven en los últimos versos un propósito vejatorio: Eliot, en las palabras *quelli che vince*, el propósito de dignificar a Latini.

Canto decimosexto

Cerca de donde terminaba el tercer recinto del séptimo círculo, oye el Poeta el ruido del Flegetonte, que se precipitaba en el octavo, y encuentra las almas de otros condenados por el vicio que antes se menciona, tres de los cuales se adelantan a hablarle. Son tres ilustres compatriotas suyos con quienes se entretiene en discurrir sobre las cosas de Florencia. Llega por fin al borde del precipicio; y a una seña de Virgilio, ve que se acerca surcando los aires un horrible monstruo.

Hallábame ya en el sitio donde se oía el ruido del agua que caía en el otro círculo,[1] semejante al murmullo que suena en las colmenas, cuando salieron corriendo tres sombras juntas de entre la turba que pasaba expuesta al cruel martirio de la lluvia.

Venían hacia nosotros, gritando con sendas voces: "¡Detente, tú, que en el vestir[2] muestras ser hijo de nuestra perversa tierra!"

¡Ay de mí! ¡Qué de úlceras recientes y antiguas vi en sus cuerpos, producidas por las llamas! De sólo recordarlo, me acongojo aún.

Detúvose a sus gritos mi Maestro, volvió hacia mí la vista, y: —Aguarda ahora, me dijo, que con éstos debe uno ser atento; y si no fuese por la condición de este lugar en que así se ceba el fuego, diría que más propia de ti que de ellos sería semejante solicitud.

1. El octavo círculo, correspondiente a los fraudulentos.
2. Cada ciudad se distinguía entonces por su peculiar manera de vestir.

Apenas nos paramos, volvieron ellos a su pasado clamoreo; y cuando llegaron adonde estábamos, comenzaron los tres a dar vueltas en torno nuestro. Y como suelen, después de haberse desnudado y ungido los atletas, medir con la vista a sus contrarios y calcular sus ventajas, antes de venir entre sí a las manos y golpearse, tal hacían ellos girando sin cesar, y volviendo el rostro hacia mí, de modo que torcían los cuellos al lado contrario de donde ponían sus pies.

"¡Ay!, exclamó el uno de ellos, si la miseria de esta movediza arena y nuestro denegrido y llagado aspecto no inspiran más que desprecio hacia nosotros y nuestras súplicas, sea nuestra fama la que mueva tu ánimo a decirnos quién eres, que tan sin riesgo estampas tus plantas vivas en el Infierno. Ése, cuyas huellas me ves que sigo, aunque va ahora desnudo y desollado, alcanzó dignidad más alta de lo que tú crees. Fue nieto de la honesta Gualdrada;[3] tuvo por nombre Guido Guerra,[4] y durante su vida hizo mucho con su prudencia y con su espada. El otro que en pos de mí dirige sus pasos es Tegghiaio Aldobrandi,[5] cuya opinión hubiera debido ser más acepta al mundo; y yo, que

3. La virtuosa hija de micer Bellincioni Berti de Ravignani fue mujer del conde Guido, con quien tuvo varios hijos, entre ellos Ruggero, padre de Guido Guerra.

4. Nacido hacia 1220. Pasó su juventud en la corte de Federico II, volvió a su patria en 1234 y actuó en el partido güelfo. Tomó parte en la batalla de Montaperti. Luego pudo regresar a Florencia, donde murió en 1272, en el castillo de Montevarchi.

5. Tegghiaio Aldobrandi degli Adimari era ya notable ciudadano en 1236. Fue primera autoridad de Arezzo en 1256. De él dice Villani que fue "caballero sabio y valiente en armas y de gran autoridad".

Aconsejó a los florentinos no llevar a cabo la empresa contra Sena, pero no fue escuchado. Ello provocó después la derrota de Montaperti y la consiguiente proscripción de los güelfos de Florencia. Murió en 1266.

con ellos gimo atormentado, fui Jacobo Rusticucci,[6] que verdaderamente recibí de mi insensata mujer más daño que de los demás."

Si hubiera estado a cubierto del fuego, hubiera bajado a arrojarme entre ellos, y creo que mi Maestro no lo habría llevado a mal; mas como hubiera perecido abrasado, venció el temor a la buena voluntad que me inspiraba el anhelo de abrazarlos. Y repliqué así: —No desprecio, sino dolor tan grande que tarde podré olvidar, labró en mí vuestra suerte, luego que mi Maestro profirió algunas palabras por donde entendí que los que venían eran cual sois vosotros. En vuestra tierra nací, y siempre cité y escuché con cariño vuestros hechos y vuestros ilustres nombres. Dejo los amargos, y voy tras los dulces frutos[7] que me ha prometido mi veraz Guía; pero antes conviene que me abisme hasta lo más profundo.[8]

"¡Oh!, anime el alma por largos años tus miembros, repuso aquel[9] mismo entonces, y después de tus días la fama te sobreviva. Pero dime: ¿moran aún en nuestra ciudad, como solían, el brío y la gentileza, o totalmente se han extrañado de ella? Porque Guillermo Borsiere,[10] que padece de poco acá con nosotros, y va allí entre la turba de los demás, nos contrista sobre manera con sus relatos."

6. Iacopo Rusticucci. Rico y estimado caballero florentino, de quien se tienen recuerdos por los años de 1235, 1236, 1254 y vivía todavía en 1266. Los gibelinos le destruyeron su casa después de la batalla de Montaperti. Dicen los antiguos comentaristas que tuvo mujer desagradable y molesta, de la cual se separó para darse a la sodomía. Por la historia nada sabemos.

7. Dejo el pecado y voy hacia los bienes celestiales.

8. Hasta el centro del Infierno.

9. Rusticucci.

10. Boccaccio lo alaba como caballero cortesano.

—La gente nueva y las fortunas repentinas te han dado, ¡oh Florencia!, ocasión a orgullo y a excesos tales, que ya los estás llorando.

Así exclamé con el rostro levantado, y los tres, que me oyeron responder, se miraron uno a otro, como cuando se oye decir verdad.

"Si a tan poca costa, replicaron todos, puedes satisfacer otras veces a los demás, dichoso tú, que así dices lo que sientes. Mas cuando salgas de estas lúgubres regiones, tornando a ver la hermosura de las estrellas, y te complazcas en decir: *allí estuve*; haz por hablar de nosotros a todo el mundo." Y esto dicho, deshicieron su rueda, y diéronse a huir con tal velocidad, que sus ágiles piernas parecían alas. Ni un *amén* hubiera podido decirse tan pronto como ellos desaparecieron; por lo que mi Maestro tuvo a bien continuar su marcha.

Seguíale yo, y no habíamos andado largo trecho, cuando sonaba el ruido del agua tan cerca, que apenas sí podía oírse lo que hablábamos. Como aquel río[11] que sigue camino propio, al principio desde el monte Viso, hacia Levante y el lado izquierdo del Apenino, que más abajo se llama Acquacheta, antes de derramarse en inferior lecho, y cambia su nombre en Forli, y al caer precipitado de los Alpes, retumba sobre San Benito, donde debería hallar mil moradores; así, al saltar de una escarpada roca, tal estrépito movían aquellas sangrientas aguas, que en breves instantes hubieran atronado nuestros oídos.

11. Compara la caída del Flegetonte de uno a otro círculo con el río Montone, que en sus comienzos se llama Acquacheta y siguiendo curso propio desemboca en el mar cerca de la abadía de San Benedetto.

Llevaba yo ceñida al cuerpo una cuerda, con la que pensé algún tiempo sujetar la pantera de pintada piel;[12] y habiéndome despojado enteramente de ella, según me mandó mi Guía, se la entregué recogida y enroscada. Volvióse él hacia el lado derecho, y la arrojó a cierta distancia de la orilla, y en lo profundo de aquel abismo.[13]

—Forzoso es, decía yo en mi interior, que alguna cosa nueva resulte de esa nueva acción que tan atentamente sigue el Maestro con los ojos. ¡Oh!, ¡qué cautos debemos ser los hombres para con aquellos que no sólo ven las obras, sino que con su inteligencia penetran hasta en lo interior del pensamiento!

Y él me habló así: —Presto sobrevendrá lo que estoy aguardando; y eso en que tú piensas, presto también debe descubrirse a tus miradas.

Siempre debe el hombre sellar sus labios, en cuanto pueda, para aquellas verdades que tienen apariencia de mentiras, porque redundan en descrédito propio sin culpa suya; mas yo no puedo callar aquí, y por el relato de esta *Comedia*,[14] lector, te juro (así no desmerezca ella nunca de tu gracia) que por aquel aire denso y lóbrego vi venir cabalgando una figura espantable aun para el corazón más animoso, la cual se parecía al que se sumerge en el agua para desasir el áncora aferrada a un escollo o a otra cosa cualquiera que el mar encubre, que mientras extiende cuerpo y brazos por un lado, por otro encoge los pies para hacer más fuerza.

12. La cuerda tiene aquí carácter simbólico y representa todas las virtudes que puedan oponerse al fraude o a los vicios representados por la pantera de pintada piel. Según una noticia de Buti, Dante habría pertenecido a la orden terciaria de San Francisco.

13. El siguiente círculo.

14. Jura por su obra, pues le tiene particular afecto.

Canto decimoséptimo

Después de describir la figura de Cerión, sigue refiriendo el Poeta cómo, mientras su Maestro conversa con el monstruo feroz, para inducirle a que los baje a la profunda sima, se dirige él solo a visitar a los violentos contra el arte, que están sentados junto al gran báratro, bajo la ardiente lluvia. Cada uno de ellos lleva pendiente una bolsa sobre el pecho con su signo y color particulares, por cuyo medio reconoce el Poeta a algunos. Vuelve en seguida a unirse con Virgilio, a quien ve cabalgando ya sobre Gerión, y así bajan al octavo círculo.

É sa es la fiera[1] que con su aguzada cola traspasa los montes, y rompe así los muros como las armas; ésa es la que inficiona todo el mundo.

De este modo empezó a hablarme mi Guía, haciéndole señas para que se acercase a la orilla, junto al extremo de nuestro camino de piedra; y la deforme imagen del fraude lo hizo así, y arrimó la cabeza y el cuerpo, mas no puso la cola en aquella parte.

Era su semblante el de un hombre justo, tan benigna apariencia tenía por fuera, y todo el resto del cuerpo, de serpiente. Mostraba las patas peludas hasta las ancas; la espalda, el pecho y los lados pintados con lazadas y con escudos.[2] Jamás paño

---

1. El nuevo monstruo que aquí se les aparece a los Poetas es Gerión, en quien está representado el fraude.
2. Símbolo de trampas y embustes donde el fraude consigue sus fines.

tártaro o de Turquía[3] ostentó más colores en su fondo y recamados, ni Aracne[4] tejió semejantes telas.

Como se ven a veces los barcos en las playas, metidos una parte en el agua y otra en tierra, o como en el país del glotón tudesco se coloca el castor para asir su presa, del mismo modo estaba la detestable fiera apoyada en el borde de la piedra que ceñía el arenal, vibrando su cola en el vacío y enristrando hacia arriba la venenosa horquilla de que, como la del escorpión, estaba su punta armada.

Y dijo mi Guía: —Conviénenos ahora torcer un poco nuestro camino hacia el inicuo monstruo que allí reposa.

Y a este fin bajamos a la derecha, y dimos diez pasos por lo que restaba: de aquella orilla, para evitar las arenas y las llamas. Y al llegar cerca de él, vi, algo más distantes, sentados a algunos junto al precipicio.

Aquí añadió mi Maestro: —Para que adquieras cabal conocimiento de este recinto, acércate y contempla su condición. Sea breve tu plática, y mientras vuelves, hablaré con éste,[5] que nos prestará sus robustos hombros.

De suerte que todavía me dirigí, aunque solo, por la extremidad de aquel séptimo círculo, adonde se hallaba la gente triste.[6] Brotábales el dolor por fuera de los ojos; y aquí y acullá se defendían con las manos, cuándo de la inflamada lluvia, cuándo del ardor del suelo, no de otro modo que hacen los perros en el estío, ya con el hocico, ya con las uñas, al sentirse picados de las pulgas, de las moscas o de los tábanos.

3. Los orientales eran tenidos en la Edad Media por hábiles tejedores.
4. La famosa y desventurada tejedora mítica, hija de Idmone, que pretendió competir con Atenea. A causa de ello fue convertida en araña.
5. Con Gerión.
6. Los usureros.

Fijé la vista en el rostro de algunos sobre quienes caía el doloroso fuego, y no conocí a ninguno; mas advertí que a cada cual le pendía del cuello una bolsa de distinto color, y marcada con distintos signos, y que todos parecían recrear en ella sus miradas. Y como al pasar entre ellos iba contemplándolos, vi una bolsa amarilla con azul, que tenía la forma y aire de un león;[7] y prosiguiendo el curso de mi examen, noté otra más roja que la sangre, con un ganso más blanco que la leche;[8] y uno que llevaba un saquillo blanco, e impresa en él una puerca azul y preñada,[9] me dijo: "¿Qué haces tú en ese foso? Vete de ahí; y pues todavía estás vivo, sabe que mi vecino Vitaliano[10] vendrá aquí a sentarse a mi lado izquierdo. Estoy entre estos florentinos, aunque soy de Padua,[11] y a menudo me atruenan los oídos, gritando: ¡Venga el magnífico caballero[12] que ha de traer la bolsa con los tres picos de pájaro!" Y decía esto torciendo la boca y sacando la lengua, como un buey que se lame las narices. Yo, temiendo que el permanecer allí más tiempo disgustase al que me había encargado que me detuviese poco, abandoné a aquellas almas desventuradas.

Encontré a mi Guía, que había saltado sobre la grupa del fiero animal, y me dijo: —Sé ahora fuerte y atrevido. De aquí

7. Las armas de Giantigliazzi, güelfos, y luego de la parte negra.

8. Las armas de los Obriachi. Según algunos, se refería a Ciappo Obriachi.

9. La familia paduana Degli Serovegni. Enrique hizo construir una capilla en memoria de su padre con los dineros mal habidos por éste. La capilla fue decorada por Giotto.

10. Otro paduano; según los más, Vitaliano del Dente.

11. Esta ciudad está puesta junto con Florencia para representar la usura.

12. Giovanni dei Buiamonte, el más rapaz de los usureros.

abajo se va por escaleras como ésta.[13] Monta delante; que yo quiero ir en medio, para que la cola no te haga mal.

Y a semejanza del que está próximo a sentir el temblor de la cuartana, que tiene ya las uñas descoloridas, y se estremece de sólo mirar a un lugar sombrío; tal quedé yo al oír aquellas palabras: pero su sentido amenazador me infundió la vergüenza que da aliento a un criado cuando se ve ante un señor animoso.

Acomodéme, pues, sobre la anchurosa espalda del monstruo; quise gritar: "¡Cuida de sujetarme!", y no me obedeció la voz como creía. Mas él, que ya me había auxiliado en otros peligros, me asió fuertemente con sus brazos, y me sostuvo, diciendo: —Muévete ahora, Gerión: que gires a lo ancho, y vayas descendiendo con tiento, piensa en la nueva carga que llevas.

Como sale de la estrecha cala la navecilla, ciando poco a poco, se levantó él de allí; y al sentirse completamente libre, puso la cola donde tenía el pecho, y tendiéndola como una anguila, empezó a bogar, trayendo hacia sí el aire con las manos.

Ni Faetón,[14] al abandonar las riendas, porque se inflamó el cielo, como parece aún hoy, ni el desdichado Ícaro[15] al advertir que la derretida cera le privaba de sus plumas, y que su padre le gritaba: "¡Mal rumbo llevas!", juzgo que sintieron espanto mayor que el mío, al ver que me hallaba en el aire por todas partes, y que nada descubría más que la fiera en que cabalgaba.

13. Estieo. Valiéndose de ayuda diabólica.

14. Hijo del Sol y de Climene. No supo conducir los caballos del padre por los caminos del cielo, se espantó y fue fulminado por Júpiter en el río Erídano [(Pb) *Met.*, ii, 47-324].

15. Fue encerrado con su padre Dédalo en el laberinto de Creta, que éste había construido, por favorecer los amores de Pasifae.

Su padre le forjó unas alas de cera recomendándole no acercarse al Sol. El consejo fue desoído por Ícaro y se precipitó al mar (*Met.*, xiii, 203).

Navegando iba con lento impulso, y giraba y descendía, mas yo no podía notarlo sino por el viento que me daba en el rostro y por debajo. Oía ya a la derecha el horrible estrépito que movía el torrente a nuestros pies, y adelanté la cabeza, inclinando abajo la vista. Intimidóme entonces más el precipicio, porque vi unas llamas y oí unos lamentos que me hicieron temblar y encogerme todo. Y conocí después, por los grandes tormentos que de diversas partes se acercaban, cómo descendía y giraba, lo cual no había conocido antes. Y a la manera que el halcón, sin percibir reclamo alguno ni ningún pájaro, al cabo de volar por largo tiempo, hace exclamar al halconero: "¡Calla!, ¿ya bajas?", y baja en efecto fatigado de donde tan ágil se movía en cien vueltas, y se pone lejos de quien le amaestró, desdeñoso y apesadumbrado, así Gerión nos dejó en el fondo del precipicio; al pie de la escarpada roca, y descargado de nuestras personas, se alejó tan veloz como la flecha de la cuerda.

Canto decimoctavo

El octavo círculo, llamado Malebolge, está dividido en diez grandes fosos circulares y concéntricos, cada uno de los cuales se destina al castigo de una especie de fraudulentos. En este canto se trata de los dos primeros, uno en que están los rufianes, perseguidos a latigazos por los demonios, y otro en que se ve cubiertos de estiércol a los aduladores y a las mujercillas.

U n lugar hay en el Infierno, llamado Malebolge,[1] hecho todo él de piedra de color de hierro, como la cerca que alrededor le ciñe. En medio justamente de aquel maligno terreno, se abre un pozo muy ancho y profundo, cuya disposición diré a su tiempo. El espacio que queda entre el pozo y el pie de la alta y maciza cerca es redondo, y se halla dividido interiormente en diez fosos. El aspecto que multiplicándose presentan éstos en la parte en que, para defensa de los muros, rodean a los castillos era el mismo que allí ofrecían. Y como en semejantes fortalezas hay puentecillos que van desde sus puertas al lado opuesto, así desde lo más bajo de la roca se extendían unos escollos, cortando las márgenes y los focos hasta el pozo que los truncaba y recibía.

En este lugar nos hallamos, apeados de la espalda de Gerión: el Poeta tomó a mano izquierda, y yo le seguí detrás. A la derecha vi nuevas lástimas, nuevos tormentos y nuevos

---

1. Nombre compuesto inventado por Dante. Con él designa el octavo círculo.

Bolgia: alforja, bolsa.

atormentadores, que ocupaban todo el primer foso. Estaban desnudos los réprobos en el fondo; la mitad de ellos venían por un lado con los rostros vueltos hacia los nuestros; los demás iban con nosotros, pero con paso más veloz: como por la excesiva muchedumbre, sucede en Roma el año de Jubileo, que han ordenado el modo de pasar el puente,[2] yendo los de un lado de cara al castillo, hacia San Pedro, y los que se dirigen al monte, por el otro. Aquí y acullá, discurriendo por la negra roca, vi muchos demonios con cuernos y grandes látigos, que les azotaban cruelmente las espaldas. Y ¡cómo a los primeros golpes les hacían levantar las piernas! Ninguno esperaba el tercer latigazo, ni aún el segundo.

Conforme iba andando, tropezaron mis ojos con uno, y al punto dijo: —No es la primera vez que veo a éste—; y para mejor reconocerle, me detuve; y mi buen Guía se detuvo también, y hasta consintió que retrocediese un tanto. El condenado creyó encubrirse bajando la cabeza, mas no le valió, porque le dije: —Tú, que clavas los ojos en tierra, si no mienten tus facciones, eres Venedico Caccianimico;[3] pero ¿quién te ha traído a tan ímprobo castigo?

Y él contestó: "De mala gana respondo, pero a ello me obliga tu dulce acento, que me hace recordar el mundo antiguo. Yo fui aquel que indujo a la bella Ghisola a ceder a los deseos del Marqués, diga lo que quiera la torpe historia. Y no soy yo el único boloñés que gime aquí, sino que en tal manera está lleno este lugar de ellos, que de seguro no hay entre el Savena y el Reno[4]

2. El del castillo de Sant'Angelo.

3. Venedico Caccianimico. Güelfo de Bolonia. Habría vendido la honra de su hermana Ghisola al marqués Obizzo de Este.

4. Savena y Reno son los nombres de dos riachos que pasan al oriente y al occidente de la ciudad respectivamente.

tantas lenguas acostumbradas a decir *sipa*;[5] y si quieres un testimonio de esto, trae a la memoria nuestra avaricia."

Así estaba hablando cuando mi demonio le sacudió con su penca, diciendo: "Anda, rufián, que aquí no hay mujeres de almoneda."

Agreguéme yo a mi Guía, y a los pocos pasos llegamos al sitio en que desde la orilla arrancaba un escollo; subimos fácilmente a él, y volviendo a mano derecha sobre la escarpada roca, nos hallamos fuera de aquellas eternas concavidades.

Cuando estuvimos en el punto por donde inferiormente se abre un hueco para dar paso a los condenados, dijo mi Maestro:
—Aguarda; y haz que se fijen en ti las miradas de esos otros villanos, cuyos semblantes no has visto aún, porque han llevado el mismo rumbo que nosotros.

Pusímonos a contemplar desde el viejo puente la hilera de los que venían hacia nosotros por el otro lado, y a quienes del mismo modo aguijaba el látigo; y sin que nada le preguntase, me dijo mi buen Maestro: —Mira esa gigantesca sombra que viene, y que, a pesar de su dolor, no parece verter una sola lágrima. ¡Qué majestad conserva todavía! Pues es Jasón,[6] que con su valor y astucia privó a los colcos del vellocino. Pasó por la isla de Lemnos, después que las mujeres osadas y crueles dieron muerte a todos los varones. Con palabras blandas y artificiosas, engañó allí a la joven Hipsipila,[7] que antes había engañado a

5. Expresión dialectal con que los antiguos boloñeses reemplazaban una forma del verbo ser: *sia*.

6. Jasón, héroe mítico de Tesalia. Era hijo de Esón y condujo a los Argonautas a Colcos para conquistar el vellocino de oro.

7. Hija de Toante, rey de Lemnos. Levantó a las mujeres de la isla contra los hombres, a quienes hizo matar. Solo salvó a su padre. Fue seducida por Jasón y abandonada encinta.

todas, y la abandonó dejándola sola y preñada: crimen por el que está condenado a este suplicio, y que satisface también la venganza· de Medea.[8] Con él van los que se valen de los mismos fraudes: y bástete saber esto del primer foso y de los que en él viven atormentados.

Hallábamonos ya donde el estrecho paso se cruza con el segundo muro y sirve de apoyo a otro arco. Sentimos aquí que se quejaban en el inmediato foso, y daban fuertes resoplidos, golpeándose con sus propias manos. Las paredes están incrustadas de un moho formado por las exhalaciones de abajo, que se pegaba a ellas y ofendía tanto a la vista como al olfato. El fondo era tan profundo, que no se alcanzaba a ver sino subiéndose a la cima del arco, donde la roca dominaba más.

Aquí llegamos, y desde aquí, en lo más hondo del foso, descubrí gente[9] sumida en un estercolero, que parecía procedente de las letrinas humanas; y mientras registraba aquella cloaca con los ojos, vi uno con la cabeza tan cubierta de inmundicia, que no se conocía si era seglar o clérigo. El cual gruñendo me dijo: "¿Por qué ese afán de mirarme a mí más que a esos otros asquerosos?"

Y le respondí: —Porque, si mal no recuerdo, te he visto antes con los cabellos enjutos, y eres Alejo Interminei, de Luca;[10] por eso te miro más que a los otros.

Y él entonces, dándose un puñetazo en la cabeza, exclamó: "A este abismo me han traído las lisonjas que mi lengua no escaseó jamás."

8. Hija del rey de la Cólquides. Enamorada de Jasón le ayudó a conquistar el vellocino de oro y lo siguió a Grecia. Más tarde fue abandonada por el héroe, que se había enamorado de Creusa, hija del rey de Corinto.

9. Los aduladores.

10. Alessio Interminelli da Lucca. Perteneció, por lo menos su familia, a la facción de los Blancos. Vivía hacia 1295.

En seguida mi Maestro: —Avanza con la vista un poco más allá, me dijo, de modo que alcances bien a descubrir con los ojos la cara de aquella moza sucia y desgreñada, que se está arañando con las uñas pringosas, y tan presto se pone en cuclillas como de pie. Es Tais,[11] la cortesana, que al preguntarle su mancebo: "¿Conque hallaré en ti agradecimiento?", le respondió: "Infinito",[12] y que de este espectáculo estén ya satisfechas nuestras miradas.

11. La famosa hetaira de Atenas.

12. El Poeta se refiere a una respuesta dada por Tais a su amante Trassone. La escena pertenece al acto III, escena 2, del *Eunuco*, de Terencio. Posiblemente Dante conoció el episodio a través de Cicerón (*De Amicitia*, XXVI).

Canto decimonono

En el tercer foso, sobre el cual se hallan ahora los Poetas, padecen los simoníacos o traficantes de cosas sagradas. Están metidos de cabeza en otras tantas hoyas o pozos, esparcidos por todo el fondo del mismo foso, y tienen envueltas en llamas las plantas de los pies, que sobresalen de los hoyos con la mitad de las piernas. Mostraba Dante deseos de saber quién fuese de aquellos miserables uno que pataleaba más que los otros, y bajándole Virgilio en volandas, se acerca a él, y de su propia boca sabe que era el papa Nicolás III, de la casa de Orsini. Lanza entonces el Poeta una tremenda invectiva contra la avaricia y escándalos de los pontífices, y vuelve en brazos de su Maestro, del mismo modo que había bajado.

¡Oh, Simón Mago,[1] oh míseros secuaces suyos, que profanáis las cosas de Dios, prendas que deben ser de la virtud, trocándolas vuestra rapacidad en plata y oro! Por vosotros ha de resonar ahora mi trompa,[2] dado que estáis en el tercer foso.

A él habíamos llegado, subiendo a aquella parte de la roca que cae precisamente en medio del mismo foso. ¡Oh suma Sabiduría! ¡Cuán grande es el arte que manifiestas en el cielo, en la tierra y en el mundo de los réprobos,[3] y cuán justa es tu virtud cuando da sus fallos!

1. Simón, mago de Samaría, quiso comprarles con dinero a San Pedro y San Pablo la facultad de comunicar a los bautizados la gracia del Espíritu Santo. De su nombre nace la calificación dada a estos pecadores.
2. A los del tercer foso ha de referirse ahora en su poema.
3. En el Infierno.

Vi a los lados y en el fondo llena la piedra lívida de agujeros, todos del mismo tamaño, y redondos todos. Me parecían no menos anchos ni mayores que los que en mi bello San Juan[4] hay hechos para los que tenían que bautizar;[5] de los cuales, no hace aún muchos años que rompí uno, porque dentro de él se anegaba un niño; y sirva esto de testimonio para que todos se desengañen.[6] De la boca de cada uno salían los pies de un pecador, y las piernas hasta las pantorrillas: lo restante del cuerpo estaba dentro. Ardíanles a todos las plantas de los mismos pies; por lo que tan fuertemente los retorcían, que hubieran hecho pedazos cuerdas y nudos. Y cual suele arder la llama que prende en las cosas grasientas, sólo a lo largo de la superficie, tal era la que los abrasaba desde las puntas de los dedos a los talones.

—¿Quién es, Maestro, le pregunté, aquel que se enfurece pateando más que todos los otros, y en quien se alimenta una llama más ardiente?

—Si quieres que te lleve, me replicó, allá abajo, por la orilla que está más inclinada, de él mismo sabrás quién es, y cuáles fueron sus culpas.

—Me parece bien, añadí, todo lo que te agrada. Eres mi señor, y sabes que no me aparto de tu gusto, y sabes también hasta lo que callo.

Subimos entonces al cuarto puente, y volviendo, bajamos a mano izquierda, al fondo estrecho y agujereado. Y el buen

4. La iglesia de San Juan, de Florencia.
5. En la época del Poeta, en Florencia, se daba el bautismo por inmersión y sólo en dos días del año: en las vigilias de Pascua y de Pentecostés. Las pilas debían de ser suficientemente grandes; lo explican claramente las palabras siguientes.
6. Con esta afirmación se defiende de la posible acusación de profanar un lugar sagrado.

Maestro, que me llevaba sobre su cadera, no me soltó hasta que estuvimos próximos al pozo de aquel que agitaba sin cesar sus piernas.

—Quienquiera que seas, tú que tienes la cabeza abajo, ánima triste, clavada ahí como un palo, empecé a decir: habla, si puedes.

Yo estaba como el fraile que confiesa al pérfido asesino, cuando medio enterrado éste, vuelve a llamar a aquél, para retrasar su muerte.[7]

Y él[8] gritó: "¿Estás ya ahí de pie derecho? ¿De pie derecho, Bonifacio?[9] ¿Luego han mentido los escritos en algunos años?[10] ¿Tan presto has llegado a saciarte de todos aquellos bienes por los que no temiste apoderarte con engaños de la bella Esposa,[11] y has renunciado a envilecerla por más tiempo?"

Quedéme como los que, no entendiendo lo que les responden, permanecen medio cortados y no saben replicar. Y Virgilio añadió: —Dile pronto: "No soy yo, no soy yo el que crees".

Hícelo en efecto cual me lo prescribía; por lo que el espíritu se retorció los pies; y suspirando después, y con lloroso acento, me dijo: "Entonces ¿qué quieres de mí? Si tanto anhelas saber quién soy, y para ello has bajado esa pendiente, sábete que vestí

7. En aquellos tiempos acostumbrábase a castigar a los asesinos enterrándolos cabeza abajo en un hoyo excavado al efecto y arrojándoles luego la tierra hasta que morían sofocados. Los condenados, para prolongar la vida, llamaban al sacerdote una y otra vez y solicitaban nuevas confesiones.

8. El papa Nicolás III.

9. Confunde a Dante con el papa Bonifacio VIII.

10. Es un pretexto del Poeta para nombrar aquí al papa Bonifacio VIII muerto, que no murió hasta octubre de 1303. Como es condición de los condenados conocer el futuro, se explica que Nicolás III se sorprenda con la supuesta aparición de Bonifacio en 1300, cuando lo esperaba para 1303.

11. La Iglesia, de la cual el papa es esposo, como vicario de Cristo.

el manto pontifical, que fui verdaderamente hijo de la Osa,[12] y tan codicioso de enriquecer a los Orsinos,[13] que en la bolsa del mundo puse el dinero, y en ésta me he puesto a mí. Metidos por el agujero de la piedra, yacen debajo de mi cabeza ocultos los demás simoníacos que me precedieron. Yo también me ocultaré en lo profundo, cuando venga el que creí que eras tú, al dirigirte mi repentina pregunta.[14] Pero más tiempo hace ya que mis pies se abrasan, y que estoy puesto así a la inversa, del que estará él enclavado[15] y con los pies ardiendo; porque después vendrá de hacia Poniente,[16] mancillado con los más vergonzosos hechos, un pastor que no reconocerá ley alguna, y que habrá de sustituirnos a él y a mí. Será un nuevo Jasón,[17] como aquel de quien se habla en los Macabeos; y como para con el uno fue débil su rey, lo será para con el otro el que reina en Francia."

No sé si anduve osado por demás en responderle al tenor siguiente: —Ahora bien, dime: ¿qué tesoro exigió de San Pedro Nuestro Señor para poner las llaves en su poder? Pues en verdad que no le demandó más que una cosa: "Sígueme." Ni

12. Uno de la familia de los Orsini, Giovanni Caetano Orsini, pontificó con el nombre de Nicolás III desde el 25 de noviembre de 1277 hasta el 22 de mayo de 1280.

13. A sus familiares.

14. Se vuelve a referir a Bonifacio VIII, quien ocupará su lugar al morir.

15. Desde la muerte de Nicolás III hasta la de Bonifacio transcurrieron veinte años, y desde la de éste hasta la de Clemente V, sólo once.

16. De Gascuña. El papa es el responsable del traslado de la sede pontificia a Aviñón.

17. Hijo de Simón II y hermano de Onía III, sumo pontífice judío. Compró esta dignidad al rey Antíoco de Siria, según se lee en el libro de los Macabeos. Lo mismo hará, al decir del Poeta, Clemente Velegiso, papa por el favor de Felipe el Hermoso.

Pedro ni los demás[18] demandaron oro ni plata a Matías, cuando fue elegido para el puesto que perdió el traidor.[19] Quédate, pues, ahí, que bien castigado estás, y guarda la mal ganada moneda que contra Carlos[20] te hizo tan atrevido. Y si todavía no me lo vedase el respeto debido a las supremas llaves que tuviste en la dulce vida, palabras aún más austeras emplearía, porque vuestra avaricia contrista al mundo, conculcando a los buenos y sublimando a los malos. En vosotros, Pastores, puso su pensamiento el Evangelista,[21] cuando vio a aquella que domina sobre las aguas[22] prostituir su cuerpo con los reyes; la misma que nació con siete cabezas y sacó fuerza de sus diez cuernos, mientras se deleitó su esposo con la virtud.[23] Os habéis hecho un dios de oro y de plata. Ni ¿qué diferencia hay de vosotros a los idólatras, sino que ellos adoran a uno y vosotros a ciento? ¡Ah, Constantino! ¡De cuántos males fue origen, no tu conversión, sino el dote que de ti recibió el primer padre que se hizo rico![24]

Y mientras profería yo estas razones, incitado él por la ira o el remordimiento, hacía violentos esfuerzos con ambos pies. Creo que no debí descontentar a mi Guía, pues estuvo escuchando con alegre rostro las verdades contenidas en mis palabras; por lo que me tomó entre sus brazos, y cuando me tuvo sobre su pecho, volvió al camino por donde había bajado. Ni se

18. Los demás apóstoles.

19. Judas.

20. Carlos I de Anjou, que se negó a emparentarse con él.

21. San Juan en el Apocalipsis, XVII.

22. Roma.

23. El Evangelista se refiere a la Roma pagana, pero Dante traslada las severas palabras a la Roma cristiana.

24. El humanista Lorenzo Valle ya demostró cuán insostenible es la afirmación de que el poder temporal de los papas proviene de una donación de Constantino hecha al pontífice Silvestre I.

fatigó en tenerme estrechado contra sí, sino que me llevó a la cima del arco que sirve de comunicación entre el cuarto y el quinto foso.

Aquí descargó suavemente el dulce peso sobre la escabrosa y agria roca, que aun para las cabras hubiera sido penosa senda; y desde aquí descubrió mi vista otra hondonada.

Canto vigésimo

El cuarto foso, de que se trata en este vigésimo canto, encierra a los impostores que profesaban el arte adivinatorio. Tienen el rostro y el cuello vueltos hacia las espaldas, de modo que se ven obligados a andar al revés, sin ver nada de lo que tienen delante. Virgilio muestra a su discípulo algunos muy célebres en aquel falso arte, y entre ellos a la tebana Manto, de la que tuvo origen su patria, Mantua.

Describiré ahora en mis versos nuevos tormentos, que han de dar materia al canto vigésimo de esta primera jornada, en que se habla de los condenados.

Habíame ya puesto a mirar con la mayor atención la abierta profundidad, inundada de angustioso llanto; y vi porción de gente que iba por aquel valle circular, plañendo silenciosamente y al paso que llevan en el mundo los que van en las procesiones. Y como fijase mis ojos en lo más hondo, descubrí que todos estaban maravillosamente al revés, desde la barba hasta donde empezaba el busto, porque tenían vuelto el rostro hacia las espaldas, y érales forzoso andar hacia atrás, no siéndoles posible mirar adelante.[1] Quizá habría alguno que por efecto de una perlesía quedase enteramente contrahecho, mas yo no vi, ni creo que sucediese.

Si Dios hace, ¡oh lector!, que saques algún fruto de esta lectura, reflexiona por ti mismo cómo había yo de tener enjutas

---

1. El sentido de la pena es claro: los que creían ver el futuro están condenados a mirar siempre hacia atrás.

las mejillas, cuando de cerca contemplé nuestra imagen tan trastrocada, que el llanto salido de los ojos bañaba la parte posterior del cuerpo. Lloraba yo igualmente, apoyado en uno de los ángulos de la dura roca; de suerte que mi Guía me dijo:

—¿Conque eres tú también del número de los insensatos? Aquí vive la piedad, y muere la compasión.[2] ¿Quién más impío que el que mira con prevención los divinos juicios? Levanta la cabeza, levántala, y contempla a aquel por quien, a los ojos de los tebanos, se abrió la tierra, y todos le gritaban: "¿Adónde te precipitas, Anfiarao?[3] ¿Por qué dejas el combate?" Pero él siguió precipitándose por los abismos hasta el tribunal de Minos, que a todos aprisiona. Y mira cómo ha convertido en pecho las espaldas, pues de tanto como quiso ver adelante, no ve ahora más que atrás, y anda retrocediendo. Mira a Tiresia,[4] que cambió de semblante cuando se convirtió de varón en hembra, y se trocaron todos sus miembros, siéndole forzoso golpear de nuevo a las dos serpientes enroscadas para recobrar su barba masculina. El que está apegado a su vientre es Aronte,[5] que en

2. V. 28: *Qui vive la pietà, quando è ben morta.* Con estas almas la piedad consiste en no tenerla: verdadera piedad es no sentirla.

3. Anfiarao, uno de los siete reyes que asediaron a Tebas. Habíase escondido para no participar en el combate, pues estaba prevista su muerte en él, pero su mujer lo descubrió. Mientras combatía, la tierra se abrió bajo su carro y desapareció, descendiendo hasta el tribunal de Minos.

4. Tiresia, otro adivino famoso. Practicó su arte en el ejército griego durante la guerra de Tebas. Se cuenta que, habiendo separado con un golpe de su vara a dos serpientes amorosamente unidas, se convirtió en mujer y sólo siete años más tarde recobró su perdido sexo, cuando nuevamente golpeó a las mismas serpientes con idéntica actitud.

5. Aronte, adivino y arúspice etrusco. Cuando la guerra civil entre César y Pompeyo fue llamado a Roma y predijo el triunfo del primero.

los montes de Luna[6] (al pie de los cuales se alberga el carrarés,[7] que cultiva la tierra) tuvo por morada una gruta entre blancos mármoles, desde la cual podía contemplar las estrellas y el mar sin impedimento alguno. Y la que con su suelta cabellera encubre los pechos, que no ves, y la velluda piel, que tiene a la misma parte, es Manto,[8] que discurrió por luengas tierras, estableciéndose después en aquella donde nací:[9] por lo que quiero que me escuches un poco más. Después que su padre abandonó la vida, y quedó esclavizada la ciudad de Baco,[10] anduvo ella vagando mucho tiempo por el mundo. Allá en la hermosa Italia se extiende un lago, al pie de los Alpes que ciñen la Alemania por encima del Tirol, el cual tiene por nombre Benaco. Mil y más fuentes creo que bañan el Apenino entre Garda y Val-Camónica con el agua que afluye a dicho lago.[11] En medio de él hay un lugar en que el pastor de Trento, el de Brescia y el de Verona podrían dar su bendición, si a él se encaminasen; y en el punto en que su orilla baja más, está asentada Pescara, hermosa y fuerte defensa para hacer frente a los de Brescia y a los de Bérgamo.[12] Todo lo que allí rebosa por no poder contenerlo dentro de sí el Benaco, forma un río que va por entre verdes praderas deslizándose, y que así que emprende su curso no se llama ya Benaco,

6. Antigua ciudad etrusca que dio el nombre a la región.

7. Carrara. Ciudad cercana a la anterior. Conocidísima por sus mármoles, famosos ya en la época romana.

8. Adivina tebana, hija de Tiresias. Debió alejarse de su patria para salvarse de la tiranía de Creonte. Luego de viajar largamente se estableció en Italia.

9. El que habla es Virgilio, nacido en Mantua.

10. Tebas.

11. Benaco o de Garda.

12. Contra posibles ataques de los habitantes de estos pueblos.

sino Mincio, hasta que en Goberno[13] se confunde con el Po. Breve trecho ha cambiado éste, cuando encuentra una hondonada, por la que se desparrama trocándola en laguna, que suele ser insalubre en el estío. Pasando por aquí la cruel virgen,[14] vio en medio del pantano una tierra inculta y falta de habitadores; y para huir de todo consorcio humano, quedóse en ella con los que la servían, practicando sus artes mágicas, y en ella vivió y dejó su inanimado cuerpo. Recogiéronse posteriormente en aquel lugar, que era fuerte por el agua que de todas partes le rodeaba, cuantos moraban esparcidos por las cercanías; fundaron una ciudad sobre aquellos restos cadavéricos, y en memoria de la que primero escogió aquel sitio, sin otra ceremonia, la denominaron Mantua, que un día contuvo en su interior más gentes, hasta que Pinamonte logró burlarse de la insensatez de Casalodi.[15] Por todo lo cual te prevengo que si alguna vez oyes referir de otro modo el origen de mi patria, no consientas que se maltrate la verdad con ningún engaño.

Y yo le repliqué: —Maestro, tus palabras son para mí tan verdaderas, y tal crédito me merecen, que tengo las de los demás por sonidos vanos. Pero de todos los que veo ahí cerca ¿no me dirás si hay alguno más notable, ya que pongo sólo mi atención en esto?

A lo que me dijo: —Aquel a quien le baja la barba por la ennegrecida espalda, fue augur al tiempo en que Grecia se vio tan escasa de hombres, que apenas quedaron más que los niños de las cunas, y juntamente con Calcante dio en Aulide la señal

13. Ahora Governolo.

14. Manto, doncella cuando llega a Italia.

15. Mantua decayó desde el momento en que Pinamonte dei Bonacolsi obtuvo el poder luego de engañar a Alberto di Casalodi.

para que cortasen el primer cable.[16] Tuvo por nombre Euripilo, y le celebra mi alta Tragedia[17] en algún lugar: bien lo recordarás tú, que la sabes toda. El otro tan estrecho de ijares, fue Miguel Escoto,[18] ducho en el arte de las mágicas imposturas. Mira a Guido Bonatti,[19] mira a Asdente[20] que desearía ahora habérselas con el cordobán y el cabo, y se arrepiente, pero tarde. Mira a las desdichadas que dieron de mano a la aguja, a la lanzadera y al huso por meterse a encantadoras, y que componían sus maleficios con drogas y con figuras. Mas ven ahora; que ya llega Caín[21] con su carga de espinas al confín de ambos hemisferios, y se entra en el mar cerca de Sevilla,[22] y ya ayer noche la luna estaba redonda: lo cual no habrás olvidado, porque te alumbró más de una vez[23] en la obscura selva.

Así me hablaba, y entre tanto seguíamos andando.

16. Euripilo, augur en el tiempo de la guerra de Troya. Juntamente con Calcante señaló el momento preciso de la iniciación de la guerra.

17. *Eneida*, II, 114.

18. Miguel Escoto. Filósofo y alquimista doctísimo, célebre astrólogo de Federico II. Nació en el reino de Escocia.

19. Guido Bonatti de Forli. Célebre astrólogo. Estuvo al servicio de Guido Novello y posteriormente del conde Guido de Montefeltro. Murió hacia fines del siglo XIII.

20. Asdente. Zapatero de Parma. Famoso adivino del siglo XIII.

21. Según creencia popular, en las manchas de la Luna se veía el rostro de Caín con una corona de espinas. Aquí indica la Luna.

22. Sevilla, para Dante confín occidental de Europa.

23. Con su larga perífrasis, Dante indica que esto ocurre hacia las siete de la mañana del 9 de abril de 1300.

Canto vigesimoprimero

En el quinto foso, formado por un lago de luz hirviendo, se hallan los barateros, es decir, los que trafican con los oficios que desempeñan en la república, o venden los favores e intereses de los señores que los han hecho poderosos. En este canto se trata principalmente de los de la primera especie. Discurren alrededor del foso demonios armados de arpones, que ensartan a los que se atreven a salir de aquel légamo. Refiérese el martirio que dan a un baratero de Luca, y cómo se salva Virgilio de que le amenazaran con sus chuzos. Y no pudiendo proseguir los Poetas su camino por la roca sobre la que marchaban, a causa de hallarse roto el arco del sexto foso, escoltados por diez diablos, toman un rodeo por la parte izquierda, hasta que hallan otra roca, que tampoco estaba entera, como les había falsamente asegurado el principal de aquéllos.

H ablando así de otras cosas que mi *Comedia* no se cuida de referir, íbamos de uno a otro puente, y estábamos ya en lo alto del arco, cuando de nuevo nos detuvimos para oír otros lamentos no menos vanos y ver el otro foso de Malebolge,[1] en que reinaba la más profunda obscuridad.

Como en el arsenal de Venecia hierve durante el invierno la pegajosa pez, destinada a embrear los maltratados bajeles de los que no pueden darse a la vela, y en vez de navegar, uno construye nueva su embarcación, otro calafatea los costados de la que ha hecho muchos viajes; quién repara la proa, quién la popa; éste labra los remos, aquél retuerce las cuerdas, y el

1. El quinto foso.

otro adereza la vela de mesana y el artimón: del mismo modo, y no por medio del fuego, sino por arte divina, hervía allá abajo un espeso betún de que estaba impregnada la roca por todas partes.

Mirándolo estaba yo, pero únicamente veía las burbujas que levantaba el hervor, y que se inflaban o se bajaban comprimidas; y mientras fijaba los ojos en lo profundo, tiróme hacia sí mi Guía, diciendo: —¡Apártate! ¡Apártate!—. Volvíme entonces como aquel que anhela ver lo mismo de que le conviene huir, y que, aunque amedrentado por súbito temor, no le estorba el mirar para seguir huyendo; y vi que detrás de nosotros venía un diablo negro corriendo por encima de la roca. ¡Oh!, ¡qué aspecto tan fiero era el suyo, y qué temible me parecía con las alas abiertas y la ligereza de sus pies! Sobre sus hombros altos y puntiagudos cabalgaba un pecador con ambas piernas, a quien tenía él sujeto por los talones; y desde el puente decía: "¡Oh Malebranche![2] Aquí traigo uno de los ancianos de Santa Zita.[3] Metedle bien en lo más hondo, que yo vuelvo en busca de otros a aquella tierra abundante en ellos, porque, a excepción de Bonturo,[4] todos allí son barateros, que, mediante moneda, hasta el *no* truecan en *sí*."

Arrojó, pues, la carga, y se volvió por la dura roca, cual nunca suelto alano salió persiguiendo a un ladrón precipitadamente. Sumergióse el recién traído, y salió luego a flote todo encorvado; pero los demonios que estaban debajo del puente,

2. Malebranche: con este nombre se designa a los demonios del quinto foso.

3. Santa Zita: Luca. La ciudad es indicada por el nombre de la santa de la cual es particularmente devota.

4. La exclusión es característica, pues Bonturo Dati, jefe del partido popular en Luca a principios del trescientos fue el mejor de los barateros.

le gritaron: "Aquí no se venera la Santa Faz;[5] aquí se nada de distinto modo que en el Serchio;[6] y si no quieres habértelas con nuestros garfios, procura no asomar encima del pecinal." Y alcanzándole después con más de cien chuzos, le decían: "Baila por abajo, y atrapa lo que puedas sin que te vean." No de otro modo hacen los cocineros que sus galopines introducen la carne en las calderas con sus trinchantes, a fin de que no quede sobrenadando.

Mi buen Maestro me dijo entonces: —Para que no reparen en que te hallas aquí, ocúltate detrás de alguna peña en que estés seguro; y por más ultrajes que me hagan, nada temas, que ya tengo yo esto conocido, por haberme visto otra vez en igual aprieto.

Pasó después al otro lado del puente, y al llegar a la orilla del sexto foso, tuvo que mostrar resuelto semblante. Con la misma rabia e impetuosidad con que salen los perros contra el pobre que pide limosna dondequiera que se para, salieron ellos de debajo del puente, asestando contra él todos sus arpones; y hubo de exclamar: —Ninguno sea osado de tocarme: antes de embestirme con vuestros chuzos, adelántese uno de vosotros que me oiga, y después determinaos a herirme.

Entonces gritaron todos: "¡Oye vaya Malacoda!".[7] Y se adelantó uno, permaneciendo los demás quietos, y se le acercó diciendo: "¿A qué vienes?" —¿Crees tú, Malacoda, que me verías en este lugar, le respondió mi Maestro, a salvo ya de todas vuestras ofensas, si no fuese por disposición divina y por gracia de

5. Efigie de Jesús. Crucifijo de madera de antiquísima factura, que la leyenda quiere tallado en parte por mano divina y se venera en Luca.

6. Río que pasa cercano a Luca.

7. El nombre de uno de los demonios.

los hados? Déjame andar, porque el cielo ha querido que muestre yo a otro estas escabrosas sendas.

Tan amansado quedó su orgullo con estas palabras, que dejó caer el arpón a sus pies, y dijo a los demás: "¡Cuidado con ofenderle!"

Y mi Guía a mí: —¡Oh tú, que estás escondido entre los peñascos del puente!, vuelve a mi lado sin temor alguno—. Y al oírlo, salí, y me acerqué a él corriendo; y los diablos se adelantaron a la vez, de suerte que temí faltasen a lo prometido. No menos medrosos vi salir a los soldados que capitularon en Caprona,[8] al hallarse entre tantos enemigos.

Me arrimé, pues, pegándome con todo el cuerpo a mi Maestro, y no apartaba los ojos de aquellos semblantes, que nada prometían de bueno; antes bien, bajando los arpones, decía uno a los otros: "¿Queréis que le dé un pinchazo por detrás?" Y ellos le respondían: "¡Sí, métele el pincho!"

Pero el demonio que había hablado con mi Maestro se volvió de repente, añadiendo: "¡Quieto, quieto, Scarmillone!" Y después a nosotros: "No os será posible seguir caminando por esta roca, porque el sexto arco está todo hecho pedazos en lo profundo del foso; y si queréis ir más adelante, tomad por esta quebrada, y hallaréis cerca otra roca por donde puede pasarse.[9] Ayer,[10] cinco horas después de esta en que nos hallamos, hizo

---

8. Castillo del cual salieron, ante una doble fila del ejército florentino los pisanos que lo custodiaban, después de la rendición.

9. Se trata de una mentira de Malacoda.

10. El Viernes Santo de 1300.

Cristo murió el año 34 de nuestra era según cree Dante siguiendo a San Lucas. Los puentes se derrumbaron a causa del terremoto que sacudió la Tierra a la muerte de Cristo. Desde entonces han pasado 1266 años.

mil doscientos sesenta y seis años que desapareció este camino. Hacia allá mando a unos cuantos de mis compañeros para que vean si alguno de los condenados intenta mitigar su tormento: id con ellos, que no os tratarán mal. Conque poneos en marcha, Aliquino y Calcabrina, les fue diciendo, y tú también, Cañazo: Barbariccia guiará la decuria. Que vayan además Libicocco y Draguiñazo, Ciriatto el Colmilludo, Graffiacane, y Farfarello y Rubicante el loco. Recorred todos el hirviente lago, y que caminen éstos seguros hasta el otro puente que se ve entero sobre los fosos".

—¡Ay de mí!, exclamé: ¿qué es lo que veo, Maestro? Marchemos solos y sin escolta, si sabes tú el camino, que yo no la solicito; pues siendo tú tan prudente como eres ¿no ves que aprietan los dientes, y con sus torvas miradas nos amenazan?

Y él respondió: —No quiero que seas tan medroso. Deja que gesticulen cuanto les plazca: lo hacen por los que están penando en este tormento.

Dirigieron, pues, sus pasos por la izquierda, pero antes hicieron a su jefe una seña, mordiéndose la lengua con los dientes, y él, a falta de trompeta, imitó su son con el orificio.[11]

11. En el original se lee: *Ed egli avea del cul fatto trombetta*. Scartazzini observa: "Lenguaje y estilo corresponden plenamente al asunto."

Canto vigesimosegundo

Continúa el argumento del canto precedente; y siguiendo también los Poetas en la dirección que queda indicada, ven en el foso gran número de barateros, que de diversos modos procuran hallar algún alivio a su tormento. Son los que en las cortes de los príncipes han traficado con su favor y con la justicia. Uno de ellos, que se descuida más que los otros en cubrirse de los golpes que les asestan, cae en manos de los diablos, que le maltratan sin compasión. Es un tal Ciampolo de Navarra, el cual, a ruegos de Virgilio, refiere quiénes son los barateros que están junto a él. Descríbese cómicamente la astucia del navarro para librarse de sus verdugos, y la riña que por su causa arman dos diablos.

Yo vi en otro tiempo a los caballeros alzar el campo, comenzar la pelea, hacer muestra de su gente y a veces retirarse para ponerse en salvo; vi, ¡oh aretinos!,[1] andar los corredores por vuestra tierra y ponerla a saco, y combatir en torneos y lidiar en justas, ya a son de trompetas, ya de campanas,[2] con tambores y con ahumadas,[3] con cosas propias nuestras y con extrañas; pero nunca vi que caballeros ni peones marchasen a compás de tan rara chirimía.[4]

1. Alusión a las incursiones por territorio de Arezzo, después de la batalla de Campoldino (1289), en que habría tomado parte Dante.
2. Los florentinos guiaban las escuadras al son de una campana.
3. V. 8: ...*con tamburi e con cenni di castella.* Para hacer señales se utilizaba el humo de día y de noche el fuego. Dante mismo da una muestra a la entrada de la ciudad de Dite.
4. Como la formada por los demonios e indicada al final del canto anterior.

Caminábamos, pues, con los diez demonios (¡lúcida escolta!); pero en la iglesia tratamos con los santos, y en la hostería con los glotones.[5] Yo tenía puesta mi atención en el lago hirviente, para ver la condición de aquel lugar y de la gente que se abrasaba en él. Como los delfines, cuando, encorvando su espalda, avisan a los marineros para que se apresten a poner en salvo sus bajeles,[6] del mismo modo mostraban la suya algunos de aquellos pecadores, para aliviar su tormento, y se escondían más rápidos que un relámpago. Y como se ponen las ranas a la orilla del agua de un estanque, que solamente sacan fuera la cabeza, y ocultan los pies y lo demás del cuerpo; así estaban allí los condenados, y a medida que se acercaba Barbariccia, se metían debajo del hirviente légamo.

Vi a uno, y el corazón se me oprime aún, que permanecía quieto, como sucede cuando una rana está inmóvil, mientras las otras huyen saltando; y Graffiacane, que estaba más inmediato, le ensartó con su chuzo por los apegotados cabellos, y le levantó en alto, de modo que me pareció una nutria.

Sabía yo ya los nombres de todos ellos, pues puse cuidado cuando fueron elegidos, y después, al llamarse unos a otros, aprendí cómo eran.

"Rubicante, gritaban a un tiempo los malditos, échale encima la zarpa de modo que le desuelles."

5. Proverbio para expresar que el hombre debe amoldarse y actuar según quienes lo ordenan.

6. Según la leyenda, cuando los delfines siguen un barco y saltan fuera del agua anuncian a los marineros la tempestad para poner a salvo sus naves. Brunetto Latini declara (*Tesoro*, IV, 5) que de cuantos animales hay en el agua ninguno quiere al hombre como el delfín.

Y yo, por el contrario: —Maestro mío, haz lo posible por saber quién es el desventurado que así ha caído en manos de esos verdugos.

Llegóse junto a él mi Guía, le preguntó de dónde era, y él respondió: "Nací en el reino de Navarra.[7] Mi madre, que me tuvo de un bellaco, destructor de sí mismo y de su hacienda, me puso en la servidumbre de un señor, y después fui familiar del excelente rey Teobaldo. Allí ejercí mis infames tráficos, de que estoy en este ciénago dando cuenta." Y Ciriatto, a quien de cada lado de la boca le salía un colmillo, como a un puerco, le hizo sentir a qué sabían.

En uñas de malos gatos había caído aquel ratón; pero Barbariccia le cogió entre sus brazos, diciendo: "No le toquéis mientras yo le tenga." Y volviendo la cara hacia mi Maestro, añadió: "Pregúntale más, si algo quieres saber de él, antes que otro le despedace." Y mi Guía: Cuéntanos, pues, de los demás culpables. ¿Conoces a alguno que sea latino[8] y esté sumergido aquí?—. Y él repuso: "Poco ha que me separé de uno que era de allí cercano. ¡Así estuviera yo cubierto de pez con él, que ni garras ni chuzos temería!" Y Libicocco, al oírlo, dijo: "Esto ya es demasiado" y le clavó en un brazo el arpón, de modo que, desgarrándoselo, le arrancó una buena parte. Quiso Draguiñazo también darle un tiento a las piernas, pero su decurión[9] echó en torno una mirada con gesto amenazador.

Apaciguado que se hubieron algún tanto, y mientras aquel infeliz contemplaba su herida, le preguntó mi Guía, sin dejar

7. Ciampolo de Novara. Valido de la confianza otorgada por su señor el rey Teobaldo, concedía favores a cambio de dinero.

8. Usado en lugar de italiano.

9. Jefe de la decuria, en este caso formada por demonios: Barbariccia.

pasar más tiempo: —Y ¿quién fue aquel de quien en mal hora te separaste para venir a este foso?—. Y respondió: "Fue fray Gomita,[10] el de Gallura,[11] en quien halló cabida todo fraude, que dispuso de los enemigos de su señor, y se dio tan buena maña, que a todos dejó contentos. Sacóles el dinero, y los absolvió de plano, como él dice; y en todo lo demás que hubo a su cargo, se portó como baratero, pero no adocenado, sino de lo más sublime. Anduvo con él don Miguel Zancas,[12] de Logodoro;[13] y no tienen ninguno de los dos lengua bastante para hablar de Cerdeña. Mas, ¡ay de mí!, mirad ese otro[14] cómo aprieta los dientes. Yo seguiría hablando; pero temo que se esté previniendo para raparme la calamorra."

Volvióse entonces el gran preboste a Farfarello, que abría desmesuradamente los ojos para embestirle, y dijo: "¡Quítate allá, pajarraco!",[15] con lo que el aterrado baratero añadió: "Si gustáis de ver y oír a algunos toscanos y lombardos, haré de modo que vengan; pero que se pongan un poco aparte los de los garfios, para que los pobretes no se asusten de su catadura; que yo, permaneciendo en este mismo sitio, y dando un chiflido,

---

10. Natural de Cerdeña. Fue vicario de Nino Visconti, gobernador del juzgado de Gallura. Traficó con los cargos y oficios públicos. Una de sus fechorías consistió en la liberación, por dinero, de algunos presos enemigos de su señor, antes de celebrarse el proceso.

11. La isla de Cerdeña, dominada por los pisanos se hallaba dividida en cuatro juzgados: Callura, Logodoro, Arborea y Cagliari.

12. Miguel Zanche (Zancas) fue vicario del rey Enzo en la judicatura de Logodoro. Casó con Adelasia, esposa de Enzo, y por ello llegó a convertirse en soberano de aquella región. En el año 1275 fue muerto a traición por su yerno Branca d'Oria.

13. La región noroeste de Cerdeña.

14. Farfarello.

15. Porque todos estos demonios son alados.

como solemos hacer cuando alguno saca la cabeza, en lugar de uno, que soy yo, lograré que acudan siete."[16]

Al oír esto Cañazo, alzó la vista, meneando la cabeza, y dijo: "Miren qué astucia ha inventado para sumergirse"; y él, que era fecundo en invenciones, respondió: "¡Vaya si soy astuto, cuando proporciono a los míos mayor castigo!" No pudo más Aliquino, y contra el parecer de los otros, le dijo: "Si tratas de salvarte, no iré corriendo detrás de ti, sino que me arrojaré sobre la pez de un vuelo. Bajaremos, pues, de esta altura, que servirá para ocultarnos, y a ver si puedes más que todos nosotros."

¡Oh tú, que esto estás leyendo! Vas a oír una nueva burla. Todos volvieron la vista hacia la parte opuesta, y el primero, el que más desconfiaba de hacerlo.[17] Midió bien el tiempo el navarro; hizo hincapié en la tierra, y dando de pronto un salto, se vio libre de sus contrarios.

Quedaron éstos al verlo consternados, y sobre todo el que tuvo la culpa de aquel chasco,[18] que se adelantó gritando: "¡Voy a alcanzarte!" Pero le sirvió de poco, porque sus alas fueron menos veloces que el miedo del condenado, el cual se hundió en el pecinal, y el otro se levantó, volando, sobre su pecho: no de otra suerte se sumerge al punto el ánade bajo el agua, si ve ya cerca al halcón, que retrocede sin su presa y rendido por el cansancio.

Irritado Calcabrina de aquella burla, enderezó el vuelo tras Aliquino, alegrándose de la resolución del condenado para tener motivo de pendencia; y no bien desapareció éste, esgrimió las uñas contra su compañero, y se aferró con él encima del

16. Se trata de un ingenioso recurso de Ciampolo que en esta forma logra burlar a los mismos demonios.

17. Cañazo: Cagnazzo.

18. Aliquino.

foso; pero el otro se mostró gavilán muy diestro en manejar las garras, y ambos cayeron en medio del hirviente lago. El calor los separó bien presto, mas en vano intentaron alzar el vuelo, porque la pez enligó sus alas.

Lamentándose Barbariccia del caso con los demás, hizo que volasen cuatro de ellos con sus garfios al otro lado, y apresuradamente bajaron todos por una y otra parte al sitio oportuno para maniobrar; alargaron los arpones a los que allí yacían abrasándose ya sobre la pegajosa costra; y nosotros los dejamos metidos en aquel empeño.

Canto vigesimotercero

Alejándose disimuladamente los Poetas de los diablos ocupados en sacar del pecinal a sus compañeros, prosiguen su camino, hasta que, temiendo viniesen aquéllos en su persecución, se deslizan por la rápida pendiente del sexto foso, donde hallan a los hipócritas cubiertos de pesados mantos de plomo, dorados por fuera. Conversan con dos hermanos gaudentes, Catalano y Loderingo; ven a Caifás crucificado en tierra y pisoteado; y sabiendo por uno de los hermanos cómo pueden salir del foso, continúan su viaje.

Callados, solos y sin acompañamiento alguno, íbamos andando uno delante y otro detrás, como van los frailes menores cuando caminan.[1] Vínome a la memoria, con motivo de aquella contienda, la fábula de Esopo en que trató del topo y de la rana;[2] que si con atención se comparan bien su comienzo y fin, no se asemejan más los vocablos *mo* e *issa*[3] que uno y otro caso. Y como un pensamiento brota de otro, así de aquél nació en mí otro nuevo, que acrecentó mi primer espanto. Porque reflexionaba así: Éstos, por nuestra causa han sido burlados, y con

---

1. Absortos en sus propios pensamientos.

2. El argumento es el siguiente: Una rana ofrecióse a un topo para hacerle cruzar un foso de agua. Ocultaba su maligno intento, pero cuando estuvo en el medio del foso apareció un milano, vio al topo y llevóselo y, con él, también a la rana.

   La fábula no es de Esopo, aunque en ese tiempo se la consideraba como tal.

3. *Mo* quiere decir ahora. *Issa* tiene el mismo significado en algunos dialectos de Italia.

lesión y vergüenza tal, que creo han de estar muy enfurecidos; y si a la ira se añade su mala voluntad, vendrán tras nosotros más rabiosos que el perro cuando oprime a la liebre con sus dientes.

Sentía ya de puro temor erizárseme los cabellos, y estaba con grande atención a lo que ocurría detrás, cuando dije: —Maestro, si prontamente no nos ocultas a ti y a mí, me aterran esos malditos: vienen ya siguiéndonos, y de tal manera me lo imagino, que ya los siento.

Y él respondió: —Si fuese yo de agozado cristal, no trasladaría tu imagen exterior con más facilidad que copio la de tu mente. A la sazón se han confundido tus pensamientos con los míos en parecidos discursos, bajo semejante forma, de suerte que he deducido de ellos un solo acuerdo. Y si acontece que la margen derecha esté en tal disposición, que podamos bajar al otro foso, nos salvaremos de la temida persecución.

No había acabado de hacer este razonamiento, cuando los vi a poca distancia venir con las alas abiertas, resueltos a apoderarse de nosotros. De repente me cogió mi Maestro en brazos, como la madre que, alarmada al menor ruido y viendo cercanas ya las llamas del incendio, coge al hijo, y huye sin detenerse, cuidando de él más que de sí propia, tanto, que ni tiempo se toma para vestir una camisa; y desde lo alto de la áspera colina se dejó caer boca arriba por la pendiente roca que cierra uno de los lados del otro foso. Jamás agua que corre por un canal para mover la rueda de un molino de tierra cae tan veloz cuando va acercándose a las palas, como bajó mi Maestro por la pendiente, llevándome encima de su pecho, cual hubiera podido hacerlo con un hijo, y no con un mero compañero.

Apenas tocaron sus pies el fondo del precipicio, aparecieron los diablos sobre la colina, encima de nuestras cabezas; mas ya no había de qué temer, porque la Divina Providencia, que quiso ponerlos como ejecutores de su castigo en el quinto foso, no les dio poder para pasar de allí. En lo profundo de aquel lugar hallamos una gente de rostros falsamente compuestos,[4] que marchaba con pasos muy lentos alrededor del muro, llorando y con muestras de gran cansancio y aniquilamiento. Llevaban mantos con capuchas que les caían delante de los ojos, hechos a modo de los que usan los monjes[5] en Colonia. Por fuera eran dorados, de manera que deslumbraban; por dentro, enteramente de plomo, y tan pesados, que al lado de ellos los que ponía Federico[6] eran de paja. ¡Oh! ¡Abrumar así, y ser eternos!

Marchábamos, pues, como siempre, a mano izquierda, a par de ellos y escuchando su triste llanto; mas rendíalos el peso, y caminaban tan poco a poco, que a cada paso nos veíamos al lado de nuevos compañeros. Y dije yo a mi Guía: —Haz por hallar alguno cuyos hechos o nombre sean conocidos, y andando como vamos, dirige alrededor la vista.

Y uno que oyó hablar en toscano, gritó detrás de nosotros: Detened el paso, los que corréis así por el aire lóbrego. En mí tendrás acaso lo que deseas." Y entonces se volvió a mí el Guía, y me dijo: —Aguarda, y sigue luego andando a compás de su paso.

Me detuve, pues, y observé que dos mostraban en sus semblantes gran impaciencia por alcanzarme, pero se lo impedían

4. Los hipócritas.

5. Los hipócritas llevan mantos religiosos porque de todas las vestimentas son las que mejor representan la virtud. Es evidente la contraposición que Dante establece entre estos pecadores y la pena correspondiente.

6. Según los comentaristas antiguos, el emperador Federico II castigaba los pecados contra la corona vistiendo a los condenados con una túnica de plomo y colocándolos luego dentro de una caldera puesta sobre el fuego. Al derretirse el plomo, los torturados morían entre los más espantosos sufrimientos.

el peso y lo estrecho del camino. Al fin llegaron junto a mí, y me examinaron detenidamente, de reojo y sin hablar palabra. Encaráronse luego uno con otro, y se dijeron entre sí: "Éste parece vivo, según el movimiento de su garganta;[7] y si son muertos ¿por qué privilegio se ven libres de la abrumadora estola?"

Y después me dijeron: "¡Oh toscano, que has venido al gremio de los tristes hipócritas! No tengas reparo en decir quién eres."

Y yo les contesté: —Nacido soy y criado en la gran ciudad que se extiende sobre el hermoso río Arno, y este cuerpo es el mismo que he tenido siempre; pero ¿quiénes sois vosotros, en cuyas mejillas tantas señales de dolor veo impresas, y qué pena es la vuestra, que resplandecéis así?

Uno de ellos me respondió: "Estas capas doradas están tan llenas de plomo, que su peso hace crujir la balanza en que se sostienen.[8] Fuimos freires gaudentes,[9] y de Bolonia. Yo me llamaba Catalano,[10] y este otro Loderingo.[11] Eligiónos a la vez tu patria, como solía hacerlo, nombrando un hombre sólo para

7. Producido por la respiración.

8. Sus espaldas.

9. Hermanos de la orden religioso-caballeresca instituida en Bolonia en 1261 para lograr la paz entre los partidos que destruían Italia y defender a los débiles y a los oprimidos. Pronto olvidaron sus propósitos y hermano gaudente fue sinónimo de hipócrita.

10. Catalano dei Catalani. Nació en Bolonia en 1210. De familia güelfa; ocupó cargos públicos. Murió cerca de Bolonia en 1283, en el convento de los gaudentes de Ronzano.

11. Loderingo degli Andato. Perteneciente a una familia gibelina de Bolonia, nació en 1210. Fundador de la orden de los frailes gaudentes, fue podestá de Florencia y de Bolonia junto con Catalano. En estos cargos demostró, como su contemporáneo, gran hipocresía. Murió en 1293 en el mismo lugar que el anterior.

conservar la paz; y de tal modo nos condujimos, que en la calle del Gardingo[12] se conserva todavía memoria nuestra."

Empecé yo a decir: —Hermanos, vuestros males...; mas no pasé adelante, porque se me presentó ante los ojos uno crucificado en tierra sobre tres palos. Al verme, se retorció el cuerpo, soplándose en la barba con el aire de sus suspiros; y Catalano que advirtió mi sorpresa me dijo: "Ése, a quien miras en una cruz, aconsejó a los fariseos que convenía llevar a un hombre al suplicio por la salud del pueblo.[13] Desnudo está, como ves, y atravesado en medio del camino, viéndose condenado a sentir el peso de los que por aquí transitan. La misma pena padece su suegro[14] en este foso, y los demás del consejo, que fue un semillero de males para los judíos."

Entonces vi maravillarse a Virgilio de que hubiese un suplicio tan afrentoso como el de la cruz en el eterno abismo;[15] y así se dirigió al boloñés con estas palabras: —No lleves a mal, siempre que te sea lícito, decirnos si a la mano derecha hay algún paso por donde podamos nosotros dos salir, sin que ninguno de los ángeles negros tenga que venir a sacarnos de este hondo precipicio.

Y él respondió: "Más cerca de lo que presumes se alza un peñasco, que arranca desde el muro exterior y atraviesa todas estas horribles concavidades, menos la presente, en que está

12. En esta calle se encontraba la casa de los Uberti, jefes del partido gibelino, que aquéllos mandaron incendiar después de expulsar a éstos por haber recibido dádivas de los güelfos. Ambos habían sido designados por creérselos hombres rectos y probos.

13. Caifás.

14. Anás.

15. Virgilio desconoce este suceso, pues en su anterior viaje no había muerto aún Jesús.

roto, y por lo mismo no puede cubrirla. Pero os será fácil bajar por los escombros, que forman una pendiente, y en el fondo está la subida."

Permaneció un rato con la frente inclinada mi Maestro, y después dijo: —Mal nos enseñaba el camino el que allá atrás clava su arpón a los pecadores.[16]

Y el gaudente añadió: "En Bolonia me refirieron multitud de vicios que tiene el diablo, y entre otros oí que es embustero y padre de la mentira."

Y con esto mi Guía se alejó a paso largo, con rostro un tanto inmutado por la ira, y yo abandoné a los cargados de plomo, siguiendo las huellas de aquellas queridas plantas.

16. El embuste de Malacoda. Ver canto XXI, nº 9.

Canto vigesimocuarto

Describe el Poeta su desaliento al ver la turbación de Virgilio, y cómo luego recobra el ánimo. Salen ambos del foso con gran dificultad y fatiga, prosiguen su camino por la roca, y llegan al foso séptimo, donde ven entre horribles serpientes a los ladrones, que mordidos por ellas, se abrasan en vivo fuego, hasta que poco a poco van renaciendo de sus cenizas. En este canto se habla especialmente de los ladrones sacrílegos, entre los cuales reconoce Dante a Vanni Fucci, de Pistoya, que desfoga su rabia presagiándole la derrota de los Blancos.

En aquella sazón en que comienza el año,[1] en que el Sol humedece sus cabellos en el Acuario, y las noches van igualándose con los días; cuando la escarcha copia sobre la tierra la imagen de su blanca hermana,[2] bien que sea la semejanza de tan efímera duración, levántase el aldeano, a quien le falta el pasto, y mira blanquear el campo todo, por lo que hace extremos de desconsuelo; y vuelve a casa, y se lamenta inquieto, como el miserable que no sabe en qué ocuparse, y vuelve a mirar, y cobra ya alguna esperanza viendo que la tierra ha cambiado de aspecto en poco tiempo, y coge el cayado, y echa afuera el ganado para que paste: así fue mi Maestro causa de que me sobresaltase, al ver la turbación de su rostro, y así acudió en breve al mal con el remedio.

1. Entre enero y febrero, cuando el Sol está en la constelación de Acuario.
2. La nieve.

Pues como llegásemos al puente derruido, volvióse mi Guía hacia mí con aquel dulce mirar con que le vi la primera vez al pie de la colina.[3] Abrió los brazos, después de consultar algunos instantes consigo mismo, examinando primero la ruina con atención, y me cogió en ellos; y como el que obra a la vez y reflexiona, pareciendo que de antemano lo prevé todo, así, levantándome hacia la cima de una gran roca, ponía la vista en otra piedra diciendo: —Agárrate luego a aquélla, pero antes mira si está para sostenerte. No era el camino tal que consintiese ropajes embarazosos, pues apenas podíamos, espíritu como era él, y yo, impelido por su fuerza, trepar por aquel montón de escombros; y a no ser porque la pendiente era más corta por la margen interior que por la de fuera, no sé de él qué hubiera sido, pero yo no hubiera adelantado un paso. Y como el círculo[4] todo declina hacia la boca del profundísimo pozo, cada foso se halla en tal conformidad, que una margen es alta y otra baja, de suerte que pudimos ganar la cima, donde sobresale más la última piedra.

Tan falto de aliento estaba mi pecho cuando llegué arriba, que, no siéndome posible respirar, hube de sentarme en el primer rellano. —Fuerza es que en lo sucesivo sacudas esa desidia, me dijo mi Maestro, porque ni entre mullidas plumas ni bajo doseles se adquiere fama; y el que sin ella consume su vida, el mismo rastro deja de sí en el mundo que el humo en el aire, o la espuma sobre las aguas. Levántate, pues, y vence tu flaqueza con el ánimo que triunfa en los combates, si no se deja llevar del cuerpo envilecido. Fuerza es que recorras más larga escala, pues no basta salir de estas mansiones infernales; y si comprendes mis palabras, haz por aprovecharte de ellas.

3. Ver canto I.
4. El círculo de Malebolge.

Levantéme entonces, mostrándome más alentado de lo que realmente estaba, y dije: —Vamos, que ya me siento fuerte y animoso. —Y seguimos marchando por la roca erizada, estrecha, intransitable, y mucho más escabrosa que la primera.

Iba yo hablando para no parecer tan débil, cuando del otro foso salió una voz que no acertaba a articular palabras. Lo que decía no sé, a pesar de que me hallaba en lo más alto del arco que servía de puente; mas el que hablaba parecía estar encolerizado. Miré hacia abajo, pero mis vivos ojos nada podían distinguir en el fondo, a causa de la oscuridad; por lo cual dije: —Maestro, procura llegar a aquel otro borde, y bajemos por la pendiente, pues así como desde aquí oigo, pero no entiendo, del mismo modo veo, pero nada distingo.

—A eso, dijo, te responderé haciendo lo que deseas; que a las demandas justas debe accederse con eficaz silencio.

Bajamos el puente por el extremo en que se une al octavo dique, y desde allí pude descubrir el foso, en cuyo interior vi hacinadas multitud de horribles serpientes, pero de tan diversa especie, que la sangre se me hiela aún al recordarlo. Que no se glorie más Libia[5] de sus arenas, porque si produce quelidros, yáculos, farias, cencros y anfisbenas,[6] jamás mostró animales tan ponzoñosos ni tan dañinos, aun juntándose los de Etiopía y los del país que existe sobre el Mar Rojo.[7]

Entre aquellos crueles y horrorosos reptiles corrían desnudas y espantadas algunas almas, sin esperanza alguna de hallar

5. No crea Libia poseer la supremacía por el número de sus serpientes.

6. Enumeración sugerida por los versos 708-721, libro IX de la *Farsalia* de Lucano. La anfisbena es serpiente de dos cabezas con una en cada punta.

7. Los desiertos de Arabia, sobre el mar Rojo, y Etiopía juntos no reúnen tal cantidad de animales ponzoñosos.

reparo en qué guarecerse ni heliotropo con qué hacerse invisibles.[8] Tenían ligadas atrás las manos con serpientes, que, introduciendo la cola y la cabeza por sus riñones, iban a enlazárseles por delante. Contra uno que estaba próximo a nosotros se lanzó una culebra, clavándosele en el sitio en que el cuello se une con las espaldas. No se escribe una O ni una I tan pronto como aquel infeliz se inflamó, comenzó a arder y cayó convertido totalmente en cenizas; y así que estuvo en tierra desmoronado de aquella suerte, juntáronse por sí mismas las cenizas, y con igual prontitud volvió de nuevo a su pasado ser; a la manera que según afirman los sabios, muere y renace el Fénix:[9] cuando se acerca a la edad de quinientos años, el cual no se alimenta de hierba ni de grano, sino de gotas de incienso y amomo, labrando de nardo y mirra su postrer nido. Y como el que cae sin saber cómo, impelido por el demonio, que le arroja al suelo, o por efecto de cualquier otro accidente que paraliza la vida, y al levantarse mira alrededor, desvanecido por la grande angustia por que ha pasado, y suspirando lo observa todo, tal aconteció al pecador así que se levantó. ¡Oh justicia de Dios! ¡Cuán severa eres al descargar los golpes de tu venganza!

Preguntóle después mi Guía quién era, a lo que respondió: "Poco tiempo hace que fui precipitado desde Toscana a este cruel abismo. Gocéme en vivir bestial, no humanamente, por

8. Los antiguos atribuían a esta piedra preciosa de color verde la virtud de proteger contra los venenos y especialmente de los de serpiente, y aun volver invisible a quien la llevase.

9. Animal mitológico que cada quinientos años se reducía a cenizas en una pira aromática formada por él mismo y de la cual volvía a resurgir rejuvenecido.

Se inspira aquí en Ovidio, *Met.*, xv, 392.

ser bastardo, como el mulo; soy el bestia Vanni Fucci,[10] y tuve guarida digna de mí en Pistoya."

Y yo añadí a mi Maestro: —Dile que no nos deje burlados; pregúntale qué culpa le ha conducido aquí, pues yo le tenía solamente por hombre sanguinario y pendenciero.

Y el malvado, que oyó esto, no se hizo el desentendido, sino que, encarándose resueltamente conmigo y manifestando un colérico rubor, dijo: "Duéleme más que seas testigo de esta miseria en que me ves, que cuanto padecí al arrancárseme la otra vida. Nada puedo negar de lo que preguntas: en esta profunda sima estoy metido por ser el ladrón de la sacristía famosa por sus ornamentos,[11] lo cual se imputó falsamente a otro.[12] Mas para que no te complazcas en mi castigo, si alguna vez te ves fuera de estas tétricas regiones, abre el oído a mi predicción, y escucha. Ahuyenta Pistoya de su seno primeramente a los Negros;[13] renueva después Florencia su población y su gobierno.[14] Pero levantará Marte un vapor[15] en Val de Magra,[16] que

10. Hijo bastardo de Fucci dei Lazzeri, noble de Pistoya. Era un hombre violento y codicioso. Perteneció a los güelfos Negros, es decir, fue enemigo político de Dante.

11. Junto con un Vanmi della Monna y un Vanmi Mirone, llevó a cabo el robo de ornamentos sagrados en la iglesia de Sant Jacopo de Pistoya. Cuando ya estaba por ser ajusticiado un inocente, se descubrió a los verdaderos ladrones.

12. Rampino Foresi.

13. Con ayuda de los florentinos, los Negros son expulsados de Pistoya en 1301.

14. Los Negros, expulsados de Pistoya, se refugian en Florencia, donde, en colaboración con los de su partido, derrotan a los Blancos.

15. El vapor es una alusión al marques de Malaspina.

16. Valle del río Magra donde fue vencida la última resistencia de los güelfos blancos y los gibelinos atacados por los del partido Negro de Florencia. Finalmente los derrotaron en Pistoya, adonde se habían trasladado.

envuelto entre negras nubes,[17] y combatido con tormenta impetuosa y tenaz en Campo Piceno,[18] de repente disipará la niebla, y caerá todo blanco herido. Y esto lo digo por el dolor que ha de ocasionarte."

17. Representan al partido Negro.

18. Con ésta, los güelfos blancos, a los que Dante pertenecía, perdieron toda esperanza de volver a Florencia. Según unos comentaristas, se refiere a la batalla de Serravalle (1302) y según otros, a la derrota de Pistoya (1306).

Canto vigesimoquinto

Prosigue el asunto del último canto, y mientras continúa el Poeta reconociendo el séptimo foso, ve al centauro Caco, que cubierto enteramente de serpientes, corre detrás del blasfemo Vanni Fucci, abrasando todo cuanto se le pone delante. Al pasar reconoce a algunos ilustres florentinos que fueron dilapidadores del tesoro público, y describe las portentosas transformaciones de dos de ellos.

Acabado que hubo el ladrón de decir estas palabras, levantó las manos, y haciendo con cada cual de ellas una higa,[1] gritó: "¡Tómalas, Dios, que a ti te las dedico!"

De entonces acá soy amigo de las serpientes, porque una de ellas se enroscó a su cuello, como diciendo: "No has de proferir más blasfemias"; y otra a los brazos, agarrotándole y apretando sus nudos de manera que no le dejaba hacer movimiento alguno.

¡Ah Pistoya, Pistoya! ¿Por qué no resuelves convertirte en cenizas y fenecer para siempre, ya que en maldades excedes tanto a tus predecesores? En ninguno de los ámbitos del sombrío Infierno vi espíritu tan soberbio contra Dios, incluso el que en Tebas cayó precipitado de los muros.[2]

Huyó por fin, sin pronunciar una palabra más; y vi un centauro lleno de rabia, que venía gritando: "¿Dónde está, dónde está ese perverso?" No creo que en Maremma[3] se hallen tantas

---

1. Gesto de desprecio.
2. Capáneo, por desafiar el poder de Júpiter.
3. Región de Toscana cubierta de pantanos y rica en serpientes.

serpientes, como las que llevaba él desde las ancas hasta la boca. En su espalda y sobre la nuca iba posado un dragón, que abrasaba cuanto se oponía a su paso. Y mi Maestro dijo: —Ése es Caco,[4] que bajo las rocas del monte Aventino derramó no una vez sola lagos de sangre: y no está en compañía de los demás centauros, por el hurto fraudulento[5] que cometió en el gran rebaño que tuvo cerca de sus guaridas. Pero a todos sus inicuos hechos puso fin Hércules con su maza, que furioso descargó sobre él cien golpes, aunque a los diez yacía sin sentido.

Mientras Virgilio hablaba de este modo, el blasfemo había desaparecido, y se presentaron tres espíritus sobre el puente, sin que ni yo ni mi Guía fijásemos la atención en ellos, hasta que gritaron: "¿Quién sois vosotros?" Quedó, pues, interrumpida nuestra narración, y sólo aplicamos el oído a aquellas palabras. Yo no los conocía; pero aconteció, como suele suceder por casualidad, que uno de ellos tuvo precisión de nombrar a otro, preguntando: "¿Qué ha sido de Cianfa?"[6] Por lo que, para que mi Maestro atendiese, me puse yo el dedo índice sobre la boca.

Si tú, lector, andas remiso ahora en creer lo que voy a decir, nada tendrá de extraño, porque yo que lo vi, apenas sí le doy crédito. Fija tenía yo en ellos la vista, cuando una serpiente con seis pies se arrojo sobre uno y se enroscó enteramente en él. Con los pies de en medio le sujetó el vientre, y con los de delante le apretó los brazos, clavándole los dientes en las dos mejillas. Ciñóle los muslos con los traseros, y metiendo entre ellos la cola, la subió ajustándosela por encima de los riñones. Jamás

4. Famoso ladrón, representado ya por Virgilio como un centauro.

5. Pretendió robar el ganado a Hércules y para disimularlo lo arrastraba por la cola, hasta que fue descubierto y muerto por aquél.

6. Cianfa pertenecía a la familia güelfa de los Donati. Poco se sabe de él, aunque parece haber sido famoso ladrón.

hiedra se pegó tan estrechamente a un árbol, como la horrible fiera unió sus miembros a los del otro.[7] Trabáronse entre sí cual si hubiesen sido de cera derretida, y mezclaron sus colores de suerte, que ni uno ni otro parecían ya lo que habían sido: a la manera que sube por el papel, antes que la llama, un color pardusco, que todavía no es negro, y desaparece el blanco.

Miraban los otros dos,[8] y exclamaban: "¡Ay, Aniel, cómo te vas mudando! ¡No se te ve ya ni como uno ni como dos!" Y en efecto, las dos cabezas se habían convertido en una, y aparecieron dos cuerpos con sólo un rostro en que se habían confundido entrambos. De los cuatro extremos resultaron dos brazos; los muslos y las piernas, el vientre y el pecho se trocaron en miembros nunca vistos; todo su primitivo aspecto era ya otro; la imagen confusa representaba dos seres sin ser ninguno, y se iba alejando con lentos pasos.

Como el lagarto, que en la mayor fuerza de la estación canicular, pasa como un relámpago, si atraviesa el camino para trasladarse a otros zarzales, así, flechada contra el vientre de los otros dos, llegó una serpiente[9] encendida en ira, lívida y negra, semejante a un grano de pimienta; y traspasó a uno de ellos[10] por aquella parte por donde recibimos nuestro primer alimento, cayendo después tendida delante de él. Miróla éste, pero nada dijo, sino que bostezaba inmóvil, cual si estuviese acometido del

7. El otro es Aniel (Agnello Brunelleschi). De familia primero gibelina, se pasó a los güelfos negros. Se dice que utilizó diversos disfraces para robar y aquí Dante lo presenta en extraordinarias transformaciones. La serpiente es Cianfa.

8. Buoso degli Abati y Puccio dei Galigni, llamado en el poema Sciancato.

9. Francesco Cavalcanti.

10. A Buoso.

sueño o de la fiebre; y él contemplaba a la serpiente, y la serpiente a él, y despedían humo, el uno por la herida y la otra por la boca y el humo de ambas partes se confundía.

Que enmudezca Lucano cuando trata del desgraciado Sabello y de Nasidio,[11] y esté atento a lo que se refiere aquí; que no hable tampoco Ovidio de Cadmo ni de Aretusa, pues si en su poema[12] convirtió a aquél en serpiente y en fuente a ésta, no tengo por qué envidiarle; que él no trasmutó dos naturalezas una en presencia de otra, de modo que sus formas estuviesen dispuestas a recibir el cambio de su materia.

Una y otra correspondieron a la vez al siguiente orden: la cola de la serpiente se hendió en dos partes, y el de la herida unió estrechamente sus plantas, juntándose entre sí las piernas y los muslos de modo, que no se descubría señal alguna por donde la juntura se conociese. La cola hendida tomaba en el uno la forma que se perdía en el otro, y la piel de éste iba ablandándose mientras la de aquél se endurecía. Yo vi encogerse los brazos por su raíz, y los dos pies de la fiera, que eran cortos, alargarse tanto, cuanto aquéllos se reducían. Ligados luego uno con otro los pies de atrás, resultó el miembro que el hombre oculta, al paso que el del infeliz se dividía en dos; y mientras el humo prestaba a entrambos un color nuevo, y nacía pelo en la piel de uno, cayéndosele a la del otro, levantóse erguido el primero, y el segundo vino a tierra, permaneciendo, no obstante, inalterables los malignos ojos bajo cuya influencia cada cual mudaba de rostro. El que se alzaba en pie, lo contrajo hasta las

11. Sabello y Nisidio, dos soldados del ejército de Catón que tuvieron horribles muertes por picaduras de serpientes, según Lucano en su *Farsalia* (IX, 761, y sigs.).

12. *Metamorfosis*, IV, 563-603 y vv. 572-661.

sienes, y de la materia que resultaba sobrante, salieron las orejas a un lado de las mejillas; al paso que de lo que no se empleó en esto y quedó en medio de la cara, se formó la nariz, y se rellenaron los labios en la disposición que convenía. Mas el que yacía en tierra prolongó la faz hacia adelante y escondió las orejas dentro de la cabeza, como el caracol esconde los cuernos; y la lengua que antes tenía[13] unida y suelta para hablar, se divide en dos, y la del otro[14] que la tenía dividida, se junta en una; y el humo se desvanece. Por fin, el alma del que se había trocado en serpiente desapareció silbando por el valle, y el convertido en hombre iba detrás escupiendo mientras hablaba; y volviéndole la recién formada espalda, dijo al otro: "Quiero que Buoso corra arrastrando por este sendero, como yo he hecho."

Así vi trocarse y trastrocarse a la maldita raza de aquella séptima sentina; y sírvame de excusa la novedad de maravillas tantas, si hasta cierto punto mi pluma ha podido extraviarse.

Y aunque mi vista estuviese algo confusa y mi amigo perturbado, no les fue dado a aquellos réprobos huir tan secretamente, que no distinguiese bien a Puccio Sciancato, el único de los tres venidos primero que no había experimentado mudanza alguna. El otro era aquel por quien tú, Gavilla,[15] estás todavía llorando.

13. Buoso.

14. Cavalcanti.

15. Población del Valle del Arno superior donde fue muerto Francesco dei Cavalcanti y en cuya venganza fueron castigados muchos habitantes.

Canto vigesimosexto

Por los mismos picos salientes que les habían servido para bajar, suben otra vez los Poetas a lo alto de la roca, y siguiendo adelante, llegan al octavo foso. Ven allí resplandecer innumerables llamas, separadas unas de otras, y en medio de cada una padece el alma de un condenado: suplicio a que lo están los que hicieron incurrir a otros en arterias y fraudes con sus consejos. Advirtiendo que una de aquellas llamas tiene dos puntas, y al saber que dentro de ellas existen Diomedes y Ulises, para complacer a su discípulo dirige Virgilio la palabra al segundo, y oye de él la historia de su desgraciada navegación.

R egocíjate, Florencia, pues tu grandeza es tal, que vuela tu fama por mar y tierra, y hasta se dilata tu nombre por los ámbitos del Infierno. Cinco de tus principales ciudadanos[1] hallé entre los ladrones, cosa de que me avergoncé, y que para ti no redunda en grande alabanza. Pero si al alborear la mañana es verdad lo que se sueña,[2] sentirás de aquí a poco tiempo los males que Prato,[3] además de otros pueblos, te desean. Y si sucediesen ya, no sería por cierto demasiado presto. Y ¡ojalá viniesen ahora, pues que inevitablemente han de sobrevenir! Porque me serán más penosos cuanto más vaya envejeciendo.

1. Citado en el canto anterior.
2. Era opinión difundida que los sueños del amanecer anunciaban hechos verdaderos y Dante lo toma aquí como término seguro de la comparación.
3. Para unos comentaristas el Poeta se refiere al odio de la pequeña y vecina ciudad de Prato. Para otros, se trataría del cardenal Prato, enviado pontificio, que al retirarse de Florencia la maldijo.

Partimos, pues, trepando mi Maestro por los mismos escalones que nos habían ofrecido las piedras al bajar, y llevándome consigo; y continuamos por la solitaria senda, entre los guijarros y pedruscos de la roca, teniendo que recurrir los pies al auxilio de las manos.

Acongojábame entonces, y me acongoja todavía, considerar en mi mente lo que había visto, y reprimo mi ingenio más de lo que suelo para que no se precipite sin la ayuda de la virtud, de suerte que cuando mi benigna estrella o poder más alto me otorguen su favor, no sea yo quien me prive de él.

No ve tantas luciérnagas en el valle, cerca del cual vendimia o traza sus surcos, el campesino que descansa en un ribazo cuando el sol esconde menos su faz,[4] y en la hora en que las moscas son reemplazadas por los mosquitos,[5] como llamas resplandecían en todo el foso octavo, según pude distinguir luego que estuve en el sitio desde donde se descubría su fondo. Y como el que tuvo a los osos por vengadores vio partir el carro de Elías[6] y remontarse impetuosamente al cielo los caballos, y no podía seguirlos con la vista, ni distinguía más que resplandor vago como de una nubecilla, tal percibí yo el movimiento de las llamas en lo interior del foso, pues en ninguna se traslucía lo que ocultaba, y cada cual llevaba en su seno, el alma de un pecador.

Estaba yo en el puente de pie, pero tan inclinado para ver mejor que, a no haber tenido a mano un peñasco en que apoyarme,

4. En verano.

5. Las primeras del anochecer.

6. Eliseo maldijo a unos niños que se habían burlado de él. No había terminado de maldecir cuando dos osos, atacándolos, dieron cuenta de los chiquillos. El mismo Eliseo presenció el tránsito de esta vida del profeta Elías, su maestro, llevado al cielo en un carro de fuego.

hubiera caído al foso sin más impulso. A esta curiosidad satisfizo mi Director, diciendo: —Dentro de esas llamas están las almas, cada una envuelta en aquella en que arde.

—Maestro mío, respondí, al oírte me confirmo en mi opinión, pero ya había yo presumido que así fuese, tanto que iba a preguntarte: ¿Quién está en ese fuego que viene hacia nosotros, dividido en dos puntas por arriba, como si saliese de la pira en que fue puesto Eteocles con su hermano?[7]

Y me respondió: —Ahí dentro gimen atormentados Ulises. y Diomedes,[8] compañeros hoy en el castigo como lo fueron antes en la ira. Dentro de esta llama expían el engaño del caballo que sirvió de puerta por donde salió el gentil progenitor de los romanos;[9] dentro de ella se lamenta la perfidia de cuyas resultas Deidamia, aunque muerta, se queja todavía de Aquiles, y se sufre la pena del robo del Paladion.[10]

—Maestro, le dije, si les es dado hablar dentro de tan centelleante fuego, te pido encarecidamente, y te volveré a pedir una y mil veces, que no me niegues el deseo que tengo de aguardar hasta que llegue aquí la doble llama; deseo que me ha llevado a asomarme como has visto. Y él me respondió: —Digno es tu ruego de alabanza, y por esto consiento en él; pero absténgase tu lengua: déjame hablar a mí, que he comprendido lo que

7. Según un antiguo mito tebano, Polinice y Eteocles, hermanos y pretendientes al trono, se dieron ambos muerte en combate singular y puestos luego en la misma pira, ardían con llamas distintas como señal del odio que aún los separaba.

8. Jefes griegos.

9. Eneas.

10. El Paladion era una estatua de Palas Atenea, celosamente custodiada, porque se creía que el reino permanecería incólume con su presencia. Ulises y Diomedes la robaron después de haber dado muerte a la guardia.

quieres, pues ellos quizá recibirían desdeñosamente tus palabras, porque fueron griegos.[11]

Llegado que hubo la llama adonde estábamos, y cuando a mi Maestro le parecieron oportunos lugar y tiempo, oí que les hablaba de este modo: —¡Oh vosotros, que estáis dos dentro de un mismo fuego! Si algo merecí de vosotros mientras viví, si os merecí poco o mucho favor cuando escribí en el mundo mis sublimes versos, no os mováis, pero que uno de los dos diga dónde, después de haberse perdido, fue a morir.[12]

Entonces comenzó a agitarse murmurando la extremidad mayor de la antigua llama, como la que oscila fatigada por el viento, y moviéndose a uno y otro lado, cual la lengua del que va a hablar, exhaló una voz, y dijo: "Cuando me separé de Circe,[13] que me tuvo oculto más de un año junto a Gaeta, antes de que Eneas diese tal nombre a ésta,[14] ni la ternura de mi hijo, ni la piedad de mi anciano padre, ni el debido amor que tanto había de regocijar a Penélope fueron bastantes a vencer la irresistible afición que tuve a adquirir experiencia del mundo, y de los vicios y las virtudes de los hombres. Lancéme al alto y anchuroso mar[15] con un solo bajel y los pocos compañeros que nunca me abandonaron. Vi una y otra costa[16] hasta la España, hasta Marruecos, y la isla de los Sardos, y las demás que baña en torno

11. El sentido no es muy claro. Hay diversas interpretaciones. Posiblemente un alto sentido de la dignidad impidiera a estos personajes contestar a un desconocido. Virgilio, en cambio, los había celebrado en la *Eneida* y debía serles grato.
12. Pregunta dirigida a Ulises.
13. Famosa hechicera.
14. Gaeta: el lugar donde se sepultó a la nodriza de Eneas.
15. El Mediterráneo.
16. La europea y la africana.

aquel mismo mar. Éramos viejos e inhábiles yo y mis compañeros cuando llegamos a la estrecha embocadura donde Hércules fijó sus límites para que hombre alguno no pasase más allá,[17] y dejé a mi mano derecha a Sevilla, como a la opuesta había ya dejado a Ceuta.

"¡Oh hermanos míos, les dije, que por entre cien mil peligros habéis llegado al Occidente! No neguéis a este breve goce que os queda de vuestros sentidos[18] el intento de encaminaros hacia el Sol,[19] al mundo deshabitado. Considerad cuál es vuestro origen, que no habéis sido hechos para vivir como los brutos, sino para adquirir virtud y ciencia."

Con esta breve arenga engendré en mis compañeros tal ansia de caminar, que a duras penas hubiera podido luego detenerlos; y vueltas al Levante nuestras popas, hicimos alas de los remos, siguiendo el insensato rumbo y torciendo siempre al costado izquierdo. Por la noche veía ya todas las estrellas del opuesto polo,[20] y el nuestro[21] tan sumamente bajo, que no sobresalía de la superficie de las aguas.[22] Cinco veces se había iluminado y otras tantas perdido su luz el inferior disco de la luna,[23] desde que habíamos entrado en el alto mar,[24] cuando se nos apareció una montaña, a la que la distancia daba un color obscuro, la cual me pareció tan encumbrada, que no he visto

17. El estrecho de Gibraltar
18. El poco tiempo de vida que os queda. La vida es vigilia. La muerte, sueño.
19. Hacia Occidente.
20. El Sur.
21. El Norte.
22. Da a entender que habían cruzado el ecuador hacia el Sur.
23. Habían corrido cinco meses.
24. El Océano.

tanto ninguna otra.[25] Fue grande nuestro alborozo, mas presto se trocó en llanto, porque de la nueva tierra salió un torbellino que cayendo sobre la parte delantera de nuestro bajel, tres vueltas le hizo dar con las ondas arremolinadas, y a la cuarta levantó en alto la popa, y hundió la proa, como plugo a alguien,[26] hasta que volvió el mar a cerrarse sobre nosotros.

25. Posiblemente la montaña del Purgatorio. Este arcano episodio inspiró a Tennyson el poema *Ulysses*.

26. A Dios.

Canto vigesimoséptimo

Al acabar Ulises su narración, sale otra voz de una de las llamas, y ruega a Virgilio que se detenga un poco más para darle noticias de Romaña. Se encarga Dante de responderle, y después de satisfacer su curiosidad, quiere saber su nombre. Es el conde Guido de Montefeltro, que refiere cómo está condenado por un insidioso y pérfido consejo que, requerido por él, dio a Bonifacio VIII.

Quedó con esto recta e inmóvil la llama, por no tener más que decir, y ya iba alejándose de nosotros a la indicación que le dirigió el dulce Poeta,[1] cuando otra que detrás de ella se levantaba, nos hizo fijar la vista en su parte culminante, por el confuso rumor en que prorrumpía. A la manera que el toro de Sicilia[2] (cuyos primeros mugidos fueron, como era justo que fuesen, los lamentos del que con sus manos le había labrado) bramaba con la voz del que en su interior gemía, de manera que, sin embargo de ser de bronce, parecía traspasado de dolor; así, por no tener al pronto el lastimoso acento medio ni espacio por donde exhalarse en medio del fuego, se convertía en un leve zumbido; mas apenas halló fácil salida por la punta de la llama, comunicándole la vibración que le había dado la lengua al emitirlo, oímos estas palabras:

1. Virgilio.
2. Toro de bronce construido por el ateniense Perilo y regalado al tirano de Siracusa Falaris (565-549 a. C.).
   Dentro de dicho toro cabía un condenado. Al ser puesto al fuego, los gritos del sacrificado semejaban mugidos. El tirano ensayó el infernal aparato comenzando por su propio inventor.

"¡Oh tú, a quien dirijo mi voz, que hablas en lombardo, diciendo: ¡Vete ya, que no te detengo más!,[3] porque yo me haya quizá retrasado algo, no te niegues a seguir hablando conmigo; ya ves que me complazco en ello, aunque estoy ardiendo. Si has caído de poco acá en esta sombría región, desde aquella amada tierra del Lacio, de donde proceden mis culpas todas, dime si los habitantes de Romaña se hallan en paz o en guerra, porque yo soy natural de los montes que median entre Urbino y la cumbre que da nacimiento al Tíber."[4]

Estaba yo atendiéndole e inclinado para oírle, cuando me dio con el codo mi Guía, diciendo: —Habla tú, que ése es latino.[5]

Y yo, que estaba ya dispuesto a responderle, empecé a decir sin más tardanza: —¡Oh alma que te encubres bajo esa llama! Tu Romaña no está, ni ha estado nunca, sin guerra en el corazón de sus tiranos; pero yo no he dejado ahora ninguna declarada abiertamente. Rávena se halla como se hallaba hace muchos años: sobre ella anida el águila de Polenta,[6] que cubre también a Cervia con sus alas.[7] La tierra[8] que dio tan alta prueba de su esfuerzo, haciendo sangriento montón de los cuerpos de los franceses,[9] se halla bajo las garras del verde león;[10] y el viejo

3. Son las palabras de Virgilio para despedir a Ulises.

4. Montefeltro.

5. Italiano.

6. Los Polenta, señores de Rávena, tenían por armas un águila bermeja en campo amarillo.

7. Cervia, ciudad al sur de Rávena, pertenecía también al señorío de los Polenta.

8. Forlí.

9. El 1 de mayo de 1282, el conde Guido de Montefeltro infligió una derrota al ejército pontificio, compuesto en gran parte por franceses. Muchos de éstos murieron en la acción.

10. Un león verde, la mitad superior en campo de oro y la inferior con

y joven alano de Verruchio,[11] que tan cruelmente se ensañaron con Montagna,[12] hacen presa con los dientes en sus dominios.[13] El leoncillo del blanco escudo,[14] que del estío al invierno muda de madriguera,[15] gobierna la ciudad de Lamone[16] y del Santerno,[17] y la que ve bañados sus muros por el Savio,[18] del mismo modo que está situada entre llanura y monte, vive entre la tiranía y el estado libre. Y ahora te suplico que refiriéndome quién eres, no seas conmigo más desdeñoso que lo han sido otros: así en el mundo se preserve tu nombre del olvido.

Murmurado que hubo un tanto la llama a su manera, movióse la aguda punta a uno y otro lado, y por fin se expresó en los siguientes términos:

"Si creyese que voy a responder a persona que alguna vez regresase al mundo, permanecería esta llama sin moverse; mas porque tengo por cierto que de esta honda caverna nadie ha salido vivo, te replicaré sin temor de divulgar mi infamia. Yo[19] fui hombre de armas, y después fraile franciscano, en la persuasión de que con aquel hábito enmendaría mis yerros, y ciertamente se hubieran mis propósitos realizado, a no ser por el

---

tres fajas verdes y tres de oro, era el escudo de los Ordelatti, señores de Forlí.

11. Malatesta da Verucchio y su hijo Malatestino, señores de Rímini.

12. Montagna, señor de Rímini hasta que se apoderaron de ella los Malatesta, quienes le dieron una muerte cruel.

13. Rímini.

14. Las armas de Maghionardo Pagani de Susinana.

15. Pues en Romaña era gibelino y en Toscana seguí a los güelfos.

16. La ciudad bañada por el río Lamone es Faenza.

17. La del Santerno, Insola.

18. Casena no había perdido del todo la libertad.

19. Guido de Montefeltro. Entró en la orden de San Francisco en 1296.

gran Sacerdote[20] (¡mal haya de él!) que me hizo recaer en mis pasadas culpas: cómo y con qué vas a oírlo. Mientras revestí la forma de carne y huesos que me dio mi madre, no fueron de león mis obras, sino de zorra. Apuré toda especie de arterías y de marañas, y tan diestro fui en las malas artes, que se dilató mi fama a los confines de la tierra. Y cuando llegué a aquel punto de la edad en que todos debiéramos recoger velas y arrimar los cables, cobré hastío a cuanto había hecho antes mi deleite, y arrepentido me confesé de todo, y, ¡triste de mí!, me hubiera entonces salvado. Mas el príncipe de los nuevos fariseos,[21] que movía guerra a los de Letrán,[22] y no a los sarracenos ni a los judíos, pues todos sus enemigos eran cristianos, que ninguno había ayudado a vencer en Acre ni traficado en las tierras del Soldán, no respetó en sí su dignidad suprema y sagradas órdenes, ni en mí el cordón que solía poner demacrados a los que le ceñían;[23] y como Constantino rogó a Silvestre, que se ocultaba en el monte Sorate,[24] le curase de la lepra, así me escogió a mí por consejero para saciar su delirante odio.[25] Pidióme parecer: yo guardé silencio, porque oí sus palabras como las de un ebrio; y después me dijo: "No abrigues temor en tu corazón; de antemano te absuelvo; pero indícame cómo he de hacer para echar por tierra a Penestrino.[26] Puedo, como sabes, abrir y cerrar el

20. Bonifacio VIII.

21. El papa. Llama nuevos fariseos a los prelados de la curia.

22. La familia Colonna.

23. Por la austeridad de la orden franciscana.

24. Según una leyenda difundida en la Edad Media, el emperador Constantino tuvo un sueño y mandó llamar al papa San Silvestre, quien lo bautizó y sanó. Debido a las persecuciones, el papa Silvestre se refugió en una gruta del monte Sorate (Siratti).

25. Hacia los Colonna.

26. El castillo de Palestrina, posesión de los Colonna.

cielo; por lo que dos son las llaves que no tuvo en estima mi antecesor."[27] Venciéronme argumentos de tal autoridad, y pareciéndome que seguir callando era el peor recurso, dije: "Padre, pues que me absuelves del pecado en que voy a caer, el hacer muchas promesas y cumplir pocas bastará para que triunfes en tu alto asiento." Después, a la hora de mi muerte, vino por mí Francisco;[28] pero uno de los querubines negros[29] le gritó: "No le lleves tú; no me prives de él; debe ir a los abismos con mis esclavos, porque dio un consejo pérfido, y desde entonces le tengo asido de los cabellos; porque no es posible absolver al que no se arrepiente, ni puede uno arrepentirse y querer a un tiempo, dado que la contradicción se opone a ello." ¡Triste de mí! ¡Qué pavor me dio cuando al cogerme me dijo: "No pensabas que fuese yo tan lógico"![30] Llevóme al tribunal de Minos, quien enroscando ocho veces la cola[31] a su duro cuerpo, y mordiéndosela con gran rabia, exclamó: "Éste es de los condenados al fuego que oculta a los que en él arden. Y aquí donde me ves estoy padeciendo, y vestido de esta suerte doy pábulo a mis dolores".

Cuando con estas palabras acabó su razonamiento, se alejó la doliente llama torciendo y agitando su aguda punta; y yo y mi Guía pasamos adelante por encima de la roca, hasta el otro arco que cubre el foso, donde se castiga a los que cargan su conciencia fomentando en los ánimos la discordia.

27. Celestino V.
28. San Francisco.
29. Uno de los demonios.
30. Que razonase con tanta lógica.
31. El número de vueltas indicaba el círculo correspondiente.

Canto vigesimoctavo

En él se describe el horrible espectáculo que ofrece el noveno foso; donde se da tormento a los que sembraron discordias civiles y divisiones religiosas en la familia humana. Vense atrozmente mutilados y descuartizados; y mientras tratan de unir sus miembros para completarse vuelve un demonio a despedazarlos con incesantes golpes. Allí aparecen Mahoma, Pedro de Medicina, Curión y Beltrán del Born, que se presenta llevando su propia cabeza en la mano.

¿Quién podría jamás, ni con palabras no rimadas, ni repitiéndolo una y otra vez, referir cumplidamente la sangre y las heridas que ahora se ofrecieron a mi vista? En verdad que toda lengua sería inferior a semejante empeño, por falta de expresiones y de memoria, que no son capaces de abarcar tanto. Y aun cuando se juntase toda la muchedumbre que en la combatida tierra de la Pulla[1] se lamentó de la sangre vertida por los romanos,[2] y en la obstinada guerra[3] que tantos anillos tuvo por despojos,[4] como refiere Livio, digno de todo crédito; y la que por resistir a Roberto Guiscardo experimentó los dolores de

1. La Italia continental del Mediodía se indicaba con el nombre de Puglia.
2. V. 10: *...per li Romani e per la lunga guerra.* Para Dante los romanos y los troyanos venidos con Eneas a Italia eran un solo pueblo. Aquí se refiere a las guerras que mantuvieron con los samnitas y contra Pirro.
3. Entre Roma y Cartago.
4. Durante la segunda guerra púnica, en la batalla de Cannas fueron tantos los caballeros romanos caídos, que con el oro de sus anillos reunidos Aníbal envió al Senado más de tres modios, según cuenta Tito Livio.

acerbas heridas[5] y aquella cuyas osamentas se descubren aún en Ceperano,[6] donde todos los pulleses faltaron a su juramento, y la de Tagliacozzo,[7] donde venció sin necesidad de armas el viejo Alardo;[8] y aunque de todos ellos cada cual mostrase sus miembros heridos o mutilados, nada podría igualar al horrible espectáculo del noveno foso. No se ve tan vacío un tonel que ha perdido las tablas de su fondo, como vi a uno de los condenados abierto todo desde la barba a la rabadilla. Colgábanle los intestinos entre las piernas, y llevaba el corazón descubierto y la asquerosa parte del vientre[9] que convierte en excremento lo que se come.

Mientras que fijamente estaba contemplándole, miróme, y abriéndose el pecho con las manos, dijo: "Ve cómo me desgarro; ve a Mahoma[10] cuán despedazado está. Delante va Alí[11] lamentándose, y hendido el rostro desde la barba al cráneo. Todos los demás que están aquí fueron en vida promovedores de discordias y cismas, y por eso se ven descuartizados de esta suerte. Detrás viene un diablo que nos destroza sin piedad, sometiendo a los golpes de su espada a toda esta multitud, cuando damos al

5. Roberto Guiscardo, hermano de Ricardo, echó a los sarracenos de la Italia Meridional, convirtiéndose en señor de esas tierras.

6. Se refiere a las protestas de fidelidad que los pulleses hicieron al rey Manfredo. Según parece, los campesinos hallan restos humanos de la batalla habida en Ceperano entre Manfredo y Carlos de Anjou.

7. Castillo cerca del cual se dio la batalla entre Coradino, sobrino de Manfredo, y Carlos de Anjou, ya rey de Sicilia.

8. Caballero francés que con sus consejos logró el triunfo de Carlos de Anjou en Tagliacozzo.

9. En el original se lee 'l tristo sacco.

10. Fundador del islamismo (560-633). Dante sigue una leyenda de su tiempo según la cual Mahoma habría sido católico y luego, disgustado por no haber sido elegido papa, fundó una nueva religión.

11. Yerno de Mahoma (597-660). Uno de sus primeros secuaces y después jefe de una secta de heréticos mahometanos.

penoso circuito vuelta,[12] porque se nos cierran las heridas antes de que volvamos a ponernos delante de él. Pero tú ¿quién eres, que estás embebecido delante del puente, quizá para diferir el momento de empezar a sufrir la pena a que se te ha destinado en vista de tus culpas?".

—Ni la muerte le ha alcanzado aún, respondió mi Maestro, ni culpa alguna le trae a ser aquí atormentado; sino qué para proporcionarle cabal experiencia en todo, se me ha encargado a mí, que estoy muerto, de conducirle por los varios círculos infernales, y esto es tan verdad, como que yo te estoy hablando.

Al oír esto, más de cien almas se pararon en el foso a contemplarme, tan en extremo asombradas, que se olvidaron de su martirio.

"Pues tú, que por ventura en breve has de ver el Sol, di al hermano Dolcino[13] que si no quiere venir dentro de poco a acompañarme, se provea de vituallas, para que la abundancia de nieve no dé a los novareses la victoria, que de otro modo difícilmente conseguirían."

Estas palabras me dijo Mahoma, levantando un pie para alejarse, y después lo fijó en tierra para seguir andando.

Otro, con la garganta sajada, la nariz, rota hasta las cejas, y que sólo tenía una oreja, estando mirándome asombrado como sus compañeros, y abriendo antes que ninguno su hueco cuello, que exteriormente mostraba todo ensangrentado, dijo:

"Tú, que no estás condenado por culpa alguna, y a quien vi en

12. Las almas dan vueltas por el foso y al cumplir cada una de éstas, un diablo se encarga de dividirlas con una espada.

13. Dolcino Tornielli de Novara, jefe de una secta que predicaba la comunidad de todos los bienes, incluso las mujeres. Sitiado en uno de los ásperos montes de la Valsesia, debió rendirse en 1306. El Poeta anticipa esa rendición. Al ser llevado a la hoguera se condujo con notable entereza.

el mundo, en el país latino, como un exceso de semejanza no me engañe: acuérdate de Pedro de Medicina,[14] si alguna vez vuelves a ver los dulces llanos que desde Vercelli van declinando hasta Marcabó,[15] y haz entender a los dos mejores ciudadanos de Fano,[16] a messer Guido como a Angiolello,[17] que si la previsión no es aquí vana, serán sacados de su bajel, y arrojados al mar cerca de la Católica, por la traición de un vil tirano.[18] Desde la isla de Chipre a la de Mayórica,[19] jamás vio Neptuno cometerse tan gran maldad, ni por los piratas, ni por la gente de Grecia.[20] Aquel traidor, que ve sólo por un Ojo,[21] y domina la tierra, que alguno de los que están aquí conmigo[22] no hubiera querido conocer, les hará ir a tratar con él, y los tratará de modo, que no tenga que dirigir votos ni ruegos para librarse del viento de Focara."[23]

14. Fue de la familia de los señores de Medicina, región situada entre Bolonia y Romaña. Según los comentadores, este Pedro fomentó las discordias y maledicencias.

15. Vercelli y Marcabó son los límites de la llanura lombarda.

16. Ciudad sobre el Adriático.

17. Guido del Cassero y Angiolello da Carignano eran distinguidos ciudadanos de Fano.

18. Malatestino Malatesta, recordado en el canto precedente (XXVII), invitó a Guido y a Angiolello para conferenciar sobre asuntos de importancia. Pero el tirano los hizo arrojar al mar cerca de Cattolica, pequeña ciudad entre Rímini y Péssaro, sobre el Adriático. Aquí el Poeta se vale de la profecía, pues el hecho es posterior al 1300.

19. Desde Chipre hasta Mallorca, es decir en toda la extensión del Mediterráneo.

20. V. 84: *non da Pirati, non da gente Argolica.* Se tuvo a los griegos por temidos corsarios del Mediterráneo.

21. Malatestino Malatesta, pues era tuerto.

22. Curión.

23. En torno al monte de Focara, cercano a la Cattolica, se levantaban vientos y borrascas tan temidos por los marineros que éstos se encomendaban a Dios con votos y plegarias.

Y yo le dije: —Si deseas que lleve noticias de ti al mundo, dime y enséñame quién es ese que conserva recuerdo tan amargo.

Entonces él asió por las quijadas a un compañero suyo, y le abrió la boca, exclamando: "Éste es, pero no habla.[24] Éste, hallándose desterrado, venció las dudas de César, afirmando que al prevenido, la demora le es siempre perjudicial."[25]

¡Oh! ¡Cuán consternado me parecía, con la lengua cortada en la garganta, aquel Curión que pronunció palabras tan atrevidas!

Y uno que tenía cortadas entrambas manos, alzando los muñones al aire ennegrecido, de suerte que le dejaban el rostro empapado en sangre, gritó: "Recordarás el nombre de Mosca[26] ¡triste de mí! que dije: *Lo hecho bien hecho está*,[27] germen de cuantos males cayeron sobre los toscanos."[28] Y ya añadí: —Y muerte de tu raza—.[29] Con lo que acumulando un dolor sobre otro, se alejó como un hombre enajenado por el pesar.

24. Tenía la lengua cortada.

25. Curión, tribuno de la plebe en Roma y partidario de César, exhortó a éste a cruzar el Rubicón, dando comienzo así a la guerra civil, con las siguientes palabras: *Tolle moras; semper nocuit diferre paratis.* ("No pierdas el tiempo. Al que está preparado le es peligroso demorarse".) Lucano, en su *Farsalia*, I, 288, atribuye a Curión la decisión de César.

Sabemos que cuando Curión llegó al campamento de César, éste ya había traspuesto el Rubicón, pero Dante sigue a Lucano.

26. Mosca de Lamberti, con ayuda de otros compañeros, asesinó a Buondelmonte dei Buondelmonti para vengar la afrenta hecha a los Amidei, pues Buondelmonti había prometido casar con una joven de esta familia, pero dio la mano a otra de la de los Donati. El hecho ocurrió en 1215.

27. V. 107: ...*Capo ha cosa fatta.*

28. Comienzo de infinitos males y discordias en Florencia y Toscana.

29. De resultas de las contiendas y disturbios desapareció toda la familia Mosca.

Quedéme contemplando aquella muchedumbre, y vi una cosa que no me atrevería a referir sin otras pruebas, a no ser porque me tranquiliza mi conciencia, fiel compañera que inspira valor al hombre cuando se escuda con un sentimiento puro. Vi, digo, y aún parece que se me representa, un cuerpo sin cabeza, que iba andando como andaban los demás de la insana turba. Cogida la truncada cabeza por los cabellos, llevábala suspendida de la mano, a manera de linterna, y nos miraba y decía: "¡Ay de mí!" Servíase de ella como de antorcha para sí mismo; eran dos en uno, uno en dos: cómo podría ser, sábelo sólo el que lo dispuso.

Cuando estuvo enfrente de nosotros y al pie del puente, levantó el brazo en alto con la cabeza, para acercarnos más sus palabras, que fueron éstas: "Mira mi tremenda pena, tú, que respiras vivo y vienes a ver a los que murieron; mira si hay otra más grande que ésta. Y para que lleves nuevas de mí, sabe que soy Beltrán del Born,[30] el que dio tan perversos consejos al rey Joven. Yo enemisté entre sí al padre y al hijo: no sugirió Aquitofel más malvadas instigaciones en Absalón contra David;[31] y porque separé a personas tan allegadas, separado, ¡ay mísero!, llevo yo también mi cerebro de su principio[32] que existe en este truncado cuerpo: y así se cumple en mí la pena que impuse a otros."

30. Nacido antes de 1140 en el castillo de Hautefort en Perignena. Excelente trovador y poeta provenzal.

Incitó al primogénito de Enrique II de Inglaterra, llamado el rey Joven, a rebelarse contra su padre.

31. Aquitofel, consejero de David, incitó al hijo de éste, Absalón, a rebelarse contra su padre y matarlo.

32. Del corazón, que tanto Dante como Aristóteles lo consideran el principio de la vida.

Canto vigesimonono

En el décimo foso, al cual se acercan los Poetas, tienen su merecido castigo los falsificadores. Figuran en este canto los que falsificaron los metales por medio de la alquimia, que yacen tendidos en tierra devorados por pestilentes y repugnantes enfermedades. Habla Dante con Grijfolino de Arezzo, y reconoce a su antiguo condiscípulo Capocchio.

A quella multitud de almas y aquella diversidad de horrores, de tal manera agolparon las lágrimas a mis ojos, que deseaba detenerme para desahogarme en llanto. Pero Virgilio me dijo: —¿Qué miras? ¿Por qué contemplas con tanto afán esas sombras tristes y mutiladas? No has hecho tal en los demás fosos, y si te propones contarlas todas, advierte que el valle tiene veintidós millas a la redonda: la luna está bajo nuestros pies;[1] el tiempo otorgado que nos resta es poco,[2] y hay que ver más cosas de las que has visto.

—Si hubiese, le repliqué yo al punto, fijado tu atención en la causa por que miraba con tanto ahínco, me hubieras quizá perdonado el seguir allí.

Entretanto iba andando mi Maestro, y yo detrás respondiéndole en tales términos, y añadí: —Dentro de aquella profundidad donde tenía clavados los ojos, creo que un espíritu pariente mío llora la culpa que se castiga allí tan severamente.

1. Ha transcurrido una hora desde el mediodía.
2. De las veinticuatro horas asignadas al viaje por el Infierno sólo restan cinco.

Él entonces me dijo: —No se ocupe más en eso tu pensamiento; ponlo en otra cosa, y aquél, que permanezca donde está; porque yo le vi debajo del puente mostrarte a los demás y hacer ademanes de amenazarte, y oí que le nombraban Geri del Bello.[3] Estabas tú entonces tan distraído con el que fue señor de Altaforte;[4] que no miraste hacia aquel lado hasta que se marchó.

—¡Oh mi amado Maestro!, repuse, la violenta muerte que todavía no ha vengado ninguno de los que participaron de aquel ultraje, le tiene indignado, y por esto presumo que se ha ido sin hablarme; con lo cual ha interesado más que antes mi compasión.

Así íbamos discurriendo hasta el sitio de la roca en que, si hubiera habido más claridad, hubiéramos descubierto todo el otro foso hasta lo más profundo; y cuando llegamos al último recinto[5] de Malebolge,[6] en que podía divisarse a los reclusos que en él estaban, taladraron como aceradas puntas mis oídos los lastimeros acentos en que prorrumpían, y así hube de tapármelos con las manos. Semejantes a los ayes que saldrían de Valdichiana,[7] Maremma[8] y Cerdeña, si entre julio y septiembre se acumulasen juntas todas sus enfermedades en un mismo lugar, eran los lamentos que allí sonaban, percibiéndose además un hedor como el que despiden los miembros en putrefacción.

3. Primo del padre de Dante. Mató a traición a un contrincante y a traición fue muerto por un pariente de éste.

4. Beltrán del Born.

5. Es decir, la décima y última sima del octavo círculo, antes de entrar al lago Cocito.

6. Nombre de todo el octavo círculo.

7. Terreno palúdico de Toscana, situado entre Arezzo, Cortona, Chiusi y Montepulciano.

8. Las Marioncas toscanas y Cerdeña eran lugares infectos, especialmente en verano.

Bajamos, pues, la última pendiente de la larga roca a mano izquierda, y pudo ya mi vista descubrir más claramente la profundidad donde la infalible justicia, ministra del Dios Supremo, castiga a los falsificadores que allí se encierran. No creo que causase mayor tristeza ver en Egina[9] enfermo al pueblo todo, cuando el aire se infestó de suerte que perecieron todos los animales, hasta el gusano más pequeño, renaciendo después la gente antigua, según afirman los poetas, de la reproducción de las hormigas, que la infundían en aquel lóbrego espacio los desmayados espíritus, divididos en montones. Yacían sobre el vientre o sobre las espaldas unos de otros, y algunos andaban arrastrando por el penoso suelo.

Caminábamos paso a paso sin hablar palabra, mirando y escuchando a los que de enfermos no podían siquiera incorporarse; y vi a dos[10] sentados, apoyándose el uno en el otro, como se apoyan tartera y tartera para calentarse, y cubiertos de pies a cabeza de una costra. Jamás mozo de cuadra, cuando su señor está esperando, ni palafrenero que vela de mala gana, manejan la almohaza con tanta prontitud, como pasaban ellos sobre sí el filo de las uñas por la rabiosa picazón, que no encuentra otro consuelo y se raían la sarna con las garras, como el cuchillo las escamas del escarro, o las de otro pez que las tenga todavía mayores.

—Tú, que estás deshaciéndote con los dedos, comenzó a decir mi Guía a uno, y que te sirves de ellos como de tenazas: dime si entre los que estáis ahí sumidos hay algún latino;[11] así te basten tus uñas para esa eterna faena.

9. En los tiempos de Eaco, Juno envió una peste sobre la isla para vengarse por los amores de Júpiter con la ninfa Egina.
10. Griffolino d'Arezzo y Capocchio da Siena.
11. Como otras veces, también aquí italiano.

"Latinos somos los dos que aquí ves despedazados, respondió el uno llorando; pero ¿quién eres tú que lo preguntas?"

Y mi Maestro dijo: —Soy uno que va descendiendo con éste de roca en roca, y estoy obligado a enseñarle el Infierno.

Dejaron entonces de prestarse apoyo, y trémulos se vinieron ambos hacia mí, juntamente con otros a quienes llegaron mis palabras de rechazo. Acercóseme cuanto pudo mi buen Maestro, diciendo: —Háblales lo que quieras—. Y yo con este permiso, añadí: —Así la memoria de los hombres no se olvide de la vuestra en el primer mundo, sino que se prolongue por muchos años, como quisiera que me dijeseis quiénes y de dónde sois. No os impida descubriros a mí vuestra afrentosa y perpetua pena.

"Yo fui de Arezzo,[12] respondió el uno, y Albero de Siena mandó se me arrojase al fuego; mas el motivo de mi muerte no es el que aquí me trajo. Verdad es que chanceándome le dije un día: —Yo sabría levantar mi vuelo por el aire. Y él,[13] que tenía mucha curiosidad y poco seso, quiso que le enseñase este arte; y sólo porque no le hice un Dédalo, hizo que me condenase a ser quemado uno que le tenía por hijo.[14] Pero Minos, a quien no es dado engañar, me destinó al último de los diez fosos por la alquimia que profesé en el mundo."

Y yo dije al Poeta: —¿Habráse visto jamás gente tan casquivana como la de Siena? Ni la francesa seguramente que se le iguale.

12. Griffolino.
13. El mismo Alberto de Siena.
14. Era hijo natural del obispo de Siena.

Y al oír esto el otro leproso, salió diciendo: "Si, excepto a Stricca,[15] que tanta parsimonia empleó en sus gastos, y a Nicolás,[16] el primero que descubrió la *rica moda* del clavo, en el huerto,[17] donde prospera esta simiente; y exceptuando la cuadrilla en que perdió Caccia de Asciano[18] sus viñas y sus bosques y dio el Abbagliato[19] pruebas de su gran talento. Y para que sepas quién te apoya así contra los de Siena, endereza bien hacia mí tus ojos, de modo que puedas hacerte cargo de mi semblante y verás que soy la sombra de Capocchio,[20] falsificador de metales por medio de la alquimia; debiendo asimismo acordarte, si la vista no me engaña, de que fui un excelente remedador de la naturaleza."[21]

15. Stricca de Salimbeni, según lo comentadores, sería un rico joven de Siena. Fue guía de una brigada derrochadora.

16. Hermano del anterior e integrante, asimismo, de la dicha brigada. Puso todo su estudio en el conocimiento de manjares y en aplicar el clavo a los guisos.

17. En Siena. Otros comentadores entienden: entre los golosos.

18. Otro de los componentes del grupo. Dilapidó sus bienes, consistentes en viñedos y bosques.

19. Sobrenombre de Bartolommeo dei Folcacchieri, hombre de talento, que luego de un período de vida disipada se alejó de sus compañeros y llegó a ocupar cargos importantes.

20. Parece que fue amigo y compañero de estudios de Dante.

21. En el original se lee: *buona scimia* ("buen mono").

Canto trigésimo

Castigo de otras especies de falsificadores en el foso décimo: en primer lugar los que se hicieron pasar por otras personas, y que incitados por las furias, corren frenéticos por todo el foso, mordiendo a cuantos se les ponen delante; después los monederos falsos, que estando hidrópicos, se ven acometidos de una sed rabiosa, entre los cuales se presenta a los dos viajeros el maestro Adán de Brescia; y finalmente los que falsearon la verdad mintiendo, cuya pena es padecer de una violentísima fiebre. Concluye el canto con un ridículo altercado entre maestre Adán y el embustero Sinón.

Cuando estaba irritada Juno contra la tebana sangre, por causa de Semele,[1] como más de una vez lo había manifestado, se apoderó de Atamante[2] tal delirio, que al ver a su esposa llevar de cada mano a uno de sus hijos, gritó: "Tenderé las redes, para que al pasar caiga la leona con sus cachorros"; y alargó sus crueles garras, y cogiendo a uno de ellos, cuyo nombre era Learco, le volteó en el aire, y le estrelló contra una roca; y ella se ahogó con el otro hijo. Y cuando la fortuna dio en tierra con el poderío de los troyanos, que a todo se atrevía, de modo

1. Hija de Cadmo, fundador de Tebas, fue amada por Júpiter, de quien tuvo a Baco, motivo por el cual la odiaba Juno.
2. El rey de Tebas, Atamante, fue entregado a las Furias, lo cual perturbó su razón de manera que al encontrarse con su mujer Ino y sus hijos Learco y Milicerta, los confundió y creyó una leona con sus cachorros. Mató a uno de los hijos y la madre, desesperada, se arrojó al mar con el otro. Se trata de una de las venganzas de Juno contra los tebanos (Ovidio, *Metamorfosis*, IV, 512-530).

que el rey y el reino cayeron juntos, triste, afligida y cautiva Hécuba, al ver a Polixena sacrificada, y muerto en la ribera del mar a su amado Polidoro, fuera de sí comenzó a aullar como un perro; que a tal punto el dolor le trastornó el juicio.[3]

Pero ni en Tebas ni en Troya se vio jamás a las furias despedazar tan cruelmente, no ya miembros humanos, mas ni aun de las bestias, como vi yo dos sombras pálidas y desnudas, que iban mordiendo mientras corrían, como el cerdo cuando se escapa de su porquera. Una alcanzó a Capocchio, le asió con los dientes del colodrillo, y arrastrándole, le hizo barrer el duro suelo. Y el aretino,[4] que se quedó temblando, me dijo: "Ese turbulento espíritu es Gianni Schicchi,[5] que con tal rabia va hostigando a los demás."

—Ojalá, le respondí yo, te deje el otro libre de sus dientes, y ojalá no te sirva de molestia declararme quién es, antes de que se marche.

"Es, repuso él, el alma antigua de la malvada Mirra,[6] que con amor no natural se hizo amante de su padre. Llegó a pecar con él, revistiéndose de la forma de otra; como aquel que va más distante,

3. Al apoderarse los griegos de Troya, Hécuba, la mujer del rey Príamo, fue llevada como esclava juntamente con su hija Polixena, a quien los vencedores sacrificaron sobre la tumba de Aquiles. Al llegar la destronada reina a las playas de Tracia, halló el cadáver de su hijo Polidoro y fuera de sí, ante tanta desgracia, prorrumpió en desgarradores gritos, semejantes a los ladridos de un perro.

4. El Griffolino del canto anterior.

5. Tenía gran habilidad para tomar la figura de otras personas.

6. De la pasión incestuosa que Mirra sintió hacia su padre Cimiras, rey de Chipre, habla Ovidio en su *Metamorfosis*.

Dante halló después en esta Mirra fabulosa una imagen de Florencia, políticamente unida con el pontífice.

y para ganar la *reina de la yeguada*,[7] se atrevió, fingiéndose Buoso Donati, a testar y dictar en forma válida el testamento.[8]

Pasaron aquellos dos energúmenos, a los que iba yo siguiendo con la vista, y la volví para contemplar a otros miserables.[9] Uno vi que hubiera parecido un laúd, con sólo haberle cortado las piernas. La grave hidropesía que, cambiando el curso de los humores, desiguala los miembros de modo que el rostro no corresponde al vientre, le obligaba a tener los labios abiertos como el ético, que aquejado por la sed, alza el uno y deja caer el otro sobre la barba.

"¡Oh vosotros, nos dijo, que libres de toda pena, y no sé por qué causa, os halláis en el mundo de la aflicción! Mirad y considerad la miseria de maese Adán.[10] Tuve durante mi vida cuanto quise, y ahora, ¡infeliz!, anhelo una gota de agua. Presentes veo siempre los arroyuelos que bajan desde las verdes colinas del Casentín al Arno, comunicando frescura y humedad a sus canales; y no en vano, porque su imagen me consume más que la enfermedad que demacra mi semblante. La rigurosa justicia que me atormenta se vale del lugar mismo en que pequé para que mis suspiros salgan con más vehemencia. Allí está Romena,[11]

7. Gianni Schicchi, entre otras cosas, se nombró heredero de una mula de Buoso Donati considerada la mejor de Toscana.

8. El citado Schicchi acometió la empresa de suplantar a Buoso Donati, muerto sin testar, para lo cual se metió en la cama de éste, y fingiendo que estaba cercano a la muerte, testó e instituyó heredero a Simón Donati, hijo de Buoso y complotado en la farsa, y además se favoreció a sí mismo.

9. Los falsificadores de moneda.

10. Adán de Brescia, contemporáneo de Dante, se distinguió por su extraordinaria facilidad para falsificar moneda.

11. Romena era un castillo situado cerca de las colinas del Casentino, donde Adán falsificó florines de oro de Florencia. Descubierto, fue quemado en 1280 ante el mismo castillo.

donde falsifiqué la moneda que lleva el sello del Bautista,[12] por lo cual quedó allí mi cuerpo en una hoguera. Si al menos viera yo aquí cualquiera de las perversas almas de Guido, de Alejandro,[13] o de su hermano,[14] no daría esta satisfacción por todas las dulzuras de Fonte Branda.[15] Uno ha venido ya,[16] si no faltan a la verdad las irritadas sombras que giran en torno de este abismo; pero ¿de qué me sirve, teniendo mis miembros paralizados? Con tal, sin embargo, de que mi ligereza fuese tal que pudiese andar un dedo cada cien años, hubiera emprendido ya el camino, buscándolos entre esta deforme turba, bien que el foso tenga once millas de circuito, y no baje su anchura de otra media. Por ellos estoy entre la gente réproba; que ellos me indujeron a fabricar florines que tenían de mezcla tres quilates."

Y yo le pregunté: —¿Quiénes son esos dos desventurados que despiden humo de sí como cuando se mojan las manos en el invierno, y que están tan juntos y cerca de tu derecha?

"Hallélos aquí, me respondió, cuando caí precipitado en esta sima, y después no se han movido, e inmobles creo que seguirán por toda la eternidad. La una es la pérfida que acusó a José:[17] el otro es el pérfido Sinón,[18] el griego de Troya: su aguda fiebre es causa del pestilente vapor que exhalan."

12. El florín florentino lleva en una cara una flor de lis y en la otra la efigie de S. Juan Bautista.

13. Los condes de Romena, que lo llevaron a falsificar las monedas.

14. Se llamaba Aghinolfo.

15. Fuente de ese nombre, muy abundante de agua.

16. Guido.

17. La mujer de Putifar.

18. Fingióse perseguido por los griegos e introdujo el fatal caballo de madera en Troya.

Y el último de ellos, que por lo visto llevó a mal se le nombrase tan desfavorablemente, le sacudió un puñetazo en la inflada panza, la cual resonó como un tambor; y maese Adán le cruzó la cara de un bofetón, que no pareció menos sonoro, añadiéndole: "Aunque me sea imposible moverme por el entorpecimiento de mis miembros, tengo el brazo suelto para este oficio." Y él le respondió: "No le llevabas tan libre cuando ibas a la hoguera, pero sí y más todavía, cuando fabricabas la moneda." Y el hidrópico: "En eso dices verdad, pero no la dijiste del mismo modo cuando te lo preguntaron allá en Troya." "Si procedí falsamente, tú, dijo Sinón, falseaste el cuño y yo estoy aquí por un pecado, pero tú has cometido más que ningún demonio." "Acuérdate del caballo, perjuro, replicó el de la tripa hinchada, y atorméntete el saber que lo sabe todo el mundo." "Y a ti, dijo el griego, te atormenta la sed que agrieta tu lengua, y el agua pútrida que te pone una montaña delante de los ojos." A lo que contestó el monedero: "Tu boca sólo se abre para hablar mal como siempre; que si yo tengo sed y estoy hinchado de humores, tú padeces de resecura y de dolor de cabeza, y para lamer el agua que sirvió de espejo a Narciso,[19] no has menester muchas invitaciones."

Estaba yo escuchándolos con mucha atención, cuando el Maestro me dijo: —Ve lo que haces, que en poco está que me enoje contigo. Y al oír que me hablaba encolerizado, me volví a él con tanta vergüenza, que todavía no se me ha borrado de la memoria. Y como aquel que sueña con una desgracia, y que al soñar anhela que sea sueño, deseando lo que es como si no fuese; del mismo modo estaba yo sin poder hablar, que deseaba excusarme, y me excusaba realmente, y no creía hacerlo.

19. En el original se lee: *lo specchio di Narcisso* ("el espejo de Narciso").

—Con menos vergüenza, dijo mi Maestro, se reparan faltas más graves que la tuya. Aleja de ti toda tristeza, e imagínate que estoy a tu lado, si otra vez acontece que la casualidad te ponga entre gentes que armen rencillas semejantes, porque el querer oírlas es un deseo innoble.

Canto trigesimoprimero

Prosiguiendo su viaje los Poetas se dirigen hacia el centro del octavo círculo, donde se abre el gran pozo que da paso al noveno. Alrededor del antepecho que le circuye están varios gigantes, cuya desmesurada y pavorosa estatura se describe. A ruegos de Virgilio le coge uno de ellos entre sus brazos al mismo tiempo que a Dante, y deja a ambos en lo más profundo del Infierno.

La misma lengua que acababa de reconvenirme, haciendo que asomase el rubor a mis mejillas, inmediatamente después me ofreció el consuelo; así he oído que la lanza de Aquiles[1] y su padre solía producir primero la herida, y después la cura.

Abandonamos, pues, aquel mísero recinto, atravesando silenciosos la margen que en torno le circuye. No era a la sazón ni de noche ni de día,[2] de suerte que la vista alcanzaba poco; pero oí sonar un cuerno tan estrepitosamente, que todo otro ruido hubiera parecido débil; y siguiendo su dirección en sentido opuesto, pude fijar en un solo lugar mis ojos. No lanzó Orlando sonidos más terribles después de la dolorosa rota en que perdió Cadomagno su santa empresa.[3]

Apenas había vuelto el rostro hacia aquella parte, cuando me pareció ver unas torres muy elevadas; y pregunté: —Maestro, dime, ¿qué tierra es ésta?—. A lo que respondió: —Porque

1. La lanza heredada por Aquiles de su padre Peleo tenía la virtud de curar con su segundo golpe la herida producida por el primero.
2. La hora del crepúsculo de la tarde.
3. En el paso de Roncesvalles.

pretendes ver desde demasiado lejos en estas tinieblas, es por lo que se ofusca tu imaginación. Si te acercas allí, comprenderás bien cuánto engaña a la vista la distancia; y así, apresúrate un poco más.

Tomóme después afectuosamente de la mano, y añadió: —Antes de que pasemos más adelante, y para que te parezca menos extraño el caso, has de saber que no son torres ésas, sino gigantes, que desde el ombligo abajo están metidos en el pozo, alrededor de su antepecho.

Como cuando, al disiparse la niebla, va poco a poco distinguiendo la vista lo que oculta el vapor condensado por el aire; así penetrando la pesada y oscura atmósfera, y a medida que nos aproximábamos al borde del pozo, se desvaneció mi ilusión y se me acrecentó el miedo. Porque del mismo modo que Monterregione[4] corona de torres sus murallas circulares, se alzaban con la mitad de sus cuerpos sobre el muro que circundaba el pozo, los horribles gigantes a quienes desde el cielo amenaza aún Júpiter cuando truena. Yo descubría ya el rostro de algunos, la espalda, el pecho, gran parte del vientre, y ambos brazos, que les bajaban unidos a los costados. Y en verdad que obró sabiamente la naturaleza cuando abandonó el arte de producir tan monstruosos animales, para privar a Marte de semejantes ejecutores; y si no se ha arrepentido de criar elefantes y ballenas, el que atentamente lo considere la hallará por lo mismo más justa y sabia, porque cuando a la intención y a la fuerza se une la superioridad del entendimiento, imposible es oponer resistencia alguna.

---

4. Es un castillo cercano a Siena, de forma casi circular y cercado por catorce altas torres.

Parecíanme sus rostros tan largos y abultados como la piña[5] de San Pedro en Roma, y proporcionales eran las demás partes de su cuerpo, de forma que el antepecho que cubría su mitad inferior, dejaba ver por encima lo bastante para que tres frisones no hubieran logrado alcanzar a su cabellera, pues bien habría treinta palmos cumplidos desde el pozo hasta donde solemos los hombres abrochar el manto.

Rafel mai amech zabi almi,[6] comenzó a decir a grandes gritos la espantosa boca que era incapaz de más dulces acentos. Y mi Guía se dirigió a él, diciendo: —Alma insensata, recurre a tu cuerno, y ejercítate en él cuando la ira u otra pasión te agite. Echa la mano al cuello, y hallarás la ligadura que le sujeta, cuitado, y mira cómo ciñe tu vasto pecho. Y volviéndose hacia mí, añadió: —Él mismo se acusa. Ése es Nemrod,[7] y a causa de su insano proyecto, no se usa en el mundo una sola lengua. Dejémosle estar, y no hablemos en balde, porque cualquier lenguaje es para él como el suyo para los demás, ininteligible a todos.

Seguimos más allá volviendo a mano izquierda, y a tiro de ballesta vimos otro gigante, más corpulento y fiero. Quién fue el autor de su castigo, no sé decirlo; pero tenía sujeto el brazo izquierdo delante y el derecho atrás con una cadena que le

5. Esta piña de bronce con la que compara los rostros de los gigantes, medía alrededor de cuatro metros y en tiempos de Dante estaba colocada delante de la Basílica Vaticana.

6. Estas palabras pronunciadas por Nemrod, como las del primer verso del canto VII, pronunciadas por Pluto, han dado lugar a innumerables conjeturas. Posiblemente carezcan de sentido lógico y sólo pretendan representar la confusión babélica del lenguaje de los gigantes. Hay quienes ven en este endecasílabo bárbaro una deformación de voces hebraicas. Leigh Hunt dice que es como "el balbuceo de la gigantesca infancia del mundo".

7. Uno de los gigantes, hijo de Cam y autor de la famosa torre de Babel.

amarraba desde el cuello abajo, dándole cinco vueltas alrededor del cuerpo que se le veía.

—Ese soberbio, dijo mi Maestro, quiso medir sus fuerzas contra el soberano Jove, y ahí tiene su merecido. Su nombre es Fialto,[8] y mostró su audacia cuando los gigantes se hicieron temibles a los dioses: los brazos de que se valió no los moverá ya más.

Y yo añadí: —A ser posible, desearía ver con mis propios ojos al disforme Briareo.[9]

A lo que respondió: —Cerca de aquí verás a Anteo,[10] que habla y no está encadenado, y él nos dejará en el fondo de estos abismos. El que deseas tú ver, está mucho más allá, con las mismas ligaduras y apariencia que éste, aunque muestra semblante más feroz.

No hay terremoto más impetuoso que conmueva con tanta violencia una torre, como la repentina furia con que se movió Fialto. Nunca, cual entonces, temí la muerte, y el temor hubiera bastado a dármela, a no advertir que estaba encadenado.

Continuamos entonces nuestro camino, y llegamos adonde estaba Anteo, que sobresalía del pozo unas cinco varas, no contando la cabeza.

—Tú, que en el afortunado valle[11] donde tanta gloria heredó Escipión al huir Aníbal con los suyos, conquistaste el trofeo de mil leones,[12] y que si hubieras tenido parte en la ardua guerra

8. Hijo de Neptuno y de Ifisnedia.
9. Gigante de cien brazos.
10. Otro de los titanes. Hijo de Neptuno y de la Tierra. No participó en la batalla contra Júpiter; habla lenguaje humano y no está encadenado.
11. El campo de Zama.
12. Anteo se nutría devorando leones.

de tus hermanos,[13] todavía es de creer que hubierais quedado los hijos de la tierra por vencedores: trasládanos, y no te sirva de enojo, a los ínfimos lugares donde el frío hiela el Cocito. No nos hagas recurrir a Ticio ni a Tifeo.[14] Éste, que ves aquí, puede daros lo que anheláis; y así inclínate sin mostrar repugnancia alguna. Puede también llevar tu fama por el mundo, porque vive, y espera gozar larga vida, si la divina gracia no le llama a sí prematuramente.[15]

Esto dijo el Maestro; y el gigante extendió al punto las manos, y le cogió con la terrible fuerza que Hércules había ya experimentado. Y al sentirse sujeto así Virgilio, me dijo: —Acércate, para que yo pueda cogerte—; y lo hizo de manera que él y yo formamos un solo cuerpo. Y como la Carisenda,[16] cuando se contempla debajo del lado a que está inclinada, si pasa sobre ella una nube, parece torcerse a la parte opuesta, tal, mirándole atentamente, me pareció Anteo al inclinarse, y hubo momento en que hubiera preferido otro cualquier camino. Pero nos dejó muy reposadamente en la profundidad donde se ven devorados Lucifer y Judas; y no permaneció inclinado mucho tiempo, sino que en seguida se incorporó, como el mástil de un navío.

13. La guerra de los gigantes.

14. Otros dos gigantes.

15. El Poeta se hallaba "a la mitad del camino de su vida".

16. Famosa torre de Bolonia construida por la familia Garisendi en el año 1110.

Canto trigesimosegundo

El círculo noveno y último tiene por área un pavimento de durísimo hielo, formado por el estancamiento del Cocito, y que, como el de Malebolge, va declinando hacia el centro. Se divide en cuatro departamentos concéntricos, según la diferente índole de los condenados, pues cada uno de aquéllos se destina a una especie de culpa, aunque todas coincidan en una común, la traición, la pérfida correspondencia de los que abusaron de la confianza depositada en ellos. En la primera mansión o recinto, que se llama Caína, de Caín el fratricida, están los que atentaron contra su propia sangre; en la segunda, que se dice Antenora, de Antenor el troyano, el cual, según afirma algún antiguo historiador, vendió a Troya a los griegos, se hallan los traidores a su patria o a su partido; en la tercera, nombrada Tolomea, por el que hizo traición al Gran Pompeyo, gimen los infieles a la amistad; y por último, en la cuarta, que del nombre del malvado judas se denomina Giudecca, padecen los que vendieron a sus bienhechores y señores.

En este canto se trata de los culpables de la Caína, y de algunos de la Antenora, que se descubren a Dante, mientras se encamina al centro y pasa por en medio de ellos.

Si fuese mi canto tan duro y ronco cual convendría a la triste concavidad sobre que estriban todas las demás rocas,[1] expresaría más completamente lo esencial de mi pensamiento; mas como no es así, temo aventurarme a hablar. Que no es empresa

---

1. Para Dante, la Tierra ocupa el centro del Universo, y el Infierno, el centro de la Tierra.

para tomarla a burlas describir el centro de todo el universo, ni para lenguas que llaman como los niños a su madre y padre.

Pero denme ayuda en mis versos aquellas que ayudaron a Anfión[2] a amurallar a Tebas, de suerte que lo que diga no sea impropio del asunto.

¡Oh más que todas juntas, maldecida raza,[3] que estás en los lugares de que es tan penoso hablar! Más os hubiera valido ser ovejas o cabras en este mundo.

Así que estuvimos en la profundidad del oscuro pozo, a los pies del gigante, pero bastante más abajo, y mirando yo todavía el alto muro, oí que me decían: "Pisa con tiento, y cuida de no hollar con tus plantas las cabezas de estos míseros hermanos." Volvíme entonces, y vi delante y a mis pies un lago, que, por estar helado, tenía más apariencia de cristal que de agua.

Ni el Danubio durante la estación invernal en Austria, ni el Tanais[4] bajo su frío cielo vieron jamás entorpecido su curso con tan gruesa capa de hielo como aquél; pues aunque Tabernich o Pietrapana[5] hubieran caído encima, no se le hubiera oído crujir ni aun en sus orillas. Y como la rana asoma la boca fuera del agua para cantar, cuando la campesina sueña a menudo que está espigando, así las dolientes sombras sacaban fuera del hielo las lívidas cabezas hasta la parte reservada para el rubor, y el castañeteo de sus dientes se asemejaba al de la cigüeña.

---

2. El Poeta pide la ayuda de las lanzas que auxiliaron a Anfión, quien, habiendo recibido de Apolo una lira de oro atrajo con su sonido los peñascos del monte Citerón, con los cuales se formaron las murallas de Tebas.

3. Los condenados de este último círculo.

4. El río Don.

5. Tabernich: no se sabe bien qué monte quiso indicar Dante con este nombre. Tal vez el Yovonik en Carnalia.

Pietrapana: Alpe Apuana, monte de Toscana.

Tenían todas las frentes inclinadas; en el temblor de sus labios se manifestaba el frío, y en los ojos la tristeza de sus corazones.

Dirigido que hube la vista alrededor, miré a mis pies y vi a dos[6] de aquellos tan estrechamente unidos, que se confundía uno con otro el pelo de su cabeza. —Decidme quién sois, exclamé, los que así juntáis vuestros pechos. Y torcieron ambos los cuellos, y fijando en mí sus miradas, de los ojos, sólo húmedos hasta entonces, les brotaban lágrimas, que cayéndoles por los párpados y condensadas por el hielo, les quedaban allí adheridas.

No puede darse grapa que junte dos leños más apretadamente; y así se aferraron como dos cabras: tan ciegos estaban de ira. Y uno, que por efecto del frío había perdido ambas orejas y tenía también inclinado el rostro, exclamó: "¿Por qué nos observas tanto? Si quieres averiguar quiénes son esos dos, sabe que de ellos y de su padre Alberto fue el valle por donde el Bisencio corre. De un mismo seno proceden,[7] y aunque discurras por todo el recinto de Caín, no hallarás otra alma más digna de estar sumergida en hielo;[8] ni la de aquel[9] a quien la mano de Artús traspasó de un solo golpe el pecho y la sombra que hacía su cuerpo; ni la de Focaccia;[10] ni la del que con su cabeza me es-

6. Dos hermanos, el conde Napoleón y el conde Alejandro, señores de Risenzio, que habían heredado a su padre, el noble florentino Alberto degli Alberti di Mangona. Se mataron entre ellos, movidos por odios políticos e intereses personales.

7. V. 58: *D'un corpo usciro...* Eran hijos de la misma madre.

8. V. 60: *...Degna più d'esser fitta in gelatina.*

9. Mordrec, hijo o sobrino del rey Artús, a quien intentó matar traicioneramente. Descubierto, el rey Artús le atravesó el cuerpo de una lanzada y por la herida pasó un rayo de sol.

10. De la familia de Cancellieri di Pistoia. Se le acusa de haber dado muerte a un tío suyo.

torba el ver más allá, y se nombra Sassol Mascheroni,[11] que, si eres toscano, no dejarás de saber quién fue. Y para que no me obligues a decir más, ten entendido que fui Camición de Pazzi,[12] y que estoy aguardando a Carlino[13] que me hará bueno."

Vi después mil rostros amoratados[14] por el frío, tanto que me estremezco y me estremeceré siempre al recuerdo de aquellos helados estanques. Y mientras nos dirigíamos al punto que es centro de toda gravedad, y temblaba yo en medio de las perpetuas sombras, no sé si por superior designio, por acaso o por desgracia, al pasar entre aquellas cabezas, di en el rostro de un fuerte tropezón, y lamentándose, exclamó: "¿Por qué me pisas? Si no vienes a acrecentar la pena que merecí en Monte Aperto[15] ¿a qué me haces daño?"

Y yo dije: —Maestro mío, espérame aquí, porque quiero salir de una duda que tengo respecto a éste: después me darás cuanta priesa quieras.

Detúvose mi Guía, y yo añadí al que seguía lanzando tan duros improperios: —¿Quién eres tú, que así reprendes a los demás?

11. Para heredar a su tío, viejo y rico, mató al hijo de éste, su único heredero. Descubierta su treta, recibió un terrible castigo.

12. También dio muerte a un pariente para heredarlo.

13. Éste hará aparecer menos grave el pecado de Camición de Pazzi. Entregó por dinero a los florentinos Negros el castillo de Rantravigne, en el cual los Blancos se habían encerrado, lo que provocó la muerte de muchos de ellos e incluso parientes del mismo Carlino.

14. Los condenados de la segunda zona, llamada Antenora, por traidores de la patria.

15. Boca degli Abati, florentino, en la batalla de Montaperti (1260), traicionó a los güelfos, en cuyas filas militaba, cortando la mano a Jacobo dei Pazzi, portaestandarte de su partido. Los güelfos, aterrados por la caída de su enseña, huyeron y perdieron la batalla.

"Y tú, repuso él, ¿quién eres también, que vas por la Antenora pisoteando a la gente con un brío que ni que fueses vivo?"

—Y vivo soy, repliqué, y si anhelas celebridad, grato te puede ser que incluya tu nombre entre mis demás memorias.

"Todo lo contrario, dijo, es lo que deseo: vete de aquí y no me importunes más: que mal lugar has elegido para lisonjas."

Cogíle entonces por el colodrillo, añadiendo: —Pues fuerza será que te nombre, o que te quedes sin un cabello.

A lo que contestó: "Aunque me los arrancases todos, no te he de decir quién soy, ni has de conseguir verme aunque descargues mil golpes en mi cabeza."

Tenía yo revuelta en mi mano su cabellera le había arrancado más de un mechón, y seguía él aullando con los ojos bajos, cuando gritó otro: "¿Qué tienes, Bocca? ¿No te basta el son que haces con las quijadas, que además ladras? ¿Qué diablo te está hostigando?"

—Ya no quiero, dije yo, infame traidor, que hables: para vergüenza tuya llevaré de ti noticias ciertas.

—Enhorabuena, respondió, cuenta lo que quieras; mas si logras salir de aquí, no guardes silencio respecto al que tan suelta tiene la lengua. Llorando está el dinero de los franceses. "He visto al de Duera,[16] podrás decir, allí donde los pecadores tiemblan de frío." Y si te preguntan quiénes otros están aquí, a tu lado tienes a Beccaria,[17] cuya cabeza cortó Florencia, y algo más

16. Buoso de Duera, de Cremona, al mando de tropas del rey Manfredo en el distrito de Parma, en 1265, merced al oro que se le ofreció, dejó pasar al ejército francés de Carlos de Anjou.

17. Becaria Tesauro dei Reccharia, paduano. Legado del papa Alejandro IV en Toscana. Se le acusó en septiembre de 1258 de favorecer el retorno de los gibelinos. Fue torturado y decapitado.

lejos creo que se halla Juan de Soldanieri;[18] con Ganellone[19] y Tribaldello,[20] que durante la noche abrió las puertas de Faenza.

Habíamonos ya apartado de él, cuando vi a otros dos[21] hundidos en una poza, de tal manera que la cabeza del uno parecía sombrero de la del otro; y como muerde pan el hambriento, clavaba los dientes el de encima al que tenía debajo, en el sitio en que el casco se une con la nuca. No royó Tideo[22] las sienes a Menalipo con más rabia que aquél roía aquel cráneo por fuera y dentro.

—¡Oh tú, que con tan brutal ansia muestras tu odio a ese de quien estás comiendo! Dime, exclamé, por qué lo haces; en el supuesto de que si le maltratas con justicia, sabiendo quiénes sois y cuál su crimen, te defenderé en el mundo de allá arriba, mientras no se seque la lengua con que te hablo.

18. Gianni de Soldamier, gibelino de Florencia, que en 1266 pactó con los güelfos para ayudarlos a reconquistar el poder.

19. Ganellone, es el tipo del traidor legendario de las novelas caballerescas del ciclo carolingio. Traicionó a Rolando y provocó la derrota de Roncesvalles.

20. Tribaldello o Tebaldello dei Zambrasi de Faenza, de acuerdo con los güelfos de Bolonia, el 13 de noviembre de 1280 los introdujo armados en la ciudad, que fue conquistada y saqueada.

21. El conde Ugolino della Cherardesca y el arzobispo Ruggieri degli Ubaldini.

22. Tideo. Uno de los siete reyes que asediaron a Tebas. En lucha con el tebano Melampo, se hirieron uno a otro mortalmente; Tideo le sobrevivió e hizo que le llevaran la cabeza de su enemigo y con feroz rabia se dedicó a roerla (Estacio, *Teb.*, VIII, 140 y sigs.).

Canto trigesimotercero

Sigue recorriendo Dante el recinto llamado Antenora, y oye referir al conde Ugolino su tremenda catástrofe. Pasa a Tolomea, y Alberico de Manfredi le manifiesta el maravilloso modo con que la divina justicia procede contra los que faltan a la confianza que se deposita en ellos.

Apartó aquel pecador su boca de tan horrible cebo, y limpiándosela con los cabellos del cráneo mismo que había estado royendo, empezó a decir: "Me pides que renueve el desesperado dolor que oprime mi corazón con sólo pensar en él, y aun antes de referirlo; pero si mis palabras han de ser ocasión de nueva infamia para este traidor a quien devoro, verás que a la vez hablo y prorrumpo en llanto.

"No sé quién tú seas ni cómo has descendido a estos abismos; pero, al oír, me parece que eres de Florencia. Has de saber que fui el conde Ugolino,[1] y este otro Rugiero el arzobispo[2] y ahora te diré por qué de tal suerte le maltrato. Que por efecto de sus malignas sugestiones y por fiarme de él, fui preso y perdí

1. Uno de los más poderosos nobles pisanos. Gibelino en sus comienzos se pasó al partido güelfo, por lo cual se le expulsó de la ciudad en 1275. Consiguió el apoyo de los güelfos de Luca y de Florencia y marchó contra sus conciudadanos, los venció y entró en la ciudad por las armas. Esto le permitió ser el más notable de los señores de Pisa, desde 1275 hasta 1285, año en que, mediante un ardid, cayó en manos de sus enemigos y fue encarcelado —junto con sus hijos y nietos— en una torre, donde halló horrible muerte junto con los suyos.

2. Arzobispo de Pisa de 1278 a 1295. Pertenecía a la facción de los gibelinos.

la vida, no he menester decirlo; pero lo que tú no puedes haber oído, es decir, cuán cruel fue mi muerte, lo oirás ahora, y sabrás hasta qué punto me ha ofendido.

"Una estrecha claraboya abierta en la torre, que desde que fue mi encierro se llama del *Hambre*, y que servirá todavía de prisión a otros, había dado ya paso a la luz de más de una luna, cuando me asaltó el siniestro sueño que vino a romper para mí el velo del porvenir. Aparecióseme éste como caudillo y señor de los que iban cazando el lobo y los lobeznos[3] por el monte que impide a los pisanos ver a Luca;[4] y así llevaba delante de sí a los Gualandi, a los Sismondi y a los Lanfranchi,[5] con una traílla de perros flacos, hambrientos y ejercitados en el oficio. Parecióme que a la primera carrera padre e hijos caían rendidos, y que con sus agudos dientes les desgarraban los costados sus perseguidores.

"Cuando desperté, antes de amanecer, sentí a mis hijos, que estaban conmigo, llorar entre sueños y pedirme pan. Cruel debes de ser si no te condueles al considerar lo que presagiaba mi corazón; y si esto no te mueve a llanto, ¿qué otra cosa te hará llorar?

"Estaban ya despiertos, iba pasando la hora en que solía traérsenos la comida, y cada cual pensábamos en el sueño que habíamos tenido; cuando sentí clavar la puerta de la horrible torre. Miré al rostro a mis hijos sin hablar palabra. Yo no lloraba, que tenía empedernido el corazón; pero lloraban ellos, y mi Anselmito[6] dijo: "¡Qué modo de mirar, padre! ¿Qué tienes?" No derramé una lágrima, ni respondí en todo aquel día ni la

---

3. Él y sus hijos.
4. El monte San Julián.
5. Familias gibelinas de Pisa.
6. Sus hijos eran Gaddo y Uguccione y los nietos Brigata y Anselmuccio.

siguiente noche, hasta que otra vez salió el sol para el mundo. Y como entrase una ráfaga de luz en la dolorosa cárcel; y juzgase yo de mi aspecto por aquellos cuatro semblantes, de pena comencé a morderme entrambas manos; y creyendo ellos que lo hacía por sentir ganas de comer, levantáronse de pronto, y me dijeron: "Padre, será mucho menos nuestro dolor si comes de nosotros: tú nos vestiste de estas miserables carnes; apro- véchate tú de ellas." Me calmé entonces para no entristecerlos más; y aquel día y el siguiente permanecimos mudos. ¡Ah, dura tierra!, ¿por qué no te abriste?

"Así llegamos al cuarto día, pasado el cual cayó Gaddo ten- dido a mis pies, diciendo: "Padre mío, ¿por qué no me ayudas?". Allí mismo murió, y como tú me ves a mí, los vi yo a los tres ir falleciendo uno tras otro entre el quinto y sexto día; y después, ciego ya, iba buscando a tientas a cada cual, y dos días estuve llamándolos después de muertos... ¡y por fin pudo en mí, más que el dolor, el hambre!"[7]

Acabado que hubo de hablar así, y lanzando torvas miradas, volvió a cebarse de nuevo en el miserable cráneo, royendo el hueso sus dientes con un ahínco como el de un perro.

¡Ah Pisa, baldón de los que moran en el hermoso país donde se oye el *sí*![8] Pues tan tardíos se muestran tus vecinos en cas- tigarte, conmuévanse la Caprara y la Gorgona,[9] y tal valladar opongan al Arno en su embocadura, que queden anegados todos sus habitantes. Porque si del conde Ugolino se decía que había entregado tus fortalezas, no era razón para que condenases a

7. Esta expresión ambigua del Poeta deja al lector en suspenso. O Ugolino murió de hambre o el hambre lo llevó a comer la carne de sus hijos. Bunghi juzga que la ambigüedad del verso es deliberada.

8. Italia.

9. Pequeñas islas del mar Tirreno en la desembocadura del Arnoo.

sus hijos a tal suplicio: su corta edad, ¡oh nueva Tebas!,[10] probaba la inocencia de Ugución y Brigata y de los otros dos que el canto menciona arriba.

Pasamos de allí al recinto donde el hielo oprime con estrechas ligaduras a otros condenados,[11] que no permanecen ya con las frentes bajas, sino enteramente boca arriba. Su mismo llanto les impide el poder llorar, y el dolor, que halla en sus ojos el obstáculo de las lágrimas, retrocede hacia dentro para aumentar su angustia; porque condensándose las primeras de aquellas que les brotan, y formando como una visera de cristal, llenan toda la concavidad que hay debajo de las cejas. A pesar de que el frío había privado a mi rostro de la sensibilidad, dejándole como encallecido, parecíame sentir ya cierta impresión de aire; y así dije: —Maestro mío, ¿qué es lo que se mueve, no habiendo en estas profundidades vapor alguno?[12] —y él me respondió: —Presto llegarás a un sitio en que tus propios ojos satisfagan tu curiosidad, viendo la causa que produce este aire.

Entonces uno de los miserables que allí padecían nos gritó: "¡Oh almas tan perversas, que vais destinadas al círculo postrero![13] Apartad estos pesados velos de mis ojos, de manera que logre desahogar un tanto el dolor que rebosa en mi corazón, antes que se sientan henchidos de nuevas lágrimas."

10. Invectiva contra Pisa, a la que se compara con Tebas, que tenía fama de cruel.

11. Tolomea, la tercera zona del lago Cocito, donde penan su falta los traidores de los huéspedes. Los condenados están sumergidos en el hielo hasta la cabeza, con la cara vuelta hacia arriba.

12. Según las teorías de la época, el viento era producido por el vapor y éste reconocía su causa en la acción que sobre la tierra y el agua ejercen los rayos solares.

13. Cree que se trata de almas destinadas al último recinto.

Por lo que le hablé en estos términos: —Si quieres que te preste ese favor, dime quién eres; y si no te dejare satisfecho, véame en lo profundo de este abismo.

A lo que replicó: "Yo soy frey Alberico;[14] soy el que dio la fruta del fatal huerto, y cobro aquí en dátiles aquellos higos." —Luego ¿has muerto ya? —le pregunté. "Ignoro, respondió, cómo mi cuerpo estará en el mundo de allá arriba; porque la Tolomea en que yacemos tiene la ventaja de que muchas veces llega aquí un alma antes de que la Parca corte el vital estambre. Y para que con menos repugnancia arranques las cristalizadas lágrimas de mis ojos, sabe que apenas comete el alma una traición, como yo la cometí, arrebata su cuerpo un demonio, que le tiraniza después durante todo el transcurso del tiempo que tiene concedido. El alma, pues, baja precipitada a este pozo en que gemimos, y quizá subsiste así todavía en el mundo el cuerpo de esa sombra que está a mi espalda. Tú debes saberlo, si desciendes ahora a estos abismos: es micer Branca Doria,[15] y ya hace muchos años que se halla sumido aquí."

—Creo, le dije, que me engañas: Branca Doria no ha muerto todavía: que come, bebe, duerme y anda vestido.

"No había aún Miguel Zancas, me replicó, entrado en el foso de Malebranche, que hierve en eterna pez, cuando dejó ése un diablo en lugar de su cuerpo, y en el de un pariente suyo que le

14. Alberigo dei Manfredi, fraile gaudente, fue uno de los jefes güelfos en Faenza. Enemistado con sus parientes Manfredo y Alberghetto, simuló una reconciliación y los invitó a una comida, haciéndolos asesinar a los postres. Esto explica la siguiente alusión a la fruta.

15. Hizo asesinar a su suegro, Miguel Zancas, para adueñarse de su señorío de Logodoro. Según parece, Dante lo arrojó al Infierno cuando aún vivía, para vengarse de ultrajes recibidos. En cuanto a Miguel Zancas, fue ya mencionado en el canto XXII.

ayudó a consumar su traición. Pero alarga ya la mano, y ábreme los ojos."

Guardéme bien de hacerlo, y procedí gentilmente en faltar a lo prometido.

¡Ah genoveses, hombres ajenos a toda integridad de costumbres y plagados de todo vicio! ¿Por qué no habréis sido arrojados del universo? Con el espíritu más infame de Romaña he hallado a uno de vosotros, cuya alma está ya anegada en el Cocito por su iniquidad, y cuyo cuerpo parece que vive todavía en la tierra.[16]

16. Invectiva contra los genoveses, inspirada por la traición de uno de ellos, Branca d'Oria.

Canto trigesimocuarto

Sumergidos enteramente dentro del hielo, están en la Guidecca los verdaderos traidores. Aparécese Lucifer, de quien se hace una pintura horrible. Rozando con el espeso pelo de su cuerpo, atraviesan los Poetas el centro de la tierra, desde donde, siguiendo el murmullo de un arroyuelo, salen al otro hemisferio, y ven de nuevo las estrellas.

Vexilla regis prodeunt Inferni[1] (adelántanse los estandartes del Rey de los Infiernos) hacia nosotros. —Mira pues delante de ti, dijo mi Maestro, si es que puedes distinguir algo.

Y como al alzarse una espesa niebla, o cuando anochece en nuestro hemisferio, se divisa a lo lejos un molino impelido por el viento, tal me pareció a mí la máquina que veía; y por la fuerza del aire me abrigué detrás de mi Guía, dado que allí no había ningún otro resguardo.[2]

Había ya llegado (y con espanto lo refiero en estos versos) al sitio en que las sombras estaban enteramente cubiertas por el hielo,[3] trasluciéndose como pajas introducidas en un vidrio. Hallábanse unas tendidas; otras permanecían derechas, ya sobre la cabeza, ya sobre los pies, y otras tocando con éstos en la cara y formando arco.

1. Las tres primeras palabras son del himno de Venancio Fortunato con que la Iglesia celebra la exaltación de la Santa Cruz.
2. Son las alas de Lucifer que al agitarse hielan el Cocito.
3. El cuarto recinto de Cocito, Giudesca, destinado a los traidores de sus benefactores.

Adelantado que hubimos lo suficiente para que mi Maestro me mostrara al que fue un tiempo de aspecto tan hermoso, se apartó a un lado, e hizo que no me moviera, diciendo: —He ahí a Dite;[4] he aquí el lugar en que debes armarte de fortaleza.

Cuán atónito y mudo quedé entonces, no pretendas, ¡oh lector!, averiguarlo; yo no lo escribo, porque sería poco cuanto dijera. No estaba muerto ni vivo: considera tú, si algún asomo tienes de ingenio, cuál me vería yo allí, privado de la vida y de la muerte.

Salía el soberano del reino del dolor fuera de la helada superficie, desde la mitad del pecho; y más proporción guardo yo con un gigante, que los gigantes con el tamaño de sus brazos: calcúlese, pues, cuál debe ser el todo que corresponde a tan desmesurada parte. Si fue alguna vez tan bello como deforme es hoy, y si se alzó en rebeldía contra su Hacedor, no es mucho que procedan de él todos los males, ¡Oh! ¡Qué maravilla fue para mí ver que tenía tres rostros en su cabeza![5] Mostraba uno delante, y éste era colorado; de los otros dos que se unían a éste, encima de cada uno de los hombros juntándose a los lados de la frente, el de la derecha me pareció entre amarillo y blanco, y el izquierdo ofrecía el aspecto de los que vienen del país por donde se extiende el Nilo. Salían debajo de cada uno de ellos dos grandes alas, proporcionadas a semejante monstruo: no vi jamás en el mar tan inmensas velas; y no tenían plumas, sino que eran como las del murciélago, las cuales, agitándose, producían tres diferentes vientos. Con ellos congelaba el Cocito

4. Lucifer.

5. Las tres caras son: roja una, amarilla la otra y la tercera negra, y representan respectivamente el odio, la impotencia y la ignorancia. Lucifer es una parodia o reverso de la Trinidad.

todo, y lloraba por los seis ojos a la vez, y por sus tres barbas destilaba lágrimas y sangrienta espuma. Con los dientes cada boca trituraba a un condenado a modo de agramadera, de suerte que había tres sometidos a aquel suplicio. Pero los mordiscos que daba al de delante eran nada en comparación del destrozo que con las garras le hacía, arrancándole la piel y dejándole los lomos en carne viva.

—Esa alma más alta y más castigada que las otras, me dijo mi Maestro, es Judas Iscariote,[6] y tiene la cabeza dentro y las piernas fuera de la boca que le atormenta; de los otros dos que están cabeza abajo el que pende del rostro negro, es Bruto.[7] Mira cómo se retuerce los miembros sin proferir palabra; y el otro que tan corpulento parece, es Casio. Pero ya la noche se va acercando, y es hora de partir, pues todo lo hemos visto.

Según él quiso, me abracé a su cuello. Aprovechó la ocasión de lugar y de tiempo, y cuando vio suficientemente abiertas las alas del monstruo, se arrimó a su velludo cuerpo, deslizándose en seguida de uno en otro mechón por entre la espesa pelambre y el hueco que dejaba el hielo; y así que llegamos al espacio en que termina el muslo y sobresale la cadera, esforzándose mi Guía y con grande angustia, volviendo la cabeza donde tenía los pies, se asió del pelo como quien hace hincapié, de suerte que creí volvíamos al Infierno.

—Tente bien —me dijo jadeando, porque estaba rendido de fatiga—: por este trance hay que pasar para alejarse de tantos

6. Uno de los apóstoles. Vendió a Cristo por treinta dineros.
7. Bruto y Casio, matadores de César.
Dante reúne aquí a Judas con Bruto y Casio, los tres traidores de las autoridades supremas. El primero es el apóstol traidor; los otros dos, traidores del poder imperial, que, consecuente con su principio político, Dante considera recibido por voluntad divina.

males—. Y penetró por el agujero de una roca, dejándome sentado sobre su orilla; y entonces me hizo conocer la prudencia con que había obrado.

Alcé los ojos, y creyendo ver a Lucifer como le había dejado, vi que tenía encima de mí las piernas. De lo confuso que quedé con esto, juzguen los ignorantes que no saben cuál era el punto por donde había pasado.[8]

—Ponte —dijo el Maestro— en pie: el camino es largo, el terreno áspero, y el sol brilla ya en la mitad de la tercia.[9]

No era en verdad sala de un palacio el sitio en que nos hallábamos, sino una caverna natural, de suelo escabroso y falta de luz.

—Antes de que me aleje de este abismo, Maestro mío —le dije así que me levanté—, sácame con algunas palabras de mi error. ¿Dónde está el hielo?[10] ¿Cómo es que Lucifer se muestra al revés ahora, y que en tan poco tiempo ha pasado el sol de la noche a la mañana?

Y me respondió: —Imagínate todavía estar en la parte allá del centro donde me así yo al pelo del protervo monstruo que traspasa el mundo. Estuviste allí todo el tiempo que tardé en bajar; mas cuando me volví, penetraste por el punto que de una y otra parte atrae a sí la gravedad del globo. Ahora estás bajo el hemisferio contrapuesto a aquel que cubre la extensa tierra, y bajo cuyo punto más alto se consumó el sacrificio del Hombre que nació y vivió libre del pecado,[11] y tienes los pies sobre la

8. Pasando por el centro de la Tierra, salen al otro hemisferio.

9. Corresponde a las siete y media de la mañana. Por el cambio de hemisferio es de día.

10. El hielo del Cocito.

11. Es decir, el hemisferio opuesto a aquel que tiene por centro a Jerusalén.

pequeña esfera que forma la faz contraria de la Giudeca. Aquí es día cuando allí es noche; y el que con su pelo nos sirvió de escala, permanece en la propia actitud en que estaba antes. Aquí cayó precipitado desde el cielo; y la tierra que primero se extendió por esta parte, por miedo de él cubrióse con el mar como un velo, y se entró por nuestro hemisferio; y quizás, huyendo también de él, la que desde aquí aparece dejó vacío este espacio y se levantó en forma de monte.

Hay allá abajo un lugar tan distante de Belzebú,[12] cuanta es la altura de la caverna que le sirve de sepulcro. No se percibe con la vista, sino por el rumor de un arroyuelo que hasta allí baja, pasando por el agujero que con su curso se ha abierto en una peña, en torno de la cual circula con muy poca pendiente. Por aquel oculto camino entramos mi Guía y yo para volver al mundo luminoso; y sin permitirnos reposo alguno, fuimos subiendo, él delante y yo detrás, hasta que por una redonda claraboya alcancé a ver las maravillas que ostenta el cielo, saliendo por fin a contemplar de nuevo las estrellas.[13]

12. Lucifer.

13. Como el *Infierno*, también el *Purgatorio* y el *Paraíso* terminan con la palabra *estrellas*, símbolo del cielo, fin último de la vida humana.

EL PURGATORIO

Canto primero

En este primer canto del Purgatorio refiere el Poeta cómo, luego que se vio fuera de la caverna subterránea, apareció a su vista embelesada un cielo purísimo e iluminado de estrellas resplandecientes; y cómo, hallándose en la falda del monte con Catón el de Útica, que allí estaba de custodio, aconsejó éste a Virgilio, entre varias cosas sobre que discurrieron, lo que debía hacer con su discípulo para ponerle en estado de visitar el monte.

Para surcar aguas más bonancibles, despliega ahora sus velas la navecilla de mi ingenio, dejando atrás mares tan espantosos.[1] Voy a cantar de aquella segunda región en que se purifica el alma humana y se hace digna de remontarse al cielo.

Reanímese, pues, aquí, ¡oh santas Musas!, la fúnebre poesía,[2] dado que soy todo vuestro; y eleve aquí un tanto su voz Calíope,[3] acompañando a la mía con el acento cuya fuerza sintieron las miserables Pierias[4] tanto que desesperaron de su perdón.

Un color de zafiro oriental que se comunica al sereno aspecto del aire puro hasta el primer círculo,[5] volvió a alegrar mis ojos así que me vi libre de la muerta atmósfera que me había contristado

1. El Infierno.

2. En el original, la *morta poesia*: la muerta poesía, la poesía de la muerte, la poesía del Infierno.

3. La Musa de la poesía épica. Aquí invocada como la mayor de las Musas.

4. Las hijas de Pierio desafiaron a las Musas a cantar, y al ser vencidas, quedaron transformadas en urracas.

5. El horizonte.

la vista y el corazón. Eclipsando a los Peces que le seguían, hacía sonreír todo el Oriente el fúlgido planeta que induce a amar.[6]

Volvíme a mano derecha, fijé mi contemplación en el otro polo, y descubrí cuatro estrellas,[7] no vistas jamás, sino por los primitivos hombres.[8] El cielo parecía regocijarse con sus destellos. ¡Oh región septentrional! ¡Viuda puedes llamarte, pues estás privada de contemplarlas!

Apartado que hube mi vista de ellas, inclinándome un poco hacia el polo opuesto, de donde había desaparecido el Carro,[9] divisé junto a mí un solitario anciano,[10] digno por su aspecto de tanta reverencia, que no debe un padre inspirarla mayor a su hijo. Llevaba luenga barba mezclada de canas, como sus cabellos, que le caían sobre el pecho en dos mechones; y el resplandor de las cuatro estrellas sagradas iluminaba con tal claridad su rostro que le veía como si hubiese tenido delante el Sol.

"¿Quién sois vosotros que contra la corriente del lóbrego riachuelo[11] venís escapados de la eterna cárcel?, dijo agitando la venerable barba. ¿Quién os ha guiado y servídoos de lumbrera para salir de aquella oscuridad profunda que envuelve en perpetuas tinieblas el valle del Infierno? ¿A tal punto se han quebrantado las leyes del abismo, o ha dispuesto el cielo con nuevo acuerdo que vengáis a mis mansiones los condenados?"

---

6. Venus. Cuando el Sol está en el signo de Aries, precédenle los Peces y éstos se ven, en cierto modo, eclipsados por la luz de Venus.

7. Son los símbolos de las cuatro virtudes cardinales: fortaleza, justicia prudencia y templanza.

8. Adán y Eva.

9. La constelación de la Osa Mayor, del hemisferio boreal.

10. Catón de Útica (95-46 a. C.).

11. En el original, *cieco fiume*, "ciego río", el río que va del centro de la Tierra a la isla del Purgatorio.

Entonces me obligó mi Guía con sus palabras, señas y miradas a inclinar las rodillas y los ojos en muestra de acatamiento; y después le respondió: —No he venido por mí: una mujer[12] bajada del cielo me rogó que auxiliara a éste con mi compañía; y pues quieres que expliquemos más cuál es nuestra verdadera condición, no es posible que te lo niegue mi voluntad. Éste no ha conocido aún su postrera noche, mas tan cercano le puso a ella su insensatez, que le restaba transcurrir muy poco tiempo. Fui, como he dicho, enviado a él para salvarte, y no había otro camino que éste por donde he andado. Mostrado le he toda la gente precita, y ahora pretendo hacerle ver los espíritus que se purifican bajo tu potestad. Cómo le he traído hasta aquí, sería largo de referirte; de superior esfera procede el poder que me ayuda a conducirle para que te vea y te oiga. Muéstrate, pues, benévolo a su venida. Buscando la libertad, que tan cara es, como sabe el que por ella la vida menosprecia; como lo sabes tú, a quien por ella misma no fue amarga la muerte en Útica,[13] donde dejaste la túnica corpórea que tan resplandeciente brillará en el día supremo. No se han infringido por nosotros los eternales decretos: porque éste vive, y a mí no me avasalla Minos; que soy del círculo en que se ven los castos ojos de tu Marcia, la cual parece todavía, ¡oh heroico pecho!, que la tengas por compañera. Accede, pues, por su amor a nuestra súplica: déjanos discurrir por tus siete reinos;[14] y yo la manifestaré la gratitud de que te soy deudor, si consientes que pronuncie en aquella región tu nombre.

12. Beatriz.
13. Ciudad de África donde se suicidó Catón antes que someterse a César.
14. Los siete círculos del Purgatorio.

"Tan grata fue Marcia a mis ojos mientras pertenecí a la tierra, añadió él entonces, que obtuvo de mí cuantos favores quiso. Ahora que habita allende el maldecido río,[15] no puede ya interesarme, a causa de la ley a que quedé sujeto cuando salí del mundo.[16] Pero si, como dices, una mujer celestial te impulsa y guía, no has menester halagarme tanto; basta con que me ruegues en nombre suyo. Ve, pues; y haz por ceñir a ése de un junco terso,[17] y por lavarle el rostro de modo que desaparezca de él toda suciedad, porque no estaría bien que se presentase cubiertos los ojos de mancha alguna ante el primer ministro de los que presiden en el Paraíso.[18] Alrededor de esta pequeña isla, en su parte inferior y donde más la azota el agua, se crían juncos sobre su reblandecido limo. Ninguna otra planta frondosa o dura puede prosperar allí, dado que no cedería al embate de las olas. Y después no volváis por este lado: el sol, que asoma ya, os mostrará otra salida más fácil que tiene el monte."

Con esto desapareció. Me levanté sin hablar palabra, me acerqué cuanto pude a mi Maestro, y alcé los ojos para mirarle.

—Hijo mío, empezó a decirme, sigue mis pasos. Volvamos atrás; que esta llanura va descendiendo hasta el punto más bajo en que termina.

Iba ya el alba venciendo la sombra de la mañana, que huía delante de ella, permitiendo distinguir desde lejos la fluctuación del mar. Caminábamos por la llanura solitaria como quien vuelve a la perdida senda, que, hasta encontrarla, le parece

15. El Aqueronte.
16. Sería más adecuado traducir "cuando salí del limbo". Cristo a su muerte otorgó la salvación a muchas almas dignas que se encontraban en el Limbo y entre otras la de Catón.
17. Símbolo de humildad.
18. Cada círculo del Purgatorio está custodiado por un ángel.

marchar en vano, y cuando estuvimos en sitio donde el rocío resiste al calor del Sol, y, por estar al amparo de la sombra, se disuelve apenas, extendió mi Maestro suavemente ambas manos sobre el césped, y yo, que comprendí su intención, puse a su alcance mis mejillas llenas de lágrimas, en las cuales hizo reaparecer el color que el Infierno me había encubierto.

Llegamos después a la desierta orilla, que nunca vio navegar por sus aguas hombre a quien fuese dado tornar atrás.[19] Ciñóme allí el cuerpo como lo dispuso el otro,[20] y ¡oh maravilla!, tan luego como arrancó la humilde planta, renació súbitamente otra igual en el sitio mismo de donde la había sacado.

19. Alude a Ulises.

20. Son las palabras del penúltimo verso del canto XXVI del *Infierno*. Dante llega a la playa donde le fue vedado llegar a Ulises.

Canto segundo

Cumplidas por los Poetas las prescripciones de Catón, y mientras permanecen aún en la ribera pensando en el camino que han de seguir, llega una navecilla conducida por un ángel, que desembarca multitud de almas destinadas al Purgatorio. Agólpanse todas ellas maravilladas alrededor del Peregrino viviente, y una le reconoce. Es Casella, amigo de Alighieri, y cantor famoso; el cual, invitado por el Poeta para que le deleite de nuevo con su dulce voz; empieza a complacerle, y las almas se ponen a escucharle; pero llega el severo Catón, las reprende por estar allí detenidas, y huyen todas en el mayor aturdimiento hacia el monte.

Hallábase ya el Sol en el horizonte, cuyo círculo meridiano cubre con su más elevado punto a Jerusalén;[1] y la noche, envolviendo el hemisferio opuesto, salía del Ganges con la Libra,[2] que se desprende de su mano, al alargar más que los días; cuando en el lugar donde yo estaba se convertían en color de oro, por estar en su plenitud, las blancas y sonrosadas tintas[3] de la hermosa aurora.

1. Según la geografía dantesca, el centro de la Tierra habitada corresponde a Jerusalén, y el Purgatorio es su antípoda.

2. El V. 5 dice: *...uscia di Gange fuor colle bilance*, para referirse a la constelación de Libra. Salía del Ganges, es decir, del horizonte occidental de Jerusalén, según creencia de la época. El otro horizonte de Jerusalén corresponde a las columnas de Hércules.

3. En el original: *le bianche e le vermiglie guance*, "las blancas y bermejas mejillas". La yuxtaposición de los colores reaparece en Petrarca, en Góngora, en Shakespeare.

Estábamos en la orilla del mar, cual los que piensan en caminar, y andan mentalmente, mientras su cuerpo permanece quieto, cuando he aquí que, como al aproximarse la mañana se enrojece Marte[4] por la abundancia de vapores, estando hacia poniente y sobre las aguas del Océano, así se me apareció (y ¡ojalá vuelva a verla!) una luz, la cual venía tan apresuradamente por el mar, que no era comparable a su movimiento vuelo alguno. Y como hubiese desviado un poco los ojos para explorar a mi Guía, la vi ya más brillante y de mayor tamaño. Descubrí después por ambos lados no sé qué objeto blanco, del cual poco a poco salía otro de igual color.

No habló palabra mi Maestro mientras lo primero que vi parecían alas; pero así que hubo conocido el que dirigía la navecilla: —Pronto, pronto, gritó, híncate de rodillas: ése es el Ángel de Dios; junta tus manos;[5] luego verás otros ministros iguales a éste. Mira cómo no se vale de recursos humanos, de suerte que viniendo de tan apartadas playas, no necesita remos ni otras velas que sus alas. Mira cómo las endereza al cielo, surcando el aire con las eternas plumas que no se mudan como los cabellos de los mortales.

A medida que iba acercándose más a nosotros el alado Ángel se ostentaba más esplendente; así que no podía la vista resistir de cerca su brillantez. Bajé, pues, los ojos; y él se encaminó a la orilla en un esquife tan sutil y ligero, que no se sumergía en el agua. Iba de pie en la popa el celestial barquero, tan bello, que parecía llevar impresa en su frente la bienaventuranza; y en el esquife se habían sentado más de cien espíritus. *In exitu Israel*

4. El planeta Marte.
5. Como para orar.

de Ægypto,[6] cantaban todos a una voz, con cuanto después sigue de aquel salmo. Hizo luego la señal de la Santa Cruz, y todos se lanzaron a la playa, volviéndose él tan apresuradamente como había venido.

La multitud que quedó allí parecía extrañarse de aquel lugar, mirando alrededor, como quien descubre una cosa nueva. Fulminaba el día por todas partes el Sol, que con sus lucientes flechas había arrojado de en medio del cielo al Capricornio,[7] cuando los recién llegados volvieron los rostros hacia nosotros, diciendo: "Indicadnos, si lo sabéis, el camino para ir al monte:" Y Virgilio respondió: —Creéis sin duda que somos conocedores de estos sitios, y nos hallamos aquí tan peregrinos[8] como vosotros. Hemos venido poco antes de vuestra llegada, pero por otro camino tan ingrato y escabroso, que cualquiera que emprendamos ahora, ha de parecernos fácil.

Las almas que, al verme respirar, conocieron que estaba aún vivo, quedaron pálidas de asombro; y así como rodea la gente al mensajero coronado de olivo,[9] para saber qué nuevas trae, y no reparan en atropellarse unos a otros, así se agolparon, fijando en mí sus miradas, todas aquellas almas venturosas, casi olvidando la belleza que iban a adquirir al purificarse. Vi a una de ellas adelantarse para abrazarme con tanto afecto, que me

6. Cantan el salmo CXII de los hebreos de Egipto sustraídos a la servidumbre faraónica. Las palabras son aquí alegóricas y significan que al salir el alma del pecado se libera y santifica.

7. Desde la constelación de Aries, el Sol proyecta con sus rayos hacia el meridiano el signo de Capricornio, que declinaba a medida que el Sol ascendía en el cielo.

8. Virgilio no conocía el Purgatorio.

9. Antiguamente, símbolo de paz; en tiempos de Dante, anuncio de buenas noticias.

movió a corresponderla del mismo modo. ¡Oh sombras vanas, aunque no lo fueran en apariencia! Tres veces tendí hacia ella mis brazos, y otras tantas los sentí vacíos sobre mi pecho.

Grande admiración debió de revelar mi semblante, porque se sonrió la sombra, y se retrajo, y yo me adelanté, yendo en su seguimiento. Díjome con suave voz que desistiese de mi porfía, y entonces conocí quién era, y le rogué que se detuviese a hablarme; a lo que respondió: "Como te amé en mi cuerpo mortal, te amo también libre de él, y por eso me detengo; pero tú, ¿por qué estás aquí?" —Hago —le dije— Casella[10] mío, este viaje, para volver otra vez al mundo a que pertenezco; y a ti, ¿quién te ha hecho perder tanto tiempo?—. Y me replicó: "Nadie me ha tratado con injusticia, pues si aquel que arrebata cuando y a quien le place, se ha negado varias veces a traerme, ha sido atemperando su voluntad a la que es tan justa. Verdaderamente de tres meses a esta parte ha traído con suma benevolencia a cuantos han querido embarcarse;[11] y así yo, que había vuelto a la ribera del mar donde se hace salado el Tíber,[12] fui afablemente recibido de él. A aquella embocadura ha dirigido ahora su vuelo, porque allí se reúnen siempre los que no descienden al Aqueronte."[13]

Y yo añadí: —Si alguna ley no te veda traer a la memoria o ejercitar aquel amoroso cántico que solía calmar la vehemencia de mis pasiones, da con él algún consuelo a mi alma, que, al venir aquí con su cuerpo, ha padecido tanto.

10. Célebre músico florentino, íntimo amigo de Dante.
11. Tres meses antes había comenzado el jubileo.
12. Dante llega al mar. El Tíber es el río de Roma.
13. El río del Infierno.

El amor que en mi mente raciocina,[14] comenzó él a cantar tan dulcemente, que todavía resuenan sus acentos en mi corazón. Mi Maestro, y yo, y todas aquellas almas dábamos muestras de estar tan embebecidos, como si ninguna otra cosa tuviésemos en el pensamiento.

Suspensa estaba de su canto la atención de todos, cuando llegó el venerable anciano,[15] gritando: "¿Qué es esto, almas apocadas? ¿Qué olvido, qué tardanza es ésta? Corred al monte para purgaros de la impureza que es causa de que Dios no se os manifieste."

Como cuando se juntan las palomas para su comida, que permanecen tranquilas, picando el trigo o la grama, sin pavonearse con su acostumbrado arrullo; mas si descubren algo que las espante, dejan de pronto el cebo, porque las asalta mayor cuidado; del mismo modo vi a la recién venida muchedumbre dejarse de cánticos, y precipitarse hacia la montaña,[16] como quien se dirige sin saber adónde. Ni fue nuestra partida menos acelerada.

14. V. 112: *Amor che nella mente mi ragiona*. Así comienza la canción III del *Convivio* de Dante. Antiguos comentaristas aseguran que el mismo Casella le puso música, lo cual explicaría su preferencia en esta oportunidad.

15. Catón.

16. Hacia el Purgatorio.

Canto tercero

Reuniéndose el Poeta con su fiel amigo Virgilio se encaminan juntos hacia el monte. Al llegar al pie del mismo, y mientras van buscando una senda que ofrezca más fácil subida ven un grupo de almas que lentamente vienen a su encuentro. Acercándose a ellas, que los contemplan maravilladas, las preguntan por dónde se pasa al monte; y mientras por indicación suya vuelven pies atrás, preséntase a Dante una que es la de Manfredo, rey de Sicilia, el cual le refiere su muerte, su conversión a Dios en su hora postrera, y cómo están detenidos allí, sin entrar en el Purgatorio, los que murieron en estado de contumaces para con la Santa Iglesia.

Mientras en su repentina fuga se dispersaban ellos por aquel campo, volviendo al monte en que la justicia divina nos castiga, me uní yo a mi fiel compañero. ¿Cómo hubiera podido seguir sin él? ¿Quién me hubiera ayudado a subir por la montaña?

Parecíame que en su interior sentía algún remordimiento. ¡Oh recta y pura conciencia! ¡Qué torcedor tan acerbo es para ti cualquiera pequeña falta!

Cuando dejaron sus pies de caminar con la precipitación que priva de dignidad a los movimientos,[1] mi mente, que estaba absorta en su primera contemplación, ensanchó sus ideas a medida del deseo que la animaba, y volví la vista hacia la colina que desde el mar se encumbra más en dirección al cielo. El Sol, que brillaba detrás de mí con rojiza luz, veíase delante

---

1. Toda precipitación le parecía ridícula a Dante. Cf. los últimos versos del canto xv del *Infierno*.

interrumpido por el obstáculo que mi cuerpo oponía a sus rayos. Y al observar que sólo delante de mí se oscurecía la tierra,[2] me incliné al lado en que estaba Virgilio, temeroso de que me hubiera abandonado; y él, encarándose conmigo, empezó a decir:

—¿Qué recelas? ¿Crees que no estoy ya contigo, y que no te guío? Héspero[3] brilla ahora en el lugar donde está sepultado el cuerpo con que formaba yo sombra: Nápoles lo conserva desde que se sacó de Brindisi.[4] Y si al presente no se forma delante de mí sombra alguna, tampoco debe causarte más admiración que los cielos, ninguno de los cuales es impedimento a la luz del otro. Dispone la virtud divina que los cuerpos como éste mío sufran tormentos, se abrasen y se hielen; mas no permite que descubramos en qué consiste. Insensato es el que espera que nuestra razón pueda abarcar el infinito espacio que ocupa el que es una substancia en tres personas; y así contentaos, hombres, con lo que los efectos os demuestran; pues si os hubiera sido posible verlo todo, no era necesario el parto de María;[5] y no lucharían con inútiles deseos tantos que hubieran visto satisfechos los que llevan eternamente consigo como un suplicio. Hablo de Aristóteles, de Platón y de otros muchos...—. Y en esto, inclinó la frente, y no dijo más, y quedó turbado.[6]

Llegamos entretanto al pie de la montaña, cuyas rocas eran tan escarpadas, que hacían inútil la agilidad de las piernas. El

2. Pues sólo su cuerpo producía sombra.

3. El lucero o estrella de la tarde.

4. Virgilio murió en Brindisi el año 19 a. C., pero luego su cuerpo fue transportado a Nápoles por orden de Augusto.

5. Si Dios hubiese concedido a nuestros primeros padres verlo y entenderlo todo, no hubieran pecado y, por lo tanto, no hubiera sido necesario que Cristo viniese al mundo.

6. Pensando que él mismo era uno de esos "otros muchos".

paso más intransitable y quebrado entre Lerici y Turbia,[7] comparado con aquélla, es una subida espaciosa y llana.

—¿Quién sabe ahora, dijo mi Maestro, deteniéndose, por cuál de ambos lados será más accesible esa altura, de modo que pueda uno subir sin alas? —Y mientras con los ojos bajos tenía puesta su consideración en el camino, y yo levantaba los míos mirando alrededor del monte, asomaron por el lado izquierdo un tropel de almas que se dirigían hacia nosotros; mas con tal lentitud, que no parecían moverse.

—Levanta los ojos, dije a mi Maestro, y mira por dónde vienen gentes que nos librarán de incertidumbres, si no puedes hacerlo tú por ti mismo.

Fijó la vista en mí, y con afable ingenuidad: —Vamos hacia ellos, me respondió, pues tan despacio vienen, y no abrigues, hijo mío, recelo alguno.

Estaba aún aquella gente, después que anduvimos unos mil pasos, a la distancia del tiro que alcanzaría con su mano un buen hondero, cuando arrimándose todos a los peñascos que guarnecían la ladera del monte, se pararon, apretándose entre sí, como observa y deja de andar el que va dudando.

—¡Oh vosotros, que moristeis bien, exclamó Virgilio, espíritus ya elegidos! Por la paz que, según creo, estáis esperando todos, decidnos dónde es más llano el paso de la montaña, de suerte que sea posible caminar por ella, pues al que más aprecia el valor del tiempo, el perderlo le es más desagradable.

Como las ovejas que una a una, a dos y a tres, salen del redil, y las demás, medrosas, bajan al suelo los ojos y el hocico, y lo

---

7. El tramo de costa entre Lerici y Turbia, límites de la Liguria, tiene montes altos y sumamente quebrados y en la época de Dante debió ser de muy difícil tránsito.

que hace la primera repiten todas las otras, arrimándose a ella inofensivas y tranquilas, si la ven pararse, y sin saber la causa; así vi adelantarse hacia nosotros a la que guiaba aquella dichosa grey, con pudoroso semblante y andar modesto. Y como las que venían primero advirtiesen interrumpida la luz a mi mano derecha, de modo que daba mi sombra en la falda del monte, suspendieron el paso, mostrando cierta inquietud, y todas las que iban detrás, sin saber por qué, hicieron lo propio.

—Confiésoos, sin que nada me preguntéis, que este que veis aquí es un cuerpo humano y por esto impide la luz del Sol. Esto no os maraville; creed más bien que si trata de vencer esta ardua cumbre, es por efecto de virtud que el cielo le comunica.

Habló el Maestro así; y aquellas nobles almas: "Volved entonces, dijeron y, caminad delante de nosotros"; y esto mismo nos indicaban con las manos; cuando uno de ellos añadió: "Quienquiera que seas, vuelve el rostro conforme vas andando, y recuerda si me has visto en el mundo alguna vez". Volvíme en efecto hacia él, y le contemplé atentamente. Era rubio, hermoso y de gentil aspecto; pero tenía cortada una ceja por una herida. Y cuando humildemente negué haberle visto jamás, me dijo: "¡Pues mira!" y me mostró otra herida en la parte superior del pecho; y prosiguió sonriéndose: "Soy Manfredo,[8] nieto de Constanza la emperatriz, y te ruego que cuando tornes a la tierra, veas a mi bella hija, de quien procede el honor de Sicilia y de Aragón,[9] y le digas la verdad, si se afirma lo contrario.[10] Al ver

8. Hijo natural de Federico II y rey de Sicilia. Allí había nacido en 1231 y murió en 1266 en la batalla de Benevento.

9. Su hija, de nombre Constanza, casó con Pedro III de Aragón y fue madre de Alfonso, Jaime y Federico, los dos últimos vivos en 1300 y elogiados porque defendieron la Sicilia contra los angevinos.

10. Es decir, estoy entre el número de los que aguardan su salvación.

traspasado mi cuerpo de dos heridas mortales, volvíme a Aquel que de buena voluntad perdona. Horribles fueron mis pecados, mas la divina bondad es tan amorosa, que acoge a cuantos confían en ella. Si el pastor de Cosenza,[11] enviado por Clemente[12] para cazarme, hubiera leído bien esta página en el libro de Dios,[13] estarían aún los huesos de mi cuerpo a la cabeza del puente, cerca de Benevento,[14] y bajo el resguardo de pesadas piedras. La lluvia los humedece a la sazón, y el viento los expele del reino, casi a la orilla del Verde,[15] adonde los trasladó con las antorchas apagadas.[16] Mas por la maldición no se pierde el amor divino, de modo que no pueda recobrarse, en tanto que reverdezca la flor de la esperanza. Verdad es que el que muere contumaz para con la Santa Iglesia, aunque se arrepienta al fin, ha de estar fuera de estos lugares treinta veces tanto tiempo, cuanto el que ha vivido en su obstinación, a menos que no se abrevie este plazo por efecto de eficaces súplicas. Considera, pues, si podrás hacerme dichoso, revelando a mi buena Constanza cómo me has visto, y la pena que estoy sufriendo;[17] porque aquí se gana mucho con las oraciones de los de allá."

11. El cardenal y arzobispo de Cosenza.

12. El papa Clemente IV.

13. Si hubiera tenido presente la misericordia divina, especialmente para los que se convierten de corazón.

14. El rey Carlos I no permitió que el cadáver de Manfredo, excomulgado por el pontífice, fuese enterrado en lugar sagrado, sino al pie del puente de Benevento donde, al echar una piedra cada uno de los soldados, se formó una pirámide. Luego el mismo dignatario eclesiástico lo hizo trasladar fuera del reino, pues los excomulgados no podían descansar en tierras de la Iglesia.

15. El Garigliano.

16. A los excomulgados se les enterraba con las antorchas apagadas.

17. Al saber que estaba excomulgado, la hija lo creía en el infierno.

Canto cuarto

Habiendo llegado al sitio por donde, aunque con gran estrépito, se subía al monte, entran los Poetas en una senda angosta y sumamente quebrada, y con pies y manos van ganando terreno hasta el primer rellano de la montaña. Sentados allí, explica Virgilio a Dante la causa de la posición contraria en que se halla el Sol, y entre otras muchas personas, que allí se ven recostadas a la sombra de los peñascos, reconoce el segundo al negligente Belacqua, el cual le refiere cómo están allí los que difirieron hasta el fin de la vida su conversión.

Cuando por efecto de un placer o de un dolor, que embarga alguna de nuestras facultades, el alma se concentra en sí, parece no obedecer a ninguna otra potencia; lo cual se opone al error de los que creen que alienta en nosotros un alma al lado de otra. Por esto cuando se oye o se ve cosa que tiene fuertemente empeñada al alma, transcurre el tiempo y no puede advertirlo el hombre, que una es la facultad que está atendiendo, y otra la que deja íntegra al alma; permaneciendo ésta como ligada, y en completa libertad aquélla.

Esto pude experimentar con seguridad al oír y admirar aquel espíritu,[1] habiendo caminado ya el Sol cincuenta grados[2] sin tener yo conocimiento de ello, cuando llegamos a un punto en que todas aquellas almas nos gritaron a una vez: "¡Aquí está lo que deseabais!"

1. Manfredo.
2. Habían transcurrido tres horas y veinte minutos desde la aurora.

Mayor abertura cierra a veces con un puñado de zarzas el aldeano, cuando maduran las uvas, que la que ofrecía la senda por donde subimos solos mi Guía y yo al separarse las almas de nosotros. Llégase a Sanleo,[3] se baja a Noli,[4] se sube a la enriscada cima de Bismantova[5] con ayuda de los pies; pero aquí le es preciso al hombre volar, volar con las raudas alas y plumas de un vehemente anhelo, como iba yo en pos del que, conduciéndome, me infundía esperanza y alumbraba mi camino.

Íbamos subiendo por entre las quebraduras de las peñas, por todas partes nos oprimían sus moles, y lo escabroso del suelo nos obligaba a valernos de pies y manos. Cuando estuvimos en el borde superior del alto parapeto y al aire libre: —Maestro mío, dije, ¿qué camino tomaremos? —Y me respondió: —No retrocedas un solo paso; sigue subiendo el monte detrás de mí, hasta que se nos presente quien sepa guiarnos.

La cima era tan alta, que no se alcanzaba con la vista, y la pendiente más inclinada que la línea que va desde la mitad del cuadrante al centro. Hallábame fatigado, y empecé a gritar: —¡Oh dulce padre!, vuélvete y repara que me quedo solo, si no te detienes —Hijo, me replicó, anímate a llegar hasta ahí—, mostrándome un resalto algo más saliente, que ceñía todo el monte por aquel lado.

Tal brío me comunicaron sus palabras, que hice un esfuerzo para trepar hasta él, y logré ver el peñasco bajo mis plantas. Allí resolvimos sentarnos ambos, vueltos los rostros a Levante, de donde habíamos salido, porque se suele contemplar con

3. Ciudad situada sobre un monte en el antiguo ducado de Urbino.

4. Pequeña ciudad entre Savona y Albenga. Para llegar hasta ella, en la época de Dante, era necesario descender por escaleras socavadas en montes escarpados.

5. Montaña muy alta en el distrito de Reggio en Lombardía.

gusto el camino andado. Fijé primero la vista en la profunda orilla; alcéla después al Sol, y me admiré de que nos diesen sus rayos por el costado izquierdo. Observó el Poeta mi asombro al contemplar que el carro de la luz[6] salía por entre nosotros y el Aquilón;[7] y me dijo: —Si Cástor y Pólux[8] estuviesen más cerca del astro que nos ilumina con su resplandor por arriba y por abajo,[9] verías al enrojecido zodíaco girar aún más próximo a las Osas,[10] a no ser que se saliera de su acostumbrada vía.[11] Y si quieres llegar a comprender cómo sucede esto, imagínate, interiormente abstraído, que Sión y esta montaña[12] se hallan sobre la tierra, de modo, que ambas tienen un mismo horizonte y diversos hemisferios; por lo que si tu inteligencia discurre con acierto, verás cómo el camino que por su mal no supo recorrer Faetón,[13] es fuerza que vaya por un lado a esta montaña, y por el lado contrario a la primera.

—En verdad, Maestro mío, le respondí, que nunca he visto tan claro, en cosas para las que parecía faltarme ingenio, como distingo ahora, que el círculo que está en medio del movimiento superior, que se llama Ecuador en algún arte, y que se mantiene siempre entre el estío y el invierno, se aleje de este monte, por la razón que has dicho, hacia el Septentrión, cuando los hebreos[14] le veían a la parte opuesta. Mas, si lo tienes a bien, de

6. El Sol.
7. Entre Levante y el Septentrión.
8. Los dioscuros, hijos de Júpiter y Leda. Aquí, la constelación Géminis.
9. Por uno y otro hemisferio.
10. Más próximo al polo Norte.
11. De su encíclica.
12. Jerusalén y el monte del Purgatorio.
13. Quiso guiar los caballos del Sol y se precipitó fulminado.
14. Cuando los hebreos habitaban Palestina veían el ecuador hacia el Sur.

buena gana querría saber cuánto nos resta andar, porque esta montaña se eleva a más altura que la que puede alcanzar mi vista.

A lo cual me replicó: —Esta montaña es tal, que cuesta siempre pena al que comienza a subirla, y cuanto más arriba está uno, experimenta menor cansancio. Así cuando te parezca tan suave, que asciendas por ella con la misma facilidad con que va la nave corriente abajo, entonces te encontrarás en el término de esta senda. Espera a estar allí para reposar de tus afanes: y nada más respondo, pues estoy seguro de esto.

Apenas había acabado de hablar así, cuando oímos cerca de nosotros una voz que exclamó: "Quizá tengas antes necesidad de sentarte." Volvímonos ambos hacia donde sonaba aquella voz; y vimos a la izquierda un gran peñasco, en que ni mi Maestro ni yo habíamos hasta entonces reparado. Acercámonos más, y descubrimos unas cuantas personas tendidas a la sombra detrás de la peña, como suelen ponerse los perezosos.[15] Uno de ellos, que parecía muy fatigado, estaba sentado y se abrazaba las rodillas, teniendo el rostro inclinado entre ellas.

—¡Oh mi dulce señor! —dije— mira a ese que se muestra más negligente que si fuera hermano de la pereza.

Él entonces se volvió a nosotros, nos examinó, dirigiendo la mirada por encima de sus piernas, y dijo: "Pues haz por subir, ya que eres tan valiente."

Conocí al punto quién era; la fatiga, que agitaba todavía un tanto mi respiración, no me impidió acercarme a él, y cuando me vio a su lado, sin alzar casi la cabeza, me preguntó: "¿Has

15. Las almas de los indolentes que esperaron los últimos momentos de la vida para arrepentirse de sus culpas.

comprendido ya por qué el Sol conduce su carro a la parte de tu izquierda?"[16]

Su perezosa actitud y su escasez de palabras hicieron asomar a mis labios la sonrisa; y después empecé a decirle: —No me causas ya lástima, Belacqua;[17] pero dime: ¿por qué estás tan sentado ahí? ¿Aguardas a alguno que te guíe, o es que te dejas llevar de tu desidia de siempre?

"¡Ay hermano!, me contestó: ¿de qué me serviría ir arriba, si no había de permitirme entrar en el Purgatorio el Ángel de Dios que está sentado a la puerta? Antes es menester que el cielo me haga girar tanto en torno, de ella, cuanto espacio duró mi vida, porque dejé hasta el fin mi arrepentimiento. Como no vengan en mi auxilio las preces de un alma que viva en gracia, las demás ¿qué han de aprovecharme, si no hallan acogida en el cielo?"

Y el Poeta entre tanto subía delante de mí, diciendo: —Anda ya; mira que el Sol se acerca al meridiano, y que la noche va a poner su pie en la costa de Marruecos.[18]

16. Se refiere a la explicación que Dante acababa de recibir de Virgilio y escuchada por estas almas.

17. Florentino de la época de Dante, famoso por su haraganería. Fabricaba instrumentos musicales.

18. Como Marruecos dista noventa grados, es natural que al llegar el Sol al cenit del Purgatorio, comience allí la noche.

Canto quinto

A medida que los Poetas van ganando terreno por el monte, se encuentran con una multitud de almas, las cuales, al saber que había allí un vivo, y que éste iba a volver a su mundo, se agolpan alrededor, suplicándole que las recomiende a sus deudos. Todas ellas habían descuidado la salvación eterna, hasta que sobrecogidas repentinamente por la muerte, se habían arrepentido de sus culpas y perdonado a sus enemigos. Allí están, entre otros, Jacobo del Cassero, Buonconte de Montefeltro y la Pía de Siena, que refieren al Poeta las circunstancias de su muerte.

Habíame alejado ya de aquellas sombras, e iba siguiendo los pasos de mi Guía, cuando señalándome con el dedo, gritó una que estaba detrás de mí: "¡Calla! Pues la luz del Sol parece que no da a la izquierda del que se ve más abajo, el cual parece también que anda como si estuviese vivo."

Volvíme hacia donde sonaba aquella voz, y noté que clavaban la vista con asombro en mí, solamente en mí, y en la luz que quedaba interrumpida.

—¿Por qué —me dijo el Maestro— de tal manera se embebece tu ánimo, que dejas de seguir andando? ¿Qué te importa lo que allí murmuran? Sígueme, y deja hablar a esa gente. Manténte firme como la torre, que no inclina nunca la cabeza por más que soplen los vientos. El hombre en cuya mente se agolpan ideas y más ideas, no realiza nunca sus propósitos, porque la vehemencia de una amengua el ímpetu de la otra.

¿Qué podía yo responder más que: —Ya voy?

Hícelo así, un tanto encendido el rostro con el color que alguna vez hace al hombre digno de indulgencia.

Entretanto iban descendiendo hacia nosotros, a través de la cuesta, algunos que entonaban verso a verso el *Miserere*;[1] mas cuando advirtieron que mi cuerpo no daba paso a los rayos del Sol, trocaron su canto en una larga y profunda exclamación;[2] y adelantándose a nuestro encuentro dos de ellos, a modo de mensajeros: "¿Qué condición es la vuestra?" nos preguntaron; a lo que respondió mi Maestro: —Podéis volveros, y decir a los que os envían que el cuerpo de éste es verdaderamente de carne; y que si, como presumo, han suspendido el paso al ver su sombra, bastante respuesta tienen. Háganle honrosa acogida; que quizá les será grato.

Jamás, al comenzar la noche, vi cruzar tan rápidamente por el sereno cielo la luz de ardientes vapores, ni al trasponer del Sol, por agosto, surcar las nubes con mayor velocidad, que la que emplearon aquellas almas en volver arriba; y llegadas allí, tornaron hacia nosotros con las demás, como tropel que corre sin freno alguno.

—Esta gente que con tal prisa se nos acerca, es mucha, y vienen a rogarte, dijo el Poeta. Prosigue, pues, y escúchalos andando.

"¡Oh alma, que caminas hacia la bienaventuranza con los mismos miembros con que naciste, empezaron a gritar, detén un momento el paso! Mira si conoces a alguno de entre nosotros, de suerte que puedas llevar al mundo noticias suyas. ¡Ah!, ¿por qué te marchas?, ¿por qué no esperas? Todos hemos muerto violentamente; todos fuimos pecadores hasta nuestra

1. Salmo LI.
2. V. 27: *mutar lo canto en un O lungo, e roco.*

postrer hora;[3] pero la luz del cielo alumbró nuestra razón en aquel momento; por lo que arrepentidos y perdonando a nuestros enemigos, salimos de la vida reconciliados con Dios, que nos enciende en deseos de verle."

Y yo repliqué: —Aunque miro vuestros semblantes con atención, no reconozco a ninguno; pero si en algo puedo complaceros, nobles espíritus, decidlo; que lo haré, os lo prometo, por aquella paz que voy buscando de un mundo en otro, tras las huellas de éste que me conduce.

Entonces uno empezó a decir: "Todos confiamos en tus ofertas, sin que las acompañes de juramento alguno, siempre que la imposibilidad no venza a tu buen deseo. Yo, pues, que hablo antes que los demás, te pido, si alguna vez ves el país situado entre Romaña y el reino de Carlos,[4] que me dispenses en Fano[5] el bien de tus oraciones, para que rueguen por mí, y pueda purificarme de mis graves faltas. Yo fui de allí, mas las profundas heridas de que brotó la sangre con que yo existía, me fueron hechas en el territorio de los Antenores,[6] donde más seguro creía encontrarme. Así lo ordenó el de Este,[7] que me odiaba mucho más de lo que requería lo justo; pero si hubiera yo huido

3. Se trata de desidiosos que debían quedar fuera del Purgatorio tanto tiempo como habían vivido.

4. La Marca de Ancona, entre la Romaña y el reino de Nápoles, gobernada en el 1300 por Carlos II de Anjou.

5. El que habla es Jacobo del Cassero, natural de Fano, quien cuenta su trágica muerte en 1297 cuando se dirigía a Milán, donde había sido nombrado podestá. Al cruzar un cañaveral fue sorprendido por los secuaces de su enemigo, Azzo VIII d'Este.

6. Los paduanos, pues, según la tradición, Padua había sido fundada por el troyano Antenor.

7. Azzo VIII.

hacia la Mira[8] cuando fui alcanzado en Oriaco,[9] estaría aún en el mundo donde respiraba; y no que por encaminarme corriendo a la laguna, de tal manera me hallé embarazado por las cañas y por el cieno, y a poco quedó la tierra hecha un lago de mi sangre."

En seguida dijo otro "¡Oh!, cúmplase el anhelo que aquí te trae, y ayuda al mío con tus piadosas obras. Yo fui de Montefeltro; soy Buonconte.[10] Ni Juana[11] ni los demás se cuidan de mí; por lo que voy entre éstos con la frente baja." Yo entonces le pregunté: —¿Qué fuerza o qué caso te llevó tan lejos de Campaldino, que no se supo nunca dónde está tu sepultura?

"¡Ay!, respondió, por la parte más baja del Casentino[12] pasa una corriente que se llama el Archiano, y que nace en el Apenino, por encima del Yermo.[13] Llegué hasta el lugar en que pierde su nombre,[14] atravesado el cuello de parte a parte, fugitivo, y regando la llanura con mi sangre. Perdí allí la vista, y mi última palabra fue el nombre de María; allí caí, y quedó mi cuerpo inanimado.[15] Te contaré la verdad, y tú la repetirás entre los vivos. Acogióme el Ángel de Dios, y el del Infierno gritaba: "¡Oh tú, que bajas del cielo! ¿por qué has de privarme de éste? Te llevas

8. Lugar situado a orillas de un canal que sale del Brenta. Siguiendo en esta dirección se hubiera salvado de caer en manos de sus enemigos.

9. Oriaco se halla en terreno palúdico y cubierto por un cañaveral. Esto le impidió huir.

10. Hijo del conde Guido de Montefeltro y gibelino él también.

11. La mujer de Buonconte.

12. La parte más baja del distrito de este nombre.

13. Convento de los camaldulenses fundado por San Romualdo en los comienzos del siglo XI.

14. Porque sus aguas desembocan en el Arno.

15. En el original se lee: *caddi, e rimase la mia carne sola*, "caí y sólo quedó mi carne".

la parte de él, que es eterna, por una leve lágrima que me la arrebata; pero yo trataré la otra parte de otro modo."

"Bien sabes cómo se condensan en la atmósfera los húmedos vapores que se convierten en agua, así que suben a la fría región del aire. Pues añadiendo a su inteligencia la aviesa voluntad sólo dispuesta al mal, desencadenó exhalaciones y vientos por aquella virtud que le concedió su naturaleza. Y al punto que se extinguió el día, cubrió de nubes el valle desde Protomagno[16] hasta el Apenino, y de tal manera condensó el cielo, que el aire espeso se convirtió en agua. Desatóse la lluvia; llenáronse los barrancos con la que no pudo absorber la tierra; y aumentando el caudal de una y otra arroyada, con tal ímpetu se lanzó en el río principal,[17] que no bastó nada a contenerla. Hinchado así el Archiano, halló mi yerto cadáver en su embocadura, le precipitó en el Arno, y deshaciendo la cruz que con los brazos había formado sobre mi pecho, cuando me rindió el dolor, fue golpeándome ya en sus orillas, y ya en su fondo, y por fin me ocultó y envolvió entre sus arenas.

"Cuando vuelvas, ¡ay de mí!, al mundo, y hayas reposado de tu largo viaje, añadió otro espíritu a lo que el segundo acababa de decir, acuérdate de mí, que soy la Pía.[18] Nací en Siena, y perecí en Maremma. Harto lo sabe aquel que me desposó por segunda vez, poniéndome su nupcial anillo."

16. Uno de los contrafuertes del Apenino. Divide el Valdarno superior del Casentino.

17. En el Arno.

18. Pía dei Tolomei, esposa de Nello de Pannocchieschi. Posiblemente Nello mató a su mujer en 1295; no se sabe bien por qué.

Canto sexto

Salen al encuentro de los dos Poetas otras almas, separadas también violentamente de sus cuerpos, y que se convirtieron también en su postrera hora. Menciónanse los nombres de algunas. Afectuoso recibimiento que el mantuano Sordello hace a su compatriota Virgilio. Prorrumpe Dante en una elocuente invectiva contra la dividida Italia y contra los autores de todos sus males.

Cuando los que juegan a la zara[1] se separan unos de otros, el que ha perdido queda pensativo repitiendo las tiradas, y mostrándose triste y escarmentado, mientras que todo el mundo se va con el que gana; uno le coge por delante, otro por detrás, y otro se pone a su lado para llamarle más la atención; pero él no se detiene, sino que oye a éstos y aquéllos: con alargar a uno la mano, se libra de él; y así deja de importunarle la multitud.

Tal me veía yo en medio de aquel gentío, volviendo a uno y otro lado la cabeza; y prometiendo complacerlos, fueron retirándose todos ellos. Allí estaba el aretino, que recibió la muerte de los formidables brazos de Ghin de Tacco;[2] y el otro que se ahogó en la caza que le dieron sus enemigos.[3]

---

1. Juego de dados. Es voz árabe; cf. la palabra *azar*.

2. El aretino es Benincasa da Laterina, juez de Arezzo, que enseñó en Bolonia. Condenó a muerte a un pariente cercano de Ghino de Tacco, quien mató al juez en Roma. Según algunos, en la misma sala del jurado.

3. Guccio de Tarlati, jefe de los gibelinos de Arezzo, mientras era perseguido por sus enemigos, debido al ímpetu de su caballo cayó al Arno y se ahogó.

Allí Federico Novello[4] oraba con las manos extendidas, y el pisano,[5] que hizo mostrar su entereza de ánimo al buen Marzucco.[6] Vi también al conde Orso;[7] y a aquel cuya alma se separó de su cuerpo por odio y envidia, como decía, no por haber cometido ninguna culpa, o lo que es lo mismo, a Pedro de la Brocha;[8] y viva muy sobre sí mientras esté en el mundo, la señora de Brabante,[9] no vaya de sus resultas a dar en mansión más triste.

Libre ya de todas aquellas almas que seguían solicitando los ruegos de otros,[10] para apresurar así el momento de su salvación, empecé a decir: —En alguno de tus textos, lumbrera que me iluminas, parece como que expresamente niegas que la

4. Hijo de Guido Novello, fue muerto cerca de Bibbiena por uno de los Bostoli.

5. Farinata degli Scornigiani de Pisa, asesinado por un ciudadano de Pisa.

6. Padre de Farinata. Se había hecho monje y al conocer la muerte de su hijo y hacerse cargo del cadáver exhortó a los parientes a perdonar al homicida. Según otros, llegó hasta besar la mano de éste. De ahí la entereza de ánimo a que Dante alude.

7. Hijo del conde Napoleón degli Alberti. Fue muerto por su primo el conde Alberto de Mangona. En el círculo noveno del Infierno, en la Caína, se encuentra al conde Napoleón (*Infierno*, XXXIII).

8. Pier de la Brosse: cirujano, de humilde condición. Se ganó el favor de Luis IX y luego Felipe III lo hizo gran chambelán. Se indispuso con María, segunda esposa de Felipe y habiendo caído en desgracia, el rey lo hizo ahorcar.

9. María, hija de Enrique VI, duque de Brabante, y esposa en segundas nupcias de Felipe. Cuando el hijo mayor de éste murió repentinamente se sospechó un envenenamiento y parece que Pier de la Brosse acusó a María de la muerte del hijastro para asegurar a su hijo, Felipe el Hermoso, el trono de Francia. Antiguos comentaristas de Dante dicen que María acusó a Pedro de Liber de haber intentado seducirla. El Dante la cree inocente.

10. De los vivientes.

oración haga cambiar lo que ha decretado el cielo,[11] y esta gente, sin embargo, ninguna otra cosa anhela. ¿Será que les engañen sus esperanzas o que tus palabras las he comprendido mal?

Y me respondió: —Lo que escribí es muy claro, y las esperanzas de éstos no van fallidas, si con ánimo desapasionado se considera; pues no se frustra el juicio de Dios porque el fuego de la caridad satisfaga de una vez lo que deben las almas que aquí moran; y en el lugar que yo aplicaba aquella máxima,[12] no se perdonan los pecados por medio de la oración, por ser esta inútil para los que están fuera de Dios. No insistas empero en cuestión tan alta, si a ello no te anima la que ha de servirte de luz entre la verdad y tu inteligencia. Ignoro si me entiendes: hablo de Beatriz, a quien verás allá arriba, en la cumbre de esta montaña, risueña y venturosa.

Y yo repuse: —¡Oh mi fiel Guía!; caminemos más de prisa, que ya no me canso tanto como al principio; y mira: el monte extiende su sombra por este lado.

—Avanzaremos, respondió, en lo que resta de día cuanto podamos, pero no es la subida tan fácil como imaginas. Antes que llegues al fin, verás volver al que ahora se cubre con esa altura[13] de modo que no puedas interceptar sus rayos; pero he allí un alma enteramente sola, que mira fijamente hacia nosotros: ésa nos enseñará el camino más corto.

Acercámonos a ella. ¡Oh alma lombarda! ¡Qué altiva y desdeñosa estabas![14] ¡Con qué gravedad y nobleza volvías la vista!

11. Alusión a la *Eneida*, vi, 376.

12. Cuando en el Infierno, la sibila se dirige a Palinuro en el pasaje citado.

13. El Sol.

14. Exclamaciones en que prorrumpe Dante sin dirigirse todavía a la sombra.

No nos decía palabra, y dejaba que nos aproximásemos, contentándose con mirar como un león cuando se halla reposando. Pero Virgilio se adelantó hacia ella, rogándole que nos mostrase la vía más fácil; a cuya pregunta no respondió, informándose, no obstante, de nuestra patria y nuestra condición; y mi complaciente Guía había empezado ya a decir: —Mantua...[15] cuando la sombra que parecía enteramente concentrada en sí, se levantó del sitio en que estaba, y acercándose exclamó "¡Oh mantuano! yo soy Sordello;[16] ¡soy de tu tierra!" Y se abrazaron ambos.

¡Ah, esclavizada Italia, enfermizo albergue; nave sin piloto en la más deshecha borrasca, no ya señora de provincias, sino de mancebías infames! Sólo al dulce nombre de su patria se apresuró aquella alma generosa a festejar a sus conciudadanos, y los que en ti moran al presente no saben vivir sin guerra, destrozándose entre sí aquellos a quien abriga una misma muralla y un mismo foso. Recorre, infeliz, alrededor de las costas todos tus mares, y mira después dentro de tu seno si hay alguna parte de ti que disfrute paz. ¿De qué sirvió que Justiniano[17] te ajustase el freno, si la silla quedó vacía? ¿De otra suerte, hubiera sido menor tu afrenta? Y, ¡oh vosotros que debierais ser virtuosos,[18] y dejar que ocupe su silla César, si atendierais bien a lo que Dios os ha prescrito! Ved qué indómita se ha hecho esta fiera, por no haberle aplicado espuela alguna desde que

15. Pietrobono conjetura que Virgilio estaba por decir *Mantua me engendró*, primeras palabras de su epitafio.

16. Nació cerca de Mantua, en Goito. Fue poeta provenzal famoso por sus amores. Idealizándolo Dante se complace en darnos un símbolo de amor patrio.

17. Emperador romano de 527 a 565, *Par.*, VI.

18. Los religiosos, que debían ocuparse sólo de las obras divinas.

tomasteis las riendas en vuestras manos. ¡Oh Alberto alemán,[19] que abandonas a la que se ha vuelto indomable y salvaje, cuando debieras oprimir sus razones! Caiga el justo castigo de las estrellas sobre tu sangre, castigo nuevo y patente, tal que sirva de escarmiento a tu sucesor; porque habéis consentido tu padre y tú, alejados de aquí a impulsos de la codicia, que el jardín del imperio quedase yermo. Ven a ver, hombre descorazonado, a los Montescos y Capuletos,[20] a los Monaldos y Filipeschi,[21] tristes aquéllos y recelosos éstos. Ven, cruel, ven, y mira la opresión de tus nobles, y venga sus injurias, y no temas por la seguridad de Santaflor.[22] Ven, y verás cuál se lamenta tu Roma, viuda, desamparada y clamando de día y de noche: "César mío, ¿por qué no me acompañas?" Ven a ver qué amor se tienen las gentes; y ya que no te mueve alguna compasión hacia nosotros, abochórnate de tu fama. Y a ti, soberano Jove[23] que fuiste crucificado en la tierra por los hombres, séame lícito preguntarte: ¿se han vuelto a otro lado tus justos ojos? ¿O es que en la profundidad de tus designios preparas por tales medios algún bien, del todo incomprensible a nuestro discurso? Porque las tierras de Italia se ven plagadas de tiranos, y el más vil, al alistarse en un bando, se cree un Marcelo.[24]

19. Alberto I de Austria, hijo de Rodolfo de Habsburgo, fue elegido emperador en 1298 y muerto a traición en 1308. El emperador a quien dirige estas palabras es otro de los culpables de la anarquía de Italia, pues nunca se ocupó de los asuntos de la misma ni la visitó. Desde Federico II (m. 1250) Italia no conocía emperador hasta Enrique VI (m. 1313).

20. Familias nobles que estaban a la cabeza de los facciosos en Verona.

21. Familias de Orvieto en lucha entre ellas. Dante quiere mostrar la desunión y anarquía que reinaba en Italia.

22. Condado y feudo imperial en los confines de Siena.

23. Para indicar la divinidad en general.

24. Cónsul romano, secuaz de Pompeyo y adversario de César.

Florencia mía, contenta puedes estar de esta digresión, que no te alcanza a ti, merced a tu pueblo, que procede con tan gran cordura.[25] Muchos tienen la justicia en el corazón, pero la disparan tarde, por temor de no manejar con acierto el arco: tu pueblo la lleva en la punta de la lengua. Muchos rehúsan en otras partes los cargos públicos, pero tu pueblo responde con gran solicitud sin ser llamado, gritando: "¡Vengan sobre mis espaldas!" Regocíjate, pues, que motivo tienes, pues eres rica, vives en paz, profesas sabiduría: si hablo o no con ingenuidad, díganlo los efectos. Atenas y Lacedemonia, que hicieron las antiguas leyes, y a tanta civilización llegaron, apenas dejaron una pequeña muestra en el arte de vivir bien, comparadas contigo, que inventas tan sutiles providencias, y que las que urdes en octubre no llegan a mitad de noviembre. ¡Cuántas veces en el tiempo de que te acuerdas has cambiado de leyes, de moneda, de oficios y de costumbres! ¡Cuántas variado y renovado tus ciudadanos! Y si bien lo consideras, y no estás ciega, verás que te pareces a la enferma que no puede acomodarse sobre la pluma, y, que a fuerza de dar vueltas, procura hallar alivio a sus dolores.

25. Amarga ironía contra su ciudad.

Canto séptimo

Después del afectuoso recibimiento hecho a su compatriota, oye
Sordello con la mayor sorpresa que es Virgilio, y el lugar que en
la eterna mansión ocupa; y como el egregio Poeta le rogase que
indicara por dónde podría subirse más fácilmente al Purgatorio,
se ofrece a ser su guía; pero estando ya el sol próximo a su ocaso,
le conduce a un valle abierto en la montaña para pasar allí la
noche. En este amenísimo lugar están los horribles ilustres que,
atentos exclusivamente a los intereses de la vida, no volvieron el
pensamiento a Dios hasta los postreros instantes de ella; y Sorde-
llo va mostrando a algunos de los principales.

Luego que por tercera y cuarta vez reiteraron sus corteses
y afectuosos cumplidos, detúvose Sordello para decir "Y
¿quién sois vosotros?"

—Antes de que llegaran a este monte las almas dignas de
elevarse hasta el trono de Dios, fueron sepultados mis huesos
por Octaviano.[1] Yo soy Virgilio; y perdí el cielo, por la única
culpa de no conocer la fe—. Esto le respondió mi Maestro. Y
como aquel que de repente ve ante sus ojos una cosa de que
mucho se maravilla, y cree y no cree en ella, diciendo si será,
si no será; tal se quedó Sordello; y al punto bajó los ojos, y volviéndose humildemente hacia él, le abrazó como lo hacen los
inferiores.[2]

1. Emperador romano que ordenó trasladar los restos de Virgilio de
Brindisi a Nápoles.
2. Agachándose.

"¡Oh gloria de los latinos, dijo, por quien mostró aquella nuestra lengua cuánto valía! ¡Oh eterna prez del pueblo que fue mi cuña! ¿Qué mérito o qué gracia te trae aquí? Dado que sea digno de tus palabras, dime si vienes del Infierno, y de qué recinto."

—Aquí he venido —le respondió— después de discurrir por todos los círculos del reino de los dolores. Movióme virtud celestial, y con ella vengo. No por hacer, mas por no haber hecho, he perdido el bien de contemplar el alto Sol que tú ansías, y que conocí demasiado tarde. Hay allá abajo un lugar, no triste por sus tormentos, sino sólo por sus tinieblas, donde no resuenan los lamentos como ayes, sino como suspiros.[3] Allí estoy en compañía de inocentes párvulos, mordidos por los dientes de la muerte, antes de verse preservados de la culpa humana. Allí estoy con aquellos en quienes no resplandecieron las tres santas virtudes,[4] y que exentos de vicios, conocieron las demás, y las practicaron todas. Pero si sabes y te es posible, danos algún indicio para que consigamos llegar más presto al sitio en que esté la verdadera entrada del Purgatorio.

Y él respondió: "No tenemos sitio determinado: a mí me es permitido andar por arriba y alrededor; y en el espacio que puedo recorrer, te serviré de guía; pero ve que el día toca a su término, y no siendo posible caminar de noche, fuerza es que busquemos punto a propósito en que refugiarnos. Apartadas de aquí y hacia la derecha hay algunas almas; si te parece bien, te llevaré adonde están; que te será agradable conocerlas."

3. El Limbo.
4. Las virtudes teologales: fe, esperanza y caridad.

—¿Cómo es eso? —preguntó mi Maestro—: al que intenta subir de noche[5] ¿hay alguien que se lo impida?, ¿o es porque no hay medio de hacerlo?

Y pasando un dedo por la tierra, el buen Sordello añadió: "¿Ves esta leve línea? Pues no te será dado salvarla, así que se ponga el Sol; y no porque impida la marcha otra cosa que las tinieblas de la noche, las cuales la imposibilitan de manera que no dejan acción a la voluntad. Posible, no obstante, sería volver abajo, y vagar aquí y acullá en torno de la pendiente, mientras el horizonte nos oculte el día." Mi señor entonces, que estaba como asombrado: —Llévanos, pues —dijo— a donde dices que podemos estar agradablemente.

No habíamos andado aún mucho, cuando noté que la montaña tenía hondonadas, como las que forman los valles de nuestra tierra.

"Iremos, dijo la sombra, a donde la pendiente forma por sí una concavidad, y allí esperaremos el nuevo día."

Entre el terreno áspero y el llano había una senda tortuosa, que conducía al declive de la hondonada, y al punto en que venía poco más que a promediarse la desigualdad. El oro y la fina plata, la grana y el albayalde, la brillante y pulida madera india y la esmeralda más viva en el momento de romperse en pedazos, comparadas con la hierba y las flores de aquel valle, cederían a sus colores, como lo que es menos cede a lo superior. Y no sólo de sus matices hacía gala allí la naturaleza, sino de la fragancia de mil aromas, de que resultaba una mezcla nueva y desconocida. Vi varias almas, que no me permitieron descubrir antes las laderas del valle, sentadas sobre el césped y las flores, cantando *Salve, Regina*.

5. Conviene recordar la alegoría entre el Sol y Dios.

"Hasta que el poco Sol que resta se oculte, dijo el mantuano que había ido acompañándonos, no exijáis que os lleve a donde están ésos. Desde esta loma distinguiréis sus movimientos y rostros, mejor que si os hallaseis abajo entre ellos. El que está sentado más alto que los demás, manifestando haber descuidado lo que debía hacer, sin mover los labios para tomar parte en el canto, fue el emperador Rodolfo,[6] que pudo sanar las llagas de cuyas resultas ha muerto Italia; así que tarde acudirá nadie con el remedio. El otro que le alienta con sus miradas, rigió el país en que nace el agua que el Moldavia lleva al Elba, y el Elba al mar; tuvo por nombre Octocaro,[7] y aun en su primera edad fue mucho mejor que Wenceslao[8] su hijo, hombre barbado, que se encenagó en la lujuria y la ociosidad. Aquel desnarigado[9] que tan íntimamente parece conferenciar con el otro de benigno aspecto,[10] murió huyendo y deshojando la flor de lis.[11] Mirad cómo se golpea el pecho. Y ved a aquel que está suspirando, y de la palma de la mano ha hecho un apoyo para

6. Rodolfo I de Habsburgo, coronado emperador de Aquisgrán en 1273 y muerto en 1291. Se dedicó por entero a Alemania sin tomar posesión del trono de Italia. Es el padre de Alberto de Austria, que apareció en el canto anterior.

7. Rey de Bohemia. Murió en el campo de batalla en 1270 cerca de Viena. Fue en vida adversario de Rodolfo.

8. Hijo de Octocaro. Príncipe mediocre y hombre de vicios.

9. Felipe III el Atrevido. Murió en 1285. Padre de Felipe el Hermoso y Carlos de Valois.

10. Enrique I de Navarra. Ascendió al trono en 1276 y murió en 1274. Su hija Juana casó con Felipe el Hermoso.

11. Deshonrando la insignia de la casa de Francia: tres lises de oro sobre campo azur. Felipe III murió por el disgusto de perder una guerra contra Pedro III de Aragón.

su mejilla.[12] Padre y suegro son respectivamente del que labró la desventura de Francia:[13] saben su estragada y grosera vida, y de aquí el pesar que los atormenta. El otro que tan membrudo parece,[14] y que canta acorde con el de la nariz prominente,[15] ciñó la aureola de todas las virtudes; y si después hubiera subsistido de rey más tiempo el joven que está sentado a su espalda,[16] se hubiera perpetuado de uno en otro su grandeza; lo cual no puede decirse de los demás herederos, pues aunque Jaime y Fadrique[17] sucedieron en sus reinos, ninguno poseyó mejor su herencia. Rara vez se comunica a las ramas la bondad del humano tronco: así lo ha dispuesto el que la concede, para que como don suyo se le demande. Encaminadas van mis palabras lo mismo al de la gran nariz,[18] por cuya causa gimen hoy la Pulla y la Provenza, que al otro, a Pedro, el que con él canta. Y tanto ha degenerado la planta de la semilla, cuanto, con más razón que Beatriz y Margarita, puede gloriarse Constanza de tal marido.[19] Ved allí al rey de sencilla vida, Enrique de Inglaterra,[20] cuán solo se halla en su asiento; y éste produjo

12. El mismo Enrique I.

13. Es Felipe el Hermoso.

14. Pedro III de Aragón.

15. Carlos I de Anjou.

16. Alfonso III, primogénito de Pedro. Fue llamado el Magnífico y reinó desde 1285 hasta 1291.

17. El segundo y el tercer hijos de Pedro.

18. El ya mencionado Carlos de Anjou.

19. Constanza es la mujer de Pedro III. Beatriz, hija del conde de Provenza, y Margarita, hija del duque de Borgoña, son las dos esposas de Carlos I.

El Poeta quiere decir que Carlos II fue tan inferior respecto de Carlos I, esposo de Beatriz y Margarita, como éste lo fue de Pedro III, esposo de Constanza.

20. Enrique III de Inglaterra, muerto en 1272.

mejores vástagos.[21] El que está en el suelo más bajo que los anteriores y mirando arriba, es el marqués Guillermo,[22] por quien el Monferrato y el Canavés tienen que llorar aún, al acordarse de Alejandría y su guerra."

21. Eduardo I, hijo del anterior. Reinó desde 1272 hasta 1306. Llamado el Justiniano inglés, dio forma definitiva a la constitución de Inglaterra.

22. Guillermo II, marqués de Monferrato. Sostuvo una guerra contra Asti pero fue apresado a traición en Alejandría. Murió en 1292. Su hijo Juan I, para vengarlo, movió guerra a Alejandría con poca fortuna, por lo cual el marquesado debió llorar largo tiempo los daños causados.

Canto octavo

Llega la noche, entonan un himno las almas de que habla el canto anterior, y bajan del cielo dos Ángeles para guardar el valle de la maligna serpiente que se introduce en él aprovechándose de la oscuridad. Incorpóranse entonces los Poetas con las sombras, y Dante reconoce a Nino de Visconti, de Pisa, con quien se detiene a hablar. Preséntase entonces la serpiente, salen los Ángeles a su encuentro, y sólo con sacudir sus alas, la hacen huir. Conrado Malaspina se dirige a Dante para pedirle nuevas de su país; el Poeta celebra la gloria de aquella nobilísima casa, y Conrado le predice su destierro.

Era la hora que renueva en los navegantes su afectuoso anhelo y enternece sus corazones, el día que han dicho adiós a sus dulces amigos; la hora que despierta en el nuevo viajero sus amorosos recuerdos, al oír de lejos la campana que parece dolerse del día que expira, cuando empecé a no percibir rumor alguno, y a ver que poniéndose de pie una de las almas, hacía señas a las demás para que la escuchasen. Juntó y levantó ambas manos, fijando sus ojos en el Oriente, como si dijese a Dios: "No me cuido de otra cosa"; y tan devotamente y con tan suave voz entonaron sus labios el *Te lucis ante*,[1] que me puso en olvido hasta de mí mismo. Las otras siguieron acompañando todo el himno con la mayor dulzura y recogimiento, alzando a la celestial esfera sus miradas.

1. Primeras palabras del himno con el cual la Iglesia pide protección contra las tentaciones nocturnas.

Y aquí, lector, aguza bien los sentidos para descubrir la verdad, porque el velo es ahora tan sutil, que solamente así será fácil traspasarlo.

Vi después a aquella lucida hueste mirar silenciosa al firmamento, como si estuviese esperando algo, tímida y humildemente; y vi descender de lo alto dos Ángeles con sendas espadas de fuego, torcidas y despuntadas. Verdes, como las hojas acabadas de brotar eran sus vestiduras, que agitadas por sus verdes alas, ondeaban a impulsos del viento. Uno vino a colocarse a poca altura de nosotros; el otro bajó hacia la parte opuesta, de modo que las almas quedaron en medio. Distinguíase claramente su blonda cabellera, pero su rostro deslumbraba la vista; como toda fuerte impresión ofende a los sentidos.

"Ambos vienen, dijo Sordello, del seno de María para guardar el valle de la serpiente que llegará en breve."[2]

Yo que ignoraba por dónde asomaría, dirigí la vista alrededor, y todo sobrecogido me arrimé a las espaldas de mi Maestro.

Y Sordello continuó diciendo: "Bajemos ahora a unirnos con esas ilustres sombras, y les hablaremos; que les será agradable veros."

Sólo tres pasos creo que había andado, cuando me encontré abajo, y vi uno que me miraba con grande atención, como queriendo reconocerme.

Ya a la sazón había oscurecido el aire, mas no tanto que la distancia a que nos hallábamos no consintiese distinguir más claro que antes.

---

2. Los Ángeles vienen a cuidar el vallecito que el demonio, en forma de serpiente, visitaba cada tarde.

Adelantóse hacia mí, y yo hacia él: —¡Oh, Nino![3] ¡Oh insigne juez! ¡Cuánto placer he tenido al ver que no estabas entre los réprobos!

No dejó de mediar entre nosotros ningún saludo afectuoso, y después me preguntó: "¿Cuánto tiempo ha que has venido al pie de la montaña, surcando aguas desde tan lejos?"

—¡Oh! —le respondí—: pasando por las tristes mansiones, vine esta mañana, y no he perdido aún la primera vida, sino que en este viaje me preparo para la otra.

Y no bien oyeron mi respuesta, retrocedieron Sordello y él, como poseídos de repentino asombro.

El uno se volvió hacia Virgilio, y el otro hacia una de las almas que allí estaba sentada, gritando: "Ven, Conrado,[4] ven a ver lo que la gracia de Dios dispone." Y volviéndose después a mí, añadió: "Por el singular reconocimiento que debes al que de tal modo oculta su primitivo origen, que no se puede llegar a él, di a mi Juana,[5] cuando hayas traspuesto ese anchuroso mar, que dirija por mí sus preces a donde la voz de la inocencia halla acogida. No creo que me ame todavía su madre,[6] habiendo renunciado a las blancas tocas,[7] que la infeliz algún día echará de menos.[8] Por ella se comprende fácilmente cuánto dura en la

---

3. Nino Visconti, güelfo. Conocido como el juez de Gallura por el gobierno que ejerció en aquel lugar de Cerdeña. Fue elegido en 1285 junto con el conde Ugolino, de quien era sobrino, para ejercer la señoría de Pisa, de donde más tarde fue expulsado. Dante le conoció en una campaña contra los pisanos.

4. Conrado Malaspina, de quien se habla más adelante.

5. Hija de Nino Visconti. Tenía cerca de nueve años en 1300.

6. Beatriz, hija de Obizzo II de Este. Viuda de Nino, casó en segundas nupcias con Galeazzo Visconti, hijo de Mateo, señor de Milán.

7. En señal de viudez.

8. Por las desgracias que sobrevinieron a su segundo esposo.

mujer el fuego de amor, si no le avivan con frecuencia las miradas o las caricias. No honrará tanto su sepultura la víbora del escudo del milanés, como lo hubiera hecho el gallo de Gallura."[9]

Así decía llevando en su aspecto el sello de aquel recto celo que moderadamente arde en el corazón. Mis ojos se levantaban ávidos al cielo, y hacia aquel punto en que las estrellas caminan con más lentitud,[10] como la parte de la rueda más próxima al eje. Y mi Guía me preguntó: —Hijo ¿qué miras allá arriba?—. A lo que contesté: —Aquellas tres luces[11] que abrazan todo el Polo por este lado—. Y él me dijo: —Las cuatro brillantes estrellas[12] que viste esta mañana, han descendido allí, y las otras han subido a donde estaban ellas.

Mas según estaba hablando, Sordello le atrajo a sí, exclamando: "¡He ahí a nuestro enemigo!" Y extendió el dedo para que mirase hacia el lado por donde venía.

Por la parte menos resguardada del pequeño valle salió una serpiente, quizá la misma que dio a gustar a Eva el amargo fruto. Venía el dañino reptil por entre la yerba y las flores, volviendo de vez en cuando la cabeza y lamiéndose el lomo, como un animal que se alisa la piel. Yo no vi, y así ni puedo decir, cómo se movieron las dos águilas celestiales, pero distinguí muy bien que uno y otro se habían movido; y al sentir que hendían el aire sus verdes alas, huyó la serpiente, y los Ángeles tornaron a su mansión, volando iguales.

La sombra que se acercó al Juez cuando la llamó, no apartaba un momento de mí sus ojos durante aquel conflicto. "Que la

9. El escudo de los Visconti de Milán ostentaba una víbora; el de los de Pisa, un gallo.

10. Hacia el polo.

11. Simbolizan las virtudes teologales.

12. Las virtudes cardinales: prudencia, justicia, templanza y fortaleza.

antorcha que te guía a la sublime región encuentre de ti voluntad tan dócil, cuanta es menester para llegar al esplendor supremo[13] —empezó a decir—; y si alguna nueva cierta sabes de Valdimagra, refiéremela, pues yo fui allí señor. Me llamé Conrado Malaspina,[14] no el antiguo, sino descendiente de él, y profesé a los míos un amor que se purifica aquí."

—¡Oh! —le contesté—, jamás he estado en vuestro país, pero ¿en qué punto de Europa vivirá uno que no haya oído celebrarlo? La fama de que goza vuestra casa ensalza a los señores lo mismo que a la tierra, de suerte que es conocida ésta aun de los que no la han visto. Y yo os aseguro (¡así logre ganar esa eminencia!) que vuestra honrada estirpe no desmerece del brillo que le han granjeado su liberalidad y su denuedo. Su proceder y buen natural la aventajan de tal manera, que aun cuando extravíe al mundo la depravación del encargado de dirigirle,[15] ella sola sigue el camino recto y desecha el malo.

Y él me replicó: "Marcha, pues; que no ha de entrar el Sol siete veces[16] en el espacio que el Aries cubre y abarca con sus cuatro pies, sin que esa lisonjera opinión quede profundamente grabada en tu mente con más fuerza que ningún otro discurso, a no ser que la Providencia varíe el curso de los acontecimientos."

13. En el original, *sommo smalto*, el Empíreo o la cumbre del Purgatorio.

14. Conrado Malaspina el Joven, hijo de Federico y nieto de Conrado el Viejo, marqués de Lumigiana.

Desde 1306 en adelante el Poeta fue muchas veces acogido en su destierro por los marqueses Malaspina.

15. Según los comentaristas, Bonifacio VIII o Roma como sede del papado.

16. No han de pasar siete años.

Canto nono

Rendido de cansancio el Poeta, poco antes de amanecer, queda dormido y tiene durante el sueño una visión misteriosa; después de la cual despierta, y se halla a la puerta del Purgatorio con Virgilio, que le refiere cómo ha sido trasladado allí. Acércanse en seguida a la puerta, custodiada por un ángel, que a los humildes ruegos de Dante, después de trazarle siete Pes sobre la frente, y de hacerle algunas advertencias, la abre, y entran ambos en el Purgatorio.

Comenzaba ya a blanquear en la extremidad del Oriente la compañera[1] del viejo Titón, apartándose de los brazos de su dulce amigo: resplandecían en su frente las perlas que formaban la figura del frío animal que con su cola hiere a los hombres;[2] y había ya la noche, en el sitio en que nos hallábamos, hecho pasar dos de sus constelaciones, y comenzaba a hacer lo propio con la tercera; cuando yo, cubierto de la frágil carne de Adán, me sentí vencido del sueño, y me recosté en la hierba, en que todos cinco[3] estábamos sentados. Acercábase la hora del alba en que la golondrina prorrumpe en sus tristes ayes, recordando quizás sus primeros dolores,[4] y en que menos

1. La Aurora.
2. El escorpión. Se creía que en la cola tenía un diente venenoso.
3. Dante, Virgilio, Nino, Conrado y Sordello.
4. Progne, mujer de Teseo, mató al hijo de ambos para vengar a su hermana Filomena, ultrajada por su marido. Fue transformada en ruiseñor la primera y la última en golondrina. A ésta alude el texto, aunque la opinión seguida por Dante no es unánimemente aceptada (cf. *Purg.*, XVII, n. I).

subyugado nuestro espíritu por los sentidos, y no embebecido en sus pensamientos, casi adivina la realidad de sus visiones.[5]

Parecíame ver en sueños un águila suspendida en el aire con plumas de oro, abiertas las alas y preparándose a descender, y que yo estaba en el sitio[6] en que Ganimedes abandonó a los suyos cuando fue arrebatado a la olímpica asamblea; y decía entre mí: — Tal vez ésta acostumbre a hacer sólo aquí su presa, y se desdeña de asirla con las garras—. Parecíame después que, cerniéndose otro poco, bajaba terrible como una exhalación, y me arrebata, llevándome hasta la región del fuego, y figurábame que ella y yo estábamos ardiendo; y de tal modo me abrasaba aquel incendio imaginado, que no pude menos de ahuyentar mi sueño. Y de la misma suerte que despertó Aquiles, volviendo en torno sus ojos al abrirlos, sin saber dónde se hallaba, cuando su madre, arrancándosele a Quirón, dormido en sus brazos le trasladó a Sycros, de donde le sacaron después los griegos; del mismo modo desperté yo, huyendo el sueño de mi rostro, e inmutándome todo, como un hombre sobrecogido de espanto.

Sólo estaba a mi lado el que me prestaba auxilio: hacía más de dos horas que había aparecido el Sol, y yo tenía vueltos los ojos a la parte de la marina.

—No temas —me dijo mi Señor—: tranquilízate, que estamos en buen camino; no decaigas, sino revístete de todo tu ánimo. Has llegado ya al Purgatorio:[7] mira el valladar que alrededor

5. Se creía que los sueños de la mañana eran proféticos. Véase el principio del canto XXVI del *Infierno*.

6. En el monte Ida, en la Frigia, donde, según la mitología, Ganimedes, hijo de Troo y el más bello de los mortales fue raptado por un águila cumpliendo un mandato de Júpiter y llevado al cielo, donde se convirtió en el escanciador de los dioses.

7. Hasta el momento han recorrido el Antepurgatorio.

le cerca, y mira su entrada allí donde parece cortado. Ha poco, al asomar el crepúsculo que precede al día, cuando dormías en lo interior de tu alma sobre las flores de que está tapizado el suelo, vino una mujer y dijo: "Soy Lucía;[8] déjame llevar a ese que duerme; abreviaré de este modo su camino." Quedaron allí Sordello y las demás sombras; te tomó consigo, y al aclarar el día, se dirigió aquí, y yo seguí sus pasos. Dejóme en este sitio, no sin que antes me mostrase con sus hermosos ojos esa entrada; y ella y tu sueño desaparecieron al mismo tiempo.

Quedé como el hombre que no acierta a salir de dudas, y que trueca sus recelos en confianza, luego que la verdad se le manifiesta. Y como mi Maestro me viese ya sin zozobra alguna, tomó la pendiente arriba, y yo tras él a lo alto me encaminé.

Ya ves, lector, cómo sé realzar mi asunto; y así no te maravilles si llego a mostrar más arte.

Acercámonos, hasta donde lo que al principio me pareció una quiebra, un portillo hecho en el muro, vi que era una puerta,[9] que en su parte inferior tenía, para subir a ella tres escalones de diferente color, y un portero que no nos decía palabra. Y mirándole cada vez más atentamente, vi que estaba sentado en el escalón más alto, y que era de aspecto tal, que no se le resistía. Tenía en la mano una espada desnuda, la cual despedía hacia

8. Símbolo de la gracia.

9. La entrada al Purgatorio envuelve una compleja simbología: las tres gradas, blanca, oscura y roja; el ángel de saya cinérea, la espada y las dos llaves, una de oro y de plata la otra; las siete P que el ángel guardián graba en la frente del Poeta con la espada esconden un símbolo que ha sido diversamente interpretado. El ángel es el sacerdote que admite la penitencia y graba en la frente del Dante el signo de los siete pecados, que otros ángeles le quitarán a través de las siete cornisas. La noción de que la hermosura divina es inalterable procede de la Biblia (Éxodo, 3:6).

nosotros un resplandor tan vivo, que en vano pretendía fijar mi mirada en ella.

"Responded desde ahí: ¿quiénes sois?, empezó a decir: ¿quién os guía? Cuidado, no os cueste caro el llegar aquí."

—Una mujer celestial, sabedora de vuestras leyes —le respondió mi Maestro— hace poco nos dijo: "Acercaos ahí: ésa es la puerta".

"Ella guíe por buen camino vuestros pasos, añadió el cortés portero: venid, pues, y subid estos escalones."

Así lo hicimos. El primer escalón era de mármol blanco, tan bruñido y terso, que me veía copiado en él tal como soy. El segundo, que contrastaba por su color oscuro, era de piedra áspera y calcinada, hendida a lo largo y a lo ancho. Y el tercero, sobrepuesto a los otros, me pareció un pórfido tan rojo como la sangre que sale fuera de las venas.[10] Sobre éste tenía ambas plantas el Ángel de Dios, y estaba sentado en el umbral, que semejaba ser de diamantina piedra.

Hízome subir mi Guía los tres escalones, conociendo mi buena voluntad, y me dijo: —Ruégale humildemente que te abra la cerradura—. Postréme con gran devoción ante sus sagrados pies, y le supliqué que me abriese por piedad; pero antes me di tres golpes de pecho. Entonces me trazó en la frente siete P,[11] con la punta de su espada; y "Haz por lavarte, me dijo, estas manchas cuando estés dentro."

La ceniza o la tierra seca recién cavada sería de un color parecido al de su vestido, debajo del cual llevaba dos llaves que

10. Los tres escalones simbolizan la confesión del pecado.

11. Los siete pecados capitales que se purgan en las siete cornisas del Purgatorio y de las cuales Dante, símbolo del hombre en general, deberá purificarse, para llegar hasta el Paraíso.

sacó, una de oro y otra de plata.[12] Con ésta primero y con aquélla después, abrió la puerta, según yo deseaba. "Cuando falla una de estas llaves, nos dijo, y no da la vuelta en la cerradura, no puede esta puerta abrirse. Una de las dos es más preciosa, pero la otra requiere más arte y mayor ingenio para producir su efecto, porque es la que obra sobre el resorte. De Pedro la recibí, quien me dijo que la empleara en abrir, más bien que en cerrar la puerta, con tal que los que lleguen se prosternen a mis pies." En seguida empujó el sagrado postigo, diciendo: "Entrad; pero tened entendido que vuelve a quedar afuera el que mira atrás."[13]

Y de tal modo giraron sobre los goznes las hojas de la santa puerta, hechas de metal sonoro y fuerte, que no rechinó con más estrépito ni opuso más resistencia la de Tarpeya, cuando le fue arrebatado el buen Metello, y quedó vacía de su tesoro.[14]

Presté atención al primer ruido que sonó, y me pareció oír una voz que entre otros dulces acentos entonaba el *Te Deum laudamus*; y lo que llegaba a mis oídos me hacía recordar el efecto que causa el canto con el órgano, que unas veces se perciben, y otras no llegan hasta nosotros las palabras.

12. La de oro representa la autoridad conferida por Dios a la Iglesia de absolver a los pecadores; la de plata, la ciencia que debe poseer el verdadero confesor.

13. Pierde la gracia quien vuelve a los pecados.

14. En la roca Tarpeya se conservaba el tesoro público de Roma, del que se apoderó Julio César al volver de Brindisi, fugitivo ya Pompeyo, privando al tebano Metello de su custodia.

Canto décimo

Llegan los Poetas por un camino áspero y tortuoso, cavado en la roca, a la primera meseta del Purgatorio, donde ven esculpidas con arte divino en los peñascos de mármol varias historias, que son otros tantos ejemplos de humildad; y mientras están contemplándolas, vienen hacia ellos multitud de almas, que agobiadas bajo enormes pesos, purgan en aquel lugar el pecado de la soberbia.

A sí que estuvimos dentro del umbral de la puerta, que las viciosas inclinaciones del alma humana hacen se abra tan raras veces, porque dan apariencias de llano al camino más escabroso, por su sonido conocí que se había otra vez cerrado; pues si hubiera vuelto los ojos hacia ella, ¿cómo disculpar dignamente semejante falta?

Subíamos por el sendero que se abría entre las peñas, las cuales, en las sinuosidades que formaban por uno y otro lado, ofrecían el aspecto de las olas, que se alejan y se aproximan.

—Aquí conviene —empezó a decir mi Guía— proceder con tiento, y arrimarse, más cerca o más lejos, a la parte en que ensancha el paso.

Y esto nos obligó a andar tan lentamente, que estaba reposando en su lecho el menguante disco de la Luna, antes que nos viésemos nosotros fuera de aquellas concavidades. Pero cuando salimos sin estorbos y al descubierto al rellano que ensanchándose forma el monte, yo de cansado, y ambos ignorantes del rumbo que habíamos de seguir, detuvimos el paso en una explanada más solitaria que los caminos del desierto. Desde el límite exterior que da al derrumbadero hasta el pie de la opuesta colina cada vez más empinada, bien habría tres medidas de un cuerpo de hombre; y en cuanto podía recorrer mi vista, así a la izquierda, como a la derecha, siempre me parecía igual aquella anchura.

No habíamos puesto aún los pies en la explanada, cuando advertí que el muro escarpado de que estaba ceñida, y por donde no había medio alguno de subir, era de mármol blanco, y se veía adornado de esculturas tales, que hubieran dado, no sólo a Policleto,[1] sino a la misma naturaleza, envidia. El ángel que descendió a la tierra con el don de la paz ansiada por tantos años, y que abrió los cielos vedados tras largos siglos, se ofrecía allí ante nosotros esculpido con tal verdad y en tan modesta actitud, que no parecía ser una imagen muda. Hubiera podido jurarse que decía *Ave*; porque allí estaba también representada Aquella que fue como llave que nos abrió el tesoro del amor supremo, y que en su humildad llevaba impresas las palabras *Ecce Ancilla Dei*,[2] tan visiblemente como la figura que se estampa en cera.

—No fijes la consideración sólo en un punto, me dijo el amable Maestro, que me tenía al lado en que llevamos los hombres el corazón.

Volví, pues, la vista, y descubrí detrás de María, hacia la parte en que estaba mi consejero, otra historia figurada en la roca; por lo que pasé al lado contrario de Virgilio, y me acerqué, a fin de que estuviese más al alcance de mis ojos. Hallábanse esculpidos

1. Uno de los grandes escultores griegos contemporáneos de Fidias. Nació hacia el 480 a. C.

2. "He aquí la esclava del Señor." Es la respuesta de María al ángel Gabriel.

en el mismo mármol el carro y los bueyes que transportaban el arca Santa tan temible para quien se excede en oficios que no son suyos.[3] Iba delante alguna gente, repartida en siete coros, que hacían decir a uno de mis sentidos "No cantan"; y a otro: "Bien van cantando."[4] De la propia manera se veía el humo del incienso, que entre el sí y el no, ponía en oposición la vista con el olfato. A la bendita urna precedía, bailando extremadamente, el Salmista humilde,[5] que era más y menos que rey en aquel caso. Puesta enfrente, y desde el mirador de un gran palacio, contemplábale Micol[6] entre indignada y triste.

Adelantéme del lugar en que estaba para examinar de cerca otra historia, que resaltaba en seguida de Micol. Poníase allí la alta gloria del príncipe romano, cuyas heroicas virtudes movieron a Gregorio[7] a intentar la victoria que consiguió.[8] Refiere el hecho del emperador Trajano. Anegada en lágrimas y enajenada de dolor, asía una viuda el freno de su caballo. Cercábanle en torno muchedumbre de caballeros, y revoloteaban por encima las águilas hechas de oro. En medio de todos ellos, la infeliz parecía decir: "Señor, dame que vengue a mi hijo, cuya muerte lloro." Y que él respondía: "Espera hasta que yo regrese." Y ella, como una persona impaciente por el dolor: "¡Ah, Señor mío!

3. Alusión al hecho de Uga: a uno de los levitas, por haberse atrevido a tocar el Arca, que estaba prohibido, en ocasión en que parecía próxima a caerse, castigó Dios dejándole muerto en el acto.

4. Los ojos decían que sí; el oído que no.

5. David. Más que rey, porque se exaltaba humillándose; menos que rey porque lo despreciaban los hombres.

6. Hija de Saúl, primer rey de Israel, y primera mujer de David, castigada en su soberbia con la esterilidad.

7. San Gregorio.

8. Trajano fue enviado al Paraíso, a pesar de su condición de pagano, por obra de San Gregorio.

¿Y si no regresares?" Y él: "El que esté en mi lugar tornará venganza." Y ella: "¿Qué te importa la justicia de otro, si das la tuya al olvido?" A lo que él respondió: "Pues descuida, que cumpliré mi deber antes de partir: la justicia lo quiere, y la piedad ataja mis pasos." El que nunca vio cosa alguna nueva, puso visibles estas palabras, nuevas para nosotros, porque nuestro arte no llega a tanto.

Mientras me complacía en mirar aquellas imágenes, modelos de humildad tan grande, y que tan dignas de ver hizo su artífice, hablaba así el Poeta por lo bajo: —Por ahí viene gente en mucho número, pero muy despacio: éstos nos llevarán a las mansiones superiores.

Mis ojos, que tan atentos estaban a las novedades que así empeñaban su curiosidad, no tardaron en volverse a él.

No quisiera, ¡oh lector!, que te apartases de tus buenos propósitos, para oír cómo exige Dios que las deudas se satisfagan. No atiendas a la forma del martirio: piensa en lo que vendrá tras él: piensa que, cuando más, podrá llegar hasta el día del juicio.[9]

Y empecé a decir así: —Maestro, lo que se mueve hacia nosotros no me parece que son personas; no sé qué puedan ser; tan turbada está mi vista.

A lo que respondió: —El peso mismo de su tormento los inclina a la tierra de manera, que para distinguirlos, he tenido que fijar antes mi atención.[10] Pero repara bien; y pon los ojos en aquel que viene abrumado bajo aquellas piedras. Por él puedes calcular el castigo de los demás.

9. Indicación de que las penas del Purgatorio no son eternas como las del Infierno.
10. Son los soberbios.

¡Oh soberbios cristianos, débiles y miserables, que ciegos de los ojos del entendimiento, os fiáis de los pasos que os hacen retroceder! ¿No conocéis que somos gusanos, destinados a formar la celestial mariposa,[11] que sin reparo alza el vuelo hasta la justicia eterna? ¿De qué se ensoberbece así vuestro espíritu? Sois como defectuosos insectos, como gusanos que no han llegado a formarse bien.

Como para sostener en lugar de ménsula un arquitrabe o una techumbre, se ven a veces figuras que tienen las rodillas junto al pecho, las cuales con su fingida angustia la produce verdadera en quien las contempla; así veía yo aquellas almas, reconocido que las hube con detención. Verdad es que se hallaban más o menos contraídas, según llevaban sobre sí más o menos peso, pero aun la que más sufrida se mostraba parecía decir llorando: "¡No puedo más!"

11. El alma.

Canto undécimo

Por indicación que les hace una de aquellas almas, se dirigen los
Poetas a la mano derecha para recorrer el primer círculo: y en-
tre tanto se descubre a ellos Humberto Aldobrandeschi, hijo de los
condes de Santaflor, y reconoce a Alighieri Oderisi de Agobbio, que
discurre sobre la vanidad de la fama mundana, y le da algunas no-
ticias de Provenzano Salvani, que está allí purgando su soberbia.

Oh Padre nuestro, que estás en los cielos, no reducido a ellos, sino por el mayor amor que tienes a las primeras creaciones del Empíreo! Alabado sea tu nombre por todos los seres, y alabada tu omnipotencia, como es justo que se rindan gracias a tu alta sabiduría. Descienda la paz de tu reino sobre nosotros; que si ella no nos llega, nosotros, con todo nuestro entendimiento, no podríamos llegar a ella. Como los ángeles te hacen el sacrificio de su voluntad, cantando *Hosanna*,[1] háganlo también los hombres de las suyas. Danos hoy el pan[2] de cada día, sin el cual va hacia atrás en este áspero desierto el que más se afana por adelantar camino. Y como nosotros perdonamos a todos el mal que hemos sufrido, perdónenos a nosotros tu benignidad, sin mirar lo que merecemos. Y no pongas nuestra virtud, que tan pronto desfallece, a prueba con nuestro antiguo enemigo, mas líbrala de él, que la tienta de tantos modos. Esta postrera gracia, amado Señor, no la imploramos en

---

1. Palabra hebrea que se emplea como signo de salutación y regocijo.
2. El V. 13 dice: *Dà oggi a noi la cotidiana manna.* El maná es el pan de cada día; aquí, la gracia divina, alimento del alma.

nuestro provecho, que no la hemos menester, sino para los que han quedado tras de nosotros."

Pidiendo para sí y para nosotros próspera suerte, iban de esta manera aquellas sombras, cuál más, cuál menos acongojadas, dando vueltas con el peso que sostenían, a semejanza del que siente la opresión del angustioso sueño, y recorrían fatigosas el primer círculo, purificándose de la suciedad del mundo. Y si allí se ruega siempre por nuestro bien, ¡cuánto no pueden aquí rogar y hacer por ellos los que tienen la buena voluntad arraigada en su alma! Justo es ayudarlos a lavar las manchas que de aquí llevaron, de suerte que logren remontarse puros y sin peso alguno, a la esfera de las estrellas.

—¡Ah! Que la justicia y la piedad[3] os libren pronto de vuestra carga para que podáis desplegar las alas que os encumbren adonde tenéis puesto el anhelo. Mostradnos por qué parte se llega antes a la escala; y si hay más de un camino, enseñadnos cuál sea el menos dificultoso; porque éste que conmigo viene, por el embarazo que le ocasiona la carne de Adán, de que está cubierto, es tardo en subir a lo alto, a pesar de su buen deseo.

Las palabras con que contestaron a estas que había proferido aquel a quien yo iba siguiendo, no se supo de quién provenían; pero oímos decir: "Venid con nosotros por esta orilla hacia la derecha, y hallaréis paso por donde puede subir una persona viva; y si yo no me viera imposibilitado por esta piedra, que humilla mi altiva frente y me fuerza a bajar los ojos, miraría a ese que vive aún y que no se nombra, para ver si le conozco, y para que se apiade de este castigo que estoy sufriendo. Yo fui latino,[4]

3. La justicia de Dios y la piedad de los vivos que ruegan por los muertos. Es Virgilio quien pronuncia estas palabras.
4. Italiano.

e hijo de un gran señor de Toscana;[5] mi padre fue Guillermo Aldobrandeschi: no sé si habréis oído su nombre alguna vez. La antigua sangre y las gloriosas proezas de mis abuelos me infundieron tal arrogancia, que desdeñando el común origen traté con menosprecio a los demás hombres, en tanto extremo, que a esto debí la muerte, como lo recuerdan bien los sieneses, y como lo saben en Campagnatico hasta los niños. Yo soy Humberto; y no sólo a mí me trajo a tan desdichado trance la soberbia, sino a mis deudos todos, que por ella acabaron miserablemente. Por ella estoy aquí condenado a llevar esta carga, hasta que satisfaga a Dios; que lo que no hice en vida, lo haré de muerto."

Tenía yo, para mejor escucharle, inclinado el rostro; y uno de aquéllos (no el que me estaba hablando) acertó a levantar el peso que le abrumaba, y me vio y conoció, y me llamó por mi nombre, clavando con indecible afán sus ojos en mí, que, enteramente agachado, seguía andando junto a ellos.

—¡Calla!, le dije: tú ¿no eres Oderisi,[6] honor de Agobbio, y honor del arte que en París llaman *iluminar*?

"Hermano, me contestó, más complacen las hojas que pinta Francisco Bolognese:[7] para él es ahora toda la fama, y para mí una menguada parte. Y en verdad que no le hubiera yo alabado tanto mientras viví, por el gran deseo de sobresalir a que se rendía mi corazón. Aquí se paga la pena de tal soberbia; y ni aun me vería en este lugar, si no hubiera sido porque pudiendo pecar más, me convertí a Dios. ¡Oh vanagloria del poder humano! ¡Cuán poco tiempo subsiste verde tu cima, a no sobrevenir

5. De Humberto Aldobrandeschi se tienen pocas noticias. Se le considera un hombre sumamente soberbio y murió en Campagnatico a manos de sicarios.

6. Célebre miniaturista del siglo XIII. Murió en Roma hacia 1299.

7. Miniaturista superior a Oderisi. Se tienen de él muy pocas noticias.

tiempos de barbarie! Creíase que Cimabue[8] no conocía rival en la pintura, y ahora se alza Giotto[9] con los aplausos, oscureciendo la nombradía de aquél. Así un Guido ha despojado de la primacía de la lengua a otro;[10] y acaso haya nacido ya quien precipite de su altura a entrambos.[11] No más que un soplo de viento es el rumor de aprobación mundana, que tan pronto viene de un extremo como del opuesto, y cambia de nombre al cambiar el lado de que procede. ¿Crees que será mayor tu fama cuando de puro vieja se desprenda de ti la carne, que si murieres antes de soltar las ligaduras de la niñez, dentro de unos mil años, es decir, en un plazo que comparado con la eternidad, es menor que el movimiento de un abrir de ojos respecto al círculo celeste que más lentamente gira?[12] Ese que va delante y que en su camino avanza tan poco, llenó con su nombre la Toscana toda; y apenas sí hoy se le menciona en Siena, de donde era señor cuando se acabó con la rabia de Florencia, tan soberbia en aquellos tiempos y a la sazón tan envilecida. Vuestra celebridad es como el color de la hierba, que se ve y se va; despojándola de su frescura el mismo que la hizo brotar de la acerba tierra."[13]

Yo entonces le dije: —La verdad de tus palabras llena de humildad santa mi corazón y abate mi engreimiento; mas ¿quién es ése de que ahora hablabas?

8. Pintor florentino (1240-1302). Notable como restaurador de la pintura italiana.

9. El más grande artista de su tiempo, discípulo de Cimabue. Nació en Vespignani en 1266 y murió en Florencia en 1337.

10. Guido Cavalcanti, uno de los poetas del "dolce stil nuovo". Quitó a Guido Guinizalli la gloria de la poesía.

11. El mismo Dante.

12. Alude aquí Dante al cielo de las estrellas fijas, que tarda en cumplir su revolución total 360 siglos.

13. La sentencia es bíblica (Salmos, 89:6).

"Es, respondió, Provenzano Salvani,[14] y está aquí por la presunción con que puso en sus manos todo el régimen de Siena. Quedó, pues, y así continúa, sin hallar reposo alguno, desde que murió; que en moneda tal tiene que pagar el que por allá se atrevió a semejantes demasías."

Y yo le pregunté: —Pues si el alma del que para arrepentirse aguarda a lo último de la vida, permanece allá abajo,[15] y no sube aquí, a no ser que le ayuden los buenos con oraciones, hasta que haya pasado tanto tiempo cuanto ha vivido, ¿cómo se le ha otorgado tal gracia a éste?

"Cuando vivía, me replicó, en su mayor grandeza, pospuesto todo reparo, se presentó noblemente en la plaza de Siena,[16] y para librar a su amigo[17] de la pena que al encarcelarle le había Carlos[18] impuesto, arrostró la ignominia que estremeció todas sus venas.[19] No diré más: sé que hablo oscuramente; pero no pasará mucho tiempo sin que tus convecinos hagan de modo que puedas entenderlo. Esta buena obra le libertó a él de los lugares por donde has pasado."

14. Dueño y señor de Siena. Murió en 1269.
15. En el Antepurgatorio.
16. Campo de Siena. Así se llamaba la principal plaza de Siena.
17. No se sabe bien quién fuese este amigo.
18. Carlos I de Anjou.
19. Salvani pidió limosna públicamente a fin de reunir la suma necesaria para rescatar a su amigo. Esta magnanísima acción es la que estremecía todas las venas por la vergüenza a que sometía su orgullo.

Canto duodécimo

Separándose de Oderisi, y siguiendo por la meseta de aquel círculo, ve Dante representados en el suelo multitud de casos famosos, que son otros tantos ejemplos de castigos impuestos a la soberbia. Sale después un ángel al encuentro de los Poetas, y los conduce al punto en que está la escala para subir a la segunda meseta. Con sólo sacudir sus alas, hace desaparecer una P de la frente de Alighieri; con lo que se encuentra éste más animado y ágil que antes.

Marchando a la par, como bueyes que van uncidos, iba yo con aquella alma abrumada bajo su carga, en tanto que mi complaciente Maestro lo permitía; mas apenas me dijo: —Déjale, y sigue adelante, porque aquí es menester que cada cual, según las fuerzas se lo permitan, empuje su barco con vela y remos—; enderecé el cuerpo para andar con más soltura, dado que prosiguieran caídos y humillados mis pensamientos.

Emprendí, pues, la marcha, y seguía animoso los pasos de mi Maestro, mostrando ambos cuánta era nuestra agilidad, cuando me dijo: —Pon la vista en el suelo, que para hacer el camino más llevadero, conviene que veas dónde asientas la planta—. Y como, para que haya memoria de ellos, llevan las sepulturas abiertas en la tierra, escrito sobre los cadáveres que allí yacen, lo que eran cuando vivían, y muchas veces provoca esto a nuevo llanto, por la viveza del recuerdo, que, sin embargo, sólo es despertador para los piadosos; así vi yo representadas allí mil figuras, aunque con semejanza más perfecta, por la superioridad del artífice en todo el trecho que fuera del monte sobresalía.[1]

Vi por un lado a aquel que fue creado más noble que todas las criaturas, cayendo del cielo como un rayo.[2] Veía, por otra parte, a Briareo, derribado por el celeste dardo, y haciendo sentir a su madre la tierra su helado cuerpo. Veía a Timbreo,[3] y a Palas, y a Marte, armados todavía alrededor de su padre, contemplar los esparcidos restos de los gigantes. Veía a Nemrod, al pie de su inmensa fábrica, mirar, lleno de confusión, las gentes que fueron en Sennaar cómplices de su soberbia.

¡Oh Niobe! ¡Con qué ojos tan compasivos te veía retratada en aquel sendero, entre tus siete hijas y siete hijos sin vida! ¡Oh Saúl! ¡Cómo estabas allí, muerto al filo de tu propia espada, en el Gelboé, que desde entonces no sintió más lluvia ni más rocío! ¡Oh insensata Arachne! También a ti te veía, medio convertida en araña, yaciendo sobre los destrozados restos de la obra que tejiste en tu propio daño. ¡Oh Roboam! No parecía ya aquí tu imagen amenazadora, sino que lleno de espanto huías en un carro, antes que otros te acometiesen.

Mostraba asimismo el duro pavimento cómo Alcmeón hizo pagar caro a su madre el maldecido adorno;[4] cómo los hijos de Sennaquerib se arrojaron sobre él dentro del templo, dejándole

1. En el suelo del sendero por donde van los Poetas se ven representados los escarmientos de la soberbia.
2. Luzbel.
3. Apolo, así llamado por rendírsele culto en Tiembres, donde tenía su templo.
4. Anfiarao, por ser adivino, sabía que moriría en la guerra de Troya y se escondió en un lugar sólo conocido por su mujer, Erifila. Polinice regaló a ésta un collar que hacía la infelicidad de quien lo poseía y reveló el lugar donde se hallaba su marido. Alcmeón, su hijo, mató a Erifila para vengar al padre muerto en la guerra.

allí sin vida. Mostraba también el estrago y cruel matanza que hizo Tamiris cuando dijo a Ciro: "Sed de sangre tenías, y yo te sacio de sangre".[5] Y mostraba cómo huyeron los asirios, muerto que fue Holofernes, y hasta los que quedaron de aquella carnicería.

Veía a Troya, hecha cenizas y escombros. ¡Oh Ilión! ¡Cuán decaída y abyecta te pintaba el cuadro que allí se ofrecía a los ojos! ¿Quién fue el maestro de pintura o cincel que trazó allí las figuras y acciones que causarían admiración en el más sutil ingenio? Muertos parecían los muertos, y los vivos gozar de vida: el que vio realmente aquellos casos, no vio mejor que yo cuanto mis plantas hollaron mientras anduve con la frente inclinada al suelo. Y así, hijos de Eva, ensoberbeceos, y no humilléis la frente, para ver vuestro fatal camino.

Habíamos avanzado ya más trecho de la montaña, y su curso el Sol más de lo que creía nuestro ánimo enajenado, cuando el que siempre caminaba delante de mí sin distraerse, dijo: —Levanta la cabeza, que no es tiempo de ir tan pausadamente. Mira allí un ángel que se dispone a salirnos al encuentro; mira cómo se retira ya de servir al día su sexta esclava.[6] Reviste de compostura tus acciones y tu semblante, de modo que se complazca aquel en que subamos más, y considera que no ha de volver a lucir el presente día.

Estaba yo acostumbrado a no perder tiempo, siempre que me lo advertía, porque en materia tal no podía hablarme encubiertamente. Acercábase a nosotros el hermoso paraninfo,

---

5. Tamiris, reina de los escitas, hizo que cortasen la cabeza al cadáver de Ciro y la echasen luego dentro de un recipiente lleno de sangre diciendo: "Sáciate al fin de sangre, de la que tuviste en vida tanta sed."
6. Las esclavas del día son las horas: la sexta hora de sol.

vestido de blanco, y en cuyo rostro parecía resplandecer la estrella de la mañana. Abrió los brazos, y las alas después, diciendo. "Venid; cerca de aquí están las gradas, y fácilmente podéis subir. Pocos son los que vienen a oír esta invitación. ¡Oh humana estirpe, nacida para levantar el vuelo! ¿Por qué el menor viento te derriba así?".

Condújonos a una cortadura de la roca, y sacudiéndome allí la frente con sus alas,[7] me prometió que iría con toda seguridad.

Como para subir a mano derecha el monte en que descansa la iglesia[8] que domina la bien regida ciudad,[9] próxima a Rubaconte, se suaviza la aspereza de la subida por medio de las escaleras que se hicieron en tiempos de legalidad para los registros y las medidas;[10] así se facilita aquí la rápida pendiente que conduce al otro círculo, pero estrechando el espacio por uno y otro lado los altos muros.

Según íbamos penetrando por aquel paso, oímos unas voces que cantaban *Beati pauperes spiritu*,[11] tan dulcemente, que no habría palabras con qué ponderarlo.

¡Qué diferente es esta entrada de la del Infierno! Aquí, al llegar, se oyen cánticos, y allí quejidos feroces.

Subíamos ya por la santa escala, y me parecía mucho más ágil que antes, yendo por piso llano; y así pregunté: —Maestro,

7. En esta forma el ángel quita de la frente de Dante una de las P: la de la soberbia.

8. La iglesia de San Miniato domina la parte de Florencia que es vecina al puente de Rubacante, llamado así por Rubaconte de Mandello, quien lo hizo construir en 1237 cuando era podestá.

9. Expresión llena de ironía.

10. Alusión a dos grandes fraudes cometidos en Florencia en la época del Poeta.

11. Es la primera de las beatitudes evangélicas: *Bienaventurados los pobres de espíritu* (Mateo, v, 3).

dime, ¿qué peso se me ha quitado de encima, que apenas siento ahora al andar cansancio alguno?

Y me replicó: —Cuando las P que llevas impresas aún en la frente, aunque ya casi borradas, hayan desaparecido del todo, como ha sucedido con una, tan animosos hallarás tus pies, que no sientan la menor fatiga, sino placer en seguir subiendo.

Sucedióme entonces lo que a aquellos que caminan llevando en la cabeza una cosa sin saberlo, hasta que se lo hacen advertir las demostraciones de los demás: que, para convencerse, recurren a la mano, y tientan, y hallan, y consiguen con ella lo que no puede alcanzar la vista. Así me puse a palpar con los dedos de la derecha, y hallé que sólo tenía seis letras de las que el ángel de las llaves me había grabado sobre la frente. Y viendo esto mi Guía se sonrió.

Canto decimotercero

Segundo círculo, en que se purga el pecado de la envidia. Ven los Poetas algunos espíritus que, mientras van volando, recuerdan varios casos de amor. Encuentran después las almas de los envidiosos, a quienes oyen recitar la letanía de los Santos. Los envidiosos están cubiertos de un cilicio, y sus párpados cosidos con alambre. Habla Dante con Sapia, dama de Siena.

Estábamos en lo más alto de la escala, donde por segunda vez se corta la montaña, subiéndose al lugar que otros se purifican. Allí también se forma alrededor de la eminencia una meseta, como la primera, sino que su arco es más reducido. No aparece allí imagen ni escultura alguna: la orilla y el camino, que se muestra liso, son del mismo color lívido que las piedras.

—Si aquí esperamos que venga alguien a quien preguntar —decía el Poeta—, temo que tendremos que aguardar mucho hasta que nos decidamos—. Después miró fijamente al Sol, y haciendo de la pierna derecha centro para moverse, giró por sí mismo hacia el lado izquierdo.

—¡Oh dulce luz —añadía— que me inspiras tan gran confianza para entrar por este nuevo camino!, condúcenos como es menester por dentro de un lugar que no conocemos. Tú das calor al mundo, tú le iluminas: si otra causa no obliga a hacer lo contrario, tus rayos deben ser siempre los que nos guíen.

Habíamos andado ya en poco tiempo el espacio que aquí abajo se cuenta por una milla, tan vivo era nuestro anhelo, cuando sentimos volar hacia nosotros, que no los vimos, varios espíritus que con corteses palabras invitaban a participar del banquete del amor.[1] La primera voz que pasó volando dijo con fuerte acento: *Vinum non habent*,[2] y fue por detrás de nosotros repitiéndolo. Y antes de que dejara de oír, por estar lejos, pasó otra gritando: "Yo soy Orestes",[3] y tampoco se detuvo.

—¡Oh! —dije yo—, Padre: ¿qué voces son éstas?—. Y según lo estaba preguntando, se oyó la tercera, que decía: "Amad a aquel de quien hayáis recibido mal."[4]

Y contestó el buen Maestro: —En este círculo se castiga el pecado de la envidia, y los instrumentos del castigo son palabras llenas de amor. El freno para los envidiosos debe significar todo lo contrario; y a mi entender, lo sabrás antes de llegar al punto en que se los perdona. Pero dirige tus miradas a través del aire, y verás a cierta distancia la gente que está sentada, todos ellos colocados a lo largo de la orilla.

En efecto, abrí más los ojos, miré adelante, y percibí unas sombras cubiertas de mantos, del propio color que la piedra. Y así que anduvimos un poco más, oí exclamar: "Ruega por nosotros, María; Miguel, Pedro y todos los Santos, rogad por nosotros."

No creo que haya hoy en la tierra hombre de corazón tan duro, que no se moviese a compasión con lo que vi después; pues al acercarme a ellos, de modo que podía distinguir claramente sus movimientos, el dolor agolpó las lágrimas a mis ojos.

1. En el sentido de caridad.
2. Son las palabras que por caridad hacia los esposos pronunció la Virgen en las bodas de Caná al darse cuenta que iba a faltar el vino. Jesús transformó en vino el agua de las tinajas (Juan, II, I-II).
3. Orestes y Pílades ofrecen en la antigüedad un magnífico ejemplo de amistad. Ambos se disponen a arrostrar hasta la muerte para salvar al amigo.
4. Es el precepto evangélico del amor que se opone directamente a la envidia. Éste con los anteriores son los tres grados que distingue Dante en la caridad.

Parecíanme cubiertos de vil cilicio; que cada uno se apoyaba en el hombro de otro, y todos en los bordes de la roca: a la manera de los ciegos faltos de sustento, que acuden a las iglesias en busca de socorro, y sostienen las cabezas unos en las de otros, para que más fácilmente se apiaden de ellos, no sólo oyendo sus lamentos, sino contemplándolos con la vista, que no menos excita a lástima. Y como a los ojos de éstos no llega el Sol, tampoco favorece la luz del cielo a las sombras de que ahora hablaba, que todas tienen atravesados y cosidos los párpados con hilo de hierro, como se hace con el gavilán salvaje, a fin de volverle dócil.

Iba yo andando, y me figuraba incurrir en una ofensa viendo a otros y no siendo visto de ellos; por lo que me volví a mi sabio consejero. Sabía él lo que quería hablar aun cuando callase; así no aguardó a mi pregunta, sino que dijo:

—Habla, pero sé breve y prudente.

Caminaba Virgilio por aquella parte de la orilla, desde donde era fácil caerse, porque no estaba cercada de defensa alguna; al lado opuesto se hallaban las devotas sombras, a quienes atormentaba la horrible cohesión de sus ojos, que no podían contener las lágrimas; y dirigiéndome a ellos, les dije: —¡Almas que estáis seguras de gozar la sublime luz, único objeto de vuestras ansias! Que la divina gracia purifique en breve las impurezas de vuestra conciencia, para que penetre en ella la claridad del entendimiento; y decidme (lo cual agradeceré y me será grato) si hay entre vosotras alguna latina; que quizá le sea provechoso mi conocimiento.

"Hermano mío, todas somos hijas de una misma y verdadera ciudad: querrás decir alguna que haya peregrinado en vida por Italia."

Figuróseme oír que me respondían así desde un punto algo distante de donde yo estaba, por lo que traté de acercarme y vi entre las demás una sombra que mostraba aguardar mi contestación; y si alguno quisiera saber qué demostración hacía, diré que levantaba la barba hacia arriba, como los ciegos.

—¡Oh alma —le dije— que tanto padeces para purificarte! Si eres tú la que me ha respondido, hazme sabedor de tu patria y de tu nombre.

"Fui de Siena —me replicó— y con estas otras purifico aquí mi culpable vida, rogando con lágrimas a Aquel que esperamos que se nos conceda. No llegué a ser sabia, aunque tuviese nombre de tal,[5] porque me complacía más en el mal ajeno, que en mi propia dicha; y para que no creas que te engaño, oye si fui insensata, como te digo. La mitad de mi vida había ya traspuesto, cuando mis conciudadanos salieron al campo contra sus enemigos, cerca de Colle,[6] y yo pedía a Dios lo que él había ya resuelto. Fueron allí destrozados y puestos en el amargo trance de la fuga; y viendo yo su desgracia, experimenté una alegría, que nunca la sentí igual, tanto que levanté mi frente procaz al cielo, gritando a Dios: "Ahora ya no te temo", como el pájaro que creyó iba a ser perpetuo un hermoso día.[7] Quise hacer las paces con Dios al fin de mi vida; mas no hubiera disminuido aún mi deuda la penitencia, a no ser porque me tuvo presente en sus oraciones Pedro Pettinagno,[8] que por caridad se compadeció de mí. Pero tú ¿quién eres, que preguntas

5. Su nombre era Sapía.

6. Pequeña población. Pertenecía en 1269 a los florentinos, los de Siena la asediaron, fueron derrotados y perdieron el más grande de sus ciudadanos: Provenzan Salvani (*Purgatorio*, XI).

7. Un mirlo, al ver tiempo bueno, creyó terminado el invierno y se puso a cantar: "No te temo, Señor: ha terminado el invierno."

8. Pedro de Campi, llamado el Pettignano porque vendía peines (*pettini*). Fue terciario franciscano y murió en 1289 en olor de santidad.

cuál es nuestra condición, y tienes los ojos abiertos, y hablas respirando?"

—Los ojos —contesté— aquí vendrán a cegar también, mas por poco tiempo, que no ha sido grande mi culpa en mirar con envidia a nadie. Mayor es el miedo que perturba mi alma considerando los tormentos que allá abajo se padecen, pues siento ya sobre mis hombros el peso que allí se lleva.

Y ella siguió preguntándome: "Pues ¿quién te ha traído aquí entre nosotros, si piensas volver allá?"

—Ése —respondí— que está conmigo, y guarda silencio. Yo vivo aún; y por lo tanto dime, alma predestinada, si quieres que en aquel mundo dé algunos pasos por ti.

"Tan inaudito es lo que dices —añadió ella—, que lo tengo por una gran prueba de que Dios te ama; y así ayúdame con tus oraciones, y por lo que más desees te pido que si alguna vez pisas la tierra de Toscana, pongas mi nombre en buen lugar para con mis deudos. Los hallarás entre la gente frívola que cifra sus esperanzas en Talamone,[9] y recibirá mayor desengaño que en hallar la Diana;[10] aunque más perderán todavía los almirantes."[11]

9. Carecía Siena de una salida al mar y para poseerla adquirieron por dinero el castillo y el puerto de Talamone, sobre el Tirreno. La tentativa no resultó, por ser lugar de malaria.

10. Supuesto río subterráneo de este nombre y que los de Siena creían que pasaba por el lugar. Gastaron inútilmente grandes sumas en excavaciones.

11. La gente de mar y la que puso sus esperanzas en Talamone.

Canto decimocuarto

Prosigue el argumento del canto precedente. Guido del Duca des-
cribe a Reniero de Calboli, que estaba inmediato a él, las tristes.
costumbres de los diferentes pueblos del valle del Arno, y le profe-
tiza la infamia de su nieto. Laméntase después con Alighieri de
la degeneración de la Romaña, y recuerda los nombres de muchos
nobles y honrados ciudadanos de aquel país en su tiempo. Sepá-
ranse finalmente los Poetas de aquellos espíritus, y oyen ruidos
como de truenos, que les anuncian los castigos que están reserva-
dos a los envidiosos.

¿Quién es ese que gira en torno de nuestro monte, antes
de que la muerte le haya permitido volar a estas regiones, y que abre y cierra los ojos, según le place?"

"No sé quién sea, pero sí que no viene solo. Pregúntaselo
tú, que estás más cerca, y trátale con dulzura, para que hable."

Esto decían por mí dos espíritus que estaban a mano derecha, apoyados uno sobre otro; y para hablarme, levantaron las
cabezas.

Y dijo el uno: "¡Oh alma, que encerrada aún en el cuerpo, te
diriges hacia el cielo! Consuélanos por caridad y dinos de dónde
vienes y quién eres, porque el favor de que gozas nos causa un
asombro tan grande, como es natural en cosa nunca vista."

Y respondí: —Por la mitad de Toscana corre un riachuelo,[1]
que nace en Falterona, y al que no basta a cansar un curso de
cien millas. En una ciudad que a su margen hay, tuve existencia;

1. El Arno, que pasa por Florencia.

pero deciros quién soy, es hablar en vano, porque mi nombre no suena aún mucho.[2]

"Si mal no comprendo el sentido de lo que das a entender —me respondió el que primero había preguntado—, del Arno hablas."

Y dijo el otro: "¿Por qué ha callado el nombre de ese río, como suele hacerse con el de las cosas horribles?"

Y la sombra que oyó esta pregunta, respondió así: "No sé, pero justo es que perezca el nombre de semejante valle; porque desde su origen (que está donde el alpestre monte de que se desprendió Peloro[3] junta tal caudal de aguas, que en pocos lugares se verán más), hasta el sitio en que entra a reponer lo que el cielo absorbe a la mar, y de que los ríos adquieren cuanto consigo llevan; todos huyen de la virtud, enemiga suya, cual de una sierpe, sea desdicha de aquel lugar, o perversidad de costumbres que los arrastra; pues de tal manera han perdido su buen natural los habitantes de aquel miserable valle, que no parece sino que Circe[4] les ha hecho comer sus pastos.[5] Por entre sucios lechones,[6] más dignos de cebarse con bellotas, que de ningún otro alimento humano, arrastra al principio su corriente escasa; descendiendo más, se encuentra después con unos gozques[7] más rabiosos de lo que es dado a sus fuerzas, y

---

2. Confesión reveladora de su esperanza en la gloria futura.

3. Indica así el Apenino, siguiendo una antigua tradición según la cual Sicilia había estado unida a Italia y después, separada de ésta en el cabo Peloro, se transformó en isla.

4. Es la famosa maga cantada por Homero. Transformaba en bestias a sus amantes.

5. Es decir, los ha convertido en bestias.

6. Los habitantes del Casentino.

7. Los de Arezzo.

despreciándolos, tuerce por otro lado. Sigue corriendo el maldito y menguado río, y a medida que crece, halla que los perros se han convertido en lobos;[8] y bajando luego por más profundo cauce, da con unas zorras[9] tan avezadas a engaños, que no temen caer en ninguna trampa. Ni dejaré de hablar aunque me oigan otros; y le será provechoso a éste si llega a recordar lo que me revela un espíritu verdadero. Veo a tu nieto,[10] hecho cazador de aquellos lobos a orillas del bravo río, y que llena de espanto a todos; que vende su carne, aun estando viva, y los mata después como bestias viejas, y priva a muchos de la vida y a sí propio de la opinión; y saliendo ensangrentado de la triste selva,[11] la deja tan asolada, que no logrará reponerse de aquí a mil años."

Como al oír el presagio de futuros males, se inmuta el rostro del que lo está oyendo, venga de dondequiera el recelo que le asalta, así noté que se turbaba y entristecía el otro interlocutor, pensando en las palabras que había escuchado. Lo que aquél había dicho y lo que por éste pasaba, me inspiraron curiosidad de saber sus nombres, y entre preguntas y ruegos dilo a entender así; y el que primero me había hablado empezó a decir:

"Quieres que me decida a hacer por ti lo que por mí tú no has querido hacer; mas ya que Dios permite que tanto se manifieste en ti su gracia, no te lo negaré. Has de saber que soy

8. Los florentinos.

9. Los de Pisa.

10. Guido del Duca se dirige a Reniero de Calboli y los dos poetas lo escuchan. El nieto mencionado, Fulcieri del Calboli, fue podestá de Florencia en 1302 y, sobornado con dinero por el partido de los Negros, prendió y quitó la vida a los principales Blancos o lobos, como los llama.

11. De Florencia.

Guido del Duca.[12] Ardió en envidia mi sangre de tal manera, que con ver a un hombre dar muestras de regocijo, me hubieras visto a mí todo lívido. De aquella semilla recabo esta cosecha. ¡Oh humanidad! ¿Por qué pones el corazón en lo que es menester compartir con otro? Éste es Reniero,[13] prez y honor de la casa de Calboli, cuyo valor después no ha heredado nadie. Y no sólo se ve su descendencia desposeída, entre el Po y la montaña, y entre la mar y el Reno, de las prendas anejas a la verdad y a la satisfacción del ánimo, porque, dentro de los mismos límites, abundan tanto los espinos venenosos, que tarde logrará el cultivador de aquí adelante desarraigarlos. ¿Dónde están el buen Licio, y Arrigo Manardi, y Pedro Traversaro y Guido de Carpigna?[14] Hijos de Romaña, ¡cuál habéis degenerado en bastardos, mientras en Bolonia se ilustra un Fabbro,[15] y cuando en Faenza de vil raíz se alza Bernardino de Fosco[16] a lozano tronco! Ni te causen asombro mis lágrimas, ¡oh toscano!, al recordar a Guido de Prata,[17] y a Ugolino de Azzo,[18] que vivía con nosotros, a Federico Tignoso[19] y todos los suyos, la casa de Traversara y los Anastagi,[20] desheredada una y otra familia de su gran nombre,

12. De la ilustre familia de Rávena. Él mismo confiesa a Dante haber sido envidiosísimo.

13. Pertenecía a una familia noble de Forlí. Sus virtudes no fueron heredadas por sus descendientes.

14. Nobles y señores de diversos lugares.

15. Jefe de los gibelinos en la Romaña. Estuvo en el gobierno de los más importantes municipios italianos. Murió hacia 1259.

16. Podestá de Pisa en 1249. Hombre de gran liberalidad y cordura.

17. Virtuoso y noble ciudadano de Romaña.

18. De la familia toscana de los Ubaldini. Actuó en la segunda mitad del siglo XIII.

19. Noble de Rímini.

20. Dos de las principales familias de Rávena.

y las damas y caballeros y los afanes y ocios que avivaban sentimientos de amor y de gentileza, allí donde tan perversos hoy se han vuelto los corazones. ¿Por qué no desaparecisteis, muros de Brettinoro,[21] el día que se ausentó vuestra familia con multitud de otras que no quisieron contaminarse? Bien hace Bagnacavallo[22] en no procrear más nobles, como hace mal Castrocaro, y peor aún Conio,[23] empeñados en perpetuar la raza de tales condes. Conduciránse bien los Pagani, así que pierdan a su demonio,[24] mas no por eso quedará su memoria purificada. Tu nombre Ugolino de Fantoli,[25] está seguro, porque no has de tener ya descendientes que puedan oscurecerlo. Pero aléjate ya, toscano: el llanto me será más agradable que esta plática, porque angustia mucho mi ánimo el recuerdo de mi país."

Sabíamos que aquellas almas nos sentían andar, y su silencio era señal de que no íbamos descaminados; cuando siguiendo nuestra solitaria marcha, nos salió al encuentro una voz estrepitosa, como rayo que cruza el aire, diciendo: "¡Me matará el que me encuentre!"[26] y huyó como el trueno que de pronto rasga las nubes. Y no bien acabábamos de oírla, resonó el estampido de otra, como nuevo trueno que seguía al primero.

"Soy Aglauro, convertida en piedra."[27] Y para que el Poeta me resguardase, di un paso atrás, en vez de seguir andando. Habíase apaciguado el aire, y me dijo él: —Ése fue el duro freno

21. Pequeña ciudad entre Forlí y Cesena.

22. Burgo y castillo, hoy pequeña ciudad entre Lugo y Rávena.

23. Dos castillos de Romaña.

24. A Mainado Pagani, de esta noble familia de Faenza.

25. Natural de Faenza, conocido por su bondad, prudencia y valor.

26. Palabras de Caín después de la muerte de Abel (Génesis, 4:14).

27. Hija del rey de Atenas. Envidiosa de su hermana Erses, amada por Mercurio, fue convertida por éste en piedra.

que debería reprimir la impetuosidad del hombre; pero de tal suerte os dejáis llevar del cebo, que el anzuelo del antiguo enemigo os atrae hacia sí, y de nada os sirven ni el miedo ni el atractivo. El cielo os llama y gira en torno de vosotros, mostrándoos sus eternas maravillas; pero vuestros ojos sólo contemplan la tierra; y así os castiga el que lo ve todo.

Canto decimoquinto

Llegan los Poetas a la mitad de la tarde al sitio en que se sube desde el segundo círculo al tercero, que es donde se hallan los iracundos. Por indicación del ángel, siguen la escala arriba, y entre tanto refiere Alighieri a su Maestro las cosas que ha oído a Guido del Duca; mas no bien entran, discurriendo así, en el mencionado círculo, cae Dante en un éxtasis, y ve como presentes algunos ejemplos antiguos de mansedumbre. Vuelto después en sí, se encuentra sumido en una nube tan espesa de humo, que no puede distinguir objeto alguno.

Cuanto había adelantado el movimiento de la esfera, que gira sin cesar con la inquietud de un niño, en el tiempo que media entre el fin de la hora tercia y el principio del día,[1] otro tanto parecía faltarle al curso del Sol hasta expirar la tarde, porque tarde era allí cuando aquí teníamos medianoche.[2] Iluminábannos sus rayos la mitad del rostro, porque habíamos dado vuelta a la montaña, de modo que caminábamos derechos hacia el ocaso, a tiempo que me sentí deslumbrado por otro resplandor, más que al principio, y atónito de ver cosas para mí tan desconocidas. Levanté, pues, las manos a la altura de mis cejas, formando con ellas una pantalla, que disminuyese la fuerza de la luz. Y como cuando reflejado por el agua o por un espejo, se copia el rayo solar en la parte opuesta, subiendo en la misma

---

1. De las seis a las nueve de la mañana.
2. Era por la tarde en el Purgatorio cuando en Italia era medianoche.

forma en que declina, tan diferente del caer de la piedra[3] en igual espacio, según la experiencia y el arte lo demuestran; así me pareció estar yo herido por la refracción de una luz que tenía delante; por lo que mi vista se apresuró a evitarla.

—¿Qué es esto, amado Padre —dije—, que no puedo apartar enteramente de mis ojos, y me parece moverse hacia donde estamos?

—No te maraville —me respondió—, si te deslumbran aún los espíritus celestiales: un mensajero[4] es, que viene a invitarte para que subas. En breve no te costará ya pena alguna ver estas cosas, sino que recibirás tan gran deleite, cuanto te hace capaz de sentir la naturaleza.

Así que estuvimos cerca del divino ángel, nos dijo con placentera voz: "Entrad por aquí, y hallaréis una escala menos pendiente que las que habéis dejado."

Subimos, pues, y a cierta distancia oímos que cantaban detrás: *Beati misericordes;*[5] y también: "Alégrate en tu victoria".[6] Solos ambos, mi Maestro y yo, seguíamos subiendo, pero yo, mientras andaba, procuré sacar provecho de sus palabras, y me dirigí a él preguntándole: —¿Qué quería decir el espíritu de Romaña[7] al hablar de aquello que es menester compartir con otro?

Y me respondió: —Es que conoce la gravedad de su mayor pecado, y por esto no debe admirarte que lo reprenda en otros,

---

3. El caer de la piedra es la perpendicular.

4. Es el ángel del amor fraterno.

5. Es la quinta beatitud del Sermón de la Montaña que pronunció Cristo (Mateo, v, 7).

Es la segunda que aparece en el Purgatorio (Cf. *Purgatorio*, XII).

6. Palabras de aplauso a Dante que sale venciendo los obstáculos de su fragilidad y de las tentaciones.

7. Guido del Duca.

para que después tengan que llorarlo menos. Pues si vuestros deseos se cifran en aquello que al compartirlo con otro ha de disminuirse, la envidia atiza en el pecho el fuego de sus suspiros; mientras que si ponéis vuestro anhelo en el amor de la suprema esfera, no sentiréis ansia alguna en el corazón, porque cuanto mayor es allí el número de los que dicen *nuestro* bien, mayor es asimismo el que cada uno de ellos goza, y más grande el ardor en que los inflama su caridad.

—Más lejos estoy ahora de quedar satisfecho, que si me hubiera callado —dije—, y nuevas dudas asaltan mi imaginación. ¿Cómo puede ser que un bien repartido entre varios enriquezca más a sus poseedores, siendo muchos, que si son pocos los que lo disfrutan?

Y me replicó: —Como tú fijas la consideración en las cosas terrenas solamente, de la mayor claridad sacas tinieblas. El infinito e inefable bien que está allá arriba, flecha su amor como se lanza la luz sobre un cuerpo que la refleja; concéntrase más allí donde encuentra más ardor, de suerte que cuanto se extiende la caridad, otro tanto aumenta la eficacia de su virtud, y cuanto mayor es la unión recíproca de aquellas almas, más verdadero es su amor, y más se aman, comunicándose entre sí como los espejos. Y si mi explicación no te satisface, verás a Beatriz, y ella te aclarará esta incertidumbre y cualquiera otra. Apresúrate, pues, para que en breve se borren, como se han borrado ya dos, las cinco manchas que se borran por medio del arrepentimiento.

Iba yo a decir: —Lo he comprendido—; cuando vi que había llegado al otro círculo,[8] y no me dejó hablar más el afán con que miraba. Allí me pareció quedar arrobado de pronto en una

8. Al tercero, el de los iracundos.

visión extática; que divisaba multitud de personas en un templo, y que a la entrada decía una mujer con el dulce acento de una madre: "Hijo mío, ¿por qué has hecho eso con nosotros? Tu padre y yo te buscábamos llorando."[9] Y sin decir más se desvaneció su imagen.

Aparecióseme en seguida otra, bañadas las mejillas con el agua que el dolor destila, cuando nace de la ira contra alguno, diciendo: "Si tú eres señor de la ciudad, cuyo nombre dio lugar entre los dioses a tal porfía, y donde todas las ciencias resplandecieron, véngate, ¡oh Pisistrato!, de aquellos osados brazos que abrazaron a nuestra hija."[10] Y parecíame que el benigno y afable magnate con tranquilo rostro la respondía: "Pues si al que nos ama condenamos, ¿qué haremos con el que nos quiera mal?"

Vi después multitud de furiosos que ardían en cólera, matando a pedradas a un joven,[11] y gritándose fuertemente unos a otros: "¡Martirízale!, ¡martirízale!" Y contemplábale a él inclinado ante la muerte, que le había ya derribado en tierra, pero sus ojos abiertos estaban fijos en el cielo; y en medio de su cruel tormento, rogaba al Supremo Señor con aquel aspecto a que no resiste la piedra, que perdonase a sus perseguidores.

Cuando mi alma volvió en sí de las cosas que, aunque extrañas, no dejaban de ser verdaderas, reconocí mi error; mas no había falsedad en él,[12] y mi Guía, que podía verme obrar como un hombre que despierta del sueño, dijo: —¿Qué tienes, que

9. Palabras de la Virgen María a Jesús cuando le halló en el templo.

10. Palabras de la mujer de Pisistrato, tirano de Atenas, cuando un joven besó públicamente a la hija de ambos.

11. San Esteban.

12. En el original, *i miei non falsi errori*, "mis no falsos errores", mis visiones de hechos pasados reales.

no puedes sostenerte? Has andado más de media legua con los párpados caídos y vacilando de los pies, a modo del que está tomado del vino o soñoliento.

—¡Oh dulce Padre mío! —le contesté—, si me escuchas, te diré qué aparición tuve cuando mis piernas flaqueaban tanto.

—Aunque llevases —añadió él— cien máscaras sobre el rostro, no podría encubrírseme el menor de tus pensamientos. Todo eso has visto para que no rehúses abrir tu corazón a las aguas de paz que manan de la fuente eterna. No te he preguntado: ¿Qué tienes?, como pregunta el que sólo mira con los ojos materiales, que nada ven así que yace privado el cuerpo del alma, sino que lo he hecho para comunicar fuerza a tus pies: que así conviene aguijar a los perezosos, poco dispuestos a usar de sus facultades cuando despiertan.

Era ya la caída de la tarde, y seguíamos nuestra marcha, mirando atentamente hasta donde podían alcanzar los ojos, a la luz de los brillantes rayos vespertinos, cuando poco a poco nos vimos envueltos en una humareda, negra como la noche; y no había medio de preservarse de ella; que cada vez nos cegaba más y nos privaba del aire puro.

Canto decimosexto

Círculo tercero, en que purgan los iracundos su pecado, sumidos en una densa nube de humo y en el horror de una noche más tenebrosa que las del Infierno. Un espíritu dirige la palabra a Alighieri, y al manifestarse a sí propio, habla de los vicios del tiempo presente; por lo que el Poeta se muestra deseoso de saber de qué proviene tanta corrupción, si de la influencia de los planetas, o de la organización de la sociedad humana; a lo que contesta aquél, razonando con mucha filosofía.

Nunca la oscuridad del Infierno ni la de la noche privada de estrellas, y con un cielo tan lóbrego[1] como el que dejan las nubes amontonadas, puso ante mis ojos velo más tupido ni que más ingrata sensación produzca, que aquel humo en que nos vimos envueltos. No podíamos tener abiertos los ojos, por lo que mi sabio y fiel compañero se acercó a mí, y puso el hombro para que me asiese de él. Y como el ciego va en pos del que le guía para no extraviarse o tropezar con cosa que le embarace o dañe, así iba yo por entre el aire espeso y acre, prestando atención a mi Maestro, que no hacía mas que decirme: —Cuidado; que no te apartes de mí. Percibía voces que parecían pedir paz y misericordia al cordero de Dios, que borra los pecados. *Agnus Dei,*[2] eran las palabras con que empezaban; y todos las

1. En el original, *sotto pover cielo,* "bajo un pobre cielo", bajo un cielo estrecho.
2. Plegaria que llevan a Jesús las almas de los iracundos.

decían lo mismo y en igual tono, de modo que indicaban reinar entre ellos la mayor concordia.

—Maestro —dije—, ¿son espíritus esos que oigo? —Espíritus son, me respondió, que van desatando los lazos con que la ira os aprisiona.

"¿Quién eres tú que te introduces en medio de nuestro humo,[3] y hablas de nosotros como si contases aún el tiempo por calendas?"[4]

Estas palabras profirió una voz, por la cual me dijo mi Maestro: —Responde, y pregunta si por aquí se sube arriba.

Respondí en efecto: —¡Oh criatura, que te purificas para volver más bella al seno del que te dio el ser! Maravillas oirás si sigues mis pasos.

"Te seguiré—me respondió— hasta donde me sea dado: y si el humo no consiente que nos veamos, suplirá el oído, y nos acercaremos."

Y entonces comencé a decirle: —Me encamino hasta lo más alto con este cuerpo que destruye la muerte, y he venido aquí atravesando los tormentos infernales; y si Dios me ha acogido en su gracia, y permite que vea su celeste corte, por modo hasta ahora tan desusado, no me calles quién fuiste antes de que murieras. Dímelo, y dime si voy por aquí bien para pasar adelante; que tus palabras nos servirán de guía.

"Fui lombardo, y me llamaron Marco.[5] Entendí en negocios del mundo, y amé la virtud, en que ya nadie pone sus miras. Para subir más arriba, sigue el camino recto." Esto respondió,

3. El humo denso y amargo recuerda el pecado de la ira, que trastorna y ciega la razón.

4. Como si vivieras en el mundo.

5. Poco se sabe de él. Posiblemente un caballero instruido y lleno de virtudes, pero iracundo.

añadiendo: "Y cuando estés allí ruégote que ruegues en mi favor."

A lo que le contesté: —A fe mía que haré lo que me pides; pero me veo envuelto en una duda, y deseo salir de esta confusión. Antes era sencilla, pero ahora ha adquirido doble gravedad con tu respuesta, que me hace ver como cierto, aquí y en otra parte, lo que se refiere a ella. El mundo en verdad está desprovisto de toda virtud, como tú indicas, y lleno y cargado de maldades; mas te suplico que me digas la causa, con tal claridad, que la vea yo y la muestre a los demás, porque uno la pone en el cielo, y otro en la ínfima tierra.

Exhaló al oír esto un suspiro, que el dolor convirtió en un ¡ay!, y empezó a decir: "Hermano, ciego está el mundo, y bien se ve que procedes de él. Los que vivís, atribuís la causa de todo al cielo, como si necesariamente todo lo moviese él. Si así fuese, quedaría destruido en vosotros el libre albedrío, y no sería justo que el bien se recibiese con alegría, y el mal con pena. El cielo da impulso a vuestros movimientos; no digo que a todos, mas puesto que lo dijese, luz bastante se os ha concedido para distinguir el bien del mal, y una voluntad libre que, si resiste denodadamente en las primeras batallas a las influencias planetarias, de todas saldrá después vencedora, como proceda con sabiduría. A fuerza mayor y más incontrastable naturaleza estáis sometidos, sin perder la libertad, y Dios crea en vosotros la mente sobre la cual no domina el cielo. Por esto mismo, si el mundo se aparta del camino recto, en vosotros está la causa, en vosotros hay que buscarla, y yo te serviré de verdadero indicador para ello. Sale de manos de Aquel que la acaricia antes de que exista, como niña juguetona que llora y ríe, el alma sencilla, que nada sabe, sino que procediendo de la fuente de la alegría, voluntariamente se va tras aquello que la complace. Toma al principio el gusto a los bienes fútiles, y se engaña, corriendo en pos de ellos, sí no hay quien guíe o enfrene sus inclinaciones. Por eso debe haber leyes que sirvan de freno, y un rey que de la verdadera ciudad distinga por lo menos la torre.[6] Existen las leyes, pero ¿quién las pone en práctica? Nadie; porque el pastor que va delante puede dirigir bien con su voz, pero no lo hace con sus obras; y el rebaño al ver que el que le guía únicamente atiende al falso bien que él codicia, con esto se satisface, y ninguna otra cosa busca. Considera, pues, que la mala dirección es la causa que ha hecho malo al mundo, no el que se haya corrompido vuestra naturaleza. Solía Roma, que propagó el bien por el mundo, tener dos soles,[7] los cuales alumbraban los dos caminos, el del mismo mundo y el de Dios; pero el uno ha oscurecido al otro; se ha juntado la espada con el báculo[8] y unidos ambos de viva fuerza, no es posible que se avengan bien porque el uno no teme al otro. Y si no me crees, examina bien la espiga; que toda hierba se conoce por la simiente. Antes que Federico diese principio a sus contiendas,[9] solían morar el valor y la cortesía en el país que riegan el Adige y el Po;[10] pero hoy puede pasar por él con toda seguridad cualquiera que por vergüenza dejase de tratar con los buenos o de acercarse a ellos.[11] Tres ancianos

6. En la Tierra no es posible obtener la perfección que sólo se alcanza en el Paraíso, pero el rey debe por lo menos divisar la torre, es decir, la justicia.

7. El pontífice y el emperador.

8. Dante deplora que la autoridad civil y la autoridad religiosa estén arbitrariamente en manos del papa.

9. Las luchas entre Federico III y la Iglesia se desarrollaron principalmente en la Italia superior.

10. La Lombardía. Con este nombre se conocía en la época de Dante casi toda la Italia septentrional.

11. No hallará ninguno vencedor de tal concepto.

existen aún en quienes la edad antigua vitupera a la nueva; y ya parece que tarda Dios en llevarlos a mejor vida: Conrado de Palazzo,[12] el buen Gerardo,[13] y Guido de Castel,[14] que a la manera francesa, pudiera mejor llamarse el sencillo Lombardo. De hoy más puedes decir que la iglesia de Roma, por querer abarcar las dos potestades, ha caído en el cieno, manchándose a sí propia y manchando su propio gobierno. —¡Oh Marco mío!, dije, ¡qué bien razonas! Y ahora comprendo por qué los hijos de Leví[15] fueron excluidos de la herencia.[16] Pero ¿qué Gerardo es ése, a quien tienes por un sabio, que vive como resto de una generación ya consumida, y para improperio de siglo tan salvaje?

"O tu lenguaje me engaña —respondió—, o es una prueba que conmigo haces, porque hablando en toscano, parece imposible que no tengas de Gerardo noticia alguna. Desconozco su sobrenombre, como no le aplique el de su hija Gaya.[17] Pero Dios sea con vosotros, que no puedo acompañaros más. Mira ya cómo a través del humo blanquea el alba. El ángel está ahí, y debo marcharme antes de que aparezca."

Volvióse, pues, y no quiso seguir oyéndome.

12. Natural de Brescia. Vicario de Carlos I de Anjou en 1276, capitán del partido güelfo y podestá de Piacenza en 1288.

13. Pertenecía a la poderosa familia de Camisco y era señor de Treviso en 1300.

14. De la familia de los Roberti de Reggio. Dicen que, echado de su patria por gibelino, se refugió en Verona.

15. Los del orden levítico o sacerdotal.

16. Les fue prohibida la riqueza para atender a los bienes espirituales.

17. Hija del segundo matrimonio de Gerardo. Para unos comentaristas fue famosa por sus vicios; para otros, célebre por su belleza.

Canto decimoséptimo

Libres ya los Poetas de la densa nube de humo, cae Dante en un nuevo éxtasis, durante el cual se le presentan varias imágenes de iracundos, cuya pasión fue causa en ellos de funestos extravíos. Hácele volver en sí el deslumbrante resplandor del ángel que los conduce a la escalera por donde se asciende al cuarto círculo, y llegan a él, pero no pueden pasar adelante, porque les sobreviene la noche. Aprovecha Virgilio aquel tiempo para demostrar a su discípulo cómo el amor es principio de toda virtud y de todo vicio.

Si alguna vez te has hallado en los Alpes envuelto en niebla, que te hacía ver los objetos como los ve el topo a través de la piel que sus ojos cubre, recordarás, lector, que cuando empiezan a disiparse los densos y húmedos vapores, penetran débilmente los rayos del Sol por ellos; y fácilmente llegará tu imaginación a figurarse cómo empecé yo de nuevo a ver el Sol, que estaba ya trasponiendo el horizonte. Así alcanzando mis pasos a los de mi Maestro, salí de entre aquella nube, a tiempo que desaparecían los rayos de luz de la parte baja de la montaña.

¡Oh imaginación, que a veces nos enajenas hasta el punto de no sentir uno cosa alguna, aunque suenen mil trompetas alrededor! ¿Quién obra en ti, si los sentidos no te estimulan? Obra una luz que se produce en el cielo, sea por sí propia, sea por la suprema voluntad que nos la envía. Apareció a mi mente la figura de aquella cuya impiedad la transformó en el ave que cantando recibe mayor deleite[1] y de tal modo se concentró dentro de sí mi espíritu, que nada había exteriormente capaz de llegar a él. Imprimióse después en mi remontada fantasía la imagen de un hombre crucificado, de aspecto desesperado y fiero, que por serlo en tanto grado, perdía la vida.[2] Alrededor suyo estaban el grande Asuero, Ester, su esposa, y Mardoqueo el justo, que tan cabal fue en sus palabras, como en sus obras. Desvanecido que se hubo por sí misma esta visión, a manera de una pompa al faltarle el agua que la ha formado, levantóse en mi imaginación la figura de una joven, que llorando amargamente, decía: "¡Oh reina! ¿Por qué quisiste perecer a manos de la ira? Por no perder a Lavinia te mataste, y me perdiste al cabo,[3] y yo, madre, lamento ahora tu muerte más que la de otro alguno."

Como huye el sueño cuando una nueva luz hiere de pronto los cerrados párpados, que se debilita en bostezos antes de que desaparezca totalmente, así se disiparon mis visiones al darme en el rostro un resplandor mucho más vivo que el acostumbrado.

Volvíme para ver dónde me hallaba, y oí una voz que decía: "Por aquí se sube"; con lo que me distraje de todo otro pensamiento, y tan solícita puse mi atención en descubrir quién era el que así hablaba, que no podía reprimir mi impaciente curiosidad.

Mas como ofende el Sol, ofuscándola, a nuestra vista, y por su demasiada luz se hace invisible, del mismo modo eran allí inútiles los esfuerzos que hacían mis ojos.

1. Progne, cegada por la ira, mató a su hijo Ilis y se lo dio de comer a su esposo. Fue transformada en ruiseñor.

2. Anán, personaje bíblico, mandado ajusticiar por el rey Asuero en la misma cruz que aquél había hecho preparar para el virtuoso Mardoqueo.

3. La madre de Lavinia se quitó la vida porque recibió la falsa noticia de la muerte de Turno, rey de los riótulos y prometido de su hija, a manos de Eneas, que también aspiraba a casarse con la doncella.

—Ése es un espíritu divino que sin aguardar nuestros ruegos, nos advierte por dónde hemos de seguir, y se vela a sí mismo con su propio brillo. Hace con nosotros lo que el hombre hace consigo; porque el que ve la necesidad y aguarda a ser rogado, se dispone malignamente a negar lo que se le pide. Muévanse, pues, nuestras plantas conforme a su invitación, y apresurémonos a subir antes de que se haga de noche; que después no nos será posible hasta que vuelva a lucir el día.

Así habló mi Maestro, y él y yo dirigimos nuestros pasos hacia una escalera; y no bien puse el pie en el primer escalón, sentí de cerca como que se movía un ala que me aireaba el rostro, y oí decir: *Beati pacifici*,[4] que están libres de depravada ira.

Tan rectos se elevaban ya sobre nosotros los últimos rayos solares, a los cuales sigue la noche, que se descubrían ya estrellas por todos lados. —Fuerza de mi cuerpo ¿por qué así me abandonas? —decía yo en mi interior, conociendo que el movimiento de mis piernas se paralizaba. Hallábamonos en el punto en que la escalera no sube más, y permanecíamos quedos, como la nave que llega a la playa. Alargué un tanto el oído por si algún rumor se percibía en el nuevo círculo, y me volví a mi Maestro, preguntándole: —Amado padre mío: ¿qué pecado se purga en este círculo[5] en que estamos? Ya que se suspende nuestra marcha, no se suspendan también tus razonamientos.

Y él me replicó: —El amor al bien que no ha cumplido con cuanto el deber prescribe, aquí repara su insuficiencia; el que descuidó su faena, aquí vuelve a empuñar el remo. Pero a fin de que mejor me comprendas, vuelve tu consideración hacia

4. Es la tercera beatitud del Purgatorio: *Bienaventurados los pacíficos, porque ellos serán llamados hijos de Dios* (Mateo, v, 9).
5. El cuarto, donde se hallan los iracundos.

mí, y te será de algún fruto nuestra tardanza. No hubo jamás, hijo mío —prosiguió diciendo—, ni Creador ni criatura libre de amor, sea natural, sea voluntario, lo sabes bien. En el natural, no cabe nunca error, en el otro se puede errar por lo vicioso del objeto, o por el exceso, así como por la falta de vigor. Mientras pone bien su mira en los primeros bienes, o se emplea moderadamente en los secundarios, nada de reprensible tiene su afición; mas cuando se encamina mal, o corre tras el bien con mayor o menor afán del que es debido, entonces la criatura obra contra el Criador. De aquí puedes deducir que el amor llega a ser en vosotros así semilla de toda virtud, como de toda acción digna de castigo; y como no puede oponerse al bienestar de aquel en quien reside, nadie hay que esté expuesto a su propio odio, y como tampoco se concibe ser alguno que pueda estar separado de su Hacedor, o que exista, por sí solo, se hace imposible todo afecto de aborrecimiento a él. Resulta, si en esta división no ando desacertado, que se desea mal solamente al prójimo; amor al mal que nace de tres modos en vuestra frágil naturaleza. Quién de la ruina de su vecino espera su engrandecimiento, y sólo por esto desea que caiga de su altura; quién teme quedar privado de su poder, favor, honores y nombradía, si el prójimo prospera, lo cual le entristece de suerte que le desea todo lo contrario; y otro que parece avergonzarse de una injuria, se muestra ávido de venganza, a punto de no anhelar más que el mal ajeno. Estas tres clases de amor se expían abajo, en los círculos inferiores; y ahora quiero que conozcas el otro, que corre tras el bien desordenadamente. Cada cual concibe y ansía como por instinto un bien en que cifra la quietud de su ánimo; y ésta es la causa de que se desvivan todos por conseguirlo. Si a conocerlo o gozarlo os lleva una afición nada más que tibia, este círculo será, después de un justo arrepentimiento, el lugar de vuestro martirio. Otro bien hay que no hace feliz al hombre, que no es la felicidad, ni la buena esencia, principio de todo óptimo fruto. El amor que se entrega demasiado a él, recibe su castigo en los tres círculos superiores; mas la razón de estar así repartido en ellos, la callaré, a fin de que la indagues tú por ti mismo.

Canto decimoctavo

Instado por su discípulo, explica Virgilio la naturaleza del amor, y cómo, por medio de la razón y el libre albedrío, puede dominar el alma sus apetitos. En esto llega corriendo al encuentro de los Poetas una turba de espíritus que se purifican de su pereza, y dos que preceden a los demás recuerdan varios ejemplos de la virtud contraria a su pecado. El abad de San Zenón presagia grandes tristezas a Alberto de la Scala, y detrás de él van dos almas que citan algunos casos de los perjudiciales efectos producidos por la pereza. Poco después queda dormido Dante.

D io el sublime Doctor fin a su razonamiento, mirando con atención a mis ojos para descubrir si estaba satisfecho; y yo, que ardía en nuevo deseo de oírle, callaba exteriormente, pero en mi interior decía: "Tal vez le molestarán las demasiadas preguntas que hago." Pero comprendiendo mi reservada timidez aquel verdadero padre, me habló, y con esto me dio ánimo para hablar; y así dije: —Maestro, de tal manera tu luz alumbra mis ojos, que claramente distingo cuanto significan o describen tus razones. Ruégote, por lo tanto, dulce y querido padre, que me demuestres ese amor a que reduces todas las buenas obras, como asimismo el contrario.

—Vuelve —dijo— hacia mí la penetrante luz de tu inteligencia, y se te pondrá de manifiesto el error de los ciegos que guían a los demás. El alma, que ha sido creada con propensión a amar, corre tras todo lo que la agrada, así que se siente atraída por el placer. Vuestra facultad perceptiva os da la imagen de un ser real exterior, y la introduce dentro de vosotros, obligando al ánimo a contemplarla; y si, contemplada, se abandona a ella, este abandono es amor, y este amor una nueva naturaleza que en vosotros nace por medio del placer. Y como el fuego tiende hacia arriba, porque su forma[1] le hace a propósito para elevarse a donde mejor se conserva su materia; así el ánimo apasionado se entrega al deseo, que es un movimiento espiritual, y no reposa hasta gozar del objeto amado. De aquí puedes inferir cuán lejos andan de la verdad los que afirman que todo amor es en sí loable, acaso porque su materia siempre es buena; pero no todo sello es bueno, aun cuando lo sea la cera.

—Tus palabras y mi reflexión, que atentamente las he seguido —le respondí—, me han explicado el amor, pero han aumentado mis dudas al propio tiempo; porque si el amor procede de los objetos exteriores, y el alma sólo le obedece a él, ninguna responsabilidad contrae en conducirse recta o torcidamente.

Y él a su vez: —Puedo decirte lo que está al alcance de la razón; lo que es superior a ella, espera a que Beatriz sólo te lo declare,[2] porque es obra de la fe. Toda forma substancial,[3] que es distinta de la materia, y que, sin embargo, va unida a ella, contiene en sí una virtud especial que no siente sino cuando obra, que no manifiesta más que por sus efectos, como la vida en la planta por medio de sus verdes hojas. Por esto ignora el hombre de dónde procede la inteligencia de las primeras nociones o el instinto de los primeros apetitos, que existen en vosotros como en la abeja la propensión a labrar la miel; y estas primeras inclinaciones no merecen alabanza ni vituperio. Mas

1. Su forma, su esencia.
2. Lo que sobrepasa los limites de la razón, lo sobrenatural, podrá ser explicado por Beatriz.
3. La forma sustancial del hombre es el alma, unida al cuerpo, pero distinta de él.

para que se conformen a ellas todas las demás, os es innata la virtud que aconseja[4] y debe tener la llave del asentimiento.[5] Éste es el principio de donde se deriva la causa de vuestro merecer, según que acojáis o rechacéis las buenas o malas pasiones. Los que con su razón han penetrado en el fondo de las cosas, reconocieron esta libertad innata, y en virtud de ello dejaron la moral al mundo. Y puesto que todo amor que en vosotros se enciende nazca necesariamente, en vosotros reside también la facultad de reprimirlo: noble virtud que Beatriz llama libre albedrío, y que debes conservar en la memoria, si llegase a hablarte de ella.

La Luna, que retrasaba su salida casi hasta la medianoche, hacía que nos pareciesen más raras las estrellas; mostrábase como un caldero ardiendo, recorriendo por el cielo en dirección contraria el mismo camino que ilumina el Sol cuando el habitante de Roma le ve sepultarse entre Cerdeña y Córcega; y la ilustre sombra a que debió Pietola[6] más renombre que ninguna otra población de Mantua, se veía ya libre de mis importunidades. Así que, satisfecho con razones tan sencillas y claras de mis pasadas dudas, estaba yo como quien vaga entre sueños de una en otra idea, cuando repentinamente me sacaron de aquel estado una multitud de almas que detrás de nosotros venían corriendo. Y a la manera que el Ismeno y el Asopo[7] veían durante la noche atropellarse enfurecidas turbas a lo largo de sus riberas, cuando los tebanos necesitaban la protección de Baco;

4. La razón.

5. Para permitir los buenos deseos e impedir los malos.

6. Villorrio cercano a Mantua, llamado antiguamente Andes, patria de Virgilio.

7. Ríos de Beocia. Turbas de tebanos corrían a lo largo de los mismos invocando la protección de Baco.

del mismo modo, según vi, precipitaban sus pasos, viniendo por aquel círculo, los que se dejan llevar de una buena voluntad y un amor justo.

Diéronnos en breve alcance, por la velocidad con que toda aquella gran muchedumbre caminaba, y dos que iban delante gritaban llorando: "María corrió apresuradamente a la montaña;[8] César para sojuzgar a Lérida, partió de Marsella y corrió a España."[9] "¡Pronto! ¡Pronto!, gritaban luego los demás: que no se pierda el tiempo por la tibieza de nuestro amor, pues la diligencia en obrar bien acrecienta el favor divino."

—Almas cuyo impaciente fervor os resarcirá tal vez de la negligencia y dilación con que acudisteis a hacer el bien. Éste, que vive aún (y en verdad que no os engaño) desea subir más arriba luego que vuelva a lucir el Sol. Decidnos, pues, por dónde se encuentra más cerca el paso.

Estas palabras dijo mi Guía; y uno de aquellos espíritus respondió: "Ven detrás de nosotros, y hallarás la entrada. Con tal apresuramiento queremos marchar, que no podemos detenernos; y así perdona si lo que en nosotros es castigo, te parece descortesía. Yo fui en Verona abad de San Zenón,[10] bajo el imperio de aquel buen Barbarroja,[11] de quien Milán todavía habla

---

8. Se apresuró a visitar a su prima Santa Isabel, después de la Anunciación.

9. César se dirigió a Marsella y dejó en el sitio de esta ciudad a Bruto, y, siempre obrando con extraordinaria rapidez, se encaminó a España, donde derrotó a Afranio y un hijo de Pompeyo y sojuzgó a Lérida.

El ejemplo de María es de solicitud espiritual y el segundo, temporal.

10. No se sabe con seguridad quién fue. Posiblemente un tal Gerardo II, muerto hacia 1187.

11. Federico I, llamado Barbarroja.

con dolor.[12] Y alguno hay, con un pie ya en el sepulcro,[13] que recordará con lágrimas dicho monasterio, y con tristeza al dominio que ejerció en él, poniendo en lugar del verdadero pastor a su hijo, miserable de cuerpo, más aún de espíritu, y no menos tildado por su nacimiento."

No sé si dijo más, o si enmudeció, tanta era la distancia a que estaba de nosotros; pero estas palabras le oí, y plúgome retenerlas en la memoria.

Y el que en todas mis tribulaciones me servía de auxilio, exclamó: —Vuélvete hacia este lado, y mira esos dos que vienen encareciendo los males de la indolencia.

Iban en efecto detrás de todos, diciendo: "Pereció la nación para quien el mar abrió sus olas,[14] antes que el Jordán viese a sus herederos;[15] y aquella que no se determinó a seguir hasta el fin al hijo de Anquises en sus fatigas,[16] se condenó a sí misma a vivir sin gloria."

Callaron, y cuando todas aquellas sombras estuvieron tan distantes de nosotros, que no podía alcanzarse a verlas, despertóse en mí un nuevo pensamiento, del cual nacieron otros muy diversos; y de tal manera comencé a confundir unos con otros, que cerré los ojos adormecido, y troqué en sueño mis reflexiones.

12. Se le debe la destrucción de varias ciudades italianas y particularmente Milán.

13. Alberto della Scala, señor de Verona. Murió el 10 de septiembre de 1301. Tenía un hijo natural, José, abad de San Zenón desde 1292 hasta 1313.

14. Se separaron las aguas del mar Rojo para que pasaran los judíos.

15. Perecieron antes de que el río Jordán, o sea la Palestina, viese a sus herederos.

16. Algunos compañeros de Eneas, cansados por las fatigas, no se animaron a completar el viaje y permanecieron con Acestes en Sicilia, donde vivieron sin gloria.

Canto decimonono

Descríbese la misteriosa visión que poco antes de amanecer y durante su sueño tuvo Dante. Suben los Poetas al quinto círculo, donde tendidas en el suelo y con las caras vueltas hacia la tierra, lloran su pecado las almas de los avaros. Encuentran a Adriano V, de la casa de Fieschi, que responde a las preguntas que Alighieri le hace.

L legada era la hora en que el calor del día, vencido por la frialdad de la tierra, y a veces por la de Saturno, no puede entibiar la destemplanza de la Luna, y en que los geománticos[1] ven en la parte de Oriente y antes del alba alzarse su mayor fortuna,[2] siguiendo el camino que en breve ha de perder su oscuridad, cuando se me apareció en sueños[3] una mujer[4] de balbuciente habla, mirada bizca, torcido el cuerpo, las manos mancas y color de muerta. Mirábala yo; y como el Sol reanima los fríos miembros, entumecidos por la noche, así mis miradas iban soltando su lengua, y luego enderezando su cuerpo e imprimiendo en su pálido rostro el color grato a los amantes.

Hallando que tenía el habla tan expedita, empezó a cantar de modo, que difícilmente hubiera procurado no atenderla. "Yo soy, cantaba, yo soy la dulce sirena[5] que en medio del mar hago

1. Adivinos que pretendían conocer el futuro por medio de líneas y puntos trazados en la tierra.
2. Poco antes de amanecer.
3. En la visión hay sueños.
4. Símbolo de la avaricia, la gula y la lujuria.
5. Las sirenas eran monstruos mitológicos a las cuales se atribuía un extraño poder en el canto que seducía a los marinos.

variar de rumbo a los marineros:[6] tanto es el placer que reciben al oírme. Yo con mi canto aparté a Ulises de su errante navegación; y el que a mi voz se amansa, rara vez me abandona, que a tal punto le enajeno."

No había cerrado su boca aún, cuando se presentó a mi lado una santa beldad,[7] que venía con ánimo de confundir a aquélla: "¡Oh Virgilio, Virgilio! —decía indignada—: ¿quién es ésa?" Y él no hacía más que adelantarse con los ojos fijos en la honestísima matrona, la cual asiendo a la otra, y abriéndole por delante sus vestidos, y rasgándoselos, me mostraba su vientre; y del hedor que salió de él, desperté del sueño.

Volví los ojos, y oí al buen Virgilio, que me decía: —Tres veces por lo menos te he llamado; levántate y ven: vamos a hallar la puerta por donde has de entrar.

Levantéme, pues: iluminaba el día lleno el sagrado monte, y teníamos el nuevo Sol a las espaldas. Íbale yo siguiendo con la frente inclinada, como el que abrumado por sus pensamientos, lleva el cuerpo medio encorvado, a tiempo que oí decir: "Venid; por aquí se pasa", y esto con tan suave y amorosa voz, que ninguna en este mundo mortal se le igualaría. Abiertas las alas, que parecían de cisne, encaminóse hacia arriba el que así había hablado, por entre los dos muros de la dura roca. Agitó después las plumas, y me aireó con ellas,[8] afirmando ser bienaventurados los que lloran, porque sus almas se consolarán a sí propias.[9]

6. Aquí por los hombres durante el curso de sus vidas.

7. Contrasta con la aparición anterior.

8. En esta forma desaparece otra P de la frente de Dante: era el símbolo de la pereza.

9. Es la cuarta beatitud: *Bienaventurados los que lloran, porque ellos serán consolados* (Mateo, v, 4).

—¿Qué tienes, que todavía estás mirando a tierra? —empezó a decirme mi Maestro, a poco que el ángel se remontó sobre nosotros.

—En tal confusión me ha puesto —le respondí— una nueva visión con que estoy luchando, que no puedo apartar de ella el pensamiento.

—¿Has visto —repuso— esa antigua hechicera, única causa del llanto que se derrama en los lugares a que ascendemos ahora? ¿Has visto cómo el hombre se libra de ella? Pues bástete; sacude la tierra de tus plantas, y vuelve la vista al atractivo con que te brinda el eterno Rey, haciendo girar sus celestiales ruedas.

Como el halcón que se mira las garras, y obediente al grito del que le maneja, tiende el vuelo, por la codicia del pasto que se promete; tal hice yo, y con igual prontitud recorrí el espacio en que se parte la roca para abrir paso al que sube, hasta donde vuelve a darse la vuelta al monte.

Salido que hube ya al quinto círculo,[10] vi las almas que en él estaban, las cuales, llorando y tendidas en tierra, tenían los rostros vueltos hacia abajo. *Adhaesit pavimento anima mea,*[11] oílas exclamar, pero con tan profundos suspiros, que apenas se entendían estas palabras.

—¡Oh elegidos de Dios, cuyas penas hacen más llevaderas la justicia y la esperanza! Encaminadnos a las mansiones superiores.

"Si venís para no yacer aquí como nosotros, y queréis abreviar camino, siga siempre la orilla exterior vuestra derecha."

Al ruego que hizo el Poeta, esto le fue respondido a poca distancia de nosotros; y yo conocí por el habla al que estaba

10. El de los avaros.
11. Versículo 25 del salmo CXIX: Adhirió al suelo mi alma.

confundido con los demás;[12] y volviendo los ojos a mi Guía, vi que con alegre semblante accedía a mis deseos: así que, no bien recobré mi cabal acuerdo, acercándome al que había llamado mi atención con sus palabras, le dije: —Espíritu, cuyo llanto sazona el arrepentimiento sin el cual no puedes gozar de Dios: suspende en mi obsequio un tanto tu mayor cuita; dime quién eres, por qué yacéis vueltos de espaldas, y si quieres que impetre alguna gracia para ti en el mundo de donde he salido vivo.

—Te diré —respondió— por qué nos ha puesto el cielo de espaldas hacia él; mas primero *Scias quod ego fui successor Petri*.[13] Entre Siestri y Chiaveri[14] ahonda su cauce un hermoso río,[15] en cuyo nombre vincula sus timbres el título de mi casa.[16] En poco más de un mes experimenté cuánto pesa el sagrado manto al que no le arrastra por el cieno: plumas parecen todas las demás cargas. Tardía, ¡ay de mí!, fue mi conversión; pero al hacerme pastor romano conocí cuán falaz era aquella vida. En ella vi que el corazón no se satisfacía, dado que no era posible alcanzar dignidad más alta, e inflamóse en mí el amor de la presente. Miserable fue por lo avara, y alejada hasta aquel punto estuvo de Dios mi alma, y como ves, aquí halla su castigo. Los efectos de la avaricia, en la expiación por que pasan las almas convertidas se manifiestan: no conoce esta mansión otra más amarga. Porque como nuestra vista, fija en las cosas terrenales, no se dirigió a lo alto, la divina justicia nos tiene clavados aquí en la

12. Lo conoce por el habla, pues está boca abajo.

13. "Sabe que fui sucesor de Pedro." Se trata de Adriano V, pontífice durante cuarenta días, muerto en 1276.

14. Dos ciudades sobre la ribera oriental del Mediterráneo.

15. El Lavagna.

16. Los Fieschi, a cuya familia pertenecía Adriano V, llevaron el título de condes de Lavagna.

tierra; y como la avaricia no puso nuestro amor en los verdaderos bienes, perdiendo cuanto allá hicimos, la misma justicia nos esclaviza aquí, atados y sujetos de pies y manos; y por el tiempo que plazca a nuestro justiciero Señor, seguiremos así, inmóviles y tendidos.

Habíame yo arrodillado, y trataba de hablar; mas como al abrir los labios advirtiese él, sólo por el oído, mi reverente actitud: "¿Qué causa, dijo, te obliga a postrarte así? —Mi recta conciencia —le respondí,— por respeto a vuestra dignidad, me estimula a hacerlo. —Pues no te molestes, replicó, hermano, y levántate: ésa es equivocación tuya, que siervo soy de un supremo poder, como tú y como los demás. Si alguna vez has oído aquellas palabras del Santo Evangelio, que dicen: *Neque nubent*,[17] comprenderás bien por qué discurro así. Y vete ya; no quiero que te detengas más, porque tu tardanza interrumpe mi llanto, con el cual sazono el arrepentimiento de que has hablado. Una sobrina tengo en la tierra, llamada Alagia,[18] buena de suyo, a no ser que la haya pervertido el ejemplo de nuestra familia: ésta es la única que en aquella vida me ha quedado."

17. Contestación de Jesús a los saduceos para sacarlos del error en que estaban creyendo hubiese matrimonios en la otra vida.

El pontífice quiere demostrar al Poeta que sólo es un alma común y no puede considerarse como jefe de la Iglesia.

18. Alagia dei Fieschi. Casó con Moroello Malaspina, marqués de Giovagallo. La única digna de orar por su salvación.

Canto vigésimo

Dejando al papa Adriano, y prosiguiendo su marcha por aquel círculo, oyen a un alma que recuerda algunos ejemplos notables de la virtud contraria a la avaricia. Acércase Dante a ella para averiguar quién sea y por qué es la única que celebra aquellos hechos. Era Hugo Capeto, que prorrumpe en una terrible invectiva contra los vicios e iniquidades de sus descendientes. Satisface después a la otra pregunta, y le cita los ejemplos que se repiten por la noche, con gran terror de los avaros. Tiembla la montaña y se eleva por todas partes un cántico de júbilo lo cual despierta en Dante vivísimo deseo de saber qué es lo que ocasiona aquella novedad.

No hay lucha posible entre un deseo y otro mejor; y así, por dar gusto a aquella alma, yo me privé del mío, dejando mal satisfecha mi curiosidad. Púseme en marcha, marchando también mi Guía por el trecho que quedaba libre a lo largo de las rocas, como el que va por una muralla arrimándose a las almenas; porque los pecadores que con lágrimas de sus ojos purgaban gota a gota el mal diseminado por todo el mundo, estaban muy cerca de la orilla opuesta.

¡Maldita seas, antigua loba,[1] que con tu hambre nunca saciada, ocasionas más estragos que todas las otras fieras! ¡Oh cielo, que con tu movimiento das lugar a creer que del mismo modo varían las cosas de nuestro mundo! ¿Cuándo vendrá el que ahuyente de aquí a ese monstruo?

1. Designa la avaricia (*Infierno* I, n. 13).

Íbamos andando con lentos y cortos pasos, y ya puesta la atención en las sombras, cuyos lamentos y llanto escuchaba compadecido, cuando delante de nosotros oí exclamar: "¡Dulce María!" con el doloroso tono de una mujer en el trance del alumbramiento. Y después seguían: "Tan pobre fuiste como puede verse por el establo en que diste a luz tu santo fruto." Y en seguida oí: "¡Oh buen Fabricio! Preferiste la pobreza con virtud, a poseer grandes tesoros con vicios."[2]

Me agradaron tanto estas palabras, que me adelanté para descubrir al espíritu de que procedían, el cual continuó hablando de la liberalidad de Nicolás[3] para con las doncellas, con lo que puso a salvo el honor de su juventud.

—Alma, que tanto encareces la bondad, exclamé, dime quién fuiste, y por qué eres la única que renuevas estas dignas alabanzas; que no quedarán tus palabras sin recompensa, si vuelvo a cumplir el breve plazo de una vida que vuela a su fin.

Y me replicó así: "Te responderé, no porque espere alivio alguno de los de allá, sino porque de tan gran privilegio gozas antes de sufrir la muerte. Yo fui raíz de aquella funesta planta cuya nociva sombra se extiende por la cristiana tierra de modo que rara vez se logra de ella ningún buen fruto. Pero si Douai, Gante, Lila y Brujas fuesen más poderosas, pronto se avergonzarían;[4]

2. Caio Fabricio Luscinio, cónsul en 282 a. C. Rechazó los dones de los samnitas y los del rey Pirro. Murió tan pobre que el erario público debió encargarse de su sepultura y la subsistencia de sus hijos.

3. San Nicolás de Bari empleó su generosidad en dotar a tres doncellas cuya honestidad peligraba por la extrema pobreza.

4. Las cuatro principales ciudades de Flandes. Alude el Poeta a las guerras entre Felipe el Hermoso y los flamencos, quienes derrotaron a los franceses en 1302.

venganza que pido al supremo juez. Llamáronme Hugo Capeto;[5] de mí nacieron los Felipes y los Luises, por quienes poco ha se halla regida Francia. Hijo fui de un carnicero de París.[6] Cuando fenecieron todos los antiguos reyes,[7] excepto uno que trocó en tosco sayal su manto,[8] halláronse en mis manos las riendas del gobierno, y me alcé de nuevo a tanta supremacía, con séquito tal de amigos, que la huérfana corona recayó en la cabeza de mi hijo, en quien tuvieron origen los sagrados restos de sus sucesores. Mientras que la gran dote de Provenza[9] no acabó con el pudor de mi raza, poco valía ésta, mas por lo menos no ocasionaba daños. Allí, entre violencias y arterías, comenzaron sus rapacidades; después las enmendó usurpando el Ponthieu, la Normandía y Gascuña. Vino Carlos[10] a Italia, y se enmendó también haciendo su víctima a Coradino;[11] y asimismo, por vía de enmienda, restituyó a Tomás[12] al cielo. Veo ya el tiempo, y

5. Los comentaristas no están de acuerdo en determinar exactamente quién ha sido este Hugo, si Hugo el Grande, caudillo de Francia, muerto en 956, o su hijo, Hugo Capeto, coronado rey de Francia en 987; los antiguos debieron de confundir al padre con el hijo, haciendo de ambos un solo personaje.

6. En verdad, Hugo Capeto descendía de los poderosos condes de París. Dante parece inclinarse por una antigua leyenda caballeresca de Francia, pasada luego a Italia, que afirmaba que el primer rey de los capetos había sido hijo de un carnicero.

7. Los carolingios.

8. Debe aludir al hijo de Luis V, Carlos de Lorena, excluido del trono.

9. Las riquezas y los estados de Raimundo IV Berlingeri.

10. Carlos I de Anjou.

11. Último vástago de la casa de Suabia, derrotado en Tagliacozzo y ajusticiado por Carlos I de Anjou en 1268.

12. Aunque erradamente, se atribuía a Carlos de Anjou el haber envenenado a Santo Tomás de Aquino (1227-1270).

no muy lejano de hoy, que ha de arrojar a otro Carlos[13] fuera de Francia, para que mejor se conozca su perversidad y la de los suyos. Sin armas sale de allí, que no ha menester más lanza que la de Judas, la cual tan diestramente maneja, que dejará a Florencia sin el redaño. No ganará allí tierra, pero sí pecados y envilecimiento, tanto más graves en sí, cuanto le parezcan a él daños de menos monta. El otro que salió ya prisionero de su navío,[14] veo que vende a su hija y la regatea, como hacen los corsarios con las esclavas. ¡Oh avaricia! ¿Qué más has de hacer, cuando de tal modo te has apoderado de mi sangre, que ni aun se cuida ya de su carne propia? Y para que parezcan menores el mal futuro y el ya pasado, veo introducirse en Anagni la flor de lis,[15] y prender a Cristo en la persona de su Vicario.[16] Véole otra vez hecho objeto de ludibrio; veo renovarse el vinagre y la hiel, y su muerte entre dos ladrones. Veo por fin al nuevo Pilatos,[17] que no saciándose con esto, lleva al templo, sin justa provisión, sus codiciosas ansias. ¡Oh Señor mío! ¡Cuándo tendré el júbilo de ver la venganza que, oculta en tus secretos juicios, tan dulce haga tu cólera! Lo que decía yo de aquella única esposa del Espíritu Santo, que te obligó a dirigirte a mí para que te diera alguna explicación, es el asunto de todas nuestras preces durante el día; mas cuando viene la noche, recordamos a Pigmalión, a

13. Carlos de Valois. Fue a Italia en 1301.

14. El rey de Sicilia y la Pulla, Carlos II de Anjou, hecho prisionero en la nave donde combatía contra el almirante del rey Pedro de Aragón, casó a su hija Beatriz con Azzo VIII d'Este y corrió la voz de que lo hizo para obtener dinero de su yerno.

15. La insignia de la casa de Francia.

16. Bonifacio VIII fue hecho prisionero por orden de Felipe el Hermoso.

17. Felipe el Hermoso, quien entregó a Bonifacio VIII a los Colonna, sus mortales enemigos.

quien su ávida sed de oro convirtió en traidor y parricida,[18] y la miseria del avaro Midas, que satisfizo su inconsiderado anhelo, el cual siempre provoca a risa.[19] Ni olvida nadie al insensato Achán,[20] cuando hurtó los despojos del enemigo, de modo que parece incurrir aún en la indignación de Josué. Acusamos después a Safira y su marido;[21] aplaudimos las coces que desconcentraron a Heliodoro;[22] y por todo el monte resuena la infamia de Polinéstor, que asesinó a Polidoro.[23] Aquí por último se repite aquello de "Craso,[24] di, pues lo sabes, a qué sabe el oro". Hablamos, pues, así unos en alta voz, otros muy bajo, según el móvil a que obedece cada cual, y con mayor o menor vehemencia; y no era yo antes el único que prorrumpiese en alabanzas de la bondad sobre que se discurre aquí durante el día; sino que en el trecho aquél no levantaba la voz otra persona."

Habíamonos separado ya de nuestro interlocutor, y hacíamos cuantos esfuerzos nos eran dables para ganar camino, a tiempo que sentí estremecerse el monte, como cosa que amenaza

18. Mató a Siqueo, su tío, y esposo de su hermana Dido, para apoderarse de sus tesoros.

19. El rey de Frigia, Midas, pidió en oración se transformara en oro todo lo que tocaba. Así se vio privado de sustento (Ovidio, *Met.*, xi, 85-145).

20. Cuando los hebreos conquistaron Jericó, Josué ordenó se consagrara al Señor todo el tesoro de la ciudad. Achán sustrajo algunos objetos. Descubierto, fue lapidado con toda su familia.

21. Ananías y Safira trataron de estafar a los apóstoles. San Pedro les anunció el castigo y murieron uno después de otro.

22. Cuando entró en un templo de Jerusalén para apropiarse de los tesoros, milagrosamente apareció un caballo y a coces le obligó a huir.

23. Polinéstor, rey de Tracia, mató al joven Polidoro, a quien tenía como huésped, para apoderarse de sus riquezas.

24. Marco Licinio Craso, 114-53 a. C. Célebre por sus riquezas y su avidez. Cuando fue muerto llevaron su cabeza al rey Orodes, quien dijo vertiendo oro en su boca: "Tuviste sed de oro; bébelo pues."

ruina, y comencé a temblar de frío, cual suele acontecer al que llevan a morir. No era en verdad tan fuerte el sacudimiento que experimentaba Delo antes de labrar Latona su nido en él para dar a luz las dos lumbreras del cielo.[25] De todas partes se levantó un clamoreo tal, que mi Maestro, volviéndose a mí, hubo de decirme: —Nada temas mientras yo vaya contigo—. *Gloria in excelsis Deo!*[26] gritaban todos, por lo que comprendía yo desde el sitio más cercano en que podían oírse aquellas voces. Quedamos inmóviles y suspensos, como los pastores que por primera vez oyeron aquel canto, hasta que cesaron este y aquellos estremecimientos. Seguimos después nuestra santa ruta, mirando a las sombras que yacían por tierra, y que habían ya vuelto a su acostumbrado llanto. Si mi memoria no se engaña en esto, jamás me atormentó la ignorancia de cosa alguna ni el deseo de averiguarla, como lo que entonces pasaba en mi pensamiento. Ni la premura del tiempo consentía que me detuviese a preguntar, ni podía examinar aquello por mí mismo; de suerte que iba andando receloso y distraído.

25. Latona, perseguida por los celos de Juno, sólo encontró asilo por obra de Neptuno, en Delos, donde dio a luz a Diana y Apolo. La isla, antes agitada por terremotos, se tornó estable para albergar a estos dioses.

26. Himno cantado por los ángeles anunciando a los pastores el nacimiento del Mesías (Lucas, II, 14).

Canto vigesimoprimero

Mientras los Poetas aceleran su marcha hacia la escala, oyen que
los saluda una sombra que iba detrás de ellos. A su saludo corres-
ponde atentamente Virgilio, contestando también a las preguntas
que les hace. Explica a su vez la causa de la conmoción que acaba
de experimentar la montaña y declara quién es, con algunas de
las circunstancias de su vida.

A tormentábame la sed de saber, que sólo se sacia con el
agua cuya gracia pidió la pobre samaritana, y servíame
de incentivo la priesa que me daba en seguir los pasos de mi
Guía por aquel tránsito tan embarazado por las almas, de cuyo
justo castigo me condolía; cuando, del mismo modo que escribe Lucas haberse aparecido Cristo, resucitado ya del sepulcro, a los dos hombres que iban de camino,[1] se nos apareció a
nosotros una sombra, que venía siguiéndonos y contemplando
aquella multitud que yacía por tierra, y antes de que la hubiésemos visto, nos habló, diciendo: "Hermanos míos, la paz de
Dios sea con vosotros."

Volvimos de repente, y Virgilio le inclinó la cabeza cual convenía, añadiendo: —Concédatela también en la congratulación
de los bienaventurados el Juez de la verdad, que a mí me condena a destierro eterno.

---

1. Según el evangelio de San Lucas, Jesús se apareció a Cleofás y Al-
meón en el camino de Emaús, el mismo día de su resurrección (Lucas,
XXIV, 13 y sigs.).

"¡Cómo! —dijo el otro, mientras seguíamos apresurando el paso—: si sois espíritus a quienes Dios no concede remontarse, ¿quién os ha traído para que subáis tanto por sus escalas?"

Y replicó mi Doctor: —Mira las señales que lleva éste hechas por un ángel, y verás bien que es de los que pueden ir a reinar con los buenos. Mas porque aquella[2] que está día y noche hilando no ha consumido aún el copo que Cloto[3] le destina y que prepara a cada uno, su alma, que es hermana de la tuya y de la mía, no podía, al subir aquí, venir sola, dado que no ve las cosas como nosotros; y fui yo sacado del vasto abismo del Infierno para mostrárselas; y se las mostraré hasta el punto que alcance mi experiencia. Pero dime, si lo sabes: ¿por qué la montaña ha sufrido poco ha tales sacudimientos, y por qué parecía que todas las almas gritaban a una, hasta lo más profundo de las raíces que humedece el mar?

Con esta pregunta hirió en lo más vivo de mi deseo, haciéndome concebir una esperanza que bastó a calmar mucho mi impaciencia.

Y repuso el desconocido: "No hay en esta religiosa montaña cosa que se resienta de falta de orden, o que esté fuera de su costumbre. No se experimenta aquí alteración alguna; ni puede ser otra la causa que aquello que el cielo recibe en sí y procede de sí mismo; porque aquí no cae lluvia ni granizo ni nieve ni rocío ni escarcha, más arriba de la puerta de los tres pequeños escalones.[4] No se conocen las nubes, densas o enrarecidas, ni el relámpago ni la hija de Taumante,[5] que en tierra cambia tan a

2. La parca Laquesis.
3. Otra de las parcas.
4. La puerta del Purgatorio.
5. Iris, hija de Taumante y Electra y mensajera de los dioses.

menudo de lugar. No se alzan secos vapores por encima de los tres escalones de que he hablado, donde el vicario de Pedro tiene sus plantas fijas. Quizá más abajo retiemble el monte en poco o en mucho espacio; mas por efecto del viento que en la tierra se oculta, no sé cómo aquí arriba jamás llegó el sacudimiento. Tiembla sólo cuando algún alma se siente tan purificada, que se levanta, o se mueve para ascender al cielo, y los gritos son el himno de júbilo que la acompaña. Prueba de la purificación es únicamente la voluntad, que libre ya para trocar de morada, excita al alma y la ayuda con su deseo. Desde un principio lo desea, mas no lo consiente su propensión, pues así como pecó contra su voluntad, contra su voluntad sufre el tormento que la justicia de Dios le impone. Y yo que he gemido en esta pena quinientos y más años, no he sentido hasta este instante libre la voluntad para mejorar de estado. Por esto el terremoto que has oído, y las alabanzas que en todo el monte entonaban los espíritus piadosos a aquel Señor, que ojalá los conduzca a su reino en breve."

Así dijo; y como tanto es mayor el gusto del beber, cuando la sed es más grande, no acertaría a decir el placer que me ocasionó.

Y mi sabio Maestro: —Ahora veo, añadió, los lazos que os aprisionan, y cómo se sueltan, y por qué tiembla la montaña, y de qué tanto os congratuláis. Complácete asimismo en declararme quién fuiste, y que tus palabras me hagan saber por qué has penado aquí tantos siglos.

"En el tiempo —respondió el espíritu— en que con ayuda del Supremo Rey vengó el buen Tito las heridas de que brotó la sangre que Judas había vendido,[6] era yo allá en el mundo harto

---

6. Con la destrucción de Jerusalén en el año 70 vengó la sangre de Cristo.

famoso con el título que más dura y que más honra,[7] pero sin conocer todavía la fe. Deleitó mi canto de tal manera, que aunque tolosano, fui llamado a Roma, donde merecí ornar de mirto mis sienes. Estacio[8] es aún mi nombre entre los mortales; canté de Tebas, y luego del grande Aquiles; pero sucumbí mientras llevaba a cabo la segunda empresa. Incentivo fueron de mi entusiasmo las centellas que me abrasaron de aquella divina antorcha, que ha iluminado también a tantos: hablo de la *Eneida*, que fue la madre, la nodriza de mi poético astro, sin la cual no hice cosa que valiera el peso de una dracma;[9] y por haber vivido en aquel mundo cuando vivió Virgilio, consentiría en prolongar un año más mi salida de este destierro."

Volvióse Virgilio a mí al oír estas palabras, con un semblante que en lo callado me decía: "¡Calla!"; mas no consigue la voluntad todo lo que quiere, porque de tal suerte corresponden la risa y el llanto a la pasión de que cada cual procede, que el menos árbitro de sí propio es el más sincero. No pude, pues, evitar cierta sonrisa, como el que hace una seña de inteligencia, y notándolo la sombra, se calló, mirándome a los ojos, que es donde más se retratan los pensamientos. "¡Ah!, séate concedido, dijo,

---

7. El de poeta.

8. Célebre poeta latino. 45-96 d. C. En la época de Dante se le creía nacido en Tolosa, pero después, cuando se conocieron, sus *Silvas*, se aclaró que era de Nápoles. Es autor, además, de la *Tebaida* y una *Aquileida* que dejó incompleta a su muerte.

Dante inventa la leyenda de la conversión de Estacio al cristianismo para justificar su aparición en el Purgatorio. Atribuye la conversión a la lectura de la cuarta égloga de Virgilio que durante la Edad Media fue leída como presagio del nacimiento de Cristo. La *Eneida* lo había iluminado, en cambio, en su creación poética.

9. Estacio aquí, parece hablar por Dante.

llevar a feliz término tan larga peregrinación; mas ¿por qué ha asomado ahora un movimiento de risa en tu semblante?"

Halléme sorprendido por ambos lados: uno me mandaba callar, otro me excitaba a que hablase; di un suspiro, y mi Maestro me comprendió, diciendo: —No tengas reparo; habla, y dile lo que con tanto empeño desea saber—. Respondíle, pues, en estos términos: —Por ventura, antiguo espíritu, te ha maravillado mi sonrisa; pero mayor admiración pienso causarte. Este que dirige mi vista a región más alta, es ese Virgilio de quien tú cobraste aliento para cantar a hombres y dioses. Si otra causa has creído que tenía mi sonrisa, deséchala por no cierta, que sólo era motivada por las palabras que de él dijiste.

Iba ya a echarse a los pies de mi Maestro, cuando él le dijo: —No hagas, hermano, tal; tú eres sombra, y sombra es la que ves—. Y el otro, incorporándose, añadió: "Pues ahora comprenderás el mucho amor en que ardo por ti, cuando así renuncio a nuestra vanidad, y trato a una sombra como pudiera a un verdadero cuerpo."

Canto vigesimosegundo

Mientras van subiendo al sexto círculo, Estacio refiere a Virgilio por qué pecado había permanecido tan largo tiempo en el Purgatorio y cómo vino a conocimiento de la fe cristiana. Virgilio le da cuenta en seguida de los muchos personajes célebres que existen en el Limbo. Llegan los Poetas al círculo, y dando algunos pasos a la derecha, encuentran un árbol lleno de fragantes pomas, del interior del cual salen voces que prorrumpen en loores de la templanza.

Ya el ángel quedaba a nuestras espaldas, el ángel que nos había encaminado al sexto círculo, y borrádome a mí otra letra de la frente, y los que cifran todo su anhelo en la justicia habían entonado ya el *Beati*, concluyendo sus voces con el *sitiunt*,[1] sin añadir otra palabra alguna; mientras yo, más ágil que en las demás escalas, de tal suerte me movía, que sin la menor fatiga seguía subiendo tras los dos espíritus veloces.

Y Virgilio empezó a decir: —Amor que se prenda de la virtud halla siempre correspondencia en el virtuoso, con tal que su llama se manifieste exteriormente. Así desde la hora en que descendió entre nosotros al limbo del infierno Juvenal,[2] que me hizo sabedor de tu afición hacia mí, te cobré un afecto cual no se sintió jamás por persona a quien no se ha visto, de modo que este camino me parecerá ahora en extremo breve. Mas

---

1. Se refiere a la cuarta beatitud: *Bienaventurados los que tienen hambre y sed de justicia* (Mateo, v, 6).
2. Poeta latino, 47-130 d. C.

dime (y como amigo perdona si por exceso de confianza suelto al hablar la rienda, y como amigo también no excuses razonamientos): ¿Es posible que la avaricia hallase cabida en tu corazón, a vueltas del grande ingenio que adquiriste con tanto afán?

Estas palabras hicieron al pronto sonreír levemente a Estacio, y en seguida respondió: "Todo cuanto dices es para mí un grato indicio de afecto. A la verdad muchas veces se ven las cosas de suerte, que dan falsa materia a dudas, por ser la verdadera causa desconocida. Tú juzgas, según tu pregunta me hace creer, que fui yo avaro en la otra vida, quizás por el círculo en que me hallaba. Pues sabe que la avaricia estuvo demasiado lejos de mí,[3] y que precisamente por esta demasía he sufrido millares de meses de castigo. Y si yo no hubiese moderado mis apetitos al llegar a aquel punto en que exclamas casi indignado contra la humana naturaleza: "¡A qué extremos no llevas los corazones de los mortales, execrable hambre del oro!", hoy estaría en lucha con mi carga y los condenados. Entonces comprendí que también podían abrirse las manos, extremándose en lo pródigas, y me arrepentí de éste como de los demás pecados. ¡Cuántos resucitarán rasos de los cabellos, por la ignorancia que los priva de este arrepentimiento durante la vida y a la postre de ella! Porque has de saber que la culpa que se comete en directa oposición con algún pecado, aquí se va consumiendo lo mismo que él; de modo que si yo he estado purificándome entre los que lloran su avaricia, ha sido por adolecer del vicio opuesto."

3. Estacio es un pródigo, no un avaro.

—Cuando cantaste[4] la cruel guerra de los que doblaron la tristeza de Yocasta,[5] dijo el cantor de las *Bucólicas*,[6] y por los sones con que a los tuyos acompaña Clío, no parece que te contase todavía en su gremio la fe, sin la cual son insuficientes las buenas obras; y siendo así, ¿qué sol o qué luz te aclaró las tinieblas, de modo que pudieses enderezar el rumbo hacia la barca del Pescador?[7]

Y el otro le respondió: "Tú fuiste el primero que me encaminaste al Parnaso para beber en sus grutas, y que me iluminaste para acercarme a Dios. Hiciste como el que anda de noche, llevando detrás la luz de que no se aprovecha, y alumbrando los pasos de los que le siguen, cuando decías: —El siglo se regenera; tornan la justicia y los primeros tiempos de los hombres, y desciende del cielo una progenie nueva.[8] —Por ti fui poeta, por ti cristiano; y para que mejor veas lo que pinto, extenderé la mano y daré color al cuadro. Estaba ya el mundo todo lleno de la verdadera creencia, que habían sembrado los mensajeros del reino eterno, y tus palabras, ya mencionadas, se conformaban con las de los nuevos predicadores; por lo que contraje la costumbre de visitarlos. Tan santos me parecían después, que cuando Domiciano dio en perseguirlos, no pude menos de asociar mis lágrimas a su llanto, y mientras permanecí en aquella vida,

4. En la *Tebaida*.

5. Porque contendieron sus hijos Eteocles y Polinice.

Yocasta, viuda de Layo, se unió con Edipo ignorando que era su hijo. De esta unión nacieron Eteocles, Polinice, Antígona e Ismena.

6. Virgilio.

7. De San Pedro.

8. Alude a la égloga IV de Virgilio, que hasta la época de Dante continuaba leyéndose como presagio del nacimiento de Cristo. Esta cuarta égloga recibió el nombre de mesiánica.

los auxilié; y la rectitud de sus costumbres me indujo a menospreciar todas las demás sectas. Antes que mi lira condujese a los griegos a los ríos de Tebas, recibí el bautismo, mas por temor encubrí lo de cristiano, y largo tiempo seguí aparentando paganismo, y por esta tibieza he estado recorriendo el cuarto círculo más de cuatrocientos años. Tú, pues, que has levantado el velo que me ocultaba ese bien de que hablo, dime, teniendo como tenemos sobrado tiempo, dónde están nuestro viejo Terencio, y Cecilio, y Plauto y Varrón, si de ellos sabes; y dime, caso de estar condenados, en qué círculo."

—Ésos, con Persio y yo y bastantes más —respondió mi Guía—, estamos con aquel griego,[9] a quien amamantaron las Musas más que a otro alguno, en la primera mansión de la negra cárcel. Platicamos a menudo del monte en que perpetuamente habitan nuestras protectoras, hallándose con nosotros Eurípides y Anacreonte, Simónides, Agathón y otros muchos griegos, que un tiempo ciñeron lauro a sus sienes. Vense allí tus heroínas Antigone, Deifile y Argia, e Ismene tan triste como estuvo en vida: la que mostró a Langía,[10] y después la hija de Tiresias, y Tetis, y Deidamia con sus hermanas.

Guardaron silencio ambos poetas, atentos a reconocer de nuevo aquellos sitios, porque habían subido ya más arriba de la escala y de los muros.[11] Cuatro de las sirvientas del día quedaban rezagadas, y dirigía la quinta el timón del carro, levantando a lo alto su encendida punta, cuando dijo mi Guía: —Creo que conviene volver el hombro derecho hacia la extremidad

9. Homero.
10. Isifile mostró a los héroes que guerrearon contra Tebas la fuente Langía cerca de Nemea.
11. Habían llegado al sexto círculo.

exterior, rodeando la montaña, como hemos hecho hasta ahora. —Esta razón fue la que tuvimos presente, y emprendimos la marcha con menos recelo, contando con el asentimiento del alma justa que nos acompañaba.

Iban ellos delante, y yo solo detrás, escuchando sus razonamientos, que me enseñaban a poetizar; pero en lo más dulce del coloquio y en medio del camino tropezamos con un árbol de hermosas pomas, que exhalaban suavísima fragancia; como el abeto, a medida que crece, adelgaza de rama en rama, en éste las más delgadas eran las inferiores, según creo, para que nadie se subiese a él. Por la parte en que nos estaba cerrado el paso, caía de la elevada roca un licor claro, que iba esparciéndose por las hojas. Acercáronse al árbol los dos poetas, y de entre su follaje salió una voz que decía: "De esa fruta habéis de privaros", y añadió después: "María pensaba en que las bodas[12] fuesen honrosas y cumplidas, más que en su propia boca, que intercede ahora por vosotros. Las antiguas romanas se contentaban con agua por bebida, y Daniel desdeñó los manjares y adquirió la ciencia. Bello como el oro fue el primer siglo: el hambre hacía sabrosas las bellotas, y la sed trocaba en néctar los arroyos. De miel y langostas se alimentó el Bautista en el desierto: por eso es tan glorioso y grande como en el Evangelio se os manifiesta."

12. Las de Caná.

Canto vigesimotercero

El hambre y la sed, acrecentadas a la vista de los árboles cargados de frutos, y de las aguas que afluyen por todas partes, forman en el sexto círculo el tormento de los glotones, cuya espantosa demacración se describe. Encuentra Dante a Forese de Donati, que al propio tiempo que tributa merecidas alabanzas a su viuda, censura agriamente el impudor de las damas florentinas.

Mientras mis ojos iban atisbando por entre las verdes hojas, como suele hacer el que pierde el tiempo persiguiendo a un pajarillo, aquel que para mí era más que padre me decía: —Hijo mío, vamos ya, pues debemos emplear más útilmente el tiempo que se nos ha concedido.

Volví los ojos y no menos prontamente el paso hacia los dos sabios, los cuales iban hablando de manera, que me hacían andar sin trabajo alguno; de repente oí llorar y cantar *Labia mea, Domine*,[1] mas por tan extraño modo que a la vez me daba placer y pena.

—¡Oh dulce padre! ¿Qué es lo que escucho? —le pregunté; y él respondió: —Sombras que van quizá desenredándose de las ligaduras de sus pecados.

Y como pensativos caminantes que al encontrarse con gente desconocida se vuelven a mirarla, y no se paran, así, siguiéndonos por detrás y adelantándonos, venían multitud de almas silenciosas y con gran recogimiento, y al pasar, fijaban los ojos en

1. Salmo L de David.

nosotros.[2] Teníanlos sombríos y cóncavos, los rostros pálidos y tan descarnados, que en su piel se veía la forma de los huesos. No creo que Erisictón[3] quedase reducido por el hambre a más extremado enflaquecimiento, cuando se vio a sí propio objeto de ella.

Y yo interiormente me decía: "Tal debía ser la gente que perdió a Jerusalén, cuando devoró María a su hijo."[4]

Anillos sin piedras parecían las órbitas de sus ojos. El que en el rostro del hombre lee la palabra *OMO*,[5] hubiera distinguido perfectamente en el suyo la letra *M*. Y ¿quién creería, no sabiendo cómo, que el olor de una manzana o de un poco de agua, ocasionando ansia tal se convirtiera en atroz tormento? Grande era, pues, mi asombro al ver a aquellos famélicos, como que yo no conocía aún la causa de su demacración y del encogimiento de su piel; cuando desde lo más hondo de su cráneo me lanzó sus miradas una sombra, me contempló fijamente, y con recia voz exclamó: "¡Que tal dicha se me conceda!"

No le hubiera yo reconocido por el semblante, pero su voz me hizo descubrir cuanto llevaban oculto en sí sus facciones; y aquel grito me reprodujo la idea de su desfigurado semblante, y volví a ver la fisonomía de Forese.[6]

"¡Ah!, no hagas caso, me decía en tono suplicante, de esta rugosa corteza que me ennegrece la piel, ni de la consunción a que

2. Eran los golosos.

3. Fue castigado con un hambre insaciable. Vendió todos sus haberes primero y luego a su hija y finalmente devoró su propio cuerpo (Ovidio, *Met.*, VIII, 741).

4. Cuando estaba sitiada Jerusalén por Tito, fue tal el hambre que una mujer llamada María mató a su hija para alimentarse (F. Josefo, *Las guerras de los judíos*, VI, 3).

5. Era opinión de muchos en el Medioevo que en el rostro del hombre podía leerse la palabra OMO, formada por los ojos, las cejas y la nariz.

6. Forese Donati, conciudadano y pariente de Dante.

ha venido mi carne; pero dime la verdad respecto a ti, y quiénes son esas dos almas que te acompañan: no estés sin hablarme."

—Tu rostro —le repliqué—, que al morir tú, humedecí con mis lágrimas, no me ofrece ahora menor motivo de llanto, viéndole tan descompuesto; y así dime, por Dios, quién os priva de la carne, y mientras sienta esta admiración, no me obligues a hablar de otra cosa, porque mal puede hacerlo quien tiene con otro deseo embargado el ánimo.

Y me dijo así: "Dispone la Justicia eterna que en el agua y en la planta que ahí detrás queda, se infunda la virtud que causa mi extenuación. Todas esas almas que cantan llorando por haber inconsideradamente obedecido al vicio de la gula, se purifican a fuerza de hambre y de sed. El olor que exhala una manzana y el agua que cae sobre este verde follaje excitan en nosotros el apetito de comer y beber; y no una vez sola se renueva nuestra faena mientras recorremos este espacio. Pena digo, y debiera decir consuelo, porque el deseo que hacia el árbol nos lleva es el mismo que inducía a Cristo a exclamar regocijado: *Elí!*,[7] cuando con su sangre nos hizo libres."

Yo entonces añadí: —Forese, desde el día en que dejaste el mundo por mejor vida, no han transcurrido aún cinco años; y si antes de sobrevenir para ti la hora del arrepentimiento que nos reconcilia con Dios, te era ya imposible pecar, ¿cómo has ascendido aquí? Creía yo encontrarme aún allá abajo, donde el tiempo perdido se resarce con otro tanto.

Y me respondió: "Mi Nella con su inagotable llanto es la que tan presto me ha traído a beber el dulce acíbar de los dolores; sus piadosas oraciones y sus suspiros me han sacado del lugar

---

7. *Elí, Elí, lamma sabactani*, es decir: "Señor, Señor, por qué me has abandonado". Son las palabras atribuidas a Cristo en la cruz.

en que se permanece esperando, librándome de los otros círculos; que tanto es más agradable y acepta a Dios mi viuda, a quien amé en extremo, cuanto es más singular en las buenas obras, porque en la Barbagia de Cerdeña hay mujeres mucho más poderosas que aquella otra Barbagia en que la dejé.[8] ¡Oh amado hermano! ¿Qué quieres que diga? Leen mis ojos en el porvenir, que no estará muy lejos de esta hora, y en él se prohibirá desde el púlpito a las procaces florentinas que vayan mostrando los pechos y todo el seno. ¿Hubo jamás mujeres bárbaras ni turcas que para ir cubiertas necesitasen de penas espirituales ni ninguna otra? Pero si las impúdicas supiesen lo que en breve plazo les depara el cielo, estarían ya abriendo las bocas para aullar; porque si no me engaña mi previsión, motivo han de hallar de tristeza antes que apunte el vello a los niños que ahora se acallan al son de una cantinela. ¡Ah, hermano! No me encubras más tiempo tu secreto: ya ves que no sólo yo, sino todas estas almas, estamos contemplando el sitio en que interrumpes la luz del Sol."

Y así le dije: —Si traes a la memoria lo que para mí fuiste y lo que fui para contigo, no podrá menos de serte penoso este recuerdo. De aquella vida me apartó un día de éstos, cuando la hermana de aquél (y señalé al Sol) se mostró redonda,[9] ese que va delante.[10] Él me ha conducido por la tenebrosa mansión de los verdaderos muertos, y con esta carne verdadera le voy siguiendo. Con su ayuda he llegado hasta aquí, subiendo y dando

8. Barbagia es una región de Cerdeña de costumbres bastante licenciosas en tiempos de Dante, La otra Barbagia donde quedó Nella, la mujer, es Florencia.

9. Luna llena.

10. El que va delante es Virgilio, quien lo apartó del camino del vicio. La última alusión de este canto se refiere a Estacio.

vueltas por la 'montaña donde os volvéis perfectos los que en el mundo tuvisteis tantas imperfecciones. Dice que me acompañará hasta que me deje en el lugar en que se halla Beatriz, y que allí no será ya posible que esté con él. Virgilio es ese que me ha hablado así (y se le indiqué con el dedo); el otro es el espíritu por cuya causa se han estremecido ha poco todos los ámbitos de vuestro reino, al desprenderse de él.

Canto vigesimocuarto

Forese muestra a Dante varias almas de glotones, y, entre otras, al poeta Bonagiunta de Luca, que pronostica al Florentino un nuevo amor, y le elogia por el dulce estilo de sus canciones, hasta entonces jamás oído; y presagiando oscuramente la muerte de su hermano, se marcha. Siguiendo los Poetas su viaje, sienten que cerca de un árbol se hace mención de varios ejemplos terribles para los glotones; y poco después encuentran al Ángel, y el lugar por donde se sube al otro círculo.

N i el hablar nos estorbaba para andar, ni el andar para que siguiésemos hablando, antes con la ocupación del discurso, caminábamos más de prisa, como nave impelida por favorable viento. Las sombras, que parecían haber muerto dos veces, por las fosas de sus ojos mostraban la admiración con que me veían, al saber que estaba vivo; y prosiguiendo mi comenzado razonamiento, dije: —Ése[1] retrasa quizá su marcha por causa nuestra más de lo que en otro caso haría; mas si lo sabes, di: ¿dónde está Picarda?[2] Dime si hay alguna persona notable entre toda esa gente que así me mira.

"Mi hermana, respondió Forese, tan hermosa como buena (que no sé en qué se aventajaba más) recibió ya placentera su corona de triunfo en el alto Olimpo." Y luego añadió: "No está aquí prohibido el nombrar a nadie, supuesto que el hambre nos

1. Estacio.
2. Picarda Donati, hermana de Forese y Corso. Dante la encuentra en el *Paraíso* (canto III).

deja enteramente desconocidos. Éste, y le apuntó con el dedo, es Buonagiunta, Buonagiunta[3] de Luca; y el que está más allá y más escuálido que los otros, estuvo desposado con la Santa Iglesia,[4] y fue de Tours, y purga ahora ayunando las anguilas de Bolsena y el vino con que las sazonaba."

Otros muchos fue mencionándome uno a uno, y todos parecían muy contentos de ser nombrados, de modo que no vi ningún rostro torvo. Vi entre aquellos famélicos que mascaban sin tener qué a Ubaldino de la Pila y a Bonifacio,[5] que con su báculo arzobispal tuvo dominio sobre muchas gentes. Vi a meser Marchese,[6] que un tiempo bebió en Forlí a sus anchas, aunque con menos sed que ahora, y que, sin embargo, no pudo jamás saciarse. Pero a semejanza del que observa y después prefiere una cosa u otra, procedí yo con el de Luca, que parecía ser el que más conocimiento tenía de mí. Hablaba entre dientes, y no sé qué le entendía yo decir de Gentucca[7] con la boca en que sentía el castigo de la divina justicia, que así le había ido consumiendo.

3. Bonagiunta Orbiciani de Luca. Murió después de 1296. Representó entre los antiguos rimadores toscanos la tendencia a imitar la poesía provenzal, siendo sus composiciones de tema exclusivamente amoroso.

4. El papa Martino IV, aficionadísimo a las anguilas del lago Bolsena preparadas con vino.

5. El primero, hermano del cardenal Octaviano (*Infierno*, X) y de Ugolino de *Azzo* (*Purgatorio*, XIV) y padre del arzobispo Ruggieri (*Infierno*, XXXIII) y segundo arzobispo de Rávena desde 1295. Ambos célebres gastrónomos.

6. Caballero de Forlí. Bebedor insaciable.

7. Nombre de una bellísima y virtuosa doncella de Luca, probablemente esposa luego de un tal Morla. Dante la había conocido al pasar por esta ciudad yendo desterrado.

—¡Oh alma —exclamé— que tan ansiosa pareces de conversar conmigo! Haz que te oiga, y danos a ti y a mí la satisfacción de hablar.

"Nacida es una mujer —empezó a decir— que no usa todavía velo,[8] y que te hará agradable mi ciudad, a pesar de que tan mal hablen algunos de ella.[9] Allá volverás con esta profecía, y si crees que he errado en lo que he dicho a medias palabras, los sucesos te mostrarán su certeza. ¿No estoy viendo al que dio a luz las nuevas rimas, que empezaban así: *Vosotras que de amor entendéis tanto...?*"[10]

Y le respondí: —Yo soy el que, cuando me siento inspirado por el amor, le acojo en mi mente, y en el tono que interiormente me dicta, en el mismo canto.

"¡Ay hermano!, dijo él, ahora veo la rémora que al Notario, a Guitón y a mí[11] nos alejó del nuevo y dulce estilo[12] que me descubres; veo bien cómo vuestras plumas[13] vuelan resueltamente tras el que os inspira, y en verdad que no hacen esto las

8. Es aún jovencita. No usa velo, propio de las casadas.

9. Como lo había hecho el mismo Dante (*Infierno*, XXI).

10. *Donne ch'avete intelleto d'Amore*. Primer verso de una de las canciones de la *Vita Nuova*.

11. El Notario: así llamado por antonomasia el notario siciliano Jacobo de Lentini, rimador de los más conspicuos de la primera mitad del siglo XIII y muerto hacia 1250.

Guitón de Arezzo, jefe en Toscana de la escena política doctrinal. Floreció después de 1250 y murió en Florencia en 1294. Jacobo de Lestini está para representar toda la escuela siciliana, Guitón simboliza la toscana anterior a la del *dolce still nuovo*, y Bonagiunta, poeta menor, la luquesa.

12. El *dolce still nuovo*, o sea, el estilo propio de la escuela florentina de la cual Dante dio la característica en sus palabras últimamente pronunciadas.

13. Las de Dante, Guido Cavalcanti, Lipo Giani, Dino Frescobaldi, Gianni Altani, Cino da Pistoia y otros poetas del *dolce still nuovo*.

nuestras, pues el que de más perspicaz se precia, no advierte lo que va de un estilo a otro." Y calló, como quien se sentía ya satisfecho.

Como las aves que invernando en la región del Nilo, forman a veces grandes bandadas, y después alzan su raudo vuelo y caminan en hilera; así las almas que allí estaban volvieron los rostros y apresuraron el paso, impulsadas por su propia ligereza y por su deseo. Y como el que cansado de correr, deja adelantarse a sus compañeros y anda pausadamente, hasta que se calma su anhelosa respiración, del mismo modo dejó pasar Forese a toda aquella bendita muchedumbre, yendo detrás conmigo, y diciéndome: "¿Cuándo volveré a verte?"

—No sé —le respondí— el tiempo que viviré; mas por breve que mi regreso sea, mayor ha de ser el anhelo de pasar a estotra vida, porque el lugar en que estoy destinado a vivir, de día en día empeora más, y parece estar amenazado de triste ruina.

"Ve, pues, concluyó diciendo, que ya veo al más culpable de todos arrastrado de la cola de una bestia[14] hacia el valle donde no se perdona nada. A cada paso aumenta la bestia la velocidad de su carrera, hasta que a fuerza de golpes, deja su cuerpo infamemente despedazado. No tendrán que girar mucho esas esferas (y levantaba al cielo sus ojos) para que claramente descubras lo que mis palabras no pueden con más evidencia manifestarte. Y ya te dejo porque en este reino es tan precioso el tiempo, que pierdo mucho deteniéndome así contigo."

Y como suele adelantarse al escuadrón que va cabalgando, algún jinete al galope, para ganarse el honor del primer encuentro, tal se apartó de nosotros alargando sus pasos, quedándome

14. Habla de Corso, su hermano, jefe de los güelfos y principal causa de los males de Florencia y del Poeta.

yo en el camino con los dos que fueron tan grandes maestros[15] del mundo. Y cuando se alejó ya de nosotros tanto que le iban siguiendo mis ojos como mi mente había seguido antes sus palabras, descubrí a poca distancia, por haberme vuelto hacia aquella parte, las fructíferas y verdeantes ramas de otro manzano. Al pie de él vi algunas almas que levantaban las manos y gritaban no sé qué, dirigiéndose al follaje, como chicuelos antojadizos que piden inútilmente una cosa, y sin responderles aquel a quien se la piden, para avivar más su deseo, no se la oculta, pero la coloca fuera de su alcance.

Marcháronse de allí a poco, sin duda desengañados, y entonces nos acercamos nosotros al pomposo árbol, que tantas súplicas y lágrimas acababa de desdeñar.

"Pasad adelante sin acercaros. Más arriba hay un árbol cuyo fruto gustó Eva, y éste es un retoño de aquél."

No sé quién hablaba así por entre las ramas; por lo que Virgilio, Estacio y yo unidos, proseguimos andando por el lado en que se levanta el monte.

"Acordáos —decía la voz—, de los malditos engendrados en una nube,[16] que, repletos de vino, opusieron a Teseo sus biformes pechos. Acordaos de los hebreos, que al beber se mostraron afeminados, y por esto no fueron de compañeros con Gedeón,[17] cuando bajó de las colinas para embestir a los madianitas."

15. Virgilio y Estacio.

16. Los centauros, invitados a las bodas de Piítoo e Hipodamia, embriagados pretendieron raptar a la novia y demás mujeres, pero fueron vencidos.

17. Según la Biblia, Gedeón, al marchar contra los madianitas, por consejo del Señor, rechazó a los judíos que se habían detenido para beber, por lo cual no pudieron participar de la victoria.

Arribados así a una de las orillas del camino, pasamos oyendo otros excesos de glotones, que recibieron ya terribles castigos. Salimos después en medio de la solitaria vía; y bien habríamos andado más de mil pasos, entregado cada cual a sus reflexiones y sin decir palabra, cuando de repente preguntó una voz: "¿dónde vais los tres solos tan pensativos?" Di un salto al oírla, como los animales medrosos cuando se espantan y alcé la cabeza para averiguar quién decía aquello. No se vio nunca en horno vidrio o metal tan brillante y enrojecido, como el que pronunciaba estas palabras: "Si queréis subir arriba deberéis dar la vuelta por este lado: por aquí van los que se dirigen a la mansión de paz."

Su esplendor me deslumbró la vista, y hube de volverme hacia mis maestros como quien busca a otro según va oyéndole. Y cual se mueve el aura de mayo, anunciando el día, y esparce en derredor el aroma que hierba y flores le comunican, tal sentí que me acariciaba el viento en la mitad de la frente, y agitarse las plumas que me oreaban el rostro[18] con el aliento de la ambrosía. Y sentí además estas palabras: "Bienaventurados aquellos a quienes ilumina tanto la divina gracia, que el amor de la gula no enciende en su pecho apetitos desordenados, y sólo han hambre en cuanto es razonable haberla."

18. Es el roce del ángel que le borra de la frente el pecado de la gula.

Canto vigesimoquinto

Yendo por la derecha vía que conduce desde el sexto círculo al séptimo y último, pregunta Dante a su Maestro cómo puede ser que se enflaquezca tanto donde no hay necesidad de alimentarse. Satisface Virgilio en parte su curiosidad, y después ruega a Estacio que le dé más instrucciones y él, condescendiendo a tal deseo, le explica la generación del cuerpo humano, cómo el alma se infunde en él, y su modo de existir después de la muerte. Llegados al círculo, le encuentran rodeado de llamas, y tomando la orilla exterior ven discurrir por en medio de ellas los espíritus que cantan un himno y proponen algunos ejemplos célebres de castidad.

Hora iba siendo ya de no demorar más tiempo la prosecución del viaje, pues el Sol había dejado en el círculo meridional al Tauro, así como la Noche al Escorpión;[1] y a semejanza del que, sin detenerse, adelanta en su camino, por más estorbos que se le opongan, si se siente estimulado por la necesidad, del mismo modo tuvimos que entrar uno tras otro por el angosto paso en que abría la escalera, que por su estrechez no nos dejaba subir apareados. Y como el cigoñino que levanta las alas deseoso de volar, pero con miedo de abandonar el nido, vuelve a plegarlas,[2] tal estaba yo, determinado unas veces, y otras no atreviéndome a preguntar, hasta el punto de mover los labios como el que se prepara a decir algo. No dejó de notarlo mi dulce Padre en

1. Eran las dos de la tarde.
2. Entre los animales la cigüeña es símbolo de la obediencia. No trata de volar del nido mientras la madre no se lo permite.

medio de la priesa con que caminábamos, y me dijo: —Dispara de una vez; esa flecha que tienes asestada—. Pude entonces hablar con confianza, y le pregunté: —¿Cómo llegan a extenuarse así los que no tienen necesidad alguna de alimentarse?

—Si recordaras —me contestó— cómo se consumió Meleagro[3] a medida que iba consumiéndose el tizón de que dependía su vida, no te parecería esto tan difícil; y si observases cómo al moveros vosotros, se mueve también vuestra imagen en un espejo, lo que juzgas incomprensible se te ocurriría muy claro. Mas para que penetres bien en el sentido de esto, según deseas, aquí tenemos a Estacio, a quien recurro y pido que te sirva de luz en esta confusión de tu ánimo.

"Si le declaro —respondió Estacio— los misterios de la eternidad, hallándote tú presente, disculpa tengo en no poder negarte lo que me pides." Y continuó diciendo: "Hijo, si mis palabras se conservan y graban en tu mente, llegarás a comprender cómo se verifica lo que dices. Lo más puro de la sangre, que no llega a ser absorbida por las sedientas venas, y queda como el alimento sobrante que se retira de la mesa, adquiere en el corazón la virtud de dar forma a todos los miembros humanos, como la que esparciéndose por las venas se identifica con los mismos miembros. Nuevamente dirigida, desciende a la parte que es más para callada que para dicha, y de aquí va luego a destilar sobre la sangre del otro ser, en el vaso destinado a este fin por la naturaleza. Allí se juntan en uno ambas sustancias, la

3. Las Parcas habían pronosticado que Meleagro viviría tanto como tardara en consumirse un tizón arrojado al fuego en el momento de su nacimiento. Su madre lo retiró cuidadosamente, pero habiendo Meleagro disputado y muerto a dos tíos suyos, hermanos de su madre, ésta se indignó y puso inmediatamente al fuego el tizón fatal; al consumirse éste, murió Meleagro.

segunda preparada a recibir la impresión, y la primera a producirla, por lo perfecto del origen de que procede; y unida ésta a la otra, comienza a obrar, primero coagulando y después vivificando lo que por su materia hace consistente. Convertida la virtud activa en alma, parecida a la de la planta, sin más diferencia que la de hallarse aquélla en estado de transición, y haber llegado ésta a su colmo, se muestra tan eficaz, que se mueve ya y siente, como el pólipo marino, y al punto se emplea en organizar las potencias, de que es verdadero germen; y ora, hijo mío, se extiende, ora se difunde la virtud que procede del corazón del padre, y de que la naturaleza extrae los miembros todos. Mas cómo de animal se convierte en hombre, todavía no lo ves, y es punto que ha hecho desvariar a alguno más sabio que tú; el cual, según su doctrina, segrega del alma el *intelecto posible*,[4] porque no ve que se valga de ningún órgano. Abre el corazón a la verdad que vas a oír, y sabe que apenas está concluida la articulación del cerebro, vuelve el Omnipotente sus ojos con complacencia a aquel prodigio de la naturaleza, e inspira en todo él un nuevo espíritu lleno de virtud, espíritu que asimila a su sustancia cuanto halla de activo allí, y forma de todo una sola alma que vive, que siente y que obra reflejándose en sí misma.[5] Y para que te admires menos de mis palabras, considera que el calor del Sol sé convierte en vino al unirse al humor que la vid destila. Cuando Laquesis[6] ha gastado todo el copo vital, el

4. El *possibile intelletto*, según la filosofía aristotélica, es la facultad de entender. El sabio a quien alude es Averroes.

5. Averroes escribe que la conciencia es un círculo, porque se vuelve sobre sí misma.

6. Una de las Parcas: la que hila la trama de la vida. Las otras son: Cloto, que preside el nacimiento, y Atropos, encargada de cortar el hilo de la vida.

alma se separa de la carne, llevándose virtualmente consigo las facultades humanas y las divinas. Las potencias corporales casi están mudas, pero la memoria, el entendimiento y la voluntad obran con mucho más energía que antes. El alma, sin detenerse, llega admirablemente por sí misma a una de las dos orillas,[7] y allí conoce el rumbo que ha de seguir; y una vez instalada en aquel lugar, difunde en torno su actividad la virtud informativa, del propio modo y con la propia fuerza con que animaba sus miembros vivos. Y como el aire, cuando impregnado de humedad, por efecto de los rayos del Sol que refleja en sí, ostenta la belleza del arco iris, así también el que circunda aquel espacio toma la forma que con su virtud imprime en él el alma que allí reside; y semejante a la llama que sigue al fuego en todos sus movimientos, va siguiendo al espíritu su nueva forma. De ella toma el alma su apariencia, y por eso se llama sombra; y organizando después todos los sentidos propios del cuerpo; hasta el de la vista, por eso hablamos, por eso reímos, y exhalamos las lágrimas y suspiros que habrán llegado a tus oídos en este monte; por eso, en fin, toma la sombra expresión diversa, según los deseos y demás afectos que la impresionan; y ésta es la causa de lo que tanto te maravilla."

Habíamos llegado ya al último tormento,[8] y volviendo a mano derecha, teníamos puesta en otro cuidado nuestra atención. La falda del monte despide allí llamas hacia afuera, y de la orilla contraria sopla hacia arriba un viento que las rechaza y las lleva lejos; por lo que era forzoso que marchásemos uno a uno por el lado que estaba abierto, de suerte que si por una parte me amenazaba el fuego, por otra temía caer en el precipicio.

7. La del Infierno o la del Purgatorio.
8. A la cornisa séptima y última.

Y me decía mi Maestro: —En este caso es menester llevar muy sobre sí los ojos, porque fácilmente pudiera uno equivocarse.

Summae Deus clementiae,[9] oí entonces cantar en medio de aquella grande hoguera, lo cual no aminoró el deseo que tenía de volverme; y vi algunos espíritus que andaban por encima de las llamas, porque atendía a sus pasos tanto como a los míos, fijando la vista cuándo en unos, cuándo en otros. Terminado que hubieron aquel himno, gritaron en alta voz: *Virum non cognosco;*[10] y volvían a empezar el himno por lo bajo; y concluido otra vez, seguían gritando: "Diana moró en la selva: y expulsó de ella a Hélice,[11] que había probado el tósigo de Venus." Y tornaban a su canto; y encomiaban a las esposas y esposos que fueron castos, según la virtud y el matrimonio mandan. Y este alternado orden creo que les baste durante todo el tiempo que se abrasan en aquel fuego; pues por tales medios y tales penas llega a cicatrizarse su postrera llaga.

9. Himno cantado por la Iglesia la mañana del sábado y muy a propósito para los lujuriosos de esta cornisa, que, entre las llamas, alaban ejemplos de castidad.

10. Palabras de la Virgen al ángel de la Anunciación (Lucas, I, 34). Los ejemplos los pregonan en voz alta como reconvención mutua, pero el himno lo cantan por lo bajo, porque es la oración que hacen a Dios.

11. Ninfa del séquito de Diana, también llamada Calisto. Se dejó seducir por Júpiter y fue arrojada fuera del bosque por Diana. Transformada luego en osa por Juno, fue colocada por Júpiter en el cielo como Osa Mayor.

Canto vigesimosexto

Los que se embrutecieron en la liviandad purgan su repugnante apetito discurriendo entre llamas por el monte, divididos en dos grupos contrarios. Habla Dante con Guido Guinicelli, y después con Arnaldo Daniel, poeta provenzal.

Mientras caminábamos así por la orilla uno tras otro, repetía a menudo el buen Maestro: —Mira por dónde vas, y aprovéchate de mis advertencias.

Heríame en el hombro derecho el Sol, que con sus rayos cambiaba por todo el Occidente el color azul celeste en blanquecino; y como mi sombra hacía que pareciesen las llamas más rojizas, muchas de aquellas almas fijaron su atención, mientras iban andando, en semejante indicio.

Fue causa esto para que comenzasen a hablar de mí, como en efecto empezaron, diciendo: "Ése no parece que tiene cuerpo ficticio." Y después se me acercaron algunos cuanto les era posible, pero siempre con la precaución de no salir fuera del recinto en que se abrasaban.

"¡Oh tú, que vas detrás de los otros dos, no por ser más tardo, sino quizá por mayor respeto; respóndeme a mí, que estoy ardiendo de sed tanto como de fuego. Y no soy yo el único que necesito de tu respuesta: todos éstos lo desean con más ansia que el indio o el etíope el agua fría. Dinos cómo es que opones estorbo impenetrable al Sol, cual si no hubieses caído aún en las redes de la muerte."

Así me habló uno de aquellos espíritus, y yo le hubiera satisfecho, a no haber llamado mi atención otra novedad que en aquel punto sobrevino; y fue que por medio del camino cubierto de llamas venía otra multitud de gente en dirección contraria, lo cual me dejó suspenso. Vi que por ambas partes se precipitaban aquellas sombras y que se daban ósculos recíprocamente, pero sin detenerse, y mostrando gran contentamiento de aquella breve satisfacción. Así apiñadas en negras hileras, se encuentran cara a cara las hormigas, quizá para darse cuenta de sus viajes y del estado en que llevan su fortuna.

Cumplido el afectuoso saludo, y antes de dar el primer paso para separarse, se esforzaban en gritar a cuál más podían, las que habían llegado últimamente: "¡Sodoma y Gomorra!"[1] y las otras: "Pasifae[2] se introdujo en la vaca, para que el toro le saciase su lujuria." Y luego, como las grullas que volando, parte hacia los montes Rifeos, parte hacia la arenosa Libia, huyen éstas de los hielos y aquéllas del ardor del Sol, van unas almas y vienen otras, y tornan llorando a sus primeros cantos, y a los recuerdos que más convenían a la situación de cada cual; y se acercan a mí, como antes, los mismos que me habían rogado les contestase, estando todos pendientes de mi respuesta. Yo, que por dos veces había visto su deseo, empecé a decir: —¡Oh almas que estáis seguras de morar algún día en la mansión de paz! Ni en tierna ni en madura edad he dejado mis miembros entre los vivos, sino que están aquí con su sangre y su carne propia. Voy a la región superior para no vivir más tiempo en mi ceguedad. Una mujer hay allí que me ha granjeado este privilegio, y por él traigo este cuerpo mortal a vuestro mundo. Pero así vuestro

1. Las dos ciudades destruidas por la ira de Dios por la perversión de sus ciudadanos.
2. Mujer del rey Minos, que tuvo ayuntamiento con un toro y engendró el Minotauro.

mayor deseo se cumpla en breve y habitéis en el cielo que es todo amor y se dilata por más espacio, como quisiera que me dijeseis, para que pueda aún dejarlo escrito en memorias, quién sois vosotros, y quién esa muchedumbre que va en vuestro seguimiento.

No manifiesta el montañés más estupefacto su aturdimiento ni su mudo asombro, cuando desde la rudeza de sus selvas se traslada por vez primera a la ciudad, como lo mostraron en su aspecto todas aquellas sombras, oídas mis palabras; pero repuestas de su admiración, que en corazones elevados no dura mucho: "¡Feliz tú —exclamó el que primero me había preguntado— que para mejorar tu vida, vienes a adquirir experiencia a nuestras regiones! Los que no van con nosotros incurrieron en aquello que dio motivo a que César en medio de su triunfo fuese por vituperio llamado reina.[3] Por esta razón se alejan profiriendo en sus gritos el nombre de Sodoma, y afrentándose a sí propios, como has oído; y al encendimiento del fuego añaden el de la vergüenza. Nuestro pecado fue hermafrodita, y como no guardamos la ley humana, y procedió bestialmente nuestro apetito, para más oprobio nuestro recordamos al separarnos el nombre de aquella que se embruteció dentro del armazón de un bruto.[4] Ya sabes lo que hicimos y en qué pecamos; y si por ventura quieres saber también nuestros nombres, ni tiempo ni conocimiento bastante tengo para decirlos, mas con mencionarte el mío satisfaré tu curiosidad. Soy Guido Guinicelli,[5] y he venido a purificarme aquí por haberme arrepentido antes de mi hora postrera."

3. Julio César tenía fama de ser sodomita. Se dice que en una reunión fue llamado "reina" y no "rey" por un tal Octavio.

4. Pasifae.

5. Precursor e iniciador del *dolce still nuovo*. Nació hacia 1240 y murió desterrado en Verona en 1276.

Como se lanzaron aquellos dos hijos hacia su madre, viéndola expuesta a la cólera de Licurgo,[6] tal hice yo, aunque imposibilitado de tanto extremo, al oír pronunciar su nombre a mi padre, padre también de otros que han escrito mejor que yo rimas de amor, tan dulces como graciosas. Largo trecho fui contemplándole pensativo, sin oír ni decir palabra, pues no podía acercarme más a él a causa del fuego, y satisfecho que hube mi ansia de verle, me ofrecí de todas veras a su servicio, con las expresiones en que no puede menos de creer aquel a quien se dirigen.

Y me habló así: "Tal impresión y tan clara deja en mí lo que acabo de oír, que no llegará el Leteo[7] a borrarla ni oscurecerla. Pero si has jurado verdad en tus palabras, ¿cuál es la causa, dime, de que me muestres tal afecto en hablarme y mirarme así?" Y le respondí: —Vuestras dulces rimas, que mientras dure la moderna habla, harán preciosos hasta los caracteres en que están escritas.

"¡Oh hermano! —prosiguió él—: ese[8] que con el dedo te muestro (y me señaló en efecto a uno que iba delante de él) fue el mejor artífice del habla materna.[9] En versos de amores y en prosa de romances sobrepujó a todos, y deja decir lo que quieran a los necios que juzgan superior al Lemosín.[10] Atienden más al

6. Licurgo, rey de Numea, hizo esclava a Isifile y le encomendó el cuidado de su hijo. Ésta lo abandonó para señalar a los siete héroes que luchaban contra Tebas la fuente Langia y el niñito fue picado por una serpiente. Condenóla Licurgo a muerte y cuando iba a sufrirla llegaron sus hijos y abrazándola la salvaron.

7. El río del olvido.

8. El poeta provenzal Arnaldo Daniel.

9. Habla materna está aquí en lugar de lengua vulgar por oposición al latín.

10. Girault de Borneil, trovador en lengua de oc. Falleció como el anterior entre los siglos XII y XIII.

ruido que a la verdad, y manifiestan su parecer sin dar oídos al arte ni a la razón. Lo propio hicieron con Guitón[11] muchos antiguos, elevándole tras uno y otro encarecimiento al primer puesto, hasta que varios le bajaron de él, poniéndose en lo más cierto. Ahora bien, si gozas de tan insigne privilegio, que te sea dado entrar en la asamblea que tiene a Cristo por presidente, dirígele por mí de un padrenuestro lo que sea necesario en este mundo, donde ya el pecar no nos es posible."

Y después, acaso para hacer lugar a otro que junto a sí tenía, desapareció con el fuego, como el pez en el agua al bajarse al fondo. Adelantéme entonces un poco hacia el que me había mostrado, y le dije que deseaba reservar un especial afecto para su nombre; con lo que empezó a cantar graciosamente: "Tanto me agrada vuestro cortés ruego que no puedo ni quiero ocultarme a vos. Yo soy Arnaldo, que lloro y voy cantando. Pesaroso veo la pasada locura, y veo regocijado la alegría que me espera luego. Ahora os suplico por la virtud que os guía a la eminencia privada de frío y calor, que os acordéis de aliviar el dolor mío."[12]

Y se ocultó en seguida en el fuego que los purifica.

11. De Arezzo.

12. Las palabras pronunciadas por Arnaldo en el original se encuentran en provenzal.

    Venturi dice que Arnaud habla "en una suerte de lingua franca, hecha de provenzal y de catalán, uniendo el pérfido francés con el vil español".

Canto vigesimoséptimo

El ángel que guarda el paso advierte a los Poetas que para subir más arriba, tienen que atravesar las llamas. Túrbase Dante al oír esto y titubea, hasta que alentado por su Maestro, se resuelve a pasar. Ascendiendo ya por la escala, los sorprende casi de repente la noche. Duérmese Dante, y tiene una visión. Al despertar con el día, emprenden nuevamente la marcha, y llegan al Paraíso terrestre, donde le dice Virgilio que ha concluido su encargo, y que desde aquel momento le deja dueño exclusivo de su voluntad.

Como se encuentra el Sol al lanzar sus primeros rayos sobre el sitio en que el supremo Hacedor derramó su sangre, corriendo el Ebro bajo la encumbrada Libra y encendiéndose las aguas del Ganges con el calor del mediodía,[1] así se encontraba entonces; de manera que iba feneciendo la tarde cuando se presentó el Ángel de Dios, lleno de regocijo. Hallábase en la orilla de nuestro camino y fuera de las llamas y cantaba *Beati mundo corde*,[2] con voz mucho más clara que la nuestra, añadiendo después: "No se va más allá, almas santas, si no se pasa primero por el fuego. Entrad, pues, en él, y no cerréis los oídos al canto que escucharéis más lejos."

Dijo así, luego que estuvimos próximos a él, y al oírle quedé como aquel a quien meten en una fosa. Incliném juntas las manos hacia adelante contemplando el fuego y representándome

---

1. El atardecer.
2. Es la sexta de las beatitudes evangélicas que canta el ángel de la castidad: *Bienaventurados los limpios de corazón* (Mateo, V, 8).

en toda su realidad los cuerpos humanos que había ya visto ardiendo. Y volviéndose a mí mis buenos guías, me dijo Virgilio: —Aquí, hijo mío, puede haber tormento, pero no hay muerte. Acuérdate, acuérdate..., y si sobre el monstruo Gerión[3] te saqué a salvo, ¿qué no haré ahora que estoy más cerca de Dios? Ten por cierto que aun cuando estuvieses mil años en medio de esa llama, no te privaría de un solo cabello. Y si por ventura creyeres que te engaño, acércate a ella, y prueba a acercar con tus manos el ribete de tu túnica. Depón, por lo tanto, depón todo temor; vuélvete hacia este lado, y sigue marchando con completa seguridad— pero yo me mantenía firme, a pesar de lo que me dictaba mi conciencia.

Viendo que seguía inmóvil y que no cejaba de mi empeño; un tanto alterado añadió: —Mira, hijo, que entre Beatriz y tú media este obstáculo—. Y como al nombre de Tisbe, cercano a la muerte, abrió Píramo los ojos y la vio al pie del moral, cuyo fruto se convirtió en rojo,[4] así ablandada mi resistencia, me volví hacia mi sabio consejero, al oír el nombre impreso siempre en mi imaginación. Y él, meneando la cabeza, dijo: —¿Conque no queremos pasar de aquí? —Y se sonrió, como con un niño que se da por vencido al enseñarle una golosina. Y al punto se entró delante de mí en el fuego, rogando a Estacio, por quien habíamos estado separados largo tiempo, que nos siguiese.

Cuando me vi allí en medio, tan inmensa era la fuerza del incendio, que para refrigerarme me hubiera arrojado entre

3. *Infierno*, XVII.
4. Al creer devorada por un león a su amada —pues encontró un velo manchado en sangre que había abandonado Tisbe al ser perseguida por la fiera—, Píramo se hirió mortalmente. Al regresar Tisbe y hallarlo moribundo lo llamó por su nombre; Píramo abrió los ojos y luego murió; Tisbe se quitó la vida junto al cadáver de su amado.

vidrio hirviendo; y a fin de que cobrara ánimo iba mi dulce Padre hablando de Beatriz, y diciendo: —Paréceme que estoy viendo sus ojos.

Guiábanos una voz que sonaba al otro lado; atentos a ella, salimos del fuego por el punto en que estaba la subida. *Venite, benedicti patris mei,*[5] se oía decir dentro de una luz, la cual resplandecía de modo, que me deslumbraba, y no podía mirarla. "El Sol se va, añadía, la noche viene: ved cómo apresuráis el paso, mientras el horizonte no se oscurezca."

Iba el camino derecho, por dentro de la roca, hacia el Oriente, de modo que interceptaba delante de mí los rayos del Sol, ya declinante; y apenas habíamos subido unos cuantos escalones, por mi sombra que se iba desvaneciendo conocimos mis Sabios y yo que teníamos detrás el Occidente; y antes de que en la inmensidad del espacio hubiese tomado el mismo aspecto el horizonte, y extendídose la noche por todo él, cada uno de nosotros hizo lecho de un escalón, porque la naturaleza de la montaña nos quitaba, no el deseo, sino la posibilidad de seguir subiendo.

A la manera que las cabras, saltando ágiles y atrevidas por las cumbres de los montes antes de haber pastado, se vuelven después mansas mientras están rumiando, y permanecen calladas a la sombra, durante la fuerza del Sol, guardadas por el pastor, que, apoyándose en su cayado, cuida de ellas; o como el mismo pastor, que, fuera de su albergue, pernocta cerca de su tranquilo rebaño, velando para que no le disperse el lobo; así estábamos los tres entonces, yo como cabra, y ellos como pastores, estrechados a un lado y otro por aquellas concavidades.

---

5. El ángel del perdón lo llama con las palabras que Jesucristo dirigirá a los elegidos el día del Juicio Final: *Venid, benditos de mi padre* (Mateo, XXV, 34).

Poco podía descubrirse allí del cielo, mas en aquello poco veía yo las estrellas mayores y más brillantes que de costumbre. Así pensando, y con la vista fija en ellas, me asaltó un sueño, el sueño que muchas veces tiene noticias de un hecho antes de que acaezca. La hora sería a mi parecer en que Citérea,[6] mostrándose abrasada siempre en amoroso fuego, despedía desde el Oriente sus primeros rayos a la montaña, cuando me figuré ver entre sueños una hermosa joven, que andaba cogiendo flores por un prado, y que entonando un cantar, decía: "Sepa quien me pregunte mi nombre, que soy Lía,[7] y que extiendo en torno mis bellas manos para tejerme una guirnalda. Aquí me engalano, para más complacerme, en el espejo: pero mi hermana Raquel[8] no se aparta jamás del suyo, y está todo el día sentada delante de él. Ella se deleita en contemplar sus hermosos ojos, como yo en adornarme con mis propias manos; ella se contenta con ver, yo con obrar."

Pero ya ante los resplandores matutinos, tanto más gratos a los viajeros que regresan, cuanto se ven menos lejanos de su patria, huían las tinieblas por todas partes. Con ellas se disipaba también mi sueño, y me levanté, viendo que ya se habían levantado mis Maestros. —El dulce fruto que por una y otra rama buscando van los mortales con tanta solicitud; dejará hoy satisfechos tus deseos.

De tales palabras se valió Virgilio para conmigo y jamás se hizo obsequio que produjese placer igual; y tanto se acrecentó en mí el deseo de ganar la altura, que cada paso añadía nuevas alas al ímpetu de mi vuelo.

6. Venus.

7. Hija mayor de Labán y primera mujer del patriarca Jacob. Simboliza la vida activa.

8. Segunda hija de Labán y segunda esposa de Jacob. Personifica la vida contemplativa.

Terminado que hubimos nuestra subida, y puesto ya el pie en el último escalón, fijó en mí Virgilio sus ojos, diciendo: —Ya has visto, hijo mío, el fuego eterno y el temporal. A punto has llegado en que por mí nada más descubro.[9] Con mi discurso y mi arte te he conducido aquí: toma en lo sucesivo por guía tu voluntad; que ya has salido de caminos escabrosos y de estrechuras. Mira el Sol que ilumina tu frente, la hierba, las flores y los arbustos que produce esta tierra por sí sola. Mientras, radiante de alegría, se te presentan los bellos ojos que con su llanto me obligaron a prestarte auxilio, puedes esperar sentado, o puedes correr en busca de ellos. No aguardes de mí más razonamientos ni consejos.[10] Libre, perfecto y sano gozas ya tu albedrío, y fuera error no seguir sus inspiraciones: y así te doy el dominio que has de tener sobre tu cuerpo, y sobre tu espíritu.

9. Al último grado del Purgatorio: el Paraíso terrestre.
10. Virgilio representa la razón; ahora ésta no basta, se necesita fe y ciencia divina, esto es la ayuda de Beatriz.

Canto vigesimoctavo

Píntase con colores bellísimos la venturosa mansión del Paraíso terrenal. Por él va internándose Dante, hasta que llega a un riachuelo que le intercepta el paso. A la margen opuesta se le aparece una joven de encantadora belleza, que le refiere lo que fue y lo que a la sazón es aquel lugar, y resuelve las dudas y cuestiones que le propone.

Deseoso ya de recorrer por dentro y alrededor la divina floresta, frondosa y esplendente, que mostraba más grata a los ojos el nuevo día, sin detenerme dejé la orilla del monte, y seguí paso a paso por la llanura, hallando un suelo que exhalaba aromas por todas partes. Dábame en el rostro un apacible viento que no sufría variación alguna, y era tan leve como el ambiente más suave; a cuyo impulso movíanse dóciles las hojas, doblándose todas hacia el lado en que el sagrado monte proyectaba su primera sombra. No se inclinaban, sin embargo, tanto, que dejasen de ejercitar sobre ellos sus juegos los pajarillos, antes con general algazara celebraban los matutinos albores, cantando entre el follaje, que a los trinos de ellos acompañaba con su susurro. Tal es el rumor que de rama en rama se extiende por los pinares de la ribera de Chiassi, cuando Eolo suelta al Siroco de sus prisiones.[1]

Había ya, a pesar de mis lentos pasos, internádome tanto en

---

1. Chiassi era un pueblo en las riberas del Adriático, cerca de Rávena, cubiertas de grandes pinares. El Siroco es viento del Sudeste. Eolo, rey de los vientos, tenía encerrados en una gruta a los vientos y los dejaba en libertad a su parecer.

la antigua selva, que no podía descubrir por dónde había entrado en ella; pero me impidió seguir adelante un río, que, corriendo con escaso caudal hacia la izquierda, lamía el césped nacido en sus orillas desde un principio. Las aguas que pasan por más puras acá en el mundo, parecerían sin duda turbias, comparadas con aquella que no oculta entre sus cristales cosa alguna, a pesar del color pardusco que le comunica la sombra perpetua por donde no penetraron jamás los rayos del Sol ni de la Luna.

Detuve los pies, y avancé con los ojos más allá del riachuelo, para contemplar la gran variedad de los pomposos árboles, cuando se me apareció (como aparece de repente lo que maravilla de modo que no deja lugar a ningún otro pensamiento) una joven que por allí discurría sola, cantando, y cogiendo una tras otra las flores que esmaltaban el camino por donde iba.[2]

—¡Ah, hermosa joven, a quien abrasa el amor con sus rayos, si he de dar crédito al semblante, que suele ser trasunto del corazón! Dígnate, le dije, de acercarte a este río, para que pueda oír yo lo que cantas. Hácesme recordar el lugar en que estaba y lo que era Proserpina[3] cuando la perdió su madre, y perdió ella su primavera.

Como gira sin alzar de la tierra sus plantas, y sobre ellas, la mujer que se ejercita en el baile, menudeando sus breves pasos; tal ella se volvió hacia mí, sobre las flores ya rojas, ya amarillas, con la modestia de una virgen que baja sus honestos ojos; y tuvo a bien acceder a mi ruego, acercándose tanto, que llegaba

2. En el canto XXXIII, Beatriz dirá que esta mujer es Matelda, pero históricamente no se puede determinar quién ha sido. Los comentaristas sostienen opiniones diversas y Dante no ha explicado nada.
3. Mientras la hija de Júpiter y de Ceres, Proserpina, cogía flores en un jardín fue raptada por Plutón y conducida a los infiernos donde desde entonces reina.

a mí su dulce voz, y claramente lo que decía. Y así que se vio en la orilla donde las linfas del bello río iban ya bañando la hierba, hízome el favor de levantar los ojos. No creo que resplandeciesen con tan brillante luz los de Venus cuando se sintió herida por su hijo, menos precavido que de costumbre.[4]

Sonreíase desde la orilla derecha donde estaba, entrelazando con sus manos las flores que sin simiente produce aquella elevada tierra. Tres pasos solamente nos separaban del río; pero no fue el Helesponto, que atravesó Jerjes,[5] escarmiento todavía del orgullo humano, no fue tan aborrecido de Leandro,[6] que cruzaba a nado desde Abido a Sestos, como lo fue aquél de mí, por no franquearme el paso.

"Sois recién venidos, empezó a decir, y porque sonriendo discurro por este lugar, destinado a ser nido de la humana naturaleza, quizá os admiráis y concebís alguna sospecha; pero luz suficiente da el salmo *Delectasti*[7] para poder aclarar vuestro entendimiento. Y tú que estás delante, y me has rogado que hable, di si quieres saber más, porque dispuesta he venido a responder a cuanto preguntes hasta que te satisfaga."

—El agua —dije yo entonces—y el ruido que hace esta selva se oponen en mi interior a la nueva creencia que tenía de que aquí había de suceder lo contrario.

4. Al besar a Venus su hijo Cupido inadvertidamente la hirió con una de sus flechas y ella se sintió enamorada de Adonis.

5. Jerjes, el hijo de Dario, condujo en 480 a.C. una expedición contra Grecia pasando por el Helesponto, hoy estrecho de los Dardanelos, sobre dos puentes de barcas. Fue derrotado y debió retornar.

6. Leandro atravesaba a nado todas las noches el Helesponto para visitar a su amante Heros que habitaba en la orilla opuesta, pero una noche vencido por las olas se ahogó.

7. Es el XCII, 4: *Por cuanto me has alegrado, oh Jehová, con tus obras, en las obras de tus manos me gozo.*

Y ella añadió: "Te diré la causa de que procede eso que excita tu admiración, y disiparé la nube que te rodea. El sumo bien, que solo se complace en sí, hizo al hombre bueno, y le concedió este lugar como en prenda de eterna paz. Por su culpa moró aquí poco tiempo;[8] por su culpa trocó en lágrimas y afanes la risa y los dulces goces. Para que los trastornos que en el mundo inferior producen las exhalaciones del agua y de la tierra, que hasta donde les es dado tienden hacia el calor, no hostilizasen en ninguna manera al hombre, encumbróse este monte derecho al cielo, quedando libre de tales perturbaciones, desde que por su puerta se entra. Mas como todo el aire gira en redondo, a impulsos del primer móvil, a no ser que se interrumpa este movimiento en alguna parte, la altura en que nos hallamos, que campea aislada en el aire libre, siente el sacudimiento, y hace resonar la selva por su misma frondosidad. Las plantas así movidas son de tal naturaleza, que comunican su virtud generativa al aire, y éste, al girar, la derrama circularmente; y vuestra tierra, según su propia disposición, o la que debe al cielo, concibe y hace nacer diversas plantas, también de virtud diversa. No se juzgaría, pues, en tu mundo como una maravilla, si esto se oyese, que se den allí plantas sin semilla visible; y has de saber además que estos sagrados campos en que te hallas, están llenos de toda especie de aquéllas, y dan de sí frutos que no se logran por allá abajo. El agua que ves no procede de un manantial alimentado por los vapores que el hielo convierte en lluvia como los ríos que acrecientan o pierden su caudal; sino que nace de una fuente fija e inagotable, la cual por la voluntad de Dios recobra cuanto gasta en alimentar otras dos corrientes. De éstas, la que va en una dirección tiene la virtud de borrar la memoria de los

8. Por el pecado original. Apenas siete horas.

pecados, y la otra de avivar el recuerdo de las buenas obras; y por eso la primera se llama *Leté* y la segunda *Eunoé*,[9] y ninguna de las dos produce efecto si no se prueba a la vez el agua de ambas. Su sabor excede a cualquier otro. Y con esto pudiera yo satisfacer tu anhelo, sin necesidad de dar más explicaciones, pero por gracia especial quiero añadirte un corolario, pues no han de serte menos gratas mis razones porque vayan más allá de lo que he ofrecido. Los poetas que antiguamente celebraron la edad de oro[10] y su bienandanza, tal vez se imaginaron este lugar en el Parnaso. Prendió aquí inocente la primera raíz humana: aquí es perpetua la primavera, perpetuos todos los frutos; y estas aguas son el néctar de que hablan tantos."

Fijé entonces mi mirada en los dos Poetas, y vi que se sonreían de oír esta conclusión. Después volví los ojos a la hermosa Joven.

9. *Leté* o Leteo, cuyas aguas limpian de los últimos recuerdos del pasado, y *Eunoé*, que despierta el deseo de bien obrar.
10. Hay menciones de la Edad de Oro en el canto XIV del *Infierno* y en el canto XXII del *Purgatorio*. Ovidio la describió en su *Metamorfosis*. También la evocaron Tasso en la *Aminta* y Cervantes en el *Quijote*.

Canto vigesimonono

Mientras el Poeta sigue caminando a lo largo del río, al mismo paso que la joven, que va por la orilla opuesta, llámale ella la atención diciéndole que mire y escuche; y repentinamente se ve iluminada la selva por un gran resplandor, y se oye una dulce melodía; a la cual sucede un espectáculo maravilloso, lleno de interés y de misterio.

Cantando como una alma enamorada, enlazó con sus palabras anteriores el *Beati quorum tecta sunt peccata;*[1] y cual las ninfas que vagaban por las umbrosas selvas, unas con el deseo de guardarse del Sol, y otras de verle, así iba ella corriente arriba, marchando por la margen en que se hallaba, y yo a par de ella, siguiéndola con cortos pasos. No habíamos andado ciento de éstos entre los dos, cuando describieron una vuelta igualmente ambas orillas, de modo que me encontré de nuevo mirando a Levante; y en esta dirección hacía poco que caminábamos, cuando la joven se volvió enteramente hacia mí, diciendo: "Hermano mío, mira y escucha."

Y vi en efecto que por todas partes inundaba súbito resplandor la extensa selva, tal, que dudé de si estaría relampagueando: mas como el relámpago pasa tan pronto como es visto, y aquello resplandecía más y más cuanto más duraba, me decía yo interiormente: "¿Qué es esto?" Y resonaba por el aire luminoso una dulce melodía; por lo que, animado de justa indignación,

1. Se cierra con ésta la serie de las beatitudes angélicas: *Bienaventurados aquellos cuyos pecados son perdonados.* Es el salmo XXXII, 1.

condenaba el atrevimiento de Eva, que mientras tierra y cielo se muestran tan obedientes, una mujer sola y formada poco hacía, no sufrió que una cosa se le encubriese, que si encubierta la hubiera dejado habría yo gozado de aquellas inefables delicias antes, y por más tiempo.

Mientras andaba embebecido en las primicias de la dicha eterna, y ansioso todavía de mayor contento, mostróse el aire, delante de nosotros, encendido bajo el verde ramaje, como un fuego, y el dulce sonido de antes se convirtió en un verdadero canto.

¡Oh sacrosantas vírgenes![2] Si alguna vez he sufrido por vosotras hambre, frío o vigilias, causa es bastante para que implore vuestro favor. Vierta Helicón para mí sus aguas, y ayúdeme Urania con su coro a poner en verso cosas que son difíciles de imaginar.

El largo espacio que mediaba aún entre nosotros y lo que veíamos, hacía que falsamente nos pareciese distinguir siete árboles de oro. Pero cuando estuve tan cerca de ellos; que el objeto aparente que engañaba los sentidos, no perdía ya por la distancia ninguno de sus accidentes, la virtud que prepara el discurso al razonamiento, me manifestó que eran candelabros,[3] y que las voces cantaban *Hosanna*.

Brillaban aquéllos por encima con una claridad tan grande como la de la Luna en el sereno cielo, a medianoche y al mediar su mes. Volvíme lleno de admiración al buen Virgilio, que me respondió con una mirada no menos embargada de asombro. Dirigí la vista a las altas luces, que venían hacia nosotros con

2. Solicita la ayuda de las Musas y especialmente de Urania, que preside las cosas celestes.
3. Representan los siete dones del Espíritu Santo: temor, piedad, fortaleza, ciencia, consejo, sabiduría e intelecto.

tan lento paso, cual no se ve en las novias cuando van a desposarse; y la joven me gritó: "¿Por qué contemplas la viveza de esas luces con tanto afán, y de lo que viene detrás no haces caso alguno?" Entonces vi que, como guiadas por ellas, iban en pos varias personas vestidas de blanco: blancura que nunca en el mundo ha tenido igual. Brillaba el agua a mi mano izquierda, y al mirarme en ella, reflejaba también la izquierda de mi cuerpo, como un espejo. Y cuando en la orilla por donde iba llegué a tal punto; que me separaba de aquella gente no más que el río, detuve el paso para ver mejor; y vi que las antorchas iban adelantándose, y que dejaban tras sí iluminado el aire, asemejándose a banderas desplegadas de manera que por encima se extendían claramente siete fajas, con los mismos colores con que el Sol forma el arco iris, y su cerco la Luna. Prolongábanse aquellos estandartes más que el alcance de mi vista; y a mi parecer, el último distaba diez pasos[4] del primero.

Bajo el hermoso cielo que estoy pintando, caminaban de dos en dos veinticuatro ancianos,[5] coronados de flores de lirio, y todos iban cantando: "Bendita eres entre las hijas de Adán, y benditas sean por siempre tus perfecciones." Y así que aquellos elegidos del Señor dejaron de hollar las flores y el tierno césped, que enfrente de mí cubrían la orilla opuesta, como en el cielo sucede una estrella a otra se sucedieron cuatro animales, singularmente coronados de verdes hojas.[6] Estaba cada cual provisto de seis alas de pluma, y las plumas cubiertas de ojos; los de Argos[7] no se hubieran diferenciado de ellos, a estar vivos.

4. Alusión a los diez mandamientos de la ley de Dios.
5. Simbolizan los veinticuatro libros del Antiguo Testamento.
6. Por los cuatro evangelistas.
7. El mitológico guardián con cien ojos, muerto por Mercurio.

Pero no malgastaré versos, lector, en adscribir sus formas; otra atención me llama tan imperiosamente, que no puedo invertir en ésta mucho tiempo. Lee a Ezequiel,[8] que los pinta según los vio venir con viento, nubes y fuego de la parte del Septentrión; y como los halles en sus escritos, del mismo modo se veían aquí, salvo que en lo que hace a las plumas, Juan está conforme conmigo y difiere de él.[9] Llenaba el espacio ocupado por los cuatro animales un carro triunfal, sostenido por dos ruedas y uncido al cuello de un grifo,[10] el cual extendiendo sus dos alas por la faja de en medio y las tres de cada lado, pasaba por todas ellas, sin cortar ninguna, y tan alto se elevaban, que no se alcanzaba a verlas. Eran sus miembros de oro en la parte que tenía de ave; las demás de una mezcla de blanco y rojo. No alegró a Roma con tan vistoso carro ni el africano Scipión, ni aun el mismo Augusto; hasta el del Sol a su lado sería mezquino; el del Sol, que al extraviarse, quedó ardiendo, a ruegos de la suplicante Tierra, cuando Júpiter fue misteriosamente justo.

Tres mujeres[11] iban danzando alrededor de las ruedas de la derecha: la una tan encarnada, que metida en el fuego se hubiera distinguido apenas; la otra como si su carne y huesos hubieran sido de esmeralda; y la tercera semejaba nieve recién caída.

8. Cap., I, 4-14.

9. Ezequiel los describe con cuatro alas. Dante sigue en esto a Juan, quien, en el Apocalipsis (IV, 8), les atribuye seis.

10. El carro triunfal representa la Iglesia y las dos ruedas, para unos el Antiguo y el Nuevo Testamento, y para otros, la vida activa y la contemplativa. El grifo, mitad león y mitad águila, parece ser Jesucristo en su doble naturaleza, divina y humana: Otros entienden que es el papa, que es pontífice y rey. Oidron explica: "Como pontífice o águila, sube al cielo y se allega al trono de Dios a recibir sus órdenes; como león o rey anda por la tierra con fuerza y poderío."

11. Las virtudes teologales: fe, esperanza y caridad.

Parecían guiados tan pronto por la blanca como por la roja, y al compás del canto de ésta acomodaban las otras su movimiento, ya lento, ya acelerado. Por el lado izquierdo y vestidas de púrpura, otras cuatro[12] saltaban regocijadas, imitando a una de ellas, que tenía tres ojos en su cabeza.[13]

Junto a este grupo, así como lo he representado, vi dos ancianos[14] desiguales en su vestimenta, pero no en la compostura y gravedad de su talante: el uno parecía discípulo de aquel insigne Hipócrates, a quien destinó la naturaleza para consuelo de los animales que le fueron más queridos; el otro mostraba ánimo opuesto, empuñando una luciente y aguda espada, que aun teniendo el río en medio, me causaba espanto.

Otras cuatro personas vi después,[15] de apariencia humilde, y detrás de ellas un anciano que iba sólo,[16] durmiendo, mas con vivaz semblante. Los siete últimos vestían como los de la procesión primera, aunque no ceñían corona de lirios a sus cabezas, sino de rosas y otras flores encarnadas. A cierta distancia se hubiera jurado que encima de las cejas les ardía una llama; y cuando llegó el carro delante de mí, estalló un trueno, y todos aquellos escogidos pareció que no podían proseguir andando, dado que se detuvieron con los candelabros que iban delante.

12. Justicia, prudencia, fortaleza y templanza: las virtudes cardinales.

13. Prudencia. Los tres ojos indican que mira lo pasado, lo presente y lo por venir.

14. San Lucas, médico, y San Pablo.

15. Los autores de las cuatro epístolas canónicas: los apóstoles Santiago, Pedro, Juan y Judas.

16. San Juan Evangelista, que murió viejísimo.

Durmiendo, en cuanto está distraído del mundo exterior y su vivaz semblante refleja la inteligencia, efecto de sus visiones interiores.

Canto trigésimo

Aparece Beatriz entre las festivas aclamaciones y honorífico re-
cibimiento que le tributan los ángeles, y al propio tiempo desapa-
rece Virgilio, cuya ausencia cuesta lágrimas a Dante. Dirígese a
él su amada, se descubre, y le reprende severamente por su insen-
satez e infidelidad, lo cual deja al Poeta tan confuso y atribulado,
que hasta los ángeles le compadecen; pero Beatriz insiste en sus
reconvenciones, y para mortificarle más, recuerda su ingratitud
y sus extravíos.

Cuando quedaron inmóviles las luces septentrionales del primer cielo,[1] que no conoció jamás ocaso ni oriente, ni otra nube que la del pecado, cielo que enseñaba allí a cada uno por dónde debía marchar, como lo enseña el nuestro al que maneja el timón, para marchar con felicidad al puerto; cuando quedó aquel septentrión inmóvil, los santos varones que habían llegado después que aquellas luces y antes que el grifo, se volvieron hacia el carro como al objeto de su anhelo; y uno de ellos, cual mensajero celeste, tres veces entonó un cántico que decía *Veni, sponsa, de Líbano;*[2] y todos los demás hicieron otro tanto.

Del mismo modo que a la intimación del juicio postrimero se levantarán de pronto los bienaventurados, saliendo cada cual de su sepulcro y celebrando el recobro de su voz, así *ad vocem tanti*

---

1. Llama primer cielo del Paraíso terrestre y septentrión o luces septentrionales a los siete candelabros.
2. *Ven del Líbano, esposa mía* (Cantar de los cantares, IV, 8).

senis[3] se levantaron sobre el divino carro cien ministros y nuncios de la vida eterna. Todos exclamaban *Benedictus qui venis*,[4] y *Manibus o date lilia plenis*,[5] arrojando flores a lo alto y alrededor.

Yo he visto al despuntar el día arrebolado el Oriente todo, y lo restante del cielo en apacible calma, y nacer velada en sombras la faz del Sol, tanto que por largo tiempo le resistía la vista a favor de los vapores que le enturbiaban. Así, en medio de una nube de flores, que esparcían al aire manos angelicales, y que volvían a caer dentro y fuera del carro, coronada de ramas de olivo que ajustaban sobre un cándido velo, aparecióseme una beldad, cubierta de verde manto y de una túnica de color de fuego. Y mi espíritu, que tanto tiempo había pasado sin sentirse abatido y temblando de admiración a su presencia, aunque por medio de los ojos no era posible que la conociese, en fuerza de la oculta virtud que de ella procedía, sintió el irresistible impulso de su amor antiguo.

Luego que aquella alta virtud, ya enseñoreada de mí antes de haber salido de la infancia, comenzó a obrar sobre mis sentidos, volvíme a la mano izquierda con la solícita mirada del niño que acude a su madre cuando siente miedo o está afligido; e iba a decir a Virgilio: —No me queda gota de sangre que en mí no tiemble; conozco las señales de mi antigua llama—; pero Virgilio nos había dejado huérfanos. Virgilio que había sido padre dulcísimo para mí, Virgilio a quien se había encomendado mi salvación.[6]

3. *A la voz de semejante anciano.* Era Salomón, autor del Cantar de los cantares.

4. *Bendito tú que vienes*, son las palabras con las cuales fue acogido Jesús por los hebreos (Mateo, XXI, 9).

5. *Arrojad lirios a manos llenas* (*Eneida*, VI, 883). Los ángeles no desdeñan alternar el versículo evangélico y las palabras virgilianas.

6. Desde este momento se aleja Virgilio.

Mas todas las delicias que allí perdió nuestra primera madre no impidieron que mis mejillas, enjutas ya de llanto, tornaran a verse manchadas por las lágrimas.

—Dante,[7] porque Virgilio se haya ausentado, no llores así, no llores: por otros punzantes recuerdos deberías llorar. Como el almirante, que va de popa a proa viendo la gente que manda en los demás navíos, y la alienta a mostrar su esfuerzo, así, en el costado izquierdo del carro (volviéndome al oír el eco de mi nombre, que por necesidad se expresa aquí), vi a la beldad, que antes se me apareció velada entre el angelical festejo, dirigir hacia mí sus ojos de estotra parte del río. Y dado que el cendal que desde la cabeza le bajaba, rodeado de las ramas de Minerva, no la consintiese mostrarse claro, siguió en su actitud de soberana y en su altivez, como el que hablando, reserva para el fin los más eficaces razonamientos.

—Mírame bien: yo soy, yo soy Beatriz. ¿Cómo te has hecho digno de subir a este monte? ¿No sabías que el hombre encuentra aquí su felicidad?—. Inclináronse mis ojos a las claras aguas, y al verme en ellas, los volví a la hierba; tal fue la vergüenza que se grabó en mi frente. La madre parece severa a su hijo, y así me pareció ella a mí; porque siempre deja alguna amargura la piedad cuando emplea el rigor.

Calló; y los ángeles empezaron luego a cantar *Inte, Domine, speravi*, mas no pasaron de *pedes meos*.[8] Y como en los vivos pinares que erizan la espalda de Italia,[9] se congela la nieve al

---

7. Es la única vez que el nombre de Dante figura en la *Comedia*.

8. Cantan los nueve primeros versículos del salmo XXXI: *En ti, Señor, he esperado.*

No van más allá de las palabras *pedes meos*, pues luego el salmo no conviene a la condición de Dante.

9. Los Apeninos.

soplo de los vientos de la Esclavonia, y liquidada después corre a través de sí misma impelida por el viento de la tierra sin sombra,[10] que obra a semejanza del fuego que derrite la cera; así permanecía yo ajeno de lágrimas y suspiros, hasta que oí el canto de aquellos cuyas voces se armonizan siempre con los tonos de las esferas que están sin cesar girando. Mas cuando por sus dulces acordes comprendí que se compadecían de mí más que si hubiesen dicho: "Señora, ¿por qué así le mortificas?"; el hielo que se adhirió alrededor de mi corazón se convirtió en sollozos y llanto, saliendo por boca y ojos de mi pecho con la mayor angustia.

Ella, entretanto, manteniéndose impasible en el mismo lado del carro, dirigió estas palabras a los ángeles compasivos: —Vosotros veláis en la eternidad, de suerte que ni noche ni sueño os privan de ver los pasos que dan los siglos en su carrera. Por esto encaminaré más bien mi respuesta a los oídos del que gime en aquella orilla, para que su culpa y su dolor lleguen al mismo punto. No sólo por efecto de las constelaciones, que llevan a su fin cada cosa, según las estrellas que la acompañan, sino por liberalidad de la divina gracia, que tan altos condensa los vapores de su lluvia, que nuestra vista no alcanza a ellos, era ése virtualmente de índole tal en sus primeros años, que hubiera arraigado en él con admirable fuerza cualquier buen hábito. Pero el terreno mal sembrado y no cultivado, tanto más ingrato y salvaje llega a hacerse, cuanto es más fértil y vigoroso. Sostúvele algún tiempo con mis miradas, y mostrándole mi semblante juvenil, le llevaba conmigo hacia buena parte. Mas apenas estuve en el umbral de mi segunda edad y cambié de vida, se apartó de mí, y se entregó a otro afecto. Cuando de cuerpo me

10. El viento de África.

convertí en espíritu, creciendo en hermosura tanto como en virtud, fui para él menos amada y grata. Extraviáronse sus pasos por erradas sendas, yendo tras las falaces sombras del bien, que ninguna de sus promesas dan cumplida. Ni me sirvió recabar para él santas inspiraciones, a las que ya en sueños, ya despierto, hice por atraerle: con tal menosprecio las recibía; y llegó a tal estado de perdición, que para salvarle eran todos los remedios ineficaces, y sólo restaba poner ante su vista a los condenados. Por esto visité los umbrales de los muertos, e interesé con mis lágrimas al que hasta aquí le ha conducido. Pero se hubieran quebrantado los altos decretos de Dios, pasando el Leteo y gustando de sus dulzuras, si no se tributase en pago el arrepentimiento que mueve a derramar lágrimas.

Canto trigesimoprimero

Prosigue Beatriz respondiendo al Poeta, y le obliga a confesar sus yerros. Preparado con esta humillación a obtener el mayor de los bienes, ásele Matelda y le sumerge en el río del Olvido. Entonces las cuatro virtudes cardinales le llevan delante del carro, y las tres teologales le presentan a Beatriz, y ruega a ésta que se descubra a su amante. Quítase el velo y queda deslumbrado el Poeta por la luz que resplandece en los ojos de su amada.

¡Oh tú que estás al otro lado del río! —continuó diciendo sin más interrupción, y volviendo hacia mí el dardo de sus palabras, que tan agudo me pareció, aun hiriéndome de rechazo—: di, di, si no es verdad esto; porque a tal acusación es menester que vaya tu confesión unida.

Mas era tanta la poquedad de mis facultades, que al emitir mi voz, quedó ahogada, antes de que saliese de mi garganta.

Calló unos momentos, y después dijo: —¿En qué piensas? Respóndeme; que todavía no han borrado tus tristes recuerdos las aguas del Leteo:

La confusión y el miedo a la vez pusieron en mis labios un sí, tan débil, que únicamente a la vista era perceptible.

Como al disparar una ballesta, se rompen por demasiada tensión su cuerda y arco, y el tiro da en el blanco con menos fuerza, así cedí yo a la presión que sentía, rompiendo en lágrimas y suspiros, y se quebrantó mi voz al salir afuera.

Y ella añadió: —Para secundar mi anhelo, que te encaminaba a amar un bien fuera del cual no es posible aspirar a otro, ¿qué abismos o qué montañas se te oponían, tales que debieras renunciar a la esperanza de seguir adelante? Ni ¿qué atractivos o dones hallabas en los demás que te forzasen a rendirles semejante obsequio?

Di un amargo suspiro, que apenas me dejó aliento para responder; difícilmente podían mis labios articular una palabra; y así sollozando dije: —Ofrecíanse a mi vista falsos placeres, que extraviaron mis pasos luego que se me ocultó vuestro rostro.[1]

Y ella repuso: —Aunque calles o niegues lo que confiesas, no dejará tu culpa de conocerse: tal es el juez que la sabe; mas cuando de la propia boca del pecador sale su acusación, en nuestro tribunal del cielo pierde su filo la espada de la justicia. Con todo, para que más te avergüences de tu error, y para que otra vez te revistas de mayor fortaleza cuando oigas a las sirenas, suspende ahora el llanto, y escucha: oirás cómo la muerte que consumió mi carne, debía infundirte contrarios pensamientos. Ni la naturaleza ni el arte te brindaron jamás con encanto igual al de los hermosos miembros en que encerré mi ser, y que hoy son despojos de la tierra. Y si con mi muerte llegó a faltarte tan gran placer, ¿qué cosa mortal podía colmar en lo sucesivo tus deseos? Al primer revés que experimentaron tan falaces ilusiones, debiste remontarte al cielo en pos de mí, en quien no cabía semejante engaño; debiste no bajar tu vuelo hasta la tierra para ser blanco de otros golpes, de una jovencilla, o de otros objetos igualmente vanos y de duración efímera. Los pájaros recién salidos del nido se exponen al primer golpe segunda y tercera vez; pero en vano se tienden redes ni lanzan flechas a los que cuentan ya con robustas alas.

Como los niños que mudos de vergüenza, y los ojos bajos, escuchan la represión, y reconociendo su falta, se arrepienten de

1. Beatriz murió en 1290.

ella, tal quedé yo; y ella dijo: —Pues que tanto te duele oírme, alza la barba, y será más tu dolor mirándome.

Con menos resistencia arrancan robusta encina, ya el aquilón de nuestras regiones, ya el viento de la tierra de Iarba,[2] que la que opuse yo a su mandato de alzar el rostro, pues cuando en vez de éste dijo *barba*, comprendí bien la malicia de su alusión.[3] Levanté, pues, la frente, y advirtieron mis ojos que los ángeles habían cesado de esparcir flores, y aunque turbada aún mi vista, noté que Beatriz volvía la suya hacia el fiero animal que en dos distintas naturalezas es una persona sola.[4]

Aunque seguía velada y en la orilla opuesta del río de la verde margen, parecíame tan superior ahora a su hermosura antigua, cuanto lo era entonces a todas las demás bellezas; y tan vivo sentí el aguijón del remordimiento, que de todas las otras cosas, la que más me inclinó a su amor, hízoseme más aborrecible; y de tal manera se apoderó este afecto de mi corazón, que caí sin sentido, y hasta qué punto, sábelo sólo la que ocasionó mi pena.

Después, cuando el mismo corazón me restituyó al goce de mis sentidos externos, halléme al lado de la joven que encontré sola,[5] la cual me decía: "¡Cógete a mí, cógete!" Me había introducido en el río hasta la garganta, y arrastrándome en pos, iba deslizándose sobre el agua, más veloz que una lanzadera. Y cuando estuve cerca de la dichosa orilla, oí cantar tan dulcemente

2. De África, llamada tierra de Jarba por el nombre del rey de Libia que acogió a Dido en sus dominios y del cual se habla en la *Eneida* (IV, 196 y sigs.).
3. Ya era hombre de cierta edad y no obraba como joven inexperto.
4. El grifo.
5. Matelda, antes aludida. Canto XXVIII.

Asperges me,[6] que no me es posible recordarlo, y menos todavía escribirlo. Alargó los brazos la bella joven, me abrazó la cabeza, y me sumergió de modo, que tuve que tragar el agua; después de lo cual me sacó, presentándome así bañado a las cuatro hermosas que estaban bailando, cada una de las cuales me cubrió con sus brazos.[7]

"Aquí somos ninfas, y en el cielo estrellas; y antes que Beatriz descendiese al mundo, fuimos destinadas a acompañarla. Te llevaremos a su presencia; mas para que puedas soportar la viva luz de sus ojos, prepararán los tuyos aquellas tres[8] que están allí, y tienen vista más penetrante."

Así me dijeron cantando; y en seguida me acercaron al pecho del grifo, donde estaba Beatriz vuelta hacia nosotros; y añadieron: "Procura no distraer la vista: te hemos puesto delante de las esmeraldas[9] de su rostro, desde las que Amor te lanzó un tiempo sus flechas."

Mil y mil deseos más ardientes que una llama, me hicieron fijar los ojos en los brillantes ojos que contemplaban fijamente también al grifo; y éste reflejaba en ellos, tan pronto con una como con otra naturaleza, a la manera que refleja el Sol en un espejo. Considera, lector, si yo me maravillaría al verle inmóvil en sí, y transformarse no obstante en su imagen de aquella suerte.

Mientras que, llena de asombro y júbilo, gustaba mi alma de aquel manjar que al saciarla hace que más lo ansíe, las otras tres bellezas que indicaban ser de más alta jerarquía, se adelantaron

6. Los ángeles cantan el salmo LI al cumplirse la purificación de Dante.

7. Las virtudes cardinales.

8. Son las virtudes teologales.

9. Los antiguos comentadores anotan que los grifos custodian las esmeraldas.

bailando y cantando de un modo angelical. "Vuelve, Beatriz, vuelve tus santos ojos (ésta era su canción) a tu amante, que tantos pasos ha dado para verte. Por favor, haznos el de descubrir tu boca, para que goce del segundo encanto que en ti se oculta."

¡Oh esplendor de la luz eterna! ¿Quién que haya palidecido a la sombra del Parnaso o bebido de sus raudales, no creería tener su mente incapacitada al intentar pintarte tal como apareciste en aquel lugar, donde el cielo te envuelve en sus armonías, y en el momento en que te mostraste al aire libre?

Canto trigesimosegundo

Encendido Dante en vivísimos deseos, mira extático a Beatriz, hasta que le sacan de su enajenamiento las virtudes teologales. Muévese el carro con toda aquella santa comitiva, y llega al pie de un árbol altísimo y enteramente desnudo, al cual queda atado por mano del grifo, con lo que empiezan a reverdecer las ramas y cubrirse de flor. Adormécese el Poeta al son de un dulce canto, y despertando, ve a Beatriz sentada con las siete virtudes junto al carro, donde acontecen varios casos infaustos y misteriosos.

Con tal atención y ahínco procuraban mis ojos desquitarse de la privación en que durante diez años habían estado, que tenía suspensos todos los demás sentidos, y por todas partes hallaban impedimentos a su distracción; que así la sonrisa de aquel rostro angelical con su antiguo atractivo me embelesaba. Tuve, sin embargo, que volver la cabeza, contra mi voluntad, hacia la mano izquierda, porque oí decir a una de las tres ninfas que estaban en aquel lado: "Con demasiada atención está." Y la dificultad que tienen los ojos de distinguir bien cuando poco antes han sido heridos por el Sol, me tuvo privado algún tiempo de la vista; mas luego que la recobré, por ser poco el esplendor (y digo poco con relación al vivísimo que me forzó a apartar los ojos) vi que la gloriosa comitiva había vuelto a mano derecha, y que al volver, tenía de frente el Sol y los siete candelabros. Como resguardada por los escudos, para quedar a salvo de los tiros del enemigo, da vuelta una falange, y gira sobre sí misma con la bandera, hasta que una tras otra fila, cambia de dirección; así toda aquella milicia del reino celestial que precedía al carro, desfiló antes de que éste hubiera variado el movimiento de su timón.

Colocáronse de nuevo las ninfas junto a las ruedas; dio el grifo impulso al bendito carro, sin que una siquiera de sus plumas se descompusiese, y la bella joven que me hizo pasar el río, Estacio y yo, seguimos el camino cuyo menor arco no trazaba el círculo más pequeño. Al recorrer así la elevada selva, desierta por culpa de aquella que dio crédito a la serpiente, seguían nuestros pasos el compás de cantos angelicales; y habríamos andado quizá tanto espacio cuanto alcanzan tres tiros de saeta, a tiempo que descendió Beatriz. "¡Adán!" se oía murmurar a todos, y en seguida rodearon un árbol[1] despojado de flor y hojas en todas sus ramas. Su cima, que se extendía en la misma proporción que se elevaba, causaría por su altura la admiración de los indios[2] en sus bosques.

"¡Bendito seas, ¡oh grifo!, que no destruyes con tu pico este árbol sabroso al gusto, bien que por su causa se viese tan atormentado de dolores el vientre de nuestros padres!" En estas voces prorrumpieron alrededor del robusto árbol todos los del acompañamiento; y el animal de la doble naturaleza exclamó: "Así se conserva el germen de todo lo que es justo." Y volviéndose hacia el timón de que antes había tirado, lo aproximó al árbol privado de follaje, y dejó ligado con él el carro que de él había salido.

Como cuando con la luz solar, que baja mezclada a la que brilla después de los celestiales peces,[3] nuestras plantas se hacen

---

1. El árbol del bien y del mal.
2. Los habitantes de las Indias Orientales, pues hay allí bosques con plantas tan altas que ningún tiro de saeta puede alcanzar sus elevadas copas (Virgilio, *Geórgicas*, II, 122 y sigs.).
3. La constelación de Aries sigue a Piscis y al mezclarse la luz de aquella con la del Sol es la primavera.

fecundas, y cada una renueva su color propio antes que el Sol llegue a uncir sus caballos bajo otra estrella;[4] así, ostentando un color menos vivo que las rosas y más que la violeta, se renovó la planta que primero tenía las ramas tan desnudas.

Jamás oí el himno que cantó entonces aquella gente; no se canta en este mundo, ni llegué tampoco completamente a oírlo; y si pudiese yo pintar cómo se adormecieron, oyendo el caso de Siringa, los despiadados ojos de aquel a quien la vigilancia costó tan cara,[5] representaría aquí, como el que pinta con modelo, de qué manera me quedé dormido; pero hágalo quien sepa pintar bien el sueño.

Paso a referir el momento en que desperté, y digo que un súbito resplandor rompió el velo que me cubría los ojos, y una voz me gritó diciendo: "Levanta: ¿qué haces?" Y así como al ver la dulce flor del manzano, que excita la avidez de su fruto en los ángeles, y hace perpetuas las bodas del cielo, cayeron deslumbrados Pedro, Juan y Santiago, y tornaron en sí al oír las palabras que disiparon otros sueños más profundos, y al observar que habían desaparecido Moisés y Elías de su compañía, y cambiado de color la túnica de su maestro;[6] tal me aconteció

4. Es decir, la constelación siguiente: la del Toro.

5. Argos impedía a Júpiter acercarse a su amada Io. El celoso guardián fue muerto por Mercurio cumpliendo una orden de Júpiter. Para ello, lo adormeció cantando los amores de Siringa, amada de Pan.

6. Los tres apóstoles Pedro, Juan y Santiago, sólo salieron de su azoramiento cuando durante la aparición de Cristo, luego de su transfiguración, éste les dijo: *Levantaos y no temáis* (Mateo, XVII, 1-8). Y después de seis días, *Jesús toma a Pedro, y a Santiago, y a Juan su hermano, y los lleva aparte a un monte alto: y se transfigura delante de ellos, y resplandeció su rostro como el Sol, y sus vestidos fueron blancos como la luz. Y aquí les aparecieron Moisés y Elías, hablando con él. Y respondiendo Pedro dijo a Jesús: Señor, bien es que nos quedemos aquí: si quieres, hagamos*

a mí, viendo de pie, ante mi vista, a la piadosa beldad que antes había guiado mis pasos a lo largo del río, y lleno de dudas, le pregunté: —¿Dónde está Beatriz?— Mírala, me replicó, bajo el nuevo follaje del árbol, y sentada sobre sus raíces. Mira la compañía que la rodea; los demás se remontan con el grifo al cielo, cantando himnos más dulces y misteriosos.

No sé si fue larga su respuesta, porque estaba ya delante de mis ojos la que embargaba toda mi atención. Hallábase sola y sentada sobre la desnuda tierra, cual si hubiese quedado allí para guardar el carro que había atado el biforme monstruo. Formaban un círculo, sirviéndola de corte, las siete ninfas que llevaban en sus manos las luces,[7] contra las que nada pueden el soplo del Aquilón ni el Austro.[8]

—Poco tiempo serás habitante de esta selva, pero vivirás perpetuamente conmigo, como ciudadano de aquella Roma[9] que tiene por patria el mismo Cristo. Para bien, pues, del mundo que vive míseramente, fija la vista en ese carro, y al regresar a la tierra, haz por escribir todo lo que has visto.

Dijo así Beatriz; y yo, que estaba enteramente sometido a su voluntad, fijé la vista y la contemplación donde quiso ella. No se precipita el fuego con más rápido impulso desde una espesa nube, cuando se lanza desde la más encumbrada altura,

---

aquí tres pabellones: para ti uno, y para Moisés otro, y otro para Elías. Y estando aún el hablando, he aquí una nube de luz que los cubrió; y he aquí una voz de la nube, que dijo: Éste es mi Hijo amado, en el cual tomo contentamiento: a él oíd. Y oyendo esto los discípulos cayeron sobre sus rostros, y temieron en gran manera. Entonces, Jesús llegando, los tocó y dijo: Levantaos y no temáis. Y alzando ellos sus ojos, a nadie vieron, sino sólo a Jesús.

7. Los siete candelabros.

8. El viento del Norte y del Sur, respectivamente.

9. Del Cielo.

que vi yo lanzarse al ave de Júpiter sobre el árbol, rompiendo su corteza y arrebatándole sus flores y sus hojas nuevas. Dio con toda su fuerza contra el carro,[10] y zozobró éste como nave que corre borrasca y es combatida por las olas, tan pronto de un lado como de otro. Vi después arrojarse dentro del triunfal vehículo una raposa,[11] que parecía no haberse alimentado nunca de buen pasto; pero increpándola mi Beatriz[12] por sus abominables culpas, hízola huir tan de prisa como lo consentían sus descarnados huesos. Vi también, por el mismo punto por donde antes había venido, bajar otra vez el águila sobre el carro, y cubrirlo con sus plumas;[13] y como de un corazón que da al viento sus quejas, salir una voz del cielo, que decía: ¡Oh navecilla mía! ¡Qué mal cargada vas![14] Y en seguida me pareció que se abría la tierra entre ambas ruedas, y vi que de ella salía un dragón[15] que traspasaba el carro con su cola y como avispa que retira el aguijón, recogiendo la venenosa cola, se llevó parte del fondo y se fue culebreando.

La porción que quedó, volvió a cubrirse, como la tierra viva, de césped, con la pluma ofrecida por el águila, quizá con intención pura y benévola, llevándose una y otra rueda y el timón en tan breve tiempo, que más tarda la boca en exhalar un suspiro. Transformada así la santa máquina, asomaron varias cabezas por diferentes partes, tres encima del timón, y una en cada

10. El ave de Júpiter: el águila, simboliza a los emperadores romanos perseguidores de la Iglesia, representada aquí por el carro.
11. Las herejías.
12. La verdad.
13. Alude a la pretendida y famosa donación de Constantino.
14. La navecilla es la Iglesia de Cristo, cargada de malos dones, que la harán naufragar. La voz del Cielo sería la de San Pedro.
15. Satanás. Otros entienden que el dragón es Mahoma.

ángulo. Las primeras tenían cuernos como los bueyes, pero las otras restantes sólo uno en medio de la frente: que no se vio jamás monstruo parecido.[16] Firme cual roca sobre alto monte, aparecióseme sentada sobre él una impúdica prostituta,[17] que volvía los ojos a uno y otro lado; y para que no se la arrebatasen, vi junto a ella un gigante en pie;[18] y de cuando en cuando se besaban uno a otro; mas porque volvió hacia mí sus ávidos e inquietos ojos, la azotó de pies a cabeza el feroz amante;[19] y lleno luego de celos y ardiendo en ira, desató el carro y le arrastró por la selva a distancia tal,[20] que fue obstáculo bastante para no ver ya a la prostituta ni a la nueva fiera.

16. Dante transforma el carro de la Iglesia —siguiendo las imágenes del Apocalipsis— en un monstruo con siete cabezas que representan los siete pecados capitales.

17. La curia romana con Bonifacio VIII y Clemente V.

18. Felipe el Hermoso, rey de Francia.

19. Para demostrarle que no era libre.

20. Se refiere al traslado de la sede pontificia de Roma a Aviñón.

Canto trigesimotercero

Beatriz anuncia vagamente al Poeta que en breve aparecerá un vengador de la profanada Iglesia de Cristo, y restaurador al propio tiempo del Imperio. Mándale que cuando vuelva entre los vivos escriba lo que ha visto respecto a la mística planta; y después de varios razonamientos, hace que Matelda le bañe en las aguas del Eunoé, donde también se purifica Estacio: y una vez regenerado así, se siente en disposición de hacer el viaje del Cielo.

Con lágrimas de sus ojos y alternando en coros de tres y cuatro voces, comenzaron las ninfas a entonar en dulce salmodia el *Deus, venerunt gentes*.[1] Escuchábalas Beatriz suspirando triste y con tan abatido semblante, que no mostró mucha más aflicción al pie de la cruz María. Y cuando las otras vírgenes le dieron ocasión de hablar, levantándose en pie derecho, respondió con el rostro encendido como fuego: —*Modicum, et non videbitis me; et iterum*, queridas hermanas mías, *modicum, et vos videbitis me*—.[2] Puso después delante a todas siete, yendo ella detrás, y sólo por medio de señas indicó que las siguiésemos yo, la joven y el Sabio que permaneció en nuestra compañía.

1. Palabras del salmo LXXIX donde se lamenta la ruina y profanación del templo de Jerusalén. Aquí expresa el dolor por los males que aquejan a la Iglesia. Lo cantan las siete doncellas que simbolizan las virtudes teologales y cardinales.

2. *Dentro de poco no me veréis y nuevamente dentro de poco me veréis* (Juan, XVI, 16). Son las palabras de Cristo para anunciar a los apóstoles primero su muerte, y luego la resurrección.

Así iba andando, y no creo que hubiera dado todavía diez pasos, cuando se clavaron sus ojos en los míos; y con tranquilo aspecto: —Anda más apresuradamente, me dijo, de suerte que si te hablo, no tengas dificultad en escucharme—. Y cuando estuve, como debía, cerca de ella, añadió: —¿Por qué, hermano mío, viniendo conmigo, no te resuelves a preguntarme?

Aconteciome entonces lo que a aquellos que hablan con extremado respeto delante de sus superiores, y no aciertan a sacar la voz clara de sus labios, pues en tono poco perceptible empecé a decir: —Señora, conocéis mi necesidad y lo que conforme a ella me conviene—. A lo que repuso: —Quiero que te desprendas de todo temor y vergüenza; y que no hables como un hombre soñoliento. Has de saber que el fondo del carro destrozado por el dragón, existió, pero ya no existe; y el culpable de ello persuádase de que la venganza de Dios no se cuida de supersticiones.[3] Ni estará siempre sin herederos el águila que dejó sus plumas por lo cual se convirtió éste primero en monstruo y después en ruina. Que yo ciertamente veo, y por eso lo refiero, varias estrellas ya próximas a darnos un tiempo seguro de toda contradicción y obstáculo, en el cual uno que compondrá el número de quinientos quince[4] enviado por Dios, destruirá a la prostituta y al gigante que con ella peca. Quizá esta predicción mía, oscura como la de Temis[5] y de la Esfinge,[6] no llegará a

---

3. V. 36: *Che vendetta di Dio non teme suppe.* "No teme sopa". Una antigua superstición de Italia afirmaba que cuando el matador comía durante nueve días seguidos sopa sobre la tumba del muerto escapaba a la venganza de parientes y amigos. Para impedirlo, la familia vigilaba la tumba.

4. Es otra profecía de la llegada de un libertador que castigará al rey de Francia y a la corte de Roma.

5. Hija de Urano y de la Tierra.

6. Hija de Tifón y de la Quimera.

convencerte, porque a la manera de aquéllas ofusque tu inteligencia; pero los acontecimientos servirán de Náyades,[7] explicando este intrincado enigma, sin daño alguno para los ganados ni para las mieses. Nota estas palabras, y así como las pronuncio, enséñaselas a los vivos, cuyo vivir consiste en correr hacia la muerte. Y cuando las escribas, acuérdate de no omitir cómo has visto el árbol que por dos veces quedó profanado en tu presencia. Quien arrebata algo de lo concerniente a él o le infiere daño, ofende con blasfemia de hecho a Dios, que le creó sagrado y sólo para uso suyo. Por haber gustado de él la primera alma, suspiró penando y anhelando cinco mil años más, por Aquel que se impuso a sí propio el castigo de semejante falta. Amortiguado tienes tu entendimiento, si no descubres la causa singular de elevarse tanto y de extenderse su cima de tal manera; y si tus vanos pensamientos no hubiesen sido para tu mente como el agua del Elsa,[8] y no la hubiesen los placeres ennegrecido, como Píramo la morera, circunstancias son todas que te harán comprender en el sentido moral la justicia con que Dios dictó esa prohibición. Mas porque veo tu inteligencia endurecida como piedra, y ennegrecida con el pecado hasta el punto de ofuscarse con la claridad de mis razones, quiero que, si no escrito, indicado al menos, lleves en tu interior lo que te he dicho para que sirva de muestra, como el peregrino lleva el bordón entrelazado con las hojas de la palmera.

Y yo repliqué: —Como la cera guarda invariable la figura que le imprime el sello, quedan vuestras palabras en mi memoria.

7. La diosa Temis destruyó, en venganza, los campos y ganados de los tebanos, porque las Náyades, ninfas fatídicas que custodiaban las fuentes, se atrevieron a explicarles los oráculos.
8. Pequeño río de Toscana cuyas aguas tienen la propiedad de formar una costra alrededor de los cuerpos que permanecen sumergidos en ellas.

Pero ¿por qué, después de tan deseadas, se elevan tanto sobre mi vista, que cuanto más las sigo, las alcanzo menos?

—Para que conozcas, dijo, qué escuela has cursado y veas que no puede su doctrina seguir mis conceptos, viendo también que vuestros caminos se alejan tanto de los de Dios, cuando dista la tierra del cielo que gira siempre a mayor altura.

—Pues —repuse yo—, no recuerdo haberme alejado nunca de vos, ni mi conciencia me sugiere remordimiento alguno.

—Es —contestó sonriendo—, que no puedes recordarlo, porque ten presente que has bebido hoy del Leteo. Y si el humo es indicio del fuego, de ese olvido se deduce claramente la culpa en que incurrió tu voluntad, fijándote en otras cosas, por lo que en lo sucesivo serán tan claros mis razonamientos, cuanto lo requiere la cortedad de tu vista.

Ya el Sol más esplendoroso y caminando más lentamente, recorría el círculo del meridiano, que varía de una a otra región, según de donde se mire, cuando a la extremidad de una parda sombra, semejante a la que sobre sus frías corrientes, y bajo su verde hojarasca y sus negras ramas, forman los Alpes, se detuvieron las siete ninfas, como se detiene el que procede escoltando a un escuadrón, si halla alguna novedad al paso. Delante de ellas me parecía salir el Éufrates y el Tigris[9] de una misma fuente, y que, como dos amigos, no se resolvían a separarse.

—¡Oh lumbrera! ¡oh gloria de la humana estirpe! ¿Qué agua es esta que procediendo de un mismo origen, se divide así de sí propia?

A esta pregunta me respondieron: —Ruega a Matelda que te lo diga—. Y respondió la bella Joven en el tono del que alega

9. Según la Biblia, nacen de la misma fuente en el Paraíso terrestre.

una disculpa: "Esto y otras cosas le he dicho ya, y estoy segura de que no se las han hecho olvidar las aguas del Leteo."

Y añadió Beatriz: —Otra preocupación mayor, que muchas veces priva de la memoria, le ha enturbiado quizá los ojos de su mente; pero mira el Eunoé, que allí corre. Llévale a él, y como tienes de costumbre, reanima sus recuerdos adormecidos.

Y como un alma benévola, que no alega excusas, sino que rinde su voluntad a la voluntad ajena, luego que la menor demostración se lo da a entender, apenas me vio a su lado, comenzó a andar, y con encantadora gracia, "Ven tú también", dijo a Estacio.

Si tuviera, ¡oh lector!, más espacio para escribir, celebraría en cuanto es posible el dulce licor que jamás me hubiera dejado harto; pero toda vez que están llenas las hojas destinadas a este segundo canto, no me consiente ir más allá la rémora del arte.

Volví, pues, tan reanimado de aquellas sacrosantas aguas, como las plantas nuevas que se reproducen en sus nuevas hojas, y purificado y dispuesto para subir a la celestial morada.[10]

10. En el original se lee: *puro e disposto a salire alle stelle*, "puro y dispuesto a ascender hasta las estrellas". Cada uno de los tres cantos concluye con la palabra estrellas.

EL PARAÍSO

EL PARAÍSO

Canto primero

Después de una invocación a Apolo, padre de la luz y numen de la Poesía, describe Dante en este primer canto cómo el Paraíso terrestre se remonta al primer círculo, y cómo Beatriz respondió a algunas dudas que le ocurrieron.

La gloria de aquel que lo mueve todo[1] penetra por los ámbitos del Universo, y resplandece en una parte más, y en otra menos. Yo estuve en el cielo que más participa de su luz,[2] y vi cosas que no sabe ni puede referir el que desciende de aquella altura;[3] porque acercándose al sumo bien de su anhelo, llega nuestro entendimiento a profundizar tanto, que no le es dado ya seguirle a la memoria. Y, sin embargo, cuanto de aquel santo reino he podido retener en mi mente, será a la sazón materia de mi canto.

¡Oh benigno Apolo! Lléname de tu inspiración en este último empeño[4] tan cumplidamente cual lo exiges para conceder tu laurel amado. Bastóme hasta aquí aspirar a una de las cumbres del Parnaso; ahora me es forzoso atender a entrambas[5] para acometer la empresa que me resta. Infúndete en mi pecho, y

1. El Poeta se refiere al concepto aristotélico de la divinidad como primer móvil.
2. En el Empíreo, sede de la divinidad.
3. *Véase* II Corintios, XII, 2.
4. En esta tercera y última parte de su obra.
5. En una de las cumbres del Parnaso residían las Musas, en la otra Apolo.

Para los cantos anteriores le bastó la ciencia y la elocuencia humanas, ahora requiere la ayuda de Apolo, es decir, de la doctrina celeste y el arte capaz de expresarla.

alienta en él, mostrándote como cuando arrancaste a Marsias la piel que cubría sus miembros.[6]

¡Oh divina virtud! Si me favoreces tanto, que lleve grabado en mi frente el recuerdo de la bienaventuranza, me verás llegar a tu árbol predilecto y coronarme con el laurel, de que el desempeño y tú me haréis entonces merecedor. Pero tan raras veces se alcanza, ¡oh numen!, el triunfo del César o del poeta (defecto y mengua a la vez de la voluntad humana), que cuando alguno aspira al lauro de Penea,[7] debiera mostrarse regocijada la risueña deidad de Delfos. De pequeña centella nace gran llamarada; y quizá en pos de mí venga otro, que con mejor voz logre que a su canto responda Cirra.[8] Desde diversos puntos envía su luz a los mortales la lumbrera del mundo; mas cuando parte de aquel en que coinciden los cuatro círculos con las tres cruces,[9] su efecto es más halagüeño, su influencia más propicia, disponiendo e identificando mejor consigo la materia del mundo.

Desde aquel punto enviaba el hemisferio de allá[10] la mañana, y el de acá[11] la noche, y así en aquél casi todo se veía blanco,

6. El sátiro Marsias fue desollado vivo por su presunción de aventajar como músico al dios Apolo.

7. El laurel que corona de gloria la frente de los emperadores o de los poetas.

Dante lo llama así porque Dafne, transformada en laurel, era hija del río Peneo.

8. La cima del Parnaso, habitada por Apolo y aquí citada en lugar de éste.

9. El horizonte, el zodíaco; el ecuador y el coluro de los equinoccios son los círculos que contándose mutuamente forman tres cruces. Ello ocurre cuando está el Sol en Aries.

Los círculos y las cruces representan las virtudes cardinales y las teologales, respectivamente.

10. Era la mañana en el Purgatorio.

11. En el hemisferio que se hallaba Dante era de noche.

como en el opuesto negro, cuando descubrí a Beatriz inclinada a la mano izquierda y mirando al Sol; que jamás águila le miró tan fijamente. Y como el rayo que se refleja proviene del directo, y retrocede hacia arriba, a modo del peregrino que anhela tornar al lugar de donde partió, así la acción de Beatriz, que por medio de los ojos percibió mi mente, ocasionó la mía, y fijé mi vista en el Sol, contra lo que es nuestra costumbre.

Posibles son allí muchas cosas negadas aquí a nuestras facultades, como que aquel lugar se hizo acomodado a humana especie; y no me mantuve así mucho tiempo, ni tan poco, que no viese irradiar en torno su luz como el hierro que sale chispeando de la fragua. De repente pareció que el fulgor de un astro se juntaba al del otro, cual si el Omnipotente hubiese adornado el cielo con otro Sol. Clavados estaban los ojos de Beatriz en las esferas eternales, y yo fijé en ella los míos, apartándolos de aquella contemplación; y siguiendo así, acontecióme interiormente lo que, a Glauco,[12] que al saborear la hierba, se convirtió en compañero de los dioses del mar. No se podría explicar con palabras tal trashumanación, pero baste este ejemplo para aquel a quien la divina gracia le otorgue experimentarla.

Si yo era respecto a mí nada más que la parte que últimamente creaste, tú lo sabes, Amor que riges los cielos, y que me sublimaste con tu esplendor. Cuando las esferas, que tú haces girar perpetuamente por el deseo que de ti tienen,[13] me atrajeron a sí, con la armonía que templas y a que presides, parecióme aquel cielo tan abrasado por el ardor del Sol, que nunca

12. Glauco había observado que los pescados recogidos por él probaban cierta hierba, revivían y se lanzaban nuevamente al mar. Probó también él dicha hierba y se convirtió en una deidad marina.

13. Dios, según Aristóteles, produce el infinito proceso cósmico, no por medios físicos, sino inspirando amor y anhelo al universo.

lluvia ni río se dilató en tan inmenso lago. La novedad del sonido y la luz vivísima encendieron en mí tal deseo de averiguar su causa, que jamás lo he sentido tan punzador; y así ella, que me veía como me veo a mí propio, para aquietar mi conmovido ánimo, antes de yo rogárselo, abrió los labios, y comenzó a decir:

—Tú mismo te incapacitas con esas falsas imaginaciones, de modo que no ves lo que verías renunciando a ellas. No estás en la tierra como crees: el rayo desgajándose de su región propia, no va tan veloz como tú al remontarte a ella.

Aunque estas afectuosas y cortas palabras disiparon mi primera duda, halléme interiormente más confundido con otra nueva, y dije:

—Quedo ya satisfecho de lo que tanto me admiraba; pero ahora me maravilla ver cómo me sobrepongo a estos cuerpos tan ligeros.

Dio ella un suspiro de compasión, volvió hacia mí los ojos con la expresión de una madre que presencia el delirio de su hijo, y me habló en estos términos:

—Todas las cosas creadas guardan entre sí un orden, y éste es la forma que tiene el universo de asemejarse a Dios. En tal principio descubren las criaturas dotadas de razón el indicio de la eterna virtud, que es el fin para que se estableció el mencionado orden. Según el mismo, todos los seres tienen sus inclinaciones, al tenor de la diversidad de esencia que más o menos los acerca a su Criador. Por esto cada cual se dirige a diverso puerto por el gran mar de la vida, conforme al instinto que ha recibido para encaminarse a aquél. El instinto lleva al fuego hacia la Luna; mueve otras veces los corazones de los mortales, y otras concentra y une la tierra consigo misma. Y no sólo se sienten impulsadas por tal estímulo las criaturas faltas de inteligencia, sino las que se distinguen por el entendimiento y por el amor.

La Providencia, que tan sabiamente lo dispone todo, serena siempre con su luz el cielo en que gira la esfera más veloz; y allí, como al punto prefijado, se dirige la fuerza de aquel estímulo, que cuanto recibe su impulso lleva a dichoso fin. Verdad es que como la forma no corresponde muchas veces a la intención del arte, porque la materia se muestra remisa en obedecer, así suele la criatura desviarse de aquella dirección, por la facultad que tiene, a pesar de su tendencia, de seguir otra. Y así como acontece que desciende el fuego de las nubes, así los falsos placeres tuercen el natural impulso hacia la tierra. No debes, pues, en mi juicio, asombrarte de esa fuerza con que te elevas, como no es maravilla que baje un río al despeñarse de alta montaña. Lo admirable sería que, dueño de tu libertad, te mantuvieras abajo, como que la llama viva quedase rastrera en tierra.

Y esto diciendo, levantó al cielo sus ojos.

Canto segundo

Llega Dante al cielo de la Luna, en que Beatriz, reprobando la opinión que tiene él formada respecto a las manchas que aparecen en aquélla, le manifiesta la verdadera causa, y le describe el orden de todas las esferas celestiales.

¡Oh vosotros, que deseosos de oírme, seguís en pequeñuela barca a mi navío, que avanza mientras que yo voy cantando! Tornad a la vista de vuestras riberas, y no os arriesguéis en el piélago, donde, perdiéndome, quizá llegaríais a extraviaros. Las aguas en que navego no fueron jamás surcadas: Minerva hinche mis velas, guíame Apolo y las nueve Musas[1] son las que me muestran las Osas.[2]

Y vosotros, que en menor número, desde luego alzáis la consideración al pan de los ángeles,[3] del que vivimos aquí, pero sin poder saciarnos: penetrad con vuestro bajel en alta mar, siguiendo la estela que traza el mío, antes de que vuelva a juntarse el agua. No se admiraron tanto como os admiraréis vosotros los héroes que se encaminaron a Colcos, cuando vieron a Jasón convertirse en boyero.[4] Arrebátanos la perpetua e innata

---

1. Alusión a los varios elementos que constituirán la nueva obra de arte: Minerva: la sabiduría; Apolo: la elocuencia sagrada; las nueve Musas: el arte humano en sus diversas formas.

2. Son las que me muestran mi camino.

3. Vs. 10-11: *Voi altri pochi, che drizzaste il collo per tempo al pan degli angeli...*

"El pan de los ángeles: el conocimiento y sabiduría de Dios."

4. Jasón, el conductor de los Argonautas, asombró a sus compañeros

aspiración del alma hacia el reino que es imagen de Dios, casi con el mismo ímpetu con que veis girar el cielo. Beatriz miraba arriba, yo la miraba a ella; y en tan breve tiempo acaso como se prepara la flecha, se desprende de la nuez y vuela, me vi en donde atrajo mis miradas un espectáculo maravilloso; de suerte que volviéndose a mí tan donosa como bella la que no podía ignorar mis pensamientos: —Levanta a Dios, dijo, tu mente reconocida, por habernos conducido a la primera estrella.[5]

Figurábaseme que me cubría una nube lúcida, densa, sólida y bruñida, como diamante herido por el Sol. Recibiónos dentro de sí la eterna perla,[6] como recibe el agua el rayo de luz permaneciendo entera. Dado que fuese yo allí ser corpóreo (pues que aquí no se concibe cómo una extensión material se embeba en otra, lo cual tiene que suceder si un cuerpo penetra en otro cuerpo) debiéramos encendernos en mayor deseo de ver aquella esencia en que se experimenta cómo nuestra naturaleza se une a Dios. Allí se verá lo que alcanzamos por la fe, sin que se demuestre, dándose a conocer por sí mismo, cual la primera verdad en que el hombre cree.

Y yo respondí: —Señora, con toda la veneración de que soy capaz doy gracias a Aquel que me ha alejado del mundo mortal. Pero oídme: ¿qué son esas oscuras manchas de este cuerpo lunar, que allá en la tierra hacen forjar fábulas sobre Caín?[7]

---

cuando, con dos toros que arrojaban fuego por las narices, aró la tierra para sembrar los dientes del dragón que mató Cadmo.

5. El círculo de la Luna.

6. La Luna.

7. Según una fábula, después de haber muerto a su hermano, Caín había sido transportado por un fuerte viento a la Luna y condenado a llevar eternamente sobre sus espaldas un haz de espinas.

Sonrióse ella un tanto, y dijo: —Si anda allí errada la opinión de los mortales, donde la llave de los sentidos de nada sirve, no debe causarte admiración alguna, porque estás viendo cuán poco alza su vuelo la razón, ayudada por los sentidos; dime, no obstante, lo que piensas por ti mismo respecto a esto.

—Pienso —repliqué— que esa diversidad que se nota es producida por cuerpos enrarecidos y cuerpos densos.

Y ella prosiguió así: —Te convencerás seguramente de lo falsa que es tu creencia, si atiendes bien a las razones que contra ella voy a exponerte. La esfera octava muestra multitud de estrellas,[8] que por la calidad y cantidad de su luz, figuran bajo diferente aspecto. Si consistiera éste únicamente en su enrarecimiento o densidad, convendrían todas en una sola especie de influencia, más o menos graduada, pero de la misma naturaleza. A diferentes virtudes corresponden diferentes efectos de los principios formales,[9] y éstos, a excepción de uno solo, quedarían destruidos por tu razonamiento. Además, si la causa de las manchas, que tratas de indagar, fuese el enrarecimiento, este planeta, o se vería en alguna parte suya falto de materia, o a semejanza del cuerpo en que alterna lo craso con lo magro, aumentaría o disminuiría su densidad. Si lo primero, aparecería evidente en los eclipses de Sol, porque la traspasaría la luz, como traspasa todos los cuerpos enrarecidos, y no sucede así; por lo que debe examinarse la otra parte de tu opinión, y si también llego a destruirla, quedará demostrada su falsedad. Porque si la luz no traspasa la parte enrarecida, debe existir un límite en que la

8. El cielo de las estrellas fijas.
9. La escolástica distingue en los cuerpos el principio material (materia) que es cosa común, y el principio formal (sustancia), que determina la particular especie y naturaleza y por ende la virtud de cada uno de los cuerpos.

densidad le impida el paso, en que el rayo lumínico retroceda, como retroceden los colores en el cristal cuando está cubierto por detrás de plomo. Pero dirás que aquí se oscurecen los rayos más que en otra parte, a causa de que se refractan a más profundidad; y a esta objeción puede responderte la experiencia, que suele ser la fuente de donde emanan vuestras artes. Toma tres espejos: coloca dos a igual distancia de ti, y el otro más lejano, y fija tu mirada entre los dos primeros. Contemplándolos de frente, haz que a tu espalda levanten una luz que ilumine los tres espejos, y vuelva a ti reflejada por todos a la vez; y a pesar de que el más distante no extienda más su resplandor, verás que alumbra con la misma viveza que los otros. Ahora bien, como a la acción de los rayos solares queda despojada la nieve de su primitivo color y frío, así a tu entendimiento, libre de error, alumbrará mi voluntad con tan viva luz, que te salte a los ojos su resplandor. Bajo el cielo de la divina paz[10] se mueve un cuerpo[11] en cuya virtud está fundada la esencia de cuanto contiene; el siguiente cielo en que se ven tantas estrellas distribuye aquella esencia entre las demás distintas de ella y contenidas en la misma; y los otros inferiores realizan de diversos modos los fines prescritos por Dios a las diferentes virtudes que en sí llevan y su influencia; y así estos órganos del mundo descienden, como ya ves, gradualmente, de suerte que reciben de arriba la virtud que comunican después abajo. Considera bien cómo por este camino procedo hacia la verdad, que es tu deseo, y sabrás luego andarlo por ti solo. El movimiento y la virtud de estas esferas celestiales deben emanar de los ángeles sus agentes, como la obra del martillo proviene del herrero; y el

10. El Empíreo.
11. El primer móvil o noveno cielo.

cielo embellecido por tantas luces, recibe la imagen de la profunda mente que le hace girar en torno, y a modo de sello la reproduce. Y como vuestra alma se extiende dentro de vuestro terreno cuerpo por miembros diferentes y formados para diversas facultades, así la inteligencia, sin salir del círculo de su unidad, difunde su propia virtud multiplicándola por todas las estrellas. Cada virtud produce efectos diferentes en los cuerpos celestes que vivifica, uniéndose a ellos como la vida a los vuestros: mezclándose así, se muestra brillante, por la risueña naturaleza de que procede, cual se manifiesta la alegría en una pupila viva. Ésta es la causa de las diferencias que se advierten entre luz y luz, no su densidad o enrarecimiento: éste es el formal principio que produce, conforme a su virtud, la sombra y la claridad.

Canto tercero

En la Luna se ven las almas de aquellos que faltaron a sus votos religiosos, y que por lo mismo no han llegado al grado de gloria de los demás bienaventurados. Aparécese al Poeta Picarda de Donati, que satisface algunas de sus dudas respecto a la condición de los que moran en las esferas celestiales, y le refiere la violencia con que fue sacada de su monasterio, hablándole también de la emperatriz Constanza, que resplandece junto a ella.

El Sol[1] que con su primer amor abrasó mi pecho, acababa de mostrarme la grata luz de la hermosa verdad, por medio de sus pruebas y refutaciones; y queriendo confesarme convencido y desengañado, alcé la cabeza cuanto era conveniente para hablar; mas una visión que se me ofreció de pronto, llamaba tan fuertemente mi atención hacia ella, que di al olvido mi confesión. Como a través del cristal transparente y terso, o del agua clara y tranquila, pero no tan profunda que parezca su fondo oscuro, llegan tan débiles las imágenes a nuestra vista, que no resalta más viva sobre blanca frente una perla; tales me parecieron allí muchas figuras que mostraban deseos de hablar; porque padecí entonces del error contrario que puso el amor de un hombre en una fuente.[2] Apenas las hube percibido, juzgando que fuesen rostros reflejados por algún espejo, volví la vista hacia atrás para descubrir quiénes pudieran ser, pero nada

1. Beatriz.
2. Narciso creyó que su imagen era una realidad; Dante creyó que esas realidades eran imágenes.

percibí, y miré adelante, hacia el resplandor de mi dulce Guía, que sonriéndose, despedía luz de sus santos ojos.

—No extrañes —dijo— que me sonría, a causa de tu pueril imaginación, pues aún no te afirmas en la verdad, sino que, como lo tienes de costumbre, das crédito a cosas vanas. Verdaderas almas son las que estás viendo, relegadas aquí por haber faltado a sus votos; pero habla con ellas, óyelas, y cree lo que te digan, porque la infalible luz de que gozan no les permite apartarse de ella.

Dirigiéndose entonces a la sombra que más indicios daba de querer hablar, proferí estas palabras con el azoramiento del que está impaciente: —¡Alma escogida, que, radiante de gloria, sientes delicias no comprendidas mientras no se gustan! Sé tan bondadosa que me declares tu nombre, y me manifiestes vuestro estado—. Y ella al punto con risueño semblante, respondió: "Nuestra caridad no cierra la puerta a ningún justo deseo, sino que es como aquella que quiere sea semejante a sí toda su corte. Yo fui virgen en el mundo y monja,[3] y si tu memoria me recuerda bien, no me desconocerás por ser hoy más bella. Vendrás en conocimiento de que soy Picarda,[4] y aquí me hallo con estotras bienaventuradas, siéndolo yo también en la esfera que más lentamente gira.[5] Nuestros afectos, que sólo anhelan lo que al Espíritu Santo place, se regocijan de hallarse en el grado que nos ha puesto; y este destino que tan ínfimo parece, nos cupo en suerte por no haber cumplido nuestros votos, quebrantándolos en cierto modo."

3. Monja de la orden de Santa Clara.
4. De la familia de los Donati. Hermana de Corso (*Purgatorio*, XXIV) y de Forese (*Purgatorio*, XXIII.)
5. La de la Luna.

A lo cual repliqué: —No sé qué de divino resplandece en vuestro admirable aspecto que desvanece la idea que tenía de vosotras. Por esto no te reconocí desde luego, pero ayudado ahora por lo que has dicho se renueva más fácilmente mi recuerdo. Dime; siendo aquí vosotras tan dichosas, ¿deseáis morar en más alta esfera, para mejor satisfacer vuestra vista y vuestros afectos?

Dirigió una sonrisa a sus compañeras, y me respondió después con tal dulzura, que me parecía ceder a la vehemencia del primer amor.

"Hermano, la virtud de la caridad, que nos mueve a desear sólo lo que tenemos, sin anhelar otra cosa, basta a satisfacer nuestras ansias; y si pretendiéramos elevarnos más, no se ajustarían nuestros deseos a la voluntad del que nos destina a esta mansión; que tal falta de conformidad verás que no cabe en estas esferas, si reflexionas cuán necesaria es en ellas la caridad, y cuál su naturaleza. Ni es menos esencial a la bienaventuranza de que gozamos el someternos a la voluntad divina, para que así se aúnen también nuestras voluntades; de suerte que el ocupar moradas graduales en este reino, no sólo es del agrado del reino todo, sino del soberano que atempera al suyo nuestro deseo. En su querer se cifra nuestra ventura: es como el mar a que afluye todo, así lo que él crio, como lo que produce la naturaleza."

Claramente vi entonces que todo lo del cielo es paraíso, aunque no se comunique del mismo modo la gracia del bien supremo. Mas como acontece al que saciado de un manjar siente aún el deseo de otro, que prefiere este último y deja aquél, así me mostré yo en mis gestos y palabras, para saber de ella cuál fue la causa de que se frustrase su buen propósito.

"Una vida perfecta y sus altos méritos, me dijo, sublimaron al cielo a una mujer, por cuya regla se ciñen otras sayal y velo en vuestro mundo,[6] para vivir día y noche hasta la muerte con el esposo que acepta todos aquellos votos conforme a la caridad y a su beneplácito. Era yo muy joven cuando hui del mundo para seguirla, cubriéndome con su hábito y prometiendo profesar la estrechez de su orden; pero unos hombres más habituados al mal que al bien, me arrancaron de mi dulce claustro; y cuán amarga fue luego mi vida, lo sabe Dios.[7] A ese otro resplandor que a mi mano derecha se te muestra, y que brilla con toda la luz de nuestro cielo, es aplicable lo que de mí digo. Fue también religiosa, y su cabeza se vio igualmente privada de las sagradas tocas que la cubrían; pero, aunque volvió al mundo contra su voluntad y lo loable de la costumbre, jamás perdió el velo que resguardaba su corazón. Es el astro fulgente de la gran Constanza,[8] que del segundo vástago de Suevia, engendró el tercero y último."

Hablóme así y empezó a cantar *Ave María*, y cantando desapareció, como desaparece en lo profundo del agua un gran peso. Siguiéronla mis miradas cuanto era posible hasta que la perdí de vista, volviéndolas hacia el primer objeto de mi anhelo, volviéndolas enteramente hacia Beatriz; pero ésta fulminó a mis ojos un relámpago, que dejándome al pronto deslumbrado, me obligó a proceder más despacio en mis preguntas.

6. Santa Clara de Asís, nacida en 1194. Por consejo y bajo la dirección de San Francisco fundó una orden que se difundió por toda Italia. Murió en 1253.

7. Su hermano Corso, acompañado de unos secuaces, la sacó por fuerza del convento y la obligó a casar con Rosellino della Tosa, a quien la había prometido. Poco tiempo después Picarda enfermó y murió.

8. Hija póstuma de Ruggero I y madre de Federico II. Nacida en 1154, casó en 1185 con el emperador Enrique VI y murió en 1198. En tiempos de Dante se creía que hubiese profesado, pero sólo llevó una vida retirada y religiosa.

Canto cuarto

Fluctúa el ánimo del Poeta entre dos dudas, la primera respecto a la doctrina de Platón, el cual asegura que todas las almas vuelven a las estrellas de donde han salido; y la segunda sobre si es justo que desmerezcan de la gloria las que violentamente han perdido la libertad de obrar, e incidido por lo mismo en alguna falta, como lo que por fuerza llegaron a infringir sus votos. Estas dudas adivina Beatriz en Dante, y se las resuelve, y él, satisfecho ya en esta parte, la pregunta si puede compensarse el quebrantamiento de un voto con buenas obras.

Entre dos manjares igualmente distantes y que excitan de igual modo el apetito, antes moriría de hambre el que tuviese libertad completa de elección, que llegar uno de ellos a sus dientes.[1] Del mismo modo se vería un cordero temeroso entre las voraces ansias de dos lobos feroces, y en la misma indecisión un perro entre dos ciervos. Por esto, aunque yo me callaba, suspendido entre dos dudas iguales, ni me alabo ni me censuro, dado que mi silencio era forzoso.

Callábame, pues, pero tenía pintado en el rostro mi deseo, y era mucho más eficaz expresarlo así que con palabras. Beatriz hizo lo mismo que Daniel cuando libró a Nabucodonosor de la ira que le llevaba a tan injusta crueldad;[2] y dijo: —Veo bien

1. Este argumento es de Aristóteles y ha sido atribuido al filósofo Buridan. También se halla en Montaigne.
2. Se cuenta en el libro de Daniel (ii, 1-45), que el rey Nabucodonosor tuvo un sueño y luego no pudo recordarlo. Llamó a sabios y adivinos para que le dijeran su sueño. Como éstos no pudieron responder, se encolerizó

cómo te combaten uno y otro deseo, de modo que tu atención está en sí tan concentrada, que no se manifiesta exteriormente. Tú razonas así: si permanezco en mi buen propósito, ¿por qué la violencia que me haga otro ha de rebajar mi merecimiento? Ocasión es también para ti de duda el que, según afirma Platón, parece que las almas vuelven a las estrellas.[3] Éstas son las cuestiones que traen igualmente indeciso tu ánimo; y así trataré primero de la que más gravedad ofrece. De los serafines más identificados con Dios, Moisés, Samuel, cualquiera de los dos Juanes, y lo mismo digo de María,[4] ninguno tiene su asiento en otro cielo que el de los espíritus que se te han aparecido ha poco, ni limitan su existencia a más o menos años; sino que todos son ornamento del Empíreo, y si difieren en su bienaventuranza, es porque sienten más o menos el espíritu de Dios. Aquí se han presentado, no porque tengan su mansión en esta esfera, sino para indicar que es menor su jerarquía. Así conviene hablaros a vosotros, que sólo percibís por medio de los sentidos lo que es digno de pasar a la inteligencia; y por eso la Escritura se acomoda a vuestras facultades, atribuyendo pies y manos a Dios, aunque entiende otra cosa; y la Santa Iglesia os representa con aspecto humano a Gabriel y Miguel, y al otro[5] que curó a Tobías. Lo que *Timeo*[6] afirma respecto a las almas no está en consonancia con lo que aquí se ve, pero parece decir lo mismo que siente. Dice que el alma vuelve a su estrella, creyendo que

---

y dispuso la muerte de los mismos hasta que el profeta Daniel por revelación divina le narró e interpretó su sueño, con lo que calmó su ira.

3. En el *Timeo* se lee que hay tantas estrellas como almas y que éstas, finalmente, vuelven a aquéllas.

4. Todos tienen su sede en la Rosa mística, en torno al trono de Dios.

5. El arcángel Rafael curó a Tobías su ceguera.

6. Lo que Platón en su diálogo *Timeo* afirma...

de ella provino cuando la naturaleza se la dio al cuerpo por forma; y acaso su concepto sea otro que lo que representan sus palabras, y tenga una intención que en manera alguna merezca despreciarse. Si entiende que en los astros refluye el honor o la desaprobación de la influencia que ejercen, tal vez no se aparte mucho de la verdad; y este principio mal comprendido indujo a casi todos los pueblos a darles los nombres de Júpiter, Mercurio y Marte. La otra duda que te ha asaltado es menos perjudicial, porque su error no te alejaría tanto de mí, que el parecer nuestra justicia injusta a los ojos de los mortales, mayor aliciente debe dar a la fe, que a la malicia de los herejes. Mas porque pueda vuestro entendimiento penetrar bien esta verdad, te dejaré satisfecho, según deseas. Siendo verdadera violencia que el que la padece en modo alguno ceda al que le hace fuerza, esas almas no están del todo exentas de culpa, porque si la voluntad no quiere,[7] no sucumbe, sino que resiste como la naturaleza en la llama, aunque se intente mil veces torcerla. Que ceda en poco o en mucho, ya se doblega a la fuerza; como lo hicieron éstas, que podían haber vuelto al sagrado claustro. Si su voluntad hubiera permanecido como la de Lorenzo[8] en las parrillas, y la que tan inexorable hizo a Mucio[9] con su mano, ella misma, así que se vieron libres, las hubiera vuelto al lugar de que fueron arrebatadas; pero voluntad tan firme es en extremo rara. Si has comprendido estas palabras como debes, se habrá desvanecido el argumento que tan a menudo te hubiera

7. No quiere sucumbir.

8. Mártir, diácono y tesorero de Sixto II, sufrió el martirio en tiempos de Valeriano (258) con increíble firmeza.

9. Mucio Escévola, joven romano que se quemó él mismo la mano con la que había errado el golpe, cuando quiso matar a Porsena, quien sitiaba a Roma.

fatigado aún: pero a la sazón se te pone otro obstáculo delante, y es tal, que por ti mismo no podrías vencerlo, antes lo intentarías en vano. He sugerido a tu reflexión como cosa cierta, que un alma bienaventurada no puede mentir, por lo cercana que está a la verdad primera; y, sin embargo, a Picarda habrás oído decir que Constanza conservó su afición al velo; de modo que parece contradecirme. Acontece, hermano, muchas veces que, por huir de un peligro, hace uno contra su voluntad lo que no debiera hacer: como Alcmeón[10] que, a ruegos de su padre, mató a su madre, y por no faltar a la piedad, se hizo impío. En esto quiero que reflexiones: que cuando la fuerza y la voluntad se avienen, resulta que no pueden las faltas excusarse. La voluntad no asiente absolutamente a lo malo, mas retrayéndose, en tanto lo consienta, en cuanto teme caer en mayor mal; y por esto cuando Picarda se expresaba en aquellos términos, se refería a la voluntad absoluta, y yo a la otra, de suerte que ambas estábamos en lo verdadero.

Con la fluidez que corre el sagrado río, nacido de la fuente de que toda verdad emana, con la misma calmó ella mis deseos.

—¡Oh amante del primer amor![11] —exclamé yo entonces—: ¡oh beldad divina, cuyas palabras me inundan y enardecen de tal manera, que cada vez cobro mayor aliento! No es mi afecto tan poderoso, que baste a mostraros su gratitud: responda por mí Aquel que lo ve y puede hacerlo. Veo bien que nuestro entendimiento no se sacia jamás si no recibe la luz de la Verdad, fuera de la cual no existe verdad alguna; pero así que la alcanza, reposa en ella, como la fiera en su gruta; y menester es que la alcance, si no ha de ver frustrados todos sus deseos. De ellos

10. El hijo del adivino Anfiarao. Mató a Erifile, su madre.
11. Beatriz, amante de Dios.

414

nace la duda al pie de la verdad, como un retoño, elevándonos por su propia naturaleza de colina en colina hasta la cumbre.

Esto me invita, esto me anima, Señora, a pediros respetuosamente que me expliquéis otra verdad que veo también confusa. Quiero saber si el hombre puede satisfacer sus quebrantados votos con otras buenas obras, que pesadas en vuestra balanza no sean rutiles.

Miróme Beatriz con ojos centelleantes de amor, con ojos tan divinos, que, deslumbrados los míos, los aparté y hube de inclinarlos, quedando como anonadado.

Canto quinto

Respondiendo Beatriz a las preguntas que le hace Dante, discurre sobre la naturaleza del voto, de qué manera se liga por el que lo forma y cómo puede conmutarse. Volviéndose hacia la parte más luminosa del cielo, se remonta con su alumno a la esfera superior de Mercurio donde alrededor del Poeta se agolpan multitud de espíritus bienaventurados y uno de ellos se ofrece a satisfacerle en cuanto desee saber. Pregúntale quién es y con el placer de responderle cobra el Espíritu tan viva luz que no puede la vista contemplarle.

Si te ilumino con la llama de un amor mucho más ardiente que el que se ve en la tierra, de modo que se rinde a ella la fuerza de tus ojos, no debe maravillarte, porque esto proviene de la perfección de los míos, que, así como alcanzan más, más pronto guían la planta a lo que descubren. Observo bien cómo alumbra ya tu entendimiento la eterna luz, que con sólo verse enciende en amor nuestros corazones; y si otra cosa os seduce a vosotros, no puede ser sino un confuso destello de la misma, que refleja en todo lo creado. Deseas saber si por medio de otros méritos se puede suplir el quebrantado voto hasta el punto de preservar al alma de culpa.

Así dio Beatriz principio a este canto; y como hombre que no interrumpe su discurso, prosiguió así también en su santa plática:

—El mayor don que en su liberalidad nos concedió Dios al criarnos, el más conforme a su bondad y el que más prefiere es la libertad del albedrío de que todas y sólo las criaturas inteligentes están dotadas. Comprenderás, pues, si en virtud de este principio raciocinas, el gran valor del voto hecho de manera que Dios consienta en él como tú consientes, pues al establecerse este pacto entre Dios y el hombre, se sacrifica ese albedrío de que he hablado, y se sacrifica espontáneamente. Ahora bien: ¿qué puede ofrecerse en compensación de ese voto no cumplido? Si pretendes emplear en otra cosa, por buena que sea, aquello a que has renunciado, es querer convertir lo mal adquirido en obra meritoria. Con esto sabes ya cuál es el principal punto de la cuestión; mas como la Santa Iglesia concede dispensas, lo cual parece contradecir la verdad que te he manifestado, conviene que no abandones todavía la mesa, porque el manjar que has tomado es sobrado fuerte y requiere ir ayudado de digestivos. Abre el entendimiento a lo que te he expuesto, y guárdalo en tu memoria, porque no es ciencia el oír, sino el retener lo que se oye. Dos cosas son esenciales a este sacrificio: una es la que se ofrece, y otra el pacto que de él resulta. Este último no se anula jamás, si no se observa, y acerca de él, ya te he hablado antes en términos precisos. Por esto el ofrecer era un mandato para los hebreos, si bien podían algunas veces presentar una oferta por otra, como debes saberlo.[1] En cuanto a la otra cosa que te he indicado, es decir, a la materia del voto, puede muy bien ser tal, que no haya falta en sustituir otra materia. Pero que nadie mude por su propio arbitrio la carga que sobre sí ha echado, sino recurriendo a la llave blanca y la dorada,[2] pues será insensato el cambio mientras lo que se deja no esté comprendido en lo que se toma, como lo está el cuatro en el seis;

1. Cf. Levítico, XXVII, 1-33.
2. La llave de plata, símbolo de la ciencia; y la llave de oro, símbolo de la autoridad sacerdotal.

y así lo que de suyo pese tanto, que haga inclinar en todo caso la balanza, con ninguna otra cosa puede satisfacerse. Que los mortales no tomen a burla los votos que hagan. Sed constantes, y no ciegos en prometer, como lo fue Jefte[3] en su primera oferta. Hubiérale valido más decir: "Hice mal", que obrar después peor por observar su voto; y no menos insensato hallarás que anduvo el gran caudillo de los griegos,[4] por quien lloró Ifigenia la hermosura de su rostro, haciendo asimismo verter llanto a cuerdos y fanáticos cuando oyeron hablar de semejante culto. Sed, cristianos, más cautos en resolveros; no vayáis con la pluma a todos vientos, y no juzguéis que un agua cualquiera sirve para lavaros. Tenéis el Antiguo y el Nuevo Testamento; tenéis en el Pastor de la Iglesia quien os guía; y para vuestra salvación, esto es bastante. Si a otra cosa os inducen malas pasiones, sed hombres, y no brutos irracionales, de quien se rían los judíos que andan entre vosotros. No hagáis como el cordero que deja la leche de su madre, y descuidado y alegre, por buscar su placer, labra su propia ruina.

Del mismo modo que aquí lo escribo, me habló Beatriz, y fijó su anhelante vista en el punto donde brillaba más la luz. Su silencio y la alteración de su rostro hicieron enmudecer a mi ávida curiosidad, que se disponía ya a proponer nuevas cuestiones; y como flecha que da en el blanco antes que la cuerda pierda su oscilación, así volamos al segundo reino.[5] Vi tan radiante de hermosura a mi Señora luego que penetró en aquel fulgente

---

3. Prometió sacrificar a quien primero le saliera al paso si lograba derrotar a los ammonitas. Por cumplir con su voto debió matar a su hija única.

4. Agamenón, para tener viento favorable en la navegación hacia Troya, sacrificó a su propia hija Ifigenia.

5. El cielo de Mercurio.

cielo, que acrecentó el brillo del planeta; y si éste se inmutó de júbilo, ¡qué no haría yo, que por naturaleza soy tan impresionable a todo!

Como en vivero tranquilo y puro acuden los pececillos cuando algún extraño entra en él, creyendo que les va a servir de pasto, así vi yo venir hacia nosotros más de mil espíritus resplandecientes; y todos ellos decían: "Éste dará pábulo a nuestro amor." Y a medida que iban acercándosenos, advertíase el contentamiento de que gozaban por los vivos fulgores que despedían.

Considera, ¡oh lector!, si lo que aquí comienza no prosiguiese, qué angustiosa inquietud tendrías por saber más, y por ti mismo colegirás cuán deseoso quedé yo de conocer la condición de aquellas almas, así que se mostraron a mi vista.

"¡Oh tú, en buen hora nacido, a quien se otorga la gracia de ver los tronos de la eterna gloria antes de abandonar el mundo de los vivos! Ardiendo estamos en la llama que se difunde por todo el cielo; y si deseas saber de nosotros, satisfácete a tu placer."

Esto me dijo uno de aquellos piadosos espíritus; a lo que añadió Beatriz: —Dilo, dilo sin temor, y créelos como a divinidades infalibles.

—Bien veo que te alimentas de tu propia luz, y que la comunicas por medio de los ojos que centellean del placer que sientes; pero ignoro quién eres, alma digna, y por qué ocupas ese grado de la esfera que se encubre a los mortales con los rayos de otro astro.[6] Estas palabras dirigí al Espíritu que antes me había hablado; por lo que se puso más brillante de lo que estaba. Y como el Sol por exceso de luz se debilita a sí propio,

6. Del Sol.

cuando el calor ha consumido los espesos vapores que su ardor templan; así se envolvió entre el fulgor de su excesivo deleite aquella santa imagen, y así velada me respondió lo que canta el siguiente canto.

Canto sexto

El Espíritu que se había ofrecido a satisfacer la curiosidad de Dante manifiesta ser el emperador Justiniano. Recorre sucintamente la historia del águila romana; expone sus divinos derechos y los ultrajes que ha recibido tanto de los güelfos como de los gibelinos: cuenta cómo en el cielo de Mercurio están las almas de los que conquistaron fama inmortal y elogia a Romeo, mayordomo de Ramón Berenguer, conde de Provenza.

"Después que Constantino volvió el águila contra el curso del cielo,[1] el cual acompañó en su dirección al raptor antiguo de Lavinia,[2] mantúvose el ave divina más de doscientos años en la extremidad de Europa, cerca de los montes de donde salió primero;[3] gobernó desde allí el mundo, cobijado bajo sus sagradas alas, y pasando de mano en mano vino, en fin, a posarse sobre las mías. Fui César; soy Justiniano,[4] que, por inspiración del primer Amor que sigo sintiendo, suprimí cuanto redundante y vano había en las leyes. Antes de acometer este empeño, era mi creencia que no había en Cristo más que una naturaleza; y en esta fe persistía; pero el santo Agapito,[5] que

1. Constantino I el Grande (274-337). En el año 330 trasladó la sede del Imperio des Roma a Bizancio.
2. Al llegar de Troya, Eneas casó con Lavinia, hija del rey Latino y prometida de Turno. Se estableció en el Lacio y fue origen de la progenie romana.
3. Los montes de Troade.
4. Nacido en 482, murió en 565. Emperador de Oriente desde 527.
5. Papa desde el 13 de marzo de 535 hasta el 12 de abril de 536, fecha

era nuestro gran pastor, me convirtió con sus palabras a la verdadera. Creíle, y lo que afirmaba entonces veo ahora tan claro, como conoces tú lo falso y lo verdadero que hay en toda contradicción. Así que marché de conformidad con la Iglesia, plúgole a Dios inspirarme el pensamiento de aquella grande obra, y enteramente me entregué a ella. Confié el cuidado de las armas a mi Belisario,[6] y tan favorable se le mostró la divina diestra, que fue la seguridad que tuve para vivir reposadamente.

"Aquí termina mi respuesta a tu primera cuestión, pero su naturaleza me obliga a darte otras explicaciones; porque ya ves con cuán poca razón se mueven contra la sacrosanta enseña, así los que se la apropian, como los que la combaten.[7] Ves cuántas virtudes la han hecho digna de reverencia desde el momento en que murió Palante[8] para elevarla al imperio. Sabes que subsistió en Alba[9] más de trescientos años, hasta el día que combatieron tres contra tres[10] por ella. Sabes lo que hizo desde el rapto de las Sabinas hasta el doloroso caso de Lucrecia,[11] todo el tiempo de los siete reyes, venciendo a cuantos pueblos tenía a su alrededor.

---

en que murió en Constantinopla, adonde se había dirigido para tratar la paz entre Justiniano y Teodato, rey de los ostrogodos.

6. Belisario (490-565), el más célebre general de los ejércitos imperiales. Combatió en Italia contra los godos y los venció. Se dice que conspiró contra Justiniano, que le arrancaron los ojos y que tuvo que mendigar pidiendo en las calles un óbolo para el general Belisario.

7. Los gibelinos y los güelfos, respectivamente.

8. Hijo del rey del Lacio, Evandro. Murió combatiendo contra Turno en socorro de Fueso. Desde entonces comenzó a adquirir fama el águila romana.

9. Alba Longa, la ciudad fundada por Ascanio, hijo de Eneas, en el Lacio.

10. Los Horacios y los Curiacios.

11. Mujer de Constantino, la cual se mató para no sobrevivir a la ofensa que le hizo Sexto Tarquino.

Sabes lo que hizo llevada por los insignes romanos contra Breno y contra Pirro y las demás naciones coligadas; por lo que Torcuato y Quincio, a quien dio nombre su desaliñada cabellera,[12] y los Decíos y los Fabios se granjearon una fama que todavía admiro. Ella humilló la soberbia de los árabes que, siguiendo las huellas de Aníbal, pasaron las alpestres montañas en que tú, ¡oh Po!, tienes tu nacimiento. Bajo ella, jóvenes todavía, triunfaron Escipión y Pompeyo, triunfos que parecieron amargos al monte en cuya falda está tu patria;[13] después, en los tiempos en que quiso el cielo reducir el mundo todo a la paz de que en él se goza, por voluntad de Roma la adquirió César. Y lo que hizo desde el Varo al Rin, viéronla el Isara y el Saona, y lo vio el Sena, y todo el valle que acrecienta el Ródano con sus aguas. Y sus hazañas, desde la salida de Rávena y paso del Rubicón, fueron tan rápidas, que ni lengua ni pluma podría seguirlas. Volvió hacia España sus legiones y hacia Durazo, y tan duro golpe descargó en Farsalia, que se sintió el dolor hasta en el ardiente Nilo. Volvieron a verle Antandrox[14] y el Simonis,[15] de donde partió, y el lugar[16] en que reposa Héctor, y para mal de Tolomeo[17] de nuevo emprendió la marcha; y desde allí cayó como un rayo sobre Juba,[18] y revolvió hacia vuestro Occidente donde sonaba la trompeta de Pompeyo. Por lo que llevó a cabo el que siguió en su herencia,[19] Bruto y

12. Cincinato.
13. La colina de Fiésole que domina a Florencia.
14. Ciudad de Frigia desde cuyo pequeño puerto se hizo a la mar Eneas al marchar a Italia.
15. Pequeño río de la Trovade.
16. Troya.
17. A quien César quitó el reino de Egipto para darlo a Cleopatra.
18. Rey de Mauritania.
19. Se refiere a Octaviano Augusto.

Casio aúllan en el Infierno, y tuvieron que sentir Módena y Perusa; y llorando está aún Cleopatra su desventura, que, por huir de sus garras, recibió de un áspid atroz y repentina muerte. Con él corrió hasta el Mar Rojo,[20] y con él dejó el mundo en sosiego tal, que el templo de Jano cerró sus puertas.

"Pero todo cuanto la enseña de que estoy hablando había hecho primero, y lo que después había de hacer en el reino mortal que le está sometido, es poco en la apariencia y de poca gloria, si se contempla con ojos desapasionados y puro afecto llevada por el tercer César;[21] porque en manos de éste le concedió la divina justicia, que me inspira, la gloria de satisfacer su cólera. Y maravíllate de lo que voy a repetirte: después corrió el águila con Tito a castigar la venganza del pecado antiguo;[22] y cuando cayó la furia lombarda sobre la Santa Iglesia, socorrió Carlo Magno a ésta, y protegido por sus alas, alcanzó victoria. Puedes ya ahora juzgar a los que he acriminado antes, y sus errores, que son la causa de todos vuestros males. El uno opone las doradas lises a la común enseña;[23] el otro la usurpa en pro de su partido, de suerte que no es fácil saber quién se equivoca más. Ejerzan los gibelinos, ejerzan sus artes bajo otra; que no es digna de seguirse la que se aparta de la justicia, y no la humille con sus güelfos este otro Carlos, antes bien tema las garras que despedazaron la guedeja de león más fuerte. Muchas veces han llorado los hijos las culpas de sus padres; y no se crea que Dios ha de cambiar sus armas por las lises. Esta pequeña

20. Con Octaviano el dominio del águila se extendió hasta el Mar Rojo.
21. Tiberio.
22. Destruyendo la ciudad de Jerusalén.
23. La común enseña era la romana, la del imperio universal del mundo, y las doradas lises la de la casa de Francia, la de Carlos II de Anjou, jefe de los güelfos.

estrella[24] ensalza a los buenos espíritus que fueron activos en la tierra, para que se conserve su honor y fama. Y cuando el anhelo humano se cifra en esto, apartándose del buen camino, fuerza es que se eleven más débiles los rayos del verdadero amor. En igualar la medida de nuestra recompensa y nuestro mérito, se cifran parte de nuestros goces, porque no se excede lo justo en más ni en menos, y de aquí que la divina justicia de tal manera purifique nuestros deseos, que no es posible se inclinen a ningún bastardo afecto. De voces diversas resulta un suave acorde, y así los diversos grados de nuestra vida establecen una dulce armonía en todas estas esferas. Dentro de esta perla brilla la luz de Romeo,[25] cuyos ilustres y bellos hechos tan mal se recompensaron. Pero los provenzales que le persiguieron pagaron al fin su burla, porque procede mal el que toma el bien de otro por propio agravio. Cuatro hijas tuvo Ramón Berenguer, y cada una de ellas llegó a ser reina, lo cual se debió a Romeo, humilde peregrino. Palabras insidiosas indujeron después al conde a pedir cuentas al hombre justo que por diez le había devuelto doce: con lo que se ausentó pobre y anciano; y si el mundo supiese el valor que mostró mendigando bocado a bocado su sustento, los que mucho le alaban, le alabarían aun más."

24. Mercurio.

25. Históricamente Romeo de Villeneuve, administrador del conde de Provenza, Raimundo Berenguer IV. A la muerte de éste quedó como tutor de su hija, a quien casó con Carlos de Anjou, después rey de las dos Sicilias.

Según la leyenda seguida por Dante, se trata de un peregrino que llegó a la casa del conde, cuyo patrimonio aumentó notablemente desde su cargo de administrador. Casó a las cuatro hijas de su señor con reyes. Envidiosos, los cortesanos le indispusieron con el conde, y Romeo se alejó viviendo sus últimos años como mendigo.

Canto séptimo

Por algunas palabras de Justiniano suscítanse nuevas dudas en el ánimo del Poeta, respecto a si fue justa la crucifixión de Jesucristo, y justa también la venganza que toma Dios en los judíos que le crucificaron, y por qué se valió el Señor de medio tan extraordinario para redimir a la naturaleza humana. Beatriz le convence con profundas razones de la justicia de una cosa y otra, mostrándole al mismo tiempo la causa de la inmortalidad del alma humana y de la resurrección final.

"¡Gloria a ti, santo Dios de los ejércitos, que derramas la luz de tu claridad sobre los bienaventurados espíritus de tu reino!"[1]

Así, volviéndose hacia su esfera,[2] me pareció que cantaba aquella alma en quien refluía una doble gloria;[3] y ella y todas las demás se movieron oscilando; y alejándose como velocísimas centellas, repentinamente se me ocultaron.

Dudaba yo, y decía entre mí: "Dile, dile...", refiriéndome a mi Señora, que con sus dulces razonamientos me satisfacía en cuanto deseaba; pero el respeto que embarga todo mi ser con sólo oír las primeras o las últimas letras de su nombre,[4] me hacía inclinar la frente como quien se siente acometido de sueño.

1. *Hosanna, sanctus Deus sabaoth, superillustrans clarita te tua felices ignes horum malacoth!* Himno latino entremezclado de palabras hebreas, cantado por Justiniano al alejarse.
2. V. 4: *Così, volgendosi alla nota sua.*
3. Según Steiner, la de sus méritos y la de la gracia divina.
4. V. 14: *di tutto me, pur per BE e per ICE.*

Poco tiempo me dejó permanecer en aquel estado, sino que a vueltas de una sonrisa que hubiera hecho feliz, aun en medio del fuego, a cualquier hombre, empezó a decirme: —Según mi infalible juicio, estás ahora pensando cómo pudo castigarse justamente una venganza justa; pero yo aclararé las dudas de tu mente; y tú escúchame, porque mis palabras te enriquecerán con gran doctrina. Por no haber sufrido el freno impuesto a su voluntad, que le era tan provechoso, el hombre que no nació como los demás se condenó a sí propio y condenó a toda su descendencia; por lo que yació enferma la especie humana y sumida largos siglos en profundo error, hasta que se dignó el Verbo de Dios de bajar al mundo, identificándose por solo un impulso de su eterno amor con aquella naturaleza que se había divorciado del que la crio. Reflexiona ahora en este razonamiento. Esa naturaleza unida a su Hacedor, tal como fue creada era sumisa y buena, y sólo por su culpa fue proscrita del Paraíso, porque se alejó de la senda de la verdad y de su vida: así, pues, la pena que se expió en la cruz, medida por la naturaleza de que se revistió el Verbo, era la más justa que jamás se impuso; pero ninguna fue al propio tiempo tan injusta, si se atiende a la persona[5] que la padeció y en quien se había refundido aquella naturaleza. De un mismo acto nacieron efectos diversos; la misma muerte fue agradable a Dios y a los judíos:[6] por ella tembló la tierra y abrió sus puertas el cielo. No debe ya, por lo tanto, parecerte extraño, si oyes decir que un tribunal justo ha castigado una

---

5. En Jesucristo se crucificó justamente la naturaleza humana; injustamente, la divina.
6. A Dios porque era la satisfacción de la justicia divina, y a los judíos, por odio a Jesús.

venganza justa. Pero veo que de pensamiento en pensamiento va tu mente formando un nudo que vivamente deseas que se desate. Porque dices: comprendo bien lo que oigo, mas no concibo por qué Dios para redimirnos recurrió a este medio. Este decreto, hermano, no es evidente a los ojos de ninguno en cuyo espíritu no haya prendido por fuerza la llama del amor. Y como verdaderamente en este punto se discurre mucho y se comprende poco, diré por qué tal medio fue el más digno de todos. La divina bondad que rechaza todo cuanto es desamor, brilla abrasándose en sí misma de modo que esparce en derredor la belleza eterna. Lo que sin intermediario alguno procede de ella es infinito, porque cosa en que estampe su sello, no perece. Lo que sin intermediario emana de ella es enteramente libre, porque no está subordinado a la acción de las cosas secundarias. Cuanto sus criaturas se le asemejan más, más le agradan, porque el amor divino, que refleja en todo, es más vivo en aquello que tiene con ella más semejanza. En todas estas cosas se aventaja el ser humano, y con que alguna le falte, decae indispensablemente de su nobleza. El pecado es lo único que le rebaja, y que le enajena el Sumo Bien, porque entonces deja éste de esclarecerle; y no recobra su dignidad mientras no llena el vacío hecho por la culpa, resarciendo con justas penas lo malo en que delinquió. Cuando pecó en su primer progenitor toda vuestra estirpe, quedó privada de su dignidad, así como del Paraíso, y no podía reintegrarse en ella, si atentamente lo consideras, más que tomando uno de estos dos caminos: o que Dios le absolviese por su gran bondad, o que el hombre satisficiera por sí mismo su deuda. Penetra ahora con tu vista en la insondable profundidad de los eternos designios, y presta cuanta atención puedas a mis palabras. No le era dado al hombre en su pequeñez satisfacer nunca lo que debía, porque no podía humillarse con su obediencia como en su desobediencia había intentado sublimarse; y ésta es la razón que impedía al hombre dar por sí satisfacción alguna. Era, pues, menester que Dios restaurase al hombre en la plenitud de su vida valiéndose de sus propios medios, uno cuando menos, o de los dos al par;[7] mas como la obra es tanto más agradable a su autor, cuanto mejor muestra la bondad del corazón de que procede, la divina bondad, que imprime su imagen en el Universo, se complació en elevaros hasta ella empleando el uno y el otro medio. Jamás desde el primer día a la postrera noche se vio ni se verá acto tan magnífico por parte del Redentor ni del redimido; porque Dios fue mas generoso dándose a sí mismo, para hacer al hombre capaz de regenerarse, que lo hubiera sido contentándose con absolverle. Todos los demás medios eran insuficientes para su justicia, si el Hijo de Dios no se hubiera humillado hasta hacerse hombre. Y ahora, para satisfacer todos tus deseos, volveré atrás, y te aclararé algún otro punto, de suerte que lo veas con la misma lucidez que yo. Tú dices: "Veo que aire, fuego, agua y tierra y todas sus combinaciones se corrompen y duran poco; y todas estas cosas, sin embargo, criadas fueron por Dios; y a ser verdad lo que has dicho, deberían estar libres de corrupción." Los ángeles, hermano, y la libre y pura región en que te hallas, pueden decirse creados, como lo son realmente en todo su ser; pero esos elementos que has nombrado y todas las cosas que resultan de ellos, reciben su forma de otra virtud creada por Dios. Creada fue la materia de que se componen; creada fue la virtud que los ha formado en todas esas estrellas, que giran a su alrededor. De una complexión organizada a este fin, sacan el rayo de luz y el movimiento de los sagrados astros el alma de los brutos todos y

7. Esos medios son la misericordia y la justicia.

la de las plantas;[8] pero nuestra vida viene inspirada por la Suma Bondad sin intermediario alguno, y en tal grado se enamora de ella, que la desea en perpetuo anhelo. De aquí puedes deducir también nuestra resurrección,[9] si reflexionas cómo fue hecha la carne humana cuando hizo Dios a los dos primeros hombres.

8. Luego, como producto de una causa secundaria, esta alma es mortal.
9. En cuanto el cuerpo humano fue creado en Adán, según el relato bíblico, directamente por Dios, es incorruptible.

Canto octavo

Asciende el Poeta a la estrella de Venus, que es la del tercer cielo, y ve la gloria de aquellos que se sintieron inclinados a las pasiones amorosas. Aparécesele Carlos Martel, que hablando de la ruin índole de su hermano Roberto, tan opuesta a la de su padre, explica, a ruegos del Poeta, en qué consiste que degeneren los hijos de la virtud de los padres, y cuán próvida sea en sus disposiciones la naturaleza, como asimismo cuán mal hacen los hombres en no seguir sus indicaciones.

Solía creer el mundo en los tiempos de su ceguedad que la hermosa Ciprina,[1] girando en el tercer epiciclo,[2] inspiraba el amor bastardo; por lo que no sólo la honraban con sacrificios y votivas preces los antiguos pueblos sumidos en su antiguo error, sino que veneraban a Dione y a Cupido, a la una como madre, al otro por ser su hijo, y decían que éste se había apoderado del regazo de Dido; y como de aquí deduzco yo el principio de mi canto, ellos deducían el nombre de la estrella que amorosamente contempla al Sol, ya por la faz, ya por la espalda.

No advertí que ascendíamos a ella, pero tuve la seguridad de que me hallaba en su región,[3] al ver que se acrecentaba la hermosura de mi Señora. Y como en la llama bulle la chispa, y la voz se distingue de la voz, cuando una se mantiene en un punto

---

1. Venus, así llamada porque nació en Chipre.
2. Los pequeños giros de cada planeta, excepto el Sol, de Occidente a Oriente. Se llaman epinicios en el sistema de Ptolomeo.
3. En el tercer cielo, el de Venus.

mientras sube y baja la otra, así alrededor de aquella luz veía yo moverse otras más o menos rápidas, según entiendo que participaban del esplendor eterno. No se lanzaron nunca de fría nube, visibles o no, vientos tan impetuosos, que no pareciesen entorpecidos y lentos a quien recibiera la impresión de aquellas divinas luces, las cuales llegaban a nosotros dejando de girar con el impulso que les había comunicado el alto cielo de los serafines. Del seno de las que precedían a las demás salía un *Hosanna* tan armonioso, que nunca he perdido el deseo de volverlo a oír.

Acercóse más a nosotros una de ellas, y empezó a decir: "Dispuestas estamos todas a complacerte, para que te goces en nuestra gloria. Giramos aquí en el mismo círculo, con el mismo movimiento y con igual anhelo que los príncipes celestiales, a quienes dijiste ya en el mundo: *Vosotros, que movéis el tercer cielo con vuestra inteligencia;*[4] y tan poseídas estamos del amor, que, a trueque de agradarte, no nos disgustará un momento de reposo."

Dirigido que hube respetuosamente la vista a mi Señora, gozoso y seguro ya de su aprobación, la volví hacia la luz que tales promesas me había hecho, y: —¿Quién eres tú? —le dije en el más afectuoso tono. ¡Oh!, ¡cuánta y cuán viva fue la alegría que al hablar de este modo nuevamente añadí a su júbilo!

En esta disposición me dijo.[5] "Poco tiempo permanecí en el mundo: de haber vivido en él más, muchos de los males que han de acaecer, no acaecerían. La bienaventuranza que resplandece

---

4. V. 37: *Voi che 'ntendendo il terzo ciel movete.* Es el primer verso de la canción comentada en el libro II del *Convivio.*

5. Carlos Martel de Hungría, amigo y bienhechor de Dante. Murió en 1295, a la edad de veinticuatro años.

en torno de mí me cubre y oculta a tus miradas, como la seda envuelve al gusano. Mucho me amaste, y razón tuviste para ello; que si hubiera estado más tiempo en la tierra, te hubiera correspondido mi amor algo más que con demostraciones. El territorio que se extiende a la margen izquierda bañada por el Ródano, después de unirse con el Sorga,[6] me miraba, luego que llegase mi tiempo, como su señor futuro, y asimismo aquel extremo de Ausonia poblado por Bari, Gaeta y Crotona desde donde el Tronto y el Verde[7] desaguan en el mar.[8] Brillaba ya en mi frente la corona del país que riega el Danubio[9] así que abandona las tudescas playas, y la hermosa Trinacria,[10] que se ennegrece entre Paquino y Peloro,[11] sobre el golfo más acosado de los embates del Euro, no por ser tumba de Tifeo,[12] sino por las exhalaciones sulfúreas, la hermosa Trinacria esperaría aún a sus reyes, descendientes por mí de Carlos[13] y de Rodolfo,[14] si el mal gobierno que irrita siempre a los pueblos oprimidos no hubiera excitado a Palermo a dar el grito de: ¡Muera!, ¡muera![15] Y si mi hermano[16] hubiera esto previsto, y huido ya de la sórdida

6. Provenza.
7. Hoy Garigliano.
8. El reino de Nápoles.
9. Hungría.
10. Sicilia.
11. El golfo de Catania entre Siracusa y Mesina.
12. Gigante fulminado por Júpiter, sepultado debajo del Etna.
13. Descendiente por su parte de Carlos I de Anjou, su abuelo.
14. Descendiente también, del emperador Rodolfo de Habsburgo, padre de su esposa Clemencia.
15. Alusión a las Vísperas sicilianas (1282) a consecuencia de las cuales Sicilia se separó de Nápoles y pasó a los aragoneses. Dos mil franceses fueron muertos por los habitantes de Palermo.
16. Roberto, elevado al trono de Nápoles en 1309.

pobreza de sus ministros catalanes,[17] no se vería tan mal tratado. Y en verdad que necesita atender, por sí o por otro, a no cargar más su barco sobre el excesivo peso que ya sostiene; y su naturaleza, que ha hecho degenerar en codicia la liberalidad de su padre, debería echar mano de servidores que no cuidasen tanto de tener repletas sus arcas."

—Como yo, señor mío, creo que la profunda alegría que me causan tus palabras, aquí donde principia y acaba todo bien, se te muestra tan evidente como a mí mismo, me es doblemente grata; y me complazco además en ver que tú lo sabes por tu contemplación en Dios. Y pues me has dado esta satisfacción, explícame, ya que tu discurso ha engendrado en mí nuevas dudas, cómo de una semilla dulce es posible que nazca un fruto amargo.

Esto le dije; y me replicó: "Si logro mostrarte una verdad, tendrás delante lo que ahora se oculta detrás de ti. El Sumo Bien, que imprime movimiento y llena de complacencia al reino a que te has sublimado, convierte en móvil de todos estos grandes cuerpos su providencia; y no sólo les comunica la divina mente, perfecta de suyo, esa virtud, sino también los medios para su conservación; porque todo aquello a que dirige sus miras tiene ya preconcebido su fin, como la flecha que se lanza a un punto determinado. Si así no fuese, el cielo por donde caminas, al operar sus efectos, produciría ruinas en lugar de obras; lo cual no es posible de no ser imperfectas las inteligencias que mueven estas estrellas, e imperfecto su Autor, por no haberlas hecho mejores. ¿Quieres que esa verdad se te aclare aun más?

Y respondí: —No; porque creo imposible que la naturaleza sea defectuosa en lo necesario.

17. Parece que fue dominado por unos caballeros catalanes, sus administradores de Estado.

A lo que replicó: "Di, ¿sería peor para el hombre que no viviese en sociedad sobre la tierra?"

—Sí —respondí—; y de esto no pregunto la causa.

"Y ¿podría suceder esto, si no viviese diversamente, según la diversidad de sus profesiones? No, siendo verdad lo que ha escrito vuestro maestro",[18] y prosiguiendo en sus deducciones, añadió: "Luego deben tener causas diversas vuestros efectos: por esto uno nace Solón, otro Jerjes, otro Melquisedech, y otro como el que perdió a su hijo, volando por los aires. La naturaleza de estos círculos celestes que imprime en la cera mortal su sello, efectúa su obra, pero no distingue de calidades: de aquí proviene que Esaú difiera tanto de la índole de Jacob, y que Quirino naciese de tan vil padre, que se supuso hijo de Marte. Lo engendrado sería siempre semejante al que engendra, si la Divina Providencia no se hiciese superior a todo. Tienes, pues, ya delante de ti lo que antes se te ocultaba; mas para que sepas que me complazco en satisfacerte, quiero añadirte otra observación. Siempre prospera mal la naturaleza, como toda semilla fuera de su terreno, cuando no le son favorables las circunstancias; y si el mundo reflexionase en las disposiciones que da la naturaleza, siguiéndolas mejoraría a los hombres; pero vosotros desviáis hacia la religión al que nació para ceñir espada, y hacéis un rey del que servía para predicador; y así vais andando fuera de vuestro camino."

18. Aristóteles.

Canto nono

En el mismo cielo de Venus encuentra Dante a Cunizza, herma-
na de Ezzelino de Romano, que le predice las desventuras que
amenazan a la Marca Trevisana y a Padua, y la traición de un
obispo indigno. Muéstrasele después Folco de Marsella, el trova-
dor, que le da a conocer la brillante luz de Raab de Jericó, la
misma que favoreció a Josué en la conquista de aquella sagrada
tierra en que no piensa ya la corte romana, distraída en cuida-
dos mundanos.

Así que tu Carlos, Clemencia[1] hermosa, disipó mis dudas,
me refirió las perfidias de que había de ser su familia objeto, diciendo: "Calla y deja correr los años, pues yo no puedo decir más, sino que después se tributaran justas lágrimas a
vuestros males." Y la viveza de aquella bienaventurada luz se
volvió hacia el Sol que la henchía de gloria, como al supremo
bien que basta para llenarlo todo.

¡Oh almas engañadas, fatuas e impías que alejáis vuestros
corazones de tan cumplido bien, y ponéis en vanidades el pensamiento! En esto se dirigió a mí otra de aquellas almas luminosas, que por el resplandor que despedía me dio a entender
que quería agradarme; y los ojos de Beatriz, que estaban fijos
en mí como antes, me confirmaron el grato asentimiento que
prestaba a mi deseo.

1. Según la mayoría de los comentaristas se refiere a la hija de Carlos
Martel, que en 1315 casó con Luis X de Francia.

—¡Oh, calma pronto mi afán, bienaventurado espíritu, le dije, y pruébame que por medio de Dios puedo reflejar en ti todo cuanto pienso!

Y aquella luz que para mí era aún desconocida, desde el profundo seno en que al principio se oía su canto, empezó a decirme, como quien tiene gusto en ser condescendiente: "En aquella parte de la proterva tierra de Italia, que cae entre Rialto y las fuentes del Brenta y el Piava,[2] se alza una colina, en verdad no muy elevada, de donde salió la brasa[3] que causó enorme estrago en toda la comarca. Nacimos ella y yo de un mismo tronco;[4] mi nombre fue Cunizza, y resplandezco no más que aquí, por haber cedido tanto a la influencia de esta estrella. Pero de buen grado me perdono a mí misma lo que motivó esta mi suerte, que no me aflige, lo cual parecerá quizá extraño a vuestra ignorancia. Esta otra luciente y preciada joya de nuestro cielo, que está más cerca de mí, dejó en el mundo gran fama, y, antes de que fenezca, el siglo en que estamos ha de quintuplicarse;[5] mira si el hombre debe llegar a hacerse excelente, de modo que para después de la primera vida se labre la inmortalidad de otra. No piensa así la muchedumbre que al presente habita entre el Tagliamento y el Adige, ni se arrepiente aún a pesar de verse castigada; mas sucederá en breve que Padua, faltando aquellas gentes a su deber, vea trocada en sangre el agua de la laguna

2. La Marca Trevisana, comprendida entre Venecia y los montes de donde surgen los ríos Brenta y Piave.

3. Ezzelino III, cuya madre soñó llevar en su vientre un tizón encendido. Dante lo había encontrado en el séptimo círculo del Infierno.

4. Cunizza, hija de Ezzelino II y hermana de Ezzelino III.

5. Dante, siguiendo el parecer de San Agustín, creía que el mundo concluiría el año 7000 de la creación. Los talmudistas e Ireneo computaban su duración en 6000 años, correspondientes a los días del Génesis.

que baña a Vicenza, y que donde el Sila se junta con el Cañano, se alce uno con el dominio y lleve la cabeza erguida, cuando se están ya tendiendo las redes para cogerle.[6] Llorará Feltre a la par la deslealtad de su impío pastor,[7] deslealtad tan pérfida, que no se requería otra tal para entrar en Malta.[8] Y ancho tendría que ser el pozo en que se recogiera la sangre ferraresa; y fatiga le costaría al que tratara de pesar onza a onza la que vertió aquel manso sacerdote para congraciarse con su partido; dones que no desdecían de las costumbres de aquel país. Ángeles hay allá arriba, a quienes vosotros llamáis Tronos, y que a modo de espejos reflejan en nosotros los juicios de Dios; por lo que nuestras palabras nos parecen ciertas." Calló al decir esto, pareciéndome, al ver que volvía a girar como antes, que ponía su atención en otro objeto.

La otra luz que me era ya conocida brilló a mi vista con el esplendor de un rubí herido por el sol. En aquellas regiones, el fulgor expresa el júbilo, como en nuestro mundo la risa; mas en el Averno se oscurecen las sombras a medida que va entristeciéndose la mente.

—Dios lo ve todo, exclamé, bienaventurado espíritu, y tu vista penetra en su ser;[9] así que ninguna voluntad suya puede estar oculta para ti. ¿Por qué, pues, tu voz que de continuo enajena al cielo, unida al canto de los amantes serafines que

6. Ricardo del Camino, muerto a traición en 1312, mientras jugaba al ajedrez.

7. Dante alude a la traición hecha por el obispo de Feltre, Alejandro.

Novello, instigado por Pino della Tosa, hacia varios nobles desterrados de Ferrara que se habían refugiado cerca de él; Alejandro los entregó a Pino y éste los decapitó.

8. Donde existía una cárcel.

9. En el original se lee: *e tuo voler s'inluia.*

se cubren con el velo de seis alas,[10] no satisface mis deseos? No esperaría tu respuesta, si estuviese en ti como tú estás en mí. Entonces me dirigió estas palabras: "El valle más dilatado lleno del agua, procedente del mar que ciñe la tierra,[11] se extiende tanto contra el Sol[12] entre opuestas playas,[13] que tiene por meridiano lo que al principio tenía por horizonte.[14] Yo fui de las riberas que hay entre el Ebro y el Macra, que en su breve curso divide a Génova del país toscano. A igual distancia casi del Oriente que del Ocaso, están situadas Bugia y la tierra donde nací, la cual empapó un tiempo en sangre la arena de su puerto.[15] Por el nombre de Folco[16] fui conocido de aquella gente, y en este cielo influyo ahora como entonces influyó él en mí; pues no se abrasaron en tan ardiente fuego como yo, mientras lo consintió mi mocedad, ni la hija de Belo,[17] ofendiendo a la vez a Siqueo y a Creúsa, ni aquella[18] del monte Ródope, que fue burlada por Demofonte, ni Alcides, cuando dio entrada a Iole en su corazón.[19] Aquí, sin embargo, no ha lugar el arrepentimiento, y nos gozamos, no en las faltas, porque no las retiene la memoria, sino

10. Véase Isaías, 6:2.
11. Mediterráneo.
12. Occidente a Oriente.
13. Las de África y las de Europa.
14. Esto sería exacto si el Mediterráneo tuviera los noventa grados que se le conceden, en lugar de los cuarenta y dos que hoy se le reconocen.
15. Marsella.
16. Folco de Marsella o Folchetto, trovador provenzal. Floreció en la segunda mitad del siglo XII. Después de años de vida mundana se hizo monje y en 1205 fue elegido obispo de Tolosa. Murió en 1231.
17. Dido.
18. Filis, al creerse abandonada por Demofonte, se colgó de un árbol y fue convertida en almendro.
19. Hércules, hijo de Alceo, enamoróse de Iole, hija de Eurite, rey de Tesalia, y provocó los celos de su esposa Deyanira.

en la divina virtud, que todo lo ordena y provee a todo. Aquí se admira el arte que produce tan bellos efectos, y se descubre el bien con que el mundo superior gira sobre el de allá abajo.

"Mas para que lleves completamente satisfechos los deseos que has concebido en esta esfera, quiero prolongar más mi discurso. Pretendes saber quién hay en esta luz que resplandece aquí, cerca de mí, como un rayo de sol en el agua pura. Pues sabe que ahí mora tranquilamente Raab,[20] la cual, unida a nosotras, se remonta al más sublime grado. Realizóse su asunción a este cielo, en que termina la sombra que hace vuestro mundo, antes que la de ninguna otra alma participante del triunfo de Jesucristo. Justo era que la dejase en alguna de estas esferas, como palma de la victoria que conquistó con entrambas manos; porque ella coadyuvó a los primeros trofeos de Josué en la Tierra Santa, cuyo recuerdo tan poco interesa al Papa.[21] Tu ciudad,[22] aborto de aquel que fue el primero en volver la espalda a su Hacedor, y a quien la envidia tantas lágrimas arranca, produce y propaga la maldita flor,[23] que ha alejado de sí a las ovejas y a los corderos, y convertido al pastor en lobo. Por eso se han abandonado el Evangelio y los grandes doctores, y sólo se estudian las Decretales, como sus márgenes lo comprueban. En esto se ocupan pontífice y cardenales, y no ponen su pensamiento en Nazareth, donde abrió el arcángel Gabriel sus alas. Pero en breve se verán libres de semejante adulterio, así el Vaticano como los demás lugares sagrados de Roma, que dieron tumba a la milicia que seguía a Pedro."

20. Meretriz de Jericó. Acogida en el Paraíso por haber favorecido la conquista de Jericó en Tierra Santa por parte de Josué.
21. A Bonifacio VIII, que sólo piensa en el provecho pecuniario.
22. Florencia.
23. Acuña los célebres y codiciados florines de oro.

Canto décimo

Después de ensalzar el maravilloso arte y providencia de Dios en la creación del Universo, refiere el Poeta cómo se halló de improviso en la esfera del Sol, donde residen las almas de los doctores en la ciencia de la divinidad. Doce espíritus más brillantes que el planeta le rodean con su esplendor, y uno de ellos, que declara ser Santo Tomás de Aquino, le revela los nombres de sus compañeros.

Mirándose en su Hijo con el eterno Amor que nace de uno y otro, tan ordenadamente produjo la suma e inefable Omnipotencia cuanto se alcanza a ver con la mente o los sentidos, que no puede menos de deleitarse en ello el que lo contempla. Levanta, pues, conmigo, ¡oh lector!, tus ojos a las encumbradas esferas, ya aquella parte en que el movimiento de unos astros choca con el de otros;[1] y empieza a considerar allí el primor de aquel Artífice que interiormente y de tal manera ama su obra, que no aparta de ella sus miradas. Mira cómo desde allí se extiende el círculo oblicuo[2] que sostiene los planetas, para satisfacer al mundo que busca su influencia. Si no se inclinase oblicuamente su camino, gran parte de la eficacia del cielo sería vana, y casi toda la actividad de este mundo fenecería; y si se apartase más o menos de la línea recta, se destruiría allá arriba y acá abajo el orden del Universo.

---

1. El punto en que se entremezclan los dos círculos, el ecuador y el zodíaco, se encuentra en la cabeza de Aries y de la Libra.
2. El zodíaco, cuyo plano corta oblicuamente el plano del ecuador.

Permanece, lector, ahora en tu asiento, reflexionando en esto que no hago más que indicarte, si quieres experimentar placer en vez de tedio. El alimento te he puesto delante; tómalo ya por ti mismo; que la materia sobre que escribo reclama todo mi cuidado.

Proseguía girando el vivificador de la naturaleza,[3] que trasmite al mundo la virtud del cielo y mide el tiempo con su luz, unido a aquella parte que queda mencionada, por las líneas espirales que anticipan su aparición;[4] y yo estaba en él,[5] sin darme cuenta de mi ascensión, como no se la da un hombre de su primer pensamiento antes de concebirlo. Beatriz era la que me hacía pasar de un alto bien a otro mayor tan repentinamente, que no podía medirse su acción por el tiempo. El fulgor que de sí despedía cuanto se hallaba dentro del Sol, en que yo me introduje, y que consistía, no en el color, sino en la viveza de la luz, por más que yo apure el ingenio, el arte y la experiencia, no llegaría a decirlo de modo que pudiera imaginarse, aunque bien puede creerse, y sentirse ansia de verlo. Y si nuestra imaginación es inferior a cosa tan sublime, no debe maravillarnos que nuestros ojos no hayan visto luz superior a la del Sol.

Tal era el cuarto coro[6] que allí asistía al Padre Omnipotente, quien colma siempre sus ansias, mostrándole cómo engendra al Hijo y cómo el Amor procede de ambos. Y Beatriz exclamó: —Da gracias, da gracias al Sol de los ángeles, que por la suya te ha elevado hasta hacerte visible este astro.

3. El Sol.
4. Por las líneas espirales que recorre al pasar del ecuador al trópico de Cáncer —según el sistema de Ptolomeo—, en cuyo tiempo siempre aparece el Sol más pronto para el hemisferio norte.
5. En el cielo del Sol, que es el cuarto.
6. Los beatos del cuarto cielo: los teólogos.

Jamás corazón de mortal se vio tan dispuesto a la devoción, ni a volverse a Dios con todo su afecto, como lo estuve yo al oír estas palabras; y de tal manera apegué a ti mi amor, que quedó eclipsado en mi olvido el de Beatriz. Mas a ella no le desagradó, sino que le hizo sonreír de modo que el esplendor de sus regocijados ojos distrajo a otras cosas mi pensamiento, que estaba concentrado en una sola.

Vi varias luces vivas y superiores a la del Sol, que hacían su centro de nosotros, y de sí mismas su corona, y que sobrepujaban en la dulzura de su voz al brillo con que resplandecían. Así vemos a veces rodeada de un cerco a la hija de Latona,[7] cuando el aire está tan impregnado de vapores, que se convierte en luminosa aureola. En la corte del Cielo de donde regreso hay multitud de riquezas tan raras y preciosas, que sólo en aquel reino pueden verse. Una de ellas era el canto de aquellas fúlgidas almas: el que no tenga alas para remontarse hasta allí, no espere que sea capaz un mudo de repetirlo. Y cuando concertando sus inefables armonías, girando tres veces alrededor de nosotros, como las estrellas cercanas a los inmutables polos; me parecieron a las jóvenes que, sin abandonar su baile, quedan paradas, hasta que suena el compás de las nuevas notas.

Dentro de uno de aquellos soles oí decir: "Pues el destello de la divina gracia, en que se inflama el verdadero amor, que crece cuanto más ama, brilla en ti tan intenso, que te ha traído de la escala de que no puede descenderse sin subir de nuevo, cualquiera que te negase el licor con que pretendes apagar tu sed, tendría tan violentada su libertad, como agua impedida de correr al mar. Quieres saber qué flores forman esta guirnalda que con tanto placer ciñe y contempla a la hermosa señora que te da

7. La Luna.

443

fuerzas para subir al Cielo. Yo fui uno de los corderos del santo rebaño que conduce Domingo[8] por el camino en que se halla nutritivo pasto, si no se extravía uno en vanidades. El que está más próximo a mi derecha fue mi hermano y maestro, Alberto de Colonia,[9] y yo soy Tomás de Aquino. Si quieres saber de todos los demás, sigue bien con la vista mis palabras, dando vuelta a la corona venturosa. Esa otra luz nació de la sonrisa de Graciano,[10] el cual perfeccionó tanto uno y otro derecho, que se hizo agradable al Paraíso. El otro que en seguida adorna nuestro coro, fue Pedro,[11] que, como la viuda,[12] ofreció su tesoro a la Santa Iglesia. La quinta luz,[13] que es la más bella entre nosotros, refleja un amor tan grande, que todo el mundo de allá abajo desea saber qué es de ella. En su interior reside una alta inteligencia, acompañada de tan profunda sabiduría, que, si la verdad es verdad, no tuvo segundo en cuanto alcanzó. Después estás viendo la luz de aquel cirio, que cuando era mortal, distinguió más claro que nadie la naturaleza angélica y su ministerio.[14]

8. El que habla es Santo Tomás de Aquino (1227-1274), que perteneció a la orden de Santo Domingo.

9. Alberto Magno (1193-1280), llamado de Colonia porque allí enseñó durante varios años.

10. Célebre canonista del siglo XII.

11. Pedro Lombardo. Nacido a principios del siglo XIII y muerto en 1264. Autor del famoso *Liber sententiarum*, que fue la norma para todas las Sumas teológicas posteriores.

12. En el prólogo de su obra, Pedro Lombardo, hablando con gran humildad, se compara con la pobre viuda de la cual habla San Lucas (Evangelio, XXI, 1-4), que ofreció al templo dos pequeñas monedas y fue alabada por Dios.

13. El alma de Salomón.

14. Dionisia Areopagita, a quien se le atribuye un tratado sobre las jerarquías de los ángeles.

En aquella otra pequeña antorcha se goza el Abogado[15] de los tiempos cristianos, de quien tanto se aprovechó Agustín. Y si de luz en luz vas siguiendo con la vista del entendimiento mis alabanzas, debes ya desear saber quién es la octava. Dentro de ella se recrea en la contemplación del Sumo Bien el alma santa del que pone de manifiesto la falacia del mundo a quien atentamente oye su doctrina.[16] El cuerpo de que fue arrojada yace sepultado en Cieldauro, y desde el martirio y destierro de aquella vida vino a la paz de estotra. Mira cuál centellean el espíritu de Isidoro, el de Beda, y el de Ricardo,[17] que en su meditación fue más que hombre. Y ése, de quien se apartan tus miradas para volver a fijarse en mí, es el resplandor de un alma que, abismada en grandes pensamientos, juzgaba demasiado lenta la muerte; es la eterna luz de Sigierio,[18] que enseñando en la calle de la Paja,[19] excitó la envidia de sus émulos con la verdad de sus silogismos."

En seguida, como el reloj que nos avisa a la hora en que se levanta la esposa de Dios para festejar al esposo con el canto

15. Paulo Orosio, sacerdote español del siglo v.

16. Boecio. Nació en Roma en 475 y murió en 526. Autor del célebre tratado *De Consolatione Philosophiae*.

17. Isidoro de Sevilla. Nació hacia el 560 y murió en 636. Fue arzobispo de esta ciudad y uno de los hombres más doctos de su tiempo.

Beda. Nació el 673 (?). Agudo comentarista de las Sagradas Escrituras y autor de una famosa *Historia eclesiástica de Inglaterra*.

Ricardo de San Víctor. Prior de la abadía de San Víctor, en la que murió en 1173.

18. Siger de Brabonte, filósofo averroísta, adversario de Santo Tomás. Profesor en la Universidad de París. Según algunos comentaristas, Dante lo coloca en el Paraíso y lo hace exaltar precisamente por Santo Tomás para mostrar a los dos adversarios reconciliados frente a la posesión de la eterna verdad.

19. Calle de París donde se hallaban las escuelas de filosofía.

de la mañana, atrayéndose su agrado, que por una parte recibe el impulso y por otra lo comunica, hiriendo la campana con tan dulce son, que hace rebosar el amor del pecho predispuesto a recibirlo; así vi yo moverse la gloriosa esfera, repitiendo canto por canto con tal modulación y dulzura, que no es posible concebirlas sino allí, donde el contentamiento se perpetúa.

Canto undécimo

Algunas expresiones que usa Santo Tomás en el precedente razonamiento dan ocasión a dudas en el ánimo del Poeta; y el Santo, que ve lo que en su interior pasa, para desvanecerlas, le habla de las dos grandes columnas que puso Dios a su zozobrante Iglesia en Francisco y en Domingo, refiriéndole con tiernísimo afecto la angelical vida del primero.

¡Oh insensatos afanes de los mortales! ¡Qué débiles son las razones que os inducen a no levantar vuestro vuelo de la tierra! Quién se encaminaba tras el derecho, quién tras los aforismos; quién pretendía medrar con el sacerdocio, quién reinar por la fuerza o por el sofisma, o robando, o administrando los intereses civiles, mientras otros se enervaban encenagados en el amor de la carne, o consumidos en la ociosidad; al paso que yo, libre de todos estos cuidados, me remontaba con Beatriz al cielo, donde tan gloriosamente se me acogía.

Así que cada cual se volvió al punto de la esfera en que antes estaba, quedó allí inmóvil como una vela en su candelero; y dentro de aquella luz que había acabado de hablarme, oí una voz que empezó a decir sonriendo y cada vez más brillante: "Así como yo me abraso en los rayos de la luz eterna, con sólo contemplarla, descubro la causa de que nacen tus pensamientos. Tú estás dudando, y deseas que te explique con palabras tan claras y comprensibles, que estén al alcance de tu inteligencia, aquellas que antes dije del *camino en que se halla nutritivo*

447

pasto, y las otras de que *no tuvo segundo*;[1] y en cuanto a éstas, menester es distinguir bien de personas.[2]

"La Providencia, que gobierna el mundo con aquella sabiduría en que se pierde toda vista humana antes de penetrar en sus profundos designios, para que llegase hasta su amado la esposa[3] de Aquel que exhalando un alto grito se desposó con ella vertiendo su bendita sangre, y para que se le uniese más confiada en sí y más constante respecto a él, eligió por auxiliares dos campeones que le sirviesen de guías: uno por su ferviente caridad fue un serafín;[4] el otro por su sabiduría fue en la tierra un destello de la luz de los querubines.[5] Hablaré del uno, porque a los dos se alaba, cualquiera de ambos que sea objeto de alabanza, dado que sus obras se encaminaron a un mismo fin.

"Entre el Tupino[6] y la corriente que desciende[7] de la colina que eligió por albergue el bienaventurado Ubaldo, desciende de una fértil ladera de aquella alta montaña, de donde recibe Perusa por medio de la Puerta del Sol[8] el calor y el frío, mientras por detrás de la montaña gimen bajo pesado yugo Nocera y Gualdo. En aquella ladera, y donde la pendiente es menos rápida, nació para el mundo un Sol,[9] como éste en que nos hallamos, que en cierto tiempo parece salir del Ganges. Por eso, los que quieran hablar de aquel lugar no deben llamarle Asís, que nada

---

1. Las dos expresiones pertenecen al canto anterior.
2. La segunda duda se resuelve en el canto XIII.
3. La Iglesia y su amado Jesucristo.
4. San Francisco.
5. Santo Domingo.
6. Pequeño río que nace cerca de Nocera, ciudad de Umbría.
7. Es el Chiasso, que nace a poca distancia de Gualdo.
8. Nombre de una puerta de Perusa.
9. Era habitual equiparar a San Francisco de Asís con el Sol naciente.

significa, sino Oriente, si tratan de darle su propio nombre. No estaba aún muy lejano este astro de su cuna, cuando empezó a hacer sentir a la tierra los efectos de su gran virtud, pues en tan tierna edad tuvo contiendas con su padre por amar ya a la beldad,[10] a quien, como a la muerte, nadie ve entrar placentero por sus puertas; y ante su juez espiritual,[11] y *coram patre*,[12] se unió a ella; y cada día la amó más ardientemente. Viuda ella de su primer marido,[13] hacía más de mil y cien años, y menospreciada y oscurecida, permaneció, hasta que llegó él, sin que nadie la solicitase. De nada sirvió se dijese de ella que el que puso espanto en todo el mundo la halló tranquila en la cabaña de Amiclas cuando solicitaba a voces el auxilio de éste.[14] Ni sirvió tampoco que mientras María estaba al pie de la Cruz, ella subiese con Cristo constante y animosa hasta su altura. Mas para no parecer por demás oscuro, diré que Francisco y la Pobreza son los amantes a quienes seguiré aludiendo en mi difusa plática. Su íntima unión, sus regocijados semblantes, su amor, la admiración que producían y sus dulces miradas imprimían santos pensamientos en los demás; tanto, que el venerable Bernardo[15] fue el primero que se descalzó para correr tras tanta ventura, y corriendo y todo, creía andar con tardío paso.

¡Oh desconocida riqueza!, ¡oh verdadero bien! Descalzáronse en seguida Egidio y Silvestre, y fueron en pos del esposo, que

10. La pobreza.
11. El obispo de Asís.
12. "En presencia de su padre."
13. Jesucristo.
14. Un pescador del Adriático que no se inmutó al entrar una noche Julio César en su cabaña. Lucano refiere la historia en la *Farsalia*.
15. Bernardo de Quintavalle, rico y noble ciudadano de Asís y primer discípulo de San Francisco.

tanto la esposa[16] los enamoraba; y desde entonces vivió aquel padre y maestro con su señora, y con la familia que ceñía ya el cordón humilde. Y no por bajeza de alma llevaba inclinada la frente, aun siendo hijo de Pedro Bernardone[17] y pareciendo en extremo despreciable, pues con la más noble llaneza presentó su austera regla al pontífice Inocencio,[18] y obtuvo de él la primera aprobación de su Orden. Aumentóse el pobre rebaño de aquel pastor, cuya admirable vida se cantaría mejor en la gloria celestial, y el Eterno Espíritu coronó por segunda vez por medio del papa Honorio[19] el santo propósito de este archifundador. Y luego que ansioso de conquistar la palma del martirio, predicó en presencia del soberbio Soldán[20] la doctrina de Cristo y de sus apóstoles, hallando sobrado rebeldes a su conversión aquellas gentes, y no pudiendo subsistir ocioso, regresó a recoger en Italia el fruto de su cosecha. En un duro peñasco, entre el Tíber y el Arno, recibió de Cristo el postrer estigma que llevaron sus miembros por espacio de dos años; y cuando plugo al que para tanto bien le había elegido elevarle al premio de que se había hecho digno, haciéndose tan humilde, recomendó a sus hermanos, como a sus legítimos herederos, su más querida prenda, encargándoles que fuesen fieles a su amor; y a poco se desprendió del mortal seno su ilustre alma, para volver a su reino, sin querer para su cuerpo otro féretro que su mísera mortaja.

16. El esposo y la esposa: San Francisco y la pobreza.
17. San Francisco era hijo de Pedro Bernardone, un humilde mercader.
18. Inocencio III.
19. La aprobación fue dada por el papa Honorio III, pero provenía del Espíritu Santo.
20. Malek al Kamel, a quien San Francisco intentó convertir al cristianismo.

"Considera ahora quién sería el compañero digno de regir la barca de Pedro en alta mar con seguro rumbo. Fue nuestro patriarca;[21] y desde luego comprenderás que el que le sigue, observando lo que él manda, llevará buena mercancía. Pero su rebaño se ha hecho tan codicioso de nuevos pastos que no puede menos de diseminarse por varios puntos; y cuanto más se apartan de él sus ovejas vagabundas, más exhaustas de leche vuelven a su redil. Algunas hay que, temerosas del riesgo, se acogen a su pastor; pero en tan corto número, que con poco paño tienen de sobra para abrigarse. Ahora bien: si mis palabras no son ininteligibles, si tu atención ha sido constante, y retienes bien en tu mente cuanto te he dicho, debe estar satisfecho en parte tu deseo, porque verás de qué planta he sacado jugo, y entenderás la advertencia que te dirigía al decir que se *halla nutritivo pasto, si no se extravía uno en vanidades*."

21. Santo Domingo.

Canto duodécimo

Terminado el discurso del Santo Doctor, y satisfecha con él una de las dudas de Alighieri, rodea otra corona de espíritus a la primera, y uno de ellos manifiesta ser el alma del franciscano San Buenaventura, que, en agradecimiento a las alabanzas tributadas a su patriarca, pronuncia un magnífico elogio de Santo Domingo; después del cual habla de sus compañeros.

Así que el bienaventurado Espíritu acabó de proferir la última palabra, comenzó a girar la santa rueda; y no había dado aún una vuelta entera, cuando se vio rodeada por otro círculo, que uniformó su movimiento y acordó su canto con el movimiento y canto de la primera; cánticos que, como expresados por órganos dulcísimos, superaban tanto a los de nuestras musas y sirenas, cuanto la luz directa a la que sólo es su reflejo.

A la manera que a través de ligera nube se encorvan dos arcos paralelos y de colores iguales, cuando Juno envía a su mensajera,[1] imitando al arco de dentro el exterior (imitación parecida a la de la voz de aquella vagarosa ninfa[2] a quien consumió el amor, como consume el Sol los vapores), arcos que contemplan los hombres como un presagio, a consecuencia de la promesa que Dios hizo a Noé, de que con ellos el mundo no volvería a inundarse,[3] del mismo modo giraban cerca de nosotros aquellas dos guirnaldas de sempiternas rosas, correspondiendo

---

1. Iris.
2. Eco.
3. Dante pasa, típicamente, de la mitología pagana a la leyenda bíblica.

la extrínseca a la interior. Y cuando la danza y todo aquel regocijo de los cantos y de las llamas, que recíprocamente se enviaban sus gozosos y gratos resplandores, cesaron al propio impulso y al mismo tiempo como se abren o cierran a la vez los ojos, según el placer que sienten; de en medio de una de aquellas nueve luces salió una voz que me atrajo hacia sí, como la estrella del polo atrae a la aguja.

Y habló del siguiente modo: "El amor, que tan bella me hace, me excita a discurrir sobre el otro campeón que ha dado origen a que tanto se alabe al mío; y justo es que al lado del uno se ponga al otro, y que, pues ambos militaron por la misma causa, luzca también juntamente la gloria de ambos. El ejército de Cristo, que tanto costó reorganizar, se movía lenta, tímidamente y en corto número, cuando el Emperador cuyo reinado es eterno, proveyó al riesgo que corrían sus huestes, y esto por mera gracia, no porque se hubieran hecho merecedoras de ello; y como queda dicho, mandó en auxilio de su esposa a dos capitanes, que con su ejemplo y con sus palabras congregaron a la gente descarriada.

"En aquella parte del mundo donde el dulce céfiro se levanta[4] para desplegar las nueve hojas de que se reviste Europa, no lejos de las playas en que se quiebra el ímpetu de las olas, tras las cuales y por su larga extensión, se oculta a veces el Sol a todos los hombres,[5] tiene su asiento la afortunada Callaroga,[6] bajo la protección del grande escudo en que se ve el león dominante a la vez y dominado.[7] Allí nació el fiel amador de la fe cristiana, el

4. En la región occidental de Europa, en la península ibérica.
5. Dante no creía que otros hombres pudieran ver el Sol al esconderse para su hemisferio.
6. Calahorra, en Castilla la Vieja, patria de Santo Domingo.
7. El escudo de Castilla y León, en cuyos cuarteles aparecen en cruz ambos emblemas, por lo que el león figura una vez arriba y otra abajo.

santo atleta, tan manso para los suyos, como para sus enemigos inexorable; aquel cuya alma, no bien creada, tan enriquecida se vio de alta virtud, que aun antes de nacer hizo a su madre profetisa.[8] Contraído que hubo sus esponsales con la Fe en la sagrada fuente, donde ambos se prometieron mutuamente su salvación, la señora que otorgó su consentimiento[9] vio en sueños el admirable fruto que habían de dar él y sus herederos, y para que fuese en su nombre lo que realmente era, descendió un espíritu a imponerle el de aquel a quien por entero le pertenecía. Llamáronle Domingo, y de él habló como del agricultor elegido por Cristo para que le ayudase en su huerto. Mostróse desde luego mensajero y familiar suyo, pues el primer afecto que se observó en él fue la abnegación con que siguió su primer consejo. Muchas veces le halló su nodriza postrado en tierra, silencioso, pero despierto, como dando a entender que para esto había nacido. ¡Oh padre verdaderamente Feliz! ¡Oh madre con razón llamada Juana,[10] si la significación de vuestros nombres es la que se dice! No por interés mundano, por el que tantos se afanan ahora, siguiendo al de Ostia[11] o a Tadeo,[12] sino por amor a la verdad

8. La madre de Santo Domingo soñó que daba a luz un perro blanco y negro que llevaba entre los dientes una llama con la cual incendiaba el mundo. El can representa la fidelidad de Santo Domingo y sus discípulos; el blanco y negro, los colores de la orden dominica; la llama, la luz que la Orden llevó al mundo; el incendio, el ardor de caridad que la misma produjo.

9. La madrina, que pronunció por él la palabra sacramental.

10. El padre de Santo Domingo se llamó Félix, y la madre, Juana, cuyo nombre significa *dotada de gracia divina*.

11. Enrique de Susa, cardenal de Ostia, autor de *Cánones*; comentó las *Decretales*.

12. Para unos, Tadeo d'Alderatto, famoso médico nacido en Florencia hacia 1215 y muerto en 1295, y autor de obras famosas en su época; para otros Tadeo Pepoli, ilustre jurisconsulto boloñés, contemporáneo de Dante.

evangélica, se hizo gran doctor en poco tiempo, dedicándose a cuidar de la viña que en breve pierde su verdor si se labra mal. Ni se acercó a la suprema Sede (antes más piadosa que ahora con los verdaderos pobres, y no por culpa suya, sino del que la está ocupando y la rebaja a tal extremo), para que le dispensase en dar dos o tres por seis, o para obtener el beneficio de la primera vacante, o las *decimas quae sunt pauperum Dei*,[13] sino para pedir el permiso de combatir contra las herejías del mundo y en pro de la fe, que dio su luz a estas veinticuatro antorchas que te rodean. Con su doctrina y su fervorosa voluntad a un tiempo, entró después en su apostólico ministerio como torrente desprendido de grande altura, y socavó las heréticas raíces con tanto mayor ímpetu, cuanto más fuerte era la resistencia. De él salieron luego diversos arroyuelos, que riegan el huerto católico, de manera que sus árboles han cobrado mayor vida.

"Si tal fue una de las ruedas del carro en que se defendía la Santa Iglesia, venciendo en campo raso a sus enemigos domésticos, claramente debes descubrir la excelencia de la otra, que tanto ha encomiado Tomás antes de mi llegada. Pero el carril que trazó la parte más alta de su circunferencia se ve hoy tan poco frecuentado, que lo que era llano se ha convertido en intransitable; y su familia, que fijaba las plantas donde veía sus huellas, tan en opuesta dirección camina, que pone las puntas de los pies donde él ponía la parte posterior de ellos. Presto se recogerá la mies producida por el mal cultivo, y se quejará la cizaña de que no la lleven al granero. Bien sé que el que hoja a hoja registrase nuestro volumen, alguna hallaría en que se leyera: "Yo soy el mismo";[14] pero no procederá de Casal ni de

13. "Las décimas, que son de los pobres de Dios."
14. Yo soy de los primeros, de los buenos.

455

Aquasparta,[15] de donde han venido uno huyendo del rigor de la regla, y otro extremando su autoridad.

"Yo fui alma de Buenaventura de Bagnorecio,[16] que en los más eminentes cargos pospuse siempre los cuidados temporales. Aquí están Iluminato y Agustín,[17] los primeros pobres descalzos que, ciñendo el cordón, se hicieron a Dios adeptos. Vense con ellos Hugo de San Víctor, Pedro Comestor y Pedro Hispano,[18] que brilló en el mundo mortal con sus doce libros; y el profeta Natán, y Crisóstomo metropolitano, y Anselmo, y Donato,[19] el que puso mano al primer arte. Aquí se halla Rabán,[20] y a mi lado

15. Ubertino de Casal, jefe de los espiritualistas, por su excesivo rigor produjo un cisma en la orden.

16. Es el *Doctor seraphicus* Juan Fidanza, nacido en 1291 en Bagnorecio. Entró en 1243 en la orden franciscana y en 1256 fue elegido ministro general de la Orden y luego cardenal.

17. Dos de los primeros discípulos de San Francisco.

18. Hugo de San Víctor. Célebre teólogo místico. Nació hacia 1097. Fue canónigo regular de la abadía de San Víctor, donde murió en 1141.

Pedro Comestor o Devorador, llamado así por su pasión por la lectura. Canciller de la Universidad de París, muerto en 1179 en San Víctor.

Pedro Hispano. Fue uno de los más célebres maestros de lógica del siglo XIII. Elegido papa con el nombre de Juan XXI, murió bajo las ruinas de su casa, en Viterbo.

19. Natán. Pertenece a los profetas de la Biblia. Fue quien echó en cara sus pecados al rey David.

Crisóstomo. Es la figura más grande de la astrología griega. Nació en Antioquía en 347. Elegido patriarca de Constantinopla en 398, murió en el exilio en 407. Fue uno de los más elocuentes y animosos sostenedores del cristianismo.

Anselmo de Canterbury, así llamado porque ocupó ese obispado. Nació en Aosta en 1033; con él se inicia el periodo más glorioso de la escolástica medieval.

Elio Donato. Floreció hacia la mitad del siglo IV. Enseñó en Roma y fue famoso durante toda la Edad Media su *Ars gramatica*.

20. Rabán Mauro, nacido en Maguncia alrededor de 776. Estudió en

brilla el abad calabrés Joaquín,[21] de espíritu profético. A ensalzar a este héroe[22] de la Iglesia me han movido la generosa admiración y el discreto razonamiento de fray Tomás,[23] que ha inspirado igual afecto a estos que me acompañan."

el monasterio de Fulda. Cuando murió en 856 era arzobispo de su ciudad. Dejó muchos libros de teología y de interpretación bíblica.

21. Nació cerca de Cosenza en 1130. Comentó el Apocalipsis; tuvo fama de profeta. Murió en 1212.

22. Santo Domingo.

23. Santo Tomás.

Canto decimotercero

Descríbese la danza de las dos coronas que forman los espíritus bienaventurados semejantes a veinticuatro de las más fúlgidas estrellas. Refiérese después cómo Santo Tomás resolvió la otra duda del Poeta, demostrándole en qué sentido había dicho de Salomón que no tuvo segundo en cuanto alcanzó, y cómo no había comprendido en esta afirmación al primer padre Adán ni a Jesucristo, que necesariamente debieron ser perfectísimos como obra inmediata de Dios, y por consiguiente más sabios que Salomón. Concluye el santo advirtiendo cuán peligrosos son los juicios precipitados, y cuán expuesto está a engañarse el que estima las cosas por su apariencia.

Imagínese el que quiera comprender bien lo que vi entonces (y reténgalo, mientras lo refiero, impreso en su mente como en dura roca), imagínese quince estrellas, que en diversos puntos iluminan el cielo con tan viva claridad, que al aire más denso no basta a debilitarla; y el carro[1] que gira día y noche por el anchuroso espacio del cielo, de modo que su timón da la vuelta sin ocultarse: imagínese la base de aquel cuerno[2] que sale de la extremidad del eje alrededor del cual se mueve la primera esfera, formando por sí todas estas estrellas dos constelaciones, como la de la hija de Minos[3] cuando sintió el glacial frío de la muerte;

1. Las siete estrellas del carro de Bootes, o sea, de la Osa Mayor.
2. Las dos últimas estrellas de la Osa Mayor.
3. Ariadna, cuya guirnalda fue transformada en constelación por Baco y resplandece ahora en el hemisferio norte con el nombre de Corona.

y que cada una de éstas confunde sus rayos de luz con los de la otra, girando ambas de manera que ésta va hacia adelante, y hacia atrás aquélla; y se tendrá una como sombra de lo que verdaderamente era tal constelación y el doble oscilar con que se movía alrededor del punto donde yo estaba, pues excedía tanto al que estamos acostumbrados a ver aquí, cuanto el movimiento del cielo que aventaja a los demás en velocidad, comparado con el de la corriente del Chiana.[4]

Cantábase allí, no a Baco, ni a Peán,[5] sino a tres Personas divinas por naturaleza, y esta misma naturaleza divina unida con la humana en una sola persona. Terminado que hubieron su canto y su evolución, fijaron la atención en nosotros aquellas santas antorchas, felicitándose de pasar a otro cuidado; y rompiendo el unánime silencio que reinaba entre ellas la que había referido la admirable vida del pobre de Dios, dijo así:

"Pues que una parte de la mies ya está trillada y guardado el grano, el dulce amor que por ti siento me invita a hacer lo mismo con la otra. Tú crees que así en el pecho de que se extrajo una costilla[6] para formar la hermosa boca, cuyo paladar tan caro costó al mundo, como en el que traspasado por una lanza[7] dio antes y después de su muerte tan cumplida satisfacción, que inclinó hacia sí la balanza de los pecados, apuró la Omnipotencia que había formado uno y otro toda la luz de que es capaz la

---

Semejantes a la de Ariadna son las dos coronas o guirnaldas que forman allí las almas, compuesta cada una de doce estrellas.

4. Río de Toscana, cuyo curso en tiempos de Dante era lentísimo.

5. Himnos en honor de Baco y de Apolo.

6. Adán.

7. Jesucristo.

humana naturaleza.[8] Admírate por lo tanto de lo que antes dije al afirmar que no tuvo segundo el bien aventurado que resplandece en la quinta estrella después que yo.[9] Pues abre los ojos a lo que voy a responderte, y verás que tu creencia y mi explicación dan en la verdad como el centro cae en medio del círculo. Lo incorruptible y lo corruptible no son más que destellos de aquella idea que produce Dios por efecto de su amor; porque la viva luz que procede de la eterna llama, que se identifica con ella y con el amor que completa su trinidad, concentra por mero efecto sus rayos, como en otros tantos espejos, en nueve esferas; pero permaneciendo ella una en sí misma. De allí desciende a los últimos elementos, pero disminuyendo tanto de grado en grado, que no produce más que cosas efímeras e imperfectas; las cuales entiendo que son todas las creadas por el cielo en su movimiento, provengan o no de animado germen. La materia de esas cosas y lo que les da forma no obran del mismo modo, por lo que aparecen más o menos marcadas por la idea divina; y así acontece que un mismo árbol dé mejor o peor fruto según su especie, y que vosotros nazcáis con diverso ingenio. Si la materia fuese llevada a su perfección y obrase el cielo con su eficacia suprema, luciría la idea divina en toda su esplendidez; mas la naturaleza la comunica siempre imperfecta, asemejándose al artista conocedor del arte, cuya mano no ejecuta todo lo que concibe. Y al contrario, si el mismo Dios, llevado de su ardiente amor, dispone la materia e imprime en ella la clara luz de la virtud ideal, llega a su colmo la perfección; perfección que alcanzó

8. La equiparación de Adán y de Cristo procede de San Pablo. Éste (I Corintios, xv, 45) llama a Cristo "el postrer Adán" y (Romanos 5:14) dijo que Adán era "figura del que había de venir". También se creyó que la cruz fue labrada con la madera del árbol del bien y del mal.

9. Salomón.

la tierra dotada de cuanto convenía a la naturaleza animal, y la Virgen al concebir en sus purísimas entrañas. En este sentido, pues, participo de tu opinión, que la naturaleza humana ni fue ni será jamás lo que en aquellas dos criaturas.

"Si no pasara yo más adelante, con razón exclamarías: —Pues ¿cómo dices que el otro no tuvo igual?[10] —Para que aparezca lo que no parece, reflexiona quién era, y lo que le movió a su demanda, cuando oyó decir: *Pide lo que quieras*.[11] No he hablado tan confusamente, que no hayas podido ver claro que era un rey que demandaba el don de sabiduría para ser rey perfecto. No pidió saber el número de los motores celestiales, ni si de lo necesario y lo contingente se deduce lo necesario; no *si est dare primum motum esse*,[12] ni si en un semicírculo puede escribirse un triángulo que no tenga un ángulo recto. Si, pues, consideras lo que dije antes y lo que digo ahora, comprenderás que la ciencia sin par en que fijaba yo la mira de mi intención era la sabiduría del rey; y si con claros ojos reparas en la palabra *no tuvo segundo*, verás que solamente se refería a los reyes, que son muchos, pero muy raros los buenos. Haz esta distinción de mis palabras, y podrás así subsistir en tu creencia respecto al primer padre y al que es objeto de nuestro amor;[13] y sírvate esto para caminar con pies de plomo, andando a paso lento, como quien está cansado, hacia lo positivo y negativo que no descubres; pues figura en lugar ínfimo entre los necios el que sin

10. Vuelve a referirse a Salomón.
11. Según la Biblia, Dios se apareció en sueños a Salomón invitándolo a pedir lo que quisiera y Salomón le pidió un corazón dócil para poder discernir como juez entre su pueblo.
12. Si debe concederse que exista un primer móvil: es decir, que no tenga causa en otro.
13. Respecto a Adán y Jesucristo.

distinción afirma o niega, tanto en uno como en otro caso. Por esto acontece que con frecuencia los juicios precipitados se inclinan a falsa parte, y la pasión ofusca el entendimiento. Algo más que en balde hace el viaje, porque vuelve más ignorante que cuando partió, el que va en busca de la verdad y carece de arte; de lo cual ofrecen al mundo evidentes pruebas Parménides, Meliso, Briso[14] y otros muchos que andaban sin saber por dónde; y lo mismo hicieron Sabelio[15] y Arrio[16] y los insensatos que fueron como instrumentos destructores para las escrituras, truncándolas y desfigurando sus conceptos. No sean los hombres demasiado resueltos en juzgar, como el que calcula el verano en el campo antes de que madure; que yo he visto durante todo el invierno mostrarse el rosal punzante y salvaje, y después brotar las rosas sobre su cima; y he visto también la nave surcar segura y veloz el mar en toda su travesía, y perecer al cabo al arribar al puerto. Ni crean Monna Berta y ser Martín[17] al ver robar a uno, y a otro llevar ofrendas, que Dios ha de juzgarlos del propio modo porque el uno puede levantarse, y caer el otro.

14. Parménides. Filósofo griego de la escuela eleática. Floreció hacia el 500 a. C.

Meliso. Filósofo eleático, discípulo de Parménides. Actuó hacia 450 a. C.

Briso. Filósofo griego que se ocupó mucho del problema de la cuadratura del círculo.

15. Famoso hereje del siglo III. Murió en 265. Negaba el dogma de la Santísima Trinidad.

16. Uno de los más famosos herejes, condenado por el Concilio de Nicea (325). Enseñaba que el verbo divino no era consustancial con el Padre.

17. Amonesta irónicamente con estos nombres proverbiales a toda mujer y a todo hombre del vulgo.

Canto decimocuarto

Dirige Beatriz la palabra a los bienaventurados espíritus en medio de los cuales se halla con Dante, y los ruega que revelen a éste otra verdad que necesita saber. Así lo hacen, y a poco llegan otros tan resplandecientes, que no puede el Poeta resistir la fuerza de su luz; pero cobra ánimo con la divina sonrisa de Beatriz, y de repente se ve trasladado a la esfera de Marte. Por medio de dos fajas luminosas que se extienden en forma de cruz, atraviesan el cuerpo del planeta al compás de sublimes cantos las almas de los que derramaron su sangre por la fe o combatieron por la gloria de Cristo y de su Iglesia.

Muévese el agua en un vaso circular del centro a la orilla o desde la orilla al centro, según es impulsada interior o exteriormente. El mismo efecto hizo de pronto en mi reflexión lo que acabo de decir, luego que dejó de hablar la gloriosa alma de Tomás, por la semejanza que había entre su voz y la de Beatriz,[1] la cual se expresó después de él en los siguientes términos:

—Ha menester éste, aunque no lo diga de palabra ni aun con el pensamiento, penetrar en el fondo de otra verdad. Decidle si la luz que anima vuestra substancia se perpetuará con vosotros tal como es ahora; y si se perpetúa, decidle también de qué suerte, después que volváis a haceros visibles,[2] no ofenderá a vuestros ojos su resplandor.

1. Hallábase ésta con Dante en el centro del círculo: la voz de Santo Tomás venía de afuera adentro; la de Beatriz, de adentro afuera.
2. Después de la resurrección.

Como al sentirse más y más estimulados por su alegría, los que danzan en rueda prorrumpen a veces en mayores gritos y apresuran sus movimientos, así al terminante y afectuoso ruego que se les hacía, mostraron los santos círculos nuevo júbilo, redoblando sus vueltas y sus cantos maravillosos. El que se lamenta de que sea preciso morir en la tierra para vivir en el cielo, no ve qué deleite infunde allí la bienaventuranza eterna. Aquel que vive siempre siendo uno, dos y tres, y siempre reina en tres, en dos y en uno, sin verse contenido en nada, pero que lo contiene todo, tres veces era ensalzado por cada uno de aquellos espíritus, con melodía tal, que el gozarla bastaría para recompensa del mayor mérito. Y en la luz más refulgente del círculo que de mí distaba menos, oí una voz modesta, quizá como la del ángel que habló a María, la cual respondió así: "Mientras dure la bienaventuranza del Paraíso, alimentará nuestro amor esta llama que nos circunda. Su claridad compite con nuestro fervor, el fervor con nuestra visión de Dios, y ésta es tan viva, cuanto la divina gracia acrecienta su natural virtud. Cuando nuestro ser recobre su carne gloriosa y santa, será su goce mayor, porque se sentirá más perfecto. Avivaráse entonces la luz que gratuitamente le presta el Sumo Bien, luz que le comunica facilidad para conocerle; con lo que creciendo nuestra celestial visión, crecerá el fervor que ésta le sugiere, y crecerá la claridad que el mismo fervor anima. Mas como la brasa que produce la llama hace resaltar su blancura, de modo que se distingue en medio de ella, así entre el resplandor con que brillamos ahora se dejará ver la carne, que cubre todavía la tierra, sin que el exceso de luz llegue a fatigarnos tanto, que no quede a los órganos del cuerpo sobrada fuerza para sentir cuanto nos deleite."

Oído lo cual, tan a punto y tan prontamente respondieron *amén* uno y otro coro, que me parecieron mostrar bien el deseo de unirse a sus corporales restos; y quizá no tanto por ellos, cuánto por sus madres, sus padres y los demás que les fueron queridos antes de llegar a la bienaventuranza eterna.

En esto, y a través de aquellas fúlgidas antorchas, extendióse sobre la que ya reinaba una luminosa atmósfera, semejante a la del horizonte cuando alborea. Y así como al anochecer asoman en el cielo nuevas lucecillas que a la vista parecen y no parecen verdaderas, figuróseme a mí empezar a ver nuevos fulgores que formaban un círculo separado de las otras dos circunferencias. ¡Oh verdadero destello del Santo Espíritu!

¡Qué repentinamente y qué encendido me dio en los ojos, que deslumbrados no pudieron resistirlo! Pero tan bella y risueña se me mostró Beatriz, que debe esta visión agregarse a las que es incapaz de retener la mente.

Mis ojos, sin embargo, adquirieron fuerza para levantarse, y vime trasladado a región más alta.[3] No dejé de conocer que había ascendido más, por el intenso fuego que despedía la estrella, más roja en mi juicio que de costumbre; y de lo íntimo del corazón y en el lenguaje común a todos, hice holocausto a Dios, cual aquella nueva gracia lo requería.

No se había entibiado aún en mi alma tan fervoroso afecto, cuando colegí que había sido aceptado y redundaría en mi bien, porque tan radiante y de tan subido fuego me pareció el resplandor que despedían dos luminosas ráfagas, que exclamé: —¡Oh Helios![4] ¡Cuánto las embelleces! —Y como salpicada de luces más o menos visibles, extiende Galasia[5] entre ambos polos

---

3. Al quinto cielo, el de Marte.
4. Elión significa excelso y es uno de los nombres hebraicos de Dios. Helios es nombre griego y significa Sol.
5. La Vía Láctea.

del mundo su blanca senda, de modo que hace dudar aun a los sabios, así las sidéreas fajas formaban en medio de Marte el venerable signo que resulta de la unión de los cuadrantes en el círculo.[6]

No puede aquí el ingenio expresar lo que guardo en mi memoria: resplandecía Cristo en aquella cruz de tal manera, que no hallo comparación con qué encarecerlo; mas el que tome su cruz y le siga, me disculpará desde luego esta omisión, cuando algún día le vea brillar en el Santo árbol. Del uno al otro de sus extremos y de la parte superior al pie, movíanse espíritus luminosos, que lanzaban vívidos destellos, así al unirse como al cruzarse unos con otros, a la manera que vemos volar derechos o serpenteando, rápidos o lentos, y cambiando de aspecto, átomos más o menos leves en el rayo de sol que atraviesa a veces la sombra preparada por la inteligencia y arte de los hombres en sus viviendas. Y como el laúd y el arpa cuyas diferentes cuerdas acordemente templadas producen una dulce armonía aun para aquel que no alcanza sus sonidos, así las luces que se me aparecieron formaban entre la Cruz una melodía que me arrebataba, sin poder entender el canto. Comprendí así que era altamente laudatorio, porque llegaron hasta mí las palabras *resucita y triunfa*,[7] mas como a aquel que no distingue bien lo que oye. Enajenábame amor de suerte que hasta entonces no había habido cosa alguna que con tan dulces vínculos me ligase. Parecerán acaso estas palabras algo injustas, porque pospongo el placer de aquellos hermosos ojos cuya contemplación basta a calmar mi anhelo; pero el que considere que la perfección de toda celestial belleza se hace mayor a medida que uno se

6. La Santa Cruz.
7. V. 125: *Però che a me venia "Risurgi e Vinci"*.

encumbra más, y que yo entonces no me dirigía a aquéllos, perdonará que me acuse tratando de disculparme, y verá que digo verdad; porque no se aparta de mí el santo placer de aquella contemplación, que se purifica más cuanto más se eleva.

Canto decimoquinto

De un brazo de la luminosa Cruz sale una estrella, que, poniéndose al pie de la misma Cruz, saluda con paternal afecto al Poeta, el cual, agradeciendo su bondad, más con el corazón que con palabras, le pregunta su nombre. Declara ser su tatarabuelo Cacciaguida, y le describe con la mas poética animación las sencillas costumbres de Florencia en su tiempo, tan contrarias a la corrupción presente, refiriendo cómo quedó sin vida al combatir por el sepulcro de Cristo en la segunda cruzada.

La benigna condición que acompaña siempre al amor cimentado en la caridad, como la aviesa índole al engendrado por las pasiones, puso fin al cantar de aquel armonioso coro, y dejó callados los instrumentos que la mano de Dios templa y acuerda. ¿Cómo habían de mostrarse insensibles a mis justos ruegos aquellos espíritus, que, para sugerirme el deseo de expresárselos, de mutua conformidad enmudecieron todos? Bien hace en dolerse eternamente el que, por la afición a cosas perecederas, renuncia a amor tan acrisolado. Como en serena noche discurre hacia un punto y otro repentina llama por el cielo tranquilo y puro, atrayéndose las miradas antes indiferentes, y parecería estrella que cambia de lugar, si se advirtiese faltar alguna en aquel de donde sale, y no fuese tan breve su duración; así se desprendió del brazo derecho hasta el pie de la Cruz un astro de la constelación que brilla en aquel cielo, mas sin salirse de su radiante línea, y corriendo a lo largo de ella, y trasluciéndose como en lo interior de un alabastro. Con afecto no menos tierno se adelantó la sombra de Anquises[1] (si nuestra más insigne musa[2] merece crédito) cuando en el Elíseo descubrió a su hijo.

> *"Oh sanguis meus, o super infusa*
> *Gratia Dei! sicut tibi cui*
> *Bis un quam coeli janua reclusa?"*[3]

De este modo habló el Espíritu;[4] yo le miré atentamente, y en seguida volví la vista a mi Señora, y por una y otra parte quedé asombrado; porque brillaba en sus ojos una expresión de complacencia tal, que pensé descubrir con los míos la inefable inmensidad de mi ventura y mi Paraíso. A sus primeras palabras añadió después el Espíritu, que oído encantaba tanto como mirado, cosas que no llegué a comprender, tan profundos eran sus conceptos, y no porque voluntariamente los oscureciese, sino por necesidad, pues eran muy superiores a la inteligencia de los mortales. Y desahogado que hubo la vehemencia de su afecto, de modo que su lenguaje se hizo ya inteligible, oí que empezó exclamando:

"¡Bendito seas, ¡oh Trino y uno!, que tan propicio te muestras hacia mi prole!" Y continuó así: "El dulce y vehemente deseo que contraje al leer tu porvenir en el gran libro en que ni

---

1. Padre de Eneas, que fue al encuentro de su hijo cuando éste bajó al Elíseo (Cf. Virgilio, *Eneida*, VI, 684 y (sigs.).

2. Virgilio.

3. "¡Oh descendiente mío, oh superabundante gracia de Dios!; ¿a quién como a ti te fueron abiertas dos veces las puertas del cielo?"

4. Es Cacciaguida, el tatarabuelo de Dante. Como lo declara después. Pocas noticias se tienen de él: nació en Florencia y murió combatiendo contra los infieles. Por un documento de 1189 resulta que en este año ya no vivía.

lo blanco ni lo escrito jamás se altera, se me ha realizado, hijo mío, dentro de esta luz en que te hablo, gracias a la que te ha dado alas para volar tan alto. Tú crees que llegan a mí tus pensamientos por medio del que es principio de todos, de la misma manera que se conocen el cinco y el seis conocido el uno, y por esta razón no me preguntas quién yo sea, ni por qué me muestro a ti más gozoso que ningún otro de esta regocijada muchedumbre. Y crees lo cierto, porque cuantos en esta bienaventuranza gozan de más o de menos gloria, se miran en el espejo en que se retrata tu pensamiento antes de que lo concibas. Mas para que mejor se satisfaga el sagrado amor en que perpetuamente me extasío contemplando a Dios, y que me incitaba a desearte tanto, manifiesta, sin temor, franca y resueltamente lo que te agrada más, lo que más anheles; que dispuesto estoy a complacerte."

Volvíme hacia Beatriz, la cual, oyendo lo que iba a decir antes de que hablase, me dirigió una sonrisa que, infundiendo mayor aliento a mi expresión, me permitió responder así: —La gratitud y la disposición para manifestarla, desde el momento en que se os hizo visible el Autor de toda igualdad, fueron iguales para cada uno de vosotros; porque ante el Sol que os alumbra con su luz y os enardece con su calor, tan en un mismo fiel están los dos afectos, que no hay comparación que baste a demostrarlo. En los mortales, el querer y el poder, por la causa que vosotros veis tan manifiesta, siguen diverso rumbo; y yo, que soy mortal, siento esta desigualdad, y no puedo, por lo mismo, mostrar mi agradecimiento al paternal cariño con que me tratáis, sino con el corazón. Ruégote, pues, vivo topacio, que adornas esa preciosa joya,[5] satisfagas mi anhelo, diciéndome tu nombre.

5. La cruz a la que se refirió antes.

"¡Oh vástago mío, en que yo me he complacido hasta esperándote! Yo fui tu raíz." De esta suerte empezó a replicarme; y prosiguió después: "Aquel de quien tu familia ha tomado el nombre,[6] y que más de cien años ha estado recorriendo el primer círculo del monte,[7] fue mi hijo y tu bisabuelo. Bien es menester que con tus buenas obras aminores sus fatigas.[8] Cerca de sus antiguos muros, desde donde oye aún tocar a tercia y nona,[9] vivía Florencia en paz, sobria y modesta. No tenía aderezos ni coronas ni mujeres caprichosamente engalanadas ni ceñidores que fuesen de ver más que la persona que los llevaba. Ni el nacimiento de una hija era todavía una calamidad para el padre, porque la sazón en que había de casarla ni el dote no excedían ni en poco ni en mucho de los términos razonables. No había casas holgadas por demás para la familia, ni Sardanápalos[10] que viniesen a acomodar una vivienda a sus torpes gustos. No sobrepujaba aún vuestro Uccelatoyo a Montemalo,[11] que si en su engrandecimiento fue inferior, lo será también en su decadencia. Yo he visto a Belinchón Berti[12] con un cinturón de cuero y hueso; y a su mujer apartarse del espejo sin pintarse el rostro; y a los Nerlis y Vecchios[13] contentarse con paño liso, y a sus mujeres no pensar más que en el huso y en la rueca. ¡Dichosas ellas! Todas

6. Cacciaguida casó con una Alighieri y su hijo se llamó Alighiero, nombre que conservó su descendencia.

7. La primera cornisa del Purgatorio, donde se hallan los soberbios.

8. Por el gran peso que soportan los soberbios como castigo.

9. Una antigua iglesia que aún daba las horas en tiempos de Dante.

10. Rey asirio famoso por su molicie.

11. Uccelatoyo era un monte cercano a Florencia, y Montemalo, a Roma.

12. Honorable ciudadano de Florencia que vivió en el siglo XIII.

13. Destacados ciudadanos que vivían con gran sencillez. Eran familias güelfas.

sabían dónde tenían su sepultura, y ninguna se veía sola en su lecho porque el marido se fuese a Francia.[14] Una tenía sus ojos puestos en la cuna, y acallaba al niño hablándole en la lengua que tanto encanta a los padres y las madres; otra repelaba el lino de su rueca, discurriendo con su familia sobre los troyanos, sobre Fiésoli y sobre Roma. Hubieran causado entonces tanto asombro una Cianghella o un Lapo Salterello,[15] como hoy un Cincinato o una Cornelia.[16] A tan tranquila y risueña vida, en tan honrada patria y feliz albergue, me hizo nacer María, invocada fervorosamente por mi madre; y en vuestro antiguo Baptisterio recibí a la vez los nombres de cristianos y de Cacciaguida. Moronto y Eliseo fueron mis hermanos; mi esposa vino a unirse conmigo del Val de Pado[17] y de ella procede tu sobrenombre. Después seguí al emperador Conrado,[18] que me ciñó la espada de caballero, tan agradables le fueron mis servicios, y con él marché en contra de aquel perverso pueblo,[19] que, por culpa del supremo Pastor, usurpa vuestros dominios. Aquella raza brutal me desasió del engañoso mundo, cuyo amor envilece a tantas almas, y desde el martirio vine a esta pacífica morada."

14. Los florentinos eran mercaderes y realizaban por ello frecuentes viajes a Francia.

15. Cianghella. Mujer conocidísima en tiempos de Dante, por su deshonestidad y espíritu vanidoso.

Lapo Saltarelli. Hombre pendenciero y malhablado.

16. Cincinato, famoso por su vida sencilla, y Cornelia, madre ejemplar.

17. Valle del Po: expresión bastante genérica que hace sospechar que Dante no estuviese muy seguro del lugar de nacimiento de este antepasado suyo.

18. O bien Cacciaguida formó parte del séquito de Conrado III o acompañó a un Conrado II que luchó con los sarracenos en Calabria y estuvo en Florencia, lo que no ocurrió con el anterior.

19. Contra las leyes del pueblo mahometano.

Canto decimosexto

A ruegos de su nieto, discurre Cacciaguida sobre la condición de Florencia en sus tiempos, el número de sus habitantes que no se habían mezclado aún con los del Condado, y las familias más notables de la población.

¡Oh vana nobleza de la sangre! Que los hombres se precien de ti en la tierra, donde tan débil es nuestro afecto, ya no debe maravillarme, porque en aquella esfera, es decir, en el cielo, donde no hay pasiones que extravíen, me envanecí contigo. Pero eres como el manto, que fácilmente merma, roído por la lima del tiempo, si no se refuerza con nuevo paño.

Proseguí mi razonamiento usando del *vos*,[1] que fue primeramente admitido en Roma, y hoy menos que nadie conservan sus naturales; de lo cual se rio Beatriz, que estaba un poco apartada, recordando a la que con su tos advirtió a Ginebra del primer descuido que se cuenta de ella.[2]

Y me expresé así: —Vos sois mi padre; me dais libertad completa para hablar; y de tal modo levantáis mi ánimo que soy ya más que yo mismo. Por tantos lados acude el contento a mi alma, que toda ella se convierte en júbilo, y bien puede contenerlo, porque aún no está henchida. Decidme, pues, amado

1. Primero trata a Cacciaguida de tú como a casi todas las almas que encontró en su viaje; ahora, en señal de mayor respeto, emplea el vos.

2. Alude aquí el Dante a un episodio del romance de Lancelote: el caballero confiesa su amor a Ginebra mientras la dama de Mallehault asiste a esta escena. Para advertir a Lancelote de su presencia, tose para significarle que conoce ya el secreto tan celosamente guardado por él.

antecesor mío, quiénes fueron los vuestros, y en qué años pasó vuestra mocedad; y del pueblo patrocinado por San Juan,[3] decidme, pues, qué era entonces, y qué hombres había en él dignos de los más encumbrados puestos.

Como el carbón encendido se aviva al soplo del viento, vi que resplandecía aquella luz a mis halagüeñas frases; y así como había aumentado a mis ojos su belleza, así con voz más dulce y afectuosa, aunque en lenguaje que no era el moderno nuestro, me dijo: "Desde aquel día en que se pronunció la salutación Ave,[4] hasta el del parto en que mi madre, que ahora es una santa, se vio libre del peso que en mí llevaba, renovó su fuego este planeta[5] bajo las plantas de su León[6] quinientas ochenta y tres veces.[7] Nacimos mis predecesores y yo donde principia el distrito del último cuartel para los que corren el palio todos los años en nuestros juegos.[8] Esto baste acerca de mis mayores: lo que fueron y de dónde procedían, mejor el callarlo que referirlo. Todos los que entonces eran capaces de llevar armas desde la estatua de Marte[9] al Baptisterio, formaban la quinta parte de los que hoy viven; pero la población, ahora mezclada con los de Campi, de Certaldo y de Figghine,[10] manteníase pura hasta el último artesano. ¡Oh!, ¡cuánto mejor sería tener por vecinos

3. Florencia.

4. Desde la Anunciación de la Virgen.

5. Marte.

6. Constelación boreal cuya estrella alfa se denomina Régulo.

7. Corresponde al año 1091, en que había nacido Cacciaguida.

8. En honor de San Juan Bautista.

9. Estaba en el Puente Viejo del Arno.

10. Lugares cercanos a Florencia desde donde trasladaron su residencia a la ciudad muchas familias corrompiendo la antigua nobleza florentina.

a esos pueblos que menciono, y a Galluzzo y Trespiano[11] por fronterizos, que vivir entre ellos y tolerar el repugnante fausto del villano Aguglión,[12] y el de Signa,[13] lince en el arte astuto de sonsacar!

"Si la gente[14] que más ha degenerado en el mundo, no hubiera sido madrastra para el César, en vez de ser benigna como una madre para su hijo, alguno que se ha hecho florentino y cambiante y mercader, se hubiera vuelto a Simitonte, por donde su abuelo andaba pordioseando; sería aún Montemurlo de los Contis; estarían los Cerchis en la jurisdicción de Acona, y acaso los Buondelmontis en Valdigrieve. Siempre fue origen de males en las ciudades la confusión de las personas, cómo lo es en el cuerpo la mezcla de los manjares. El toro ciego cae más pronto que el cordero ciego también, y muchas veces una espada corta más y mejor que cinco, Si consideras como han desaparecido Luni y Urbisaglia, y cómo tras ellas desaparecen Chiusi y Sinagaglia, no te parecerá cosa nueva ni increíble oír que se aniquilan las familias, dado que asimismo acaban las ciudades. Todas vuestras cosas mueren como vosotros; pero no se ve esto en algunas, que parecen vivir mucho, porque vuestra vida es corta; y como el girar del cielo de la luna cubre y descubre incesantemente las riberas del mar, así hace en Florencia la fortuna; por lo que no debe parecer cosa de admiración lo que diga de aquellos florentinos primitivos, cuya fama se pierde en la oscuridad de los tiempos. Yo vi a los Hugos y Catellinis, a los Filipos,

11. Al ensancharse la ciudad, quedaron incorporados a ésta.

12. Fue uno de los hombres de origen campesino que más autoridad tuvieron en Florencia en tiempos del Poeta.

13. Doctor en leyes; participó activamente en la parte güelfa. Fue hombre sin escrúpulos.

14. La gente de iglesia.

Grecis, Ormannis y Albericos ya en su decadencia, y, sin embargo, ilustres ciudadanos; y vi no menos grandes que insignes por su antigüedad a los de la Sannella y el Arca, y a Soldanieri, Ardingo y Bostichi. Cerca de la puerta donde al presente se hace sentir el peso de nuevas felonías, que hará zozobrar la barca del Estado, estaban los Ravignanis,[15] de quien descienden el conde Guido y todos los que después han tomado el nombre del gran Bellinchone. El de la Presa sabía ya cómo debe gobernarse y ya Galigaio había realzado sus armas, dorando la guarnición y el pomo de su espada. Grande era ya también la columna de los Piglis, y Sacchetti, Giouchi, Fifanti, Barucci y Galli,[16] y los que se sonrojan al recuerdo de la fanega. Alta era la cepa de que nacieron los Calfuccis, y sentádose habían ya en sus sillas curules Sizi y Arrigucci. ¡Oh!, ¡cuán encumbrados vi a los que quedaron destruidos por su soberbia! Las bolas de oro adornaban a Florencia en todos sus grandes hechos.[17] Estos eran los padres de los que, siempre que vuestra Iglesia está vacante, viven regalándose en su consistorio. La insolente raza[18] que se muestra feroz dragón con el que huye y mansa oveja con el que le enseña los dientes o la bolsa, aunque encopetada ya, venía de tan ínfima ralea, que hubo de indignarse Ubertín Donato cuando

15. Antigua e ilustre familia florentina. De ella era jefe en tiempos de Cacciaguida, Bellinchone Berti, padre de Gualdrada, la cual, casada con Guido Guerra IV, tuvo muchos hijos que fueron luego jefes de las diversas ramas de condes Guido.

16. Poderosas y florecientes familias en la época de Cacciaguida.

17. Los Lamberti, que tenían en su escudo halos de oro en campo de azul.

18. Los Adimari, familia de origen humilde y de estirpe oscura, según Dante, pero no confirmado por los comentaristas. Uno de sus miembros, Boccaccio Adimari, se apoderó de los bienes del Poeta cuando éste fue desterrado.

su suegro le emparentó con ella.[19] Moraba ya en el Mercado Caponsacco, que descendía de Fiésole, y eran excelentes ciudadanos tanto Judas Guidi como Infangato. Y te diré una cosa increíble, pero verdadera: al pequeño recinto de la ciudad se entraba por la puerta que debía su nombre a la Casa de la Pera.[20] Todos aquellos que en sus escudos tienen el bello distintivo del gran Barón, cuyo nombre y proezas se conmemoran el día de Santo Tomás,[21] recibieron de él títulos de caballeros y privilegios de nobleza, a pesar de haberse unido al bando del pueblo el que ponía en sus armas la franja de oro.[22] Existían los Gualterottis y los Importunis, y hubiera permanecido el Borgo más tranquilo, a no haberse ingerido en él nueva vecindad. La casa de que provienen vuestras amarguras, por su justo desdén, que tantas desgracias os trajo y acabó con todo el bienestar vuestro, se veía honrada, ella y todos los suyos.[23] ¡Oh Buondelmonte![24] ¡Qué mal hiciste en despreciar las bodas apalabradas, y ceder a otras sugestiones! Hubiéranse alegrado muchos que están tristes ahora, si te hubiese concedido Dios anegarte en el Ema[25] la

19. Ubertino Donato se disgustó con su amigo, Bellinchone Berti, porque dio la mano de otra de sus hijas a uno de los Adimari.

20. Una de las puertas que daban acceso a la ciudad se llama puerta Peruzza por la familia de los Pera.

21. Hugo de Toscana, recordado en la fiesta de Santo Tomás porque murió ese día del año 1001.

22. Posiblemente Giano della Bella, que, no obstante usar la insignia de Hugo, dejó la parte de los nobles y se unió al pueblo.

23. La casa de los Amidei.

24. Buondelmonte Buondelmonti afrentó a los Amidei, pues rechazó la mano de una de las mujeres de la familia a quien había prometido desposar y casó con una Donati. Este hecho ahondó la división de los florentinos en güelfos y gibelinos.

25. Río en el que Buondelmonte estuvo a punto de ahogarse la primera vez que fue a Florencia desde Montebuoni.

primera vez que viniste a la ciudad. Mas era menester que fueses sacrificado como víctima a la mutilada piedra que guarda el puente,[26] en los postreros días que Florencia gozó de paz. Con estas y otras familias vi yo a la ciudad en tan perfecta quietud, que no tenía de qué dolerse. Con estas familias vi a su pueblo tan enaltecido y tan virtuoso, que no arrastraba jamás por el suelo el lirio de sus banderas, ni las discordias le enrojecían."

26. Los restos de la estatua de Marte, en el extremo del Puente Viejo, a la que se le atribuyen influencias fatales para Florencia.

Canto decimoséptimo

Pide Dante explicaciones a Cacciaguida sobre las palabras que oyó en el Infierno y en el Purgatorio respecto a su vida futura, y en conceptos tan dulces como sublimes le manifiesta el Espíritu el próximo destierro en que se verá de la cara patria por las intrigas de sus enemigos, la amargura del pan que tendrá que mendigar, la perversidad de su partido y el refugio que se verá obligado a buscar en la corte de los Escalígeros. Le exhorta después a referir fielmente en el mundo de los vivos lo que ha visto y oído en su viaje, sin temor a los magnates que pudieran ofenderse de su franca narración, pues el decir duras verdades a los poderosos, indicio es de generoso ánimo, y los ejemplos de las personas encumbradas obran con más eficacia en el ánimo del pueblo.

Como acudió a Climene el que es aún ejemplo de lo cautos que han de ser los padres con los hijos, para cerciorarse de lo que contra sí propio había oído,[1] tal estaba yo, y tal me mostraba a Beatriz y a la sagrada antorcha que por mí había cambiado antes de lugar. Por lo que mi Señora: —Haz patente, me dijo, el ardor de tu deseo, de modo que se muestre tal como lo sientes en tu interior; y no porque tus palabras nos lo hagan conocer más, sino para que te acostumbres a declararlo y mejor puedan satisfacerte.

---

1. Fetonte interrogó a su madre, Climene, arrojándose a su cuello para saber si, en verdad, él era hijo de Apolo, pues Epayo, hijo de Júpiter y de Io, se lo negaba.

—¡Oh mi amado progenitor! A tanta altura te remontas, que como las inteligencias terrestres ven que en un triángulo no caben dos ángulos obtusos, tú, penetrando en aquella mirada que abarca todos los tiempos, ves en sí mismas las cosas contingentes antes de que acaezcan. Mientras en compañía de Virgilio iba yo ascendiendo por el monte que purifica las almas, y bajando a la región de los muertos, dijéronme acerca de mi vida futura algunas palabras que, a pesar de sentirme impávido a los golpes del porvenir,[2] me parecieron sobrado graves. Satisfarías, pues, mi anhelo con saber qué fortuna se me prepara, pues la flecha prevista nos llega más lentamente.

Esto dije a la luz que primero me había hablado, manifestándole mi deseo, según Beatriz quería; y el paternal espíritu oculto en su llama, pero visible en su sonrisa, me replicó, no con las frases ambiguas en que se encerraban gentes insensatas[3] antes de ser inmolado el Cordero de Dios, que redime de los pecados, sino con palabras claras y ajustado estilo:

"Todos los sucesos eventuales que no se extienden más allá del alcance de vuestra naturaleza, están representados en la mente del Eterno; mas de aquí no se desprende que sean necesarios, como el descender una nave por la corriente de un río no resulta por necesidad de la vista que la contempla; y así, de la propia suerte que llega a los oídos la dulce armonía del órgano, se representa a mis sentidos el tiempo que se te prepara. Como Hipólito se alejó de Atenas por la crueldad y perfidia de su madrastra, conviene que tú huyas de Florencia. Esto se pretende, esto se desea, y será en breve realizado por los que lo fraguan

---

2. V. 24: *ben tetragono ai colpi di ventura.*

3. No con palabras que podían encerrar oscuros y diversos significados como las de los oráculos antiguos.

allí donde diariamente se trafica con Jesucristo. Los gritos del vulgo atribuirán, como suelen, el crimen a los vencidos; pero la divina venganza dará testimonio de la verdad, que es quien la administra. Dejarás todo lo que amas más entrañablemente, que es el primer infortunio que se sufre en el destierro. Probarás cuán amargo es el ajeno pan, y qué enojoso el camino cuando hay que subir y bajar escalera extraña; y lo que te parecerá carga más insoportable es la perversa y estúpida compañía que has de llevar por tan triste valle, y que llena de ingratitud, de insensatez y de odio, se volverá contra ti; pero poco después ella, que no tú, será la que se avergüence, y sus acciones serán la prueba de su brutalidad, de modo que te sea honroso haber formado partido por ti solo. Tu principal refugio y mansión primera será la generosa acogida del gran Lombardo, que lleva el ave sagrada sobre la Escala,[4] y que te dispensará tan benévolas atenciones, que en el otorgamiento y el ruego que entre ambos medien, se empezará por donde todos los demás acaban. Con él verás al que al tiempo de nacer mereció a esta estrella influencia tan marcada, que sus acciones serán dignas de perpetuarse. Y nada de esto han conocido todavía los pueblos por su juvenil edad, porque sólo hace nueve años que estas esferas giran alrededor de él; mas antes que el Gascón[5] engañe al grande Enrique,[6] aparecerán luminosas señales de su virtud, porque no se cuidará de riquezas ni de los afanes de la vida, y de tal manera será conocido por su magnificencia, que ni sus mismos enemigos negarán la lengua a sus alabanzas. Confía en

4. Posiblemente se refiere a Bartolomé della Scala, que heredó la señoría de Verona a la muerte de su padre en 1301.
5. El papa Clemente Vera de Gascuña.
6. Enrique VII, conde de Luxemburgo, a quien se oponía con ocultos manejos Clemente V mientras aparentaba serle favorable.

él y en sus beneficios, pues será causa de muchas vicisitudes, y de que ricos y pobres cambien de condición; y graba en tu memoria estos presagios que de él te hago; mas cállalos... ", y dijo cosas increíbles aun para los que han de verlas; y añadió después: "Ésta, hijo mío, es la explicación de cuanto te han dicho; éstas las asechanzas que ahora se te encubren para dentro de pocos años. Pero no quiero que envidies a tus malévolos conciudadanos, porque tu vida ha de prolongarse hasta después que reciban el castigo de su perfidia."

Y concluido que hubo el alma santa de mostrarme con su silencio que había desenmarañado la trama de mis confusiones, le respondí, como el que dudando pide consejo a la persona de buen discernimiento y que con sincera voluntad nos ama:

—Bien veo, padre mío, cómo el tiempo acelera hacia mí su curso para asestarme golpes tan graves, cuanto más cede uno a ellos, y que conviene me arme de previsión, de suerte que si me veo privado de la residencia que tan querida me es, no pierda las demás por la intemperancia de mis escritos. Allá en las regiones del dolor sin fin y en el monte desde cuya hermosa cima me sublimaron los ojos de mi Señora, y después en el cielo al recorrer de una en otra sus fúlgidas esferas, he averiguado verdades que, si las digo, serán demasiado amargas para muchos; y si por sobra de timidez las reservo, temo que caiga mi nombre en menosprecio para los que después de este tiempo vivan.

Acrecentóse al oír esto el resplandor de la luz que rielaba en la antorcha que hallé en la presente esfera, cual si fuese un espejo de oro expuesto a un rayo de sol, y me respondió: "Sólo una conciencia que se avergüence de sí propia o de su menguada parentela podrá resentirse de tus palabras. Procura, sin embargo, no caer en mentira alguna; refiere tu visión toda, y cada cual lleve la mano a donde le duela; que si tu voz desagrada al pronto, dejará después saludable recuerdo en los que la oigan. Harás lo propio que el viento, que embiste con mayor fuerza a las más elevadas cimas; lo cual no será para ti pequeña ocasión de gloria. Por eso en estas esferas, en el monte y en el valle de los dolores, únicamente se te han mostrado las almas de los insignes en nombradía, porque el ánimo del que te escucha no presta atención ni fe a los ejemplos sacados de personas desconocidas u oscuras; ni a hechos que no sean tenidos por relevantes."

Canto decimoctavo

Manifiéstanse al Poeta otros espíritus gloriosos que combatieron por la santa causa. Sube luego al planeta de Júpiter donde gozan de la bienaventuranza los que amaron la justicia, y con ella gobernaron a los pueblos. Con las brillantes luces de muchos espíritus se forman letras, y después palabras, y finalmente un águila coronada que simboliza la justicia del Imperio.

Gozábase interiormente aquel bienaventurado espíritu en sus razonamientos, y yo en los míos, mezclando los dulces con los amargos; y la beldad que me elevaba hasta Dios, me dijo:

—Cambia de pensamiento, y reflexiona que estoy cerca de Aquel que repara todas las injusticias.

Volvíme hacia la afectuosa voz que me alentaba siempre, y renuncio aquí a pintar el amor que expresaban sus santos ojos, no sólo porque desconfío de mis palabras, sino porque la mente no se basta a sí propia para hacerlo comprender sin auxilio ajeno. Tratando de esto, no puedo decir más, sino que, al contemplarla, quedó libre mi afecto de todo otro deseo; y mientras el eterno encanto de que directamente participaba el hermoso rostro de Beatriz, se comunicaba a mis ojos reflejado en ellos, sacóme de mi éxtasis con la luz de una sonrisa, diciéndome: —Vuélvete y escucha, que no está únicamente en mis ojos el Paraíso.

Como entre nosotros se ve a veces representarse en el semblante nuestros afectos, si son tales que embargan el alma toda; así en el centelleo del santo resplandor a que me dirigí,[1] pude

---

1. El alma de Cacciaguida.

conocer que deseaba añadirme algunas otras razones; y, con efecto, dijo: —En esta quinta rama[2] del árbol que tiene en la cima su raíz, y da fruto siempre, y no llega a perder ni una hoja, hay espíritus venturosos que antes de venir al cielo gozaron en el mundo de gran renombre, tanto, que darían copioso argumento a cualquiera musa. Fija, pues, tus miradas en los brazos de la cruz; que los que yo vaya ahora nombrando pasarán como el veloz relámpago por la nube.

Y vi que por medio de la cruz se movía una llama, así que pronunció el nombre de Josué; que no fue antes dicho que ejecutado. Y al nombre del magnánimo Macabeo,[3] vi otra luz que andaba circularmente, girando como peonza, a impulso de su gloria. Y en otras dos seguí a Carlomagno y a Orlando con atenta mirada, como se sigue al halcón cuando va volando. Pasaron después por la misma cruz ante mi vista Guillermo, Reinaldo, el duque Godofredo y Roberto Guiscardo.[4] En esto, moviéndose también y mezclándose con los demás, mostróme el alma que acababa de hablarme cuánto se distinguía como artista entre los cantores del cielo. Volvíme al lado derecho para que Beatriz

2. En este quinto cielo. El Paraíso es representado simbólicamente como un árbol.

3. Judas Macabeo, el héroe hebreo que libró a su pueblo de la tiranía de Antíoco, rey de Siria.

4. Guillermo, duque d'Orange, muerto siendo monje en Gellone en 812. Reinaldo Ravioniart sería un joven sarraceno convertido que militó bajo las órdenes de Guillermo d'Orange y que, como él, murió siendo monje.

Godofredo de Bouillon, jefe de la primera cruzada y primer rey de Jerusalén. Roberto Guiscardo, uno de los hijos de Tancredo de Hanteville, nació en 1015; en 1058 fue hecho duque de Puglia y de Calabria, y libró al país de los sarracenos. Después de otras empresas de conquista y otras victorias, murió en Salerno en 1085.

me indicase de palabra o por señas lo que debía hacer, y vi tal serenidad y complacencia en sus ojos, que excedía a la que antes y aun a la que últimamente había manifestado. Y como por el mayor deleite que experimenta, el hombre que obra bien conoce de día en día cuánto adelanta en el camino de la virtud; así conocí yo, al ver más y más deslumbrador aquel portento de belleza, que en mi circular ascensión describía un arco mayor juntamente con el cielo. Y como en breve espacio de tiempo se trueca en blanco el color de la mujer que depone el carmín de la vergüenza, del mismo modo, así que me volví, advirtieron mis ojos, por la blancura de los templados rayos de la sexta estrella, que me hallaba ya dentro de su región.[5]

Vi en aquella faz de Júpiter, reverberante de amor, que se representaban a mis ojos los signos de nuestro lenguaje, y como las avecillas que alzándose de la margen del río y regocijadas al ver su pasto forman una hilera, ya curva, ya prolongada, así aquellas santas criaturas dentro de sus luces volaban y cantaban, y componían la figura de una D, de una I y de una L. Movíanse primero a compás de su canto; e imitando después uno de aquellos signos, deteníanse y callaban.

¡Oh Pegasea[6] deidad, que das gloria a los ingenios, que los haces inmortales, y eternizas contigo la memoria de las ciudades y los reinos! Ilumíname con tu esplendor, para que copie aquellos caracteres, tales como se me presentaron y muestre tu inspiración en estos breves versos.

Formáronse, pues, cinco veces siete vocales y consonantes, y yo fui notándolas según se me aparecieron. *Diligite justitiam,*

5. En el sexto cielo, el de Júpiter.
6. Pegasea es nombre genérico de las Musas. No puede determinarse si el Poeta se refiere a todas o a una en particular.

fue el primer verbo y nombre de toda la leyenda, la cual concluía con las palabras *Qui judicatis terram.*[7] Quedaron después ordenadas en la M del quinto vocablo, de suerte que Júpiter parecía plata mezclada de oro. Vi en seguida bajar otras luces sobre el extremo de la M, y detenerse allí cantando, creo que el Sumo Bien que las atrae hacia sí. Y a poco, así como del choque de ardientes tizones saltan chispas innumerables, que dan lugar a los agüeros de los ignorantes, parecían salir de allí más de mil luces, remontándose mucho o poco, según el Sol, al comunicarles su fuego, las disponía; y parándose cada cual en un punto, vi formarse de sus distintas llamas la cabeza y el cuello de un águila. El que esto pinta no tiene quien le dirija; Él se dirige a sí propio, y de Él reciben las aves el instinto de fabricar sus nidos. Los demás bienaventurados, que al principio parecían complacerse en formar una corona de lirios sobre la M, con un pequeño movimiento acabaron de figurar el águila.

¡Oh dulce estrella! ¡Cuántas de aquellas esplendentes joyas me mostraron que nuestra justicia es hija del cielo, al que sirves de ornamento! Por esto ruego a la Inteligencia que es el principio de tu movimiento y vital influjo, de donde proviene el humo que empaña tu resplandor, a fin de que se irrite de nuevo contra los que compran y venden en el templo, que se cimentó en los milagros y en la sangre de los mártires.

¡Oh milicia del cielo que estoy contemplando! Ruega a Dios por los que están en la tierra, extraviados a causa del mal ejemplo. Solía hacerse la guerra con la espada, mas al presente se hace quitando aquí y allá el pan que a nadie niega el Padre de la misericordia.

7. "Amad la justicia, vos que juzgáis en el mundo." Son las palabras con que comienza el libro de la *Sabiduría* de Salomón.

Y tú,[8] que sólo escribes en provecho tuyo, considera que Pedro y Pablo, que murieron por la viña que estás destruyendo, todavía viven. Y desde luego puedes decir: "Tan conforme va mi anhelo con el que quiso vivir solitario[9] y fue conducido al martirio en recompensa de un baile,[10] que no conozco ni al Pescador ni a Pablo."[11]

8. Apóstrofe al papa Juan XXII.

9. El papa dice, según Dante, tener veneración por San Juan Bautista, pues la imagen de éste estaba ornada de florines de oro.

10. Salomé pidió la cabeza de San Juan Bautista al rey Herodes.

11. San Pedro y San Pablo.

Canto decimonono

Habla el águila cual si fuese una sola en sí, aunque de muchos espíritus compuesta. Ruégala Dante que le resuelva la duda que le preocupa respecto a la justicia de los juicios de Dios: y ella, a propósito de esto, aprovecha la ocasión que incidentalmente se le ofrece para vituperar a los reyes cristianos de aquel tiempo, que quedarán confundidos ante el tribunal de Dios, aun por aquellos que no conocieron jamás a Cristo.

C on las alas abiertas estaba delante de mí la bella imagen,[1] que en su dulce éxtasis deleitaba a las almas de que se componía. Cada una de ellas parecía un rubí, en que brillaba la luz del Sol, mas con viveza tanta, como si reflejara en mis propios ojos. Y lo que en este momento voy a describir, ni humana voz lo ha narrado, ni pluma alguna lo ha descrito, ni se ha concebido jamás en la fantasía. Vi, y hasta oí hablar al ave con su pico, y pronunciar las voces *Yo* y *Mío*, cuando el concepto significaba *Nosotros* y *Nuestro*.[2] Y empezó a decir así:

"Por haber sido piadoso y justo, me veo exaltado a esta gloria, a la que no puede sobrepujar el mayor deseo, y dejé en la tierra tan cabal memoria de mí, que hasta los malvados la celebran, bien que no traten de imitarla." Y como de muchas brasas

1. La imagen del águila.
2. El águila habla en singular (yo, mío), pero expresa el pensamiento de todas las almas que contiene, simbolizando la unidad de la voluntad en el corazón de los hombres justos (nosotros, nuestro).

se desprende un calor solo, así de aquella imagen, en que se confundían muchos afectos amorosos, salía una sola voz.

Por lo que exclamé: —¡Oh perpetuas flores de la eterna bienaventuranza, que en un solo aroma me hacéis sentir todos vuestros perfumes! Satisfaced, exhalándolos, esta privación que tanto tiempo ha fomentado mis ansias, sin poder calmarlas en la tierra con cosa alguna. Yo sé bien que si la divina justicia refleja sus luces en otra esfera, la vuestra goza asimismo de ella sin velo alguno; y vosotros sabéis cuán atento me dispongo a escucharos, como también cuál es la duda que tan de antiguo me atormenta.

Como el halcón que, libre del capirote, mueve la cabeza y se aplaude con las alas, mostrando su deseo de volar y gallardeándose, así vi que lo hacía el águila, que estaba compuesta de loores a la divina gracia; y los cantos que estos loores expresaban, sólo puede comprenderlos el que de ellos goza.

Y dirigióse hacia mí diciendo: "El que abrió su compás hasta la extremidad del mundo, y dentro de su medida incluyó tantas cosas ocultas y manifiestas, no pudo estampar en el universo el sello de su poder de modo que no superase infinitamente su inteligencia a todas las demás; lo cual se ve demostrado por el primer Soberbio,[3] que fue la más excelente de todas las criaturas, por no esperar la luz de la gracia y se perdió antes que ésta fructificase en él. Síguese de aquí que toda criatura inferior es pequeño receptáculo para contener un bien tan infinito y que se mide por sí mismo; y que nuestro entendimiento, que debe ser como un destello de aquel en quien están comprendidas todas las cosas, no puede por su naturaleza llegar a tanto, que

---

3. Lucifer, que cayó del cielo por no esperar a ser confirmado en la gracia divina, que da luz y, por supuesto, entendimiento para ver y entender la existencia de Dios.

no ponga su principio muy lejos de donde realmente está. Por esto la inteligencia que en vuestro mundo se recibe penetra en la justicia eterna como la vista en el seno del Océano, la cual, aunque desde la orilla descubra su fondo, no lo alcanza ya a ver en alta mar; y, sin embargo, el fondo existe; pero lo oculta la profundidad. No se conoce la luz como no proceda de la serena región que jamás se anubla: todo lo demás son tinieblas, oscuridad producida por la carne, o veneno con que se corrompe la razón. Sobrado patente se te muestra ya el arcano que te ocultaba la perenne justicia de Dios, sobre que tan a menudo cuestionabas, pues decías: —Nace un hombre en las orillas del Indo, y nadie hay allí que le hable de Cristo, ni quien lea o escriba de él. Todas sus inclinaciones y acciones son buenas, a juzgar por la razón humana, no peca ni en sus actos ni en sus palabras. Muere sin bautizarse y sin fe. ¿Con qué justicia se le condena? ¿Qué culpa tiene en no creer?

"Y ¿quién eres tú, que pretendes sentarte en el tribunal para juzgar a mil millas de distancia, con una vista que sólo alcanza un palmo? Tendrían en verdad fundamento las grandes dudas del que razonando conmigo da en tales sutilezas, si sobre vuestro criterio no estuviesen las Escrituras.[4] ¡Oh, animales terrestres! ¡Oh espíritus groseros! La divina voluntad, que de suyo es buena, jamás se apartó de sí misma, que es el bien sumo. Justo será sólo lo que se conforme con ella, porque ninguno de los bienes creados la atrae hacia sí, antes bien ella es la que en su efusión los produce todos."

Como cigüeña que revolotea sobre su nido después que ha dado de comer a sus polluelos, y como el que de éstos ha comido

4. Es decir, si sobre la razón no debiese prevalecer la autoridad de las Sagradas Escrituras.

la mira fijamente; así hizo, clavando yo en ella los ojos, la bendita imagen que movía sus alas a impulso de tantas voluntades como llevaba en sí; y dando vueltas, cantaba diciendo: "Lo que mis notas son para ti, que no las entiendes, es la justicia eterna, mortales, para vosotros."

Luego que suspendiendo su movimiento, las fúlgidas antorchas del Santo Espíritu volvieron a formar la enseña con que atemorizaron al mundo los romanos, ésta siguió diciendo: "Jamás subió a este reino el que no creyó en Cristo antes o después de su crucifixión. Pero ten por cierto que muchos gritan hoy ¡Cristo! ¡Cristo!, y estarán menos cerca de él en el día del juicio, que alguno que no le conoció nunca; y cristianos habrá a quienes condene el etíope, cuando se dividan los destinos a cada región, unos para ser eternamente ricos, otros para vivir perpetuamente miserables. ¿Qué no podrán decir los persas a vuestros reyes, cuando vean abierto el volumen en que se escriben todas sus maldades? Allí, entre las obras de Alberto[5] se verá la que en breve ha de dar ocupación a las plumas, y por la cual quedará desierto el reino de Praga. Allí se verá el mal que sobre el Sena acarrea, falsificando la moneda, el que morirá víctima de un jabalí.[6] Veráse allí el insaciable orgullo que pone fuera de sí al escocés y al inglés,[7] hasta el punto de no

5. Alberto I de Austria, hijo del emperador Rodolfo, fue electo emperador en 1248.

Aquí se refiere Dante a la invasión de Bohemia por parte de Alberto I en el año 1034.

6. Felipe el Hermoso murió en 1314 a consecuencia de una caída durante una cacería. Mandó acuñar moneda falsa para pagar el ejército que tomó a sueldo contra los flamencos.

7. Parece aludir a Eduardo I de Inglaterra. El rey de Escocia es más difícil de determinar, aunque pueda referirse a Roberto Bruce, conde de Garrick, electo rey de Escocia en 1306.

poder reducirse a sus propios límites; y se verá la disolución y molicie del de España y el de Bohemia,[8] que ni conoció el valor ni lo puso jamás a prueba. Se verá asimismo indicada con una I la liberalidad del Cojo de Jerusalén, y sus faltas contrarias con una M;[9] y la avaricia y villanía del que posee la isla del Fuego,[10] en que finalizó su larga carrera Anquises; y para dar a entender cuán menguado es, se escribirá su vida en el libro eterno con voces abreviadas, que dirán mucho en poco espacio; y todos verán allí los vergonzosos hechos del tío y del hermano,[11] que han envilecido tan ilustre prosapia y dos coronas. Allí se conocerá a los de Portugal y de Noruega,[12] y al de Ragusa, que tan mal contrahízo el cuño de Venecia.[13] ¡Oh venturosa Hungría, si no se deja gobernar mal! Y ¡feliz Navarra, si se defiende con las montañas que la rodean! Y ya debe creerse que, como anuncio de esto, se lamentan y gritan Nicosia y Famagusta,[14] por la bestia que las gobierna,[15] y que no se distingue de la condición de los demás."

8. Fernando IV de Castilla, que reinó de 1295 a 1312. Wenceslao IV (1270-1305).

9. Carlos II de Anjou, rey de Nápoles y de Jerusalén, cuyas buenas cualidades pueden reducirse a una y en cambio sus defectos y vicios pueden marcarse con el millar.

10. Federico II de Aragón era también rey de la Isla del Fuego (Sicilia). Según Dante, sus malas acciones eran tantas que deberán escribirse con abreviaturas en el libro divino.

11. Jaime, rey de Mallorca (1262-1311), y Jaime II, rey de Sicilia y luego de Aragón.

12. Don Dionis. Dionisia I el Labrador (1279-1325). Haakón VII de Noruega, reinó de 1299 a 1319.

13. Esteban Oroscio II, rey de Serbia. Se cuenta que falsificando las monedas de su país, muy difundidas en Venecia, al ser sorprendido en ésta, provocó un gran perjuicio económico.

14. Dos ciudades de la isla de Chipre.

15. Enrique II de Lusiñán (1285-1324).

Canto vigésimo

El águila, que había ya enmudecido, vuelve a hablar, y da cuenta al Poeta de las luminosas almas de que se compone su ojo; y después, leyendo en su interior la duda de cómo podían estar en aquella región dos paganos, Rifeo y Trajano, se lo explica, enseñándole muy provechosa doctrina.

Cuando el que ilumina todo el mundo desciende de nuestro hemisferio de modo que por todas partes fenece el día, el cielo, que brillaba primero solamente con su luz, resplandece de pronto con otras muchas, aunque una resalta sobre todas. Esto que sucede en el cielo se me representó en la imaginación, cuando el ave, enseña del mundo y de los que en él imperan, cerró su bendito pico; porque reluciendo más aquellas vivas lumbreras, renovaron sus cánticos tan sobrenaturales, que no pude retenerlos en mi memoria. ¡Oh dulce amor, escondido bajo aquel risueño fulgor! ¡Cuán ardiente me parecías entre unos destellos que sólo exhalaban santísimos pensamientos!

Luego que aquellas preciosas y esplendentes joyas, de que el sexto planeta estaba coronado, impusieron silencio a los cantos angelicales, figuróseme oír el murmurar de un río que se desliza cristalino de piedra en piedra, mostrando la abundancia de su manantial; y como se producen los tonos en el cuello de la cítara, y se modula el viento al penetrar en los agujeros de la zampoña, así, sin más tardanza, salió del cuello del águila, cual si estuviese horadado, un murmullo, que convertido después en voz, emitió su pico en forma de palabras, según deseaba oírlas mi corazón, en el cual quedaron grabadas.

"Esta parte de mí por donde veo, y que en las águilas mortales resiste a la luz del Sol, me dijo por fin, quiere que fijamente la contemples, porque de las lumbreras que forman mi figura, las que dan brillo a los ojos de mi cabeza, son las que se distinguen más sobre las restantes. La que en medio hace oficios de pupila, fue el cantor del Espíritu Santo, que trasladó el arca del Testamento de un punto a otro.[1] Conoce ahora, en cuanto fue efecto de buena elección, el mérito de su canto, por la recompensa de que goza, proporcionada a él. De los cinco que componen el arco de mi ceja, el que más se me acerca al pico consoló a la viuda que perdió a su hijo;[2] y por la experiencia de esta dulce vida y de la otra, conoce ahora cuán caro cuesta no seguir a Cristo. El inmediato, en la parte superior del arco de que hablo, es el que retrasó la muerte por medio de una verdadera penitencia;[3] y ahora conoce que no se mudan los eternos juicios de Dios porque un ferviente ruego consiga allá abajo que suceda mañana lo que había de suceder hoy. El otro que está después se trasladó a otra parte con las leyes y conmigo,[4] y al dejar el puesto al pontífice y hacerse griego[5] obró con buena intención; mas no consiguió buen fruto, y ahora conoce que los males ocasionados por su buena acción no redundaron en daño suyo, por más que

1. David, rey de Israel. Autor de los *Salmos*.
2. Trajano, emperador (98-117), que escuchó los ruegos de una viuda haciéndole justicia por la muerte de un hijo, por cuyo motivo Gregario I (590-604) obtuvo que el alma de Trajano pasase del Infierno al Paraíso.
3. Ezequiel, rey de Judea, quien, conociendo por el profeta Isaías la proximidad de su muerte, se encomendó con profundo pesar al Señor, obteniendo vivir otros quince años.
4. El emperador Constantino, que trasladó su corte a Bizancio para dejar en Roma al papa Silvestre.
Ya se ha dicho que esta leyenda carece de fundamento.
5. Porque Bizancio era ciudad griega.

hayan producido la destrucción del mundo. Y el que ves donde desciende el arco fue Guillermo,[6] a quien llora por muerto la tierra, que se duele de que vivan Carlos y Federico;[7] el cual conoce ahora cuánto se complace el Cielo con un rey justo, y así lo manifiesta aún en el fulgor de que reviste su semblante. Y ¿quién de vuestro ciego mundo podría creer que el troyano Rifeo[8] es el que en este mismo arco viene a ser la quinta de sus sagradas lumbreras? Pues ahora conoce mucho de la divina gracia, que el mundo no puede ver, aunque él no llegue a penetrar hasta lo más íntimo."

Como la alondra que se espada por los aires, y que primero se embelesa cantando, y calla después, satisfecha de su último gorjeo, tal me pareció aquella imagen en quien se reflejaba el amor eterno, conforme a cuya voluntad llega a ser cada cosa lo que es. Y bien que con respecto a mis dudas fuese yo lo que el vidrio para con el color de que está teñido, no consintieron éstas que callando aguardase yo más tiempo, sino que, estimulándome fuertemente, obligaron a mi boca a preguntar: —¿Pero qué cosas son ésas?, lo cual vi que hacía bullir con nuevo regocijo el centelleo de aquellos resplandores; y avivándose más el fuego de su ojo, para que no continuase suspensa mi admiración, me respondió la bendita águila.

6. Guillermo II el Bueno, rey de Sicilia desde 1166, murió en 1189.

7. Carlos de Anjou y Federico II de Aragón.

8. Rifeo es recordado por Eneas, en el relato que hace Dido de la ocupación de Troya, como uno de los primeros en acudir a defender a la patria de los invasores griegos (Virgilio, *Aen.*, II, 339) y como uno de aquellos que, vistiendo las armaduras de los griegos muertos, hicieron horrible matanza entre los enemigos, muriendo luego al intentar rescatar a Casandra prisionera (Virgilio, *Aen.*, II, 426-727).

"Veo que crees todas estas cosas porque yo las digo, mas no sabes cómo pueden ser, de modo que aun creyendo en ellas son para ti un misterio; y haces lo que el que conoce bien una cosa por su nombre, pero no sabe distinguir su esencia, si no se la explica otro. *Regnum coelorum* (el reino celestial) cede a la vehemencia del ferviente amor y la viva esperanza de los hombres, que triunfan de la voluntad divina; pero no como triunfa el hombre de sus semejantes, pues si la vence, es porque quiere ser vencida, y, aun así, quedando vencedora por su bondad. Maravillaste al ver que el primero y el quinto espíritu de los que he mencionado ocupen la región angélica. No salieron de sus cuerpos, como presumes, siendo gentiles, sino cristianos, y con firme fe, el uno en el que había de padecer, el otro en el que ya había padecido.[9] Libre el uno del Infierno, donde nadie se convierte a Dios de buena voluntad, recobró sus huesos, merced otorgada a una vivísima esperanza, la cual pudo tanto con los ruegos hechos a Dios para resucitarle,[10] que consiguió por fin mover su voluntad. Vuelto al cuerpo este glorioso espíritu de que hablo, que fue por poco tiempo, creyó en aquel que podía salvarle, y creyendo, se encendió en tal fuego de verdadero amor, que al morir por segunda vez, se hizo digno de venir a esta bienaventuranza. El otro, por medio de una gracia nacida de tan profunda fuente, que jamás vista alguna logró penetrar más allá de su superficie, cifró, viviendo, todo su amor en la rectitud; por lo que de merced en merced le abrió Dios los ojos a nuestra redención futura, y así creyó en ella, y desde entonces no sufrió más el contagio del paganismo, reprendiendo a los que de él estaban infestados. Las tres matronas que viste en la

9. Se refiere a Rifeo en el primer caso y en el segundo a Trajano.
10. Los ruegos del papa San Gregorio.

rueda derecha del carro[11] le sirvieron de bautismo mil años antes de que se bautizase. ¡Oh predestinación! ¡Cuán distante está tu principio de los ojos que no ven del todo la primera causa! Y vosotros, mortales, sed cautos en vuestros juicios; pues nosotros vemos a Dios, y no conocemos todavía a todos sus elegidos; y dulce nos es ignorancia semejante, porque en esta ventura se perfecciona la nuestra, queriendo nosotros lo que Dios quiere."

Tal fue el sabroso remedio que me dio aquella divina imagen para aclarar mi corta vista; y como el buen tocador de cítara hace que el buen cantor siga la vibración de la cuerda, con lo que el canto embelesa más, así, mientras él hablaba, recuerdo haber visto las dos gloriosas lumbreras, que, como los párpados que se mueven a la vez, despedían llamaradas al compás de sus palabras.

11. Las virtudes teologales.

Canto vigesimoprimero

Sube Dante a la esfera de Saturno, donde ni Beatriz le muestra ya su sonrisa, ni los bienaventurados hacen oír sus cánticos, goces superiores a los que un mortal puede resistir. Aparece una altísima escala, símbolo de la contemplación celeste, por la cual suben y bajan gran número de espíritus lucientes. Uno de ellos, que se había acercado mucho al Poeta, le habla del profundo dogma de la predestinación, y declarando ser San Pedro Damiano, toma de aquí ocasión para censurar la corrupción de los religiosos, y el excesivo lujo de los prelados, tan contrario al ejemplo de los Apóstoles.

De nuevo había vuelto a fijar mis ojos en el semblante de mi Señora, y con ellos las potencias de mi alma, apartada de todo otro pensamiento. Ya ella no sonreía: —Si me sonriese ahora, empezó a decirme, te sucedería lo que a Semele cuando fue convertida en cenizas.[1] Porque mi belleza, que, como has podido observar, se acrecienta más a medida que vamos subiendo las gradas del eterno alcázar, si ahora no se velase, resplandecería de tal manera, que su fuerza sería para la tuya mortal lo que un rayo que cae sobre una rama. Hemos subido hasta el séptimo planeta[2] que, estando bajo el pecho del León ardiente,[3]

---

1. Semele, hija de Cadmo y amada por Júpiter, quiso ver a éste en todo su esplendor por la engañosa instigación de Juno y quedó convertida en cenizas.
2. El cielo de Saturno es el de los espíritus contemplativos.
3. El ardor del León (influjo de caridad) contrarresta el frío de Saturno (influjo de la vida solitaria y humilde).

envía a la tierra su fuego mezclado con la influencia de éste. Pon, pues, la reflexión donde has puesto los ojos, y haz que se reproduzca en ellos la imagen que ha de aparecérsete en esta esfera—. El que pudiera saber cuán dulcemente se recreaba mi vista en el aspecto de su beldad, comprendería qué grato había de serme también, al trasladar a otro objeto mi atención, obedecer a mi celeste Guía, poniendo en parangón uno y otro afecto.

Dentro del planeta que, girando alrededor del mundo, lleva el nombre del amado rey bajo cuyo cetro quedó toda maldad proscrita,[4] vi una escala de color de oro,[5] que con sus rayos iluminaba el Sol, la cual se elevaba tanto, que mis ojos no distinguían el fin; y por sus escaleras vi también bajar tal multitud de luces, que presumí haberse juntado allí cuantas hay esparcidas por el cielo. Y como al rayar el día es costumbre de las cornejas sacudir a la vez sus frías alas para calentarlas, y unas vuelan para no volver, otras regresan al punto de donde han salido, y otras revolotean sin mudar de sitio, tal me pareció a mí que sucedía con aquellos resplandores que llegaron al mismo tiempo, colocándose cada cual en un escalón determinado; y el que más se aproximó a mí adquirió tal intensidad, que me decía yo interiormente: —Bien veo el amor con que me solicitas—; pero la que siempre me prescribía cómo y cuándo había de hablar o de callar, permanecía inmóvil, de suerte que, contra mi deseo, tuve por bien no hacer pregunta alguna.

Mas ella, que veía mi silencio en la mirada de Aquel que lo ve todo, me dijo: —Haz lo que tanto anhelas—; y yo entonces

---

Los antiguos comentaristas confirman que en el mes de marzo de 1300 Saturno estaba en conjunción con el signo del León.

4. Saturno, que reinó en la edad de oro.

5. La escalera de oro que se pierde en el infinito es el símbolo de los grados de la contemplación mística.

empecé así: —No me hacen mis méritos digno de tu respuesta, mas por la virtud de la que me permite preguntarte, ruégote, bienaventurado espíritu, oculto bajo el esplendor que tu gloria muestra, me digas cuál es la causa de acercarte a mí, y por qué en esta esfera no resuenan los dulces cantos del Paraíso, que producen en las demás tan devoto afecto.

"Tú tienes de mortal el oído como la vista, me respondió, y si aquí ya no se canta, es por la razón misma que suspende la risa de Beatriz. Yo he descendido tantos grados de la santa escala, sólo para festejarte con mis razones y con esta luz fulgente que me circunda; y no vengo impelida por más amor, que tanto y más ferviente es el que allá arriba se goza, como el brillar de esas almas te lo declara, sino porque la sublime caridad que nos comunica esta prontitud con que servimos a la Providencia que gobierna el mundo, nos destina aquí, como tú mismo puedes observar."

—Ya veo, le contesté, fulgente antorcha, cómo el amor dueño de sí mismo basta en este reino para ejecutar los eternos designios de la Providencia; pero ¿por qué (y esto es lo que se me hace difícil de comprender), por qué, de todas tus compañeras, has sido tú la encargada de desempeñar este ministerio?

No había acabado la última palabra, cuando, haciendo aquella luz centro de sí misma, comenzó a girar como veloz rueda, y el alma amante que en su interior moraba me respondió: "Sobre mí desciende la luz divina, penetrando por entre esta en que estoy envuelta; cuya virtud, unida a mi perspicacia propia, me eleva tanto sobre mí misma, que alcanzo a ver la divina esencia de que aquélla es una emanación. De aquí el gozo con que resplandezco, porque a la claridad de la visión que de Dios recibo, iguala la de la luz que conmigo llevo. Y, sin embargo, el alma que más brilla en el cielo, el serafín que más fija tiene su contemplación en Dios, no podría satisfacer a tu pregunta,[6] porque lo que deseas saber de tal manera se esconde en el abismo de los decretos eternos, que no es dado descubrirlo a ninguna inteligencia de las creadas. Y cuando vuelvas al mundo mortal, refiere esto, para que no presuman adelantar nada en tal camino. El espíritu que aquí es luz en la tierra es humo. Considera, pues, cómo alcanzará allá abajo lo que no logra ni aun remontado al cielo."

En tales términos me retrajeron sus palabras, que desistí de la cuestión, y me limité a preguntarle humildemente quién era.[7]

"Entre los dos mares de Italia,[8] y no muy distantes de tu patria, se alzan cumbres tan elevadas,[9] que los truenos retumban debajo de ellas, formando una eminencia que se llama Catria,[10] en cuya falda hay un monasterio[11] únicamente consagrado al divino culto."[12] Así empezó su tercer razonamiento; y continuando después, añadió: "Aquí me afirmé tanto en el servicio de Dios, que con manjares condimentados no más que con aceite, pasé tranquilamente hielos y calores, absorto en mis pensamientos contemplativos. Solía aquel claustro dar abundantes cosechas para estos cielos, mas al presente va siendo tan estéril, que en breve es fuerza que se divulgue. En aquel asilo fui Pedro Damiano,[13] como fui Pedro Pecador en la casa de nuestra

6. Ni el alma más iluminada por la luz divina, como la de los serafines, podría satisfacer el deseo expresado por Dante de penetrar el secreto de la predestinación.

7. Pedro Damiano, que continúa luego su razonamiento.

8. El Tirreno y el Adriático.

9. Los Apeninos.

10. El monte Catria, en los Apeninos, entre Gulbio y Pergola.

11. El monasterio de Fonte Avellana.

12. V. 111: *Che soul esser disposto a sola latria.*

13. Pedro Damiano había nacido alrededor del año 1007. A los treinta años se retiró del mundo, entrando en el monasterio de Santa Croce

Señora, que, está en la ribera del Adriático. Restábame poca vida mortal, cuando fui llamado y obligado a recibir el capelo que se va transmitiendo de uno malo en otro peor. Vino Cefás[14] y vino el gran vaso del Espíritu Santo,[15] extenuados y descalzos ambos, aceptando la comida que primero hallaban; y a la sazón tus modernos pastores quieren que los sostengan por ambos brazos, y que los lleven (tan obesos se hallan), y hasta por detrás los apuntalen. Con las capas cubren sus palafrenes, de modo que una misma piel sirve para dos bestias. ¡Oh, paciencia! ¡Cuánto tienes que sufrir!"

Al oír esto, vi que bajaban varias luces de uno en otro escalón, y que daban vueltas, y en cada una se aumentaba su belleza. Llegaron, y se pusieron alrededor de aquel espíritu, y lanzaron tan fuerte grito, que nada hay aquí con qué compararlo. Ni yo entendí lo que dijeron: de tal modo atronaron mis oídos.

---

de Fonte Avellana; por su santidad fue elegido prior del monasterio. En 1057 fue nombrado cardenal y obispo de Catia, pero prefirió ingresar en el convento de Santa María como simple monje, haciéndose llamar Pedro el Pecador. Murió en 1072.

14. San Pedro.
15. San Pablo.

Canto vigesimosegundo

Manifiéstase al Poeta el espíritu de San Benito, que se lamenta
también gravemente de la depravación de sus religiosos. De aquí
sube a la esfera de las estrellas, y es recibido en el signo de Gémi-
nis, desde donde se vuelve a contemplar los planetas inferiores y
nuestro miserable globo.

Sobrecogido de espanto me volví a mi Guía, como el niño que recurre siempre a lo que le inspira más confianza; y ella como madre que acude corriendo en auxilio de su hijo pálido y azorado, y con su voz suele tranquilizarle, me dijo: —¿No sabes que estás en el cielo? ¿No sabes que en el cielo todo es santidad, y que lo que en él se hace proviene de un recto celo? Puedes figurarte ahora qué alteración hubieran producido en ti el canto de los espíritus y mi sonrisa, cuando un grito te ha conmovido tanto: y si hubieras llegado a entender las súplicas que en él se hacían, tendrías conocimiento del castigo que Dios prepara, y que verás antes de morir. La espada de la divina justicia no hiere ni prematura ni tardíamente, aunque una u otra cosa parezca a los que desean o temen que sobrevenga. Pero vuélvete ahora a ese otro lado, y verás multitud de espíritus ilustres si, como te digo, fijas bien la atención en ellos.

Volví en efecto la vista, según mandaba, y vi cien esferas pequeñas, que recíprocamente se comunicaban sus hermosas luces. Yo estaba como quien reprime un vivísimo deseo, temeroso de parecer impertinente con sus preguntas; hasta que adelantándose el mayor y más brillante de aquellos luceros, para satisfacer mi curiosidad, oí que interiormente decía:[1] "Si vieses tú como yo el fuego de caridad que en nosotros arde, no temerías expresar tus pensamientos; mas para que con esta dilación no se retrase el alto fin a que aspiras, daré respuesta a lo que procuras reservar tanto. El monte en cuya pendiente se halla Cassino,[2] vio frecuentada su cumbre un tiempo por gente fanática y enemiga de la verdad; y yo soy el primero que llevó allí el nombre del que difundió por la tierra la verdadera luz, que aquí tanto nos engrandece; y tan colmado me vi de gracia, que alejé a los pueblos circunvecinos del culto impío que había seducido al mundo.[3] Estos otros luminares fueron todos hombres contemplativos, poseídos de aquel ardor que hace brotar las flores y los frutos de santidad. Aquí está Macario,[4] aquí Romualdo;[5] aquí los hermanos míos que, acogiéndose a los claustros, mantuvieron constantes sus corazones."

Y yo le interrumpí diciendo: —El afecto que al hablarme demuestras y la bondadosa disposición que veo y observo en todos vuestros fulgores alientan mi confianza, como alienta el sol

1. San Benito, fundador de la orden de los benedictinos. Nació en Umbría en 450 y murió en 543.
2. En la cima del monte Cairo, en cuya pendiente se halla Cassino, existió un templo dedicado a Apolo.
3. Erigió el famoso monasterio de Monte Cassino, donde murió; destruyó el templo de Apolo, a quien aún se veneraba, y convirtió a las gentes al cristianismo.
4. Dos religiosos de este nombre conoce la historia de la Iglesia, pertenecientes a la misma época. Vivieron, uno, el alejandrino, en los desiertos de Egipto; el otro, en los de Libia, entre los siglos IV y V. No se puede precisar a cuál de ellos se refiere Dante; posiblemente los haya confundido en uno solo.
5. San Romualdo de Rávena nació alrededor del 956. Instituyó la orden de los camaldulenses, fundando la famosa Cartuja de Camaldoli en Toscana; al morir en 1027 era famoso por su santidad y sus milagros.

a la rosa cuando despliega ésta toda su pompa para recibirle. Ruégote, por lo tanto, y tú, padre, concédemelo, si de tal gracia fuere merecedor, que vea tu imagen sin velo alguno.

Y él me replicó: "Hermano, tu sublime deseo se cumplirá en la última esfera, donde se cumplen todos los demás, y el mío. Perfecto, sazonado y cabal llega allí a hacerse el menor anhelo; sólo allí se conserva cada parte donde siempre ha estado, porque no ha lugar a cambio alguno ni hay polos sobre que gire; y nuestra escala se remonta hasta ella, por lo que se oculta a tu vista su extremidad. Viola elevar hasta allá arriba su parte superior el patriarca Jacob, cuando se le apareció cubierta de ángeles; mas nadie alza sus pies de la tierra para subirla, y mi regla subsiste sólo para gastar inútilmente la materia en que se escribe. Los muros que antes eran abadía se han convertido en cueva de ladrones, y las cogullas son sacos de ruin harina.[6] No desagrada a Dios tanto la más escandalosa usura, cuanto el interés que hasta tal punto pervierte el corazón de los monjes, pues todo lo que atesora la Iglesia es de los que piden por el amor de Dios, no de los parientes ni de otros de peor ralea. La carne de los mortales se corrompe tan fácilmente, que no dura en buen estado el tiempo que tarda una encina en crecer para dar bellotas. Pedro empezó sin oro ni plata; yo con oraciones y ayunos, y Francisco fundó su convento sobre humildad; y si miras bien a los principios de cada cual, y después a dónde ha llegado, verás que lo blanco se ha convertido en negro. Sin embargo, más maravilloso fue ver retroceder al Jordán, cuando Dios quiso, y huir al mar, que lo sería el remedio de estos males."

6. Los conventos, que antes eran lugar de vida santa, hoy se han vuelto nido de corrupción y de licencia.

Esto me dijo, y se retiró al grupo de que había salido, y el grupo se estrechó más; y después se levantó él a lo alto como un remolino. Mi dulce Beldad me indicó con una sola señal que me lanzase tras él por la escala arriba (tanto pudo su ascendiente sobre mi naturaleza); y jamás en esta tierra, donde se sube y se baja, se vio movimiento tan raudo que pudiera igualarse con el de mi vuelo. Así logre yo, ¡oh lector!, volver a aquel triunfante reino por el cual lloro a cada momento mis pecados y me doy golpes de pecho, como es seguro que no hubieras tú puesto un dedo al fuego y retirádolo en el tiempo que tardé en ver el signo que sigue al Tauro[7] y en hallarme dentro de él.[8]

¡Oh gloriosas estrellas! ¡Oh lumbrera henchida de la eficaz virtud a la cual soy deudor de todo mi ingenio, cualquiera que sea! Con vosotras nacía y se ocultaba con vosotras el que es padre de toda vida mortal, cuando respiré por primera vez el aire de Toscana; y después, cuando me fue otorgada la merced de entrar en la sublime rueda con que giráis, pude también penetrar en vuestra región. Por vosotras suspira ahora fervientemente mi alma para adquirir la fuerza necesaria en el arduo trance en que va a empeñarse.

—Tan cerca estás ya del último grado de salvación —me dijo Beatriz—, que debes emplear toda la lucidez y perspicacia de tus ojos; y por lo mismo, antes que penetres más allá, mira abajo, y considera qué mundo tan vasto he puesto bajo tus pies. Haz de modo que tu corazón se muestre cuanto le sea posible lleno de júbilo a la triunfadora falange que se adelanta por este lado del globo etéreo.

7. Géminis.
8. El octavo cielo, el de las estrellas fijas.

Pasé la vista por todas las siete esferas; y vi este mundo tal que me causó risa su miserable aspecto; y así apruebo como mejor la opinión que le tiene en menos, y el que piensa en el otro puede llamarse verdaderamente bueno. Vi a la hija de Latona[9] esplendente, sin la sombra que fue causa de que la creyera enrarecida y densa. Allí, ¡oh, Hiperión!, pude resistir la vista de tu hijo,[10] y vi cómo se mueven, en torno y cerca de él, Maya y Dione.[11] Aparecióseme luego Júpiter, atemperando al padre con el hijo;[12] percibí claramente la mudanza de lugares que hacen, mostrándome todos siete su magnitud, su velocidad y la distancia a que están respectivamente. Girando con los eternos Gemelos, descubrí también desde los montes a la mar todo este pequeño espacio que nos tiene tan orgullosos; y en seguida volví los ojos a los ojos de mi Belleza.

9. La Luna o Diana.

10. El Sol.

11. Maia era la madre de Mercurio y Dione la de Venus. Aquí, para designar a cada uno de los planetas.

12. A Saturno y a Marte.

Canto vigesimotercero

Maravillosa aparición de la corte celestial. Bajan de lo alto Jesucristo y María entre infinito número de ángeles y santos. La luz del Hijo de Dios priva al Poeta de ver ninguna otra cosa, pero desapareciendo, porque de nuevo sube al Empíreo, le permite descubrir claramente las demás maravillas del Paraíso. Baja el arcángel Gabriel en forma de llama a coronar a María, la cual se eleva después y permanecen los Bienaventurados.

Como el ave que habiendo pasado entre el amado ramaje y junto al nido de sus dulces pajarillos la noche que nos oculta los objetos, para ver a sus caros hijos y hallar cebo con que alimentarlos, ímprobos afanes que le son tan gratos, acecha el día en la punta de las ramas, y aguarda al Sol, con ansioso afecto, mirando atentamente si nace el alba; así de pie y con el mayor anhelo estaba mi Señora vuelta hacia la parte en que se muestra el Sol menos presuroso[1] de modo que, viéndola tan suspensa y enajenada, quedé como el que teniendo una cosa desea otra, y se entretiene con su esperanza. Pero pasé poco tiempo en esta incertidumbre, es decir, entre aguardar y ver que el cielo iba aclarando más y más; y Beatriz me dijo: —Mira ya las triunfantes legiones de Cristo,[2] y todo el fruto que de sí ha dado el girar de estas esferas.

Parecióme que todo su rostro estaba ardiendo, y tenía los ojos tan radiantes de gozo, que no me es posible expresarlo

1. Hacia el mediodía.
2. Son los beatos que, empleando en el bien las inclinaciones naturales influidas en ellos por estos cielos, merecen la gloria eterna.

ahora. Como en los serenos plenilunios luce Diana[3] entre las eternas ninfas que esmaltan todos los ámbitos del cielo, vi sobresalir entre millares de antorchas un Sol que las encendía todas, a la manera que el nuestro comunica su fuego a las estrellas que nos dominan; y la brillante substancia penetraba con tal claridad por la viva luz, que no podían mis ojos resistirla.

—¡Oh Beatriz, mi amado y dulce consuelo!... —Y ella me dijo: "Lo que así te ofusca es una virtud con quien no compite ninguna otra. Esas son la sabiduría y el poder del que abrió entre cielo y tierra las vías por las que tanto suspiraba el mundo."

Como se desprende el rayo de la nube, dilatándose de manera que, no cabiendo en ella, se precipita hacia abajo contra su misma naturaleza, así esparciéndose mi espíritu entre todos aquellos atractivos, rebosó de sí propio; mas no puedo recordar lo que fue de él.

—Abre los ojos y mira quién soy. Cosas has visto ya que deben haberte acostumbrado a resistir la viveza de mi resplandor.

Hallábame yo como el que siente el recuerdo de una visión olvidada, y se esfuerza en vano por reproducirla en su mente, cuando oí esta invitación tan digna de ser agradecida, que no se borrará nunca del libro en que se consigna lo pasado. Si ahora viniesen en mi auxilio todas aquellas lenguas a que Polimnia y sus hermanas dieron con su dulcísimo néctar mayor facundia, no llegaría a la milésima parte de la verdad, cantando aquella santa sonrisa y el fulgor que a su santa faz comunicaba. Así, al describir el Paraíso, debe el sagrado poema salvar cuanto es indescriptible, como el que encuentra cortado su camino. Y el que calcule la enormidad del peso y los hombres mortales que han

---

3. V. 26: *Trivia ride tra le ninfe eterne.* Trivia es uno de los epítetos de la Luna.

de sostener tal carga, no censurará que a ella se rindan: que no es mar a propósito para tan pequeño barco este que va hendiendo su osada proa, ni para marinero que rehúya la fatiga.

—¿Por qué te enamora mi rostro tanto, que no inclinas tu vista al bello jardín[4] que el astro de Cristo mantiene tan floreciente? Allí está la rosa[5] en que se hizo carne el Divino Verbo, y allí los lirios[6] cuya fragancia indica cuál es el buen camino.

Dijo así Beatriz, y yo, que estaba siempre dispuesto a seguir sus consejos, volví a batallar con mi débil vista. Como el puro rayo del sol que rompiendo una nube dejó a veces ver un prado de flores a mis ojos cubiertos de oscuridad, así vi varios grupos esplendentes lanzados desde arriba por ardiente fuego, sin advertir cuál era el principio de su brillantez. ¡Oh benigna virtud que así los iluminas! Tú te remontaste para dejar libre el sitio a mis ojos, que carecían de toda fuerza. El nombre de la hermosa flor, que día y noche estoy invocando siempre, empeñó toda mi atención en contemplar la más fúlgida lumbrera,[7] y luego que mis ojos me pintaron el esplendor y grandeza de la viva estrella que ostenta su triunfo en la región celestial como en la terrestre, bajó desde lo interior del Empíreo una llama,[8] que formando un círculo, a manera de corona, la ciñó enteramente, dando vueltas alrededor. La más dulce melodía de cuantas se oyen y más conmueven el alma entre nosotros parecería estrépito de atronadora nube comparada con el son de aquella lira, que coronaba el hermoso zafiro con que se embellecía más tan esplendoroso cielo.

4. El coro de los bienaventurados.
5. La Virgen María.
6. Los Apóstoles.
7. La Virgen María.
8. El arcángel Gabriel.

"Yo soy el angelical amor que giro en torno del sublime encanto nacido del seno en que halló albergue nuestro anhelado Bien; y seguiré girando, Reina del Cielo, mientras estés unida a tu Hijo y acrecientes el brillo de la suprema esfera, morando en ella."

Así terminó su melodioso himno la girante antorcha, y todas las demás lumbreras hicieron resonar el nombre de María. El regio manto[9] de todas aquellas esferas del mundo, que se enciende y anima más con el aliento y eficacia de Dios, mostrábase por encima de nosotros, y tan distante su parte interior, que no alcanzaba yo a descubrirla desde el punto donde estaba. Por esto no pudieron mis ojos seguir al coronado astro al remontarse en pos de su Hijo.

Como el pequeñuelo que tiende los brazos a su madre después de amamantarlo, porque el amor no puede menos de manifestarse por fin exteriormente, cada uno de aquellos luminosos espíritus se dilataba hacia arriba, en lo cual me hacían patente el profundo afecto que profesaban a María; y después permanecieron en mi presencia cantando tan dulcemente *Regina coeli*, que no he podido olvidar nunca aquel placer. ¡Oh!, ¡qué tesoro de bienaventuranza se contiene en aquellas riquísimas arcas, que tan fecunda semilla suministraron a la tierra! Allí se vive y se goza de la opulencia ganada a fuerza de lágrimas en Babilonia, donde se hizo dejación del oro. Allí triunfa de su victoria bajo la enseña del soberano Hijo de Dios y de María, y con el antiguo y el nuevo concilio,[10] el que tiene las llaves de aquella gloria.[11]

---

9. Llama así al noveno cielo o primer móvil porque —como el Empíreo— contiene todos los otros cielos.

10. Los elegidos del Antiguo y del Nuevo Testamento.

11. San Pedro.

Canto vigesimocuarto

Dirígese Beatriz a los espíritus celestiales, intercediendo con ellos en favor de Dante, y éstos, formando varios círculos, muestran su complacencia al girar más o menos veloces, según el grado de bienaventuranza en que se hallan. Del círculo más brillante sale San Pedro, da tres vueltas alrededor de Beatriz, se para, y a ruegos de ella hace al Poeta varias preguntas sobre la Fe y las causas de que procede. Responde él con la mayor precisión y con gran sentido católico y obtiene el aplauso del santo apóstol.

¡Oh, vosotros los elegidos para la gloria del bendito Cordero, que os sacia hasta el punto de estar siempre satisfecho vuestro apetito![1] Pues por merced de Dios participa éste de la exuberancia de vuestra gloria antes que la muerte dé fin a su tiempo, atended al inmenso fervor de que está animado, e infundid algo de vuestra luz en su entendimiento, dado que la encendéis en el foco de donde emana lo que trae en su mente.

Dijo así Beatriz; y aquellas gozosas almas comenzaron a girar como esferas sobre polos fijos, lanzando luminosos rayos a manera de cometas; y como andan las ruedas en las máquinas de los relojes, donde la primera parece a quien la observa que no se mueve, y la última que vuela, así aquellos radiantes círculos que giraban desigualmente, me daban idea por su velocidad o su lentitud de la bienaventuranza de que gozaban.

Del que más hermoso me parecía, vi salir un fuego tan animado, que ningún otro ostentaba claridad tan grande. Tres veces

---

1. Los elegidos para la gloria del Paraíso.

513

giró en torno de Beatriz, prorrumpiendo en tan divino canto, que no pudo grabarse en mi imaginación; por lo cual pasa adelante mi pluma sin escribirlo, pues no para ponderarlo con palabras, mas ni aun para reproducir tan delicadas tintas tiene la mente colores bastante vivos.

"¡Oh santa hermana mía, que con tal devoción nos ruegas! Tu ardoroso afecto hace que me desprenda de mi bella esfera." Y se detuvo la bendita llama[2] así que me comunicó a mi Señora el aliento que habló como dejo dicho.

Y ella le replicó: —¡Oh luz eterna del egregio varón a quien nuestro Señor dejó las llaves de aquel indecible bien que consigo llevó a la tierra! Pregunta a éste, según te plazca, sobre los puntos sencillos o arduos acerca de la Fe que tan seguro te conducía por encima de los mares. Hasta qué punto ama y espera y cree, tú lo sabes, que tienes tus miradas fijas en Aquel en quien se retrata todo; pero como la verdadera Fe es la que da a este reino sus ciudadanos, para más glorificarla conviene que discurras con él acerca de ella.

Y como el bachiller se prepara y no habla hasta que el maestro propone la cuestión para discutirla, no para resolverla, así me armaba yo de toda suerte de raciocinios, mientras ella decía esto, para responder a tal examinador con la confesión que debía hacerle.

"Di, buen cristiano; explícame: ¿qué cosa es Fe?" Y yo levanté la frente hacia la luz de donde procedían estas palabras y me volví a mirar a Beatriz, que me hizo una rápida seña para que pusiese de manifiesto el caudal que interiormente guardaba.

—La gracia, empecé a decir, que se me otorga de confesarme

2. El alma de San Pedro.

ante tan insigne capitán,[3] me valga para expresar bien mis conceptos—. Y proseguí de este modo: —Tu amado hermano,[4] ¡oh padre!, que contigo puso a Roma en camino de salvación, lo escribió con su verídica pluma: Fe es la sustancia de las cosas que se esperan, y el argumento de las que no se ven; y ésta me parece ser su esencia—. Y oí que me decía: "Razonas acertadamente, si comprendes por qué la puso entre las sustancias, y luego entre los argumentos." Y respondí: —Los sublimes misterios que aquí se me manifiestan evidentes, a los ojos terrestres son tan oscuros, que no existen allí más que en la creencia, sobre la cual se funda toda nuestra esperanza; y por esto toma el nombre de sustancia. Sobre esta creencia conviene argumentar, sin atender a ninguna otra prueba; y por esto toma el nombre de argumento—. Y le oí añadir: "Si todo lo que en la tierra se aprende por medio de la enseñanza, se entendiera tan cabalmente, no lograrían crédito alguno las sutilezas de los sofistas." Estas palabras salieron del espíritu, lleno de encendido amor.

Después añadió: "Bien quilatada está la ley y el peso de esta moneda; pero dime si la llevas en tu bolsa"; y yo dije: —Sí, y tan perfecta y bien esculpida, que no se me encubre cosa alguna de su cuño—. Y de la vivísima luz salió en seguida esta pregunta: "¿De dónde, pues, te viene tan preciada joya, sobre la cual se funda toda la demás riqueza?" —La fecunda inspiración del Espíritu Santo, respondí, esparcida en las antiguas y en las nuevas páginas, es el silogismo con que me he convencido tan completamente, que a su lado otra demostración me parece vana.

3. V. 59. El texto dice: *Comincia' io dall'alto Primipilo*. Dante llama *primipilo* a San Pedro en su calidad de jefe de los apóstoles, por la expresión *primipilus* con que los latinos designaban al centurión del primer grupo de los triarios.

4. San Pablo.

Después oí esta pregunta: "Y ¿por qué juzgas como palabra divina la antigua y nueva proposición, para ti tan convincentes?" Y contesté: —La prueba que me descubrió la verdad son los milagros posteriores, para los cuales no tuvo la naturaleza que forjar hierro ni recurrir a yunque—. Y añadió: "Pues dime, ¿quién te asegura que fueron tales milagros? Lo sabes por lo mismo que necesita probarse, no por otra cosa." Y repliqué: —Si el mundo no se convirtió al cristianismo milagrosamente, esto es ya un milagro tan grande, que todos los demás serían insignificantes; como lo es que tú entrases pobre y desvalido en el campo para sembrar semilla fructífera, que a poco se convirtió en vid, y hoy sólo produce zarzas.[5]

Al acabar de decir esto, la santa y excelsa Corte entonó por todas las esferas un *Alabemos a Dios* en la melodía con que allí se canta; y el mismo Varón[6] que examinándome punto por punto había ido acercándome a los últimos términos, volvió a decirme: "La gracia que está enamorada de tu mente te abrió hasta aquí la boca como debía abrirse, de modo que apruebo cuanto salió de ella; mas ahora conviene que expliques lo que crees, y quién ha suministrado esto a tu creencia."

—¡Oh santo padre, repuse, oh espíritu que ves lo que crees hasta el punto de anticiparte, estando junto al sepulcro, a otro más joven![7] Quieres que manifieste aquí la fórmula de mi viva creencia y hasta la causa que la motiva; y yo respondo: Creo

5. Alude al impulso dado por San Pedro a la Iglesia y por esos años perdidos.

6. V. 115: *E quel baron, che sì di ramo in ramo.*

7. Conocida la resurrección de Jesús, acudieron al sepulcro San Pedro y San Juan, y mientras éste se detuvo y no osó entrar —a pesar de haber llegado antes por ser más joven—, San Pedro penetró inmediatamente, lo que se da como prueba de su fe.

en un solo y eterno Dios, que sin ser movido, pone el cielo todo en movimiento con su amor y su voluntad. Y en apoyo de esta creencia, no tengo sólo pruebas físicas y metafísicas, sino que me las suministra también la verdad que de aquí emana por medio de Moisés, de los profetas, de los salmos, del Evangelio, y de vosotros, que escribisteis después de ser santificados por el Espíritu divino. Y creo en tres personas eternas, y creo que forman una esencia tan una y tan trina, que de ellas puede decirse que *son* y *es*. La doctrina evangélica graba repetidas veces en mi mente la inexplicable naturaleza divina de que ahora trato. Éste es el principio, ésta es la centella que se convierte después en viva llama, y que reverbera en mí como las estrellas en el cielo.

Y como el Señor que al oír una grata nueva, abraza a su siervo luego que éste la ha referido, congratulándome de ella, así bendiciéndome y cantando, luego que quedé callado, dio tres vueltas alrededor de mí la apostólica antorcha, por cuyo mandato acababa de hablar; que tan complacido quedó de lo que había dicho.

Canto vigesimoquinto

El apóstol Santiago, que se hallaba en el mismo coro que San Pedro, se adelanta como éste, y examina al Poeta sobre la virtud teologal de la Esperanza. Hácele tres preguntas, de las que responde Beatriz por él a una, y a las otras dos él por sí. En seguida aparece San Juan, el apóstol de la Caridad, envuelto en brillantísima luz, y une su canto al de sus otros dos compañeros. Vuélvese después a Dante, que le miraba atentamente con la mayor curiosidad, y le manifiesta que está allí en espíritu, habiendo dejado su cuerpo en la tierra, como todos los demás. La luz que despide San Juan deslumbra de tal modo al Poeta, que no ve a Beatriz, que está a su lado.

Si alguna vez acontece que este sagrado poema en que han puesto mano cielo y tierra, tanto que han consumido mi cuerpo algunos años, vence la crueldad con que se me aleja del dulce redil en que dormía yo como cordero enemigo de los lobos que le mueven guerra, volveré con otra voz y con otro nombre[1] hecho ya poeta, y ceñiré el lauro junto a la fuente en que recibí el bautismo; porque allí fue donde abracé la Fe que familiariza a las almas con Dios, y por la que después circundó Pedro mi frente.

De allí a poco, y de entre el coro de que salió el primero de los vicarios que nos dejó Cristo, se adelantó una luz hacia nosotros, y rebosando de alegría mi Señora, me dijo: —Mira, mira,

---

1. Expresa el Poeta su vehemente deseo de retornar a Florencia del exilio, merced al Poema que está casi tocando a su fin. Pero su esperanza fue vana, como sabemos.

ése es el Varón por quien en vuestro mundo se va peregrinando a Galicia—.[2] Y como cuando acercándose la paloma a su compañera, se muestran una a otra su afición dando vueltas y arrullándose, así se saludaron mutuamente ambos gloriosos príncipes, loando la inefable delicia de que allí gozan. Y luego que hicieron su salutación, pusiéronse los dos *coram me*,[3] lanzando de sí tales resplandores, que no podía fijar en ellos mi vista.

Entonces Beatriz con su acostumbrada sonrisa, dijo: —Ilustre espíritu, que describiste la magnificencia de esta nuestra basílica, haz resonar en estas alturas el nombre de la Esperanza, pues sabes que tú la has representado cuantas veces quiso Jesús mostrarse más claramente a los tres discípulos.[4]

"Levanta la cabeza, y fija con seguridad tus miradas, porque es menester que lo que viene aquí procedente del mundo mortal se acrisole al fuego de nuestros rayos." Esta exhortación me dirigió la segunda antorcha, y yo levanté los ojos a los dos grandes Apóstoles, cuyo excesivo fulgor había sido causa al principio de que los bajase.

"Pues nuestro Emperador te dispensa la gracia de encontrarte antes de la muerte y en lo más secreto de su alcázar, con sus magnates, para que viendo la verdad de la Corte celestial, des pábulo en ti y en otros a la Esperanza que forma allá abajo el amor perfecto, di qué cosa sea ésta, cómo se enseñorea de tu ánimo, y de dónde la has adquirido."

Así volvió a decirme el segundo Apóstol; y la piadosa Beldad que había guiado mi vuelo para que se remontase a tanta

2. El apóstol Santiago.
3. Delante de mí.
4. Cuantas veces quiso Jesús manifestar su divinidad por medio de algún milagro estaban presentes los tres discípulos: Pedro, Santiago y Juan, que representarían la fe, la esperanza y la caridad, respectivamente.

altura, se anticipó de este modo a mi respuesta: —No tiene la Iglesia militante hijo alguno que alimente más viva esperanza, como se ve escrito en el Sol que nos alumbra a todos nosotros. Por eso se le ha concedido que desde Egipto venga a gozar de la vista de Jerusalén, antes de terminar el combate de su vida. Los otros dos puntos que has indicado, no para saberlos tú, sino para que él refiera después cuán agradable te es esta virtud, se los reservo a él mismo, porque no le ofrecerán dificultad ni motivo de vanagloria; y así responda a ellos, y esto le granjee la divina gracia.

Como discípulo que contesta al doctor con prontitud y risueño semblante en aquello que tiene bien sabido, para manifestar mejor su aprovechamiento: —La Esperanza, dije, "es una certidumbre de la vida futura, producida por la gracia de Dios y los méritos precedentes";[5] y de esta luz me han hecho participante muchas lumbreras, mas quien primero la infundió en mi corazón fue el supremo cantor[6] del Ser supremo. "Esperen en ti, dice en su sublime cántico, los que saben tu nombre"; pero ¿quién no lo sabe, si tiene la fe que yo? En tu epístola[7] me has infundido tú su espíritu de manera que estoy lleno de él, y comunico a otros vuestra eficacia.

Mientras decía yo esto, se agitaba en medio de aquella hoguera una llama tan repentina y viva como un relámpago; la cual se expresó así: "El amor en que me consumo aún por la virtud que me siguió hasta el martirio, y al dejar mi campo de batalla, quiere que vuelva a hablarte, ya que te deleitas en aquélla,

---

5. Pedro Lombardo (*Sent.*, III, 26).

6. David.

7. La epístola de Santiago; aunque no se habla explícitamente de la esperanza, no faltan hechos que la infundan.

complaciéndome que hayas declarado las promesas con que te anima la Esperanza."

Y yo proseguí diciendo: —Las nuevas y las antiguas Escrituras muestran su fin, que yo tengo por manifiesto, a las almas que Dios ha predestinado. Isaías dice que cada una de ellas ceñirá en su patria doble vestidura, y su patria es esta dulce vida; y tu hermano[8] habla más claramente de esta revelación allí donde trata de las blancas túnicas—.[9] Y apenas di fin a estas palabras, se oyó entre nosotros un *Sperent in te*,[10] a que todos los círculos respondieron; y a poco apareció entre ellos una luz tan resplandeciente, que si Cáncer ostentara semejante fulgor, tendría el invierno un mes de no interrumpido día. Y como se adelanta, y da algunos pasos, y se introduce por fin en el baile la jovial doncella, sólo para honrar a la nueva esposa, y no por otra vana intención, así noté que se acercaba la radiante antorcha a las dos que giraban en torno, cual convenía a su fervoroso afecto.

Tomó parte en el himno y en la armonía, y mi Señora se puso a contemplarlas como la esposa que guarda silencio y permanece inmóvil. —Éste[11] es el que se reclinó sobre el pecho de nuestro Pelícano,[12] y el que desde lo alto de la cruz fue elegido para la dignidad más grande—.[13] Dijo así mi Beldad; y no apartó un

8. San Juan.

9. Apocalipsis, VII, 9.

10. Salmo IX, 11.

11. San Juan se recostó sobre el pecho de Jesucristo la noche de la última cena. Cf. Juan, *Evang.*, XIII, 26.

12. Para referirse a Cristo, porque existía la creencia de que ese pájaro resucitaba a sus hijos con la propia sangre, como Jesús redimió, con su sacrificio, a la especie humana.

13. Cristo recomendó a Juan, desde lo alto de la cruz, reconocer como madre a María y a ésta el tener por hijo a Juan.

momento sus miradas de donde las tenía fijas, tanto después como antes de sus palabras.

A la manera que el que contempla el Sol, y se figura advertir que se eclipsa un tanto, acaba de persuadirse de que no ve, tal me sucedió a mí con aquella postrera luz, hasta que me dijeron: "¿Por qué te empeñas en ver una cosa que aquí no existe? En la Tierra mi cuerpo es tierra, y allí seguirá con los otros mientras nuestro número no se iguale con el que el Eterno tiene decretado. Sólo las dos luces que desaparecieron en su ascensión llevan ambas vestiduras;[14] y en tu mundo debes referir esto".

Dicho lo cual, suspendió su movimiento la ardiente rueda, y con él se acalló la dulce armonía que formaban los sonidos de las tres voces; como para dar tregua al cansancio o algún peligro, los remos que van golpeando el agua quedan parados todos así que suena un silbido. ¡Ah! ¡Qué conmovida se halló mi alma cuando al volver la vista hacia Beatriz, no pude verla, bien que estuviera a su lado y en el reino de la bienaventuranza!

14. Sólo hay dos luces con la doble glorificación del alma y del cuerpo: Jesús y la Virgen.

Canto vigesimosexto

San Juan Evangelista examina a Dante sobre la tercera virtud teologal, la Caridad, y al responderle el Poeta discurre sobre los varios motivos del amor de Dios, unos dependientes de la inteligencia, otros del sentimiento. Toda la corte celestial aplaude sus discretas razones y proclama tres veces Santo al Señor del Universo. Recobra Dante su vista eclipsada, y contempla otra luz esplendorosa en que está el alma de Adán, la cual, accediendo a sus ruegos, le satisface sobre cuanto interiormente desea saber.

M ientras permanecía yo confuso a causa del ofuscamiento de mi vista, salió de la fulgente llama que la había cegado una voz[1] que llamó mi atención, diciendo: "En tanto que recobras la vista, que de tanto fijarse en mí se ha debilitado, será bien que compenses esta falta razonando ahora conmigo. Comienza, pues, y di a dónde se dirige tu alma, seguro de que tu vista se halla oscurecida, mas no agotada, porque la Beldad que te conduce por esta luminosa región, tiene en su mirada la virtud que se concedió a la mano de Ananías."[2]

Y yo le dije: —Presto o tardío, como le plazca a ella, venga el remedio a mis ojos, que fueron las puertas por donde se entró con el fuego en que sin cesar me abraso. El supremo Bien que

1. La voz de San Juan.
2. Ananías devolvió la vista a San Pablo cuando cayó ciego por la luz del cielo en el camino de Damasco (Hechos de los Apóstoles, IX, 10 y sigs.).

da la bienaventuranza en este Reino, es el *alfa* y la *omega*[3] de cuanta ciencia, trivial o sublime, me comunica Amor.

La misma voz que me había tranquilizado en cuanto a mi repentina privación de vista, me inspiró el deseo de proseguir mi discurso, y dijo: "Por tamiz más estrecho has de cerner la harina, añadiendo quién dirigió tu flecha hacia semejante blanco."

Y yo respondí: —La razón filosófica y la autoridad que de ella emana han debido imprimir este amor en mí; porque el bien, en cuanto lo es, al punto que se conoce infunde amor hacia sí; y este amor es tanto mayor, cuanto más bondad atesora aquél. Por esta razón, a Dios, esencia tan superior a las demás, que aun las que están apartadas de él no son más que destellos de su fulgor, debe inclinarse más que a ninguna otra cosa, por medio del amor, la mente de todo el que comprende la verdad en que se funda el anterior aserto. Esta verdad ofrece clara a mi inteligencia el que me muestra[4] el primer amor de todas las sustancias eternas. Patentiza asimismo las palabras del infalible Autor, que, hablando de sí, dice a Moisés: "Yo te haré ver todas las perfecciones";[5] y tú, por fin, me la haces también patente, al principiar la sublime proclamación[6] que anuncia a la tierra el más alto misterio de cuantos jamás se publicaron.

Y oí que me decía: "Pues por cuanto te enseñan la razón humana y la autoridad que con ella se conforma, reserva para Dios el más ferviente de tus amores; pero declara además si sientes que algún otro impulso te incline a Él de modo que vengas a confesar con cuántos estímulos te incita ese mismo amor."

3. Dios es principio y fin de todas las cosas.
4. Para la mayoría de los comentaristas, Aristóteles; para otros, Platón.
5. *Ex.*, XXXIII, 19.
6. El Apocalipsis o, según otros, el Evangelio de San Juan.

No se me encubrió la santa intención del águila de Cristo, y adiviné a dónde quería que llevase mi confesión; por lo que le repliqué: —Todos los estímulos que pueden inducir a un corazón a volverse a Dios, todos han coadyuvado en mí a este sentimiento; porque la existencia del mundo y la mía propia, la muerte que padeció para que yo viviera, y la esperanza que todo fiel como yo alimenta, no menos que la profunda impresión de que ya he hablado, me libraron del proceloso mar del amor mundano, trayéndome a este sosiego del amor divino; y por eso amo hasta las hojas que dan frondosidad al huerto del Hortelano eterno,[7] y con ardor proporcionado a la perfección de que las adorna.

Apenas acabé de hablar así, resonó por el cielo una dulcísima armonía, cantando mi Beldad con todos los demás el *¡Santo, Santo, Santo!* Y como despertamos a una luz demasiado fuerte, a causa de que la vista recibe el resplandor que atraviesa sus membranas, ofendiéndonos, aun despiertos, lo que vemos (pues tan irreflexiva es aquella súbita sensación, hasta que predomina el discernimiento); así ahuyentó Beatriz las tinieblas de mis ojos con la brillantez de los suyos, que alumbraba a mil millas de distancia. Vi, pues, con más claridad que antes, y asombrado pregunté quién era una cuarta luz que estaba allí con nosotros. Y respondió mi Señora: —De entre esa llama contempla enajenada a su Hacedor la primer alma que creó la Virtud suprema.[8]

A semejanza de la rama que inclina su cabeza al pasar el viento, y se endereza por la propia virtud que la conserva enhiesta, tal quedé yo penetrado de asombro mientras esto oía; y haciéndome volver en mí el mismo deseo de hablar que me impacientaba, exclamé: —¡Oh fruto, único que fuiste producido ya

7. Dios.
8. El alma de Adán.

maduro!,[9] ¡oh, antiguo Padre, de quien es hija a la vez y nuera toda esposa! Con el mayor respeto de que soy capaz, te suplico me hables. Viendo estás cuál es mi deseo: para oírte más pronto, no lo digo.

A veces un animal encerrado en un saco se agita de manera que por los movimientos que hace el envoltorio, manifiesta su ansia de verse libre: de la propia suerte, y por lo que exteriormente se advertía, mostraba aquella primer alma el gusto con que estaba dispuesta a complacerme; y al punto empezó a decir: "Sin que me declares cuál es tu anhelo, lo conozco mejor que conoces tú la cosa que por más evidente tengas, en razón a que la veo en el fiel espejo que reproduce en sí todos los objetos, aunque en ninguno de éstos se reproduzca él. Quieres saber cuánto tiempo ha que me puso Dios en el Paraíso terrestre, adonde ésta[10] te sublimó por medio de tan alta escala, y cuánto se deleitaron en él mis ojos, y la verdadera causa de la divina cólera, y el idioma de que usé y de que fui inventor. No fue, hijo mío, el gustar el vedado fruto la causa de tan largo destierro, sino únicamente la desobediencia del mandato. En aquel lugar de donde tu Señora sacó a Virgilio[11] estuve suspirando por esta bienaventuranza cuatro mil trescientas dos vueltas del Sol, el cual, mientras viví en la tierra, recorrió los signos colocados en su camino novecientas treinta veces.[12] La lengua que

9. En edad viril.

10. Beatriz.

11. El Limbo.

12. Si a los 4 302 años que Adán estuvo en el Limbo hasta que lo sacó Cristo se le agregan los 930 de su vida y, además, los 1 266 años transcurridos desde la muerte de Cristo hasta el 1300, fecha de la visión dantesca, tenemos la suma de 6 498 años desde que Adán fue creado y puesto en el Paraíso terrestre.

hablé pereció antes que las gentes de Nemrod acometiesen su interminable obra;[13] que ningún efecto racional fue por siempre duradero, a causa de la voluntad humana, que se renueva conforme a la influencia de los astros. Acto natural es que el hombre hable, pero que sea en esta o la otra forma, la misma naturaleza os deja proceder como más os plazca. Antes que yo bajase a las infernales penas, *I* se llamaba[14] en la tierra el Supremo Bien, de quien procede la dicha que gozo ahora. Eli se llamó después, y así debía ser, porque los usos entre los mortales son como las hojas de los árboles, que desaparecen para dar lugar a otras. En la montaña que más se eleva sobre las marinas ondas,[15] hice una vida, pura al principio y luego pecaminosa, desde la primera hora en que nací a la que se sigue después que el Sol cambia de cuadrante a la mitad del día."[16]

13. La torre de Babel.

14. Dios era llamado por los hombres con este nombre: I.

15. La parte del monte del Purgatorio que más se eleva sobre el nivel del mar es el Paraíso terrestre.

16. Estuvo, pues, en el Paraíso terrestre siete horas; desde las seis de la mañana hasta una hora después del mediodía.

Canto vigesimoséptimo

Lleno San Pedro de indignación, fulmina terribles censuras contra los pastores de la Iglesia, y al oírlas los bienaventurados se revisten todos de un color sombrío. Prosigue el Poeta girando con el signo Géminis, desde el cual vuelve a contemplar la tierra. Elévase desde allí el Primer Móvil, donde no existe la división humana de lugar ni tiempo; y a la vista de tan celestiales maravillas, duélese del egoísmo de los hombres, y atribuye la culpa de él a los malos gobiernos.

"¡Gloria al Padre y al Hijo y al Espíritu Santo!" cantaba a una voz todo el Paraíso, y este dulce himno me henchía de júbilo. Parecíame cuanto contemplaba una sonrisa del Universo; por lo que mis oídos y mi vista participaban de aquel enajenamiento. ¡Oh soberano goce!, ¡oh inefable alegría!, ¡oh vida colmada de amor y paz!, ¡oh riqueza segura que se disfruta sin ser ansiada!

Encendidas estaban las cuatro lumbreras[1] ante mis ojos, y la que primero había llegado comenzó a acrecentar su brillo, tomando en su aspecto el que tomaría Júpiter, si él y Marte fuesen aves y cambiasen de colores. La providencia, que designa allí a todos oficio y ocupación, doquiera había impuesto silencio al beatífico coro, y oí decir: "No te maraville verme mudar de color, porque mis palabras inmutarán a todos éstos del propio modo. El que en la tierra usurpa mi puesto, mi suprema sede,

---

1. San Pedro, Santiago, San Juan y Adán.

mi dignidad,[2] que a los ojos del Hijo de Dios está vacante,[3] ha convertido mi sepulcro en una cloaca de sangre y de podredumbre, de que se regocija el perverso que cayó de esta región al profundo abismo."[4]

Entonces vi a todos los espíritus celestiales cubiertos del arrebol con que el astro del día colora mañana y tarde las nubes que se le oponen; y como la mujer honesta, que aunque segura de sí, con sólo oír la falta de cualquiera otra, se ruboriza, así se demudó el semblante de Beatriz; y creo que la misma alteración experimentaron los ángeles cuando la Pasión del divino Verbo.

Prosiguió después hablando, mas en voz tan diferente, que la mudanza de su rostro no parecía mayor: "En verdad que yo no vertí mi sangre, ni Lino y Cleto[5] la suya por la Esposa de Jesucristo, para que ésta se acostumbrase a amontonar oro; y si Sixto y Pío, Calixto y Urbano[6] derramaron después de muchas lágrimas la suya, fue para conquistar esta dichosa vida. Ni fue nuestra intención que una parte del gremio cristiano se sentase a la derecha de nuestros sucesores y otra a la izquierda; ni que las llaves que se me confiaron se estampasen en la bandera

2. Vv. 22-23: *Quegli ch'usurpa in terra el luogo mio, il luogo mio, il luogo mio...*
La acusación es dirigida a Bonifacio VIII o a Juan XXII.

3. Porque no podía considerarlo como legítimo.

4. Lucifer.

5. Lino. Primer obispo de Roma, sucesor de San Pedro. Fue decapitado el 23 de septiembre del 78.
Cleto. Sucedió a Lino en el pontificado. Murió martirizado.

6. Sixto. Sixto I, obispo y pontífice romano por diez años hasta el 132, martirizado bajo el emperador Adriano.
Pío. Pío I, pontífice desde 139 hasta 154; también murió martirizado.
Calixto. Calixto I, pontífice del 217 a 222, mártir bajo Alejandro Severo. Urbano. Urbano I, pontífice desde 222 hasta 230. Murió mártir

de los que mueven guerra a los hijos de la Iglesia;[7] ni que se grabase mi imagen en los sellos de los privilegios venales y falsos de que frecuentemente me avergüenzo e indigno. Disfrazados de pastores andan por todos campos los rapaces lobos. ¡Oh justicia de Dios! ¿Por qué estás ociosa? De nuestra sangre se aprestan a beber los hijos de Cahors y de Gascuña:[8] principio que no podrá menos de conducir a un fin infame. Mas la excelsa providencia que en Roma defendió la gloria del mundo con Escipión, traerá presto el socorro como presumo. Y tú, hijo mío, a quien el peso de tu mortal cuerpo llevará otra vez a la tierra, abre los labios, y no dejes encubierto lo que yo no encubro."

A semejanza de nuestro aire que precipita desde su altura copos de helada nieve, cuando el Capricornio celeste acompaña al Sol,[9] Vi remontarse al esplendoroso éter, como en triunfo, copiosos vapores que allí habían permanecido con nosotros.[10] Seguíalos mi vista, y continuó siguiéndolos hasta que por la mucha distancia le fue imposible penetrar más adelante; por lo que Beatriz, al observar que dejaba de mirar a lo alto, me dijo: —Baja los ojos, y contempla el espacio que has recorrido.

Desde que miré a la tierra la primera vez hasta ahora, hallé que había recorrido el arco que desde el medio hasta el fin forma el primer clima,[11] de suerte que veía al Poniente a Cádiz,

7. Las llaves de San Pedro convertidas en emblema del partido güelfo que lleva la guerra contra los gibelinos, también cristianos.

8. Los papas Juan XXII de Cahors y Clemente V de Gascuña.

9. En el solsticio de invierno.

10. Eran los espíritus de los bienaventurados que se dirigían cada uno a su lugar correspondiente.

11. Los antiguos geógrafos habían dividido el hemisferio norte en siete zonas o climas que, partiendo del ecuador, se sucedían paralelas al mismo. El primer clima, el más extenso, tenía en su mitad a Jerusalén, el Ganges como principio y Cádiz como fin.

por donde insensatamente trató de cruzar Ulises, y al Oriente, cercanas las riberas en que fue tenida Europa por leve carga:[12] y más hubiera alcanzado a ver de aquella parte de tierra; pero el Sol giraba bajo mis pies, distante de mí un signo del zodíaco, y algo más.[13]

Mi alma enamorada, que no puede apartarse un punto de mi Señora, ardía más que nunca en deseos de contemplarla; y si naturaleza y arte produjeron encantos que halagan la vista para seducir la mente, ya en el cuerpo humano, ya por medio de sus pinturas, todos juntos parecían nada en comparación del divino placer que embargó mis sentidos al fijar de nuevo los ojos en su apacible rostro; y el aliento que me comunicó su mirada, arrancándome del hermoso engendro de Leda, me impelió hacia el velocísimo cielo que tenía cercano.

Sus más brillantes y sublimes ámbitos de tal manera eran uniformes, que no sé cuál fue el lugar que me eligió Beatriz; mas viendo como veía mis deseos, empezó a hablarme con tan graciosa sonrisa, que no parecía sino que Dios se regocijaba en ella: —La naturaleza del movimiento que en el centro permanece estable, y hace girar en derredor todo lo demás, empieza aquí, como en su primer móvil. No tiene este cielo más principio que la divina mente, de la cual proceden así el amor que le da impulso, como la influencia que comunica su virtud. La luz y el amor le rodean de un círculo, como él rodea a los restantes cielos, círculo que rige solamente Aquel en quien está comprendido. No deriva su movimiento de ningún otro, sino que todos

12. Las riberas de Fenicia, donde Júpiter transformado en toro raptó a la ninfa Europa.

13. El Sol se encontraba en Aries y Dante en Géminis; en medio estaba la constelación de Taurus.

derivan de él, como diez de su mitad y su quinta parte. Comprenderás, pues, en lo sucesivo cómo el tiempo tiene en éste su raíz, y sus ramas en los demás. ¡Oh codicioso afán que de tal suerte sumerges a los mortales, que ninguno tiene fuerza para sacar la cabeza de entre tus aguas! Bien arraiga en los hombres la voluntad; mas la incesante lluvia convierte las ciruelas en endrinas. La fe y la inocencia solamente se encuentran en los niños: después ambas los abandonan antes de que les apunte el bozo. Hay quien balbuciente aún, ayuna, y en la edad en que se suelta la lengua, devora en cualquier estación cuanto le presentan. Otro, balbuciente también, ama y escucha a su madre, y cuando habla de corrido quisiera verla en la sepultura. Así, de blanca al primer aspecto, se trueca en negra la piel de la hermosa hija de aquel que nos trae la mañana y nos deja la noche. Para que no te cause maravilla, has de saber que en la tierra no hay ya gobierno, y por eso anda la razón humana extraviada. Pero antes de que enero salga enteramente del invierno por la fracción del tiempo que allá abajo se menosprecia, se alterarán de tal modo estos círculos superiores, que la fortuna, de quien se espera tanto, volverá las popas a donde ahora están las proas, y las naves seguirán rumbo derecho, y después de la flor vendrá el verdadero fruto.

Canto vigesimoctavo

Ve el Poeta un punto brillantísimo, y alrededor nueve círculos, de los cuales los más cercanos a él resplandecen más, y giran con mayor velocidad. El punto es la divina Esencia: los círculos las jerarquías angélicas. Explícale Beatriz cómo concuerda el sistema celeste con el orden de aquellos círculos, bien que en unos el movimiento y la luz aumentan en razón a su proximidad al centro, y en otros a medida que se apartan de él.

Terminado que hubo la que eleva mi mente al Paraíso de descubrirme la verdad, reprendiendo la vida presente de los míseros mortales; como ve en un espejo la llama de una antorcha el que la tiene encendida a sus espaldas, antes de que se ofrezca a su vista o su pensamiento, y volviéndose para examinar si el vidrio copia la luz con fidelidad, halla tan conformes una y otra como el compás lo está con el canto; así recuerda mi memoria que aconteció el fijarme en los hermosos ojos de que Amor hizo red para aprisionarme; pues al volverme, y contemplar los míos lo que se descubre en aquel cielo, bien considerado su movimiento, vi un punto del que irradiaba fulgor tan penetrante, que inflamados los ojos, era menester cerrarlos a la fuerza de su vibración.

La estrella[1] que desde la tierra semeja más diminuta, puesta al lado de Aquél, como se pone una estrella junto a otra, se-

---

1. Para explicar la infinita indivisibilidad del punto luminoso que se ve y que es Dios, el Poeta dice que la estrella que a nuestros ojos aparece más pequeña sería grande como la Luna si se la colocara al lado de aquel punto, como en el cielo una estrella está al lado de otra estrella.

mejaría la luna; y tan de cerca acaso como parece la aureola luminosa rodear al astro que la colora, cuando más denso es el vapor de que se forma, a igual distancia se hallaba en torno de aquel punto un círculo de fuego, girando con tal velocidad, que hubiera dejado atrás el movimiento del cielo que da más pronto la vuelta al mundo. Y aquel círculo estaba rodeado por otro, y éste por un tercero, y el tercero después por el cuarto, como el cuarto por el quinto, y este último por el sexto. Trazábase encima el séptimo, de tal manera anchuroso, que aun estando completa en su redondez la mensajera de Juno,[2] no bastaría a abarcarlo. Lo propio sucedía con el octavo y con el noveno,[3] sino que cada cual se movía más lento según que se hallaba a mayor distancia del primero; y aquel resplandecía con más fúlgida llama que menos lejano estaba del centro lucidísimo, por la razón, a mi entender, de que estaba con él más identificado.

Viéndome Beatriz suspenso y en la más viva curiosidad, me dijo: —De ese punto dependen el cielo y la naturaleza toda. Mira aquel círculo que está más próximo a él, y sabe que su movimiento es tan veloz por el encendido amor que le da impulso.

Y yo repliqué: —Si estuviese el mundo dispuesto por el orden que en esos círculos descubro, lo que se me ha explicado me hubiera dejado enteramente satisfecho; pero en el mundo sensible se ve que las esferas tanto más participan de la velocidad de esas celestes cuanto más alejadas están del centro. Así, para que cese mi incertidumbre respecto a lo que acaece en este admirable templo de los ángeles, que sólo tiene por límites el amor y el conocimiento del Empíreo, menester es que aprenda

2. Iris. Si estuviera completo el arco iris.

3. Estos nueve círculos son los nueve órdenes de la milicia celestial, repartidos entre jerarquías como luego se verá.

cómo siguen distinta ley el modelo y el traslado, porque son de otro modo vanas todas mis reflexiones.

—Si tus dedos son incapaces de desatar este nudo, no hay de qué admirarse, que por no haberlo intentado nunca se halla tan apretado—. Así empezó a decir mi Señora; y añadió en seguida: —Oye bien lo que voy a declararte, si quieres entenderlo, y aguza tu reflexión. Los cielos materiales son más vastos o reducidos, según la mayor o menor eficacia de que todas sus partes están dotadas. A influencia más benéfica corresponde mayor suma de bien, y este bien será más cumplido, cuanto el cuerpo sea más grande, con tal que sus partes se hallen en igual estado de perfección. Este círculo, pues, que lleva consigo los más sublimes del universo, corresponde a aquel en que más se ama y se sabe más;[4] por lo que si aplicas tu medida a la virtud, no a la extensión de las sustancias que se te ofrecen en esa forma de círculos, verás una admirable conformidad entre las inteligencias de cada cielo, en el mayor con las más perfectas, en el menor con las que lo sean menos.

Como cuando soplando el Bóreas del lado más apacible, deja espléndido y sereno el hemisferio del aire, porque purifica y disuelve los vapores que le empañaban, de modo que el cielo hace gala de todos los encantos que le embellecen, así quedé yo luego que mi Beldad aclaró mis dudas con su respuesta, y se me mostró la verdad cual una estrella en el cielo. Hierro hecho brasa no centellea como centellearon aquellos círculos así que dejó de hablar. Cada chispa producía un incendio, y era en tal cantidad que su número excedía al de las casillas del ajedrez multiplicadas entre sí.

4. El noveno cielo o primer móvil corresponde al círculo de los serafines.

Sentía yo entonar uno tras otro coro el *Hosanna* a Aquel que los tiene y tendrá siempre en el lugar en que siempre han sido; y la que veía las dudas que a mi mente asaltaban, dijo: —Los primeros círculos te han mostrado a los serafines y querubines, los cuales son atraídos con tanta velocidad para asimilarse a la esencia divina cuanto pueden, y pueden más, cuanto más cerca están para contemplarla. Los demás amores que en torno asisten se llaman tronos de la divina mirada, porque terminan el primer ternario;[5] y has de saber que todos gozan de una bienaventuranza proporcionada a la penetración con que profundizan dentro de la verdad en que halla hartura la inteligencia. De aquí puede deducirse cómo el ser bienaventurado consiste en el hecho de ver, no de amar, que es secundario; y la medida de ese ver es el premio, engendrado por la gracia y la buena voluntad, procediéndose así de un grado en otro. El otro ternario que se conserva en esta región primaveral, no despojada jamás de su pompa por el nocturno Aries,[6] está perpetuamente cantando *Hosanna*, con tres melodías que resuenan en los tres órdenes de bienaventuranza de que aquél se forma. En ella están las tres divinas legiones, las Dominaciones primero, las Virtudes después, y las Potestades en tercer lugar; giran luego en los dos coros penúltimos los Principados y los Arcángeles, y el último se compone de la regocijada muchedumbre de los Ángeles. Todos tienen puestas sus miradas en lo alto, y cada cual ejerce tal influencia en el inferior, que todos son atraídos y todos atraen hacia Dios respectivamente. Dionisio[7] se consagró

5. La primera de las tres jerarquías.
6. El nocturno Aries significa el otoño, porque cuando el Sol está en Libra, el signo Aries pasa de noche por el hemisferio norte.
7. Dionisio Areopagita, considerado el autor del *De coelesti hierarchia*.

a contemplar estos órdenes con anhelo tal, que les dio los mismos nombres y disposición que yo; pero después Gregorio[8] se separó de él; de suerte que cuando abrió los ojos en este cielo, se río de su propio yerro. Y si un mortal reveló a la tierra tan gran secreto, no tienes por qué admirarte, pues el que lo vio aquí[9] se lo descubrió, con otras muchas verdades del mismo círculo.

8. San Gregorio Magno. Se apartó de la distribución de Dionisio.

9. San Pablo, que había visto en el cielo las jerarquías angélicas, descubrió esta verdad a San Dionisio, quien la expuso en su obra.

Canto vigesimonono

Viendo Beatriz el deseo de Dante, le declara cómo y cuándo fueron creados por Dios los ángeles, y en qué consiste la forma sustancial y la primera materia. Háblale de los ángeles fieles, y de los rebeldes que con Lucifer fueron precipitados en el Infierno. Reprueba la insuficiencia e inutilidad de ciertas cuestiones que en aquel tiempo se sostenían no sólo en las escuelas, sino en los púlpitos, y concluye vituperando a algunos religiosos impostores, que por fines mundanos predicaban vaciedades y fábulas; volviendo a tratar de las sustancias de los ángeles.

Todo el tiempo que el cenit tiene equilibrados a los dos hijos de Latona,[1] cuando, hallándose el uno en Aries y el otro en Libra,[2] se ven al par rodeados del horizonte, hasta que cambiando de hemisferio, salen ambos de aquella línea; otro tanto estuvo Beatriz mirando fijamente, con semblante risueño y silenciosa, al punto que me había deslumbrado con su esplendor. Y después prosiguió así:

—Te diré, sin preguntártelo, lo que deseas oír, porque lo he visto en Aquel en cuya presencia están todo lugar y todo tiempo. Antes que existiese éste en su eternidad, y de un modo a todos incomprensible, se difundió en un nuevo amor, según le plugo, el Amor eterno; y no porque redundase en su propio bien, que esto no es posible, sino para que reflejando en otros su esplendor, pudiese decir: *subsisto*. Ni antes de la creación permaneció

1. El Sol y la Luna.
2. Signos del zodíaco.

538

como inerte, pues ni antes ni después puede decirse que el espíritu de Dios pasase sobre estas aguas.[3] Salieron luego de aquel acto infalible, juntas en un ser y sin mezcla alguna, la forma y la materia,[4] como tres saetas de un arco de tres cuerdas; y como penetra un rayo de Sol en el vidrio, el ámbar o el cristal, que entre el momento del contacto y los demás que completan su luz no hay intervalo alguno, así brotó a una y entero en su ser el triple efecto[5] de su Creador, sin diferenciarse su principio de su complemento. Concretado y existente fue el orden de aquellas sustancias, que, colocadas en la cima del mundo, tienen de suyo virtud de obrar. Las dotadas meramente de potencia pasiva ocuparon la parte ínfima; y en medio se unieron con vínculo tal la virtud activa y la potencia, que no se separan nunca.[6] Jerónimo escribió que los ángeles fueron creados muchos siglos antes que el restante mundo; pero la verdad que yo te he declarado está consignada en varios pasajes de los escritores inspirados por el Espíritu Santo, como puedes verlo si lo consideras bien, y hasta la razón lo descubre en parte, porque no es admisible que los destinados a mover los cielos permaneciesen tanto tiempo privados de su perfección mayor. Sabes ya dónde, cuándo y cómo fueron estos amores creados; de manera que tienes resueltas tres dudas que deseabas satisfacer. No se

3. Es una reducción de las palabras con las cuales en la Biblia se habla de la Creación: *et spiritus Dei ferebatur super aquas* (Génesis, I, 2).

4. La forma sustancial es el principio que unido a la materia da lugar a las varias especies de cuerpos.

5. Los ángeles, los cielos y la materia prima.

6. La virtud de obrar solamente reside en las sustancias colocadas en la parte superior del mundo, es decir, los ángeles; las sustancias producidas con la sola potencia de recibir son los cuerpos sublunares y se encuentran en la parte superior, y en medio de los cielos, dotados de acción y de potencia.

llegaría contando al número veinte tan pronto, como una parte de los ángeles perturbó el globo sujeto a vuestros elementos. Mantuviéronse fieles los demás, y comenzaron a emplearse en lo que tanto te maravilla con fruición tan grande, que no suspenden un momento su giro alrededor del luminoso foco. Principio de aquella caída fue la maldita soberbia del que tú has visto oprimido por todo el peso del mundo. Los que están aquí tuvieron la modestia de reconocer la bondad que los creó aptos para tan sublime inteligencia, y por esto fue exaltada su capacidad de ver con la gracia iluminante y con su merecimiento, tanto que gozan de una voluntad firme y perfecta. Quiero, pues, que no dudes, sino que tengas la certeza, de que es mérito para la bienaventuranza el recibir la gracia de Dios, según el amor más o menos grande con que se recibe. Y ya en lo sucesivo, si has entendido mis palabras, puedes contemplar sin otro auxilio todo este angélico consistorio. Mas porque en la tierra y en vuestras escuelas se enseña que la naturaleza angélica es tal que goza de inteligencia, de memoria y de voluntad, seguiré instruyéndote para que veas en su pureza la verdad que allá suele confundirse, por lo erróneo de enseñanza semejante. Después de haberse deleitado estas sustancias en la imagen de Dios, no apartaron su vista de aquella faz a la cual nada se encubre; por eso no se distraen con ningún objeto nuevo, y por eso no necesitan de la memoria para renovar en ella cualquier concepto que no tengan presente; y así sueñan despiertos los que creen verdad afirmar que esa memoria es como la de dos hombres, y los que no creen que tengan memoria alguna, aunque en éstos el yerro es más culpable y vergonzoso. Vosotros al filosofar en la tierra, no vais por el camino verdadero: tanto os ciegan las apariencias y sus quimeras; y, sin embargo, aquí se considera esto con menos aversión que cuando se menosprecia la divina

Escritura, o cuando se interpreta torcidamente. No imagináis cuánta sangre ha costado sembrarla por el mundo, ni con qué agrado se mira al que acepta humildemente su doctrina. Cada cual se esfuerza en aparentar y en trazar mil invenciones, que forman los discursos de los predicadores, dando de mano al Evangelio. El uno dice que en la Pasión de Cristo retrocedió la Luna y se interpuso delante del Sol para que no alumbrase éste a la tierra; otros que, la luz se eclipsó por sí, y, por tanto, que el fenómeno alcanzó a los españoles y a los indios, lo mismo que a los judíos. No lega en Florencia el número de los Lapos y los Bindos[7] al de las necias fábulas que todo el año y por todas partes se proclaman desde los púlpitos; con lo que las pobres ovejas, que nada saben de esto, vuelven al redil sin haber pacido más que viento, y sin que les sirva de disculpa la ignorancia en que están de su propio daño. No dijo Cristo a su primer apostolado: Id a predicar cuentos por el mundo; sino que les dio la verdad por guía, y tan enérgica salió ésta de sus labios, que al combatir por la propagación de la Fe, hicieron escudo y lanza del Evangelio. Hoy van a predicar chistes y bufonadas, y con tal de que se divierta el auditorio, la vanidad de la capucha se satisface, y no se pretende más. Pero en el fondo de ella se oculta un pájaro,[8] que si fuese visto del vulgo, se entendería cuán poco hay que fiar de sus indulgencias. De resultas ha cundido tanto por el mundo la insensatez, que sin más pruebas ni testimonios, se cree ciegamente cualquier promesa; y con ellas ha engordado el cerdo de San Antonio,[9] y algunos otros que son

7. Nombres muy comunes en Florencia en ese entonces.
8. Un diablo.
9. Existía una antigua costumbre de los monjes de San Antonio, quienes pedían limosnas destinadas simbólicamente a alimentar el cerdo de San Antonio, que en la iconografía cristiana quería significar el cambio del

peores que cerdos y pagan en moneda que no se acuña. Mas porque nos hemos alejado de nuestro propósito, vuelve ya los ojos al camino recto para abreviarlo como el tiempo lo requiere. La naturaleza angélica se hace de grado en grado tan numerosa, que ni palabra ni imaginación mortal pueden alcanzarla. Y si atiendes a la revelación de Daniel, verás que en medio de sus millares y millares,[10] no se fija número determinado. La primera luz que reverbera en ellos penetra en su esencia de tantos modos, cuantos son los seres a que se une. Y como a todo acto de concepción sigue el afecto, la dulzura del amor se enardece o se templa diversamente en cada uno de ellos. Mira, pues, desde ahora cuán sublime, cuán inmenso es el eterno Poder, dado que se ha labrado tantos espejos en que se multiplica, y, sin embargo, subsiste en sí uno e indivisible, como al principio.

---

diablo que había tentado al santo eremita. Esta costumbre de Provenza había llegado también a Toscana, donde con pagana superstición se criaban cerdos consagrados al santo.

10. Las palabras de Daniel (VII, 10) son: *millia millium ministrabant ei, et decies millies centena millia assistebant ei.*

Canto trigésimo

Desvanécese a los ojos de Dante el angélico coro que rodeaba al punto luminoso, y volviéndolos a Beatriz, ve acrecentada en tanto grado su hermosura, que sólo cabe su extremo en la divina mente. Hállase ya en el Empíreo y un rayo de luz le descubre su incomparable magnificencia. Entre dos márgenes cubiertas de bellísimas flores, corre un luciente río, del cual salen centellas que esmaltan las flores y vuelven a caer dentro de su cauce. Con esto adquieren nueva fuerza los ojos del Poeta; el río toma la forma circular, y sobre él se levantan infinito número de gradas que se apiñan entre sí, figurando las hojas de una rosa, y en ellas están los bienaventurados. En medio se alza un trono preparado para el emperador Enrique.

A una distancia próximamente de seis mil millas de nosotros[1] difunde la hora sexta[2] su calor, y la sombra de este mundo se inclina ya casi recta al horizonte, cuando la mitad superior del cielo comienza a alborear de modo que dejan algunas estrellas de enviar su luz a esta profundidad de la tierra, y a medida que adelanta su curso la espléndida mensajera del Sol, va el cielo, una tras otra privándose de aquéllas, siendo la última la más brillante. No de otra suerte el triunfal coro que gira sin cesar alrededor del punto que deslumbró mi vista, pareciendo contener en sí al que lo contiene todo, fue poco a poco disipándose; por lo que la falta de objetos y mi amor me obligaron a volver los ojos a Beatriz.

1. De Italia.
2. El mediodía.

Aun cuando cifrase aquí en uno solo cuantos loores he dicho de ella, no bastarían esta vez a definir su encanto. La hermosura que vi no solamente excede a cuanto podemos nosotros imaginar, sino que tengo por cierto que su Hacedor es el único que puede comprenderla. Yo me confieso vencido por este empeño, como no se vio jamás autor ninguno, cómico o trágico, abrumado por el asunto de su trabajo; pues como con la fuerza del Sol se contrae una pupila débil, así mi mente, que lo es de suyo, se empequeñece al recuerdo de su dulcísima sonrisa. Desde el primer día que contemplé en esta vida su rostro, hasta que torné aquí a verla, no ha sufrido interrupción mi canto; mas ahora fuerza es que renuncie a celebrar en verso su belleza, como el artista que llega en su arte al postrer extremo. Tal, pues, como era, y cómo voy a legarla a más sonorosa voz que la de mi trompa, próxima a poner término a su ardua empresa, con ademán y acento de solícito guía, volvió a decirme: —Hemos salido del mayor cielo corpóreo al que es luz pura;[3] luz intelectual alimentada por el amor, amor al verdadero bien, lleno de contentamiento que excede a todo otro deleite. Aquí verás las dos milicias del Paraíso,[4] una de ellas bajo el mismo aspecto en que has de verla,[5] el día del último juicio.

Y como súbito relámpago que disuelve los espíritus visuales, privando a los ojos de recibir la impresión de los objetos más activos, hirióme una fuerte luz, dejándome tan envuelto en el velo de su esplendor, que ninguna cosa descubría.

3. Del primer móvil al cielo empíreo, que es inmóvil.
4. La de los ángeles y la de los bienaventurados.
5. Los bienaventurados.

—Siempre el Amor[6] que regocija este cielo acoge al que en él entra con semejante salutación, para prepararle a luz de su vista.

No bien llegaron estas breves palabras a mis oídos, cuando sentí excederme a mí mismo en fuerza, y encendiéronse de tal modo mis miradas, que ninguna otra luz habría, por más refulgente que fuese, a que no pudieran ya resistir mis ojos. Y vi un gran resplandor en forma de río, cuya espléndida corriente se dilataba entre dos orillas esmaltadas de maravillosas flores primaverales. Saltaban de él vivos destellos,[7] que por una y otra parte, como rubíes engastados en oro, caían sobre las flores,[8] y después cual embriagados de sus perfumes, volvían a sumergirse en el prodigioso río, subiendo unos y bajando otros.

—El profundo deseo que te inflama y aguija ahora de tener noticias de lo que ves, me agrada tanto más, cuanto en ti es más vivo; pero conviene que bebas de esta agua para que se sacie tu sed del todo—. Así me dijo el Sol de mis ojos; y añadió luego: —Ese río, los topacios que van y vienen y el sonreír de las flores, emblemas encubiertos son de su realidad, mas no porque sean en sí de difícil comprensión, sino porque tu vista todavía no alcanza a tanto.

No se precipita tan pronto el niño sobre el pecho que le da alimento, si despierta más tarde de lo acostumbrado, como me arrojé yo, para aumentar la fortaleza de mis ojos, inclinándome sobre la fluida corriente, a recibir su benéfica influencia; y apenas se humedecieron los bordes de mis párpados, me pareció que el río de largo se convertía en redondo; y después, como los

6. Dios.
7. Los ángeles.
8. Las almas de los bienaventurados.

hombres enmascarados que si se despojan del antifaz con que están cubiertos son muy diferentes de lo que primero parecían, así trocaron su existencia en otra más risueña las luces y las flores, de forma que vi las dos cortes celestiales tales como en sí eran. ¡Oh esplendor del alto Dios, por cuyo medio vi el sublime triunfo del reino de la verdad! Dame virtud que baste a decir cómo lo vi.

Hay una luz en aquella región suprema que hace visible el Criador a la criatura, cuyo bienestar se cifra en esta sola contemplación; y extiéndese en figura circular, siendo tan inmensa, que su circunferencia dejaría aun espacio muy vasto al Sol. Todo cuanto se descubre de ella es un rayo que refleja en la parte superior del primer móvil, el cual adquiere de él su vida y su influencia sobre los otros cielos; y a semejanza de la colina que se recrea en el agua que a sus pies corre, como preciada de su lozanía, cuando se halla cubierta de verdor y de florecillas, del propio modo, suspensas en torno del luminoso río, vi estarse mirando en él en interminable escala cuantas almas han regresado a aquella mansión desde nuestro mundo. Y si el ínfimo grado contiene en sí tan esplendorosa luz, ¡cuál no será la de esta rosa[9] en las postreras hojas que la componen! No se perdía mi vista en su amplitud ni en su elevación, sino que abarcaba en su esencia y cantidad toda aquella bienaventuranza. El estar allí más próximo o apartado, ni añade ni quita nada; que donde Dios impera sin ningún otro intermedio, la ley natural no rige.

Al áureo centro de la sempiterna rosa,[10] que se extiende, se engrandece y exhala fragante loor al Sol, padre de una perpetua primavera, me acercó Beatriz como quien calla y desea hablar,

9. La rosa mística.
10. Compara a una rosa la forma del Paraíso.

y me dijo: —Mira cuán innumerables son los que ciñen blancas estolas; mira cuán vasto es el circuito de nuestra ciudad, y tan henchidos esos nuestros escaños, que pocos son los que hacen ya falta en lo sucesivo. En aquel alto asiento en que tienes puestos los ojos, por la corona que se ve encima, antes que tomes tú parte en el festín de estas bodas, se levantará el alma que será augusta en la tierra del grande Enrique,[11] el cual vendrá a regir la Italia antes de que ésta se halle dispuesta a recibirle. Las ciegas pasiones que os embrutecen os han hecho semejantes al niño que perece de hambre y rechaza su nodriza. Será entonces Prefecto del divino foro[12] uno que manifiesta y encubiertamente no irá por el mismo camino que él; pero le mantendrá Dios poco tiempo en su santo cargo, porque será abismado en el lugar donde está por sus méritos Simón el mago, y el de Agnani[13] quedará más abajo todavía.

11. El sitial vacío con la corona sobrepuesta que ve Dante en la rosa mística espera el alma de Enrique VII de Luxemburgo. Como el viaje del Poeta se imagina realizado en 1300, es natural que encuentre vacío el lugar que el emperador sólo ocupará en 1313.

12. El papa Clemente V.

13. Bonifacio VIII.

Canto trigesimoprimero

Mientras el Poeta, embebecido su ánimo, está contemplando la forma del Paraíso, asáltale una duda, y se vuelve a Beatriz para comunicársela; pero Beatriz ha desaparecido, y en su lugar ve junto a sí a San Bernardo, que le muestra a su Señora ocupando el asiento de que la han hecho digna sus virtudes. Lleno de reconocimiento, tiéndele Dante sus manos, rogándole que le conserve en aquel estado de gracia; después de lo cual le invita San Bernardo a examinar detenidamente el Paraíso, y le indica dónde está el trono de la más gloriosa de las criaturas, la Madre de Dios.

Mostrábaseme, pues, en forma de cándida rosa la santa milicia de quien Jesucristo se hizo esposo por el vínculo de su sangre; pero la de los ángeles, que volando contempla y canta la gloria de Aquel que es objeto de su amor, y la bondad que la sublimó a tanta excelencia, como enjambre de abejas, que ora liba las flores, ora vuelve adonde labra su sabroso néctar, posábase en la gran flor ornada de tantas hojas, y de ella se remontaba adonde su adorado mora perpetuamente. Tenían todos de viva lumbre los rostros, las alas de oro, y el resto de tal blancura, que no hay nieve en que luzca con tanto extremo. Cuando descendían hacia la flor, derramaban de uno en otro escaño, agitando sus alas, la paz y el fervoroso afecto que habían cobrado; y no por interponerse entre la Suprema altura y la flor tal muchedumbre de alados seres se ofuscaba la vista ni la claridad se amortiguaba; porque la luz divina penetra en el

Universo según es conveniente a cada parte, sin que nada pueda debilitarla. Este tranquilo y gozoso reino, poblado de tantos espíritus antiguos y nuevos, tenía fijas en un solo punto sus ansias y sus miradas.

¡Oh triple luz, que resplandeciendo en un astro único, deleitas colmadamente sus sentidos! Inclina tu vista a este mundo tan proceloso. Si al venir los bárbaros de las playas[1] sobre las cuales pasa Élice todos los días,[2] girando con su hijo de quien está enamorada,[3] al ver a Roma y sus insignes fábricas, quedaban asombrados, en tiempos en que Letrán sobrepujaba a todas las demás obras de los mortales; yo que de lo humano había pasado a lo divino, de lo temporal a lo eterno, y de Florencia a una ciudad perfecta y virtuosa ¿cómo no había de quedar maravillado? Verdaderamente que entre la admiración y la alegría, gozábame en no oír nada y en mantenerme mudo; y como el peregrino que se recrea mirando el templo adonde su voto le ha llevado, con la esperanza de referir después toda su forma, así recorría yo con la vista aquella brillante perspectiva, deteniéndome, cuándo abajo, cuándo arriba, y otras veces examinándola en derredor; y veía semblantes que movían al amor de Dios, hermoseados por la luz que recibían de Él y por su propio enajenamiento y actitudes que revelaban todo el encanto de la pureza.

Habían ya abarcado mis miradas la forma general del Paraíso, mas no fijádose en parte alguna, y volvíme con nuevo afán a dirigir a mi Señora preguntas que traían embargada mi imaginación; pero una cosa pensaba, y acaeció otra muy

1. La región septentrional, cercana al polo Norte.
2. La ninfa Hélice fue transformada en la Osa Mayor.
3. Su hijo Arcade, es decir, la constelación de la Osa Menor.

distinta: creía ver a Beatriz, y hallé en su lugar a un anciano vestido como aquellos gloriosos moradores. Bañaba un benigno júbilo sus ojos y mejillas, y su expresión era tan afable cual conviene a un padre cariñoso. —¿Dónde está Beatriz? —pregunté al punto. —Para satisfacer tu deseo, replicó, me ha sacado de mi asiento; y si miras al tercer círculo del grado superior, la verás ocupando el trono que por sus méritos le corresponde.

Alcé la vista sin responder, y la vi que se coronaba de los divinos rayos que despedía de sí. No distan tanto los ojos del mortal que desde el más profundo seno del mar contemple la altísima región en que se forja el trueno, como estaba mi vista de Beatriz; mas era igual para mí, dado que su imagen no me llegaba a través de ningún estorbo.

—¡Oh tú, en quien vive entera mi esperanza, tú que por mi bien te dignaste dejar impresas tus plantas en el Infierno! A tu poder y a tu bondad reconozco que debo la provechosa eficacia de cuanto he visto. De siervo me has convertido en libre, valiéndote de todos los medios, de todos los recursos que para lograrlo estaban en tu poder. Conserva en mí tus preciosos dones, para que el alma mía, a quien has dado salud, te sea agradable cuando salga de este cuerpo.

Esta oración le dirigí; y ella, aunque tan distante estaba, miróme, y se sonrió, volviéndose después a la fuente de la eterna gracia.

Y el Santo anciano me dijo: —Para que lleves a cumplido remate tu camino, al cual me han conducido tus ruegos y el santo amor, vuela con los ojos por esa deliciosa floresta; que al verla, adquirirán mayor fuerza para penetrar más y más en el esplendor divino. Y la reina del Cielo, por quien me inflamo en ardentísimo amor, nos dispensará toda su gracia, porque yo soy su fiel Bernardo.[4] Como el que viene quizá desde Croacia[5] a ver a nuestra Verónica,[6] y por su antigua fama no aparta su vista de ella, y dice para sí antes de que se le muestre: "Señor mío Jesucristo, Dios verdadero: ¿conque así era vuestra Santa Faz?", tal quedé yo al ver la ferviente caridad de aquel que con su espíritu de contemplación en este mundo, gustó anticipadamente de aquella bienaventuranza.

—Hijo de la gracia, continuó diciéndome: no te será conocida esta dichosa existencia mientras tengas puestos en la parte inferior tus ojos. Mira al más apartado de esos círculos, hasta que veas el trono de la reina a quien está sometido y consagrado todo este imperio.

Alcé en efecto la vista y así como por la mañana excede en claridad la parte oriental del horizonte a aquella en que el Sol declina, del mismo modo, y cual si desde un valle pasaran mis ojos a un monte, vi que en la extremidad del círculo brillaba una parte de él más que la restante; y como el lado por donde asoma el carro que tan mal guió Faetonte,[7] relumbra más, y en todos los otros mengua la luz, así resaltaba en su trono aquella oriflama de paz,[8] amortiguando doquiera el resplandor de las demás antorchas. Veíanse allí más de mil ángeles que con las alas abiertas la festejaban, distintos unos de otros en su brillo y en su

4. San Bernardo de Clairvaux, en Francia, fundador de la orden de los cistercienses y pregonero de la segunda cruzada, es uno de los padres de la Iglesia. Santificado por su profunda devoción a la Virgen (1091-1153).

5. Para indicar un lugar lejano.

6. Así suele llamarse el lienzo que se conserva en la Basílica de San Pedro en Roma, con el cual Cristo se enjugó el rostro al salir para el Calvario, dejando allí milagrosamente impresa su imagen.

7. Ver *Infierno*, XVII, n. y *Purgatorio*, IV, n.

8. La Virgen María.

ademán. Allí presencié cuál se complacía en su júbilo y con sus cánticos una belleza cuyos ojos comunicaban alegría a todos los demás santos; y aunque tuviese yo el don de referirlo como de imaginarlo, no osaría pintar el mínimo de sus goces. Bernardo, que vio atentos y fijos mis ojos en el objeto de su ardiente amor, volvió hacia él los suyos con afecto tal, que me inspiró deseo más vehemente de contemplarle.

Canto trigesimosegundo

Sigue San Bernardo mostrando al Poeta el orden en que se hallan los Bienaventurados en la escala del Paraíso, y le explica la duda que se suscita en él al ver la diferencia de gloria que gozan los niños, cuyos méritos no pueden ser mayores ni menores, sino participantes de los de Jesucristo. Prepárale finalmente a la oración que va a dirigir a la Santísima Virgen.

Extasiado el amante anciano en el objeto de su contemplación, impúsose voluntariamente el oficio de maestro, y empezó a decirme estas santas palabras:

—La llaga que María cerró y sanó fue producida y exacerbada por aquella mujer tan hermosa que está a sus pies.[1] Debajo de ella y en el tercer orden de asientos se halla Raquel con Beatriz, Sara, Rebeca, Judit y la bisabuela[2] del cantor que, al dolerse de su culpa, exclamó: *Miserere mei.* Puedes verlas ir descendiendo de grado en grado, según voy yo mencionando en la rosa, hoja por hoja, sus propios nombres. Del séptimo grado abajo, como del primero a él, siguen otras hebreas, que forman una división en las hojas de la flor, porque son como un muro que separa los sagrados escaños, conforme a la relación en que se halla la fe con Cristo. En ese lado, donde la flor tiene completas todas sus hojas, se sientan los que creyeron en el futuro advenimiento de Cristo; en el otro, cuyos semicírculos se ven interrumpidos por algunos claros, están los que volvieron los

---

1. Eva.
2. Ruth, esposa de Booz y bisabuela del rey David.

ojos al Redentor, cuando éste descendió al mundo; y así como en esta parte se hallan tan separados el glorioso asiento de la Reina del Cielo y todos los inferiores, en la contraria se ve el del insigne Juan, que, siempre santo, sufrió el destierro, el martirio, y por último un infierno de dos años.[3] Debajo de él, formando también separación, están Francisco, Benito, Agustín y los demás que bajan hasta aquí de uno en otro círculo. Y admira la divina providencia: ambas especies de creyentes ocuparán por igual esta floresta. Has de saber además que procediendo desde esa línea que divide por mitad las dos creencias, hasta la parte inferior, ninguno asiste ahí por su propio mérito, sino por el ajeno, y con ciertas condiciones; porque todos son espíritus desprendidos de los lazos terrestres antes de poder raciocinar por sí. Fácilmente los conocerás por sus rostros y sus voces infantiles, si con atención los miras y los escuchas. Tú, sin embargo, estás dudando, aunque callas tus dudas; pero yo resolveré la grave dificultad que te sugiere la sutileza de tu pensamiento. En este anchuroso reino no cabe nada casual, como no caben la tristeza, la sed ni el hambre, pues todo cuanto ves depende de eternas leyes, ajustándose la gloria al mérito de cada cual como el anillo al dedo. Y de esa multitud que prematuramente viene a gozar de la verdadera vida, no sin causa están unos en lugar más preeminente que otros: el Soberano por quien se conserva este reino en tan grande amor y felicidad, que ningún deseo ambiciona más, al crear todas las almas con una mirada de su benevolencia, las enriquece con los dones de su gracia diversamente, según le place; y bástete saber que esto sucede así; lo cual con más expresión y claridad se os demuestra en

---

3. San Juan Bautista murió dos años antes que Jesús y estuvo todo ese tiempo en el Limbo hasta la llegada de Cristo.

la Sagrada Escritura respecto a aquellos Gemelos[4] que en el vientre de su madre forcejaban poseídos de ira. Por esto es la luz del Altísimo digna corona de gloria, según la mayor o menor intensidad de la gracia; por esto se ven colocados en grados diferentes, sin tener en cuenta sus obras, y distinguiéndose únicamente en su predestinación. Bastábales para salvarse en los primeros siglos, a más de su inocencia, la fe de sus padres; pero, transcurrido que hubieron aquellas edades, fue menester circuncidar a los niños para que adquiriesen fuerza sus inocentes alas; y cuando llegaron los tiempos de la gracia, a no mediar el perfecto bautismo de Cristo, quedaba retenida en el Limbo su inocencia. Vuelve ahora la vista a la faz que más semejanza tiene con la de Jesucristo:[5] sólo su claridad podrá predisponerte a verle.

Y vi en efecto que estaba inundada de gloria tal (gloria comunicada por los angélicos espíritus creados para difundirla entre todos aquellos tronos), que nada de cuanto antes había visto me produjo admiración tan grande, ni nada me había dado idea tan parecida a Dios. El amor[6] que descendió primero, cantando *Ave, Maria, gratia plena*, extendió ante ella sus alas, y por doquiera respondía la corte celestial al sagrado himno, de modo que a cualquiera parte que se mirase, se veía mayor bienaventuranza.

—¡Oh santo Padre, que te dignas descender hasta mí, dejando el plácido asiento que te está reservado por toda la eternidad!

4. Jacob y Esaú, hijos de Rebeca, desde que fueron engendrados se agitaron disputando porque habían sido destinados por Dios a ser el comienzo de dos pueblos, uno amado y otro odiado por el Señor (Génesis, XXV, 21 y sigs.).

5. La de la Virgen María.

6. El arcángel Gabriel.

¿Quién es aquel ángel que con tanta delicia se recrea en los ojos de nuestra Reina, tan enamorado de ella, que parece arder en vivo fuego?—. Así recurrí otra vez a las instrucciones del que con la belleza de María parecía tan bello, como con el Sol la estrella de la mañana.

Y me respondió: —En él se adunan cuanta confianza, cuanto gozo caben en un ángel y en un alma; y así anhelamos que sea, porque él fue el que llevó a María la palma de su triunfo cuando el Hijo de Dios quiso cargar con nuestras flaquezas. Pero sígueme con los ojos según vaya yo hablando, y contempla a los insignes magnates de este imperio de justicia y de santidad. Los dos[7] que en la parte superior se sientan y gozan de mayor bienaventuranza, porque están más cerca de la augusta soberana, son casi raíces de esta rosa. El contiguo a su izquierda es el padre que, por haber gustado el vedado fruto, tantas amarguras dio a gustar a la especie humana. A la derecha ves el anciano Padre de la Santa Iglesia, a quien Jesucristo confió las llaves de este hermoso reino. El que antes de morir vio los azarosos tiempos de la bella esposa que fue conquistada con la lanza y con los clavos,[8] tiene a su lado asiento; y junto al otro se halla el caudillo[9] bajo cuya dirección vivió del maná la raza ingrata, vagabunda y obstinada. A la opuesta parte de Pedro, verás a Ana, tan complacida en mirar a su Hija, que no aparta los ojos de ella, cantando *Hosanna*; y al lado contrario del primer padre, se ve a Lucía, la que envió a tu Beldad en auxilio tuyo cuando tenías cerrados los ojos en la peligrosa selva. Mas

7. Adán y San Pedro.
8. San Juan Evangelista, que con su Apocalipsis tuvo la visión profética de la historia de la Iglesia cristiana.
9. Moisés.

porque vuela este tiempo en que estás soñando, daremos fin a nuestra plática, como el sastre, que según da de sí el paño, hace la túnica. Alzaremos los ojos al supremo Amor, de modo que contemplándole, penetres cuanto fuere posible en su esplendor. Y para que no retrocedas al mover tus alas creyendo ir adelante, conviene que impetres gracia por medio de la oración; gracia de aquella que puede ayudarte: y tú me seguirás con tu afecto, de modo que no distraigas de mis palabras tu corazón—. Y empezó a dirigir esta santa súplica.

Canto trigesimotercero

Ruega San Bernardo fervorosamente a la Virgen que ayude a Dante pare que se eleve hasta la visión de Dios, y para que le conceda la gracia de sacar provecho de cuanto ha visto; después de lo cual, sintiéndose el Poeta iluminado, contempla la luz eterna, y en un triple círculo descubre el inefable arcano de la Trinidad. Ve en el segundo círculo representada la efigie humana, que le inspira el deseo de conocer cómo se une la naturaleza divina con la del hombre. Un súbito resplandor aumenta la penetración de su vista, y llega a percibirlo; pero en esto se ofusca su imaginación, y concluye su visión, juntamente con el Poema.

Virgen madre,[1] Hija de tu Hijo, humilde y gloriosa más que ninguna otra criatura, objeto inmutable de los designios del Eterno; tú eres la que de tal manera ennobleciste la humana naturaleza, que no se desdeñó su Hacedor de convertirse en hechura suya. En tu seno se encendió aquel amor cuya llama hizo florecer así esta rosa en la paz perpetua del Paraíso. Aquí eres para nosotros sol de caridad en su mediodía, y para los mortales en la tierra inagotable fuente de esperanza. Tan grande eres, Señora, y tan poderosa, que el que pretende una gracia y no acude a ti, desea el imposible de volar sin alas. Y tu bondad no sólo viene en auxilio del que la demanda, sino que muchas veces se anticipa generosamente a todo ruego. En ti la

1. Es la plegaria de San Bernardo a la Virgen.

558

misericordia, la piedad, la magnificencia, en ti se junta cuanto de bueno hay en las criaturas. Este, pues, que desde el más profundo abismo del Universo ha visto hasta llegar aquí las existencias de los espíritus una a una, te pide por gracia la virtud de poder remontarse con su vista a la felicidad suprema. Yo, que jamás he deseado para mí este don con mayor anhelo que para él, encarecidamente te suplico, y espero no será en vano, que por medio de tus ruegos disipes las sombras de su mortal condición, de suerte que llegue a gozar del soberano bien. Ruégote asimismo, ¡oh Reina!, pues cuanto intentas puedes, que conserves sus afectos puros después de tan gran visión, y que tu amparo le baste a triunfar de toda pasión humana. Mira cómo Beatriz y todos los bienaventurados alzan a ti sus manos para que acojas mi petición.

Fijándose en el que así oraba los ojos de la que Dios ama y venera tanto, mostraron hasta qué punto le eran agradables aquellas devotas súplicas. Alzáronse, pues, a la eterna luz, penetrando hasta donde no es creíble que ninguna otra criatura alcance; y yo, que me acercaba al fin que más puede desearse, renuncié, como debía, a la vehemencia de mi deseo.

Hacíame Bernardo señas, sonriéndose de satisfacción, para que mirase arriba, pero ya estaba yo haciendo lo que me indicaba, porque adquiriendo mi vista mayor lucidez, se introducía más y más en el esplendoroso rayo del que de sí mismo recibe la verdad. Desde este momento llegaron mis ojos a donde no podría llegar la palabra humana, porque no sólo la vista, sino la memoria sería inferior a tan alto extremo. A la manera del que soñando ve una cosa y conserva después el afecto nacido del sueño, sin que éste se reproduzca, tal me acontece a mí, que olvidado de casi toda mi visión, siento aún destilarme en el alma la dulzura que se originaba de ella. Así se deshace la nieve al calor del sol, y así arrebataba el viento los oráculos de la Sibila, escritos en leves hojas.[2]

¡Oh altísima luz, que tanto te sublimas sobre la inteligencia de los mortales! Renueva en mi mente algo de lo que allí me manifestaste, y presta a mi lengua tan vigoroso acento, que pueda transmitir un destello siquiera de tu gloria a las futuras generaciones, pues reviviendo de algún modo en mi memoria y divulgada hasta cierto punto en estos versos, se adquirirá más cabal idea de tu grandeza.

A juzgar por la fuerza con que me hirió el resplandor divino, creo que si hubiera desviado los ojos a otra parte, me hubiera sido imposible fijarlos de nuevo en él; y así recuerdo que me sentí más fuerte al contemplarlo, tanto, que llegó a tocar mi vista a su inefable esencia.

¡Oh plenitud de gracia, con que osé profundizar tanto en la luz eterna, que quedó mi vista consumida! Abismado en ella, supe cómo se concentra en un foco encendido por el amor cuanta luz hay esparcida en el universo, las sustancias, los accidentes, las propiedades, junto todo en uno de tal manera, que cuanto digo no es más que una débil vislumbre de ello. Creo que vi la forma universal de todo lo creado,[3] porque al decir esto, siento que se dilata con mayor deleite mi corazón. Un solo instante produce en mí más olvido de aquel éxtasis celestial, que el que han dejado veinticinco siglos respecto a la empresa de la nave Argos, de que se maravilló Neptuno.[4] Así suspensa

2. La Sibila cumana escribía sus oráculos sobre hojas que el viento se llevaba (Cf., Virgilio, *Aen.*, III, 441 y sigs.).

3. Ve en Dios, en la divina esencia, la idea general de todo lo creado.

4. Un solo instante de la visión divina esfuma todo conocimiento, más de lo que veinticinco siglos pueden haber hecho olvidar la empresa de Argos que asombró al dios Neptuno.

la mente mía, estaba fija, inmóvil y enajenada en su contemplación, y más ansiosa de ver, cuanto más miraba; porque es tal el efecto de aquella luz, que no es posible apartar de su claridad los ojos en busca de otro ningún objeto. En ella se cifra todo el bien que sirve de imán a la voluntad; fuera de ella es defectuoso lo que tiene de más perfecto.

Ni para manifestar lo que recuerdo, serán en adelante más hábiles mis palabras, que las del niño cuya lengua saborea aún la leche que le amamanta. Y no porque la espléndida lumbrera que estaba contemplando variase su primer aspecto, el cual seguía lo mismo que antes, sino porque aquilatándose mi vista en fuerza de ejercitarla, se alteraba en mí aquel aspecto, siendo yo el único que variaba. En la profunda cuanto clara esencia de aquella divina luz, parecióme que había tres círculos de tres colores distintos, mas de una sola circunferencia,[5] que el uno era reflejo del otro, como de su igual lo es el arco iris, y que el tercero exhalaba fuego que de los otros dos recibía. —¡Oh! ¡cuán insuficiente es mi lenguaje, y cuán débil para expresar mi concepto! Tan lejos de lo que vi está lo que digo, que prefiero no decir nada, a decir poco.

¡Oh eterna luz, que vives en ti sola, que sola tú te comprendes, y que al ser comprendida por ti y comprenderte, te amas y te complaces en ti misma! Aquel círculo que parecía contenido en ti, como una luz reflejada, y que abarcaron mis ojos hasta cierto punto, figuróseme que interiormente llevaba de su propio color pintada nuestra efigie;[6] por lo que penetré con toda mi vista en él. Y como el geómetra que afanado en medir

5. Es la visión de la Trinidad.
6. El misterio de la Encarnación.

el círculo,[7] no halla en su pensamiento el principio que necesita, tal estaba yo con aquella nueva representación: quería ver cómo se adaptaba al círculo la imagen, y cómo se identificaban sus naturalezas; pero no hubieran podido mis alas encumbrarse tanto, a no haber iluminado mi mente un resplandor que dejó satisfecho su deseo.

Aquí perdí el sublime vigor de mi fantasía; mas ya daba impulso a mi anhelo y mi voluntad, como a una rueda que gira por igual, el Amor que mueve el Sol y las demás estrellas.

7. Así como el geómetra se afana por descubrir la fórmula de la cuadratura del círculo, el Poeta no alcanza a explicar con la palabra el misterio de la Encarnación.

Dante Alighieri

Hijo de Alighiero di Bellincione Alighieri y Bella di Abati, Dante nació en Florencia hacia 1265 y creció entre la aristocracia florentina. Los eruditos suponen que recibió instrucción formal en gramática, lengua y filosofía en una de las escuelas franciscanas de la ciudad. Se cuenta que a los nueve años vio brevemente a Beatrice Portinari, de ocho años, y se enamoró de inmediato, impresionado por su belleza. Según Dante, cuando Beatrice le saludó de pasada nueve años más tarde, su amor se confirmó. Durante su adolescencia, Dante demostró un gran interés por la literatura. Como habían acordado sus padres, ambos fallecidos durante su infancia, Dante se casó con Gemma di Manetto Donati hacia 1285; se sabe que la pareja tuvo al menos tres hijos. En 1287, Dante se matriculó en la Universidad de Bolonia, pero en 1289 se alistó en el ejército florentino y participó en la batalla de Campaldino. Beatrice, de la que Dante seguía enamorado, murió en 1290. Afligido por el dolor, se entregó al estudio de las obras filosóficas de Boecio, Cicerón y Aristóteles, y escribió poesía con ahínco, estableciendo su propia voz poética en innovadores *canzoni*, o poemas líricos.

Escrita entre 1292 y 1294 en conmemoración de la muerte de Beatrice, *Vita Nuova* representa un enfoque refrescante e innovador en la poesía amorosa, *il dolce stil nuovo*, que equipara la experiencia amorosa con una revelación espiritual divina y mística.

Alrededor de 1300, Dante se volvió cada vez más activo en la peligrosa vida política florentina, lo cual le llevó al destierro de su ciudad de nacimiento. Dante, que nunca regresó ya a Florencia, completó *La Divina Comedia* y otros de sus escritos, como *De Vulgari Eloquentia, Convivio* y *De Monarchia*, durante su exilio.

Su obra más famosa, *La Divina Comedia*, es una epopeya que describe el viaje de Dante a través del infierno y el purgatorio hasta llegar al cielo. "El Infierno" narra los viajes de Dante por las distintas regiones del infierno, guiado por su mentor y protector, el poeta romano Virgilio. Construido como un enorme embudo con nueve círculos descendentes, el infierno de Dante presenta una vasta cámara de tortura meticulosamente organizada en la que los pecadores, cuidadosamente clasificados según la naturaleza de sus pecados, sufren horribles castigos, a menudo representados con macabra atención al detalle. Los pecadores que reconocen y repudian sus pecados tienen la oportunidad de alcanzar el paraíso a través del arduo proceso de purificación, que continúa en el purgatorio. Aunque en "El Infierno", Virgilio —símbolo de la razón humana— ayuda a Dante a comprender el pecado, en "El Purgatorio", el poeta necesita de un guía más poderoso que represente la fe: Beatriz. Por último, "El Paraíso" manifiesta el proceso de regeneración y purificación espiritual necesario para encontrarse con Dios, que recompensa al poeta con el conocimiento perfecto.

Casi al final de su vida, Dante se instaló en Rávena, donde murió el 13 o 14 de septiembre de 1321. *La Divina Comedia* es unánimemente reconocida como una de las grandes obras de la literatura universal, y en palabras de Jorge Luis Borges en el prólogo de esta edición: "El conocimiento directo de la *Comedia*, el contacto inmediato, es la más inagotable felicidad que puede ministrar la literatura".

ÍNDICE

Armando Fonseca (Ciudad de México, 1989). Estudió filosofía en la Universidad Nacional Autónoma de México y se formó en Buenos Aires como dibujante e ilustrador. Ha trabajado para distintos sellos editoriales como Penguin Random House, Companhia Das Letras, Fondo de Cultura Económica, Kalandraka Editora, Porto Editora, Planeta, y las revistas *Gatopardo* y *Letras Libres*, entre otros. Su trabajo se desarrolla en la exploración del dibujo como lenguaje propio, en el libro álbum e ilustrado y diversos encargos para portadas, revistas y carteles, entre otros.

Carles Murillo (Barcelona, 1980), diseñador gráfico independiente especializado en diseño editorial y dirección de arte, ha sido el encargado de desarrollar el concepto gráfico y el diseño de la colección Clásicos de Gran Travesía.

Para esta edición se han usado las tipografías **Century Expanded** (Linotype, Morris Fuller Benton y Linn Boyd Benton) y **Supreme LL** (Lineto, Arve Båtevik).

Esta obra se imprimió y encuadernó en el mes de marzo de 2024, en los talleres de Romayà Valls, S.A., que se localizan en la Plaça Verdaguer, 1, C.P. 08786, Capellades (España).